© Susan Rae Lakin

Susan Straight wurde in Riverside, Kalifornien, geboren, wo sie auch heute wieder lebt. Sie hat in Los Angeles und in Massachussetts studiert, zu ihren Dozenten gehörte u. a. James Baldwin. Susan Straight ist unter Schwarzen aufgewachsen, mit einem Schwarzen verheiratet, und ihre Kinder gelten als Farbige. Sie schrieb einen preisgekrönten Erzählungsband, ›Aquaboogie‹. Auf ›Die Afrikafrau‹ folgte 1995 ihr zweiter Roman, ›Blacker Than a Thousand Midnights‹.

Die Afrikafrau: Marietta ist so groß und so schwarz, daß sie in ihrem Dorf Pine Gardens in South Carolina zur Außenseiterin wird. Statt mit den Frauen am Verkaufsstand neben dem Highway zu sitzen, zu reden und Körbe zu flechten, streift die Dreizehnjährige lieber durch die Wälder, in denen die Geister ihrer Sklavenvorfahren spuken, und geht fischen am Creek, in dem ihr Vater, den sie nie kannte, ertrunken ist. Von ihm hat sie das »Blaublut«, die besonders krausen Haare der »Inselleut« – wie die Frauen in der poetischen Ausdrucksweise des Gullah sagen, eines Schwarzenidioms, das nur in dieser Gegend gesprochen wird – und den Freiheitsdrang. Auch mit ihrer Ururgroßmutter wird Marietta verglichen, der widerspenstigen »Afrikafrau«, die der weiße Plantagenbesitzer einst in einen Käfig sperrte, weil sie ihn nicht wiederlieben wollte...
Als Mariettas Mutter stirbt, macht sich das Mädchen mit einem Kochtopf, einem Sack Reis und den Stiefeln des Vaters auf in die nahe gelegene Stadt. Mit weit offenen Augen und Ohren begegnet sie der fremden neuen Welt, findet Arbeit in einem Fischladen, erlebt die Anfänge der Bürgerrechtsbewegung in den 60er Jahren mit und verliebt sich in Sindbad, einen von den »Heut-hier-morgen-da-Leut«.
Schwanger kehrt Marietta nach Pine Gardens zurück und bringt dort Zwillinge zur Welt, zwei Söhne, die genauso schwarz und groß zu werden versprechen wie sie selbst.

Susan Straight

Die Afrikafrau

Roman

Aus dem Amerikanischen von
Cornelia Holfelder-von der Tann

Fischer Taschenbuch Verlag

Veröffentlicht im Fischer Taschenbuch Verlag GmbH,
Frankfurt am Main, Januar 1996
Lizenzausgabe mit freundlicher Genehmigung des
Paul List Verlags, München
Die amerikanische Originalausgabe erschien unter dem Titel
›I Been in Sorrow's Kitchen and Licked Out All the Pots‹
im Verlag Hyperion, New York

Druck und Bindung: Clausen & Bosse, Leck
Printed in Germany
ISBN 3-596-12877-3

Gedruckt auf chlor- und säurefreiem Papier

Für mein Gaila-Girl:

Leb dein Leben voll –
leb's richtig mächtig riesig voll.

Dank

an Holly für ihren Zaubertee,
an Glenn für seine Zauberworte,
an Richard und Pat für ihre wundersame Gabe,
zur rechten Zeit das Rechte zu tun,
an Dwayne für seine märchenhafte Geduld
und die phantastischen Motels.

South Carolina

Pine Gardens 1959

TAG

Sie sollte still mit ihrer Mutter im Streifenschatten der Holzbude sitzen und lernen, bessere Körbe zu flechten als diesen holprigen Kringel, der immer noch in ihren Handteller paßte. Die langen Süßgrassträhnen stachen heraus, so daß er noch kleiner aussah, und sie ließ ihn fallen. Sie hätte den Graskranz hochbiegen sollen, die Halmbündel im Kreis herumwinden und zuhören, wie das Brummen der Autos auf dem Highway anschwoll und verebbte und das Echo der murmelnden Frauenstimmen lauter und wieder leiser wurde.

Am Morgen, wenn sie ihre Sachen aufgebaut hatten, gingen die Frauen hin und her, um in andere Stände zu schlüpfen und Pfirsiche zu vergleichen und Körbe zurechtzurücken, die von vorn ein bißchen schief aussahen. Rosie, Pinkie und Laha kamen dann immer bis ganz ans Ende, zum letzten der sechs Stände, um ihre Mutter zu besuchen. Marietta beobachtete sie. Ihre Mutter saß morgens immer nur da und guckte nie nach den Körben, die Marietta an die Nägel hängte, oder nach den Pfirsichen, die sie in der Kiste auslegte. Rosie pflegte sich dann zu dem Bord emporzurecken, wo die Rundbodenkörbe standen, um einen davon ein Stückchen zu verschieben und sich zu Marietta umzudrehen und zu sagen: »Du geh her un lang da rauf un mach den Schwenkkorb grad. Du so groß un guck kein Tag, daß sie steh grad.«

Marietta stand auf und tippte gegen die große, flache Korbschale; sie kippelte ein bißchen und richtete sich dann ordentlich aus. Sie ging wieder in ihre Ecke und sah mit gesenktem Kopf zu Pinkie hinüber. Laha stupste Rosies Körbe zurecht,

Pinkie verrückte die von Mary, und nur ihre Mutter saß still da, reglos bis auf die Hände.

Selbst ihre Finger waren heute ruhig, hielten das halbfertige Rund eines Korbs vor ihrem Bauch. Sie nickte Rosie zu, und Marietta sah an ihren starren Augen, daß sie nicht zugehört hatte. Rosie sagte: »Mach schwer fe Leut, daß sie find Schlaf, das Hitzwetter, halb Nacht ich lieg un find kein Schlaf. Ich froh, wenn die Hitz rum.«

Ihre Mutter schwieg, und Rosie sagte: »Du schlaf gut, Josephine?«

Sie schüttelte den Kopf und antwortete: »Ich krieg kein Schlaf.« Dann beugte sie sich über das Süßgras, und Rosie sah Marietta an.

»Du mach immer noch an deim Korb rum?« sagte Rosie, und die eine Seite ihres Munds hob sich mit ihrer Stimme. »Gott im Himmel, du komm schon mit deim Dickschädel auf die Welt.« Sie tippte mit dem Finger auf den Pfirsich, der ihr am nächsten lag, und drehte sich um. »Dein Baum alt-alt, Josephine. Dein Pfirsich besser wie all ander, so groß un süß.« Marietta dachte, sie würde jetzt gehen, aber sie hielt nur kurz inne und sagte dann: »Du laß sie stell dein Sach zu weit hoch. Marietta komm ran, wenn Leut will kauf, sie brauch kein Stang. Aber ich denk, Leut seh dein Sach nich recht, so hoch droben. Ich krieg schon lang kein von mein groß Körb mehr los. Sommer das Jahr hart-hart. Aber ich stell mein Sach so auf, daß Leut kann seh.« Sie ging, und der Boden knirschte unter ihren Füßen.

Marietta sah ihre Mutter an, aber die zupfte nur mit Daumen und Zeigefinger an der Haut zwischen ihren Augen. Das tat sie immer, so wie manche Leute mit dem Fuß wippen oder Babys an einem Lappen nuckeln. Marietta trat mit einem Schritt in die Mitte der kleinen Bude, wo die obersten Körbe dicht über ihrem Kopf waren. Sie zog den Kopf zwischen die Schultern, weil sie Rosie und Laha und die anderen sagen hörte: »Sie kann nich wer größer wie so. Sie jetz wie alt – vierzehn? Stimm was nich, wenn sie wer noch größer wie so.«

Sie hatte gedacht, wenn sie ein paar Körbe auf ein höheres Brett stellte, hätten die Pfirsiche und die neuen Körbe mehr Platz. Ihre Mutter machte immer neue, alle Frauen machten welche, und die Weißenleut, die anhielten, schienen nie mehr zu kaufen als ein längliches Körbchen für Brötchen und vielleicht einen kleinen Flaschenhalter. Körbe drängten sich an den Lattenwänden, hingen von Nägeln in den durchgebogenen Brettern, standen im Sand zu Füßen der Frauen.

Sie holte die beiden größten herunter, den hohen mit dem Trompetenrand und den dickbäuchigen runden mit dem Dekkel auf der kleinen Öffnung. Damit das oberste Bord leer bleiben konnte, versuchte sie, sie vorn auf dem Boden aufzustellen, aber da sahen sie nach nichts aus. Ihre Mutter guckte nicht hoch. Marietta stellte die Körbe wieder auf das oberste Brett und schichtete die Pfirsiche um.

Rosie war immer noch bei Aint Sister im Stand nebenan, und Marietta hörte die beiden über das feuchtheiße Wetter klagen. Doch dann bremste das erste Auto, und die Worte verebbten. An allen Ständen wurden die Frauen still. Marietta stand hinten in der Bude, vor der schmalen Öffnung zwischen den beiden Klappstühlen, und sah die Sonnenstrahlen durch die Latten auf den Erdboden fallen. Jetzt würde der Staub kommen. Die Buden standen am Waldrand, auf der Wasserseite der Schnellstraße nach Charleston, und wenn ein Auto auf den Randstreifen herüberzog oder wieder auf die Straße zurückfuhr, hing noch lange danach eine goldene Staubwolke in der Luft. Die Frauen warteten, daß die Autotüren aufgingen und Füße herauskamen, und Marietta drückte sich durch die Hinteröffnung der Bude, weg von dem feinen Straßenrandnebel, der auf sie zukam. Die trübe Luft und das Stimmengesumm waren ihr verhaßt.

Ehe die Wagentüren auch nur klickten, legte ihre Mutter den gewölbten Korbboden weg. Sie sah sie streng an. Marietta setzte sich, nahm das Süßgrasrund wieder auf und versuchte, ein weiteres Halmbündel in das Geflecht einzuarbeiten. Sie sah die Weißenleut, zwei Frauen mit spitzen Sonnenbrillen und spinnwebfeinen Tüchern über den Haaren und einen Mann mit tiefsitzendem Hosenbund unter dem eiförmigen Bauch. Sie würde sie womöglich erschrecken, wenn sie stand, den Kopf hoch über ihren Köpfen, die Schultern breit in dem kleinen Raum. Also krümmte sie sich über ihre Hände.

Marietta fragte sich, ob ihre Mutter auf ihrem Stuhl einschlafen würde. Manchmal tat sie das, weil sie sich nachts im Bett neben Marietta wand und wälzte und immer wieder aufschrie. Wenn sie auf ihrem Stuhl zusammensackte, würde Marietta hinten aus der Bude schlüpfen. Sie würde nicht dableiben, um zuzugucken, zu lernen. Das hatte sie noch nie getan. Immer wurde der Korbanfang in ihren Händen wirr, der Grasrand locker und schmuddlig, bis sie schließlich die geflochtene Schnecke hinter ihren Stuhl warf und jemand sie aufhob und damit zu ihrer Mutter hinüberwedelte und *tss-tss* machte. Marietta tauchte jeden Tag durch das orangefarbene Schmetterlingskraut in das dichte Gebüsch am Waldrand hinter den Buden. Irgend jemand anders würde ihrer Mutter helfen, wach zu bleiben.

Als sie noch kleiner gewesen war, hatte sie immer in dem weichen sandigen Schatten hinter den Buden gelegen und mit ihrer Puppe gespielt oder Steinchen auf Rosies kleinen Johnny geworfen, der als regloses Bündel in der Ecke ihres Stands lag und den ganzen Tag schlief. Da war sie vier gewesen – oder fünf? Sie erinnerte sich an die Lichtstreifen auf ihren Knien, die sahnefarbenen Füße und Wangen der Puppe, die vom Dreck immer brauner wurden. Ein Stück weiter hatte sie Pinkies Töchter Crystal und Cynthia mit ihrer Mutter streiten hören, übers Weggehen und übers Heimkommen. Sie hatte gesehen, wie Crystals und Cynthias Augenbrauen immer dünner und feiner wurden und wie es darunter blau zu schimmern begann, und Pinkie hatte den ganzen Tag mit den beiden herumgeschrien, zwischen dem Schlagen der Autotüren. Jetzt waren sie in New York, und Pinkie redete immer von ihnen, wenn im Sommer eine bestimmte Sorte Stimmen und Nummernschilder haltmachte. Und Johnny ging mit den anderen Jungen zum Anleger und zu den Booten und stapfte mit den Vätern und Onkeln ans Wasser, wo sie Netze auswarfen, um Fische und Garnelen zu fangen, und Krebse an Köderleinen herauszogen und auf dem Steg stapelten, um sie mit Big Johnnys altem Laster zur Konservenfabrik in McClellanville zu bringen. Aber Marietta sollte über das Süßgras streichen, immer im Kreis herum.

Die Füße waren schon wieder zum Auto zurückmarschiert, und Marietta senkte den Kopf, um zwischen den Latten hindurchzulinsen; die Hände hielten nichts als Zigaretten und eine kleine Plastiktüte, beulig von Pfirsichen. Sie sah den staubigen Füßen nach und horchte auf das Röhren des Motors, das Prasseln des Splits unter den Reifen. Ihre Mutter stand plötzlich auf. »Ich kann nimmer«, sagte sie, und Marietta sprang rasch hoch, um sie zu stützen.

In der stickigen Spätjulihitze, wo sich den ganzen Tag kein Halm und kein Blatt regte und alles nur unter der drückenden Sonne vibrierte, hielt ihre Mutter es nicht den ganzen Vormittag an der Straße aus. Aber so früh wie heute hatte sie noch nie aufgegeben. Sie mußte zurück ins Haus, um sich hinzulegen. Genau wie all die anderen Frauen weigerte sie sich, durch den Wald hinter den Buden zu gehen, der die Häuser von der Schnellstraße trennte, und so faßte Marietta sie unter, um sie den langen Weg zu bringen.

Neben dem Asphalt war es heißer als auf ihrem Pfad durch den Wald, dachte Marietta zum hundertsten Mal, und das verhaßte Gebrummel begann mit der Stimme, die aus der Öffnung in Aint Sisters schiefer Bretterrückwand kam. »Du geh un ruh dich aus, Josephine. Ich guck auf dein Sach. Du trink den Tee, ich bring Sonntag. Du trink heiß.«

Rosies Stand, dann der von Laha, der von Mary, der von Pinkie, und jede sagte: »Du geh un schlaf. Zu heiß fe schlaf in Nacht. Wir guck auf dein Sach.« Marietta sah auf die Fußknöchel ihrer Mutter, wo kein Knochen erkennbar war, nur prall gespannte Haut, aufgequollen wie Holz im Wasser. Sie wollte den strengen Blicken nicht begegnen. »Du mach un komm wieder, Marietta«, rief Rosie.

Sie gingen schweigend den Sandstreifen entlang. An der Stichstraße bogen sie ein. Der Schotter, den jemand vor Jahren dort hingekippt hatte, war längst in den Sand gepreßt. Dann wurde der Boden immer härter von den vielen Füßen und Reifen, die ihn zusammendrückten. Sie kamen an dem leeren Parkplatz neben Pearls Laden vorbei, wo niemand draußen saß, um Geschichten zu erzählen; nur Lahas Mann Jerry und sein Bruder Dell hockten im Schatten der Hohlziegelmauer und warteten, falls Mr. Briggs oder einer der anderen weißen Farmer einen Taglöhner brauchte. Aber die Lastwagen kamen immer schon vor Sonnenaufgang. Jerry und Dell nickten Mariettas Mutter zu und schauten dann weg, aber ihre Knie starrten Marietta an, harte, knochige Gesichter, die durch den Stoff guckten.

Ein paar Häuser säumten die Straße, aber nach einer Meile kam das freie Sumpfland, das sich den Creek entlangzog. Die Holzplanken der Brücke waren immer wieder vom Hochwasser weggerissen und neu verlegt worden, öfter, als sie es miterlebt hatte. Manchmal stieg das Wasser von der Flut oder bei einem Unwetter, und dann überschwemmte es alle Felder und sogar die Gärten und Schweinekoben. Erst vor ein paar Wochen hatte ein Unwetter getobt, aber den größten Teil der Bäume und Äste, die überall herumlagen, hatte einfach der Wind abgerissen. Marietta sah hinunter auf das klarbraune Wasser, das unter ihren Füßen durchfloß. Pine Gardens war an zwei Seiten von Creeks eingerahmt, und hinten zog sich der Küstenwasserweg entlang. Der Highway von Charleston nach McClellanville war ein schwarzer Fluß.

Hinter dem Haus von Rosie und Big Johnny und den anderen Häusern, die nach der Brücke kamen, bogen sie und ihre Mutter in den feinsandigen, schmalen Weg ein, der in den Wald führte, wo die Eichen und Kiefern hoch emporragten und Kühle und Schatten spendeten. Ihre Mutter blieb zweimal stehen, einmal gleich hinter Pinkies Haus und dann noch mal vor der Wegbiegung, aber sie sagte nichts; ihr Atem ging hart und schnell unter Mariettas Kinn. Ein Stück weiter zwischen den Bäumen bewachte Aint Sisters Besen den Eingang zu ihrem Haus. Mariettas Mutter ging langsamer. Die kleine Lichtung, ihr Haus, kurz bevor Gestrüpp und Ranken den Weg abschnitten.

Ihre Mutter schickte sie nicht zurück, befahl ihr nicht, ihr eine Matte zu holen oder Wasser – nichts. Sie stützte sich nur schwer auf Mariettas Arm, als die zwei Eingangsstufen kamen. Dann trat sie rasch durch die dunkle Türöffnung ins Haus. Marietta hörte das leise Plopp ihrer eigenen Lippen, das Geräusch, das sie machten, wenn sie sich voneinander lösten, nachdem sie den ganzen Morgen zusammengepreßt gewesen waren. Aber da war ihre Mutter schon drinnen.

Sie guckte durch die Tür und sah ihre Mutter auf dem Bett liegen. Das Schlafzimmer war fast schwarz, weil beide Läden zu waren und die Sonne auf der anderen Seite stand. Sie sah nach dem Feuer im anderen Zimmer. Die Asche glühte noch rosa vom Frühstück. Es war schon so heiß in den beiden Zimmern, daß die Glut wohl auch nichts mehr ausmachen würde, und sie sah nach, ob Wasser im Eimer war, falls ihre Mutter Durst hatte. Und ein sauberes Einmachglas. Dann trat sie wieder hinaus vor die Tür. Sie guckte den Weg entlang.

»Du mach un komm wieder«, flüsterte sie vor sich hin. Sie trottete los, hinein in den Wald, ihren Pfad zum Highway zurück. Irgend etwas hatte sie vergessen. Sie ging stirnrunzelnd weiter. Aber was es auch war – sie würde nicht zurück zum Stand gehen. Geduldig dasitzen, mit gesenkten Augen und zuckenden Fingern, wenn Weißenleut kamen und mit schiefgelegten Köpfen vor den Körben standen. Sie hielten sie für eine Frau. Eine Erwachsene. Ihre Blicke zwängten sich zwischen ihren Schultern und Händen hindurch, glitten über ihr Kleid – Rosies Kleid, zu alt und zu klein für Rosies dicken Körper und zu groß für ihre Mutter, deren Haut immer mehr zusammenschnurrte, weil das Fleisch darunter wegschmolz.

Der gemusterte Stoff schlotterte um Mariettas Körper, aber der Rock reichte ihr kaum bis über die Knie. »Du krieg Rosie Kleid, du maul nich fe Muster. In Winter du krieg Hos fe unten drunter«, hatte Aint Sister geknurrt.

Ihre Mutter hatte leise gesagt: »Mädel muß trag Kleid. Un du krieg jetz immer dein Mondzeit. Du bind Kopftuch um, wie Sister sag. Du halt dein Körper sauber un bedeck.«

Sie haßte das Gefühl, wenn sie sich in dem Kleid auf dem Stuhl vorbeugte, das stramm-weiche Geknitter unter den Armen, den Geruch des Stoffs nach Rauch und Wäschebleiche – sie sah, wie die Weißenleut den Stand betraten und ihre hellen Augen über sie hinweghuschten, schnell wie Motten. Und die Hände wedelten die Fliegen über den Pfirsichen weg. Sie umging vorsichtig die morastigen Stellen auf dem Pfad, hielt sich an einem Baumstamm fest und trat auf die Wurzeln. Wenn sie wüßten, daß sie noch nicht erwachsen war, würden ihre Stimmen anders sein, netter und offener, und sie würden etwas kaufen, Mitleid haben, ihr Geld geben, für Limonade oder Chips. Aber sie sahen sie nicht an. Sie hörte das Lächeln und die Großzügigkeit in ihren Stimmen, wenn Lahas Kinder bei den Ständen herumlungerten. Konnte sie sagen: »Ich nich alt« und das stramme Kopftuch abnehmen? Würde es etwas nützen, wenn sie ihre Stirn sahen? Aber wenn sie aufstand, half alles nichts mehr.

Sie sagte nie mehr als: »Der groß fünfzehn. Der da sieben.«

Der Pfad war gerade breit genug für sie; niemand sonst wagte sich je von dieser Seite in das dichte Gebüsch und zwischen die riesigen moosbehangenen Eichen. Lahas Kinder gingen nie in den Wald, sagte Aint Sister, alle dreizehn nicht. Sie spielten nur in ihrem saubergefegten Hof, wo Lahas Mutter ein Auge auf sie hatte. Die Männer hackten drüben auf der anderen Seite Holz, hinter der Kirche und dem Friedhof. Wenn jemand hierher zu Aint Sister oder Mama kam, hielt er sich mitten auf dem Weg, ohne den kleinsten Abstecher. Hinter dem Haus ihrer Mutter war das alte Plantagentor.

Als sie das erste Mal durch den Wald gegangen war, weil der Straßenstaub ihr Mund und Nase verstopfte, hatte sie gewundene Pfade entdeckt, die völlig zugewuchert waren – keine dicken Bäume, die den Weg ganz versperrten, aber kriechende Ranken und Gestrüpp, wo sich nur Opossums und Waschbären durchzwängen konnten. Sie hatte das Gestrüpp mit einem dicken Stock weggeschlagen, so wie sie es die Männer hatte tun sehen. Jetzt kam sie zu der riesigen umgestürzten Eiche, die den Pfad abriegelte. Die Leute sagten, der Baum sei vor vielen Jahren umgestürzt, um den Weg zur Plantage zu versperren, damit die Geister blieben, wo sie hingehörten. Sie lehnte sich an den knorrigen Stamm, der so hoch war, daß sie nicht drübergucken konnte. PINE GARDENS stand an dem Schmiedeeisentor, aber Aint Sister nannte es immer nur »Herrnhaus«. Sie erzählte von vernagelten Fenstern, die aussahen wie geschlossene Augenlider, und von den Plattaugen und anderen Geistern, die dort herumspukten. Lahas Vater und die Männer sagten, der alte Landesteg, wo früher mal das Postboot angelegt hatte, um Vorräte zum Herrnhaus zu bringen, sei ein guter Platz zum Fischen, aber dort und in den Gärten lauerten ebenfalls lauter Gespenster und Dunkelwesen, die einen erwischen konnten.

Sie fuhr mit der Hand über die rauhe Rinde, bis sie zu dem Loch kam, das sie unten am Wurzelballen ausgehöhlt hatte.

Ein rostiges Stück von einem Kotflügel, das einmal stumpfsilbern gewesen war, schützte ihre Illustrierte vor der Nässe.

Sie setzte sich hin und lehnte sich an den Baum, schlug das Deckblatt auf und betrachtete zuerst die Anzeigen, all die schmalen, feingemeißelten Gesichter mit Nasen, die so klein waren wie der Knöchel ihres kleinen Fingers. Sie hatte die Gesichter viele hundert Mal angeschaut. Die Knie der Frauen unter den engen kurzen Hosen hatten messerscharfe Kanten.

Ein Mann hatte das Heft versehentlich fallen lassen, als er die Hände nach den beiden Körben ausstreckte, die seine Frau gekauft hatte – die glänzende Rolle war unter seiner Achsel hervorgeplumpst. »Stell sie bloß nicht in den Kofferraum«, hatte die Frau zu ihm gesagt, als er sich umgedreht hatte. »Da kommt bestimmt Öl dran.« Sie hatten hinter dem Auto gestanden und hin und her geredet, während Marietta zugeguckt hatte, wie die Zeitschrift sich auf dem Sand blähte und plusterte und von ganz allein aufblätterte. Dann war der Wagen plötzlich losgebrummt, und sie hatte sich gebückt, um das glänzende Deckblatt zu berühren.

»Autotour durch die historische Küstenregion von South Carolina: Charleston und das Low Country.« Diese Wörter auf dem Titelblatt waren mit spinnwebfeinem Blau umkringelt. Sie suchte wieder die Seiten, fand die Fotos vom Wasserweg, wo Big Johnnys Boot und die anderen Boote jeden Morgen losfuhren und im Dunkeln langsam wieder zurückkamen. Ein schnittiges weißes Boot, wie sie auch schon welche auf dem Wasser gesehen hatte, trug Menschen mit den Gesichtern zum Wind und silbrigen Sonnenbrillen. Big Johnny und die anderen nannten sie Schneevögel.

Sie schlug das Foto auf, das sie immer am längsten betrachtete. Unter Eichen und hängendem Moos saßen ein Mann und eine Frau in einem kleinen Boot. Er lehnte an ihrer Schulter, den Mund dicht an ihrem Ohr, das braune Haar wie zerrupftes Vogelgefieder, und ihr Lächeln war zart, ihr Haar gelb wie Mais. Man sah die Hälfte von einem Jungen, der Rosies Farbe hatte und hinter ihnen saß und mit einer langen Stange stakte. »Cypress Gardens – üppige Pracht und Romantik unter mächtigen Eichen und bizarren Tropfgebilden aus Moos. Die Gärten sind sehenswert.«

»Üppig« – sie las das Wort und studierte immer wieder das Foto. Es meinte das Rosa der Blumen neben dem schwarzen Wasser, das Rosa der Lippen der Frau. Tropfgebilde – ja, es sah aus, als ob das Moos von den Eichen tropfte.

»Charleston, das Juwel der Küstenregion, erfüllt vom Charme einer vergangenen Welt.« Sie fuhr das Schmiedeeisengitter des Tors mit dem Finger nach; Frauen mit Gläsern in den Händen beugten sich vom Balkon, um zu jemandem hinunterzuwinken.

»Gullah – dieses kuriose und oft unverständliche Idiom wird von den Negern im Low Country bis heute gesprochen.« Kurios – sie wußte, so, wie sie redeten, sollten sie nicht reden, weil Mrs. Green, die Lehrerin, es nicht wollte. Sie schlug einen, wenn man den Satz nicht richtig sagte. »Mit diesem Gullah-Gebrabbel kommt ihr in der wirklichen Welt nicht zurecht!« sagte sie. Sie schlug einen auch, wenn man den Satz gar nicht sagen wollte.

Das dumpfe Heulen eines Lasters drang durch den Wald, kam die Schnellstraße herauf und verlor sich wieder. Marietta reckte den Hals und guckte hinauf ins Geäst, um festzustellen, wie spät es war. Elf vielleicht – sie mußte zurück zum Stand. Kurz vor und kurz nach der Mittagessenszeit hielten die meisten Weißenleut an.

Sie schob die dicke Rolle wieder in das Loch und klemmte das Blech davor. Ihre Füße machten kein Geräusch auf dem Polster aus Eichenblättern und Kiefernnadeln, und wenn sie einen Ast oder eine Ranke streifte, schnellte das feuchte Sommergrün wieder zurück, ohne ein Knistern oder Knacken, das Aint Sister hätte hören können. Wochenlang hatte Tag für Tag Regen in der Luft gehangen, sich auf Stirn und Nacken gesammelt, die Finger schlüpfrig gemacht. »Zu viel Näß oder nich genug«, hatten alle geklagt. »Krieg ja kein Mensch Luft bei dem Wetter.«

Sie hörte schon das lebendige Grummeln der Straße – in der Hitze vibrierte alles, der Asphalt flimmerte, und die Frauen brummten und knurrten –, und sie zwängte sich durch die Büsche, um die Stände von hinten beobachten zu können. Sie mußte warten, bis ein Auto kam, das die lauernden Blicke ablenken würde. Sie hörte ihren Namen – sie hatte gewußt, daß sie ihn hören würde – aus dem schrägen Schatten von Aint Sisters Stand.

»Marietta kein Hilf hier an der Straß. Sie brauch paar mit dem Stock. Aber ihr Mama hab nich die Kraft.« Aint Sisters Stimme war zu tief für das Gesicht, das so fleischlos und so hart war wie ein Apfel, den jemand auf dem Boden einer Kiste vergessen hatte. Das dachte Marietta immer wieder.

»Josephine geh nich gut, eh?« sagte Rosie, und ihre Stimme schwang sich wie immer beim letzten Wort in die Luft.

»Sie hab nimmer viel Sommer«, sagte Aint Sister, und Marietta spürte eine jähe Kälte hinten an den Rippen. Es prickelte unter ihrem Kleid. Sie wußte, daß von ihrer gesenkten Stirn Schweißtropfen in den Sand fielen. »Sie hab immer so hoh Druck, immer so Kopfweh. Komm von Druck. Druck geh all in Kopf.«

Ein Auto brummte vorbei und saugte für einen Moment die Luft mit sich, und Marietta wollte nicht zuhören, wollte sich nicht rühren.

Rosie sagte: »Noch bißchen Eistee?« mit Besuchsstimme, und Marietta fiel die Kusine ein, die aus New York da war – Janey, mit dem steifen Kringelturm aus Haaren, den kein Kopftuch verbarg.

»Josephine so dünn wie damal. Wie den Tag, wo ich hol Josephine Baby«, sagte Aint Sister. »Sie ruf ›Marietta‹. Ich denk, der Nam paß nich fe Josephine Baby. Ich denk, der Nam so fein un süß, grad wie Zitronschaum. Un Baby fast größer wie Baby Mama. Un jetz? Groß un wild. Immer in Bäum. Immer nur renn un tob. Un kein Verstand.«

»Kein Ruh«, sagte Rosie, und ihre Stimme klang feucht.

»Grad wie Marietta Papa«, sagte Aint Sister. »Groß un dunkel, grad wie Freeman.«

»Grad wie Freeman!« trillerte Rosie.

»Er komm von Inselleut, Freeman?« fragte die Frau, die Janey hieß. »Ich seh ihn nich ein einzig Mal. Aber ich komm ja nur paarmal auf Besuch damal.«

»Du seh Freeman«, sagte Rosie. »Er hab nur nie Zeit fe red.«

»Hmm-mmm«, sagte Aint Sister, und Marietta hörte das Kopfschütteln. Ihr Vater – nie hatte jemand vor ihr von ihm geredet.

»Er von Blaublutleut, Freeman. Grad wie frisch von Afrika.« Aint Sister hielt inne, und das trockene Süßgras raschelte in der Tüte zu ihren Füßen. »Kugelkopf. Un Haar, wo dir Händ zerkratz, wenn du woll kämm, so fest. Ihr seh Marietta Haar? So kurz. Nix von Josephine in dem Kind.«

Marietta preßte ihr Gesicht in den Sand auf ihrer Schulter und rieb mit dem Kinn über die Körner.

»Ich hör, er sterb, vor Baby komm«, sagte Janey.

Es war still. Mary sagte: »Ich noch klein damal.«

Als niemand sprach, sagte Rosie: »Er fang, was er will, Freeman. Johnny sag, Freeman denk, er besser, weil er von Inselleut. Freeman geh nie in Boot mit ander Leut. Un Freeman fang immer mehr Fisch, mehr Shrimp wie ander Leut. Un ich sag, wenn ander Leut komm heim mit klein-klein Haufen Fisch an schlecht Tag, Freeman fahr allein raus, sein Boot mehr wie voll. Wie wenn die Fisch helf Freeman un sag: ›Da lang...‹«

»Aber wie komm, daß er sterb?« bohrte Janey, und Marietta fühlte, wie das Wasser von ihrer Haut verschwand wie ein Spinnwebschleier, den jemand abzog. Sie wollte laut durch die Äste brechen, damit sie sie sahen. Aber sie wollte auch den Namen ihres Vaters hören.

»Er komm nich zurecht mit Leut, Freeman, nur mit Josephine komm zurecht«, flüsterte Rosie. Aint Sister schnaubte ungeduldig, sagte aber nichts. Schritte knirschten über den Sand, und Marietta sah Pinkie in den Stand ihrer Mutter lugen und dann wieder zu Aint Sister zurückgehen.

»Marietta immer noch weg?« fragte Pinkie. »Sie bleib bei Josephine?«

»Pah! Nie im Leben. Sie renn irngswo rum.« Rosies Worte schwangen sich wieder in die Luft.

»Nix los heut. Wo bleib die Lady?« sagte Pinkie. »Eine sag vorhin, sie komm um drei wieder.«

»Ha! Schwanz von Huhn geb noch kein Supp«, sagte Aint Sister, und Marietta konnte hören, daß sie froh war, nicht weiterreden zu müssen. Über ihn, ihren Vater, Freeman.

»Du müd, Sister?« fragte Rosie. »Du woll heim un ruh aus?«

»Wer müd? Keiner müd. Mein Haar müd, weil mein Kopf denk soviel unten drunter.« Marietta sah, wie Mary ihr Gewicht von einem Bein aufs andere verlagerte, und sie betete um ein Auto dort auf dem Highway, eins, das so schnell fuhr, daß es beim Bremsen auf dem Lehmboden ins Schleudern kam, damit die Frauen die Luft anhielten und hinstarrten. Sie wollte keinen Weibertratsch hören, und gleich würden sie von dem Baby in Marys Bauch anfangen, mit ruhigen, sicheren Stimmen.

Doch als das nächste Auto vorbeigebraust war, brummte Aint Sister: »Ich weiß nich, was in sie fahr, daß sie ihn heirat damal.«

»Häää?« sang Rosie.

»Josephine. Sie schon dreißig damal, un Freeman – ihr frag nich. Ganz Stück älter. Josephine Mama wohn mit Josephine in Charleston. Sie bring Josephine her, wo ihr Haus brenn ab. Ich weiß nich, wo Josephine seh Freeman. Aber einmal sie geh mit Freeman auf die Insel – Inselleut nich gut zu Josephine. Nur gut zu Inselleut.«

»Mm-hmm«, sagte Pinkie.

»Sie hell wie Butter, Josephine, so hübsch«, sagte Janey. »Sie sag mir, ihr Mama Kusine zu dir.«

Aint Sister schwieg wieder. Marietta hielt die Luft an, dachte an die Butter, die über dem Herdfeuer schmolz und hell im Reis schimmerte. Das war alles, was ihre Mutter essen wollte. Die Haut ihrer Mutter, feuchtglitzernd im Schein des Feuers, wie Gold. Aint Sister war hell wie Eichenblätter, Rosie und Laha und Pearl waren rotbraun wie Zuckersirup. Big Johnny war dunkel, aber nur Marietta war blauschwarz. Das sagten sie. Sie preßte die Ellbogen gegen die Rippen.

»Josephine so schwach beinand«, sagte Aint Sister sanft. »Sie hab Zucker, schlimm Zucker. Noch schlimmer wie der hoh Druck.«

»Hm-mmm«, sagte Rosie.

»Ich seh, das Baby nehm ihr zuviel Kraft. Zucker komm manchmal von Baby. Baby groß-groß, das mach den Zucker, un Mama komm nimmer wieder recht auf die Bein.«

Rosies Stimme schlüpfte in ihre Brust hinunter, und Marietta sah, wie sie sich reckte. »Josephine muß guck, daß Marietta mach Arbeit, statt daß sie lunger in Bäum rum un mach, was sie will. Sie muß guck, daß Marietta mach Körb, wie sich gehör.«

»Sie seh so groß aus, Marietta. Zu groß für Kinderspiel«, sagte Janey. »Sie wie alt – sechzehn? Siebzehn? Sie hab noch kein Freund? So mordsgroß.«

»Nein, sie erst dreizehn. Geh auf vierzehn«, sagte Aint Sister. »Ich weiß. Ich weiß den Tag, wo all Leut hier komm auf die Welt. Marietta Tag der elft August.«

Pinkie sagte: »Mädel muß helf mit. Bub was anders. Marietta renn zuviel in Sonn rum, drum sie wer blauschwarz grad wie ihr Daddy.« Sie hielt abrupt inne und guckte zu den beiden Autos hinüber.

Rosie und Mary standen langsam auf und gingen zu ihren Ständen. Die Weißenleut blieben noch ein bißchen in ihren Autos sitzen. Der Mann mit den massigen Armen, der den Ellbogen auf ihrer Seite herausstreckte, beugte sich aus dem Fenster und sagte: »Na, großartig. Das ist genau das richtige.« Er stellte den Motor ab. Die Frau stieg aus, und die Wagentüren klappten zu.

Marietta stand vor dem Stand ihrer Mutter und versuchte, den schwarzen Pfeffer aus Fliegen von den Pfirsichen zu wedeln, und sie sah den einen Fahrer ungeduldig im Auto warten, wie es die Männer oft taten. Er saß als dunkler Schatten hinter dem Steuer und ließ den Motor laufen. Die Kühlerhaube funkelte in der Sonne und wackelte leicht, wie Wasser in einem Eimer. Sie setzte sich nicht hin. Sie hörte sie kommen, blieb aber mit verschränkten Armen stehen. Die eine Frau trat unter das überhängende Blechdach und zögerte, als Marietta das Kinn hob, um sie mit halbgeschlossenen Augen zu mustern. Da gruben sich Aint Sisters Finger in ihren Arm, um sie auf den Stuhl hinunterzuziehen. Die Frau lächelte, nur mit den Lippen, ohne ihre Zähne zu entblößen, und ließ den Kopf hin und her pendeln wie eine Schildkröte.

»Das gute Arbeit, beste am Highway«, sagte Aint Sister, aber die Frau war schon wieder zurückgetreten.

Aint Sisters Fingernägel lagen dick und gelb auf Mariettas Haut. »Du flitz hinter«, zischte sie, und Marietta sah auf die schwarz-rosa Füße ihrer Puppe, die klitzekleinen Zehen und geraden Fußgelenke, die aus einem Haufen Süßgras neben ihr ragten. Aint Sister ging nach nebenan, um die Frau an ihrem Stand zu empfangen, und die andere Frau, die kleiner war, trippelte wie ein Vogel am Eingang vorbei und zu dem Autofenster, um mit dem wartenden Mann zu reden. Er ließ den Motor aufdröhnen, und sie kam schnell zum Stand zurückgelaufen.

Sie war so klein, daß ihre Augen genau auf einer Höhe mit Mariettas Augen waren, und Marietta saß auf dem Stuhl. Ihr Haar war so hell und dünn, daß Marietta die Ohren durchschimmern sah. Sie huschte von einem Korb zum andern und trat dann wieder vor den Ausgang, um zu den Autos hinüberzugucken. Türen klappten, und das andere Paar saß jetzt schon wieder drinnen. Marietta fuhr sich mit dem Finger über die Stirn und wischte den Schweiß am Rand des Kopftuchs weg.

»Was kostet der hier?« fragte die Frau, und ihre Stimme trippelte auch, aber dann ging sie wieder hinaus, um zu den Autos hinuberzugucken. Wollte sie gar keine Antwort? Marietta schluckte, um ihre Kehle zu befeuchten. Wenn sie den ganzen Tag nichts gesagt hatte, kam ihre Stimme tief und rostig heraus. Die Frau befingerte jetzt einen Brötchenkorb mit einem braun-sahnefarbenen Muster.

»Wieviel hast du gesagt?« Sie hielt den Brötchenkorb hoch. »Kostet der hier genausoviel?« Als Mariettas Lippen sich öffneten und sie die Kühle auf ihren Zähnen spürte, sagte die Frau: »Nein, der ist nicht groß genug. Es muß ein Geschenk sein, das etwas hermacht.« Sie legte den Kopf in den Nacken und sah zu dem flachen, runden Schwenkkorb hinauf. Aint Sister sagte immer: »Der da fe schwenk Reis, daß der Wind blas die Spreu fort. Lady sag, Leut kauf fe mach Zeitschrift rein.«

Die Hupe ertönte, schrill und häßlich im Vergleich zu den Bootshörnern, die Marietta nachts sanft durch den Wald tuten hörte. Und der Mann trat wieder aufs Gas. Die Frau sah Marietta kein einziges Mal an, aber sie kniff die Augen zusammen, guckte von Korb zu Korb, schüttelte ihr Haar zurück und sagte: »Ach, egal, es ist sowieso nicht das richtige. Ihre Mütter könnten ja nie und nimmer ein Geschenk gutheißen – das wäre gegen die Regeln, nicht wahr? Das hieße ja, mich gutzuheißen, und das darf nicht sein.« Es hupte wieder, diesmal länger.

Sie warf den Kopf zurück, und ihr Hals war weiß und

geschwungen wie der einer Möwe. »Ach, zum Teufel«, sagte sie mit zittriger Stimme. »Sag schon, was der hier kosten soll.«

»Ma'am?« sagte Marietta, und ihre Stimme war ein dunkles Knurren nach den hohen Trippelworten.

Die Frau starrte Marietta jetzt an. »Dein großer Korb da. Ist der teuer genug, daß eine Schwiegermutter damit zufrieden sein kann? Oder habt ihr hier die gleichen Regeln? Ist deine Schwiegermutter jemals zufrieden?« Sie runzelte die Stirn – wegen Mariettas Stimme? Ihrem Gesicht? »Kann ich mal den großen Korb da sehen?« Sie sprach langsam. »Ist der von dir?«

Marietta stand auf, ohne das Gesicht der Frau anzugucken – die Augen würden sich weiten, daß man das Weiße sah, und der Mund würde zuklappen. Sie spürte einen Lufthauch an ihrer Schulter, weil die Frau den Atem wieder herausließ, als Marietta sich bewegte. Sie griff nach dem Korb und nahm ihn herunter, roch das süße, trockene Gras.

»Nich mein«, sagte sie. »Gehör mein Mama.«

Die Hände waren winzig auf dem gewölbten Rand, und die braunen Kiefernnadelvierecke zitterten. »Und was soll der kosten?«

»Fünfzehn.« Marietta konnte das Wort inzwischen schon sagen, ohne den Mund zu bewegen.

»Fünf-*zehn*?« Sie sprach es so deutlich aus, daß ihre Lippen sich zu schmalen Strichen verzogen.

Marietta holte tief Luft. »Ich sag fünf-zig. Fünfzig Dollar.« Jetzt kamen die Wörter leichter herausgeglitten, nicht mehr wie Schottersteine. Sie sah hinunter in die wäßrig-hellen Augen der Frau, auf die Linie in der Mitte ihres Haars. Da schoß plötzlich Aint Sisters Stimme an ihrem Ellbogen vorbei. »Sie mach Witz, sie noch Kind. Kost fünfzehn, der da, un die ander da zehn und sieben. Das best Körb am Highway, steck Haufen Müh drin.«

Die dünnen Finger der Frau landeten wieder auf den kleinen, dunklen Vierecken. »Klingt nicht übertrieben. Ist ja immerhin Handarbeit.« Sie stellte den Schwenkkorb vorsichtig, aber gleichgültig ab und nahm einen kleineren. Sie ging zu dem Auto, und Marietta sah, wie der Mann ungeduldig mit dem Kopf ruckte wie ein Vogel, der an einem Fisch zerrt. Aber er gab ihr das Geld, und als sie wieder weg war und die sieben

Dollar in Aint Sisters Tasche steckten, wandte Aint sich Marietta zu. »Du verdien, daß ich dich schlag für dein Mama«, zischte sie, und die Falten an ihrem Hals waren hart wie Stricke, und Marietta drehte sich um und schlüpfte zum Hinterausgang hinaus. Die Autoreifen verließen den Knirschsand und rollten geräuschlos die Straße entlang, als sie in den Wald eintauchte.

Sogar hier im Wald folgte ihr das Gegrummel. Fliegen und Bienen hockten reglos in der Hitze, flogen aber brummend auf, sobald sie ihre Blätter streifte, und der Pflanzentunnel über dem Pfad verstärkte die Geräusche so sehr, daß selbst die winzigen Feuchtigkeitströpfchen an den Moosbehängen zu atmen schienen. Sie rannte los, und ihre Ellbogen schlugen gegen Ranken und Zweige, bis sie die Stille hörte – das Wasser.

Nicht der Wasserweg, das salzige Meer, wo die Schnellboote vorbeizischten – der Wald öffnete sich jäh auf einen stillen, breiten Creek. Das Wasser war braun und tiefklar, so wie Aint Sisters Augen, wenn der Tag fast vorbei war und sie dorthin guckte, wo die Sonne hinter dem Highway hing. Wenn Marietta richtig stand, sah sie Licht tief drinnen in ihren Augen. »He! Du steh nich rum un glotz«, knurrte Aint Sister sie dann an, und wenn sie ihre Augen wegdrehte, waren sie wieder flach und undurchdringlich. »Du guck lieber fe faul Pfirsich.«

Marietta klappte den Daumen über die Fingernägel und drückte sie herunter und sagte: »Du mach *das* nich, du mach *das* nich.« Sie ließ die Nägel hochschnippen, so wie Pearl es immer im Laden machte, wenn jemand etwas sagte, was sie nicht hören wollte. »Ich laß flieg weg.« Schnipp. Sie stand reglos am Rand des Bachs und horchte. Nur Wasser konnte das, alle Geräusche schlucken und alles rein und sauber zurücklassen. Der Creek bebte von der hereindrückenden Flut; das Wasser schimmerte manchmal blau oder schwarz, wenn die Sonne ihr Licht veränderte oder eine Wolke vorbeizog, aber es hatte die dunkle Farbe der Baumwurzeln am Ufer.

»Du mach, du mach, du mach«, flüsterte sie erregt, während sie in der Holzkiste wühlte, die sie hinter einem Baum versteckt hatte. Ein Netz, oft gerissen und wieder geflickt, jetzt aber voller Löcher, lag zusammengeknäult ganz unten auf dem Boden. Einer der Männer hatte es verloren, und sie hatte es vor ein paar Tagen aus einem Schilfgestrüpp gezogen. Als sie das schwere Netz herausnahm, roch die Schnur nach getrocknetem Wasser und Fisch, und in ihrer Brust ging etwas auf. Sie würde das Netz heute auswerfen; ihre Mutter würde bestimmt noch ein paar Stunden schlafen, und Marietta würde genügend Shrimps und Fische heimbringen, um Pearl einen Teil zu verkaufen. Ihre Shrimps würden dick und kringelig auf dem Ladentisch liegen und darauf warten, daß die Leute sie aussuchten.

Sie brachte dauernd Meeräschen heim, briet sie und spürte die knirschende Maisgrütze und das weiche, salzige Fischfleisch an ihren Zähnen, aber ihre Mutter wollte nichts davon anrühren. Marietta fing die Meeräschen mit der Angelschnur, und das war alles, was es zum Reis und zur Maisgrütze gab, außer dem Grüngemüse, das sie hinter dem Haus pflückte, oder manchmal auch Langbohnen oder Tomaten. Außer wenn Rosie ein Stück Schinken brachte oder ein paar Krebse oder Shrimps von Big Johnny – und dann mußte Marietta ihr *Tss-tss* und ihre mißbilligenden Blicke und ihre Belehrungen über sich ergehen lassen.

Sie würde das Netz ein Stück weiter unten auswerfen, dort, wo das Wasser in Wirbeln und Strudeln floß und in das Marschland überging. Aber zuerst zog sie noch ihre Angelrute neben der Kiste hervor. Sie bohrte das untere Ende in den Uferschlamm und stützte sie mit der Kiste ab. Sie fuhr mit dem Finger über das seltsame pelzige Fliegentier, das sie an der Leine befestigt hatte, spürte, wie es kitzelte, und fragte sich, ob es heute wohl klappen würde. Das Ding hatte ein anderer Mann an den Ständen zurückgelassen – es war von dem kleinen Sims unten an der Wagentür gefallen. Sie hatte beobachtet, wie es dort im Sand gelegen hatte, und darauf gewartet, daß es sich bewegte, und dann war ihr wieder eingefallen, daß sie Fotos gesehen hatte, auf denen weiße Männer im Flußwasser standen und mit solchen Fliegentieren fischten. Sie hockte sich auf den kleinen Hügel dicht am Uferrand und ließ das Insekt aufs Wasser hinausschnellen.

Nachdem die Leine ploppend ins Wasser getaucht war, lag

glasblaue Stille über dem schwarzen Uferschlamm und dem grellgrünen Schilf. Auch hier waren Fliegen, aber sie umschwirrten sie nicht, sondern schossen nur vorbei und verschwanden oder ließen sich irgendwo nieder. Kein Staubnebel, keine summenden Kehlen. Das helle Schlürfen des Wassers, das an dem schlammigen Uferrand leckte, das Klicken kämpfender Libellen über ihrem Kopf, ein Vogelschrei, dann leere Luft. Nur die Schilfhalme und Gräser am Rand des Wassers standen starr und lauschten.

Sie konnte den Blauschimmer auf ihrer Haut nicht sehen. Sie lag, ohne an ihr Kleid zu denken, auf dem kleinen Hügel, wo die Erde trockener war, und musterte ihren Arm. Ihr Handgelenk, die Haut in der Armbeuge, der glatte Handrücken waren tiefschwarz mit einem leichten Funkeln, so wie das goldene Flimmern des Schlamms am Meeresufer. Dunkler als das Wasser, das an ihr vorüberfloß – schwarz wie die stehenden Pfützen tief drinnen im Wald.

Ein Foto von ihrem Daddy lag in dem Holzkästchen, das ihre Mutter unter dem Bett versteckte. Marietta hatte es oft herausgeholt, wenn sie allein daheim gewesen war, um es mit vors Haus zu nehmen und dort draußen anzugucken, wo es heller war. Drinnen im Haus war es immer duster, wenn die Läden zublieben. Ihr Vater lächelte nicht. Er stand dicht vor der Kamera, so nah, daß sie nur sein Gesicht sah und seinen dicken, geraden Hals. Keine Falte zeichnete seine Haut, kein Haar stand ab und brach den klaren Umriß seines Gesichts. Er hatte Augenbrauen, die man nicht sah, vielleicht nur ein paar Härchen, so wie sie. Keine dunkleren Ringe unter den Augen wie bei Rosie, keine Sommersprossen, keine helleren Stellen auf den Wangen – ein einziges glattes Schwarz. Sie konnte nicht sagen, wie groß er war; hinter ihm waren nur Holzbretter, nichts, woran man ihn messen konnte. Sein Gesicht füllte das kleine Foto aus.

Sie berührte ihre Augenbrauen. Sie hatte sich immer die glatten, dünnen Brauen ihrer Mutter gewünscht, diese Bögen, die sich über den Augen wölbten wie die Zeichnung auf einem Vogelflügel. Dunkel und vollkommen auf ihrer goldenen Stirn. Das einzige, was sie sich je gewünscht hatte, waren solche Linien über den Augen, die das Gesicht irgendwie fertiger aussehen ließen. Ihre Lippen waren auch schwarz, genau wie die ihres Vaters. Alles verschwamm zu einem einzigen Schwarz. Lahas Lippen waren innen so rot wie Krebsscheren und blitzten feuchthell, wenn sie redete. Sie sah auf das Schwarz ihrer Arme und dachte daran, wie Aint Sisters Stimme geklungen hatte. Blaublut von Afrika. Blauschwarz.

Etwas ploppte ins Wasser, aber ihre Angelrute rührte sich nicht. Sie wackelte mit ihren nassen Zehen; ihr glänzend schwarzer Fuß am Ende des staubigen Beins war lang wie ein Männerfuß. Wegen ihrer Füße konnte sie nicht zur Schule. »Ich seh niemal so Füß an Mädel«, sagte Aint Sister. Pearl lachte. »Geb nirngswo Schuh, wo paß an so Füß.« Bis letztes Jahr hatte sie ein Paar Turnschuhe gehabt, aber plötzlich paßte ihr nichts mehr, ihre Kleider nicht, die Schuhe nicht, und ihre Mutter hatte gesagt: »Du kann nich geh fe Schul, vor wir nich find Schuh. Du muß eh bleib da un helf.«

Die Füße ihres Vaters. Sie hatte ein Paar Schuhe, aber als sie einmal in denen gegangen war, hatten alle Frauen gelacht – außer Aint Sister, die zornig geworden war. »Du zieh auf der Stell die Stiefel aus«, hatte sie gebrüllt. »Die nix fe dich.«

Die abgetragenen schwarzen Stiefel waren von ihrem Vater. Sie hatten in einem Versteck gelegen, aber sie hatte sie vor ein paar Jahren gefunden, in dem Schuppen, der jetzt längst zusammengebrochen war. Sie hatte sie unter der Eingangsveranda aufbewahrt und ab und zu zum Spielen herausgeholt, als sie noch klein gewesen war. Einmal, im letzten Jahr, hatte sie sie aus Spaß angezogen, und sie hatten gepaßt. Sie war damit im Hof herumgelaufen und hatte die Zehen dort gespürt, wo sie hingehörten, und gefühlt, wie sich der weiche Vorderschuh bei jedem Schritt bog. Aber dann war sie zu Rosies Haus gegangen, wo ihre Mutter und die anderen Frauen über den Langbohnen gesessen hatten. Und als sie gesagt hatte: »Ich hab Schuh, wo paß«, war ihre Mutter aufgestanden und im Haus verschwunden. Und in das *Tss-tss* aus all den Mündern hatte Marietta das Kinn gereckt und gesagt: »Die gut genug fe geh aufs Feld, wenn der Mann komm.«

Und sie zog sie an, wenn es Zeit war, Kartoffeln auszugraben und Bohnen zu verziehen und die Erde um die Maisreihen zu hacken. Sie schlug den langen Hackschild so flink in den Boden wie Pinkie und Mary, und sie ließ den Mund zu, damit ihre Kehle feucht blieb, und mußte keine Pause machen, um Wasser zu trinken wie die anderen, die immer redeten und lachten. Wenn sie auf der Heimfahrt hinten auf der Pritsche des Lastwagens stand, lächelte sie auf die Füße der anderen Frauen herab, die in Stoffschuhen mit kleinen weißen Ösen und ohne Schnürbänder steckten, und sie ließ die Kanten ihrer weiten Stiefelschäfte gegen ihre Schienbeine kippen.

Sie holte das Netz heraus und versuchte, es zurechtzuzupfen und sich zu erinnern, wie die Männer die Maschenkreise hinaus aufs Wasser warfen. Sie hatte sie ein paarmal am Bach stehen sehen, von ihrem Versteck hinter den Bäumen aus. Ihre Stimmen und ihr Gelächter waren durch den Wald gedrungen, und sie hatte sich bis ganz an den Rand geschlichen und beobachtet, wie ihre Arme in einer Bogenlinie nach vorn flogen und ihre gespreizten Finger in der Luft verharrten, während sich das Netz als perfekte Glocke herabsenkte. Aber die meiste Zeit waren sie draußen auf den Booten, weit hinter dem Wasserweg, oder sie fuhren nachts den Bach hinauf, wenn die Meeräschenschwärme wanderten.

Wenn sie sie sahen, wenn sie sich zeigte und fragte, was sie tun konnte, sagten Big Johnny und die anderen Männer: »Ich mag kein Krach mit Rosie un Sister, weil du hier rumlunger, wenn du soll mach ander Sach. Du geh wieder an dein Platz. Du geh wieder rauf zum Highway.«

Mädchen durften die Fische verkaufen, wenn die Männer sie abends heimbrachten. Manchmal standen Lahas Töchter mit aufgefädelten Fischen am Highway, wenn Weißenleut von den Farmen und Ortschaften an der Straße angefahren kamen, um etwas zum Abendessen zu kaufen. Pearl legte die Fische und Krebse und Shrimps in ihrem Laden auf großen Blechen aus, und manchmal sah man abends Weißenmänner hineingehen und mit Paketen wieder herauskommen.

Das Netz war ein schweres Bündel in ihren Armen; sie hatte die Löcher gesehen, als sie es ausgebreitet hatte, aber sie wußte nicht, wie man sie mit den angespitzten Palmetto-Splittern flickte, so wie Lahas Vater, Joe Pop. Seine Hände hielten das Maschengitter gegen die Wand oder die Verandabrüstung. Sie warf das Netz, so fest sie konnte, aufs Wasser hinaus, und es plumpste als Klumpen herunter. Mit heißem Gesicht schaute sie in die Bäume hinter sich, ehe sie das wirre Knäuel wieder herauszog. Die Libellen rammten sich gegenseitig mit einem harten Klacken.

Sie legte das Netz zurecht und warf es aus, wieder und wieder, und endlich bildete es eine Art Kreis in der Luft. Es landete auf dem Wasser und sank. Sie spürte den Ruck an der Schlaufe um ihr Handgelenk, und ihr Herz hüpfte. Und jetzt? Sie wartete ein paar Minuten und zog dann, in der Hoffnung, daß das Netz voller Shrimps war. Wie lange mußte man das Netz sinken lassen? Sie war nie nahe genug an die Männer herangekommen, um mitzukriegen, welcher Gezeitenstand der richtige war und wo man sich hinstellen mußte. Manchmal standen sie in den kleinen Ruderbooten, manchmal starrten sie aufs Wasser, um sich die richtige Stelle auszusuchen. Die Shrimps, die über den Grund huschten, die Fische, die in diesem Moment an ihr vorbeischossen – das Netz umfing sie enger und enger, während sie behutsam zog, und dann glitt das vollgesogene Maschengitter ans Ufer – leer.

Sie marschierte am Ufer entlang und warf das Netz immer wieder aus, weiter zur Marsch und zum Wasserweg hin, und sie warf es so, daß sie die Hände zum Schluß steif und abgewinkelt in die Luft reckte, als wollte sie beten und zu Gott rufen wie die Frauen in der Kirche, wenn sie den Geist der Liebe in ihren Herzen empfingen. Sie hielt die Hände ein paar lange Minuten so in der Luft und fühlte die Sonne heiß auf ihrem Hals und unter ihrem Kinn und zerrte das Netz durchs Wasser, bis sich Schmerzstränge von ihren Ellbogen bis zu ihren Ohren hinauf zogen. Dann stapfte sie wütend zu den Bäumen zurück, klatschte das Netz gegen einen Stamm und ließ sich auf den feuchten Boden am Wasser sinken. Das Netz rutschte den Stamm herunter, und es klang wie ein Haufen frischgewaschener Kleider, die man gerade aus dem Zuber genommen hat, und sie spürte, wie ihr Wuttränen in die Augen und in die Nase stiegen. Die Angelrute stand gleich neben ihr; sie hatte noch nicht mal gewackelt. Das pelzige Fliegentier taugte nicht für Creekfische, und das Netz hatte so viele Löcher, daß alles, was im Wasser lebte, einfach durchschlüpfte, sich an ihr vorbeischlängelte und seiner Wege zog. Sie holte den Haken mit dem Köder ein und warf ihn auf das Netz. Niemand würde ihr zeigen, wie sie das Netz flicken konnte; sie würden es ihr einfach wegnehmen und sagen, daß es jemandem gehörte und sie feststellen würden, wem. Und selbst wenn der Mann es nicht wiederhaben wollte, würden sie lachen und sagen: »Du geh un flick Kleidersach. Brauch Übung fe fisch mit Netz. Ich geb Rosie Fisch un Shrimp für dein Mama, wenn ich komm heim.«

Sie überlegte, ob sie ihnen das Fliegentier zeigen sollte, das der Weißenmann verloren hatte. Sie schüttelte den Kopf. Sie würde morgen wieder herkommen, zu ihrem üblichen Plätzchen weiter oben am Creek, und sie würde etwas zum Frühstück fangen, ganz früh, wenn die Sonne erst ein schmaler Strich an der Linie zwischen Himmel und Wasser war und ihre Mutter schon auf der Veranda saß. Heute abend nur Reis. Sie wußte, solange es heiß war und nur abends vielleicht ein bißchen Wind kam und die Leute draußen warteten, daß die Luft sich regte, würde ihre Mutter nichts weiter essen als Reis am Abend und Maisgrütze am Morgen. Schön gelb, in Butter und Zucker gequollen.

Zucker – das war es, was ihr den ganzen Tag nicht hatte einfallen wollen. Sie kreuzte die Arme und umfaßte ihre schmerzenden Schultern mit den Händen. In der Dose hatte nichts mehr gerasselt, nachdem sie ihrer Mutter am Morgen Grütze ins Schlafzimmer gebracht hatte. Die sieben Dollar hatte Aint Sister, und ihr wollte Marietta jetzt noch nicht unter die Augen treten. Rosie würde ihr gern Zucker geben, wenn sie nur hereinkommen konnte und knurren, daß das Feuer zu schwach war oder zu heiß und der Fußboden gefegt werden mußte, und warum hatte Marietta immer noch kein neues Zeitungspapier an die Wände geklebt? So faul. Aint Sister würde mit Tee kommen, andere würden mit Gebeten kommen, und sie würden alle ins Schlafzimmer gucken und dableiben und reden und mit dem Finger im Reissack stochern und im Gemüse rühren und die Stirn runzeln. Und ihre Mutter würde leise aus dem Schlafzimmer etwas rufen, um sie festzuhalten, dünne Wortfäden, die sich durch die Luft schlängelten, weil sie so begierig war auf die sanften, leisen Klagen und Drohungen. »Er mach noch mal, un ich schwör...« »Die ganz Woch der Waschkessel tu nich, un die Kerl...« »Du weiß, sie denk, sie groß...«

Un immer in Wald un träum... das waren jedesmal Aint Sisters letzte Worte, wenn sie wieder aus der Schlafzimmertür trat.

Die Sonne war goldener, als sie zu ihrem Pfad zurückging. Ihre Mutter würde jetzt wach sein und vielleicht schon wieder auf ihrem Stuhl an der Straße sitzen, bereit, ihr ein paar mit der Rute zu verpassen, weil sie so lange weggeblieben war. Sie war jetzt so viel größer als ihre Mutter, und beim letzten Mal, vor ein paar Wochen, hatte ihre Mutter sie hinten auf die Beine gepeitscht, mit einer Pfirsichrute, genau auf die Kniekehlen, diese weichen kleinen Grinsefalten, so fest, daß es bei jedem Schritt gebrannt hatte. Sie hatte zugeschlagen, als wüßte sie, daß das die letzten Hiebe waren, und es hatte Marietta angst gemacht, daß sie gar nichts gesagt hatte, nicht geschimpft, nicht mit noch mehr Schmerzen gedroht. Ihre Mutter hatte so schnell und heftig geatmet, daß sie nicht sprechen konnte.

Sie ging zuerst noch hinaus in die Marsch, riß ein paar Büschel Binsen heraus und klemmte sie in ihre Armbeuge. Ihrer Mutter und Aint Sister würde sie sagen, sie sei für sie Süßgras holen gewesen. Die Frauen kamen nie hierher in die Marsch, wo Stechfliegen und Schlangen lauerten. Die Männer und Jungen holten das Süßgras. Marietta lief zurück durch den Wald, wo das Moos immer noch reglos an den Bäumen hing. Bei jedem herunterbaumelnden Strang rollte sich eine Franse von den anderen weg. Immer nur eine.

Daheim schlich sie vorsichtig um die Lichtung zur Pumpe, um erst einmal zu horchen. Die Pumpe stand auf einem eigenen kleinen Tischchen, einem Brett, das auf zwei dicken Holzklötzen ruhte, und sie streichelte den Schwengel, der genauso geschwungen war wie die Pferdeschwänze der Frauen in ihrer Zeitschrift. Die Kleider, die sie am Morgen an eine Leine zwischen den Verandapfosten gehängt hatte, bewegten sich nicht; die Luft war so reglos wie ein ertapptes Kaninchen. Sie duckte sich unter den Fenstern vorbei. Ihre Mutter weinte nicht; ihr Atem ging flach und leicht, wie ein Blatt, das im Zickzack zu Boden schwebt.

Im Haus, in das den ganzen Tag kein Licht gefallen war, war das Dunkel schon viel dichter als draußen, wo der Tag in den Bäumen verschwand. Die Luft war graublau wie das Innere von Austernschalen, und ihre Mutter regte sich immer noch nicht. Marietta streckte den Kopf durch den Stoffvorhang, der die Zimmer trennte, und sah auf das glänzende Gesicht ihrer Mutter. Der Mund war eine lange, schmale Kerbe, und sie rührte sich nicht, nur das Laken unter ihrem Hals hob und senkte sich leicht. Das Einatmen war nicht zu hören, aber die Luft fuhr mit einem rauhen Fauchen heraus, und Marietta erschrak, weil es klang wie ein wütendes Opossum im Dunkeln. Sie zog den Vorhang wieder zu und nahm die Tüte mit dem geschroteten Mais vom Küchenbord. Der Trinkbecher war immer noch voll mit dem rötlichen Tee, den Aint Sister ihrer Mutter zu trinken gegeben hatte. Tee aus Blutwurz, die rot blutete, wenn man hineinschnitt. Marietta schwenkte den Tee im Glas – warum hatte ihre Mutter ihn nicht angerührt?

Zucker – es hatte keinen Sinn, Reis oder Maisgrütze zu kochen – ohne Zucker und Butter. Sie wollte heute abend beides machen, zur Sicherheit, sattgelb wie Löwenzahn. Es blieb ihr wohl nichts andres übrig, als zum Laden zu laufen. Sie rückte ihr Kleideroberteil zurecht und nahm das Süßgras mit.

Nachdem sie es vor Aint Sisters Tür abgelegt hatte und den Waldweg entlanggerannt war, ging sie langsamer zur Stichstraße. Sie würden überall sein und glotzen und lachen und auf ihren Stühlen oder in der Hocke die Hälse verdrehen, um zu gucken, wer da kam – ach, nur Josephine Mädel, wild wie was. Und überall auf der Straße Lahas Kinder, die mit leeren Kartons spielten und Eimer voller Krabben schleppten. Joe und Ricky und Tina würden sie sehen und rufen: »Da komm Marietta! Du frag sie, ob sie lang rauf in Baum un hol uns ein Vogel runter! Ich seh Lady, wo hab Vogel in ein Käfig da in ihr Auto. Sie hab ein Vogel in Auto fe sing.«

Sie kannte ihre Hinterköpfe besser als ihre Gesichter, weil sie auf der Straße immer an ihnen vorbeiguckte. In der Schule mußte sie ganz hinten sitzen und auf ihre Zöpfe und Mützen und die Haarperlen über den Nacken der Jungen gucken.

Die Jungen scheuchten zwei Hunde die Straße entlang, und

die Mädchen hatten Tüten mit Kartoffelchips und glänzende Mineralwasserdosen in den Händen. Marietta ging rasch zwischen ihnen hindurch, und nur Jimmy sprach sie an. »He, Marietta, du so schwarz, daß ich fürcht mich vorm Dunkel, wenn ich seh dich.«

Ricky sagte: »Der Witz alt, Mann. Da lach keiner mehr drüber.«

Die Männer, die auf Kisten und Schattenflecken im trübbraunen Licht vor dem Laden hockten, schauten hoch. Big Johnny war nicht da. Sie spannte ihre Muskeln an und ging an ihnen vorbei, aber keiner sagte etwas. Ein Wirrwarr von Frauenstimmen kam durch die Tür, aber die Männer sagten nichts – nicht: »Ihr seh Helen Mädel? Sie hab Aug wie ihr Mama, grad wie grün« und nicht: »Die da Pearl Großkind? Wo hab die Bein her? Ich seh mein Lebtag kein so klein Nigger wie der da ihr Daddy.« Und sie warteten nicht, daß sie an ihnen vorbei war, um dann zu sagen: »Lang wie ein Kerl. Ich wett, sie hau jeden in Boden, der wo nur guck. Ich wett, sie hau mich in Boden, vor ich nur piep sag.«

Drinnen warteten das trübe Glas mit den Schweinsfüßen und den moosgrünen Gürkchen und die Keksdose und die Plastikflaschen mit Mineralwasser, die von der niedrigen Decke baumelten, gleich über ihrem Kopf. Pearl lächelte hinter dem Ladentisch, und Rosie, ihre Kusine, saß auf einem Stuhl. »Wie geh dein Mama?« sagte Pearl.

»Sie schlaf«, sagte Marietta. »Aint Sister nehm mein Geld, un sie nich daheim, aber ich zahl morgen.«

»Du bring Taglicht«, sagte Pearl. Dabei guckte sie Rosie an.

»Nur bißchen Zucker«, sagte Marietta. Pearl maß ein Pfund Zucker in eine Papiertüte ab und schob sie über den pockennarbigen Ladentisch.

»Weiter nix?« fragte Pearl.

Marietta schmeckte die salzigen Kartoffelchips auf der Zunge, so, wie wenn sie an der Innenseite ihres Arms leckte, weil sie sich geschnitten hatte, und sie dachte daran, wie lange die sieben Dollar reichen mußten, wenn das Geschäft weiter so lahm lief. »Noch bißchen Butter«, sagte sie, und als sie den weichen kleinen Würfel in der Hand hielt, versprach sie: »Ich komm Taglicht.«

»Du brauch kein Fleisch?« sagte Rosie. »Big Johnny komm noch nich wieder, aber ich bring paar Fleischzipfel für dein Mama.«

»Ich hab Shrimp«, sagte Marietta. »Mehr, wie sie kann eß.« Sie stieß mit der Schulter gegen den Türrahmen, und die Glöckchen bimmelten.

Rauch stieg jetzt von allen Häusern auf und hing in dünnen Schwaden in der Luft, und sie lief schnell den Waldweg zurück, nahm vor Aint Sisters Haus die Abkürzung durch den Wald. Sie sah das Dach ihres Hauses, den Haufen aus Moos und Nadeln, der sich auf dem Vordach gesammelt hatte. Das Dach war steil, und manchmal hörte sie nachts die Blätter und Nadeln herunterrutschen. Sie ging die Stufen hinauf und stellte die Tüte auf den Holztisch beim Herd.

Nur Aint Sister und ihre Mutter hatten eine große offene Feuerstelle an der einen Küchenwand, und Aint Sister kochte dort auch. Sie achtete sorgfältig darauf, daß die glimmenden Holzreste immer gut bedeckt waren, und sie hatte immer einen Topf am Rand der Glut stehen und manchmal auch etwas in der grauflockigen Asche liegen, um es langsam zu garen. Aber Mariettas Mutter war es in diesem Jahr immer heiß, und als es draußen warm geworden war, hatte Marietta die Feuerstelle ausgeräumt und saubere Töpfe hineingestellt, damit sie aus dem Weg waren. Die Backsteine waren kühl unter ihrer Hand. Sie holte ein bißchen Spanholz von der Eingangsveranda und machte Feuer im Herd, weil sie dachte, der Essensgeruch würde ihre Mutter vielleicht aufwecken. Sie stellte den großen Gußeisentopf für den Reis auf eine Platte und den weißemaillierten Topf für die Maisgrütze auf die andere. Sie streute Salz in beide Töpfe und leckte sich ein paar klebengebliebene Körnchen von den Fingern. Der Waschzuber war immer noch draußen, und sie trug ihn auf die Eingangsveranda, bevor sie die Wäsche von der Leine nahm. Im Winter war sie immer steif, aber jetzt, wo die Luft so feucht war, fiel sie weich und schlaff in ihre Hand.

Sie setzte sich auf die Verandastufen, um die letzten Lichtsplitter zwischen den Bäumen mitzukriegen. Das Moos regte sich einen Augenblick, und Luft strich über die Haut an ihrem Hals. Sie hörte die Töpfe auf dem Herdfeuer vibrieren, und sie schloß die Augen und dachte an die blauen Winterflammen in der Feuerstelle, das prasselnde Lodern, wenn draußen der Wind blies und ihre Mutter und Aint Sister dicht beim Feuer saßen und Geschichten erzählten. Wenn ihre eigenen Finger sich langsam durch die Langbohnenkerne bewegten, während die der beiden Frauen flink wie Spinnen durch die glatten getrockneten Früchte huschten und sie drehten und wendeten und Steinchen und Stengelstückchen heraussuchten. Aint Sister und ihre Mutter reinigten die Bohnen immer erst, bevor sie sie in den Sack für den Winter schütteten. Sie kauften einen ganzen Vorrat Bohnen von Lahas Bruder, der sein Land bebaute. Ihre Mutter konnte das Ackerstück hinter dem Haus nicht bearbeiten, und es war schon seit Jahren zugewuchert, zurückerobert von Bäumen und Ranken, die sich breitgemacht hatten, während ihr Vater fischen gewesen war. »Er mag nich hack un pflüg«, sagte Aint Sister immer. »Er mag nur sitz am Wasser, bis Licht weg.«

Ihre Mutter hatte das letzte Jahr nicht mal mehr mit dem Lastwagen mitfahren und für Mr. Briggs und Mr. Tally und die anderen Farmer arbeiten können. Wenn sie kamen, fuhr Marietta mit den anderen los, und ihre Mutter blieb mit Aint Sister im Haus und flickte Kleider und schnitt Okra in kringelige Scheiben zum Einmachen. Marietta dachte an das, was Aint Sister heute gesagt hatte. Ihre Mutter zitterte im Winter, war aufgedunsen und langsam im Sommer und schlief am Tag und schrie in der Nacht.

Irgend etwas raschelte in dem Stoß Anfeuerholz auf der Veranda, etwas Kleines, das für seine Größe einen Riesenlärm machte. Als sie noch klein gewesen war und sich die ersten Male allein in den Wald getraut hatte, war sie bei jedem Geraschel im Laub und jeder Bewegung im Geäst zusammengefahren. Sie war erstarrt, bis sie gemerkt hatte, daß es ein Käfer war oder ein Falter, eine Schildkröte, die ins Wasser glitt, oder ein Vogel, der einen Zweig gestreift hatte. Der Holzstapel war jetzt niedrig, aber sie würde dicke Stämme suchen und für den Winter hacken müssen, wenn der Wind übers Meer heulte und durch die Ritzen in den Wänden drang. Dann würde ihre Mutter die ganze Nacht dicht am Feuer sitzen, und ihr Gesicht würde so hell leuchten wie die hellsten

Flammen, und sie würde in das tiefblaue Glühen zwischen den Scheiten starren. Es war blauer als Wasser.

Der Reis spuckte weißen Schaum unter dem schwarzen Topfdeckel heraus. Marietta begann geistesabwesend zu fegen, kehrte die Holzsplitter und den Staub zur Tür und dachte, wenn sie Mr. Joe Pop bitten würde, die Axt zu schleifen, könnte sie dableiben und zugucken, wie seine Klauenfinger Netze knüpften und flickten. Sie konnte ihn um Schnur bitten und sagen, sie wollte einen Strick drehen, um am Stand Körbe aufzuhängen. Sie fegte den Dreck in einem kleinen Wölkchen von der Eingangsveranda und hörte Aint Sisters tiefe Stimme von den Baumstämmen widerhallen. Immer kamen die Worte vor der langsamen kleinen Gestalt aus dem Dunkel.

»He! Du feg in Dunkel!« Ihre Worte flogen nie einfach nur davon, nicht hier auf der Lichtung zwischen den Bäumen und nicht am Stand – sie schlugen gegen Marietta und fielen zu Boden; aber jetzt klang sie noch zorniger als heute mittag, als sie die sieben Dollar eingesteckt hatte. »Du laß auf der Stell sein! Du soll niemal feg in Dunkel – du weiß genau!« Sie packte den Besen und streckte ihn vor sich durch die Tür wie eine Fackel. »Bring Unglück. Schlimm Unglück. Ich kann nich glaub, daß du tu dein Mama so schlimm Sach an!«

Marietta wurde eng um die Brust. Aint Sister würde ihre Mutter jetzt mit heißem Tee wecken und ihr dann alles erzählen, von der Frau und von Mariettas frechem Mundwerk und daß sie gerade gefegt hatte. Das mit dem Fegen hatte sie vergessen. Es gab so viele Dinge, an die man denken mußte – andrer Leute Fußstapfen, Salz und roter Pfeffer gegen Hexen, Eier und Asche und alles, was noch Unglück bringen oder vertreiben konnte.

Aint Sister stocherte im Feuer und stellte den Besen in die Ecke. Sie starrte auf das unberührte Glas mit dem Tee und nahm den kleinsten Topf vom Bord. »Du geh un hol Wasser, frisch Wasser«, sagte sie. »Das du weiß auch. Sie brauch Tee. Un daß du mir ja nich trödel un red mit Bäum.«

Marietta ging mit dem Eimer nach draußen zur Pumpe. Sie konnte sie mit geschlossenen Augen finden, ja, sie konnte sogar das kühle, feuchte Metall riechen. Das Wasser klatschte in den Eimer, und sie hörte einen Schrei, ein langgezogenes *I-i-i-i-i*, das die Luft zerriß. So schrill und anhaltend wie die Autohupe, aber das hier kam aus einer Kehle, strömte hoch und zittrig aus einem Mund. Sie drehte sich um und ergriff den Eimer – war es eins von den wilden Schweinen, von denen die Jungen immer erzählten, ein Biest mit bösen kleinen Augen und sabberglänzender Schnauze? Oder eine Hexe, die drunten an der Straße jemandem im Genick saß?

Sie rannte zum Haus, und wieder hörte sie den Schrei, von drinnen. Aint Sister kam heraus auf die Veranda und heulte wieder los, den Kopf zurückgeworfen, *J-i-i-i-i-i*, lauter als Kirche, lauter als Wut, länger als Menschenatem.

NACHT

Rosie kam nur, um ein Päckchen Fleisch zu bringen. Niemand hatte Aint Sisters Schrei drunten am Ende des langen, dunklen Waldwegs gehört; ihre Stimme hing immer noch in den Ästen und in dem Moos, während Marietta reglos dastand, weil sie Angst hatte, an ihr vorbeizugehen und das Gesicht ihrer Mutter zu sehen. Jetzt rannte Rosie wieder die Straße zurück, um den anderen Bescheid zu sagen, und Marietta stand neben dem Bett, während Aint Sister im Schaukelstuhl saß und mit ihrer Mutter redete, als wäre sie noch lebendig.

Die Wangen ihrer Mutter waren jetzt trocken, der Glanz verflogen. Sie sahen weich und kalkiggelb aus, wie feines Sägemehl. Marietta wußte, sie würden sich anfühlen wie samtiges Moos. Sie fuhr mit dem Finger über das Laken, das Brust und Arme ihrer Mutter bedeckte, und die Stirn war glatt wie Pfirsichhaut, bis auf die beiden Falten, die sich wie feine Rasierklingenschnitte von den inneren Brauenenden nach oben zogen. Aint Sister redete und redete, mit ihrer Mutter und mit der Luft draußen vor dem Fenster und vielleicht sogar mit Marietta.

»Ich vergeß, wie weit sie jetz all weg wohn. Ich weiß noch, anderzeit all ander Leut Haus ganz nah. Sie hör all Sach – wenn Baby schrei un wenn jeman hab Not. Aber jetz ich ruf, un keiner hör, all Leut so weit weg. All Leut wohn an der Straß. Aber sie wer gleich komm, sie wer all komm un wart fe Taglicht, du hab kein Sorg.«

Ihre Stimme wurde sanft, glitt weicher aus ihrer Brust, und Marietta hörte, daß sie mit ihrer Mutter redete. »Sie wer all bleib da un wart fe Taglicht un helf dir geh, wenn Zeit komm. Wir bleib da, wenn dein Seel geh auf die Reis.«

Sie würden alle bei ihrer Mutter sitzen, bis die Sonne aufging, und reden, um ihr so lange Gesellschaft zu leisten, bis ihre Seele beim ersten Licht den Körper verlassen konnte. Marietta versuchte sich vorzustellen, wie der Atem ausgesehen hatte, als er aus dem Körper ihrer Mutter gefahren war, wie es sich anhören würde, wenn ihre Seele hinausfuhr. Sie wußte, die Frauen würden sich in dem Zimmer drängen und sich hinsetzen, wo es nur ging, und aufstehen, um ein weiteres Mal den Tisch abzuwischen und etwas zu kochen und zu reden und zu singen. Und dann, wenn die Sonne aufging und die Seele davongeflogen war, würden sie sich mit ihr befassen.

Der Wald wäre am liebsten immer weiter herangekrochen, bis zur Pumpe und darüber hinweg, um sich alles zurückzuholen, das Aborthäuschen und die Veranda und das Haus, und sich durch die Fenster zu schlängeln und die Dielenbretter hochzudrücken. Jedes Jahr mußte sie mit der Axt dagegen angehen, gegen die kleinen Bäumchen und das Gestrüpp und die kriechenden Blattranken, die immer näher kamen. Aber die Zwergpalme und das Immergrün beim hinteren Schlafzimmerfenster ließ sie jedesmal stehen, weil sie so gern die Schattenmuster sah, die sie bei Nacht warfen. Die Palmwedel wippten im Mondlicht wie ein großer Fächer, die grünen Ranken und das Moos umfingen die Bäume wie ein Käfig und trafen sich mit dem Moos, das von der Dachkante hing.

Die Läden waren jetzt offen, um den leisen Windhauch hereinzulassen, und Marietta kauerte in dem Geflecht aus Ästen und Blättern und horchte. Sie wäre auch gern bei ihrer Mutter gesessen, wollte aus dem Fenster gucken und warten, auf das erste goldene Morgenlicht und auf das leise Flüstern, von dem Aint Sister sagte, daß man es hörte, wenn die Seele davonflog. Aber sie konnte nicht bei den Stimmen und dem Zungenschnalzen und dem Geräusper sitzen, bei den Augen, die sich immer wieder unschlüssig auf sie richteten.

»Josephine verkauf nix wie den ein klein Korb gestern«, sagte Mary. »Wie soll wer besser? Leut kauf die Woch nix, warum soll kauf nächst Woch?«

»Du kann nich sag, was Leut wer mach. Warum du seh so schwarz?« fragte Rosie.

»Weil das Jahr Regen schlimm-schlimm. Mach all Tally Feldfrücht kaputt. Überschwemm all Tally Land. Er hol kein Leut fe Arbeit ganz Monat, un geb nix fe mach wie räum Dreck weg, wenn wieder trocken. Geb zwei Tag Arbeit, wenn Glück«, sagte Pinkie.

»Das Baby tret un strampel all Nacht durch!« sagte Mary. Marietta sah die Babyfüßchen gegen die schlüpfrige Bauchwand treten, naß und mit einem Häutchen umhüllt, so wie die Ferkelbeine, die sie aus dem Bauch der Sau hatte gleiten sehen, und ihr wurde ganz flau, und sie preßte die Hände auf ihren Bauch. Crystal hatte immer gesagt, man könne sehen, wie die Füße von innen gegen den Bauch drückten und einen kleinen Huppel machten.

»Er spür dein Unruh«, sagte Aint Sister abwesend. »Er beinah fertig fe komm.«

»Wer sicher Bub, so wie dir zusetz«, sagte Laha.

Aint Sister schnaubte. »Der da mach mir kein Sorg. Die da in Bäum mach mir Sorg. Sie ganz allein mit ihr Mama. Josephine Mama tot. Josephine Leut all tot.«

Marietta hob das Kinn von ihrem Handrücken und biß in das Stück Rinde, das sie in den Fingern hielt. Ihr Leut all tot. Bis auf Aint Sister.

»Josephine Mama heiß Christmas«, sagte Pinkie. »Mmmhmmm. Sie hübsch.«

Aint Sister sagte: »Lang-lang schwarz Haar. Sie flecht ringsrum in Zöpf. Sie Kusine zu mir. Sie sterb, wo Marietta klein-klein, wir bring ihr Babytochter fe Begräbnis. Christmas kauf Grabplatz in Charleston, sie sag, sie woll nimmer komm fe Pine Garden, nich mal tot.«

»Josephine in kein Begräbnisverein«, sagte Laha. »Sie brauch ihr ganz Geld fe geb Marietta zu eß. Sie hab gar kein ander Leut mehr?«

Aint Sister schwieg, während ihr Pfeifenrauch durchs Fenster zog und sich um die Ranken über Mariettas Kopf kringelte. »Christmas hab noch zwei Söhn. Der ein sterb bald. Der ander leb noch in Charleston, wo wir geh fe Christmas Begräbnis. Aber der taug nix. Er zu wild, Hurriah. Taug nich fe Mädel. Taug nich mal fe ausgewachs Frau, Hurriah, er so wild.«

Rosie und Laha lachten, und Rosie sagte: »Geb noch mehr von der Sort.«

Aint Sister sagte: »Un wahrscheins Hurriah wer eh nich glaub, daß sie sein Schwesterkind. Er seh Marietta nimmer, seit wo sie klein-klein.«

»Du tät glaub, wenn du seh Marietta und kenn sie nich?«

»Wer tät glaub? Keiner tät glaub. Sie seh grad aus wie ihr Daddy. Sein Blut so stark, laß Josephine Blut gar kein Platz mehr«, sagte Pearl. Sie redete sonst nie, saß immer nur da und strickte die Babyjäckchen, die im Laden an der Wand hingen, kleine, plumpe Jäckchen, die Marietta dann an den Neugeborenen sah.

Babys. Wenn sie noch klein wäre, ein schreiendes, strampelndes Baby mit Füßchen so klein wie Löffel, dann würden alle sie wollen. Aber so redeten sie die ganze Nacht hin und her, und alle wußten, wer sie nehmen würde. Aint Sister – und Aint Sister würde sie nie etwas recht machen können. Wenn sie sich am Kopf kratzte, würde Aint Sister fauchen: »Du find bald die Laus, wo du jag um dein Ohr rum?« Und ihr Vater – alle würden tuscheln, mit ihren Angst-und-noch-was-Stimmen, weil sie ihm jetzt, wo ihre Mutter nicht mehr da war, mit jedem Tag noch ähnlicher sehen würde. Sie schloß Mund und Augen und machte ihr Gesicht so hart wie seins auf dem Foto, und als könnten sie sie sehen, sagte Aint Sister: »Er weiß nich, wie muß geh um mit Leut, Freeman. Er mach sein Gesicht nie, wie sich gehör.«

»Hä-ä-ä?« fragte Rosie. »Was du mein, Sister?«

»Sie red von Leut wie Freeman«, sagte Pearl. »Blaublutleut.«

»All Leut hab immer Angst vor Freeman«, sagte Aint Sister. »Bis auf den *buckra*, wo ihn umbring.« Sie verstummte jäh, und Marietta spürte wieder das feuchte Prickeln auf ihrem Rücken.

»Was soll ich mach mit dem Mädel?« Aints Stimme sprudelte hastig heraus, als wollte sie rasch zuschütten, was sie eben gesagt hatte. »Sie komm nich zurecht mit Leut. Sie verschreck die Leut am Highway, auch wenn sie vielleich nich mit Absicht mach.«

»Sister, was du red von Weißenmann, wo bring Freeman um? Er ertrink, wo er fahr raus fe fisch un Schneevögel komm un fahr über ihn drüber. Grad wie Fix«, sagte Laha.

»Die Weißenleut fahr einfach drauflos«, sagte Rosie. »Sie tu, wie wenn sie nix seh.«

Fix Greens Gesicht stand vor Marietta, obwohl sie ganz fest mit den Fingern auf die Augenbrauen drückte – das aufgequollene Fleisch und das Wasser, das ihm aus Mund und Ohren rann, als sie ihn herauszogen. Sie hatte sich drunten am Wasserweg herumgetrieben und die Männer schreien hören, daß sie ihn gefunden hatten. Big Johnny sagte, eine von den großen weißen Yachten mit Leuten aus dem Norden, die den Wasserweg entlangflitzen, um der Kälte in New York zu entkommen, habe ihn erwischt. Fix war dort draußen gewesen, wo der Creek in den Wasserweg mündete, und die Schneevögel hatten sein kleines Boot über den Haufen gefahren. Aber Aint Sister hatte nie etwas davon gesagt, daß Mariettas Vater auch so gestorben war; sie schüttelte immer nur den Kopf und sagte: »Er drauß fe fisch. Er sterb, wo drauß fe fisch.« Und ihre Mutter hatte Marietta nichts mehr gefragt, seit sie ihr einmal das Foto aus dem Kästchen unter dem Bett gezeigt hatte und ihre Mutter es ihr so schnell aus den Fingern gerissen hatte, daß ein aschgrauer Kratzer an ihrem Handgelenk zurückgeblieben war.

»Ich weiß noch, wie sie ihn find, Freeman. Wie sie find sein Boot. All Leut geh un such«, sagte Rosie. »Weil er immer fahr überallhin fe fisch, Freeman. Un grad Fix Daddy Morris find ihn! Droben im Creek, wo am Herrnhaus fließ, ihr weiß nimmer?«

Aint Sister sagte nichts. Marietta drückte noch fester auf die Knochen über ihren Augen, um es nicht zu sehen – das harte Gesicht ihres Vaters, schwabblig und aufgedunsen von den Tagen im Wasser, genau wie bei Fix.

»Weiß keiner, was er da such«, sagte Laha.

»Was du red von Mann, wo bring ihn um?« fragte Rosie. »Nieman rühr den verrückt Nigger an.«

Marietta hörte einen Stuhl schrappen, und Aint Sister trat hinaus auf die Veranda und sog im Dunkeln heftig an ihrer Pfeife.

»Josephine verwind sein Tod niemal«, flüsterte Pinkie. »Ich glaub, sie mag nimmer leb, weil der Mann ihr so fehl. Sie sag mir, sie eß kein Fisch, weil das Wasser ihr nehm Freeman.«

Aint Sister kam wieder ins Zimmer zurück. »Mein Leut jetz all tot. All weg.«

»Du vergeß Marietta, Sister«, sagte Laha.

»Nein, ich vergeß kein Augenblick. Wie kann ich vergeß, wo sie jetz an mir häng? Aber sie hab nix von Josephine, un ich seh nix von Christmas in ihr Gesicht. Josephine Händ un klein Finger grad wie bei Christmas. Ich wer nie wieder seh, weil Marietta all Freeman Blut.«

»Sie kein schlecht Mädel, Sister«, sagte Rosie. »Sie sorg gut fe ihr Mama all Zeit.«

»Sie sorg fe Josephine«, sagte Mary. »Sie kann komm un helf mit dem Baby.«

»Ich sag nich, Marietta schlecht«, erklärte Aint Sister schroff. »Ich sag nur, was soll ich mach mit eim Mädel, wo seh so aus un renn immer überall rum? Wie soll ich halt das Mädel am Highway? Sie kann nich mal mach Körb.«

»Sie mach ihr Feldarbeit gut«, sagte Pinkie.

»Geb aber nimmer genug Feldarbeit«, sagte Mary.

»Ich sag nich, sie schlecht«, sagte Aint Sister noch einmal, und Mariettas Brust war so eng und starr, daß sie die Schultern nicht zurücknehmen und die Luft nicht tief genug einziehen konnte. »Ich sag nur, sie wieder im Wald un red mit ihr Bäum.«

»Ich geb dir Schuh, Marietta, aber du weiß, ich muß erst bestell – fe dein Größ.« Pearl beugte sich über den Ladentisch.

Marietta starrte an ihr vorbei auf die Babyjäckchen. »Wie ich soll geh?«

Pearl verschränkte die Arme und runzelte die Stirn. »Schwarz«, sagte sie. »Alles, wo ich hab.« Sie kramte hinter dem Ladentisch, bis sie ein Paar schwarze Männerhalbschuhe fand, mit einem Gummiband über der Lasche. Das Leder war stumpf wie die Nase eines durstigen Hundes und staubig unter ihren Fingern. Marietta schlüpfte hinein.

»Daß du sie nachher gleich auszieh. Du lauf mir nich mit

rum. Sin nich bezahl. Seh wieso nich recht aus – du bring sie wieder, un wir bestell dir Paar Damenschuh.«

Marietta fühlte die Schweißtropfen an ihrem Hals und auf ihrer Stirn, als sie sich auf den Weg zu Aint Sisters Haus machte. Die dicken Strümpfe, die sie aus dem kleinen Schubladenschränkchen ihrer Mutter genommen hatte, waren viel zu kurz. Sie steckte die Hände in die heißen Taschen des schwarzen Kleids, das auch von ihrer Mutter war, und hob die Füße hoch, damit die Schuhe nicht staubig wurden.

Sie schwiegen, bis sie bei der Kirche waren, wo ihre Mutter in dem Holzkasten lag, den Big Johnny und Jerry letzte Nacht zusammengezimmert hatten, während die Frauen Wache hielten. Alle standen auf dem harten Lehmboden vor der Kirche und warteten auf sie und Aint Sister.

Falls heute Autos an den Ständen gehalten hatten, war niemand dagewesen. Sie hatten den ganzen Tag gekocht und gewartet, weil Aint Sister wollte, daß Josephine nach der alten Sitte begraben wurde, wenn die Sonne im offenen Grab zu schwinden begann.

Marietta wollte nicht hören, wie sie weinten und schrien und die Oberkörper wiegten und die Hände zum Himmel reckten. Die Stimmen hingen über ihr wie ein Netz. Einmal im Monat kam der Prediger aus McClellanville, um an Joe Pops Stelle den Gottesdienst zu halten. Dann hatte Marietta sich immer versteckt, bis ihre Mutter zur Kirche gegangen war. Das ganze Reden und Schreien, Stunden um Stunden, von dem ihr fast die Ohren geplatzt waren, als sie noch klein gewesen war – sie haßte das Gebetshaus und das Gedrängel Haut an Haut. Jetzt würde Aint Sister dafür sorgen, daß sie hinging. Marietta sah auf die gestreckten, steifen Finger und die Handteller, ihrer Mutter zugekehrt, die, heller als Gold, in dem Kasten lag, die Lippen so dünn wie der Saum einer Muschel, einer Babymuschel. Fest zusammengepreßt. Sie sangen und heulten, und sie starrte auf das Haar ihrer Mutter, die bebenden Fransen kaputter Haarsträhnchen über ihrer Stirn. Die störrischen kleinen Härchen um die Ohren, die sie immer mit Vaseline angeklebt hatte. Die Schreie schlugen gegen ihren Rücken, und dann gingen die Leute langsam an ihrer Mutter vorbei, manche berührten ihr Gesicht, andere beugten sich tief über sie. Ein einziges schwarzes Meer aus Kleidern und Füßen und Haaren, Hüte, die über ihrer Mutter schwebten. Laha und Rosie und Aint Sisters Hände, die sie hochzogen.

Draußen waren die Lichtflecken zwischen den Eichenblättern jetzt silbern, funkelnde Münzen über ihrem Kopf, und die Menschenschlange bewegte sich zum Friedhof drüben im Wald. Sie sah, wie die Holzsplitter von dem Kasten abstanden. Wasser stand in dem offenen Grab, und da packte Marietta die Angst, und sie schrie Big Johnny an: »Ihr laß sie nich ins Wasser! Ihr laß ihr Gesicht nich ins Wasser!«

Die Männer schöpften ein paar Eimer heraus, aber der sandige Boden schimmerte immer noch feucht, glänzte mit jedem Augenblick mehr. »Es lauf wieder rein!« schrie Marietta, und dann: »Halt!« Sie konnte nichts dagegen tun, daß ihre Lippen zuckten von den Schluchzern, die aus ihr herausbrachen.

»Still jetz«, sagte Aint Sister, die sie an den Armen festhielt. »Das nur klein bißchen. Du weiß, du kann nie halt all Wasser drauß. Das immer so.«

»Sie haß das Wasser. Sie kann nich lieg im Wasser – halt, ich mach raus!« schrie sie, und Laha stellte sich vor sie. »Marietta«, sagte sie. »Das Wasser geh gleich wieder weg, wenn sie die Erd schaufel rein. Still jetz.«

Big Johnny stieß gegen den Kasten, und das Gesicht ihrer Mutter zitterte ein bißchen. Marietta drängte sich ganz dicht heran, und sie hörte Lahas Kinder vor Angst nach Luft schnappen, und sie mußte an all die Beerdigungen denken, bei denen sie sich vor dem Moment gefürchtet hatte, wenn sie ein Kind hochheben und über den Sarg wandern lassen würden. Einmal, zweimal, dreimal mußte das Kind über die Großmutter oder den Onkel hin und her wandern, damit der Geist es in Ruhe ließ und nicht seiner unfertigen Seele auflauerte. Und sie fuhr zurück, weil sie dachte, jetzt würde es passieren, jetzt würden die Hände sie packen und hochheben und dicht über den starren Lippen und Händen ihrer Mutter schweben lassen. Nur ein paar Fingerbreit über der Nase, die nicht mehr atmete, wäre ihr eigenes Gesicht, und sie schloß die Augen und wich zurück, kämpfte gegen Aint Sisters Finger an.

Die Finger ließen sie los. Sie sah hinunter auf Aint Sisters schwarzen Strohhut, der neben ihrer Schulter wippte, und auf die anderen Hüte, die Federn, das Stroh und die Bänder der Frauen und den weichen Filz der Männer. Nur ein paar von den Männerhüten waren über ihrer Augenhöhe, und niemand näherte sich ihr, als der Kasten auf die Seile über dem Grab glitt.

Aint Sisters Hände zogen schwer an Mariettas Armbeuge, als sie wieder zurückgingen. Ein Windhauch bewegte die Kiefernäste hoch über ihren Köpfen, und Aint Sister sagte: »Gott laß ein Seufzer, weil sie jetz daheim. Sie jetz Ruh.«

Die Stablampe war nicht so hell wie der beinah volle Mond. Der silbrige Lichtfinger leuchtete nur im Schatten auf, wo der Mond nicht hinkam, aber Aint Sister schwenkte ihn trotzdem hin und her und redete den ganzen Weg, und als der Strahl über die Lichtung auf die Veranda fiel, beim Anblick der schwarzen Fenstervierecke und der geschlossenen Tür, begriff Marietta, daß sie schon nicht mehr hier wohnte, daß sie jetzt neben Aint Sister schlafen und ihr Altweiberschnarchen hören oder auf einer Matte im vorderen Raum beim Kamin liegen mußte. Sie konnte nicht atmen, konnte nichts gegen den Ring aus Wasser tun, der sich vor ihren Augen zusammenzog und die Eingangsstufen verschwimmen ließ. Sie stolperte und knallte mit dem Schienbein gegen die Holzkante.

»Du guck auf dein Füß. Du tret in Fußstapf.« Aint Sister war so klein, daß ihre Schuhe fast lautlos über die Verandabohlen huschten. »Ich brauch Kaffee, vor wir mach fertig. Wir hab noch zwei Sach fe mach.«

Marietta folgte ihr zur Feuerstelle, wo sie die sauberen Töpfe herausnahm und scheppernd auf die Vorplatte stellte.

»Zu heiß fe Feuer«, sagte Marietta.

»Du kümmer dich nich um die Hitz. Geb nix wie Feuer fe räucher den Tod aus. Herdfeuer nütz nix. Du geh un hol Anfeuerholz un ein Kloben dazu.«

Marietta brachte einen Armvoll Zweige und ein beindickes Holzstück. Sie schichtete das Feuer auf, und Aint Sister sagte: »Du geh un hol Zündhölzer. Ich fiddel nich rum mit so Ding. Vormal wir hab kein Zündhölzer. Wir paß auf, daß Feuer nich ausgeh, oder wir krieg mit Stock. Du seh, mein Feuer immer versorg, geh niemal aus. Feuerstell besser fe koch. Ich mag mein Lebtag nie koch auf Herd.«

Die Flammen züngelten ihnen entgegen, und Aint Sister nickte. »Du seh? Sie blas bißchen in Kamin rein, sag ›Ihr räucher den Tod aus. Ich jetz Ruh.‹« Aint Sister ging ins Schlafzimmer und zog die schlaffen, zerwühlten Laken vom Bett. Sie sagte: »Ich mach neu Bettsach«, und sie begann, den dünnen Stoff zu zerreißen und die Fetzen ins Feuer zu werfen. »Ich sag, wir brauch Kaffee. Du geh un hol frisch Wasser. Un du trödel nich rum.«

Marietta stand bei der Pumpe und horchte auf das Platschen der Tropfen, nachdem sie aufgehört hatte, den Schwengel zu bewegen. Sie hörte den Wald, die Tiere und das Rascheln der Blätter, das Knacken der Flammen drinnen im Haus. Sie konnte dort zwischen den Bäumen warten, bis Aint Sister fertig war, einfach geduldig ausharren, bis sie aufgab und heimging. Aber ohne Licht – sie dachte an die Bäume und die Plattaugengeister, die hinter ihnen lauerten. Fix – die Leute sagten, er treibe sich am Wasserweg herum und mache Boote los. Aint Sisters Stimme grollte durch das Knacken des Feuers. Marietta ergriff den Eimer und roch brennendes Haar, den gräßlichen Geruch der Haare ihrer Mutter, die mit den Laken zu Asche zerfielen.

Du denk nich an Kästchen, bitte, flehte Marietta, auf dem Fußboden hockend, während Aint Sister mit ihrem Stock das Feuer schürte. Fetzen um Fetzen. Es dauerte so lange, die Laken und Kleider zu verbrennen, und sie wollte nicht, daß Aint Sister das Kästchen unter dem Bett durchwühlte, das Foto ihres Vaters hervorholte und den Kopf schüttelte. Sie wollte nicht noch mehr Geschichten hören, nicht sehen, wie Aint Sister die Nase rümpfte, wenn sie auf das Gesicht sah, das starr in die Kamera guckte. Du vergeß, bitte, bitte, tappte sie mit ihrem Schuh auf die Dielenbretter.

»Du bring sie Pearl Taglicht«, sagte Aint Sister unvermittelt. Da fiel es Marietta wieder ein, und sie streifte die Schuhe ab.

»Ich hab Schuh – ich brauch nich die da«, sagte sie. Sie wußte, daß Aint Sister jetzt die Stirn runzelte. »Ich brauch nix anders wie mein Stiefel.«

»Du kann nich geh fe Schul in Stiefel.«

Ach? Sie lächelte, weil Aint Sister auf dem falschen Weg war. »Ich geh nich fe Schul. Ich les wieso besser wie die.«

»Was du red, du les besser? Letz Jahr du geh nich mal die halb Zeit. Das Jahr du wer geh. O ja, du wer geh all Tag.«

»Ich hab besser Sach fe les wie Mrs. Green. Sie hab nix wie alt Bücher.«

»Du hör dein frech Mundwerk? Du muß lern Respekt fe dein Lehrerin. Du noch nich zu alt fe Schläg.«

»Aber ich zu groß fe Schläg«, sagte Marietta, und ihr Lächeln verflog. Zu ihr kam Mrs. Green nie mit dem Riemen, mit dem sie Lahas Jungen und die anderen schlug. Sie sprach nie direkt mit ihr, sondern redete immer nur mit den anderen Kindern über sie.

»Sie muß hinten sitzen, weil sie so groß ist«, sagte Mrs. Green kopfschüttelnd. »Sitzt immer nur da und sagt nichts und tut, als ob sie lesen könnte.« Marietta tat den ganzen Tag nichts anderes, als sich langsam durch die Enzyklopädie zu blättern. Die blutroten Bücher standen auf einem Bord hinten an der Rückwand. »Seht ihr, wo man hinkommt, wenn man so verstockt ist?«

»Wir besorg dir Schuh«, sagte Aint Sister, »daß du nich noch mehr verpaß. Un du bet, daß Leut jetz komm un kauf Körb fe Rest vom Sommer.«

Sie plan all Sach vorwärts un rückwärts, dachte Marietta. Ich woll lieber sitz in Wald un les. Sie sah auf die scharfnasigen Mädchen, die von den Wänden herabstarrten; ihre Gesichter waren vergilbt, weil die Zeitung so alt war, aber ihre Augen waren immer noch halb geschlossen und kühl, ihre Kleider eng gegürtet.

Sie konnte das nicht mehr hören, die tiefe, gedehnte Stimme, noch eine Geschichte, noch ein »He!«. Sie stieß die Haustür auf. Ich geh, un wenn sie mich seh. Sie nahm die Stablampe von der Veranda. Aint Sister sagte: »All die Körb ...«, und Marietta wußte, daß sie dachte, sie wollte zum Aborthaus. Sie überquerte das gerodete Stück und setzte sich hinter eine Kiefer, um zu warten. Sie hielt die ausgeknipste Lampe fest umklammert. Sie würde warten, bis sie das Kästchen holen konnte.

Der Feuerschein in den Fenstern wurde rot, und Aint Sister schrie: »He! Du mach fe komm wieder. Ich hab genug von dein Spiel. Du beinah groß. Du mach fe komm da her.«

Durch die Bäume konnte Marietta ihre kleine Gestalt im Eingang sehen; ihr Gebrüll flog tiefer als ihre Schreie gestern und schlängelte sich durch die Bäume, und schließlich ging sie hinein. Als Aint Sister wieder auf die Lichtung heraustrat, sah Marietta nur noch den hin und her schwingenden Strahl der Blendlaterne und das hüpfende Glutfleckchen der Pfeife.

Als sich die beiden Lichter längst um die Wegbiegung entfernt hatten und alles schwarz war, stand Marietta langsam auf. Sie traute sich nicht in den Wald, um ihr Heft zu holen, und ihr wurde bewußt, daß sie dabei war, von hier wegzugehen. Sie würde mitnehmen, was sie tragen konnte. Wo ich soll hin? dachte sie.

Bei den Eingangsstufen hing der Rauchgeruch unterm Dach, und sie schloß die Augen. Sie roch nichts, weder den Schweiß noch das Haaröl, noch den Kaffeeduft, nichts von ihrer Mutter, und zum ersten Mal ließ sie sich dort auf die Matratze sinken, wo der Körper ihrer Mutter sie eingedrückt hatte. Sie rieb ihr Gesicht an dem Matratzenstoff, spürte Wasser aus ihren Augen und ihrer Nase schießen, so viel, daß sie an Fix' Gesicht denken mußte und an das ihres Vaters, und sie schrie in die Knöpfe unter ihrer Wange, schrie tief aus der Brust wie ein Maulesel. Rauh und lang – sie konnte nicht aufhören, bis der Wind einen Ast gegen das Fenster drückte und sie zusammenfuhr, weil sie Angst hatte, es könnte ein Geist sein, und noch mehr Angst, es könnte Aint Sister sein, die zurückkam, um sie zu holen.

Sie beugte sich über die Bettkante, atmete in tiefen Zügen und fühlte sich wie ein Kind. Sie tastete unter dem Bett nach dem Kästchen.

Es war aus poliertem Holz, das im Schein der Taschenlampe matt schimmerte. Sie hoffte, daß ihr Vater es gemacht hatte. Die getrockneten Blütenblätter, die darin lagen und fast schon zu Staub zerkrümelt waren, rutschten in den Winkel. Sie rochen besser als getrocknetes Stroh und sogar besser als Süßgras. Das Gesicht ihres Vaters sah sie an. Sie steckte es in ihr Kleid – wenn sie wegrennen wollte, konnte sie kein

Kleid tragen. Wegrennen? Renn rum wie wild. Der wilde Mann, der nicht für ein Mädchen sorgen konnte – der war mit ihr verwandt. Da stand sein Name, auf dem vergilbten Stückchen Papier, das in dem Kästchen lag, zusammen mit einem schwarz angelaufenen Schlüssel, zwei glatten schwarzen Steinen und einem grünlichen Penny. Hurriah Turner, Charleston.

Wenn er so wild war, würde es ihm nichts ausmachen, daß sie es auch war. Sie konnte für ihn kochen und saubermachen, und er würde sich nicht drum scheren, was sie sonst machte. Sie konnte Zeitschriften kaufen und lesen und fischen gehen, in dem Fluß, von dem Big Johnny und die anderen erzählt hatten. Zwei Flüsse, auf jeder Seite von Charleston einer. Immer den Wasserweg hinunter, dann sah man die große Brücke.

Sie nahm die schwarzen Schuhe und wischte mit einem Lappen über die Hacken und Spitzen, bis sie wieder dunkler wurden. Als sie sie auf den Tisch stellte, damit Aint Sister sie sah, dachte sie, daß sie einsam aussahen. Sie zog die Stiefel ihres Vaters an und vergewisserte sich, daß das Fischmesser in der langen schmalen Tasche außen am rechten Fuß steckte. Sie wanderte in den beiden Räumen herum und fand eine braune Trikothose, die ihre Mutter in der Winterkälte unter ihrem Kleid getragen hatte. Sie mußte sich beeilen. Die Hose, das Kleid, die Stiefel – ihr war heiß, aber sie lief noch einmal zum Herd und nahm den großen gußeisernen Reistopf von der hinteren Platte. In den großen Sack, in den sie immer die getrockneten Bohnen geschüttet hatten, packte sie den Reistopf und ein Säckchen Reis. Einen Löffel in die Tasche an ihrem linken Stiefel. Zündhölzer. Dann nahm sie das Holzkästchen an sich, und ihr wurde klar, daß es auf das Grab ihrer Mutter gehörte.

Bald würden alle irgendwelche Sachen dorthin bringen: hübsche Magnesiummilchflaschen, das Lieblingsblau ihrer Mutter, Muscheln als Grabumrandung, gesprungenes Geschirr mit Blumenmuster, das ihrer Mutter so gefallen hatte. Und Marietta mußte jetzt das Kästchen dorthin bringen, um sich gut mit dem Geist ihrer Mutter zu stellen.

Aber wie sollte sie dorthin kommen, vorbei am Haus von

Big Johnny und Rosie, wo sie alle unter der Engeleiche saßen, wo Pfeifenrauch und Worte zitternd zu den dicken Ästen hinaufstiegen? Sie verstaute das Kästchen im Reistopf, und plötzlich wurde ihr klar, daß sie auch nicht nach Charleston laufen konnte. Nicht auf dem Highway. Sie hatte sich immer schon vor dem Highway gefürchtet, wenn es dunkel war. Alle Kinder wurden ständig ermahnt, nicht an der Asphaltstraße zu spielen, aber das war wegen der Autofahrer, die sich einen Sport daraus machten, schwarze Gesichter zu jagen wie träge Opossums. Marietta und die anderen kannten die Geschichte von Willies Vater, der so betrunken von einer Frau irgendwo bei McClellanville heimgekommen war, daß er das Auto gar nicht gesehen hatte, das ihn scheuchen wollte. Sie hatten seine Leiche Tage später im Gebüsch gefunden. Und Pinkie hatte einen krummen kleinen Finger, weil sie die linke Hand hochgerissen hatte, um die Flasche abzuwehren, die auf ihren Kopf zugeschossen war. »Der Finger sag Pinkie immer, wie dumm fe lauf allein in Dunkel«, sagte Aint Sister.

Sie konnte eins von den kleinen Booten nehmen, die drunten am Steg lagen. Big Johnny benutzte seins kaum noch, seit er das Motorboot hatte. Sie machte sich auf den Weg durch den Wald, die Stablampe vor sich schwenkend. Der Sack hing schwer auf ihrem Rücken. Alle redeten immer davon, was einem passieren konnte, wenn man sich mit dem Boot auf den Wasserweg wagte, so wie Fix, aber sie fuhren trotzdem manchmal nachts hinaus, wenn die Weißenleut auf den großen Yachten irgendwo ankerten und schliefen und alles ruhig war. Sie konnte ja im Mondlicht rudern und bis zum Morgen schon so weit sein, daß sie sehen würde, wo sie hinmußte.

Lahas ältester Bruder war mit dem Boot nach Charleston gerudert, vor zehn Jahren etwa. Sie hatte sie immer wieder davon erzählen hören. Er und sein Vetter waren mit einem Laster den Highway entlanggefahren, und ein Pferd war auf die Straße gerannt. Lahas Bruder hatte den Laster nicht mehr anhalten können. Als das Pferd zu Tod verletzt dagelegen hatte, war ein Weißenmann auf einem anderen Pferd angeritten gekommen. Er hatte die beiden Burschen beschimpft. Er hatte erst das Pferd erschossen und dann den Vetter. Lahas Bruder war in den Wald gerannt und im Dunkeln zum Haus gekommen, und sie hatten ihm ein kleines Boot gegeben. »Ein gottverdammter Nigger läßt das Pferd rennen, und dieser gottverdammte Nigger hier fährt es tot. Ein Pferd ist mehr wert als die beiden Kerle zusammen«, hatte der Weißenmann gebrüllt. Big Johnny hatte Lahas Bruder den Weg nach Charleston erklärt.

Sie stand am Anlegesteg und machte eins der Boote los. Das Wasser schlug leise gegen den Steg. Sie kletterte in das Boot und verstaute ihren Sack, und dann trieb sie davon, strich nur leicht mit den Ruderblättern über das Wasser. Die Ufer waren hohe Wälle aus dichten Bäumen, und es war ein schönes Gefühl, so dahinzugleiten – nichts unter sich. Als kleines Mädchen war sie oft im Boot gefahren, bevor sie an den Stand oder aufs Feld gemußt hatte.

Du muß immer guck ſe Creek, hatten sie gesagt. Sie kam an der Stelle vorbei, wo sie heute fischen gewesen war, dort, wo die Marsch an den Wasserweg stieß, und dann an dem Wald hinter dem Haus ihrer Mutter. Sie stemmte die Ruder gegen die Strömung, aber das Wasser trug sie davon. Sie heftete die Augen auf den Wald, sah ein kleines, gerodetes Plätzchen, einen anderen Steg, und sie versuchte, sich zu erinnern ... der Anleger für das Herrnhaus, hinter dem Tor, der Tunnel aus Eichen, der zum Herrnhaus führte. Und Marietta erstarrte – ein kleiner Weißenmann stand dort auf dem Steg, an den Pfahl gelehnt. Er starrte sie an, ohne sich zu rühren, und ihr Boot glitt an ihm vorbei, so dicht, daß sie die Zigarre in seiner Hand sehen konnte. Dann ragten die Bäume wieder dunkel empor, und sie ruderte kräftiger mit der Strömung.

Charleston

Die Brücke schwang sich so hoch über das Wasser empor, und die Autos schickten Luftstöße bis an den Rand, wo sie ging. Marietta hielt die Augen fest auf die Straße geheftet. Sie traute sich nicht zurückzugucken, zu dem Gebüsch bei der Brückenauffahrt, wo das kleine Boot versteckt lag, und sie wagte nicht, nach vorn zu gucken, in den gleißenden, weiten, baumlosen Himmel. Der Abgrund unter ihr und das Nichts über ihr machten sie schwindlig bei jedem Atemzug. Es war jetzt Morgen, und sie betete, daß niemand von den Leuten, die an ihr vorbeischossen, eine Flasche werfen oder einen Schlenker machen und sie in die blaue Leere hinausschleudern würde.

Auf die Leute und die Autos zu starren würde es womöglich noch schlimmer machen. Sie guckte auf den Asphalt genau vor ihren Stiefelspitzen und spürte die Sonne heiß auf ihrem Kopftuchknoten und ihrem Nacken, aber das Wasser war immer noch da, in ihrem Augenwinkel. Wer würde ihre Leiche finden, wenn sie in diesem riesigen Fluß trieb? Das feuchte schwarze Leder hing schwer an ihren Füßen und Schienbeinen und quatschte beim Gehen, und sie ließ ihre Füße schlurren und vergaß zu horchen, ob jemand aus den Autofenstern lachte. Die Füße ihres Vaters, die aus dem Creekwasser guckten – in den Stiefeln? Nein – die Stiefel hatten verstaubt und vergessen in dem windschiefen Schuppen gelegen. Warum hatte er sie nicht angehabt? Sie würde in seinen Stiefeln auf den Grund des Flusses sinken, und die Krebse würden sie fressen, die Augen zuerst.

Sie ging schwankend weiter, und als sie versuchte, ihre Augen wieder auf die Umgebung zu richten, war das Wasser nicht mehr so tief drunten, und nach ein paar Minuten glitzerte der Schlick einer kleinen Insel unter der Brücke. Aber immer noch schwang sich der Bogen in die Höhe, und sie mußte weggucken, bis sie spürte, wie es langsam wieder abwärts ging. Als die Autos abbremsten, roch Marietta Sumpf und Rauch, und sie trat vom Asphalt herunter auf harten Erdboden.

Drei Männer saßen mit baumelnden Beinen auf einer Mauer, so wie die Jungen daheim am Bach saßen, die Angelschnüre um die Finger. Aber dort unter den Füßen der Männer war Asphalt, und sie guckten nicht einmal hoch, als sie vorbeiging. Einer gab eine lange Flasche an seinen Nachbarn weiter, und sie hörte ihn lachen, leise und blubbernd, wie wenn Lahas Kinder durch die Strohhalme in ihr Sprudelwasser bliesen.

Ihre Arme waren schlammverkrustet und voller Fischschuppen. Sie dachte an das Boot. Vielleicht hatte Onkel Hurriah ja einen Laster, mit dem er es holen konnte. Sie hörte laute Männerstimmen und das Brummen von Maschinen aus einem Holzbau. Onkel Hurriah. Was würde er sagen, wenn sie so daherkam, mit dem Geruch von Pine Gardens an sich? Sie suchte, bis sie einen Wasserhahn im Schatten eines Gebäudes fand, und guckte, ob auch niemand herauskam. Sie wusch sich Arme und Gesicht und zog ihr Kleid über die Hosen herunter. Sie spürte ihren Magen, so klein wie eine Faust, ihren Kopf, so leer wie eine Schaumblase. Hunger. Der Sack schlug gegen ihren Rücken, als sie weitermarschierte.

Was sollte sie jetzt tun? Vielleicht war Onkel Hurriah ja bei der Arbeit. Sie ging mit gesenktem Kopf, aber jetzt, wo sie wieder auf einer Höhe mit dem Wasser war, hatte sie vor allem Angst vor den Gesichtern und den Häusern, und sie hielt sich an das Blau, folgte dem Fluß. Jedesmal, wenn sie die Augen hob, sah sie schwarze Gesichter oder weiße Gesichter, Hüte und Daumen und Zeitungen und Augen, die zu ihr herüberhuschten und blitzschnell an ihr hinauf- und wieder hinunterglitten. Augenbrauen, die emporschnellten oder sich über der Nase zusammenzogen: Gottverdammich ... Is die lang ... Hast du gesehn ... Stiefel ... Bohnenstang ... Wo zum Teufel –

Überall waren Straßenschilder, und sie sang vor sich hin: »Einunsechzig, einunsechzig, einunsechzig«, die Nummer auf dem krakeligen Zettelchen mit dem Namen ihres Onkels, die sie sich eingeprägt hatte. Aber die Gesichter und die Schilder verschwammen, und alles, was sie sah, waren Schiffe auf dem Wasser und Menschenmünder, und in ihrem Kopf dröhnten Glocken und Gelächter. Is die lang, gottverdammich – hast du gesehn? Sie ging immer schneller, und die Glocken dröhnten immer lauter, und sie roch Regen in der Luft, weit weg, ein paar Stunden weiter weg über dem Wasser. Dann wurden die Leute weniger, und sie roch Essen.

Als es um sie herum ruhig war und sie stehenblieb, sah sie endlich etwas, was sie kannte – die Mauern und die schwarzen Gittertore und die großen Veranden, von denen sich die Frauen in der Zeitschrift lächelnd herunterbeugten. Sie guckte hoch – die Straßen waren schmaler geworden, und es war nichts zu hören als eine Spottdrossel irgendwo in einem Baum; Oleander reihten sich zu schwarzgrünen Hecken, und dann hörte sie noch ein anderes *Klick-klick-klick*, zu gleichmäßig für einen Vogel.

Er stand hinter der nächsten Ecke, ein kleiner alter Mann. Er stutzte den Oleander, der durch ein Tor ragte. Lauter einzelne weiße Haarperlen umrahmten seine Stirn. Er sah sie an, das hellbraune Hemd schweißnaß, und sie sagte: »Zeihung, Sir, ich such die Straß.«

Als sie den Zettel aus ihrem Kleid gezogen hatte, schnaubte er durch die Nase, genau wie Aint Sister: »Was hast du hier zu schaffen, mitten inner Stadt?«

»Ich komm von Stückweit droben«, sagte sie. »Ich weiß nich, wo ich hinmuß. Ich komm von der Brück.«

Er schaute auf ihre Stiefel. »Geh wieder hin, wo du herkommst«, sagte er, und sie holte Luft. Er kenn mich nich mal, un er sag, ich soll geh heim. Was wer Onkel Hurriah sag? »Da rauf«, fuhr er ungeduldig fort. »Immer da rauf, so zwei Meilen, bis wo du Farbigenleut siehst. Die Straße, wo du suchst, geht links weg. Is nich schwer zu finden.«

»Danke«, sagte sie, aber er klickte schon wieder mit seiner Schere.

Sie sah sein dünnes Grinsen, den zurückgelegten Kopf, den Blick zu ihrem Kopftuch hinauf, als sie den Sack auf ihre Schulter lud. Seine Augenlider halb gesenkt.

Ein bummernder Klumpen stieg in ihren Kopf und blieb zwischen ihren Ohren hängen, als sie weiterging, langsam genug, um alle Straßenschilder zu lesen. Sie hielt das Kinn hoch und sah geradewegs in die Münder und Augen der Schwarzenleut, die jetzt auftauchten, Menschen, die in Türen und Durchgängen standen und sie anstarrten. Der Himmel wurde dunkler, und sie sog die Wolken in ihre Kehle, bis sie über sich das Schild sah, eine kleine Seitenstraße, und sie tastete sich mit der Innenseite ihres Handgelenks um die scharfe Ecke. Ein kleiner Laden mit Konservendosen im Fenster, Frauengesichter und Lockenwickler hinter der nächsten Scheibe, aber keine Wohnhäuser. Eine Wolke von Wäschedampf, und dann die »61« über einem Eingang. Sie blieb in der Tür stehen, und silbrige Augen, Schwanzflossen und gekringelte Shrimps guckten sie an. Der Geruch hing in der Luft, der Geruch, den sie von sich abzuwaschen versucht hatte, der Geruch, den sie gestern abend hinter sich gelassen hatte.

Sie trat ein und ging langsam auf die Hand zu, die den Ladentisch wischte, hin und her und hin und her, ohne innezuhalten. »Was darf's sein?« sagte der Mann, ohne zu lächeln.

»Ich such mein Onkel«, sagte sie. »Hurriah Turner. Er geb mein Mama ein Zettel, wo steh, er wohn hier.« Das Gesicht des Mannes wurde härter, als sie den Namen ihres Onkels sagte.

»Hurriah wohnt da die Straße runter«, sagte er. Er wandte sich ab und ließ sie einfach stehen.

»Er schreib die Nummer«, flüsterte sie, benommen vor Hunger – der starke Fischgeruch ließ ihr nicht das Wasser im Mund zusammenlaufen, er stieg ihr durch die Nase in den Kopf, dunkles, schwappendes Wasser unter dem Steg, unter dem Boot. Sie preßte die Hand gegen das Glas, verdeckte eine rote Krebsschere. »Warum er schreib die Nummer?« sagte sie lauter. Sie konnte es selbst nicht glauben, daß sie ihre Stimme erhob, aber sie wiederholte die Frage noch einmal, in schroffem Ton, und er sah sie an. Dann zuckte er mit den Schultern.

»Er wohnt da die Straße runter, aber er kriegt seine Post hierher. Über den Weg da rüber, das grüne Haus. Das grüne.«

Die Häuser standen im rechten Winkel zur Straße und kehrten ihr die schmale, fensterlose Seitenfront zu. Im Vorbeigehen sah sie da und dort Füße auf den Veranden. Die Vorbauten mit den Spindelgeländern zogen sich über die ganze

Vorderfront und guckten auf die Rückseite des nächsten Hauses, und Schuhsohlen ragten über die Brüstungen. Große Stiefelfüße, wie ein V auseinandergekippt, kleine schwarze Schuhe, übereinandergeschlagen.

Das Grün der Hauswände war verblichen, die Verandageländer dunkel vor Dreck. Marietta blieb am Rand des Hofs stehen und guckte hinauf zu den Schuhsohlen, die grau und fleckig waren. Sie glitten zurück, scharrten rauh über Holz. Ein Mann lugte zu ihr herunter. »Was willst du?«

»Ich such Hurriah Turner.«

»Der's nich da. Hab ihn schon fast eine Woche nich gesehn. Was willst'n von dem?« Das rotbraune Gesicht des Mannes hatte feiste Backen. Ein anderer Mann lachte irgendwo auf der Veranda.

»Er mein Onkel. Ich bring ihm Nachricht«, sagte sie.

Der Mann sagte: »*Shit*, hat mir nie was davon gesagt, daß er da draußen wen hat, der alte Hurriah. Kannst ihm ja n Zettel dalassen. Komm rauf.«

Als sie die knarrenden Holzstufen hinaufgestiegen war, sah sie ihn und den anderen Mann im Schatten am anderen Ende sitzen. Sie atmete tief durch die Nase ein und sagte: »Ich möcht lieber wart un sag ihm selber. Ich hab ihm schlecht Nachricht.«

Der Mann starrte auf ihre Stiefel, auf den Sack. »So? Ich kann's aber nich brauchen, daß hier noch n Mädel rumlungert, un außerdem weiß ich nich mal, ob du verwandt mit ihm bist. Was gibt's?«

»Er mein Mama Bruder. Sie sterb vor zwei Tag.« Sie sprach so laut wie eben mit dem Mann in dem Fischladen, reckte das Kinn vor und machte ihre Augen hart. »Ich muß wart un sag ihm, eh?«

»Du bist von diesen Inselniggern, eh? Wie alt bist du?«

»Achtzehn.« Sie überlegte kurz. »Ich muß was bring, von mein Mama, nur für mein Onkel.« Sie hörte die Worte kürzer und schneller herauskommen, so wie bei Aint Sister und Pinkie, wenn sie mit Fremden redeten.

»*Yeah*, n Riesenhaufen Zeug für Hurriah, eh?« Er lachte. »Kannst ne Woche warten. Der treibt sich wieder mal rum. Mir egal, wer in dem Zimmer is, solang wie ich mein Geld krieg, un die Miete is inner Woche dran. Dann mußte wieder Leine ziehn, egal ob er da is oder nich.« Er verschwand in einem langen Flur, der in der Mitte der Veranda abging, knallte eine Tür zu, kam wieder und streckte ihr einen Schlüssel hin. »Hurriahs Zimmer is ganz da hinten. Bad den Gang da runter, zweite Tür.« Er ging wieder zu seinem Stuhl.

Sie drehte den letzten Türknauf, und die dunkle, heiße Luft im Raum regte sich nicht. Sie spürte Augen auf ihrem Rücken, ihrem Sack – sie machte die Tür rasch zu und lehnte sich dagegen. Die Stimmen drangen durch den Schlitz unter der Tür: »Hurriah is schon den ganzen Monat auf Achse. Der wird staunen, wenn er irgendwann mal in der Nacht nach Haus kommt.«

»*Shit*, da tät sogar Jesus staunen, wenn die in Himmel kommen tät.«

»Die sieht Hurriah so ähnlich, wie ich dem Papst ähnlich seh.«

»Muß hackevoll gewesen sein, der alte Hurriah, sich mit so was abzugeben. *Shit*.«

Sie ließ die Tränen rinnen, über ihr Gesicht und auf ihr Kleid. Sie dachte, wenn das Wasser herauslief, würde ihr Kopf wieder klar und frei werden, aber je heftiger die Tränen strömten und je grimmiger sie das Gesicht verzog, um die Hitze hinauszuquetschen, fest entschlossen, keinen Laut von sich zu geben, desto wilder schwirrte und wirbelte es in ihrem Kopf. Sie stand eine ganze Zeit so da, und ihre Brust schmerzte von der Anstrengung, und ihre Schultern taten weh vom Rudern. Der Schmerz blieb, auch als ihre Tränen versiegten und ihr Gesicht zu trocknen begann. Das Schummerlicht war jetzt nicht mehr so dunkel, und sie sah sich im Zimmer um. Ein langer, schmaler Raum mit zwei Fenstern zur Straße – die Fenster, die sie von draußen gesehen hatte. Das Licht sickerte braun wie Tee durch die alten Rollos, eine Matratze lag in einer Ecke, und drei Holzkisten an der Wand enthielten ein Geknäul aus Kleidern und Zeitungspapier.

Die Wände waren grau vor Dreck, der vom Fußboden aufstieg wie Morgennebel. Man merkte, daß seit Tagen niemand mehr hier drinnen gewesen war, daß niemand auch nur die Tür geöffnet hatte, und sie ging rasch zu den Fenstern hinüber. Als sie sie aufstieß, spürte sie den Wind, der vor dem Regen kam. Jetzt konnte sich ihr Atem im Zimmer verteilen. Es brachte Unglück, in einem Zimmer zu wohnen, wo schon lange niemand mehr geatmet hatte. Das hatte ihr Aint Sister immer wieder gesagt. Sie dachte an den Atem ihrer Mutter, der durch die Ritzen ihres Hauses entwich, an ihren eigenen Atem, der immer noch bei der Feuerstelle hing. Sie atmete heftig aus. Sie würde hier wohnen, bis ihr Onkel wiederkam.

Die Fenster wurden rosa, und dann kam endlich der Regen. Es goß in Strömen, und der Wind drückte Wasser zum Fenster herein. Marietta saß wie in Trance auf ihrem Sack und sah zu, wie die Tropfen von den Fensterbänken rannen und saubere Spuren über die schmutzigen Wände zogen. Das Zimmer roch immer noch nach Mann – rauchig, muffig, nach Füßen. Überall in den Dielenritzen saß festgetretener Dreck, kein frischer, leichter Staub, sondern harter, alter Dreck. Es war nicht ihr Dreck. Und die Matratze war speckig und braun von Schweiß. Sie saß da, die Knie angezogen, nur die Füße auf dem Boden, und sah dem Regen zu, bis der Himmel schwarz wurde. Sie stand auf und zog an der Kette für das Licht.

In einer der Kisten fand sie zwei Dosen mit Bohnen und Schweinefleisch, einen Büchsenöffner und einen klebrigen Löffel. Sie zog ihren eigenen Löffel aus ihrem Stiefel und rieb ihn mit dem sauberen Kleid ab, bis er im harten Licht der nackten Glühbirne glänzte. Die Bohnen waren kalt und glibbrig, und sie aß so schnell, daß die halbzerkaute Masse in ihrer Brust steckenblieb, bis sie sich gerade aufrichtete und sich bemühte, ruhiger zu werden.

Kein Besen, kein Waschzuber, kein Herd. Onkel eß wohl nich hier, dachte sie. Schlaf nur hier. Wo er eß, wo er wasch sein Sach? Sie umklammerte wieder ihre Knie. Von den Leuten, die sie kannte, ging niemand zu Bett, ohne vorher ein Bad zu nehmen. Sie sah die fünf großen Zuber vor sich, die hinter Lahas Haus standen, hörte die Männer im Laden frotzeln, als Laha noch einen kaufte, weil neue Kinder dazugekommen waren. »Ich mach Schluß, wenn ich mach Schluß«, sagte sie. Ihre Kinder füllten die Zuber am Morgen mit Wasser von der Pumpe, und es heizte sich den ganzen Tag über in der Sommersonne auf, so daß man dann abends ein warmes Bad nehmen konnte.

Mariettas Mutter hatte ihren Zuber auf der Veranda stehen gehabt, und sie hatte ihr Wasser heißer als nur sonnenwarm gewollt. Jeden Abend hatte Marietta den Zuber in die Küche geschleppt und in allen drei Töpfen Wasser aufgesetzt, um es dazuzukippen, wenn ihre Mutter und sie badeten.

Sie nahm den Reistopf. Das Bad ging von dem schwarzen Flur ab – aber was war drin? Sie tastete nach dem Messer in ihrem Stiefel und trat hinaus auf die Veranda. Sie war jetzt leer, und Wasser strömte vom Dach und klatschte auf den Hof. Sie konnte das Bad riechen, als sie in den Flur trat. Aber drinnen fand sie, als die Glühbirne anging, eine Toilette. Ihre Mutter, Laha, Pinkie, alle hatten immer davon geredet, daß sie eines Tages auch eine Toilette kriegen würden. Der feuchte Boden hier roch genau wie der im Aborthäuschen. Das Waschbecken war braun verfärbt, und schwarze Haare kringelten sich im Abfluß. Aber sie drehte an dem Metallknauf, und Wasser spritzte ins Becken. Sie füllte den Reistopf in ein paar Sekunden und setzte sich dann vorsichtig auf den kalten Toilettensitz. Als sie aufstand, blieben ihre Schenkel kleben. Sie drückte den Hebel hinunter, und Wasser strudelte schmutzigbraun in der Schüssel. Es roch dumpfiger, irgendwie schlechter als im Aborthäuschen, und sie schrak zusammen, als schwere, klobige Schuhe draußen an der Tür vorbeigingen. Als es wieder still war und nur die Toilette noch leise gurgelte, lief sie rasch wieder in ihr Zimmer zurück.

Sie tunkte das dreckige Kleid in den Topf mit Wasser, setzte sich wieder auf den Sack und betupfte ihre bloßen Arme und Beine. In ihrem sauberen Kleid rollte sie sich auf dem Jutesack und ein paar sauberer riechenden Hemden aus den Kisten zusammen. Die zerwühlten Laken und die Matratze schienen mit etwas Ekligem vollgesogen. Was sollte sie zu ihm sagen, wenn er zur Tür hereinkam? Ob er völlig verdreckt war, so wie die Männer, die am Wasserweg herumzogen und kein Zuhause hatten? Der harte Boden drückte gegen ihre Schulter, und sie lag da und horchte auf den Regen.

Lautes Klopfen weckte sie. Sie fuhr hoch, dachte dann aber, mein Onkel klopf nich. Er wohn hier, hab Schlüssel. Sie horchte. Es bummerte wieder an die Tür, dann entfernten sich die Schritte über die Veranda. Jemand schrie draußen auf der Straße herum, und sie saß lange wach auf ihrem Lager und hörte noch mehr Leute lachen und rufen und die hölzernen Stufen hinaufstapfen.

Am dritten Tag, als auch die andere Dose Bohnen aufgegessen war und ihr vor Durst die Augen brannten und das Zimmer voll von ihrem Geruch war, band sie das Kopftuch neu. Schon vom Stiefelanziehen war ihr heiß, und sie fühlte sich müde. Sie hatte auf dem Sack gelegen oder auf einer der Kisten gesessen und stundenlang aus dem Fenster geguckt und aufgepaßt, daß niemand sie sah. Tag und Nacht kamen Leute und klopften an die Tür, aber niemand versuchte, sie zu öffnen. Sie war nicht einmal mehr hungrig, und ihre Muskeln fühlten sich lang und hart an, aber ihre brennenden Augen und ihr langsamer Kopf sagten ihr, daß sie etwas zu essen kaufen mußte.

Die Sonne hing schon ziemlich tief, und ein paar Männer standen in dem langen, schmalen Hof. Sie guckten hoch, als sie oben an der Treppe auftauchte, und sie blieb stehen. Ich wer nich halt mein Aug die ganz Zeit unten. Sie merk mein Angst, daß jeman in das Zimmer komm. Sie starrte zurück, bis sie die Unterlippen vorschoben und sich wegdrehten. Sie würde so lange zurückgucken, bis sie alle nachgaben. Sie würde nicht im Zimmer bleiben und sich verstecken. Als sie die Straße entlangging, guckte sie allen, die auf ihren Korb, ihre Stiefel, ihr Gesicht starrten, so lange geradewegs in die Augen, bis sie die Lippen schürzten und den Kopf einzogen.

Der Laden war an der Ecke, das wußte sie noch. Sie hatte fünf Dollar – das, was sie von Aint Sister bekommen hatte, um es Pearl zu geben. Sie konnte einen Besen kaufen und den Reistopf mit Wasser füllen und es auf den Boden schütten und den Dreck nach draußen fegen. Du mach sauber, du richt dich ein. Nich dein Sach fe mach sauber. Aber er komm nich wieder, du muß geh heim. Aint Sister wer noch mehr schimpf un brumm un sag dir all Tag, was du muß mach. Sie wer niemal vergeß.

Die Gedanken schwammen schwarz durch ihren Kopf, überschwemmten ihre Augen, aber sie war schon im Laden, bevor sie es mit der Angst kriegen konnte. Sie musterte das Gedränge von Dosen und Plastik. In der hintersten Ecke sah sie einen Besen. Ihre Hand fühlte sich auf dem Stiel kühl und trocken an, und sie lächelte auf das Stroh hinunter. Aber was sollte sie essen? Kein Herd, kein Feuer – sie haßte den metallischen Geschmack und die dicke Glibbersoße von Dosenessen. Ein Sprudelwasser, um es schlückchenweise zu trinken, und zwei Büchsen Sardinen – Fisch fe geb Kraft.

Ihre Augen senkten sich auf den Mann hinter dem Ladentisch, und sie zeigte ihm ihren Korb. Er sagte: »Pack aus, damit ich seh, daß du nix versteckst.«

»Was kost?« sagte sie, während sie die Flasche und die Dosen auf den Ladentisch knallte. Ihr Herz klopfte.

Er sagte nichts, streckte ihr nur den Kassenbon hin und hielt die Hand auf.

Als sie die Tür aufstieß, hielt sie sich an ihrem Besen fest. Ihr war wieder komisch im Kopf: Sie sah Aint Sister an einem blauen Lastwagen lehnen. »Du feg nich in Dunkel, bring Unglück«, sagte sie, und ihr Kopftuch wackelte. »Du wart fe Taglicht fe weih dein Besen ein.«

Marietta fuhr zusammen, und der Besen stieß gegen die Wand. Er schlug ihr den Korb aus der Hand, und die Sardinen fielen scheppernd in den Rinnstein. Sie schwankte.

»Du fall, Kind?« sagte die Stimme, jetzt dicht bei ihr, und die Finger krallten sich hart wie immer um ihren Ellbogen. »Geh dir nich gut?«

Das weiße Kopftuch, der dürre Hals und die kleinen Augen, aber die Haut war dunkler als die von Aint Sister – Marietta starrte auf die Hand der Frau, die eine Pfeife hielt. »Sie seh aus wie mein Tant«, flüsterte sie.

Die Frau lachte. »Ich seh aus wie all Leut Tant un wie all Leut Oma. Aber ich nur ich«, sagte sie. Sie half Marietta, sich auf den Bordstein zu setzen, und hob den Korb und die Eßsachen auf. »Du geh an Markt fe verkauf Körb? Ich seh dich niemal.«

Marietta schüttelte den Kopf. »Was für Markt?«

»Du nich von hier? Wo du komm her?«

»Ich such mein Onkel«, sagte Marietta. »Hurriah Turner. Ich komm von Stückweit droben. Pine Garden.«

Die Frau nahm einen tiefen Zug aus ihrer Pfeife und drehte den Korb langsam in den Händen. »Hübsch-hübsch. Du mach gute Arbeit.« Sie redete schneller als Aint Sister, aber ihr Rauch roch genauso, und Marietta antwortete ganz automatisch.

»Der nich von mir. Mein Mama mach«, sagte sie, und ihre Kehle zog sich zu. Drei Tage, vier Tage – wann hatte sie das zu der kleinen Frau gesagt, deren Geld jetzt in ihrem Stiefel steckte? Sie drückte mit den Fingern auf ihre Augenlider, schämte sich, daß ihr Gesicht so zuckte. Und wenn die Frau nicht den Arm um sie gelegt hätte, hätte sie das Zucken schnell wieder abstellen können. Sie hatte schon seit Jahren nicht mehr vor jemandem geweint – seit damals, als sie noch klein gewesen war und sich den Fuß an einer Glasscherbe aufgeschnitten hatte und weitergegangen war, ohne Schmerz zu spüren, bis sie das Haar ihrer Mutter an ihrem Gesicht gerochen, ihre weichen Ellbogenbeugen gefühlt hatte. Da war sie in Tränen ausgebrochen. Sie lehnte sich an die Frau und riß die Augen weit auf, damit der wäßrige Schleier trocknete.

Als sich die Tränen wieder nach drinnen zurückgezogen hatten, nahm sie den Korb. Sie sagte: »Mein Mama mach. Ich kann nich mach Körb.«

»Du sag mir, aber ich vergeß, ich so alt – wie heiß der Mann, wo du such?«

»Hurriah Turner.«

»Herr im Himmel«, sagte die Frau. »Der dein Onkel? Er immer da drin all abend fe eß, wenn die Sonn wer rot.« Sie zeigte auf die andere Straßenseite. »Wenn wer dunkel, so wie jetz. Du frag Sinbad nach dein Onkel?«

Marietta schüttelte wieder den Kopf. »Mann sag, Hurriah Turner wohn in eim grün Haus, aber mein Mama hab Zettel, wo steh Nummer einunsechzig.«

»Wir geh un frag Sinbad. Frank krieg die Zähn nich ausnander. Aber Sinbad freundlich zu Leut. Er red gern.«

Marietta folgte ihr über die Straße zu dem Fischladen. Der Mann von neulich stand an der Registrierkasse, drei tiefe Furchen auf der Stirn, und sie sah ihn sich jetzt genauer an. Er bestand ganz aus Streifen. Sein Haar hatte ein graues Band in der Mitte und eins von jeder Schläfe nach hinten; dicke schwarze Brillenbügel steckten mitten in dem Schläfengrau.

Sein Bärtchen war ein schmaler Streifen unter der Nase, und die Zähne saßen breit und weiß darunter, als er jetzt die Lippe hochzog und die Augen zusammenkniff. »Ihr Neffe is nich aufgekreuzt un hat die Karre wieder in Gang gebracht?« fragte er. »Er is mit Sinbad hinten raus un hat gesagt, er muß ein Ersatzteil holen.«

»Herr im Himmel, Sinbad geh weg, un ich brauch so nötig bißchen freundlich Gesicht. Sinbad hab immer bißchen freundlich Gesicht für ein übrig. Das Mädel Hurriah Nichte, du weiß?«

Der Mann hatte die Augen wieder gesenkt und zählte das Geld in der Registrierkasse. Marietta roch in Maismehl gewendeten Bratfisch, die Schwaden von heißem Öl. Zwei Mädchen saßen an einem der Tische in dem Raum und starrten Marietta an, Finger mit roten Nägeln vor den Mündern. Ihr geglättetes Haar glänzte im Licht. Marietta wollte sich hinsetzen, um ihre Stiefel zu verstecken; der Essensgeruch preßte ihr den Magen zusammen.

»Du warst mit dem Zettel da, eh?« sagte der Mann, und sie drehte sich wieder um.

»Du denk, sie lüg?« sagte die alte Frau. »Wo du komm her?« fragte sie wieder.

»Pine Garden.«

»Du hör? Hurriah red von Ort, wo so heiß. Er sag, er geh gern in die Höll, aber nich fe Pine Garden.« Sie lächelte triumphierend.

»Wenn er's so weiter treibt, wird er bald genug in der Hölle sein«, sagte Frank. Er sah Marietta mit zusammengezogenen Brauen an. »Hurriah sagt den Leuten die Nummer hier, weil er gern in der Gegend rumzieht, besonders, wenn ihm was auf den Nägeln brennt. Er treibt sich überall rum, un wenn er zurückkommt, erzählt er mir, er war in Arizona oder in Kalifornien oder weiß der Himmel wo. Er zieht rum un arbeitet irgendwo aufm Feld. Er hat's gern, immer woanders zu sein, damit ihm neue Leute zuhören, wenn er spielt.«

»Er spiel so schön auf seim Kasten, so schön, daß Leut muß wein«, sagte die Frau jetzt mit weicherer Stimme, und sie strich sich mit dem Zeigefinger über die Lippe, als hörte sie gerade in diesem Moment Gitarrenmusik.

»Er kommt immer wieder her, un ich heb ihm seine Post auf«, sagte Frank, jetzt wieder hart. Er guckte auf sein Geld. »Aber es fragen zu viel Leut nach ihm. Ich kann nich ausnanderhalten, wen er kennt un wen nich.«

»Gott im Himmel, wo bleib nur der Michael?« sagte die alte Frau. »Da, seh, schon all dunkel drauß, un ich muß mach, daß ich komm heim.« Marietta starrte auf die Shrimps und hörte Aint Sister klagen, daß die Sonne so schnell verschwunden war und sie nicht im Dunkeln heimgehen mochte. »Ich weiß, wo er geh hin mit Sinbad. Ich wer geh un such ihn.« Sie blieb an der Tür stehen. »Wir bring Mais Donnerstag. Wir komm Taglicht.«

Frank sagte: »In der Früh, Miss Pat. Bin kein Inselnigger, eh? Muß immer erst grübeln, bis ich weiß, was Sie meinen.«

»Bis andermal«, sagte Miss Pat draußen auf dem Gehweg zu Marietta, und dann verschwand sie um die Ecke.

Als Marietta in den Hof kam, sah sie drei Männer in der Ecke der Veranda sitzen, mit glimmenden Zigaretten, und das Flurlicht war ein gelber Kegel im Dunkel des Eingangs. Drinnen im Zimmer öffnete sie die Sardinendosen. Sie aß langsam und zerkaute die winzigen Gräten. Sie schnippte mit dem Finger gegen den Reis in dem Säckchen und sah zu, wie die Körner durcheinanderrieselten. Sie trug den Reistopf zum Wasserhahn.

Nachdem sie die Matratze auf die Veranda hinausbefördert und die Kisten hinterhergeschoben hatte, goß sie mehrere Töpfe voll Wasser auf den Holzboden. Sie fegte die schwarze Brühe aus der Tür. »Obacht!« rief sie, um die Männer zu warnen, und dann fegte sie die ganze Lache über die Kante, und sie zerspritzte auf dem staubigen Hof. Ich woll feg in Dunkel, dachte sie. Feg all mein Onkel Dreck weg. Er komm nich wieder, ich feg, wann mir paß.

Daheim war die Nacht ganz schwarz, außer wenn der Mond durchs offene Fenster schien. Aber hier glitten die ganze Nacht Autoscheinwerfer über die Wände, und die Straßenlaterne leuchtete. Sie lag auf ihrer Schlafunterlage. Die Woch bald rum. Ich muß find Arbeit, daß ich kann bleib un spar Geld für besser Zimmer. Körbe auf dem Markt verkaufen konnte sie nicht – sie hatte ja nur einen. Aber vielleicht konnte sie Miss Pat wiederfinden und sie fragen, ob sie bei ihr daheim auf dem Feld arbeiten konnte, wo immer ihre Insel sein mochte. Vielleicht lebte Miss Pat ja auf derselben Insel, wo ihr Vater hergekommen war. Sie schlief ein, wachte wieder auf und hörte immer noch Wasser von der Veranda tropfen. Aber es regnete nicht.

Als Marietta den Kopf aus der Tür streckte, sah sie eine Frau einen Wischmop ausschütteln und in einen Eimer stellen. Die Frau setzte sich auf einen Stuhl in ihrem Eingang und zündete sich eine Zigarette an. Der Rauch verschmolz mit der grauen Morgendämmerung.

Marietta ging auf ihren bloßen Füßen leise über die Veranda, und die Frau fuhr zusammen, als sie sie sah. »*Shit*, hast du mich erschreckt«, sagte sie. Sie war klein und dick, mit nußbraunen, runden, vollen Wangen, aber ihr Mund war klein wie ein Zehn-Cent-Stück.

»Wer bist'n du?« fragte die Frau.

»Hurriah Nichte«, sagte Marietta. »Ich wohn in sein Zimmer un wart, daß mein Onkel wiederkomm. Ich möcht frag, ob ich kann mal borg den Mop un den Eimer?«

»*Shit*, nimm's mit. Ich werd die Woche eh nich mehr wischen. Muß jeden Tag bei annern Leuten wischen un hab keine Lust, daß ich bei mir auch noch putz.« Sie starrte auf die Rückwand des Nachbarhauses. Ihre Füße waren ebenfalls klein und ruhten in Pantoffeln auf dem Geländer.

»Sie geh fe Tagarbeit?«

»Warum sollt ich sonst Böden wischen?«

»Sie weiß vielleich Lady, wo such jeman fe Tagarbeit?«

Die Frau musterte Marietta. »Hast du schon mal Tagarbeit gemacht?« Marietta schüttelte den Kopf. »Was hast'n gemacht?«

»Ich pflück Bohn, Tomatenfrücht, Mais.«

»Hm. Mag keine mehr jemand anlernen heutzutag. Sin alle so eigen, die Ladies, kann's keiner recht machen. Such dir lieber was anders.« Sie stand abrupt auf und schloß die Tür hinter sich, streckte aber gleich noch einmal den Kopf heraus. »Bring den Mop wieder her – laß ihn nich draußen. Is im Handumdrehn geklaut.«

Marietta beschloß, wieder zu der Straße mit den grünen Hecken und Toren zu gehen, wo die Häuser so groß waren. Morgendunst hing über den Straßen. Sie roch Salzwasser, den weichen Schlick, Kaffeeduft, der aus den Fenstern und Türen drang. Die Leute aßen Maisgrütze und tranken Kaffee. Sie hatte an diesem Morgen ihren letzten Schluck Sprudelwasser getrunken.

Sie hörte das *Klick-klick* in den Gärten, aber es war schwach und weit weg. Eine Frau stand draußen vor einem der Tore und polierte das Messingschild an dem Pfeiler. Marietta blieb neben ihr stehen und sagte: »Ma'am?«

Die Frau fuhr zusammen, und Marietta konnte das Weiße in ihren Augen sehen. »Mädel, du erschreckst ein ja zu Tod! Was willst du?«

»Ich such Arbeit, Ma'am. Sie weiß vielleich Lady, wo such jeman fe Arbeit?«

Die Frau zog das Kinn an den Hals und sagte: »Du bist nich grad fürs Arbeitsuchen angezogen.«

»Ja, Ma'am.«

»Nein. Ich weiß niemand.« Sie wandte sich wieder dem Tor zu.

In allen Straßen guckten die Dienstboten, die sie sah, als sei ihnen ihre Anwesenheit peinlich. Blauschwarz – Landnigger – pah. Und die Weißenleut – Männer, die aus den Toren kamen und auf dem Weg zur Arbeit waren, Frauen, die irgendwohin gingen, mit Kopftüchern und schwarzen Sonnenbrillen – sahen sie gar nicht. Ihre Schuhe und Brillengläser waren spitz und blitzblank, und ihre Augen guckten stur geradeaus – nicht wie bei den Weißenleut daheim, Mr. Tally und Mr. Briggs, die einen immer sahen, egal, wo man war, und lächelten und sagten: »Na, Mädel, immer hübsch fleißig?« oder: »Heiß heute, was?« Und dann mußte man zurücklächeln und sagen: »*Yessah*.«

Nach ein paar Stunden spürte sie ihre Füße nicht mehr, nur noch ihre Hüften, die sie vorwärts bewegten. Sie hatte nichts in den Händen – keine Einkaufstasche in der Armbeuge, kein Täschchen am Handgelenk, keine Zeitung unter der Achsel. Sie starrte die Leute an, die an ihr vorbeigingen und deren Augen nur ein ganz klein wenig zu rund wurden, und sie dachte an die Nacht, als sie in dem kleinen Boot durch das Dunkel geschaukelt war. Der schwarze Wald, die Silberstreifen der Creeks, auf denen das Mondlicht spielte. Ihre Angst vor dem, was sie nicht sah, weil sie nichts als ihre ohnmächtige Stimme hatte, falls etwas sie anspringen würde – ein Geist, ein Mann. Das Dunkel, das die Menschen erschauern und wie angewurzelt auf dem Fleck stehenbleiben ließ – nur Tiere zogen durch den schwarzen Wald und konnten die Pfade sehen. Tiere und Geister. Ihr Gesicht – das war es, was die Leute sahen, das dunkle Schwarz, das sie an die Nacht erinnerte, die Zeit der Tiere und der Plattaugen. Da waren *ihre* Augen, die sich bewegten, und wenn sie lachte, waren ihre Zähne so weiß wie der Mond. Sie machte ihnen angst, und sie guckten zuerst weg.

Sie hatte gewußt, daß es Feuer war, was sie roch. Ein Gluthäufchen pulste in der hintersten Ecke des Hofs, und ab und zu huschten Schatten daran vorüber, und sie beugte sich über das Geländer und roch den Duft von Fleisch.

Sie nahm den Reistopf, klemmte sich den Reisbeutel unter den Arm und füllte den Topf im Bad. Aber drunten im Hof ging ihr auf, daß sie kein Holz hatte, und so ging sie wieder hinauf, um eine der Holzkisten zu holen. Draußen zertrat sie sie mit ihrem Stiefel.

»He, was zum Teufel machst du da?« brüllte der Hausbesitzer aus der hinteren Ecke des Hofs. »Du kannst hier nich einfach Zeug kaputtschlagen.«

Sie antwortete nicht. Das Holz splitterte, und sie schichtete es auf, zündete das Streichholz an, blies. Er kam und pflanzte sich neben ihr auf. »*Shit*, Mädel, du hast gehört, was ich sag. Nur ein Feuer hier im Hof. Geht nicht, daß hier jeder sein Feuer macht.«

Sie sagte nichts, hockte nur da und blies sachte und stellte sich vor, sie wäre draußen im Wald, und er rüttelte an ihrer Schulter. »He, verstehst du nich, was ich sag, Dorftrampel?«

Marietta stand auf und fuhr herum, und ihr Gesicht war auf gleicher Höhe mit seinem. »Du mach aus«, sagte sie, und es kam so rauh und tief heraus wie immer, sie dachte an ihren Vater, seine harten Lippen, seine Hände, »un ich hau dir dein Aug raus.«

»Verrücktes Luder«, sagte er, und er drehte sich so brüsk

um, daß er sie streifte. »Hält sich für sonstwas. Morgen um die Zeit sitzt du draußen auf der Straße, weil du kein Geld hast«, schrie er. »Kannst dein Feuer draußen im Wald machen, wo du herkommst.«

Ein Schauer überlief sie – hatte er ihre Gedanken gelesen? Aber sie bückte sich, um den Reistopf aufs Feuer zu stellen, obwohl es noch zu hoch brannte. Die Flammen leckten über das pockige schwarze Eisen, und der Topfboden schien sie regelrecht aufzusaugen.

Sie blieb die ganze Nacht wach, aß den ganzen Topf Reis, eine Handvoll nach der anderen, und betrachtete das Foto ihres Vaters. Ich brauch kein Spiegel, dachte sie. All Leut sag, das da ich. Aus dem Kästchen stieg der Duft von getrockneten Blüten, und das war ebenso gut wie ein Bild von ihrer Mutter, denn bei dem Geruch sah Marietta die dünnen, weichen Schläfenhaare, mit Öl zu einem feinen Schleier über den Ohren zurückgestrichen, und den gebogenen Wimpernkamm.

Als keine Autos mehr vorbeifuhren und keine Schritte mehr unter ihrem Fenster vorbeischlurften, wartete sie auf das Tageslicht. Sie würde Miss Pat suchen gehen.

Die letzten Reiskörner noch zwischen den Zähnen, hörte sie draußen vor ihrer Tür ein leises Schleichen. Das war keiner von den Männern, die die Stufen hochstapften und an die Tür bummerten und riefen: »Hurriah? Hey, Nigger, mach auf.« Die Schuhe blieben stehen, und eine Hand drehte am Türknopf.

Marietta duckte sich auf Hände und Knie und sah durch den Türschlitz die Füße im schummrigen Licht. Ein metallisches Kratzen. Ein Messer stocherte in der Ritze neben dem Schloß. Sie tastete nach ihrem eigenen Messer neben dem Kästchen und kroch leise zur Tür. In dem Längsspalt konnte sie die stumpfe Messerspitze und den Schatten der Hand sehen. Sie wartete, bis die Klinge durch den Spalt drang, und stieß dann mit ihrem Messer zu, mitten in den Schatten. Die Klinge traf Handtellerfleisch, und sie hörte einen Schmerzensschrei. »Ab!« sagte sie. »Du verschwind.«

Die Füße rannten zur Treppe und hinunter. Marietta musterte die Messerklinge im Licht des Fensters, konnte aber kein Blut entdecken. Ihr Herz schlug so schnell, daß sie das Pochen in ihren Schultern und Wangen spürte, und sie setzte sich auf eine Kiste beim Fenster und blieb dort sitzen bis zum Morgengrauen.

»Herr im Himmel, du so groß-groß. Ich vergeß. Ich seh kein so groß Mädel nimmer, seit wo ich Kind.« Miss Pat und ihr Neffe Michael standen im Eingang des Fischladens. Er griff sich eine Kiste mit Mais, und Marietta nahm auch eine und folgte ihm in den Laden.

»Hinten rein«, rief Frank, und der Neffe sagte zu ihr: »Ich mach's.« Er sah Marietta an, bis sie die Kiste absetzte.

»Groß-groß, mmm-hmmm«, sang Miss Pat, und dann sagte sie: »Du seh, Sinbad, sie guck dir in Gesicht, besser wie all die klein Mädel, wo du immer schöntu. Sie guck dir grad in Aug.«

Marietta drehte sich um und spürte einen warmen Atemhauch über ihren Augenbrauen. »Tschuldigung«, sagte er, während er sich an ihr vorbeischob, um zu der niedrigen Schwingtür neben dem Ladentisch zu gelangen. Eine ältere Frau stand vor dem Ladentisch und sagte: »Is das heut alles?« Sie guckte mit gerunzelter Stirn auf die halbleere Eiskiste.

»Im Moment schon«, sagte er lächelnd. »Kommen Sie in einer Stunde noch mal – wir sind heut bißchen langsam.«

»Hmpf, nich nur heut«, sagte sie im Gehen.

»Hey, Miss Pat«, sagte er. »Sie sehen prima aus heut morgen.« Er legte den Kopf übertrieben schief und zwinkerte ihr zu.

Marietta sah sich sein Gesicht an. Er hatte kantige Knochen und hohle, magere Wangen. Gerade schwarze Augenbrauen und ein dünnes Schnauzbärtchen. Er war karpfengolden, und wenn er lächelte, sah man eine kleine Lücke zwischen seinen Schneidezähnen.

»Ich weiß, ich weiß, Sie möchten Ihr Geld«, sagte er zu Miss Pat, während er Scheine auf den Ladentisch zählte.

»Ein Glück, das Mädel komm heut fe seh mich un sag, sie such Arbeit, Sinbad«, sagte Miss Pat. »Wo ich grad letz Woch hör, Frank such jeman fe helf.«

»Ist sie auch von der Insel?« fragte er abwesend, ohne den Blick von seinen Händen zu heben.

Marietta spürte Miss Pats Hand auf ihrem Arm. »Nee, nee,

sie Hurriah Schwesterkind. Du weiß, Hurriah immer sing un zieh rum. Sie komm fe such Hurriah un brauch Arbeit.« Miss Pats kleine Schlitzaugen lächelten Marietta zu.

»Wo bist du her?« fragte er den Ladentisch.

»Pine Garden.«

»Das helf ihm nix. Sinbad kenn sich nich aus hier.« Miss Pat sah jetzt wieder Sinbad an. »Sie komm vom Wasser, sie weiß, wie muß koch Fisch.« Sie steckte das Geld in ihr Kleid.

Sinbad schloß die Kassenschublade und wandte sich ihr zu. »Wir brauchen niemand zum Kochen. Was wir brauchen, is ein Arbeitsochse für die Drecksarbeit, fürs Putzen und Ausnehmen.«

»Ein Ochs?« Marietta sah Miss Pat an.

»Er mein ein Mann. Er von Detroit, drum so red. Un immer tu schön – wenn nur ein Weibstück sein Fuß setz durch die Tür. Aber du brauch nich hab Angst, solang wie er nich ausknips das Licht un flüster in dein Ohr.«

Frank brüllte durch die zweiflüglige Schwingtür hinter dem Ladentisch: »Sinbad – komm hinter, solang wie keiner was kauft.«

»Pardon, Ladies, ich muß gehen und Fisch putzen. Und ihr könnt mir glauben, ich würd viel lieber weiter mit euch reden.« Er verschwand durch die Tür und ließ einen Schwall fischige Luft heraus.

Marietta sah auf Miss Pat, ihr rotes Kopftuch und ihre breiten, halbgeschlossenen Augen. Miss Pat holte zehn Dollar aus ihrem Kleid und drückte sie Marietta in die Hand. Sie schnupperte mit geblähten Nasenflügeln zur Schwingtür hinüber und zog die Augenbrauen hoch. »Du nimm. Du geb mir später wieder.«

Marietta stieß die Tür auf und tauchte in den vertrauten Fischgeruch ein. Frank sah sie und brüllte: »Sinbad, zum Teufel, was soll das? Ich hab dir doch gesagt, du sollst deine Freundinnen nich nach hinten lassen.«

»Ich kenn sie nich – sie is einfach hier reinspaziert.«

»Nein, ich weiß, wer sie is.« Frank sah Marietta finster an. »Aber das braucht nich heißen, daß du nich schon mit ihr angebandelt hast.«

»Nein, sie sucht Arbeit.«

Marietta zog ihr Fischmesser aus dem Stiefel und griff in die Shrimps.

Sie stand am Spülbecken, fuhr mit ihrem scharfen Daumennagel den gekrümmten Rücken einer Garnele entlang und zog die körnigdunkle Vene heraus. Immer schneller ritzte der Nagel – so schnell, daß der Haufen aus gräulichen Kringeln neben ihr genauso rasch wieder wuchs, wie Frank ihn abbauen konnte.

Ihre Rücken krümmten sich, wenn sie in Maismehl getunkt und gebacken wurden, so daß sie innen noch rosa waren, und Sinbad legte sie auf Teller mit gekochtem Mais, Reis und Kohlsalat. Sie kochte jetzt auch den Reis, stellte die Töpfe hinten auf den riesigen Herd, damit er richtig schön im Dampf garte. Vom frühen Morgen an wischte sie immer wieder die roten Kunstledersitze und die runden Tischplatten, und sonst blieb sie hinten und entgrätete, putzte und zerteilte das Meeresgetier, das durch ihre Hände flutschte. Und alles, was Frank sagte, war: »Besorg dir Schuh.« Und als er ihr in der zweiten Woche ihr Geld gab, legte er zehn Dollar extra dazu. »Zahl's mir später zurück«, sagte er. »Aber hol dir ein gottverdammtes Paar Schuh.«

Sie ging zur King Street, weil Sinbad gesagt hatte, daß dort die Farbigen einkauften, und guckte in die Schaufenster. Die Frauenschuhe waren schmal und spitz, so wie die, die sie immer aus den Wagentüren hatte hervorkommen sehen, wenn sie im Sand gelegen hatte. Oder aber es waren welche mit dicken Gummisohlen, schwarze oder weiße Schuhe, wie sie die Dienstmädchen und Köchinnen anhatten, wenn sie auf dem Heimweg von der Arbeit in den Laden kamen. Die rührte sie gar nicht erst an. Sie ging in das Männergeschäft, übersah das Gesicht des Mannes, dessen Krawattenknoten gegen seinen Adamsapfel drückte, und probierte ein paar schwarze Schlüpfhalbschuhe an. Sie waren wie die, die sie bei der Beerdigung ihrer Mutter getragen hatte, aber lang genug, so daß sie sie hinten nicht heruntertrat. Sie fragte den Mann nach schwarzen Socken.

In der Männerabteilung im Kaufhaus sah sie geradewegs in die Gesichter der Verkäufer in dem Spiegelglas vor ihr, während sie sich eine schwarze Hose an die Hüften hielt. Sie war schmal und unten eng, so wie die Hosen, die Johnny immer getragen hatte. Ein langärmliges weißes Hemd. Sie würde diesen Winter nicht wie eine alte Frau rumlaufen, so wie Aint Sister und die anderen, mit vier Röcken übereinander, um nicht zu frieren. In ein paar Monaten würde sie wieder herkommen und sich eine Jacke kaufen.

Glückwunsch zum Geburtstag, sagte sie zu sich selbst. Heute wurde sie fünfzehn.

Morgens, wenn sie das dustere Zimmer verließ, kniff sie die Muskeln zwischen den Beinen zusammen, während sie rasch die Stufen hinunterging. Sie fürchtete sich vor dem dunklen, pißnassen Fußboden und den engen Wänden der Flurtoilette, mehr als sie sich je vor dem Aborthäuschen daheim gefürchtet hatte. Rosie und die anderen redeten oft von »Fließwasser«, und Laha sagte immer: »Ich mag fe zieh Wasserspülung in Miz Briggs' Haus«, und alle erzählten Geschichten von Schlangen im Aborthäuschen. Marietta hatte Löschkalk und Terpentin um die Lichtung geschüttet, so wie Aint Sister sagte, daß man es machen mußte, um die Schlangen fernzuhalten, und sie hatte sicherheitshalber einen dicken Prügel im Häuschen stehen gehabt.

Aber die Spülung – das bißchen Wassergegurgel lohnte das Zittern nicht, das sie überkam, wenn sie dort drinnen saß, so verwundbar in dem kleinen Kämmerchen, während draußen Füße lauerten, und das Wasser, das aus dem Hahn über dem Becken kam, war nur ein Tröpfeln im Vergleich zu dem kräftigen Strahl in Franks Laden.

Sie sah das Licht durch die Glastür, wenn sie rasch die noch dunkle Straße hinunterging. Wenn der Laster richtig lief, waren Miss Pat und ihr Neffe schon dabei, Kisten auf den Gehweg zu stapeln, und Marietta lief schnell nach hinten, in der Hoffnung, daß Frank und Sinbad noch draußen oder an der Kasse waren und sie den kleinen Waschraum neben der Vorratskammer benutzen konnte. Sie zog ihre Bluse aus, sog die Luft über dem Waschbecken ein, die manchmal nach Sinbads Rasierwasser roch, und bespritzte sich ordentlich mit Wasser. Dann ging sie wieder nach draußen, um Miss Pat zu helfen.

Der Tag war lang, und es kam auch noch Kundschaft, wenn

es schon dunkel war, aber sie war froh, nicht in dem dusteren Zimmer sein zu müssen, wo sie kaum schlief und nur horchte. Der Hauswirt und seine Freunde saßen auf der Veranda, die Schuhe auf dem Geländer, und wenn sie sie in den Hof kommen sahen, kamen dicke Spucketropfen heruntergeflogen. »Männersachen machen noch lang keinen Mann. Ein Weibstück is und bleibt ein Weibstück. Gibt Weiber, wo das scheins lernen müssen.« Aber sie senkte die Lider und streckte ihm Geld hin, die ersten paar Male ohne ein Wort, und seine Hände waren innen glattrosa und ohne Narben, als er es nahm. Sie wunderte sich, warum er nicht seinen Schlüssel nahm und in das Zimmer ging und ihre Sachen über das Geländer schmiß, aber bis jetzt war immer alles unberührt gewesen. Manchmal dachte sie, daß es ein Geist gewesen sein mußte, in der Nacht damals an ihrer Tür – spukten in der Dunkelheit hier in Charleston auch Geister und Hexen herum, so wie in Pine Gardens? Aber sie hatte ihr Messer in eine Hand aus Fleisch und Blut gerammt, und sie wußte, er hatte jemanden geschickt, um sie auf die Probe zu stellen.

Nachts las sie die Zeitschriften, die die Leute bei Frank liegenließen, oder die Zeitungsanzeigen aus dem Abfalleimer. Es war laut draußen im Hof und auf der Straße, und Glas zerklirrte an den Wänden und auf den Gehwegen zu funkelndem Scherbenregen. Sie lag auf der Matratze, die sie mit einem dicken Tuch bedeckt und ans Fenster geschoben hatte, und guckte in das silberne Mondlicht oder den gelben Schein der Straßenlaterne und horchte auf Schritte. Sie malte sich Onkel Hurriahs Gitarre aus, seine Hände, sein Gesicht, und als ein paar Wochen vergangen waren und der Hauswirt ihr Geld nahm und hinter ihr herschimpfte, aber keinen Versuch machte, sie anzurühren, dachte sie, daß Onkel Hurriah vielleicht etwas hatte, was der Mann wollte, oder etwas, was er nicht wollte.

Frank mußte es wissen, aber mit ihm konnte sie nicht reden. Sie wußte nicht, wie. Sie schärfte ihr Messer im hinteren Raum, wenn Miss Pat und ihr Neffe gegangen waren und der Fisch dalag, und die Shrimps und das Fischfleisch flutschten durch ihre Finger, aber Frank und Sinbad blieben vorn. Frank polterte und knurrte und bezahlte und bestellte Ware und kontrollierte die Vorräte an Papierservietten und Salz, bis dann am mittleren Vormittag der erste Kundenansturm nachließ und ein paar von den älteren Männern kamen, um sich mit ihm zu unterhalten. Sie saßen in der Ecknische und debattierten, schnalzten mit der Zunge, lachten.

Und den ganzen Tag gingen Leute ein und aus, blieben eine Zeitlang, lungerten am Tresen herum, hingen über ihren Stuhllehnen, um mit Sinbad zu reden.

Sie hörte die jungen Burschen und jüngeren Männer mit ihm flachsen. Über Detroit und über Basketball. Er hatte ein Jahr in der Collegemannschaft gespielt und schnaubte nur verächtlich, wenn ihn die Burschen in seinem Alter neckten. »Ihr Nigger hier könnt ja gar nich anständig Basketball spielen. *Shit*, ihr könnt ja hier in Charleston nich mal aufs College gehen. *Shit.*«

»Klappe, Mann. Wir haben Claflin, wir haben die Uni von South Carolina«, sagte dann meistens einer der Collegestudenten.

»Ach? Und is das nich n ganzes Ende weg? Und is der Sommer nich bald rum?« sagte Sinbad dann. »Wird Zeit, daß ihr eure Ärsche in den Bus hievt, oder? Außer, ihr habt vor, euern schwarzen Arsch heuer hier ins Militärcollege zu schleppen.« Er lachte.

»Und wenn?« meinte ein anderer Student. Marietta wischte einen Tisch in der Nähe ab und beobachtete sie. Wie hatte sie gelernt, die Studenten von den anderen zu unterscheiden? Sie hatten adrette Koteletten über den Ohren und kein Bärtchen, und ihr Hals ragte gerade aus dem Kragen. Sie saßen an den Tischen beim Fenster und redeten stundenlang. Der Bursche sagte zu Sinbad: »Ich kann mir dich gar nicht auf dem College vorstellen.«

»War aber da. So was von stinklangweilig«, sagte Sinbad. »Ich weiß echt nich, warum ich hier bleib. Wo ihr hier alle so rückständig seid.«

»Wahrscheins darum, weil er in Detroit Probleme mit ner Frau gehabt hat«, rief ein Mann vom Tresen herüber, wo er sich gerade von Frank einen Kaffee geben ließ. »Oder mit ihrer Mama.« Alle lachten, Sinbad auch.

Denn es kamen auch Frauen, den ganzen Tag, Collegemädchen – Marietta erkannte sie an ihren Röcken und Sweatern und an der Art, wie sie Kopf und Hände hielten. Manchmal hatten sie Bücherstapel neben ihren Stühlen liegen, und sie lachten mit den jungen Burschen und beugten sich dicht zu Sinbad. Und die beiden Mädchen, die Bedienungen in einem Restaurant waren und herkamen, um sich gegenseitig die Nägel zu lackieren und ihn anzulächeln. Mädchen kamen, um ein Kilo Shrimps oder ein Kilo Fisch zu kaufen, und standen dann, das Gewicht von einem Bein aufs andere verlagernd, eine Stunde mit ihm vorn beim Eingang, während Marietta versuchte, dicht genug an sie heranzukommen, um mitzukriegen, was er zu ihnen sagte.

Dann wurde es dunkel, und Leute kamen, um sich ihre Teller füllen zu lassen. Sinbad stand flüsternd drüben in der Ecke oder draußen auf der Straße. Sie spülte Töpfe und Geschirr, während Frank das Geld zählte und Ordnung auf dem Tresen machte. Dann trug sie ihren warmen, zugedeckten Teller in die Ecknische. Sie aß, und das Kunstleder roch nach dem Zigarettenrauch der Männer und nach ihren Hosen und nach Kaffee. Bevor sie ging, schlüpfte sie noch einmal nach hinten, um sich mit Wasser zu besprengen.

Nachdem sie »Abend« zu Frank gesagt und er genickt hatte, ging sie langsam zu der Glastür, wo sie ein Stückchen von Sinbads Ellbogen sehen konnte. Es war dunkel, und ein Mädchen stand dicht an die Hauswand gepreßt. Sinbads Hände neben dem Gesicht. Marietta schloß sachte die Tür und spitzte die Ohren. Er sagte: »Warum willste mit dem Bus fahren, Baby? Laß die Shrimps da, ich pack sie in den Gefrierschrank, und du kannst sie morgen nach der Arbeit holen. Fahr doch mit der Gray Line, da haste bestimmt mehr Spaß. Versprochen.«

Sinbad Gray – raunte er ihnen ins Ohr, und manchmal war sein Geflüster die letzte Menschenstimme, die sie hörte, bevor sie in ihr Zimmer zurückkam, wo all die Nachtgeräusche im Dunkeln verschwammen.

Die Sweatermädchen – so nannte sie in ihrem Kopf die Wesen mit den runden Schultern und den Ponyfransen über den Augenbrauen – hatten an einem Tag gegen Ende des Sommers einen ganzen Tisch voller Leute um sich geschart. Marietta und Sinbad hatten die ganze Zeit mit Servieren zu tun, weil Samstag war und Frank nicht da war, aber Sinbad rief immer wieder zu der Gruppe hinüber: »Laßt mir ja die Mädels nich gehen, eh ich mich nich von ihnen verabschieden kann.«

Die Studenten fuhren alle wieder weg zum College, und der eine, der Stan hieß und oft mit Sinbad debattierte und lachte, sagte: »Ich dachte, du willst mir nen Abschiedskuß geben, Mann.«

»*Shit*, ich bin froh, wenn dein bierernster Arsch hier weg is«, sagte Sinbad.

»Aber ich komm schneller wieder, als du denkst, weil wir nämlich für die Weihnachtsferien große Pläne haben. Pläne, die dich vielleicht auch interessieren könnten, Sinbad.«

»Wenn's um Partypläne geht, interessiert's mich.«

Stan, mit seiner Melassehaut und dem Mund, der so breit und schmal war wie eine dünne Mondsichel, immer nach oben oder nach unten gebogen, sagte: »Ne Party für uns alle. Wir ziehn runter ins Zentrum zum Feiern, über die Calhoun Street.«

»Wovon redest du, Stan?« fragte eins von den Mädchen.

»Wir haben ne Bewegung gegründet, und ich darf nich zuviel drüber sagen, aber n paar Jungs am Fisk und am North Carolina A & T reden drüber, was wir tun müssen, um unsere Botschaft rüberzubringen.«

»Stan redet scheins gern in Rätseln«, sagte ein anderes Mädchen.

»Ich sag gar nix«, wich Stan jetzt aus. »Ihr müßt bis Weihnachten warten. Aber es müssen alle mitmachen, nich nur Studenten. Auch du, Sinbad, und du«, sagte er, zu Marietta gewandt. »Wie heißt du?«

Sie erstarrte, als alle sie ansahen, und eins von den Sweatermädchen murmelte ihrer Freundin etwas ins Ohr. Sie grinsten und bissen sich auf das Lippenrot.

»Du mußt auch mitkommen«, sagte Stan, den Blick immer noch auf sie gerichtet. »Und auch der alte Frank könnt mal zuhören.«

Marietta war froh, als Sinbad entrüstet schnaubte und um den Tresen herumging. Sie sahen alle zu, wie er die Zunge in die Hauttasche über seinem Kinn bohrte und den Huppel hin und her wandern ließ, so wie Frank es immer machte, wenn er ärgerlich war. »O nein, ihr werdet Frank nich auf die Palme bringen, daß er tagelang tobt«, sagte Sinbad lachend. »Ich und die da, wir müssen's hier mit dem Mann aushalten, wenn ihr längst zur Tür raus seid.« Stan sah wieder zu Marietta hin, und sie starrte auf den Tresen, damit sie die Sweatermädchen nicht sehen mußte.

Die Nachmittage wurden ruhiger, als sie schließlich alle abgefahren waren, aber abends war der Laden immer noch voller Frauen, die von der Arbeit kamen, Männer in schlammigen Stiefeln und Mädchen, die sich in Sinbads Geflüster schmiegten.

Er hatte jetzt ein Auto, und alle wollten es sehen; sie wußte, er wohnte in der Wohnung über dem Fischladen, weil er manchmal zu Frank sagte: »Ich muß mal schnell hoch, mir n frisches Hemd holen.« Er parkte den Wagen mit den spitzen Heckflossen draußen auf der Straße, und die Männer bewunderten jeden Zoll. In Charleston gingen die meisten Leute zu Fuß, aber Sinbad sagte: »Mann, ich komm aus *Detroit*, ich kann nich laufen. Das is gegen das Gesetz. Das Recht haben sie mir schon bei der Geburt gestrichen. Ich bin ein Ford-Mann.«

Aber während der Stunden, in denen niemand kam und kein Geräusch zu hören war außer dem Ventilator und dem zusammenrutschenden Eis, sagte er nichts zu Marietta. Frank war brummig und schroff zu ihr wie zu allen Leuten, aber Sinbad war einfach kurz angebunden und geschäftsmäßig. Vielleicht hatte Frank ihm ja gesagt, er solle bei der Arbeit nicht so viel mit ihr reden, aber vielleicht waren auch ihre Größe und ihr Gesicht zuviel für ihn, auch wenn er sonst seine gespitzten Lippen an alle Sorten Ohren hielt – an rosafarbene, braune und schwarze. Wenn bei Feierabend niemand auf ihn wartete, sagte er »Bis morgen« zu ihr, bevor er in sein Auto stieg. Er ging aber nicht heim, denn sie sah fast nie Licht hinter seinen Jalousien. Meistens waren seine Fenster dunkel, und sie wußte, er schlief in einem anderen Bett. Sie lag unter ihrem Fenster und stellte sich vor, was er wohl sagte.

Ende September merkte sie eines Morgens beim Aufwachen, daß die Hitze schwerer drückte als sonst; die Luft war dick und still, und sie zog sich an und band sich ein weißes Kopftuch um. Daheim trugen nur alte Frauen weiße Kopftücher, aber sie mochte ihre beiden weißen Hemden und die weißen Tücher; sie weichte sie in einem Eimer ein und verquirlte kleine Wölkchen von Wäschebleiche im Wasser.

Sie roch den Wind in der Luft, und ihr fiel ein, daß sie am Abend in dem Radio in Franks Laden Hurrikanwarnungen gehört hatten. Als sie in den Laden kam, wartete Sinbad schon auf sie.

»Frank sagt, der Hurrikan kommt«, sagte er.

»Wo's Frank?« fragte sie. Die Tische waren leer.

»Ich glaub, der Hurrikan hat die Farm seines Bruders drunten im Süden erwischt oder so was. Er hat mich heut morgen angerufen und gesagt, er muß da runter, und wir sollen hier aufpassen. Er sagt, wenn Leute kommen, sollen wir sagen, heut wär keine Ware gekommen und drum gäb's auch nix zu essen.«

Marietta dachte an Miss Pat. »Die Inselleut wart wahrscheins, bis der Sturm vorbeizieh«, sagte sie.

»Gracie. Warum geben sie den Wirbelstürmen immer Frauennamen? *Yeah*, kann mir das mal einer sagen?« sagte er, aber er wirkte nervös. Nieman da fe red, dachte sie. Er nich gewöhn.

Ein paar Leute kamen, um Fisch zu kaufen, aber dann verdunkelte sich der Himmel, und der Wind wurde stärker. Marietta und Sinbad wischten alles gründlich ab, und er setzte sich an einen Tisch und trank Bier und sah ihr zu. Sie fing an, die Fenster zu putzen, obwohl sie sie mit den Holzplatten vernageln mußten, die Frank hinten aufbewahrte. Ihr gefiel die Vorstellung, sie von innen zu reinigen und von außen gegen Wind und Wasser zu schützen. Aber als sie die Farbe der Luft zwischen den Häusern sah, dachte sie, ich bleib hier. Ich geh nich un sitz in Onkel Hurriah Zimmer, un Wasser komm rein. Sie sah Aint Sister und die anderen vor sich, wie sie hinter fest verrammelten Fenstern ums Feuer saßen und Geschichten erzählten, Kaffee tranken und horchten, und sie sah das Haus ihrer Mutter, atemleer und vielleicht voller Wasser. Ihre Handfläche schob den Lappen in Kreisen über die Scheibe, und sie starrte hinaus auf die Straße und dachte an die Unwetter, bei denen das Wasser angestiegen war und die Leichen vom Friedhof weggeschwemmt hatte.

Sinbad drehte das kleine Radio an und sagte: »Du bist wohl gar nich nervös, he?« Der Wind draußen trieb Papier und Blätter über die Straße, aber wegen seiner Stimme und der Radiowarnungen konnte sie das Getröpfel einen Moment lang nicht hören.

»Besser, wir mach das Holz vor«, sagte sie. Draußen redeten sie nicht, während sie die Spanplatten und Bretter vor den Scheiben anbrachten. Sie sah einen Vogel über sich in der Luft stehen. Sinbad zog den Kopf ein und ging als erster wieder hinein in den verdunkelten Laden.

Zuerst verstummte das Radio, und Sinbad erstarrte, als das Musikgedudel aussetzte. Aber er sagte: »Hier kriegt man eh keine guten Sender – nich wie in Motown.« Als das Licht ausging, rührte er sich nicht vom Tisch weg. Marietta hörte nur ihre eigenen Schuhe über den Fußboden schurren. Sie ging nach hinten und fand Kerzen in der Vorratskammer. Als sie sein Gesicht im Schein der Flamme sehen konnte, sagte er: »*Shit*, ich kann's nich ausstehn, wenn's so finster is.«

»Du nich gewöhn an Dunkel?«

»He, *meine* Mama hat ihre Lichtrechnung immer bezahlt. Macht's dir nix aus?«

Marietta lächelte in sich hinein und dachte an die Zimmer daheim, wenn ihre Mutter schlief und das Feuer aus war. »Das nich dunkel.« Sie horchte. »Un der Sturm nich schlimm. Wir hab schon ein dies Jahr, heiß Cindy.«

»Ja, Frank hat's mir gesagt, aber ich hab an dem Tag gar nix gemerkt«, sagte er.

»Der Sturm schlimm, da, wo ich wohn.« Marietta verbesserte sich: »Wo ich vorher wohn. Schmeiß all Bäum um – Haufen Feigbäum, Pfirsich, all weg. Aber mein Mama Pfirsichbaum steh noch.«

Er musterte sie. Sie stand am Tresen. »Du hast ein Haus gehabt?«

»Mein Mama Haus. Sie sterb. Da ich komm her.« Sie wandte sich ab, um die Fenster zu kontrollieren; jetzt, wo er sie zum ersten Mal richtig ansah, spürte sie ihr zu stramm sitzendes Kopftuch und ihre trockenen Lippen.

»Lebt ihr da in einer kleinen Stadt?« fragte er.

»Nix Stadt. Paar Häuser, ein Laden. Creek.«

»Wohnt dort jeder in einem Haus?« fragte er, indem er aufstand, um sich ein neues Bier zu holen.

»Warum du immer frag nach Haus?« sagte sie. »Du mag nich Haus?«

»Hab nie in einem gewohnt. Immer nur in ner Wohnung. Im sechsten Stock. Mrs. Grays vier Zimmer. *Shit.*« Er lächelte nicht, seine Augen waren nicht rund und weit, und sie hatte ihn noch nie mit dieser Stimme reden hören.

»Wir hab nur zwei Zimmer daheim«, sagte sie.

»Vergiß es. War nur so dahergeredet.« Er nahm einen langen Schluck von seinem Bier und sagte: »Hurrikan. Ich weiß echt nich, warum ich hierbleib. Bist du sicher, daß wir nicht besser woanders hingehn sollten?«

»Frank sag, wir soll paß auf. Wo du woll geh bei so Wind?« sagte sie.

Sinbad sah auf die leeren Augen des Herds, die kahle Glasvitrine. »Gibt nix Traurigeres wie n leeres Restaurant«, sagte er. »Sieht echt aus wie Mutter Sorges Küche.« Er lachte.

»Was du sag?« fragte sie.

»Hat deine Oma das nich gesagt? Is einer von diesen alten Sprüchen aus dem Süden. ›Ich war in Mutter Sorges Küche, Junge, und hab *alle* Töpfe ausgeleckt.‹ Hat meine andauernd gesagt.«

Marietta schüttelte den Kopf. »Ich hör nie hin. Wo komm dein Oma her?«

»Mississippi. Arsch der Welt, Missippi.«

Sie setzte sich an den Tisch neben seinem und dehnte ihre Finger. »Warum du komm daher?«

Er schwieg, aber dann lächelte er. »Hab Ärger mit den Bullen gehabt. Is schon ziemlich lang her, schon« – er hielt inne – »fünf Jahre. Verdammt. Wir hatten nen Wagen geklaut – ich und mein Freund C.B. Ihn haben sie erwischt – konnt nich rennen mit seinen kurzen Krummbeinen. Ich bin zu meiner Tante nach Cincinnati. Aber da langweilen sich sogar die Hunde. Also hab ich mich woanders umgeschaut. Bin nach Atlanta. Memphis.«

»Warum du komm *da* her?«

»Fällt dir gar nix andres ein?« Er lächelte und legte die Füße auf den Stuhl. »Als ich klein war, hab ich gehört, daß früher mal jemand aus meiner Familie Eisen geschmiedet hat. Tore und solches Zeug. Ich komm hierher und fahr durch die Straßen, wo alle Touristen rumlaufen, und seh die Tore. Und dahinter lauter reiche Weiße. Alles klar?« Er lächelte jetzt breit. »Ich wollt das Meer sehen. Aber ich hab nicht gewollt, daß es mir gleich bis zum Hals steht. Ich hab gehört, es gibt ne Riesenflut, wenn hier n Hurrikan kommt.«

»Manchmal.«

»Du müßtest es doch wissen.«

Sie sagte nichts. Er sog ploppend an seiner Bierflasche, und sie guckte in den dunklen Ladenraum, weg von seiner Hand, die die Bierflasche umklammerte. Die Hand von Willies Vater – so hatten sie ihn gefunden, als die Flut kam, seine Leiche, die in den Büschen am Highway lag, nachdem das Auto ihn erwischt hatte. Seine Hand – das war es gewesen, was vor Aint Sisters Eingangsveranda im Wasser geschwommen war. Hunde mußten sie abgefressen haben, vom Arm weggerissen. Und später war dann der Rest gekommen. Er war jetzt ein Spukgeist, Willies Vater, sagte Aint Sister, und trieb sich am Highway herum. Marietta schloß die Augen und horchte auf den Wind. Sie redete, ohne Sinbad anzugucken. »Du glaub, mein Onkel Hurriah tot?«

Er war überrascht. »He?«

»Er schon zwei Monat weg, vielleich mehr.«

»Ich kenn den Burschen nich näher, ich weiß nur, daß er gern singt. Und nich viel sagt. Hat's nich so mit dem Reden.«

»Nich so wie du«, sagte Marietta. Sie klickte nervös mit den Zähnen – red was, schnell-schnell. »Wie alt du schätz mein Onkel?«

»Weiß nich, so vierzig, fünfundvierzig. Is sicher irgendwo hängengeblieben. Muß vielleicht n Weilchen sitzen. Tot isser bestimmt nich.«

Sie sah ihn andauernd vor sich, ihren Onkel, das Gesicht eine ältere, dunklere Ausgabe ihrer Mutter, sah ihn an einer Straße liegen und jetzt bei dem Sturm davonschwimmen, zusammen mit ihrem Vater und Willies Vater, sah sie alle mit dem Gesicht nach oben im Wasser treiben und darauf warten, daß jemand sie fand. Der Wind ließ Zweige über die Holzbretter scharren, und sie hörte Regen. »Wenn du Angst hab vor Wasser, du kann geh rauf. Ich bleib da«, sagte sie, als sie sah, wie sein Mund schmal und hart wurde.

»Ich geh nirgends allein hin. Du bist die Hurrikanexpertin – du wirst mich retten, wenn was passiert«, sagte er, und er versuchte zu lächeln.

»Kann nix mach wie wart.«

»Du klingst wie ne alte Großmutter. Wie Miss Pat. Wie kommt's nur, daß ihr manchmal so komisch redet und euch ein andermal dann wieder ziemlich normal anhört?«

Sie lächelte zurück. »Komm drauf an.«

»Da, hörst du? Du klingst, wie wenn du achtzig wärst. Wie alt bist du?«

»Achtzehn«, log sie, ohne nachzudenken. »Un du?«

»Ich war achtzehn, wie ich von Motown weg bin.«

»Du dreiundzwanzig.«

»Ich weiß schon, daß du rechnen kannst – ich hab dich kassieren sehn, und bisher hat dich noch niemand übers Ohr gehaun.« Er versuchte immer noch, witzig zu sein, aber seine Augen hingen an den schwarzen Fenstern. »Wenn ich Angst hab, will ich nur eins, und das is schlafen. Ich hab die ganze Fahrt von Detroit hierher im Bus geschlafen.«

»Du geh un schlaf«, sagte sie. »Ich paß auf.«

»Kommt nich in Frage«, sagte er. Aber er trank noch ein Bier, und als die Kerzen kürzer geworden waren, lag er auf der langen Bank in der Ecknische, und seine Arme und Beine baumelten über die Kanten, bis er sich auf der Seite zusammenrollte. Er schlief mit offenem Mund. Sie wartete eine ganze Weile, ehe sie neben ihn trat, um sein glattes Kinn und sein weiches Lippenbärtchen aus der Nähe zu betrachten. Seine Schultern und Handgelenke waren kräftig, aber seine Fußknöchel piekten durch die Socken. Sie saß mehrere Stunden da und horchte, wie sich der Wind legte und das Wasser von den Dächern und Simsen tropfte, und sie wußte, er würde verlegen sein, wenn er aufwachte.

Sie rannte zu ihrem Zimmer. Die Fenster waren eingedrückt, weil sie genau zum Wind hin lagen. Sie wickelte sich in mehrere Hemden und eine Decke und barg ihre beiden *Ebony*-Hefte vom Fußboden, wo sie mit feuchtgewellten Rändern lagen. Würde Sinbad sich fürchten, wenn er aufwachte? Würde er noch wissen, was er gesagt hatte?

Am Morgen funkelten die Scherben blau auf dem Fußboden und auf der Straße. Und Sinbad lächelte ihr nur kurz zu und wandte die Augen rasch wieder ab, was er bei den Mädchen mit den Büchern und Wimpern und eingedrehten Haaren nie machte.

Ihr Haar wollte nicht länger werden. Sie versuchte, es zu umwickeln, mit dicker, weißer Schnur, so wie Aint Sister und Rosie und die anderen daheim es machten und wie sie es bei ihr gemacht hatten, als sie noch klein gewesen war, aber die Löckchen waren zu kurz, um sie richtig festzuhalten. Das Schnurknäuel in der Hand, saß sie auf ihrer Matratze, den Rücken an die Wand gelehnt. Aint Sister – ihre langen, umwickelten Haarstränge hingen ihr fast bis auf die Schultern, wenn man sie je ohne ihr Kopftuch sah. Ihre Mutter und Aint Sister hatten es schon vor langer Zeit aufgegeben, Mariettas Haar herzurichten, denn die Locken waren zwar weich, aber sie weigerten sich, einzeln zu wachsen. Sie kringelten sich ineinander und lagen dicht am Kopf an.

Manchmal fragte sie sich, ob Aint Sister und die anderen wohl dachten, daß sie tot war und irgendwo im Wasser schwamm. Der Sturm hatte sich schon abgeschwächt gehabt, als er über Charleston gefegt war, und sie wußte, daß er in Pine Gardens nicht schlimm gewütet haben konnte, aber sie sah dennoch Leichen in der Nacht vom Friedhof wegtreiben, vielleicht sogar ihre Mutter. Seit Tagen sah sie den Hauswirt grinsen, hörte sie ihn sagen: »Ich wett, bei nem gewissen Weibstück im Zimmer wird es jetzt nachts ganz schön kalt.« Sie traute sich nicht, ihn zu bitten, das Fenster zu reparieren, also nahm sie Spanplatten aus Franks Laden mit und befestigte sie nachts an den Fensterrahmen, um sie dann morgens wieder abzunehmen, damit sie etwas sehen konnte. Aber Frank traute sie sich auch nicht zu fragen und schon gar nicht Sinbad, der Schultern und Gesicht von ihr abwandte.

Miss Pat und Michael kamen jetzt, wo der Winter vor der Tür stand, zweimal die Woche mit Kartoffeln und manchmal auch mit Kohl, und so hatte sie schließlich Michael gebeten, ihr mit den Fenstern zu helfen. Er hatte auf die Kisten gestarrt und auf die neue Matratze, die auf dem Boden lag. Ein Kunde hatte bei Frank einen Zettel aufgehängt, daß er die Matratze verkaufen wollte, und Marietta hatte sie erstanden. Aber auch auf der sauberen, glatten, neuen Unterlage schlief sie nachts nicht, und als Michael wortlos wieder gegangen war und die Fenster wieder Licht hereinließen, blätterte sie ihre *Ebony*-Hefte durch.

Immer, wenn ein Mann sich dicht zu einer Frau beugte oder mit ihr telefonierte oder die Hand auf ihrem Arm hatte und den Mund nah an ihrem Gesicht, las sie die Werbung rings um das Foto. »Die Welt dreht sich um das Mädchen mit dem reinen, hellen Nadinola-Light-Teint. Stumpfe, dunkle Haut? Nicht so beliebt wie andere? Tun Sie etwas dagegen – geben Sie dem Glück eine Chance!« »Zu dünne Beine? Wohlgeformte Kurven verleiht Ihnen...« »Möchte er Ihnen Orchideen ins Haar stecken? Hair Strate – und das Haar wird *garantiert* nicht wieder kraus!« »Sex und Transpiration – unangenehmer Körpergeruch verschwindet sofort mit Arrid...« »Ein offenes Wort zur Intimhygiene – Zonite ist für die ›heiklen Körperzonen‹.«

Im Kaufhaus stand sie vor den Pyramiden und Stapeln aus Döschen. »Helle, strahlende Haut ist attraktiver! Black-and-White-Bleichcreme.« Es gab Töpfchen in allen Größen – für 50, 75, 90 Cents. Aber sie musterte noch einmal die Illustriertenseiten, die Gesichter auf den Döschen – die Nasen, die Augenbrauen, die Münder waren nicht sie. Ich muß spar, wenn ich will zieh in ander Zimmer, dachte sie. Nachher ich hab Geld, wo ich kann geb aus.

Sie nahm sich vor, die Collegemädchen zu beobachten, wenn sie über die Ferien heimkamen, genau hinzugucken, wie sie sich bewegten und wie sie Sinbad anlächelten. Sie musterte sich in den Schaufenstern; der Winterhimmel war klar und spiegelte sich in den Scheiben, und sie sah aus den Augenwinkeln ihre einfarbig schwarzen Wangen und Lippen hart von dem weißen Kragen und dem weißen Kopftuch abstechen, sah den glatt fallenden Stoff ihres losen Hemds, ihre schmalen Fußgelenke.

Die Mädchen kamen, Studentinnen und andere, mit roten

Mündern und goldenen Armreifen, die klimperten, wenn sie die Hände bewegten. Ihr Haar bauschte sich über der Stirn. Aber ihre Stimmen gingen fast unter in dem lauten Gerede der jungen Männer, Stan und Robert und Carey, die darüber debattierten, wie man gegen die Weißen angehen sollte. Sinbad schwirrte um sie herum und zog eins der Mädchen an einen anderen Tisch, als pickte er sich eine Weinbeere von einer Traube. Er scherzte mit ihr, bis Frank ihn anschnauzte. Marietta lauschte.

»*Yeah*, wir können an der King Street einkaufen, aber wir können immer noch nich über die Calhoun raus«, rief Robert. »Wehe, wir würden in den Läden dort irgendwas anrühren.«

»Das Zeug is für Nigger eh viel zu teuer«, sagte jemand anders, und Robert wurde noch zorniger. »Darum geht es nich, und das weißt du ganz genau«, sagte er, und ein Mädchen legte ihm die Hand auf den Unterarm.

»Reg dich nich auf«, sagte sie.

»Ich reg mich aber auf, wenn jemand nich mitmachen will, wenn's wirklich wichtig is«, sagte Robert, und Stan machte ihm ein Zeichen, daß er den Mund halten sollte.

»Was is wichtig?« sagte Sinbad. »*Wichtig* is, daß ihr mir sagt, wo dieses Wochenende die Party steigt. Das ganze andere Zeug is mir nich *wichtig*.«

Ein paar Leute in der Runde lachten, und Stan sagte: »Du willst nix davon wissen, weil du's nich nötig hast.«

»Was soll das heißen?« fragte Sinbad.

»Du kannst deinen Krempel packen und nach Hause gehen. Nach ›Motown‹, wie du immer sagst. Mein Zuhause ist hier«, sagte Stan ruhig.

Sinbad verdrehte die Augen und sang: »*Wa-a-a-y down upon the Swa-a-nee River*«, und Stan und Robert stapften hinaus. Sinbad ließ sich auf die freie Sitzbank plumpsen und sagte: »Jetzt mal zu den wichtigen Sachen. Ich brauch nich mit weißen Kerlen einzukaufen – was ich brauch, sind n paar hübsche Mädels zum Reden.«

Vor Weihnachten brüllte Frank immer öfter, sie sollten alle miteinander leise sein. Er sah die meiste Zeit müde aus; die grauen Strähnen in seinem Haar hatten sich verbreitert, und seine Augen waren rot geädert. Manchmal überließ er Marietta die Arbeit am Herd und am Tresen, und sie zerkleinerte den Kohl mit dem scharfen Hackmesser, wiegte es hin und her, wie sie es bei ihm gesehen hatte. Sie gab die Austern und Shrimps in das spritzende Öl, während er in der Ecknische saß und sich ausruhte, und sie brachte ihm einen Teller mit Meeräschen, sein Lieblingsessen.

An Silvester fragte sie ihn, ob sie den Herd benutzen könne, um Hoppin John zu machen – den bräunlichen Reis mit Langbohnen und Schinkenstückchen und Pepperoni. Hoppin John für Glück und Grüngemüs für Geld – sie schmorte es auf der hinteren Flamme, zusammen mit der Schweinshaxe. Sie brachte Frank einen Teller und gab Sinbad auch einen, aber sie aßen abwechselnd am Tresen, im Stehen, immer nur zwischendurch einen Happen, weil soviel Betrieb war. Marietta sah, wie die Leute hereinströmten, die Frauen dick eingemummelt unter ihren Mänteln, so wie Rosie und Pearl, die Männer mit Hüten. Sie hatten es eilig, weil sie heute für ihre Familien kochen wollten, und niemand blieb, um herumzufrotzeln oder Streitgespräche zu führen. Sie wußte, auch Aint Sister und Rosie schöpften heute allen Hoppin John auf die Teller. Und Grüngemüs ... Glück fürs neue Jahr: 1960.

An einem Tag im Februar stellte Frank das Radio laut. Er sagte zu Marietta: »Da, hör zu. Das is sicher die Sache, von der die Burschen letzten Monat die ganze Zeit gequasselt ham.« Vier Collegestudenten hatten sich in einen Woolworth-Imbiß in Greensboro gesetzt und Kaffee und Kirschkuchen bestellt und sich geweigert zu gehen.

Stan und Robert und Carey waren ein paar Wochen später wieder da und grinsten Marietta und Sinbad an und erklärten: »Jetzt habt ihr gesehn, was hier passieren muß.« Sie sagten, immer mehr von ihren Freunden würden Claflin und die Uni von South Carolina verlassen, um nach Charleston zurückzukommen und die Bewegung zu organisieren. Der Laden war voll mit jungen Leuten und älteren Männern, und alle brüllten und redeten durcheinander.

»Wir nehmen uns das Kaufhaus, die Imbißbar und die Bushaltestelle vor«, sagte Stan.

»Mit euern Sit-ins bringt ihr die Weißen auch nich dazu, daß sie euch lieben«, sagte Franks Freund Clarence.

»Ich will nich, daß sie mich lieben«, entgegnete ihm Robert. »Aber ich bin nun mal da, und sie können nich so tun, als ob's mich gar nicht geben würd.«

»Warum wollt ihr unbedingt mit den Schweinsgesichtern zusammenhocken?« fragte Sinbad. »Hab's in Detroit oft genug gemacht. Is kein Vergnügen, denen beim Essen zuzugucken.«

»Mit dir geb ich mich gar nich erst ab, Mann«, sagte Stan. »Aber Marietta, die hört zu. Komm her und mach mit bei unsrer Bewegung«, sagte er zu ihr. Frank und Sinbad sahen zu, wie sie den Kopf schüttelte.

»Ich brauch nich kauf Sach von da«, sagte sie zu Stan.

Er trat dicht neben sie. »Du sollst nix kaufen. Komm morgen mit mir mit, und ich spendier dir nen Kaffee.«

»Stan tut wirklich alles für dieses Sit-in«, sagte das Mädchen, das Gina hieß und mit dem Sinbad immer am meisten flüsterte.

Sinbad wandte sich ab, um nach hinten zu gehen, und sagte: »Laßt's mich wissen, wenn ihr genug von diesen Sit-ins habt, damit wir endlich wieder aufstehn und tanzen können.«

»Kommst du?« sagte Stan zu ihr. »Ich hol dich morgen ab, und dann gehörst du auch zur Studentenbewegung von Carolina.«

»Sie is keine Studentin«, sagte Carey.

»Sie kann was lernen bei der Sache morgen, Mann«, sagte Stan. »Dafür sind wir doch aus der Hochschule raus, oder? Um die Massen zu gewinnen.« Er ging zur Tür und sagte noch einmal zu Marietta: »Morgen früh.«

Sie ging nach hinten, bevor noch jemand etwas sagen konnte, und ihre Hände zitterten, als sie das Spülbecken schrubbte. Warum wollte Stan, daß sie mitkommen sollte? Er forderte jeden auf. All die Weißenleut dort unten im Stadtzentrum, wo sie nicht mehr gewesen war, seit sie damals stundenlang durch die Straßen gelaufen war und Arbeit gesucht hatte. Was ich soll red mit Weißenleut? Aint Sister sagte immer: »*Buckra* woll nich red, woll nur dein Arbeit. Fe was mach dein Zähn ausnander?« Warum ich soll sitz un eß mit weiß Lady? Ich kann nich red mit Stan un die andern un beinah nix mit Frank. Aber Stan sagte immer wieder: »Es müssen alle mitgehn. Es kommt auf jeden an.«

Sie waren fast alle weg, als sie wieder herauskam; sie hatte eine ganze Weile an der Schwingtür gehorcht. Frank saß in der Ecknische mit den Männern, Clarence und Marshall und Anderson, und sie brachte ihm einen Teller mit knusprigheißen Meeräschen. Das war zur Zeit alles, was er aß.

»Gehst du mit dem Burschen mit morgen?« sagte er zu dem Tisch.

»Ich weiß nich«, antwortete sie vorsichtig, und er wandte sich Marshall zu.

»Weißt du, was mir mal einer gesagt hat?« sagte er. »Ich sollt mal nachdenken, hat er gesagt – Krebse, Langusten, Shrimps, das ganze Viechzeug, das sin doch die Kakerlaken vom Ozean. *Yeah*, Mann. Weißt du, was die fressen? Kriechen übern Meeresgrund und fressen Dreck, das ganze Zeug, was die Leut da reinschmeißen. Leichen und alles. Daheim wollt ihr alle keine Kakerlaken, da jagt ihr sie zum Teufel, und dann kommt ihr her und bestellt euch See-Kakerlaken.« Er pickte eine fingerlange Meeräsche von seinem Teller und biß in die Kruste. »Ich eß nur schwimmenden Fisch und weiter gar nix.«

»Guckt sie euch an, die Viecher«, sagte Marshall. Er zeigte auf die Vitrine. »Kann schon sein. Aber die Shrimps schmecken mir halt so gut.«

Clarence sagte: »Ich guck das Viechzeug an und seh lauter Weißenleut.«

»Was redst du da?«

»Stellen sich hin un reißen's Maul auf, daß sie nich mit Farbigenleut essen wollen un nich in eim Geschäft einkaufen un nich in eim Raum sitzen. Un lassen die Männer draufprügeln auf unsre Kinder. Da, die grauen Shrimps da – seht ihr die? Das is genau die Farb wie paar von den Weißenleut ihre Gesichter. Paar sin rot wie Krebsscheren – wißt ihr ja. Und die Ladies mit den rosafarbigen Backen. Und die reden von Farbigenleut – *shit*, was denken die, was sie sin?«

»Du spinnst, Clarence.«

»Nee, er hat recht«, sagte Frank. »Ich für mich bin nich wild drauf, mit denen in eim Raum zu essen, aber ich kann nix gegen das sagen, was die jungen Leut wollen. Sie sin's nich gewohnt, daß sie sich rumschikanieren lassen, un das is gar nich so schlecht.«

Marshall sagte: »Du hast leicht reden, Frank. Du hast keine Kinder. Ich hab drei Buben großzuziehn, un ich kann ihnen nur raten, daß sie sich dran gewöhnen. Immer noch besser, sie wern rumschikaniert, wie daß sie totgeschlagen wern.«

Als sie für die Nacht aufräumte und saubermachte, versuchte sie, sich die weißen Gesichter vorzustellen, die auf sie einbrüllen würden, wenn sie mit Stan mitging. Sie hatte bisher nur Mr. Tally und Mr. Briggs und ihre Frauen aus der Nähe gesehen, wenn sie zur Feldarbeit gefahren war. Die Leute, die aus den Autos stiegen – sie hatte fast nie in ihre Gesichter geguckt, immer nur auf den Boden, um zu sehen, ob sie etwas fallen ließen, und auf die Körbe, die sie vielleicht kaufen würden. Die kleine Frau mit der Trippelstimme und dem Flatterhaar – ihr Gesicht hatte sie gesehen, aber seither keins mehr. Marietta saß fast die ganze Nacht in ihrem Zimmer und sah den Highway und die Brücke und die fliegenden Flaschen, die bleichen Hände, die aus den geöffneten Fenstern hingen.

Frank gab ihr einen Schubs, als sie in der Tür standen – Stan, ein Mädchen mit Brillengläsern wie liegende Tränen, eine Horde Studenten dahinter. »Geh. Sinbad bleibt da.« Sie machte ein paar Schritte vorwärts, und Stan faßte sie am Arm und zog sie mit.

»Es is kein langer Weg«, rief er den anderen zu. »Das is der Punkt, versteht ihr? Wir brauchen nich weit zu laufen, also müßten wir's schaffen, an unser Ziel zu kommen und zu tun, was wir vorhaben.«

Sie marschierten die Gehwege an der King Street hinunter, vorbei an den Geschäften, wo sie ihre Schuhe und Anziehsachen gekauft hatte, und dann weiter, über die Calhoun Street hinaus. Rings um Marietta wogten Gesichter, Füße traten sie in die Hacken, und dann sah sie schon die Imbißbar vor sich. Stan, das Mädchen mit der Brille, das er Loretta nannte, und Robert setzten sich auf die drei freien Plätze, und die übrigen Studenten stellten sich hinter ihnen auf. Marietta drückte sich an die Wand, als sie die jungen Weißenmänner mit kurzen Haaren und dicken Jacken hereinkommen sah.

Die Bedienung stand mit verschränkten Armen da und starrte Loretta an, und Loretta sagte: »Ich möchte bitte einen

Kaffee und einen Käsetoast.« Die Frauen gingen ans Ende der Theke, wo die Kaffeemaschinen standen, und Loretta starrte auf die Speisentafel an der Wand, ihre Mundwinkel waren zu einem kleinen Lächeln verzogen.

Stan sagte: »Da, guckt mal, noch mehr freie Plätze.« Die Weißenleut an der Theke waren aufgestanden und wichen vor den Studenten zurück. »Setzt euch, Jungs, vielleicht können wir ja jetzt was kriegen.«

Als noch mehr Studenten auf den Hockern Platz nahmen und die Mäntel fester um sich zogen, traten die Weißen von hinten an sie heran, und das Gebrüll hallte von den Spiegeln und der Speisentafel und dem Linoleum unter dem Schuhgedrängel wider. »Ich werd dir was geben, Nigger! Hier, nimm das!« Ketchup tropfte wie Blut auf Stans Haar, und durch die Arme sah Marietta eine brennende Zigarette in Lorettas feines, glattes Haar gleiten – die Asche glomm einen Moment in dem Nest aus Haaren, bis Loretta mit der Hand über ihren Hinterkopf fuhr und sich umdrehte. Marietta spürte die kühle Wand an ihrem Rücken und hielt den Atem an, weil sie dachte, die Burschen vor ihr würden ihr an die Kehle fahren, aber dann sah sie, wie zwei von ihnen einfach an ihr vorbeiguckten, ohne daß ihr Blick auch nur eine Sekunde an ihrem Gesicht hängenblieb. Sie regte sich nicht, und sie packten das Mädchen mit der schwarzen Handtasche und dem roten Mantel neben ihr. Sie seh mich nich, ich kein Student. Sie seh mein Kopftuch, un sie wer seh mich, dachte sie, und sie schlüpfte an der Wand entlang zu der niedrigen Schwingtür neben der Theke. Sie seh mich nich. Roberts Faust fuhr nicht auf den Burschen herunter, der ein Mädchen direkt neben ihr festhielt; sie blieb in der Luft hangen, und er verharrte reglos. »Feiger Nigger, willst du deiner Freundin nicht helfen?« sagte der weiße Bursche. »Na warte, ich helf ihr zur Tür raus.« Das Gedränge wogte hin und her, und Marietta zwängte sich durch die Schwingtür in die Küche.

Die beiden älteren Männer am Herd starrten sie an. Lärm quoll zur Tür herein. Ihre Gesichter und Arme waren braunglänzend von Fett und Schweiß, die weißen Schürzenlätze durchsichtig von Öl, und als sie an ihnen vorbei zu der Hintertür rannte, wo Luft und Kälte hereinkamen, wandten sie den Kopf wieder dem Gebrüll zu, das sie hereingelassen hatte.

Marietta lief rasch zu Franks Laden zurück und zwang ihr Gesicht zur Ruhe, ehe sie hineinging, und als Frank und Sinbad sie ansahen, sagte sie: »Sie mach Sit-in. Ich komm wieder her für Mittagzeit – sie hab genug Studenten, wo bleib da.«

Sie ging gleich nach hinten und machte sich daran, die Kartons in der Vorratskammer zu ordnen, aber die Papierservietten waren die gleichen wie die, die sie auf der Imbißtheke neben Stans Arm hatte liegen sehen, voller blutroter Ketchupspritzer, und sie schloß die Kammertür und setzte sich auf einen umgedrehten Eimer, um zu warten, bis sie wieder ruhig atmen konnte.

Frank kam durch die Schwingtür – sie erkannte seinen Schritt –, und sie sprang auf, um sich an der Spüle die Hände zu waschen. Er ging in die Kammer, um die große Blechdose mit Pfeffer zu holen, und sagte: »Is alles okay? Sin sie noch unten in der Stadt?«

»Ich weiß nich«, sagte sie. »Vielleich Polizei komm.«

»Wieso bist du allein wieder hergekommen?«

Sie sah ihn an. »Ich woll nich sitz mit nieman. Ich woll nich seh Weißenleut.«

Er nickte. »Vielleicht nich jetzt«, sagte er. »Komm vor un mach Kaffee, eh?«

Sie kamen wieder, als sie aus dem Gefängnis draußen waren, Stan und die anderen, aber diesmal sagte Frank, als sie mit Marietta reden wollten: »Nein, jetzt nimmer. Ihr seid von eurer Schule weg, um die Sachen hier zu machen, und ihr müßt irgendwann wieder zurück. Aber Marietta muß dableiben und arbeiten. Ich kann sie nich andauernd rennenlassen.« Sie blieb möglichst hinter dem Tresen und ließ Sinbad bedienen und lächeln.

»Es geht jetzt durch die Gerichte«, sagten die Studenten. »Wir müssen weitermachen.« Stan und Robert saßen manchmal allein an einem Tisch, und ihre Finger spielten mit den Salzkörnchen. Sie konnte nicht hören, was sie sagten, aber sie beobachtete sie, während sie die Fische wendete und den Reis ziehen ließ, und sie sah, wie Sinbad immer öfter mit dem hübschen, rotlippigen Mädchen zusammensaß, das Gloria hieß. Gloria kam immer am Nachmittag, bevor sie zu ihrer Arbeit auf dem Flughafen ging, mit einer Tasche, aus der eine blaue Arbeitsuniform herausschaute. Aber im Laden trug sie nie ihre Uniform – immer nur enge Kleider mit Gürteln um die Taille, und über ihren Schlüsselbeinen waren kleine Gruben.

Und abends kam ein Mädchen namens Pat, um Shrimps zu kaufen. Sie hatte Bücher dabei, aber Marietta wußte nicht, ob sie eine Studentin war – vielleicht eine Schülerin von der High-School, ihr Gesicht war so weich und ihr Lächeln so zart.

Loretta war höflich zu Sinbad, aber sie hielt sich immer in Stans Nähe, und jedes Wochenende trafen sich die Studenten, um neue Pläne zu schmieden, aber Stan forderte Marietta nie mehr auf, mit ihnen zu kommen. Er und Sinbad sagten kaum jemals mehr als »Hey«, und Marietta sammelte die weggeworfenen Zeitungen auf, um mitzukriegen, was Stan und die anderen machten.

Die Zeitungen sagten, die Neger-Studentenrevolte sei gefährlich und müsse unterbunden werden, mit allen Mitteln – »ob Messer oder Schußwaffe ...«. Marietta suchte Stans Gesicht nach Verletzungen ab, aber sie sah nur, daß seine Augen hart waren und seine Lippen so dünn und scharf wie Fischmesserklingen.

Die älteren Männer debattierten immer noch über das, was die Studenten machten, und wenn Marietta die Frauen bediente, die am frühen Abend kamen – die Dienstmädchen und Haushälterinnen und Köchinnen, die schon eine Mahlzeit auf den Tisch gebracht hatten und sich jetzt anschickten, noch eine zu kochen –, dann redeten sie mit Frank, während sie vor der Vitrine warteten. Ihre Handtaschen baumelten von den vorm Bauch übereinandergelegten Händen, und sie wiegten sich auf den Fußsohlen vor und zurück, während Marietta ihre Bestellungen fertig machte, und sie sagten zu Frank: »Dreimal am Tag wasch ich meine Händ in ihrem Essen. Ich kau ihrem Baby das Essen vor. Ich häng ihre Schlüpfer drinnen auf, damit sie keiner sieht. Und sie sagt zu mir: ›Wie können Sie dulden, daß Ihre Tochter Umgang mit diesen Unruhestiftern hat?‹ Aber sie kann kein Umgang mit mir haben, da im Restaurant. Und ich kau Tag und Nacht das Essen für ihre Kinder vor.«

»Ma'am«, sagte Marietta, wenn sie den eingepackten Fisch über den Tresen streckte, und die Frau sagte: »Danke, Schätzchen. Ich werd ihn machen, wie sich's gehört.«

Er grinste das ganze Frühjahr breiter denn je, aber es galt nie ihr. Er vergeß, daß er jemal sag was zu mir, dachte sie. Er seh weiter nix wie mein Hand, wo geb ihm Teller oder Geld. Er jonglier nur all Tag die zwei Mädel.

So, wie Big Johnny den Gezeitenstand prüfte, beobachtete Sinbad die beiden – Gloria und Pat. Einmal sah sie ihn abends vor dem Hinterausgang, als sie den Müll rausbringen ging. Er stand mit Gloria bei der Tür, die zu seiner Wohnung führte. Aber Gloria kam jetzt immer öfter zu den ausgefallensten Zeiten in den Laden, und einmal im Sommer kam sie, als es schon längst dunkel war.

»Hab's doch gewußt! Ich rat dir, Sinbad, sag der da, was läuft«, sagte Gloria. Er saß mit Pat und ihrer Freundin am Tisch und guckte sich rasch um. Frank hob die Augen von der Registrierkasse – es war kurz vor Feierabend.

»Ich mach keine Spielchen, Nigger!« schrie Gloria. Sie hatte ein dünnes Tuch über ihren Lockenwicklern, und ihre Lippen waren immer noch rot, aber sie preßte die Fingerknöchel so fest in ihre Seiten, daß Marietta sehen konnte, wie weich ihre Taille war. »Sag ihr, daß du letzte Nacht mit mir zusammen warst.«

Sinbad stand auf. Er sah Pat an. »Ja, das war ich«, sagte er. Dann ging er an Marietta vorbei durch die Schwingtür nach hinten.

»Kommst du wohl da raus, Nigger!« schrie Gloria. »Ich schwör's bei Gott! Sag ihr noch bißchen mehr, oder du kannst was erleben!« Frank ging zu ihr hinüber. Pat lächelte den Fußboden an, und Marietta wollte auch nach hinten gehen, als die lockenwicklergespickte Gloria an ihr vorüberstürmte. »Nein, du bleibst da. Ich muß allein mit ihm reden.«

Aber sie erschien bald wieder, immer noch wütend, und sagte: »Er is nich da.« Sie blieb auf der Straße stehen und guckte zu seinen Fenstern hinauf, und erst nach einer Weile verschwand sie. Pat und ihre Freundin gingen auch, und kurz darauf kam Sinbad grinsend zur Vordertür rein. »Hab schnell was besorgen müssen«, sagte er, und Frank sah ihn finster an.

»Halt deine Dummheiten aus dem Geschäft raus«, sagte er. »Du bringst keine Kundschaft, du bringst uns nur Ärger.«

Als die Julihitze einsetzte und die Leute am Nachmittag hinter heruntergelassenen Jalousien schliefen und erst am Abend wieder herauskamen, war es im Laden nach der Mittagessenszeit ein paar Stunden ruhig. Eines Nachmittags ging Frank weg, um Vorräte einzukaufen, und Marietta stand hinten und zwickte einer Ladung Shrimps die Köpfe ab und dachte, daß sie jetzt schon fast ein Jahr in Charleston war. Stan und Robert waren weggegangen, erst nach Orangeburg, um dort weiter zu protestieren, und dann an die Columbia-Universität in New York. Sinbad hatte gesagt: »Gut – weniger Konkurrenz«, und jetzt saßen er und seine Freunde vorn und tranken Cola. Eine Garnele fiel ihr hinunter und schlitterte bis fast an die Schwingtür, und sie ging hin, um sie aufzuheben. Sinbads Stimme übertönte die anderen.

»Sie hat einen hübschen Hintern. Einen richtigen afrikanischen Arsch.«

»Nur n gelber Nigger macht sich was aus nem afrikanischen Arsch. Nur so n dürrer Nigger wie du.«

»Ich mach mir auch was draus! Der Arsch is das Beste von allem.« Der, der Gene hieß, lachte.

»*Yeah*, aber wer zum Teufel langt den schon an? Sie is gottverdammte einsachtzig lang. Sinbad is der einzige, wo groß genug is.«

»Is doch exakt deine Schuhnummer, Lijah. Paßt grad.«

Mariettas Stirn glühte, aber sie verharrte gebückt vor dem breiten Türschlitz. Ihre Finger berührten den Panzer der Garnele.

»Nee, nee«, sagte Lijah. »Ich will keine, wo mir genau in die Augen guckt.«

Sinbad sagte: »Ihre Augen sind auch hübsch. Is euch das schon mal aufgefallen? Nee, bestimmt nich. So schwarz, daß sie fast schon lila sind. Wie Pflaumen.«

»Sinbad, Nigger, die Frau könnt lila Zähne haben, nach allem, was ich weiß. Sie hat noch keinmal gelacht oder was gesagt, seitdem sie hier is.«

»Alle Frauen sind schön, Mann. Gloria hat drei kleine Sommersprossen auf dem Nasenflügel. Hast du schon mal eine

Frau da geküßt, auf den Nasenflügel? Nee, so raffiniert is unser Lijah nicht. Alle Frauen haben irgendwo was Schönes. Man muß nur hingucken.«

»Da kannst du lang hingucken – bei Marietta findst du bestimmt keine Sommersprossen.« Lijah lachte. »An der sieht man gar nix.«

Sie schlich wieder zurück zur Spüle und warf das Messer so heftig hinein, daß es klirrte. Sie stellte den Eimer polternd ab, und als sie mit den Shrimps nach vorn kam, sagte Lijah: »Mann, die Weißenkerle ham da im Fernsehn Sachen gesagt, zu dem ein Burschen da in dem Kino, zum Fürchten, ich sag's euch.«

»Mein Aintie krank«, sagte Michael, als er allein kam, um Mais zu bringen. »Mein Frau sorg für sie.«

Sein Frau? dachte Marietta. Er jung für Ehmann. Als der Mais drinnen war und sie sich darangemacht hatte, die Kolben zu schälen, sagte Michael zu Frank: »Ich kann bring mehr Donnerstag.«

»*Yeah*, wir wern ihn vorkochen«, sagte Frank. »Was is mit Miss Pat?«

Michael zog die Augenbrauen zusammen und nahm das Geld. »Sie nich gut beinand. Sie jetz siebzig Jahr.«

Den ganzen Tag mußte sie an Miss Pat denken und daran, wie sie sie damals am ersten Tag hergebracht hatte und wie sie gesagt hatte: »Seh, Sinbad, sie guck dir in Gesicht. Sie guck dir grad in Aug.« Michael war verheiratet – er redete sowieso nie mit ihr, aber sie vermißte Miss Pats kurzes Lachen und die Art, wie sie ihr den Arm tätschelte. Warum wollte sie, daß Sinbad mit ihr reden sollte? Im letzten Jahr und ihr ganzes Leben davor war sie immer in den Wald gerannt, weg von dem Weibertratsch, weg von den Stimmen, aber das jetzt war etwas anderes. Sie wollte, daß jemand mit ihr lachte und mit ihr redete und ihr erzählte, von Memphis und New York und überall.

Sein Atem über ihren Augen. Diese Wärme, die sie für einen kurzen Moment auf ihrer Stirn gespürt hatte, damals, am ersten Tag, als sie sich umgedreht hatte – sie erinnerte sich genau, und wenn sie nachts wach lag und auf die Stimmen draußen auf der Straße und die Autos horchte, war sie böse auf sich selbst. Es war dumm, so etwas zu wollen; es war das, was all die anderen Mädchen wollten, diese Gloria mit ihren Lockenwicklern, die Kellnerinnen mit den roten Fingernägeln, die Collegestudentinnen. Aint Sisters Stimme brummelte in ihr Ohr: »Pinkie Mädel viel zu leichtsinnig – sie denk mit ihr Hüft, nich mit Kopf.«

Aber sie konnte nicht aufhören, daran zu denken, wie sich seine Lippen wohl anfühlen würden, nicht auf ihrem Mund, sondern dort über ihren Brauen, leise flüsternd. Sie fuhr mit dem Finger die Knochen über ihren Augen nach und wußte, es war ganz egal – sie würde das alles nie können: sich ein Kleid kaufen, ihre langen Füße in Schuhe zwängen, wie sie sich für eine Frau gehörten, sich Schminke auf die dunkle Haut streichen, da unter den Härchen über ihren Augen.

Aber er hatte ihr in die Augen geguckt. Und in der Nacht – im Dunkeln ... »Die Nacht is die beste Zeit vom Tag«, sagte Lijah immer. Im Dunkeln konnte Sinbad ihr Gesicht nicht sehen. Sie dachte an den Weißenmann – den Geist? – damals an dem Anlegesteg und fragte sich jetzt plötzlich, ob er ihr Gesicht auf dem Wasser richtig gesehen hatte. Sie fuhr ihre Brauen und Lidränder nach.

Sie wartete und beobachtete ihn jeden Tag, und sie sah, daß es nie passieren würde, und fragte sich, wie er ihr überhaupt jemals nahe genug hatte kommen können, um ihre Augen zu sehen. Sobald Frank wegging, wartete sie, aber Sinbad zählte Geld oder stapelte hinten Kartons um oder lachte an irgendeinem Tisch. Gloria war wieder zufrieden, ihr Haar steif und perfekt, ihr Hals zur Seite gebogen, wenn sie nach der Mittagessenszeit hereinkam. Auch das wuschlige Mädchen, Pat, mit den flauschigen Pullovern und dem Haar, das am Ansatz so weich war wie Watte, war wieder fröhlich, wenn es nach dem Dunkelwerden kam.

Aber Sinbads Oberlippe hob sich nicht mehr richtig, wenn er lächelte. Marietta sah es. Er war still, wenn die Männer lachten und mit den Händen auf die Tische klatschten; er verdrehte die Augen, als Stan vorbeikam, um zu sagen, das Gericht würde den städtischen Golfplatz zur Integration zwingen. »Na, da wird sich ja jeder Nigger freuen«, sagte Sinbad. »Wir spielen ja *alle* Golf, stimmt's?« Er woll weg, dachte Marietta. Er voll Unruh.

»Du siehst fürchterlich aus«, sagte Frank eines Morgens zu ihm, als er völlig zerknittert ankam, in denselben Sachen, in denen er am Abend gegangen war. »Lijah?«

»Der Nigger hat mich zu ner Party geschleppt«, sagte Sinbad schläfrig. »Die sind nich totzukriegen.« Er ging gleich nach hinten und hörte nicht mehr, wie Frank sagte: »Wir kriegen unsere Party heut hier, bei dem Sturm, der da im Anrücken is.«

Marietta stellte sich zu ihm an die Spüle, nachdem sie Kaffee gemacht hatte, und Ellbogen an Ellbogen ließen sie ihre Messerklingen fliegen. Sturm komm, dachte sie. Er denk, ich Hurrikanexpertin. Vielleich er hab Angst.

Als sie fertig waren, sagte Sinbad: »Sag Frank, ich bin kurz oben, eh?«

»Er geh ze Doktor«, sagte Marietta. Sinbad rieb sich die Augen.

»Du weiß schon von dein Lieblingssach?« fragte sie so gelassen wie möglich.

»Was?« sagte er in seine Hände.

»Sturm zieh auf. Vielleich komm heut.«

Er lachte. »Das hat mir grade noch gefehlt. Aber heut is mir sogar das egal. Soll er von mir aus meinen Hintern aufs Meer raustragen und mich in den Schlaf wiegen.« Er drehte sich um und verschwand durch die Hintertür.

Frank war nach Stunden immer noch weg, und Sinbad kam nicht wieder runter. Marietta machte nur ein paar übriggebliebene Maiskolben, den Topf mit Reis und ein paar Meeräschen und Shrimps. Selbst zur Mittagszeit kamen nur ein paar Leute, und die horchten vor allem auf die Sturmwarnungen im Radio. Lange nach Mittag kam Frank vom Arzt wieder. Er sagte: »Merkst du, wie die Luft is? Ich hab nen gottverdammten Tornado am Himmel gesehn, so wie's sie in Kansas geben soll. Wie so ein Finger, der sich runterstreckt und durch die Gegend rast. Hab so was mein Lebtag nich gesehn.«

»Anders wie Wind?« fragte Marietta.

»Mehr wie ein Tunnel, der alles hochreißt und zertrümmert. War aber gleich wieder weg. Sie wissen nich, was noch kommt, und wir sollen alle drin bleiben. Wo is Sinbad?«

»Er lauf schnell rauf un zieh frische Sach an.«

»Dann sag ihm, er soll heut nich mit dem Auto rumfahrn. Sicher is sicher.«

»Was sag der Doktor?«

»Mein Blutdruck is zu hoch. Er sagt, ich soll aufhören mit Essen. Und mit Rauchen. Und überhaupt mit allem. Ich soll jetzt heimgehn und die Pillen nehmen, die er mir gegeben hat. Ihr sperrt zu, du und Sinbad, eh? Ihr könnt auch heimgehn, weil heut eh keiner mehr kommt.« Er nahm die Meeräschen und schlug sie in Papier ein. »Ich eß, was ich will, und nich, was mir irgendwer vorschreibt. Wenn mich der verdammte Tornado erwischt, will ich wenigstens was Rechtes zwischen den Zähnen ham.«

Marietta machte zwei Teller zurecht und wartete. Sie wusch sich das Gesicht an dem kleinen Waschbecken und ging nach draußen, um sich in der Scheibe zu betrachten und ihr Kopftuch zurechtzuzupfen. Der Tag im letzten September, der Regen und der Wind und nichts zum Angucken für Sinbad, außer ihr. Sie holte die Spanplatten nach vorn, falls das Radio sagte, der Sturm würde über die Küste fegen.

Als er wieder herunterkam, hatte er sich gewaschen; sie sah, daß die Haare um seine Ohren feucht waren, und er strich sich über sein Bärtchen. »Wo stecken denn alle?«

»Ich sag doch, Sturm komm«, sagte sie. »Frank seh Tornado von da, wo Doktor wohn. Er geh heim, un Radio sag, Leut soll bleib drin.«

»Ich hab die Schnauze voll von diesen verdammten Wirbelstürmen. Wie heißt denn der jetz?«

Marietta, dachte sie. »Ich weiß nich«, sagte sie. »Wir bleib einfach drin, so wie ander Jahr.« Sie sagte es im richtigen Ton und sah ihm ins Gesicht, und er strich sich mit Daumen und Zeigefinger übers Kinn und lächelte.

»Na gut. Du bist die Hurrikanexpertin.«

Sie brachte die Teller heraus und stellte sie auf den Ecktisch. »Du eß heut noch nix, eh? Da.« Sie stellte ein Bier neben seinen Teller.

»Was is los? Und was soll ich machen?« sagte er.

»Nix. Du müd heut«, sagte sie. Sie setzte sich ihm gegenüber. Sie aß behutsam, und Schweiß rann ihr über den Rücken; sie hatte so lange nicht mehr vor jemandem gegessen.

»Danke«, sagte er, und er sah sie an, und sie merkte, daß er verstanden hatte.

»Ich mach jetz sauber, weil Frank sag, ich soll sperr zu un geh.«

»Ah. Na gut.« Er trank das Bier und lächelte und sah zu, wie sie die Kaffeekanne ausleerte und den Tresen wischte. Als sie vorn fertig war, guckte sie aus der Hintertür. Sie beschloß, heute keinen Müll rauszustellen. Draußen war alles still und verlassen, das Pflaster feucht, der Himmel heller. Der Sturm gar nix, dachte sie, aber ich wer nich sag. Ich, die Sturmexpertin.

Als sie vor dem Becken stand, um sich das Gesicht mit Wasser zu bespritzen, holte sie tief Luft. »Du mach«, flüsterte sie sich selbst zu.

»Ich kann geh jetz«, sagte sie, indem sie den Schlüssel auf den Tisch legte. »Du bleib da?« Sie wartete, bis er aufstand, ging dann nach vorn zur Tür und verfolgte in der Scheibe, wie er hinter ihr herkam. Seine Schultern waren breiter als ihre, seine Haare das einzige, was sie von ihm sah. Ihr Rücken war kalt. Kurz vor der Tür blieb er stehen. »Müssen wir nich noch was machen?« fragte er.

»Was?«

»Müssen wir nich noch die Fenster verrammeln?« Er lachte.

»Wenn du mein.« Er spiel jetz, wie er immer mach, dachte sie.

»Bist du sicher, daß du's wirklich riskieren willst, zu dir zu gehen? Du als echtes Carolina-Mädel und Sturmspezialist.« Seine Stimme war jetzt dichter an ihrem Ohr und schlug den leisen, weichen Ton an, den sie so oft gehört hatte.

»Du seh Sturm letzt Jahr«, sagte sie. »Der Sturm schlimmer wie heut.«

»*Yeah*, aber ich find, es sieht trotzdem ganz schön gefährlich aus. Kann jederzeit losgehn.« Seine Brust berührte ihre Schulterblätter. Ihre Nase drückte gegen die Scheibe, und sie konnte das Spiegelbild nicht mehr sehen.

Der sanfte Atem über ihren Augen, das Kitzeln seines Bärtchens. Er knipste das Licht neben der Tür aus, und seine Lippen berührten ihre Augenbrauen, die Haut neben ihrem Wangenknochen, ihre Kinnlinie. Sie preßten sich auf ihren

Hals, genauso weich, wie sich ihr eigener Mund auf ihrem Arm angefühlt hatte. Als seine Finger ihren Nacken hinaufglitten und ihren Hinterkopf umfaßten, flatterte etwas zwischen ihren Hüftknochen. Sie denk mit ihr Hüft ... Er zog an ihrem Kopftuch, und seine weichen Fingerkuppen fuhren durch ihr Haar.

Die Hintertreppe war dunkel, und ihr Kopf fühlte sich nackt und kalt an. Er hielt ihr Tuch und umspannte ihren Nacken, den Daumen auf der einen und einen Finger auf der anderen Seite, und sie ging vor ihm die Stufen hinauf. Drinnen in seiner Wohnung konnte sie nichts sehen, aber seine Hände legten sich auf ihre Schläfen, und er beugte sich an ihr Ohr. »Ich wußt nich«, sagte er. Seine Wimpern streiften über ihre Wange.

Ich weiß nich. Er weiß nich. Sie lagen auf seinem Bett, und ihre Hände fühlten sich rauh an auf seinen Flanken, wo sie die Rippen spürte, als er sich streckte, um das Decklaken zurückzuschlagen. Sie zog ihre Finger schnell weg, aber er fing sie wieder ein und legte sie um seinen Nacken. Ich weiß nich. Seine Zunge berührte ihre Zähne. Er weiß nich. Sie öffnete den Mund.

Als sie aufwachte und sich zuerst nicht zu rühren wagte, atmete er hart und langsam im Schlaf. Selbst seine Schultern bewegten sich und stupsten sie leise. Sie hatte nur ein paar Minuten geschlafen. Das, was ihr weh getan hatte, lag schwer an ihrem Bein, und sie versuchte, es zu berühren, ohne ihn zu wecken – das Ende war weich wie neue Haut unter einer abgetrockneten Blase. Seine Hände legten sich auf ihre, und er umschlang sie – noch im Schlaf? – und drückte ihr Gesicht an seinen Hals und zog ihre Hüften wieder an sich.

Er war verschwunden. »Wo zum Teufel steckt er wieder?« brüllte Frank. »Is wieder im Bett von irgendeim Mädchen versackt.« Er wandte sich zu Marietta. »Entschuldig, wenn ich so red, Marietta.« Frank mußte kassieren und Fisch einpacken, während sie sich ans Kochen machte, und er haßte es inzwischen, in die Vitrine zu fassen. »Ich geh mal nach oben und schau, ob ihn nich eine umgebracht hat.«

Nach der Mittagszeit setzte er sich mit Marietta zum Essen. »Sinbad is wie dein Onkel Hurriah«, sagte er plötzlich.

»Ich seh mein Onkel niemal«, sagte sie. »Aber ich hör so viel. Ich weiß.«

»Heut-hier-morgen-da-Leut. Gibt nich nur Männer, die so sin. Gibt auch Frauen. Meine Oma zum Beispiel. Wie die Sklaverei vorbei war, is sie allein rumgezogen, konnt nirgends bleiben.«

Am dritten Nachmittag kam er, in einem sauberen, gebügelten Hemd und mit grauen Ringen unter den Augen. »Noch einmal, und du kannst gehen«, brüllte Frank.

»Du liebst mich doch, Frank. Ich bring die Frauen an, und die kaufen haufenweis Fisch«, sagte Sinbad, während er langsam und höflich um Marietta herum zum Tresen ging. »Hey«, sagte er, und dann zu einer Kundin: »Was kann ich für Sie tun, Ma'am?«

Gloria kam bald darauf, die Augen hell-klar wie Honig und mit lila Schatten auf den Lidern. Ihre Nägel lagen leuchtendrosa auf seinen Schultern, und Marietta spürte wieder dieses Ziehen tief im Bauch, als sie daran dachte: seine Finger in ihrem Haar, ihre in seinem. Oder mochten das alle Frauen – diese sanften Kratzelinien durchs Haar, die sie die Augen hatten schließen lassen? Sie mußten es wohl alle mögen, weil er gleich gewußt hatte, wie es ging.

In der morgendlichen Stille, die jetzt noch halbdunkel war, weil der Herbst kam, standen sie am Tresen, um Fisch auf das Eis zu packen. »Ich dacht, du geh un guck nach Bäum in Boston«, sagte sie.

»Was?« Er sah nicht auf.

»Du komm nach Charleston wegen Eisentor, du les immer Sach die ganz Zeit. Du kann seh Kirschbäum in Washington im Frühjahr. Disneyland in Kalifornien ganz Jahr über. In Boston droben Bäum wer bunt im Herbst.«

»Du hast scheins auch n paar Sachen gelesen. Und wo willst du hin?« Er schloß die Vitrine.

»Ich nich heut hier; morgen da.«

Er nickte.

Am Abend ging sie heim, den Mantel fest um sich geschlagen. Ihr Zimmer war kalt, und sie setzte sich in ihren Kleidern aufs Bett, guckte die Zeitschriften durch und legte sie auf einen Stapel. Draußen vor dem Fenster sah sie die Veranden und die Straße, Zigaretten, die durchs Dunkel schwebten, weiße Wäsche, die sich an einer Leine bauschte, wo jemand sie vergessen hatte.

Am nächsten Tag sah er sie aufmerksam an, aber er sagte nichts, bis sie beide hinten waren. »Nächste Frage?« sagte er, an seinem Kinn zupfend.

Dir auch warm zwischen die Bein zwei Tag lang? Wer immer warm da? Nur das erst Mal? Sie beugte den Kopf über ihr Messer. »Sinbad dein Korbnam?«

»Was?«

»Ich sag, Sinbad dein Korbnam.«

»Ja, ich hab's gehört, aber ich versteh dich nich. Du redest diese Inselsprache.«

»Wie dein Mama dich ruf – Sinbad. Was dein Draußennam?«

»Nathaniel Calvin.«

»Warum sie ruf dich Sinbad?«

»Das kommt nich von meiner Mutter. Sie nennt mich bis heut nich so. Ich hab mal nen Stock ins Aug gekriegt und mußte ne Zeitlang ne Augenklappe tragen. Wie ein Pirat.«

Aber als er ihr am nächsten Tag durch die Tür nach hinten folgte und »Schieß los!« sagte, war sie das Spiel leid. Sie hab immer die Dinger im Haar, deine Miss Lockenwickler, auch wenn du mit ihr schlaf? Wie seh ihr Haar am Morgen aus, un ihr Aug mit keim Lila un Blau? Marietta sah sie alle vor sich, in ihren enganliegenden Sweatern, mit ihren kleinen, zierlichen Händen, ihren Klackerabsätzen. Ich hab kein Korbnam. Nur Marietta. Du frag gar nich.

»Schieß los«, sagte er wieder. »Mach schon.«

»Du mach Kaffee?« fragte sie und ging wieder nach vorn.

Es saß da unten, unter ihrem Nabel – wie wenn ein Schweißtropfen halb die kleine Rinne zwischen Nase und Wange hinunterlief und dann hängenblieb und kitzelte und sie beide Hände in einem Fisch hatte und beinah heulen mußte und nur wollte, daß die Schweißperle schwerer wurde und sich löste.

Sie ging im Dunkeln draußen herum, bis sie schließlich eines Abends sah, daß seine Fensterläden golden erleuchtet waren. Sie guckte hinauf, bis sie das Gefühl hatte, daß niemand bei ihm war, und stieg dann die Treppe hinauf, um zu horchen.

Er machte auf, als sie angeklopft hatte, und sagte: »Marietta.« Und als sie da stand, in dem Zimmer mit der kleinen Kochecke und den verstreuten Zeitschriften und den Schuhen, die auf dem Boden lagen wie schlafende Hunde, sagte er: »Noch mehr Fragen?«

Sie schüttelte den Kopf. In seinem Bett drehte sie das Gesicht zur Seite; in dem Licht, das durch sein Fenster kam, sah sie nur seine Finger, die sich neben ihrer Wange in das Laken krallten. Er schwieg, kein Reden, kein Flüstern. Seine Zunge war einmal warm über ihrem Schlüsselbein, sein Unterarm hart.

Bei der Arbeit sagte sie sanft zu ihm: »Du sag nix.«

»Ich dachte nich, daß du zum Reden raufgekommen bist.«

Sie ging wieder zu ihm, noch zweimal, und wenn er neben ihr einschlief und sein Atem, der sich angehört hatte, als sei er zornig, ruhig wurde und sie eindöste und wieder aufwachte, lag sie reglos da, weil sie sich nicht traute, näher an ihn heranzurücken, und auch nicht, von ihm wegzurücken. Sie war so viele Jahre halbwach dagelegen und hatte auf das Schreien ihrer Mutter gehorcht, auf das Scharren des Schlüssels im Schloß gewartet, aufgepaßt, ob sich Messerklingen durch den Türspalt bohrten. Sie war dieses kurze, dämmrige Dösen gewöhnt und ließ sich nie so tief in den Schlaf fallen, daß die Traumgeister kommen und sie plagen konnten.

Wenn es draußen um drei oder vier Uhr grau wurde, schlüpfte sie aus dem Bett, um sich anzuziehen und dann an der Tür zu warten, bis sie Michaels Lastwagen hörte oder Frank unten zu klappern begann. Sie lief um den Häuserblock und kam vorn wieder zum Laden herein.

Aber das letzte Mal schlief sie richtig ein. Unter einer schweren Schlafglocke lag sie neben ihm, und von da an legte sich auch in ihrem Zimmer abends der Schlaf über sie wie ein Laken. Sie träumte von Aint Sister und Miss Pat, von den Zipfeln ihrer Zwillingskopftücher, die sie ihr zukehrten, während sie leise schaukelnd vor einer Feuerstelle saßen. Und einmal überfiel sie der Schlaf auch nachmittags bei der Arbeit, wie ein Netz, das jemand über sie warf und das sich auf sie herabsenkte. Sie sagte zu Frank: »Ich sitz kurz da her«, und in der freien Ecknische sank ihr der Kopf auf die Arme, und sie wachte auf, als Stimmen sagten: »He, is alles in Ordnung?« Lijah und Gene beugten sich über sie, und sie blinzelte.

Die warme Schwere legte sich jeden Tag über sie, und Frank sagte: »Du kriegst wohl nachts nich genug Schlaf?« Er zog die Brauen zusammen. »Stimmt was nich mit deim Blut?«

»Ich brauch vorher kein Schlaf«, sagte sie. »Ich hol jetz nach.«

Sie schrubbte den Boden, fegte den hinteren Raum aus, polierte die Metalleisten der Glasvitrine. Sinbad war immer da, wo sie nicht war; er ging ihr sorgsam aus dem Weg. Abends spazierte sie manchmal durch die Winterkälte hinunter zum Fluß. Sie berührte ihren Hals, die kleinen Huppel an den inneren Enden der Schlüsselbeine, und es schnürte ihr die Kehle zu. Zu Weihnachten kamen die Studenten wieder, und Stan und Robert schmiedeten immer noch Pläne, und sie bediente sie und guckte woandershin.

Jeden Abend nach der Arbeit ging sie jetzt dort hinunter, wo sie das Glitzern des Wassers sehen konnte. Die kalte Luft tat gut an ihren Wangen, und sie schloß die Hand tief in der Manteltasche um ihr Messer, wenn sie sich wieder auf den Rückweg zu ihrem Zimmer machte. Wochenlang lief sie so draußen herum, und als ihr Bauch, der immer schon straff und fest gewesen war, noch härter wurde und sich unter ihrer Brust hervorwölbte, wollte sie immer noch nicht glauben, daß dort drinnen ein Baby war. Die viele Schlaferei, das salzige Fleisch der Meeräschen, von denen sie beim Braten immer drei oder vier auf ein Stück Küchenpapier beiseite legte ...

Sie kaufte sich neue Hosen, und unter ihrer Schürze konnte niemand ihren schwellenden Bauch sehen. Aber im Februar, als sie wieder einmal draußen herumwanderte, immer weiter und weiter, und in einem Garten die ersten Azaleen blühten, kamen zwei Männer auf sie zugerannt, und sie stießen sie gegen eine Mauer und stürmten an ihr vorbei. Ein Polizeiauto kam quietschend um die Ecke und raste hinter ihnen her, und

Marietta fühlte ihr Herz in ihrem Hals hämmern. Als sie in ihrem Bauch ein Stupsen und so etwas wie ein leises Scharren spürte, lehnte sie sich fester an die Wand. Das Baby hatte Angst. Die Blasen, die seit Tagen unter ihrer Haut aufstiegen wie die Blubberluft von Langusten, wurden zu Stößen. Es war ihr Baby, und es kannte sie schon.

Im nächsten Monat wurden ihr selbst die losen Hemden und die Schürze zu eng, und Sinbad sah sie gar nicht mehr an. Sie streiften sich manchmal, wenn sie sich beide durch eine Tür zwängten, und wenn er aus Versehen ihren Bauch berührte, im Vorbeigehen oder weil er jemandem einen Teller reichte, dann zuckte seine Hand zurück. Frank sog die Backen ein und kaute auf den Innenseiten herum, aber er sagte nichts. Die älteren Männer in der Ecknische runzelten immer, wenn sie kamen, mißbilligend die Stirn unter ihren Hutkrempen.

Aber die meiste Angst machten ihr die Männer in dem Haus, wo sie wohnte. Was immer Hurriah hatte und ob er ihr Onkel war oder nicht – der Vermieter und seine Freunde guckten und grinsten jetzt anders. Sie wußte, für sie war sie jetzt so leichte Beute wie eine Schildkröte. Sie riefen lachend: »Wie zum Teufel is *die* zu dem Balg gekommen? Welcher Kerl, der sein Verstand noch halbwegs beinander hat, rührt denn *so was* an?« Sie saß die ganze Nacht auf ihrer Matratze, und die Babyfüße hüpften in ihrem Bauch herum wie Maiskolben im Topf, und sie tastete nach ihrem Messer und wußte wohl, wie schwerfällig sie sich jetzt bewegte.

Eines Tages ging Frank mit Sinbad die Straße hinunter, um noch mehr Kartons zu holen, und sie mußte die Teller an den Tisch bringen, wo sie alle saßen: Lijah, Gene, Jameson. Das Baby drehte und wälzte sich und zuckte und schlug gegen ihren Bauch wie ein Fisch, der aus dem engen Eimer herauswill. Sie ging nach hinten, um neue Papierservietten zu holen. Als die Tür zuschwang, hörte sie sie murmeln, und im Horchen war sie geübt.

»Das war Sinbad. Er hat's ihr gemacht. Kann nur von ihm sein.«

»Du weißt doch, Mann, je schwärzer die Beere...«

»Aber nich, wenn die Beere *so* riesig is und ein glatt zu Klump haut.«

»Das is keine Beere. Das is noch nich mal der Kuchen. Das is der ganze gottverdammte *Baum*. Das is mir zuviel, Mann.«

Die Tritte ließen ihre Ellbogen hüpfen. Sie ging zu den Kartons und flüsterte: »Is ja gut! Ich mach nix, daß ich dich loswer. Ich müd. Brav jetz, laß mir bißchen Ruh.«

Zu ihrem Erstaunen hörte das Treten auf. Ihre Stimme hatte es beruhigt, und sie setzte sich vorsichtig auf die Kartons und redete leise weiter. Als sie die Ladenglocke hörte, ging sie wieder nach vorn.

Sie marschierte geradewegs zu dem Tisch und sagte: »Wer sag, jeman mach mir?« Sinbad und Frank klappte die Kinnlade herunter. Sie lächelte breit und entblößte all ihre Zähne. Aber ihre Lippen fühlten sich genauso gespannt an wie die Haut über ihrem Bauch, und sie hörte auf zu lächeln und sagte: »*Ich* mach.« Sie marschierte zur Tür hinaus und die Straße hinunter.

Würde Frank sie fahren? Sie wollte ihn nicht fragen, wollte nicht in seinem Auto sitzen müssen und spüren, wie seine Enttäuschung sich auf den Fenstern absetzte. Sie versuchte, nicht an Sinbad zu denken, nicht an seine Augen und seine Hände, an das höfliche Halbrund, zu dem er seinen Mund jetzt immer verzog, wenn er sie sah. Er sag, er wußt nich. Er weiß nich. Nich, nich, du mach *das* nich, mach *das* nich. Aint Sister und ihr: He! Du mach das nich. Sie konnte Michael fragen, aber sie wollte nicht, daß es Miss Pat erfuhr, und er würde es seiner Frau sagen, die Miss Pat pflegte. Sie würde ein Taxi bezahlen müssen.

Er fuhr schweigend über die Brücke, die sie in blinder Angst entlanggetappt war, und das Wasser huschte nur so vorüber. Am Highway standen die Bäume dicht; sie nickte zu den Büschen hinüber, wo sie ihr kleines Boot versteckt hatte, und das war der Moment, wo sie ihm beinah gesagt hätte, er solle wieder umdrehen und sie zurückbringen. Aber der Wagen sauste an den Bäumen und dem sandigen Randstreifen vorbei, und ihr wurde klar, wie sie und die anderen vom Auto aus aussahen, daß die Stände mit den Körben und die Frauen nur verschwommene Flecken waren, wenn man so schnell daran vorbeiraste. Die Fahrt ging so fix, verglichen mit dem Rudern und Laufen, und sie strengte sich an, um das Stück Highway, auf das sie sich nie gewagt hatte, in dem Nachmittagslicht wiederzuerkennen. Sie sah die Stände, frühlingsleer, und sagte rasch: »Halt da. Ich zahl.«

»Hier is doch gar kein Haus.«

»Haus gleich da drüben im Wald. Keine Straß«, erklärte sie ihm, und als er auf dem Randstreifen gewendet hatte und wieder davongefahren war, ging sie zwischen den Ständen hindurch. Wo war ihr Pfad? Er war sicher zugewachsen, dachte sie, weil sich fast zwei Jahre niemand mehr hier durchgezwängt hatte.

Sie stand einen Moment in dem Gebüsch, und das Baby zappelte und strampelte, und sie dachte, ich muß geh hier lang. Kann nich lauf an Pearl Laden vorbei, kann nich lauf Straß lang. Nein. Sie holte die Stiefel aus ihrem großen Sack, streifte ihre Schuhe ab und zog das schwere Leder über ihre Füße. Der Pfad war immer noch als schwache Schlangenlinie erkennbar, und zwei Jahre waren nicht genug, daß ihr ausgewachsene Bäume den Weg versperren konnten. Aber die Ranken und das Gestrüpp waren dicht, und sie mußte sich immer wieder durchkämpfen. Zuerst der Stiefel, dann der Sack, dann der Bauch.

Die Schatten waren lang, als sie an den Waldweg kam und ihn überquerte. Das Haus ihrer Mutter – ihr Haus – stand klein und grau inmitten von Grün und Gestrüpp, das bis auf die Eingangsveranda und zu den verrammelten Fenstern vorgedrungen war. Sie stieß die Tür auf und sprang zur Seite, falls irgendwelche Tiere im Haus waren oder Geister. Aber nichts huschte an ihr vorbei, und sie spähte vorsichtig hinein.

Der Raum war noch genau so, wie sie ihn verlassen hatte, bis auf die Staubdecke auf dem Tisch, die leise zitterte, als sie die Tür schloß. Die Bettlakenasche war weggeräumt; der Geruch hing noch droben unter der Decke, wo niemand hinkam. Sie stellte den Sack ab, ging zu dem nackten Bett und legte sich darauf. Das Baby drückte auf ihr Herz, und sie drehte sich auf die Seite und redete mit ihm. »Das dein Mama Haus. Dein Oma Haus. Haus von dein Oma Mama.« Die Füße glitten ihre Bauchhaut entlang und stupsten gegen ihren Ellbogen, und sie sagte: »Schlaf jetz. Du wer lauf bald genug.«

Pine Gardens

Ihre Mutter, die sich schwitzend neben ihr im Bett wälzte, bis das Laken weich und schmierig war wie ein altes Kopftuch – ihre Mutter, die sich die Hände ins Kreuz preßte und sagte: »Du so lang da drin, tret mich immer die ganz Nacht ...«

Marietta legte die Daumen auf die muschelförmigen Knochen dort unten und krümmte den Rücken. Ihr Vater war da schon tot gewesen und ihre Mutter allein in diesem Zimmer, allein mit dem Gestrampel und Gekicke, so wie sie jetzt. Sie saß auf der Kante der niedrigen hölzernen Bettstatt, auf der sie geboren worden war, aber die alte Matratze, die ihre Mutter und sie immer wieder mit Moos gestopft hatten, war nicht mehr da. Sie wußte nicht recht, was sie als erstes tun sollte. Müde, wie sie war, dachte sie, sie könnte sich ja eine Schlafunterlage machen und sich erst mal ausruhen, aber in ein paar Stunden würde es dunkel werden, und das Baby wollte Fisch. Die Reisbeutel, die sie in den Topf gestopft hatte, würden ihm nicht reichen, wenn er die ganze Zeit in ihr herumschwamm und sprang wie ein Delphin.

Er – warum sagte sie immer er? Er – weil er so viel trat und stieß. Laha und Rosie hatten sich immer beklagt, Buben seien so schwer auszutragen.

Die Sonne fiel aprilbleich durch die Bäume. Sie wanderte im Hof herum und fand einen dicken Prügel. Sie wußte, sie konnte nicht an Aint Sisters Haus vorbei und nicht in die Nähe der Anlegestelle. Sie stapfte den alten Waldweg zum Herrnhaus entlang und schlug das Gestrüpp vor sich zur Seite. Sie dachte, sie würde es schon schaffen, durch das Geäst der mächtigen umgestürzten Eiche zu klettern, und dann unten am Garten vom Herrnhaus entlanggehen. Der alte verrottete Bootssteg, den sie damals vom Wasserweg aus gesehen hatte, war ein guter Platz zum Angeln, sagte Big Johnny, wenn man nur wieder weg war, bevor es dunkel wurde.

Sie ging eine halbe Meile, bis das erste Tor den eichengesäumten Weg versperrte. Sie drückte es auf und dachte, zuerst würde sie einen Krebs fangen müssen, damit sie einen Köder hatte; altes, stinkiges Krebsfleisch war besser. Plötzlich mußte sie wieder an den seltsamen Weißenmann denken, der an dem Pfahl gelehnt hatte, als sie in ihrem Boot vorbeigetrieben war. Ein Landstreicher – oder ein Geist? Sie zog ihr Messer heraus und hielt es flach gegen das Handgelenk und flüsterte vor sich hin; »So scharf, bleib nich mal Blut dran. So schnell, du seh nich mal.«

Wo war die umgestürzte Eiche geblieben, die den Weg abgeriegelt hatte? Sie war doch schon längst über den Fleck hinaus – sie sah schon das zweite Tor, das grünliche, geschwungene Schmiedeeisen mit der Schrift PINE GARDENS oben drüber. Die Mauer war stellenweise zusammengefallen, und sie kletterte durch eins der Löcher.

Das große Haus am Ende der Straße war immer noch verrammelt. Sie sah die blicklosen Fenster mit den verwitterten Brettern davor, die die gleiche verschossene Farbe hatten wie ihr Haus. Mein Haus. Nich mein Mama Haus, gehör jetz nur mir. Un dir, sagte sie zu dem Armgefuchtel in ihrem Bauch. Sie guckte auf die dreistöckige Front. Jedes Stockwerk hatte eine Veranda; viele Spindeln waren abgebrochen oder fehlten ganz, und jedes Geländer sah aus wie ein Zahnlückengrinsen unter den geschlossenen Fensteraugen.

Ein Fußpfad führte am Haus und an der alten Sommerküche vorbei. Marietta bahnte sich den Weg durch das Gestrüpp und die Ranken, wo früher einmal der große Rasen gewesen war, von dem Aint Sister immer erzählte, bis hinunter zum Anlegesteg. Rings um das Grundstück war Wald; sie sagte, er schütze das Haus vor den Stürmen.

Der Geruch von fauligem Holz stieg ihr in die Nase, noch ehe sie den Steg erreichte. Die Bohlen ragten nur ein paar Fuß über das Ufer hinaus, und als sie sah, wie schief und zersplittert die Pfähle waren, beschloß sie, sich einfach an den Uferrand zu stellen und ihre Leine auszuwerfen. Wir fang ein Krebs,

Baby. Geh besser am Creek, aber bring Unglück, wenn wir dreh wieder um. Warum ich denk so? Ich grad erst da un denk schon wie Aint Sister. All Sach bring Unglück. Sie nahm ihr Kopftuch ab und wickelte es um die Hand, damit ihr die Schnur nicht den Handteller verbrannte, falls etwas anbiß und stärker zog.

In den gewölbten Eichenblättern am Boden war noch Tau vom Morgen; der Tag war kühl gewesen, und der Schatten hielt die Feuchtigkeit, so lange es ging. Sie sog den vertrauten Geruch ein, den Geruch jener Tage, als sie auf ihren geheimen Pfaden durch den Wald gewandert und über die im Nadelteppich verborgenen Äste gestolpert war. Das Baby kickte gegen ihre Flanke, und sie sagt: »Ich hol dir was. Du Geduld, eh? Ich vergeß dich nich.« Sie spürte ein Prickeln im Rücken, als sie daran dachte, daß das Baby sie von jetzt an überallhin begleiten würde, in den Wald, an den Bach. Sie würde nie mehr allein sein.

Als sie einen Krebs gefangen hatte, pulte sie das Fleisch heraus und steckte es auf den Haken. Sie richtete sich auf, warf die Schnur aus, so weit das Gewicht sie trug, und holte sie langsam wieder ein. Das Plopp, wenn das Fleisch ins Wasser fiel, wieder und wieder, war der einzige Laut. Nichts wollte anbeißen. Nichts. Sie warf die Leine aus und trat ein kleines Stück auf die erste Bohle hinaus, vorsichtig mit dem Stiefel tastend, und nach dem nächsten Wurf hörte sie jemanden auf dem Weg, hörte sie Füße über den Sand knirschen.

Du dreh dich nich um – wart ab. Das nur Willie – er wander immer rum. Geist komm nich bei Tag, mach kein Krach. Sie starrte auf das faulige Holz des Stegs. Der Weißenmann in der Nacht – doch Geist – Mensch kann nich steh auf dem Holz. Die Füße stoppten, scharrten auf der Stelle und zermalmten Blätter, und eine Stimme sagte: »Wenn wir das Haus hier haben, kauf ich dir einen großen, starken Nigger, so einen wie den da, ganz für dich allein. Einen, der mit dir fischen und jagen geht. Sie kennen die besten Plätze.«

Ein Weißenmann. Sein Geflüster war scharf und weithin hörbar, wie alles, was sie sagten, auch wenn sie es gar nicht wollten. Sie drehte sich langsam um und sah, wie seine Kinnlade herunterklappte, als ihr Bauch herumschwang. Er war kein Geist. Er hatte einen kleinen Jungen bei sich und hielt ein Luftgewehr vor der Brust. Der Mann hatte eine Holzfällerjacke an und eine Mütze auf; er starrte auf ihren Bauch, auf das weiße Tuch um ihre Hand, und sie merkte sofort, daß alles ganz einfach gewesen wäre, wenn er einen Mann vor sich gesehen hätte. Dann hätte er jetzt ein paar scherzhafte Worte gesagt – »He, Junge, du denkst wohl, hier sind die Fische besser als drunten bei euch?« So, wie Mr. Tally und Mr. Briggs mit Big Johnny und den anderen redeten, wenn sie ihnen begegneten.

Aber ihr Bauch, dazu ihre lange Gestalt – der Mann schwieg eine endlose Minute, und sein Sohn sagte: »Daddy? Hat sie ein Baby da drin?«

»Hast du dich verlaufen, Mädchen?« sagte er, ohne sich zu rühren.

»Nein, Sir. Ich fang nur bißchen Fisch zum Essen.« Sie sagte es sorgfältig und deutlich und mit gesenktem Kopf.

»Wohnst du hier in der Gegend? Ich hab dich noch nie gesehen.«

»Ich wohn gleich da die Straß runter.«

»Tja, dann gehst du jetzt wohl besser heim. Es wird bald dunkel, und das hier ist Privatbesitz.« Er wiegte das Gewehr in der Ellbogenbeuge. »Hier wird gejagt, verstehst du. Ist gefährlich, sich hier rumzudrücken.«

»Ja, Sir«, sagte sie. »Ich geh schon.«

Er wandte sich ab und stapfte das Ufer entlang, und sein Sohn drehte den Kopf zurück wie ein Vogel. »Sie hat ein Baby da drin, eh?« sagte er, und seine Stimme war auch so hoch wie Vogelpiepsen. »Wie Tante Doretta?«

Marietta ging rasch den Pfad zurück und zu dem Tor. Den Krebs hatte sie am Wasser liegen lassen. Der Waldweg lag in tiefem Schatten, und sie erklärte dem Baby: »Du krieg Reis. Ganz viel. Du reg dich nich auf.«

Als sie das zweite Tor hinter sich hatte, hielt sie an, um am Wegrand ein paar Zweige aufzulesen. Privatbesitz – war sie jetzt davon runter? Die Arme mit Anfeuerholz vollgepackt, ging sie, als sie zur Lichtung kam, rasch die Stufen hinauf und zum Herd.

Noch ein paar dicke Scheite – die Nacht würde kalt werden.

Sie fand die Axt unter der Eingangsveranda, wo sie sie immer aufbewahrt hatte, und zerrte einen dickeren Ast vom Rand der Lichtung zum Haus. Der glatte Stiel der Axt fühlte sich gut an, glitt bei jedem Hieb leicht durch ihre Hände, aber der Rücken tat ihr weh und ihr war flau vor Hunger. Sie trug das Holz ins Haus und schloß die Tür.

Während sie den heißen Reis löffelte, dachte sie an die ersten Nächte in dem Zimmer ihres Onkels, als sie auf dem Fußboden gehockt und die Körner in sich hineingeschaufelt hatte. Auch hier stand die Luft seit langem still, aber es war immer noch ihr Atem und vielleicht der Hauch des Winds, der die Zeitungsblätter von den Ritzen weggeweht hatte. Sie hatte keine Angst, nicht vor Geistern, nicht vor der Stille und auch nicht davor, daß jemand an die Tür klopfen könnte. Sie hatte nur Angst, daß Aint Sister kommen und sie finden würde. Deshalb hatte sie mit dem Feuermachen bis zum Abend gewartet, wenn man den Rauch nicht sah.

Der Weißenmann hatte gesagt, das Land um das Haus sei Privatbesitz; gehörte es ihm, oder arbeitete er nur dort? Sie horchte, ob ein Auto den Weg entlangkam; vielleicht hatte er ja die umgestürzte Eiche weggeschafft. Er muß kenn Pearl un die andern, weil er sag, er seh mich nich.

Nachdem sie ihre Kleider ordentlich auf den Fußboden beim Herd gelegt hatte, horchte sie wieder, aber es kam kein Auto. Wo wohnte er? Das Haus stand immer noch leer. Marietta fühlte, wie die kühle Nacht durch die Bretterwände kroch; sie legte Holz nach und sah sich, als sie die Augen schloß, wie sie als kleines Mädchen dort auf dem Fußboden lag, zusammengerollt wie ein Hund, und zu ihrer Mutter sagte: »Ich mag nich schlaf bei dir. Der Herd warm un schubs mich nich. Du laß mich.«

Sie war so riesig und vorderlastig wie die Frau, die sie auf einem alten Schiff im Hafen von Charleston gesehen hatte, eine sorgfältig bemalte Lady in einem schönen Kleid, mit einem Schwall von goldenem Haar, das auf den vorgereckten Busen fiel. Marietta stand an der Pumpe und guckte hinüber zu dem völlig zugewachsenen Pfad, der zum Creek führte, und wußte, daß sie es nicht schaffen würde, ihren Bauch vorwärts zu wuchten und sich durch das Gestrüpp und die Ranken zu zwängen. Als sie das Wasser zum Haus trug, spürte sie, wie ihr Magen sich zusammenkrampfte. Sie würde zu Pearl gehen müssen.

Als sie auf der Veranda saß und aufgewärmten Reis aß, legte sie die Hand auf das Baby, das jetzt hoch und ruhig lag. Sie lehnte sich zurück und schloß die Augen wieder. Was ich soll sag Pearl un den andern im Laden? Ich sag gar nix – leg einfach nur Geld hin. Nein – ich sag, ich verheirat un Baby Daddy tot. Sag, er sterb wie mein Daddy – ich will nix hör un sag. Sie wer geb Ruh un frag nimmer ...

Eine Hand fuhr ihren Bauch entlang, in einem langsamen Bogen, so wie die Finger und Zehen des Babys, wenn sie taten, als wollten sie die Bauchwand prüfen, und dann drückte die Hand fester zu. Von außen –

»Herr im Himmel, Marietta, ich fühl zwei!«

Aint Sister! Ein Gespenst im langen schwarzen Mantel, das geräuschlos auf die Veranda geschwebt war – ein Geist, der ihr genau ins Gesicht starrte, die winzigen Hände auf ihrem Baby! Marietta sank erschrocken gegen die Wand zurück.

»Dein Uroma Zwillingskind. Herr im Himmel! Ich riech dich, ich riech Rauch un denk, jemand zünd das Haus an.« Die Hände lagen jetzt sanft auf beiden Seiten ihres Bauchs und drückten und schoben. »Du hab nur noch ein Monat. Un du will versteck dich, aber ich riech. Warum du verkriech dich? Du hab immer noch kein Verstand?«

Mariettas Herz beruhigte sich nicht; es hämmerte gegen ihr Brustbein. »Ich sorg selber für mich«, sagte sie.

Aint Sisters Stimme war leise und sanft-scheltend, so, wie sie mit ihren Hühnern redete. »Ich denk an dich all Tag, Kind. All Tag. Du mein Blut, un du renn weg un komm nich fe laß mich helf. Du guck dein Augdeckel, guck dein Fingernägel. Du eß nich recht! Was du brauch?«

Marietta schloß die Augen wieder. Aint Sisters Fingerknöchel schubberten leicht über ihren Kopf, wo sich ihr Haar dichter denn je anfühlte.

»Zwei?« sagte Marietta.

»Bei deim Herrgott, zwei Stück. Du spür sie nich?«

»Ich spür nur Kick, Kick überall. Ich denk, es komm von Händ un Füß.«

»Was du brauch?«

Marietta sah die glatte Haut auf Aint Sisters Wangen, die Fältchenfächer neben den Augen, die wartenden Lippen, schmal wie Zehn-Cent-Stücke. »Sie woll Fisch«, sagte sie. »Sie woll ganz Zeit Fisch.«

Sie brachte die Meeräsche, die Marietta sich gewünscht hatte, und sie tat, wie sie sie flehentlich gebeten hatte, und ließ niemanden zu ihr. »Du kann Leut nich halt weg fe all Ewigkeit«, sagte Aint Sister, während sie den Fisch in der Pfanne wendete.

»Ich will nich, daß sie seh mein Bauch. Sie kann all komm später un seh mein Baby.«

»All zwei Baby.« Aint Sister rührte die Maisgrütze. Marietta wartete. »Wo dein Baby Daddy?«

»Tot.«

Aint Sisters Lippen verschwanden ganz und öffneten sich dann mit einem *Fff-ttt.* »Was du will mach all Tag, bis dein Zeit komm? Was du will eß?«

Marietta dachte angestrengt nach – sie wußte, irgendwo mußte sie nachgeben; sie konnte Aint Sister nicht bitten, die anderen fernzuhalten und selbst auch wegzubleiben. »Ich wer mach Körb, wenn du mir helf«, sagte sie.

Während das Rund in ihren Händen langsam wuchs, hörte sie zu. Jetzt, auf der Veranda oder am Feuer, war Aint Sisters Stimme kein knurriges Brummen. Marietta hörte die Geschichten ansteigen und abfallen, hörte die Worte, die die Leute sagten, so, wie sie sie sagten, und obwohl sie auf ihre Korbwindungen sah und nicht auf Aint Sisters Gesicht, sah sie die Afrikafrau vor sich. »Dein Ururoma komm von Schiff«, begann Aint Sister. »Sie geb dir Zwilling in deim Blut.«

»Von Schiff?«

»*Yeah*, Zwilling – ich weiß die ganz Zeit, du wer krieg Zwilling, wenn du jemal find Mann.«

»Wer komm von Schiff?«

»Afrikafrau – komm von Guinea. Maussa hol sie von Schiff, vor der Krieg komm. Guinealeut hab grad Nas, dünn Lipp.

Er bring sie her, halt sie in sein Haus. Sein Frau tot, Kind tot. Sie all sterb von Fieber. Er paß auf, aber sie renn weg, sovielmal, bis er sie einsperr in klein Stall. Er hab klein Verschlag droben beim Herrnhaus, fe sperr Reis un Mais oben rein un sperr Mensch unten rein. Maussa laß alt Frau sitz drauß vor ihr Stall un red mit Afrikafrau, immer sag: ›Maussa tu dir nix, will nur, daß du arbeit. Er geb dir Haus un Essen, wenn du arbeit.‹ Aber Afrikafrau bleib in ihr Stall.«

»Sie mein Ururoma? Sie dein Oma?« fragte Marietta. »Sie leb die ganz Zeit in Stall?«

»Nein, sie komm raus. Un er bring sie her fe wohn in mein Haus. Er bau für sie.«

»Wann sie bau mein Haus?«

»*Dein* Haus?« Aint Sister zog die Augenbrauen hoch. »Ha! Dein *Mama* Haus. Sie bau dann, wie Afrikafrau krieg Zwilling. Maussa mach ihr Zwillingtöchter. Mein Mama un ihr Schwester. Eins komm vor Mitternacht – heiß September. Mein Mama. Ander komm Viertelstund später – ander Tag. Heiß Oktober. Dein Mama Oma.«

»Wie heiß Afrikafrau?«

Aint Sister schwieg und steckte mit flinken Fingern Kiefernnadeln in das Geflecht. »Sie heiß Bina. Komm von Guinealeut. Einmal sie sitz mit mir un erzähl mir, wie sie heiß, wie sie komm her. Nur das ein Mal sie erzähl mir. Aber Maussa ruf sie Mary. Mary von Bibel. Ich ruf sie Oma.«

Marietta flocht jetzt auch eine Nadel ein. »Wie du heiß richtig, Aint?«

Aint Sister verzog die Lippen zu einem fingernagelkleinen Lächeln. »Eva. Damal sie ruf mich Eva.«

»Warum du Sister?«

»Ich all Leut Schwester. Nieman Mama.« Sie drehte den Korb in den Händen und musterte ihn mit schiefgelegtem Kopf. »Un ich lern fe hol Baby, weil ich kein Angst hab, ich niemal vergeß. Mein Oma zeig mir. Un ich hol all Baby, un sie all mein Kind. Un jetz ich wer hol dein Zwilling.«

»Gut. Du hol sie, un ich komm fe guck, wenn die Sach fertig«, sagte Marietta lächelnd, aber sie ließ den Kopf gesenkt und wartete, ob es ihr jetzt erlaubt war, so etwas zu sagen – ob sie jetzt groß genug war, um Witze machen zu dürfen. Aint

Sister sagte eine ganze Weile gar nichts, und Marietta schloß ihren Mund.

»*Jetz* du lach«, sagte sie schließlich zu Marietta. »Aber schön Wort koch noch kein Reis.«

Sie hatten das Hängemoos gesammelt und in heißem Wasser eingeweicht. Als die porösen Mooslocken an der heißen Sonne getrocknet waren, stopften Marietta und Aint Sister sie in den dicken Matratzenbezug, den Aint Sister die ganze Zeit in ihrem Haus aufbewahrt hatte. »Du mach ganz voll, du jetz so schwer«, sagte Aint Sister. »Erst ich denk, du tot, du ertrink in Wasser wie Fix un dein Daddy. Aber dann Woch vergeh, un ich spür, du nich tot. Ich weiß, ein Tag du komm wieder.« Marietta wollte ihr nicht von Onkel Hurriah erzählen, wollte nicht, daß sie sie ausschimpfte, weil sie zu dem wilden Mann gegangen war. Sie wollte nicht, daß jemand erfuhr, wo sie gewesen war, deshalb sagte sie gar nichts.

Sie dachte an den Creek, den sie noch nicht gesehen hatte, seit sie wieder da war. Wenn sie an der Pumpe Wasser holte und sich Gesicht und Arme damit besprengte, fragte sie sich, ob ihr Netz wohl noch dort in der Kiste lag. Aber sie war jetzt zu dick, um weit zu laufen, und die Babys zappelten und rumorten ständig in ihr herum. Sie lag auf der weichen Matratze, den Kopf auf den Kissen, die Aint ausgestopft hatte, und die Babys wollten andauernd Fisch. Jeden Tag. Sie zermalmte die heiße Meeräsche zwischen den Zähnen und mußte an Frank denken. Sinbad hatte Meeräschen nie gemocht – manchmal aß er Shrimps, aber er ging immer weg und holte sich einen Hamburger zu seinem Teller mit Reis und Erbsen und Mais.

»Das is mein Fisch«, erklärte Sinbad dann lachend, wenn die Leute den Kopf schüttelten. »Rund und braun, genaue Herkunft unbekannt, in den Straßen des Ghettos geangelt – der Hackfisch.«

Er tauchte jetzt immer wieder in ihrem Kopf auf: sein Gesicht, die schmale Lücke zwischen seinen Zähnen, seine ewig lachende Stimme. Sie rief ihn nicht, und sie verscheuchte ihn nicht. Wenn sie ihn vor sich sah, seine goldenen Wangen, seine Brust hell im Fensterlicht, wenn er sich über ihr emporstemmte – dann fragte sie sich, wie die Babys wohl aussehen würden. Welche Farbe – ihr Blaublut und sein Gold?

Am nächsten Tag plagten sie sie mit zornigem Blubbern und Wälzen, und die runden Huppel, die ihre Hinterteile sein mußten, standen auf beiden Seiten heraus. Sie stießen und traten den ganzen Tag und machten sie sehr müde, und als Aint Sister eine große Forelle brachte, beugte sich Marietta über die Spülschüssel auf dem Tisch, um den Fisch zu zerteilen. Das Messer fiel auf ihren Handteller. Blut quoll aus dem Schnitt, so gerade wie ein Zahnstocher, und als sie es aufsaugte und innehielt und wieder weitersaugte, überkam sie plötzlich eine wühlende Gier nach diesem metallischen Salzgeschmack, dem sättigenden Gefühl des Bluts in ihrer Kehle. Sie ließ das milchige Fischfleisch stehen und saugte lange weiter an dem Schnitt, während sie draußen auf der Veranda saß, schläfrig und endlich satt. Die Babys waren ganz ruhig. Sie schienen das Blut zu wollen, es schläferte sie ein.

Eine Woche später drängten sie auf die Welt, in der Nacht, als Marietta sich absichtlich mit dem frischgeschärften Fischmesser den Daumen aufgeritzt hatte und mit geschlossenen Augen dasaß und fühlte, wie das Blut durch ihre Kehle in die Körper der Babys rann.

»Du laß das Gezimper un drück!«

»Ich nich weit genug!« Sie haßte es, ihre Blicke dort unten zu spüren, Rosies Augen und Lahas Augen und die von Lahas Mutter, Miss Belle, die sonst nie ihr Haus verließ. Aber Aint Sister sagte, allein würden sie es nicht schaffen. Sie brauchten die Frauen zum Helfen und Aufpassen und Saubermachen und Beten, und bei Zwillingen erst recht. Sie saßen drüben in der Küche und guckten durch die Tür herüber. Sie fühlte, wie der Schmerz sie vom Bett hob.

»Mit sechzehn Jahr un kein Mann Mädel niemal weit genug«, sagte Aint Sister. »Aber die zwei wer komm, ob dir paß oder nich. Du drück.«

Sie hielt die Luft an und preßte, merkte, wie es hinter ihren Lidern noch dunkler wurde, sah rote Schleier vor dem Schwarz, und dann schrie Aint Sister: »Halt jetz!« Ihre Hüften bäumten sich, und Laha kam angerannt, um sie unten zu halten. »Drück!« Ihre Lungen stießen gegen ihre Hüftknochen, und sie preßte.

Die Jungen lagen groß wie Zehn-Pfund-Zuckersäcke in Aint Sisters knochigen Armen. Sie waren rötlich von Blut, aber auch als Aint Sister sie mühelos hochgehoben und abgewaschen und zu Marietta zurückgebracht hatte, war ihre Haut so dünn, daß sie das Blut unter ihrer Brusthaut sehen konnte.

Rosie redete mit ihr, zum ersten Mal. »Zwei Bub. Groß un kräftig, all zwei. Du jetz Mama.«

Laha stand neben ihr und sagte lächelnd: »Du schafft.«

Sie brachten ihr die Babys und legten ihr eins an jede Brust. Einen Monat lag sie da, und Wasser, Kleider, Essen, Münder, alles kam zu ihr. Die Haut der Jungen wurde dicker, so daß sie keine Angst mehr hatte, sie anzufassen, und sie sahen genauso aus wie sie: schwarz-schwarz, die Beine weich und glatt, die Knie rund wie Muscheln. Ihre Augen waren ein trübes Dunkellila, ihre Hände fuchtelten wacklig herum wie bei einem Betrunkenen. Aber ihre Augenbrauen waren jetzt schon Sinbad-dick, breit und gerade wie kleine Fenstersimse, und wenn sie schrien, sah sie vorn in der Mitte dünne Stränge über das Zahnfleisch laufen, dort, wo zwischen den Schneidezähnen eine Lücke bleiben würde.

»Der da, wo erst komm, heiß Nathaniel. Der da heiß Calvin«, sagte sie, und Aint Sister nickte nur.

Sie war schon fast wieder dünn, als der eine Monat Wochenbett vorbei war und Aint Sister ihr erlaubte, den Hof zu verlassen, und als die Babys schliefen, nahm sie das Holzkästchen und zog damit los, den Waldweg hinunter. Vorbei an Aint Sisters Haus, wo der Besen vor der Tür lehnte und die Hühner zerstreut gackerten. Vorbei an Pinkies weißem Bretterhaus mit den neuen Teerpappeflicken auf dem Dach, die so schwarz waren wie Öl im Sand.

Dann die Stichstraße und die riesige Eiche bei Rosies und Big Johnnys Haus, der Hof blitzblank gefegt wie immer. Zigarettenstummel lagen rings um die große Engeleiche, wo sie abends alle saßen, um Big Johnnys und Pops Geschichten zu lauschen. Marietta fragte sich, ob sie jemals Lust haben würde, mit den anderen dort zu sitzen und in der Dämmerung den Stimmen zuzuhören, die lachten und brüllten und flüsternd erzählten, von Buh Karnickel und Buh Bussard, von Mr. Tally und Mr. Briggs und von den Geistern und Gespenstern, die im Wald lauerten.

Sie ging weiter, immer weiter, bis zur Kirche und zu dem Friedhof ein ganzes Stück dahinter, wo die Bäume über den Gräbern wachten und den Geistern einen Platz zum Wohnen gaben. Kiefernnadeln und Eichenblätter bedeckten die länglichen Grabhügel und die Plastikblumen auf den Drahtständern. Uhren waren auf die Zeit gestellt, zu der die Leute gestorben waren – zwei runde Uhren mit den Zeigern auf vier Uhr siebzehn und vier Uhr achtzehn. Big Johnnys Vettern, David und Julius, waren umgekommen, als ihr Lastwagen sich auf dem Highway überschlagen hatte. Elf Uhr vierzig – da war, so hatten die Polizisten gesagt, Pinkies Vetter bei einem Raubüberfall in New York erschossen worden.

Marietta kniete neben dem Grab ihrer Mutter nieder. Sie wußte, das Schraubglas und die Schüssel mit dem Loch am Fußende des Grabs hatte Aint Sister hingestellt. Sie öffnete das Kästchen und nahm einen kleinen grellroten Wecker heraus, den sie in Charleston in dem kleinen Laden an der Ecke gekauft hatte. Sie stellte ihn auf acht, weil da wohl die Sonne untergegangen sein mußte. Neben die Uhr legte sie ein kleines blaues Fläschchen, das sie in Franks Laden gefunden hatte, und einen Silberlöffel für die Maisgrütze. Dann ging sie wieder heim, um die Babys zu stillen.

Sie lagen im schattigen Sand, auf einem Tuch, und um sie herum erhob sich das Stimmengesumm. Staub fiel wie Funken auf ihre Backen, während sie dalagen und schliefen, die Lippen an den Erdboden gequetscht. Sie ging zum Stillen hinter den Stand, falls ein Auto anhielt, und dann lagen sie in den länglichen Korbwiegen, die Aint Sister für sie gemacht hatte. Wenn Mr. Tally oder Mr. Briggs am Morgen kamen, um Leute zu holen, stand sie schon im Dunkeln auf, um sie zu stillen. Sie band sich Calvin in einer Tragschlinge auf den Rücken und trug den zappligen Nate im Arm. Am Stand zu sitzen brachte vielleicht fünfzehn Dollar, aber nicht sehr oft, und auf dem Feld bekam sie fünf Dollar sicher, dafür, daß sie Bohnen und

Mais hackte, Tomatenpflanzen an Stangen festband und später dann die reifen Früchte pflückte. Wenn die Babys aufwachten und schrien, durchnäßten ihre Brüste die ganze Vorderseite ihres Kleids, und bei jedem Schritt tropfte Milch auf ihre Stiefel. Pinkie oder Mary machten ihre Reihe mit, und sie saß auf dem Boden und stillte und guckte in die hohen Maispflanzen oder die kringlig-welken Tomatenblätter über sich. Sie sah im Geist Schlangen auf die Decke zukriechen, Spinnen in ihre Ohren krabbeln, und sie lief andauernd zurück, um nachzusehen, aber die Jungen schliefen oder fuchtelten mit den Händen und guckten blinzelnd in die raschelnden Pflanzen. Sie schrien, wenn die Sonne auf ihre Gesichter kroch.

Aber wenn sie erst herumrobbten und sich umdrehten, wenn sie krabbeln konnten? So weit wollte sie nicht vorausdenken, während sie mit den Babys auf dem Schoß im äußersten Winkel der hüpfenden Lastwagenpritsche saß und Laha aus Mr. Briggs' Haus kam, wo sie putzte und kochte, und sich auf die Ladefläche schwang.

Plötzlich wollten sie alle zwei Stunden trinken, gierig und heftig, und in dieser Woche kam Mr. Briggs jeden Tag. Sie schlug die Hacke neben den Pflanzenreihen in den Boden, ohne nachzudenken, horchte ständig, ob sie schrien, und spürte, wie es um ihre Augen glühte. Als sie heimkam, rief ihr Aint Sister von der Veranda entgegen: »Wie geh die zwei?«

»Den geh gut«, antwortete Marietta noch im Gehen, und sie dachte an die Windeln, die sie kochen mußte. Aber als sie eingeschlafen waren, legte sie sich flach auf den kühlen Fußboden und sie spürte, wie das Glühen in ihre Wangenknochen kroch. Blut pochte in ihren Ohren; sie horchte auf den Atem der Jungen. Er ging stockender, als sie wach wurden, und sie konnte hören, wie sich ihr Hunger und ihre Erregung steigerten, als sie die Augen aufschlugen. So verbrachten sie jetzt die meiste Zeit, die sie wach waren – sie fuchtelten mit den Armen und Beinen, atmeten schnell und saugten an ihren Fingerknöcheln oder an einem Lappen, um ihre Energie abzulassen.

Sie wurden ungeduldig und immer lauter. Erst quengelte Nate nur leise, dann steigerte sich das Geheul wie das Motorengeräusch von Autos, die immer schneller und schneller fahren. Aber sie konnte sich nicht rühren. Ihre Beine pochten vor Erschöpfung, ihre Arme waren kraftlos, wie eingeschlafen, und sie sagte sich, daß sie aufstehen mußte – Milch rann in ihre Achselhöhlen, weil ihre Brüste sie ganz von allein ausstießen. Ihr Körper machte ihr angst – sie konnte sich nicht rühren, und das Geheul der Babys war nicht wie Hundegeheul, ein gleichförmiges Jaulen, sondern schwang sich immer höher hinauf, aus dem Fenster hinaus, vibrierte immer schneller in ihren Kehlen, nagelte sie um so fester dort auf den Dielen an, wo die Milch schon in die Ritzen lief. Der Lärm bleib all häng in Moos un Blätter, dachte sie, un nieman' wer hör. Ich kann nich rühr mich. Wir wer sterb – ich kann nix mach.

Sie wußte nicht, daß die Tür aufgegangen war, hatte es über den schrillen Heulspiralen gar nicht gehört, aber eine Hand fuhr an ihren Augen vorbei, zerschnitt das trübe Lichtviereck des Fensters. Aint Sister schob die Hände erst unter Calvins Rücken, dann unter den von Nate, und wendete sie wie Pfannkuchen, damit sie wußten, daß jemand da war, ehe sie sie hochnahm.

»Du hab Fieber in dein Brüst«, sagte sie, als sie Mariettas Stirn und ihre hartgeschwollenen Brüste befühlte. »Milchfieber. Du hör auf mit jammer un heul – du bring sie nich um. Du kein schlecht Mama. Du krank. Du still sie. Nein, Fieber nich in dein Milch – nur in dir. Du laß raus.«

Als sie und die anderen die trockenen Maisstengel schnitten und die Erde umgruben, brauchten die Babys ihre Milch nur noch am Morgen und am Abend, wenn sie heimkam, weil sie bei Aint Sister blieben, die ihnen tagsüber warmen Maisbrei fütterte. Aber ihre Brüste wollten mehr Milch geben. Sie stopfte sich Stoffzeug unters Hemd, wenn sie auf der Heimfahrt in der Ecke der Pritsche stand. Laha legte den Arm um ihre Schulter, und Marietta biß sich auf die Lippe, weil die Brustwarzen unter ihrem Hemd so weh taten.

Nate schrie wütend, wenn sie zu Aint Sisters Veranda kam, aber Calvin war so still, als lähmte ihn immer noch der Schock, weil sie am Morgen weggegangen war. Sie saugten so heftig an ihr, daß ihr fast die Tränen kamen. Nate guckte beim Stillen in die Gegend. Calvin starrte sie an, und sie fürchtete schon, daß sie ihn für immer verletzt hatte, als sie sie an dem einen

Tag hatte schreien lassen. Aber er blieb so still, und Nate blieb so laut, und sie merkte, daß die beiden einfach nur sie selber wurden. Nate war ganz Mund, Calvin ganz Augen. Und beide waren immer hungrig. Als der Himmel im Spätherbst silbrig blieb, gab es auf dem Feld nichts mehr zu tun, und auf dem Highway kamen keine Touristen mehr vorbei. Der Wind fegte durch die Stände. Marietta saß mit Aint Sister am Feuer und guckte zu, wie die Jungen über den Fußboden robbten.

»Wir hab jetz Oktober. Den Monat letzmal, daß Mr. Tally hab Bohn fe pflück«, sagte Aint Sister. »Mary sag mir. Ich weiß, du hab kein Geld. Was du wer mach in Winter?«

Marietta guckte auf Aint Sisters schattendünnen Hals. Aber sie sah an der Art, wie sie den Kopf schief hielt, daß sie sie nur auf die Probe stellen wollte.

»Die zwei groß un hungrig wie du damal«, sagte Aint Sister ins Feuer. »Du seh, wie schnell wachs un lern all Sach. Was du wer geb die zwei fe eß?«

»Ich wer geh an Creek mit Johnny un all ander un hol Auster. Un ich hab Netz.« Sie fing Nate ab, indem sie ihn unter den Achseln faßte, und drehte ihn wieder auf den Bauch.

»Die brauch mehr wie nur Auster. Un du schuld Pearl Geld fe Windel.«

»Sie weiß, sie krieg.« Marietta wartete ab. »Was *du* denk, Aint, was du woll sag?«

»Ich geb dir paar Hühner, daß du hab Ei fe die zwei. Un du muß pflanz Gartenfrücht in Frühjahr.«

»Ich arbeit auf Feld von ander Leut, ich mag nich noch arbeit auf meim dazu. Grüngemüs wachs so all Jahr.« Marietta fing Nate wieder ab, aber Calvin stieß sich den Kopf an einem Stuhlbein. Sie nahm ihn hoch und legte ihre Finger um seinen Kopf. »Ich lieber geh fisch wie hack Feld.«

Wenn es regnete und der kalte Wind gegen das Zeitungspapier blies, daß es sich nachts blähte und riß, blieb sie den ganzen Tag drinnen, und wenn es klar und kalt war, ließ sie die Jungen bei Aint Sister, um mit ihren Eimern an den Creek zu gehen. Big Johnny, Little Johnny, Lahas Jerry und Willie glitten in ihren Booten vorbei; manchmal sah sie sie drunten beim Wasserweg Austern sammeln. Nachmittags kamen Weißenleut zu Pearl, um Austern zu kaufen, manchmal sogar aus McClellanville.

Sie stemmte bei Ebbe die rauhen Muscheln von Steinen und Wurzeln, und sie zog die Creeks auf und ab und warf ihr Netz aus. Sie warf es wieder und wieder aus und lernte, es gegen die Schulter zu klemmen, einen Zipfel in den Mund zu nehmen und es mit der gleichen ausholenden Armbewegung auszuwerfen, mit der Aint Sister ihren Hühnern Mais hinstreute.

Aber sie brachte selten genug Fische oder Austern mit, um welche verkaufen zu können. Sie kaufte ein Stück Speck und eine Zwiebel, um sie, ganz feingehackt, mit den Austern zu schmoren. Es gab Maisgrütze, Eier von den Hühnern, die sie in dem alten Schuppen hielt, den Lahas Jerry ihr wieder richtete und fest zusammennagelte. Er sagte: »Ei gut fe die zwei. Un du muß nich immer zieh rum.«

»Ich kann jetz werf Netz«, sagte sie, und sie grinste, so wie sie damals Sinbads Freunden die Zähne gezeigt hatte.

»Ich weiß, daß du kann«, sagte er. Er legte den Kopf leicht zurück und lachte mit ihr.

Aber sie wollten immer noch Milch, nach dem suppigen Maisbrei oder dem weichen Ei. Nate wütete, um als erster zu trinken, gierig und ungeduldig, und zappelte dann, um wieder von ihrem Schoß herunterzukommen und auf dem Boden herumzupurzeln. Wenn Calvin in ihrem Arm lag, hielt sie ihn länger, und er knetete ihre Brust und berührte ihr Gesicht und guckte auf ihre Lippen und in ihre Augen.

Sie saß stundenlang vor dem Feuer, und manchmal hörte sie Schüsse durch den Wald knallen. Rosie sagte, der Weißenmann und seine Freunde kämen mit dem Auto aus Charleston, um Enten zu jagen. »Der Mann nich von hier«, sagte Marietta, als sie Zucker kaufte. »Er red anders.«

»Er komm von Birmingham«, sagte Pearl. »Hab ein Haus in Birmingham un ein in Charleston. Hab drei Auto.« Die Schüsse hallten durch den stillen Wald, und die Vögel flatterten wie Zeitungspapier im Wind.

Was hatten sie im letzten Winter gemacht, sie und ihre Mutter? Sie saß schaukelnd in der Wärme des Feuers, versuchte sich zu erinnern und legte Holz nach. Die Jungen schliefen, wachten auf, guckten sie an. Als Aint Sister an dem Nachmittag kam, stand Marietta auf wie eine Traumwandlerin. Sie ließ die schlafenden Jungen auf dem Bett zurück und ging nach draußen, um Holz zu hacken. Die Axt glitt leicht durch ihre Hand, und sie sah sie wieder vor sich: ihre Mutter und Aint Sister, nähend und fröstelnd, vier Lagen Röcke über den Beinen, die Füße auf der Umrandung der Feuerstelle. Und Marietta war zur Schule gefahren, hinten auf Big Johnnys Laster, Mantel an Mantel mit Lahas Kindern und Little Johnny und den anderen, Atemwölkchen unter den Nasen. Wenn der Laster kaputt war, blieben sie daheim am Feuer sitzen. Sie sah den Holzofen in der Schule, der manchen Kindern fast die Beine verbrannte, aber weit weg von ihr war, und die dunkle Wandtafel wie ein riesiges Fenster hinaus in die Nacht. Die Lehrerinnen, verschiedene Gesichter, die die Kinder aus Büchern vorlesen ließen und jedes Wort verbesserten. Und Marietta ganz hinten, wo sie den ganzen Tag still vor sich hin las und möglichst den Kopf nicht hob.

Sie machte ein Feuer im Schutz eines Baums am Rand des Hofs und holte den alten eisernen Wäschetopf, den ihr Aint Sister nach der Geburt der Jungen geborgt hatte. »Du guck, daß du mach genug Wasser rein«, rief Aint Sister von der Veranda, die Strickjacke um den Hals gewickelt. »Nich so faul.«

Marietta schüttete Eimer um Eimer in den Topf und legte Holz auf das Feuer. Sie holte die eingeweichten Windeln aus dem Waschzuber auf der Veranda und gab Seifenpulver und Wäschebleiche in den Eisentopf. Als das Wasser kochte, rührte sie mit einem Stock um. Sie drückte den Stoff, der blasig an die Oberfläche stieg, mit dem Stock nach unten.

Als die Windeln an der Leine hingen, die sie quer über die Veranda gespannt hatte, ging sie wieder nach drinnen, wo die Jungen mit Löffeln auf den Fußboden hämmerten und leere Maismehltüten vor sich herschoben. »Wo komm die Papiersäck her?« fragte Marietta.

Aint Sister, die gebückt am Feuer stand, drehte sich rasch um. »Ich seh dich«, sagte sie unvermittelt. »Du denk, jetz Notzeit. Du denk, du hab soviel Hunger, mach immer so traurig Mund. Ich mach dir was. Du sitz daher.«

»Ich immer sitz, sitz viel zuviel«, sagte Marietta ärgerlich. Sie lehnte sich gegen den Tisch. »Ich kann hör, wenn ich steh.«

Die Jungen guckten beim Klang der Stimmen hoch, und die Kinne unter den offenen Mündern glänzten von Spucke.

»Damalzeit schlimm-schlimm, Hoover-Zeit.« Aint Sister stocherte in der Asche am Rand der Feuerstelle. »Geb kein Arbeit. Geb nix fe eß. Kaffee? Leut nehm Mais un brenn in Feuer, schab das schwarz Zeug ab un koch. Geb schwarz Wasser fe trink, fe halt Leut warm. Sie nehm Maisgrieß un brat in Topf, geb Wasser dran un krieg Maistee. Braun Wasser.«

Kleine Aschenhäufchen glommen.

»Geb nix fe eß. Gar nix. Sklavereizeit sie mach Hackeisenkuchen, mein Mama sag. Sie back Mais un Wasser auf ihr Hackeisen drauß auf Feld. Hoover-Zeit sie mach Aschkuchen. Da.« Sie hielt ihr ein Blech hin, auf dem kleine graue Häufchen lagen. »Du klopf die Asch ab un probier. Du lern, wie Notzeit schmeck. Du stopf voll dein Bauch mit Notzeit.«

Das Küchlein war heiß und sandig. Die Jungen krabbelten zu ihr, die Augen auf das Küchlein geheftet, weil sie jetzt immer alles wollten, was sie aß, und sie brach ein Stück von dem trockenen Klumpen ab. »Da«, sagte sie, und Nates Lippen schlossen sich um den Bissen. »Un da«, sagte sie und schob ein zweites Stück in Calvins Mund, in dem die beiden unteren Schneidezähne weiß schimmerten. »Aintie zeig euch, wie Notzeit schmeck. Ich weiß schon.«

»Hah! Wir eß mit Stock! Wir eß Mehl, wir brat in Pfann, mit nix dazu. Nix wie Mehl. Damal so viel Leut hunger, geb nimmer Possum in Wald, nimmer Fleisch. Fisch, nix wie Fisch, bis ich nimmer will seh Fischschwanz mein Lebtag. Un dein Mama genauso. Sie haß Fisch, wie sie groß.«

»Sie haß Fisch, weil mein Daddy lieb Fisch mehr wie sie, lieb Wasser mehr wie sie«, sagte Marietta, während die Jungen sie in die Beine kniffen. »Weil er sterb fe Fisch.«

»Sie haß Fisch, lang vor sie kenn Freeman«, sagte Aint Sister kopfschüttelnd. »Aber du halt fest an dein Geschicht. Du halt nur fest dran.«

Marietta ging zum Bord, um den Beutel mit Reis herunterzunehmen. Im Raum war jetzt nichts zu hören als das Knacken des Feuers und das Gebrabbel der Jungen – *Ja-ja-ja* und *Ba-ba-ba*. Aint Sister stand auf und trat zu ihnen. Marietta wußte, sie betastete ihre Haare. »Soviel Haar«, flüsterte sie zu ihnen hinunter, und Marietta sprach lauter, damit sie sich nicht umdrehen mußte.

»So dicht un rauh, verbrenn dein Hand, wenn du woll kämm«, sagte sie scharf. »So dicht un rauh wie ihr Mama Haar. So blauschwarz, bald seh aus wie Afrikaleut.«

»Marietta, du red nich ...«

»Die da nich dein Leut. Dein Leut all tot, du weiß? Die da Freeman Cook Leut, sein Blut stark. Sie seh nich aus wie du, denk nich wie du. Sie Blaublut. Mein Leut.«

Sie starrte auf Aint Sisters knotige Finger, die den Gehstock umklammerten. »Dunkel drauß. Besser du nehm dein Licht«, sagte sie, und die Lippen der alten Frau waren ein dünner Strich, so gerade wie die Narbe auf Mariettas Handteller, aus dem sie das Blut für die Jungen herausgesaugt hatte. Sie ging zu ihnen, nahm sie mit beiden Armen hoch, hielt einen auf jeder Hüfte und sagte zu Aint Sister: »Du guck fe Geist am Weg.« Sie ging ins Schlafzimmer und blieb dort im Dunkeln stehen, bis die Stufen leise knarrten und das hin und her schwankende Licht verschwunden war.

Im März kamen die wilden Azaleen. Noch ehe das erste Licht durch die Kiefern und Eichen drang, hörte sie den Morgen. Leise Geräusche, weit weg, vielleicht die Hühner oder ein Mann, der irgendwo drunten am Weg etwas rief; vielleicht einer der Jungen, der neben ihr im Bett die Knie anzog, weil sein Bauch naß war. Sie glitt zwischen den feuchten Laken hervor, ohne die Jungen zu wecken, und trat hinaus in die Dunkelheit, um den Hühnern ein bißchen Maisschrot hinzustreuen und ihnen Wasser zu bringen. Dann öffnete sie die Stalltür, damit sie sich im Hof selbst suchen konnten, was es da zu suchen gab. Sie machte Feuer für die Wäsche. Alles, bevor es hell wurde, damit die Jungen nicht immer zwischen ihren Füßen herumkrabbelten und sie an den Beinen zu packen versuchten, wenn sie an ihnen vorbeiging. Sie haßten es, wenn sie hin und her lief und aus ihrem Blickfeld verschwand, und wenn es auch nur für einen Augenblick war. Manchmal blieb sie stehen und sagte zu ihnen: »Wann ich jemal geh weg un laß euch allein? Wann ich jemal komm nimmer?« Ihre Zungen vibrierten in ihren Mündern, so laut schrien sie, wütende rosa Zungen, gekrümmt und bebend.

Sie hörten sie, wenn sie Holz in den Herd steckte, und fingen an zu rumoren. Sie versuchte, sich zu erinnern, wie es bei Rosies kleinem Johnny gewesen war – wenn er sich geregt hatte, draußen bei den Ständen, als sie noch klein gewesen war, hatte er da gegurrt und gelacht und sich gefreut, daß er wach war? Nate und Calvin machten »Rorrr!«, weil sie es nicht erwarten konnten, endlich hochgenommen zu werden.

Der Maisbrei begann zu blubbern, und der Schein des Herdfeuers wurde blasser, weil die Sonne das Zimmer erhellte. Sie legte ihnen gelb-weiße Eistückchen hin, auf das Wachstuch, auf dem sie saßen, löffelte abgekühlten Maisbrei in ihre Münder und brachte sie dann mitsamt dem Wachstuch nach draußen in den saubergefegten Hof. Während sie die Windeln und das Bettlaken zu waschen begann, waren sie guter Dinge. Ohne sich auch nur nach ihr umzusehen, krabbelten sie zum Fuß der Veranda, wo sie sich an den Bretterkanten hochzogen. Hin und her beförderten sie die Pekannüsse und Pfirsichkerne, die sie dort für sie zum Spielen aufbewahrte. Sie legten sie behutsam auf den Boden und wieder auf das Holz, ließen sie in leere Seifenpulverkisten fallen und kippten sie wieder aus. Aber wehe, sie nahm die Axt, den Eimer und die Hacke und ging zu dem Gartenstück hinterm Haus. Ohne auch nur aufzuschauen – sie guckte sich extra um, um sie zu beobachten –, brüllten sie los. Sie scharrten wie Bullen in der Erde und kamen hinter ihr her.

Immer mußten sie dabeisein. Wenn sie sie an den Rand des seit Jahren völlig zugewucherten Gartenstücks setzte, krabbelten sie sofort von dem Wachstuch herunter und in die Blätter. Marietta biß sich auf die Lippen und hackte auf die dünnen Bäume und das Gestrüpp ein. Sie trug das Holz nach vorn in den Hof, wenn sie einschliefen, und fing wieder an zu hacken und zu graben, wenn sie aufwachten. Am Ende eines jeden Tages waren ihre Händchen starr von der kalten Erde, und ihre Hosen hatten Krusten aus getrocknetem Lehm an den Knien. Sie folgten ihr jetzt mitten auf das Ackerstück und pflügten beim Kriechen krumme Furchen in den Lehm. »Ihr zwei jetz Maulesel, he? Ihr denk, ihr helf mir? Ich kann nich streu Saat da rein. Aber ich muß wasch euer Hos all Tag!« Sie schrubbte und spülte die Sachen im Dunkeln und hängte sie nachts vors Feuer, damit sie am nächsten Morgen trocken waren.

Sie brach die Erde mit der Hacke um, indem sie den Schild in den Boden grub, hebelte und dann die Klumpen zerkleinerte. Sie wollte ein Stück mit Erbsen anlegen und eins mit Grünzeug und Tomaten. Dann konnte sie am Ende des Sommers einmachen, so wie ihre Mutter es getan hatte. Aber sie mußte neue Einmachgläser kaufen, weil nur noch eins auf dem Bord war, und sie schuldete Pearl schon soviel Geld. Wenn sie zum Laden ging, blieb sie nicht stehen, um mit Rosie oder Pinkie zu schwatzen. Sie ließ sie die Jungen bewundern, während sie die paar Sachen kaufte, die sie noch dazu anschreiben lassen konnte. Dann wickelte sie Calvin in den langen Tuchstreifen, den sie aus einem zerrissenen Kleid gemacht hatte, band ihn auf ihre Hüfte und nahm Nate, der immer das kleine Päckchen tragen wollte, auf den Arm.

Aber als dann das Wetter umschlug, noch ehe sie ausgesät hatte, drang der Regen an zwei Stellen durch das Dach. Er strudelte um die Holzbalken, die die Veranda trugen, kam durch den Kamin herunter und ließ das Feuer qualmen. Und er schlug den Jungen auf die Lunge, so daß sie eines Nachts plötzlich Fieber bekamen. Sie schrien nicht und brabbelten nicht, sondern wimmerten nur, und sie hielt einen auf dem Schoß und den anderen in den Armen und spürte die Wärme durch ihre Kleider. Sie fühlten sich an wie heiße Süßkartoffeln, die Augen waren ganz verquollen vor Schmerz, und sie hatte nichts, was sie ihnen geben konnte. Sie wiegte sie die ganze Nacht im Schaukelstuhl und sprengte ihnen Wasser auf Gesicht und Hals.

Schwer und reglos hingen sie in den Tragtüchern, als sie früh am Morgen zu Pearl stapfte. »Ich brauch Fiebersirup«, erklärte sie Pearl, und Pearl sagte: »Das Fieber, ich seh. Aber ich hab kein Zitron. Du muß koch mit Zitronsaft. Du geh un frag Aint Sister.«

Sie flüsterte den ganzen Weg »Du laß, du mach *das* nich, mach *das* nich« an Calvins Backe. Ihre Lippen waren heiß an seiner Haut. »Herz nich immer mein, was Mund sag. Du halt nich fest an dein Wut, sonst wer dein Leben nimmer gut. Du kann nich krieg grad Holz von krumm Baum.« Sie flüsterte den ganzen Weg: »Ich krumm, ich Cook. Ich halt fest an mein Wut, weil mich mach stark.« Dann stand sie auf der Veranda. Sie klopfte an.

»Sie hab Fieber«, sagte sie zu Aint Sister, die Augen auf das gesenkte Kopftuch gerichtet.

»Du geh vor, ich komm«, sagte Aint Sister, ohne aufzuschauen.

Das Bett fühlte sich auch heiß an, als ob es ihre Hitze aufsaugte und glühte, und sie legte sich auf den Küchenfußboden, den Kopf auf einem Kissen, und hielt sie in den Armen. Sie röchelten ihr in die Ohren, und als Aint Sister kam, klebten die kleinen Wangen schweißnaß an ihrem Hals.

»Bei Rosie un all ander ich seh niemal so Fußboden. Sie all weiß, wie muß halt sauber.« Aint Sisters Stimme war lebhaft. »Du feg mit sauber Sand, wie sich gehör.« Die breiten Dielenbretter waren glatt und kühl unter Mariettas Rücken.

»Du red niemal schlecht von Rosie«, sagte Marietta langsam. »Du red von gar nieman außer von mir. Du sag mir immer, was ich soll mach, sag mir, ich mach all Sach falsch.«

Aint Sisters Stirn zuckte. »Du jetz alt genug fe hör. Du alt genug fe red über ander Leut. Du lern, daß Kind kann brummel un schmoll, aber Frau sag Sach, hör Sach und mach weiter.«

»Ich mag kein Weibertratsch«, sagte Marietta.

»Fff-ttt. Das kein Weibertratsch, nur so Sach, wo Leut sag fe Zeitvertreib.« Sie hielt inne. »Du horch, wie ihr Atem geh. Sie krieg Keuchhusten, wenn du jetz nich steh auf un mach, was ich sag.«

Marietta legte die Jungen aufs Bett. »Du guck, daß sie nich runterkrabbel«, sagte sie.

»Du sag *mir*, ich muß guck? Du geh jetz runter an Wasser und such fe klein Krabb, wo renn in ihr Loch. Du weiß.«

»Winkerkrabb?«

»Die. Flut komm, du mach schnell-schnell.« Sie wandte sich zum Herd und zog eine in Stoff gehüllte Wurzel aus ihrem Kleid.

Marietta rannte so schnell ihren alten Pfad zum Creek hinunter, daß der Eimer gegen die Bäume schlug, und lief dann am Ufer entlang bis in die Marsch. Der blasige Schlick knisterte in der Sonne, funkelte von Millionen von winzigen Wellen und Löchern und huschenden Bewegungen. Sie war ganz allein hier unten am Wasser, Eimer und Stock in den Händen wie immer. Stille, nur das Klatschen, wenn etwas in den Creek glitt. Sie war seit Monaten nicht mehr allein gewesen, hatte keinen Atemzug mehr getan, ohne auf jemanden aufzupassen, und sie hatte davon geträumt, hier zu sitzen und zu horchen. Aber jetzt konnte sie es nicht, weil sie sonst womöglich nicht genügend Krabben finden würde; weiter vorn füllte das Wasser schon Pfützen, die immer größer wurden. Mein Söhn, dachte sie. Sitz mit Angel, werf Netz mit mir. Horch mit mir. Sie stapfte vorsichtig über den Morast und hielt Ausschau nach silbrigen Streifen im samtschwarzen Schlick, die ihr zeigen würden, wo die Krabben steckten.

Das Haus war stickig und still. Aint Sister kochte die Krabben in dem großen Topf, und Marietta hörte, wie Calvin röchelnd Luft holte und bellte. »Geh schon los mit Husten«, sagte Aint Sister. »Aber wir jetz beinah fertig.«

Sie goß das Wasser, in dem sie die Wurzel gekocht hatte, in den Krabbentopf und siebte die Flüssigkeit durch ein Stück weißen Stoff in einen Becher. Es roch scheußlich, aber Marietta brachte den Becher ins Schlafzimmer. »Du bring ein fe Nate«, sagte sie. »Er kann niemal wart.«

Wenn sie während der Nacht aufwachten, wiegte sie Nate im Schaukelstuhl in ihren Armen, und Aint Sister saß mit Calvin auf dem anderen Stuhl, den kleinen Rücken über ihn gekrümmt. Sie prüften das Fieber mit den Lippen, bis die Hitze verflog und ihre Stirnen kühl und klebrig waren.

Nate und Calvin waren eineiige Zwillinge. Für alle anderen sahen sie völlig gleich aus, aber sie erkannte in ihren Gesichtern, was jeder von ihr und von Sinbad geerbt hatte. Sie waren grundverschieden. Nate hatte winzige Fältchen um die Mundwinkel, nicht tiefer als der Abdruck eines Daumennagels, weil er immer lachte und stolz seine Silben vor sich hin plapperte und sein Gesicht bewegte. Er liebte es, sich selbst zu hören, genau wie sein Vater, und er flatterte dauernd mit den Ellbogen, weil er sich auf irgend etwas freute.

Aber Calvin konnte als erster laufen und setzte die Füße so fest auf, als wollte er Nägel in den Boden stampfen. Er lief Nate davon, und der konnte nur schreien und auf den Knien hinter ihm herwieseln. Calvin hielt die Lippen vor Konzentration fest aufeinandergepreßt, und er konnte eine Tomatendose mit Wasser vom Eimer bis zum Pfirsichbaum tragen. Er vergoß nichts, aber dann stand er mit großen Augen vor dem Baum, während Marietta lachte.

Sie waren jetzt ein Jahr alt. An den Ständen waren sie nur »die zwei«. Am Highway, im Laden, an der Anlegestelle, wo sie mit den Fingern auf die Boote zeigten, sagten alle: »Die zwei renn mir zwischen die Füß« oder: »Die zwei dickschädlig wie ihr Mama, eh?«

»Wann die zwei geh schlaf?« fragte Rosie vom Eingang ihres Stands herüber. Marietta saß da und flocht Untersetzer, und Nate und Calvin kippten Sand durch die Lattenritzen. Marietta zuckte die Achseln. »Komm drauf an.«

Rosie reckte die Hände zum Dach hinauf. »Ha, Kind muß schlaf früh. Du muß steck sie in Bett um sechs oder sieben.«

Jetzt, wo sie laufen und mit den Fingern auf Sachen zeigen und »Wau« und »Gack-gack« und »Mama« sagen konnten, ließ sie sie nach dem Abendessen im Hof herumtollen. Sie hielten Pfirsiche mit beiden Händen, und der Saft rann ihnen über die Brust und zog Spuren in den Staub, der sich auf ihrer Haut abgesetzt hatte. Kleine Stücke von Kohlblättern, die ihnen aus den Fingern gefallen waren, klebten auf ihren Bäuchen wie Briefmarken. Sie wartete mit dem Baden, bis ihre Runden immer kleiner wurden und sie schließlich fast übereinander stolperten. Wenn sie sie dann in den Waschzuber gesetzt hatte und ihre Körper im Lampenlicht der Veranda schwarz glänzten, ließ sie sie an der immer noch heißen Luft trocknen, während sie funkelnde Wasserperlen von ihren dichten Haaren wischte. Calvin stand schwankend an sie gelehnt, Nate lag auf ihrem Schoß, beide fertig zum Schlafengehen, aber sie brachte sie trotzdem noch nicht nach drinnen.

Wenn sie dann schließlich ruhig atmend im Schlafzimmer lagen, setzte sie sich auf die Veranda, um auf den Mond zu warten und zu horchen, wie die Äste sich regten und vielleicht Donner draußen über dem Wasser grollte. Manchmal hörte sie gar nichts, und dann dachte sie an die Musik in Franks Laden, das ständige Plappern und Dudeln. Hier war die einzige Musik das Klatschen und Singen im Bethaus, wohin sie immer noch nicht gehen mochte. Sie horchte auf das leise Rascheln in den Bäumen und wartete, daß der Mond rot oder gelb oder kalkweiß, rund oder als dünne Sichel aufging. Genau wie die alten Leute, die sie so ungern mit ihrer Mutter besucht hatte. Sie hatte mürrisch mit den Füßen auf die Verandabohlen eingehackt, während die Erwachsenen darüber geredet hatten, wie der Mond aussah oder daß es nach Regen roch oder daß jemand letzte Nacht draußen in den Sümpfen einen Alligator seine Sturmwarnung hatte brüllen hören. Und jetzt saß sie selbst hier, mit heißen, pochenden Füßen von der Arbeit des Tages, und hielt Ausschau, ob der Mond einen Schleier hatte oder einen milchigen Hof.

Aint Sister kam spät. »Die zwei schon im Bett?« Marietta nickte. Aint Sister setzte sich und zündete ihre Pfeife an. »Rauch vertreib das Mückenzeug.«

Marietta lächelte. »Das Mückenzeug woll mich nich. Ich hör, wie du sag, wo ich klein-klein. ›Mückenzeug schwirr um Weißenleut rum, geh nich an Leut mit Haut wie Marietta.‹ Sie beiß mich niemal.«

»Du horch damal, eh?«

»Leut red immer, wie schwarz mein Haut. Aber jetz ich seh selbst.«

»Du hör mit Kinderohr. Leut sag viel, sag, der schwarz, die hell, der dünn, die dick. Red nur fe Zeitvertreib.«

Ich vertreib jetz auch Zeit, dachte Marietta. Sie atmete den beißenden Streichholzrauch ein.

»Rosie hör Eul schrei in Puntopabaum bei ihr Haus. Tu mir leid, daß so Zeichen komm.«

»Nieman krank.«

Aint Sister sog an ihrer Pfeife. »Du vergeß wieder.« Der Nachtwind strich über Mariettas Hals, und Rauch kringelte sich über ihren Köpfen. »Du hab Suppknochen fe morgen?«

»Mm-hmm, danke«, sagte Marietta. »Ich hab Tomatenfrücht. Du woll paar?«

»Ich woll nur ein. Ich glaub, mein Bauch woll nur Langbohn un Knochenbrüh.«

Sie saßen eine ganze Weile still da. Marietta hörte nur das Schmatzen, wenn Aint Sister an ihrem Pfeifenstiel sog.

»Ich heut achtzehn. Heut der elft August.«

»Ich weiß, ich weiß all Leut Geburtstag.«

»Achtzehn groß. Erwachsen.« Marietta sah die Glut mehrmals hintereinander aufleuchten.

»Was heiß groß? Geburtstag heiß gar nix. Jetz du wer immer denk an Tag, wo dein zwei komm auf die Welt.«

»Gesetz sag, achtzehn groß. Ich nur denk grad so.«

Aint Sister sah Marietta mit zusammengekniffenen Augen an. »Du groß zwei Stund später, wie die zwei komm. Du groß, wo du erstmal geb dein Brust. Groß heiß, du geb noch jeman anders fe eß.« Marietta dachte, sie sei fertig, aber Aint sagte: »Oh! Weißenmann komm heut in Pearl Laden un such dich.«

»Wer such mich?«

»Mann, wo kauf Land. Er komm, weil er brauch Leut fe arbeit in Pine Garden, grad so wie Anderzeit, pflanz Reis un Sach, fe Tourist komm un guck.«

»Er weiß, daß ich wohn hier? Er kenn mich?« Es fiel ihr wieder ein: das verblüffte Gesicht, als ihr Bauch herumgeschwenkt war, der kleine Junge und das Gewehr.

Aint Sister schüttelte den Kopf. »Er such fe Leut. Er komm un hol uns all Taglicht, fe red über Lohn un Arbeit.« Sie stand auf und griff in ihre Schürzentasche. »Da, du nehm. Sie gehör mein Mama – dein Ururoma Schwester. Oktober. Ich heb auf. Jetz sie gehör dir.« Sie legte zwei Ohrringe in Mariettas Hand, Goldreifen, so groß wie Vierteldollarmünzen. Die beiden Ohrringe, die Aint Sister trug, hingen schon so lange an ihren Ohren, daß die Ohrläppchen ganz lang und dünn waren. »Du krieg Loch un Faden, wie du klein-klein wie Nate un Calvin. Faden fe halt Loch auf. Du bohr bißchen, du wer find.« Sie knipste ihre Taschenlampe an und ging, ihren Lichtstrahl schwenkend, den Waldweg hinunter. Sie sang, um die Geister zu verscheuchen.

Marietta bohrte wieder und wieder mit den Drahtenden der Ohrringe in ihrem Ohrläppchen, und es kitzelte wie Sinbads Lippen. Sie ließ es sein, ging ins Haus, holte eine Nadel und hielt eine Süßkartoffel hinter das Ohrläppchen. Die Nadel glitt schmerzlos durch das zarte Fleisch.

Das Wasser blieb nur einen Augenblick stehen, bevor es funkelnd in dem lockeren Boden verschwand, und Marietta goß noch einen Eimer um die Bohnen. Sie wußte, wenn die Erde glitzerte wie der Schlick, nachdem das Meer darübergeleckt hatte, dann wurde das Wasser geradewegs zu den Bohnenwurzeln gesogen. Sie lief rasch zurück ins Haus, um die Jungen anzuziehen. Der Weißenmann, Mr. Ray, würde bald beim Laden sein.

Sie fuhren hinten auf dem Lastwagen, als ginge es aufs Feld, aber sie und Aint Sister hielten die Jungen. Mr. Ray, der das Haar so glatt zurückgekämmt trug, daß man kleine Furchen zwischen den einzelnen Strähnen sah, hatte sie offenbar nicht wiedererkannt. Er hatte breit gelächelt, als sein Blick auf Nate und Calvin gefallen war. Als sie eine gute Meile den Highway hinunter waren, bog er in den Wald ein.

»Wo fahr hin?« fragte Mary, und sie sahen das alte, mit grünem Moos bewachsene Tor, über dem PINE GARDENS stand. Daneben lag ein Haufen grober Erde von der neuen Straße, die sie durch den Wald geschlagen hatten, und die Bäume streiften sie fast. Der Lastwagen fuhr auf einen Parkplatz neben einen Traktor. Die Straße ging weiter am Bach entlang zu den alten Reisfeldern, die unter einer grünen, sumpfigen Brühe lagen.

Mr. Ray stieg aus und öffnete die Klappe, und sie kletterten hinunter auf den gerodeten Platz – Lahas Jerry, Willie, Big Johnny und Little Johnny, Rosie und Pinkie und Mary. Nate und Calvin wollten gleich zu dem Traktor laufen, und Marietta hielt sie an den Armen zurück. Sie quengelten, bis sie Nate auf den Arm nahm und Calvins Nacken mit den Fingern umspannte.

»Tja, als erstes möchte ich mal sagen, daß ich hoffe, ihr habt alle Vertrauen zu mir«, sagte Mr. Ray, der jetzt vor ihnen stand. »Ich weiß, daß ein paar von euch hier aufgewachsen sind und nicht wollen, daß etwas verändert wird. Ich habe vor, die gesamte Plantage zu restaurieren, wieder funktionierende Reisfelder anzulegen und den Hof zu bewirtschaften, das Haus in Schuß zu bringen und dann zuzugucken, wie die Besucher herbeiströmen. Ich habe einen Historiker hinzugezogen, damit auch alles richtig gemacht wird – und ich habe Fotos. Auch eins von dir, Eva, wie du noch ein kleines Mädchen warst.« Er lächelte Aint Sister zu. »Aber ich denke, heute würdest du auf dem Feld zu schnell außer Puste kommen. Was ich möchte, sind zwei kräftige Männer und drei jüngere Frauen für die Feldarbeit, zum Pflanzen, Ernten und Abpacken. Ich will den Reis hier im Haus verkaufen – Old Carolina Gold soll er heißen.« Er machte eine Pause. »Aber die Hauptsache ist, daß die Leute sehen können, wie eine Plantage funktioniert. Jetzt will ich erst mal Schluß machen und hören, was ihr davon haltet.«

Big Johnny trat seine Zigarette aus. Niemand sah ihn an, weil alle wußten, daß er reden würde. »Hmm, Sir, ich hab Leut, wo komm fe mein Fisch all Tag, un ich un mein Sohn leider kann nich helf. Aber vielleich Sie könn sag mein Frau, was Sie zahl.« Rosie wer nich geh auf Feld, dachte Marietta. Big Johnny frag fe uns.

»Ich habe mit Mr. Tally und Mr. Briggs gesprochen, über die gängige Bezahlung und so weiter. Ich biete euch dreißig Dollar für die Sechs-Tage-Woche.« Marietta wußte, daß den anderen dasselbe durch den Kopf schoß wie ihr – bind Tomatenstöck fünf Dollar fe Tag, pflück Bohn mehr. Aber er sprach schon weiter. »Ich weiß, das sind nur fünf Dollar pro Tag, aber ihr müßt bedenken – sechs Tage die Woche, und das auf Dauer. Auch im Winter, weil da Gäste zur Jagd kommen werden. Leute aus New York und so weiter.«

Lahas Jerry drehte sich um und betrachtete die Straße, die zu den Reisfeldern führte. »Sie nehm Trecker fe Reis, Sir?«

»Nein, ein Traktor sinkt in dem Matsch nur ein. Der steht nur hier, weil er kaputt ist. Ich brauche Männer, um die Bewässerungsgräben wieder auszuheben, zum Pflügen und für alles, was noch dazugehört. Mr. William Thomas ist der Historiker, er kommt jeden Morgen mit dem Auto aus Charleston her.« Er beobachtete, wie Nate an Marietta herunterrutschte. »Seht euch den an – will gleich loslegen, was? Nun, wie gesagt, ich brauche zwei Männer und drei Mädels. Du, du, du«, sagte er, indem er mit dem Finger auf Mary, Pinkie und Marietta zeigte. »Wie steht's, habt ihr Interesse?«

»Wir woll besprech, Sir«, sagte Lahas Jerry.

Mr. Ray lächelte wieder. »Ich muß los, Krach schlagen wegen dem Traktor. Und der Generator macht auch Schwierigkeiten.« Er ging den langen Fußweg zum Haus hinauf.

Big Johnny sagte: »Rosie, du mach mehr Geld mit Körb?«

»Rosie hab dich, hab Fisch an schlecht Tag«, sagte Pinkie.

»Das sechs Tag die Woch, Winter auch«, sagte Aint Sister.

»Der Mann grins zuviel, red schön un zeig Zähn«, sagte Big Johnny. »Er laß Leut arbeit hart-hart.«

»Aber jeman wer geh un arbeit fe *buckra*, *yeah*, jeman wer geh«, sagte Aint Sister scharf. »Er wer nich hör nein, wenn Leut sag nein. Er gewöhn, immer hör ja.«

»Wer wer geh un arbeit auf Feld von Mr. Tally un Briggs?« fragte Mary. »Sie wer komm fe hol uns un wer bös.«

Lahas Jerry sagte: »Na-ah. Laha sag, Mr. Ray komm schon un red, un Mr. Briggs wer nehm Floridaleut. Sie red, daß Floridaleut komm fe Erntezeit, pflück Tomatenfrücht un Sach. Sie soll wohn in dem ein Schuppen drauß am Feld – die Leut schlaf in eim Loch, wenn sie sag.«

»Winter«, sagte Aint Sister. »Krieg Geld all Woch.«

Marietta fing Calvin ein, aber Nate rannte zu dem Traktor. Mr. Rays Gesicht war ihr nicht geheuer, aber sie dachte, bind Tomatenstöck, grab Kartoffel aus, pack in Kist: Maisgrütz, Milch, Zucker, Seifpulver. T-Shirt. Schuh für die zwei. Sie sagte: »Ich geh. Aber wie du woll hüt Nate un Calvin?«

»Sie wer bleib im Stand, wenn ich sag. Ich bring Spielsach. Du wer geh, eh?«

Mary sagte: »Laha Mama wer hüt mein Baby, un ich geh auch.«

»Mein Schwiegermama geh nirngswo hin«, sagte Jerry lachend.

»Mein Mama erzähl mir von Reisfeld«, sagte Pinkie. »Sag, Arbeit da hart-hart.«

»Kein Arbeit härter wie Winter«, sagte Aint Sister. »Wir brauch jetz nimmer hunger in Winter.«

Sie marschierten den alten Waldweg hinauf, und Marietta dachte, daß ihre Bäume schon seit Jahren nicht mehr so viele Leute gesehen hatten. Dort, wo das Tor gewesen war, klaffte ein Loch. Ein älterer Mann mit Anzug und Krawatte und einem kleinen Gesicht unter seinem Hut erwartete sie droben beim Haus. Er hielt ein Notizbuch in der Hand und lächelte nicht so wie Mr. Ray.

»Guten Morgen«, sagte er, und seine Stimme klang nach Charleston; Marietta kannte diese Sorte Stimme aus den Straßen mit den eisernen Toren. »Ich bin Mr. Thomas, und ich möchte, daß ihr genau aufpaßt, was ich euch jetzt sage. Unser Vorhaben ist schwierig und mühevoll, aber es wird gewiß zu schaffen sein, wenn ihr gut zuhört.« Als er sich umwandte und ihnen winkte, ihm zu folgen, guckte Mary Marietta an, und ihre Stirn legte sich in drei Falten. »Du bist Jerry, richtig?« sagte Mr. Thomas über die Schulter, und Jerry schloß zu ihm auf.

Er sah in sein Notizbuch und holte noch ein zweites Buch aus dem Haus, und während sie über das Gelände marschierten, erklärte er ihnen, daß sie mit den Gärten anfangen würden. »Der Reis kann frühestens im April gepflanzt werden, und die Arbeit damit beginnt erst im Winter. Aber als erstes muß der Azaleengarten hergerichtet werden, für die Blütezeit im Frühling, wenn viele Gäste kommen werden. Bis Februar. Dann werdet ihr hier fertig sein und anfangen, die Reisfelder vorzubereiten.«

Die Reisfelder lagen drunten an dem breiten Creek. Das Wasser war hier braun und träge, und als sie um die Biegung kamen und die Felder sahen, die sich über viele Morgen vor ihnen erstreckten, lauter Vierecke, umwuchert von Büschen und Bäumen, musterte Mr. Thomas ihre Gesichter. »Ihr wart noch nie hier, richtig?«

Jerry schüttelte den Kopf. »Nein, Sir.«

Marietta wußte, daß alle an die Geister dachten, die hier herumspukten. Der Waldstreifen schirme das flache Land gegen das Salz und den Wind vom Wasserweg ab, erklärte Mr. Thomas, und die Felder seien viel zu ausgedehnt für Mr. Rays Zwecke. »Er möchte nur die ersten drei Reisfelder wieder bebauen lassen, damit die Leute sehen können, wie die Sache funktioniert. Die restlichen Felder sind ein ideales Jagdrevier, mit einer Vielzahl von Enten und Wildtieren für unsere Gäste, aber das bedeutet, daß ihr während der Reisvogelzeit«, er guckte wieder in sein Notizbuch, »im August und Anfang September, damit beschäftigt sein werdet, die Vögel zu verscheuchen, damit sie uns nicht die Ernte ruinieren.«

Seine Stimme kullerte so glatt dahin wie eine Glasmurmel auf dem Fußboden, und seine langen Sätze, die sich zwischendurch sachte hoben, wanden sich um Marietta herum, während sie weitergingen. Manche Wörter verstand sie nicht, aber das machte nichts. Er ging die ganze Zeit dicht neben ihnen her, zeigte mit dem Finger und beugte sich leicht in die jeweilige Richtung, wiederholte, was er gesagt hatte, und guckte in seine Bücher. Seine grauen Augen zuckten hin und her wie kämpfende Libellen, und die Stimme, die so gleichmäßig dahinfloß wie der Creek, und die Augen, die immer wieder über sie alle hinweghuschten, machten sie ganz benommen.

»Früher«, sagte Mr. Thomas, »wurde das Gedingesystem mit Erfolg praktiziert. Ich glaube, von den Farmern hier in der Gegend wird das immer noch so gehandhabt, richtig? Ihr bekommt eine bestimmte Aufgabe zugewiesen, die ihr in einer bestimmten Zeit erledigen sollt, richtig? Also, niemand hier wird von euch verlangen, daß ihr so hart arbeitet wie die Leute damals. Ihr könnt im Gegenteil ruhig ein wenig geruhsamer arbeiten, weil es erforderlich ist, daß ihr um acht kommt und bis sechs bleibt, wenn es Abendessen gibt. Unsere Gäste möchten nämlich sehen, wie ihr arbeitet und wie ihr eßt und euch ausruht, aber dafür verlangen wir, daß ihr über Mittag dableibt.«

Marietta und Mary und Pinkie gruben Löcher und setzten hundert Azaleen rings um das Haus und entlang der Wege, und Marietta beobachtete, wie die Fenster neu verglast wurden und zwei Weißenmänner in Arbeitskleidung ein und aus gingen und hämmerten und strichen. Mr. Ray brüllte herum, weil es keine Stromleitungen gab und der Generator so teuer war. Mr. Thomas schwirrte die ganze Zeit um Jerry und Willie herum, die einen neuen Bootssteg bauten und die Rasenflächen für die Aussaat vorbereiteten.

Wenn Marietta abends den Waldweg zurückmarschierte, war sie still, und wenn die anderen gerade auch nichts sagten, horchte sie auf das Schreien und Rufen der Jungen. Aint Sister empfing sie mit dem Duft von Langbohnen und Knochenbrühe, und Calvin schenkte ihr den Pfirsichkern, den er seit Tagen mit sich herumtrug und immer aufs neue im Hof vergraben und wieder ausgebuddelt hatte. Nate berührte sie und rannte zur Pumpe und plapperte: »Wawa. Wawa.«

Sonntags machte sie große Wäsche, schnitt die Pflanzen in

ihrem Garten und überließ das Land dem Winterfrost. Sie ging mit den Geldscheinen, die Mr. Ray jeden Samstagabend in ihre Hand legte, zum Laden, und nachdem sie den größten Teil ihrer alten Schulden bei Pearl abbezahlt hatte, kaufte sie Dosenbohnen und Sardinen für ihr Mittagessen, Kräcker und schließlich große Tüten mit Mais, Mehl, Zucker und Reis. Aint Sister sagte, die Jungen wollten immerzu essen, und Marietta sah, wie sie Haufen von Grüngemüse und große Stücke Fisch verdrückten. Sie alberten herum, wenn sie sich Shrimps in den Mund steckten, taten, als bissen sie sich auf die Finger, und lachten, die Lippen fest um Finger und Happen geschlossen. Die Hemden reichten ihnen kaum noch bis auf die Bäuche, und sie kaufte ihnen Jacken für den Winter.

Mr. Thomas verlangte, daß die Frauen Kleider trugen; er brachte sogar jeder von ihnen zwei mit, Kleider mit langen, weiten Röcken. Er erklärte, sei seien »historisch korrekt, aber aus leichterem Material, als es vor dem Bürgerkrieg allgemein verwendet wurde«. Marietta erklärte ihm: »Ich trag Kleid, aber ich laß mein Stiefel an. Ich arbeit besser so – kann nich trag Schuh.« Er runzelte die Stirn, sagte aber nichts mehr.

Er hatte recht. Als die erste Gruppe von Gästen im März auf der Plantage ankam, waren die Azaleenbeete rosa und rot, und die Frauen spazierten in engen Kleidern und hohen Schuhen herum und redeten und machten Fotos. »Seht nur, die Veranden!« hörte Marietta sie sagen. »Und die Leute, die hier arbeiten – habt ihr diese Hacken gesehen? Das ist wirklich einmalig.« Sie guckten auf ihre Stiefel und lächelten, lächelten sie an, wenn sie und die anderen am Haus vorbei zu den Reisfeldern marschierten, die Hacken geschultert. Marietta und die anderen achteten sorgsam darauf, immer zurückzulächeln und zu nicken.

Jerry und Willie hatten wochenlang die Gräben neu ausgehoben, und Mr. Thomas hatte daneben gestanden und über das Bewässerungssystem geredet. Der Creek war dort, wo er an die Reisfelder stieß, ein gutes Stück vom Wasserweg entfernt, aber die hereinströmende Flut drückte trotzdem noch frisches Wasser auf die Felder, wenn die Wehre geöffnet waren. Wurden die hölzernen Klappen geschlossen, hielten sie das Wasser auf den Feldern zurück. Machte man sie auf, floß das

Wasser wieder ab. Mr. Thomas starrte stundenlang über die Felder, aber Mr. Ray kam nur ab und zu vorbei. Meistens fuhr er die männlichen Gäste herum. Das sah Marietta, weil er ihnen unterwegs die Felder zeigte. Jerry sagte, sie gingen drunten am Wasserweg fischen und Boot fahren. Wenn Marietta und die anderen Laha abholten und es noch warm war, sahen sie die Gäste mit Drinks auf der unteren Veranda sitzen.

Laha kam jetzt zum Kochen und Putzen hierher. Mr. Ray hatte sie von Mrs. Briggs abgeworben; Laha lachte und sagte, daß er ihr drei Dollar die Woche mehr gab, aber Mrs. Briggs tat ihr leid, und sie nahm ihre Tochter Willamae mit in Mrs. Briggs' Haus und lernte sie an, bis sie die meisten Arbeiten übernehmen konnte. Auf dem Heimweg erzählte ihnen Laha von den oberen Räumen, den Holzböden und Teppichen, der Küche. Sie sagte: »Mr. Ray woll immer, daß ich mach Sach, wo Leut damal eß, all Tag Krabbensupp un Shrimp. Und Miz Ray woll immer Salat auf dem Tisch. Un Sach fe trink – die Männer trink un trink, schon vor die Sonn untergeh.«

Eines Tages erwartete Mr. Thomas sie im Hof. Er sagte: »Mr. Ray hat auf meinen Vorschlag hin ein Ochsengespann erworben. Das wird den Männern nicht nur das Pflügen in dem Morast dort draußen erleichtern, es ist außerdem auch historisch korrekt. Danach werden wir sie vor den Karren spannen, den wir aufgetrieben haben, und damit kurze Rundfahrten über das Gelände veranstalten.« Er wandte sich den Frauen zu. »Bevor ich mit den Männern weggehe, möchte ich euch noch eure Aufgaben für die nächsten Tage zeigen. Ihr werdet die Nebengebäude säubern.«

Er führte sie in die Sommerküche, die Räucherkammer und den Reisschober. Nachdem er gegangen war, angelten sie in der dunklen Räucherkammer mit Besen nach den Spinnweben über ihren Köpfen. »Fe was Mr. Ray un die woll die alt Bruchbud?« fragte Mary.

»Wahrscheins nur fe guck«, sagte Pinkie.

Marietta sammelte den Müll und Dreck ordentlich auf einen Haufen, damit sie ihn später holen konnten. Mr. Thomas hatte die Frauen mehrmals angehalten, ja kein Unkraut und keinen Abfall herumliegen zu lassen. Sie gingen weiter zum Reisschober, der verschlossen war. Er hatte Pinkie einen langen, altersschwarzen, metallenen Schlüssel gegeben.

Sie zogen die schwere Holztür auf, und drinnen sahen sie eine schmale Stiege an der einen Wand und zwei kleine stallboxartige Verschläge, die mit einem Eisengitter unterteilt waren. Der eine Verschlag war hinter dem Gitter, der andere zum Eingang hin offen. Mary sagte: »Was fe Vorrät sie heb da drin auf? Was fall da nich raus?«

Marietta fuhr mit der Hand über das Gitter und versuchte sich zu erinnern, wann sie jemanden so etwas hatte beschreiben hören. Er halt sie in Stall, un jeman sitz drauß vor Stall un red. Aint Sister hatte das gesagt, hatte ihr erzählt, daß jemand da drin eingesperrt gewesen war. Sie sah auf die rauhe Backsteinmauer und das massive Eisen und hielt die Luft an. »Afrikafrau da drin«, flüsterte sie, und ihr Herz raste. »Er halt sie in Stall, halt sie da drin, bis sie renn nimmer weg.«

»Sister. Sie ihr Oma«, sagte Pinkie. »Stimm. Dein Ururoma. Sister erzähl mir.«

Marietta fuhr herum, rannte nach draußen und atmete tief durch, um den winzig-feinen Staub aus ihren Lungen zu kriegen, den Staub von bloßen Füßen, die auf dem Lehmboden im Kreis tappten. Sie sah weder Mr. Ray noch Mr. Thomas, niemanden, und sie rannte wieder los, um die verblühenden Azaleen herum und den Waldweg hinunter.

Die Jungen schleppten Tomatenbüchsen mit Wasser von Aint Sisters Pumpe zur Veranda und guckten zu, wie das Wasser von den Holzbrettern rann. Sie fühlte die Kinderarme um ihre Beine, das tröstende Tätscheln, bei dem sie immer lächeln mußte. Die beiden hatten sich angewöhnt, sie nachzumachen: die Art, wie sie sie automatisch tätschelte, sobald sie sie in die Arme nahm. Als Aint Sister nach draußen kam, sagte Marietta: »Ich komm früher, ich spür Fieber. Ich nehm sie heim. Du hab bißchen Ruh.«

Wenn sie mit ihrer Hacke auf die umgebrochenen Erdschollen einschlug, genauso wie sie es daheim beim ersten Tageslicht auch tat, stellte sie sich vor, wie die Afrikafrau still und stumm auf die Stimmen der anderen horchte, die sich draußen die Reihen auf und ab arbeiteten. Als die Felder glatt und eben waren, wollte Mr. Thomas, daß sie überprüften, ob die Bewässerungsrinnen auch überall im Abstand von einem halben Meter verliefen und tief genug waren. Während der folgenden Tage kam und ging er, und manchmal blieb er im Schatten der Bäume an der Straße stehen, um ihnen zuzugucken.

»Zieht jetzt bitte die Schuhe aus und hört gut zu«, sagte er in der nächsten Woche. »Diese Arbeit ist traditionell Frauensache, weil Frauen ihre Füße mit mehr Gefühl bewegen können. Ich bin mir nicht sicher, ob diese Methode funktioniert, aber ich möchte es versuchen, weil es historisch korrekt ist und die Gäste es sicher gern sehen werden. Es ist angeblich ein sehr anmutiges Bild.«

Sie nahmen den Saatreis und schütteten ihn in eine Tonne mit zähem Schlamm. Mr. Thomas schwirrte die ganze Zeit um sie herum, und Marietta konnte die kleinen roten Huppel sehen, wo er sich rasiert hatte. »Der Reis muß jetzt im Lehm gewälzt werden, so daß an jedem Korn ein klein wenig klebenbleibt. Dann wird er zum Trocknen in der Sonne ausgebreitet. Dadurch soll verhindert werden, daß die Körner oben auf dem Wasser schwimmen, wenn wir die Felder fluten, was demnächst geschehen wird, *sofern* Jerry und Willie alles richtig gemacht haben.«

Er hielt zerstreut inne, und Marietta spürte, wie die nasse Erde neben der Tonne zwischen ihren Zehen emporquoll; sie verstand nicht, warum ihre Füße nackt sein mußten, und sie schämte sich für ihre langen Zehen, die er jetzt einen Augenblick lang geistesabwesend anstarrte. Sie standen verlegen da, die Kleider um die Hüften geschürzt, wie er es ihnen gezeigt hatte, und versuchten, die Stoffwülste über ihren Schenkeln weiter herunterzuschieben.

Er sagte mit sanfter Stimme: »Es gibt da eine Plantage namens Cypress Gardens in der Nähe von Charleston und noch ein paar andere in der weiteren Umgebung. Aber diese exakte Orientierung an der historischen Überlieferung wird euren Arbeitsplatz hier zur meistbesuchten Pflanzung im ganzen Staat machen.« Er sah abrupt auf. »Bitte haltet euch an meine Anweisungen.«

Er bat sie, den Lehm und den Reis aus der Tonne zu schütten, sich mit bloßen Füßen darauf zu stellen und behutsam herumzutanzen, so daß ihre Fußsohlen den feuchten Reis sachte hin und her wälzten. Zuerst kratzte es unter den Fußsohlen, und Marietta fühlte, wie ihr aus irgendeinem Grund Tränen in die Augen stiegen. Sie konnte kaum atmen, als sie Pinkies Füße behutsam den Lehm treten sah, und sie senkte den Kopf und riß die Augen auf, damit die Tränen wieder versiegten. Ihre tanzenden Füße verschwammen unter ihr, und es sah aus, als wären es vier.

»Laßt euch Zeit«, sagte Mr. Thomas. »Wir werden diesen Arbeitsgang nach und nach absolvieren, damit die Gäste euch öfter dabei zusehen können. Morgen werden wir noch mehr Reis auf diese Weise vorbereiten, und ich werde die Gäste rechtzeitig herbringen. Wenn wir dann allen Saatreis in Lehm gewälzt haben, werden wir ihn ausbringen.«

Abends konnte sie, wenn sie heimkam, den Frühlingshimmel durch die Bäume sehen. Er war fast weiß hinter den Eichen und verwandelte ihr Geäst in ein feines Gitterwerk, so wie die Eisentore, die sie gesehen hatte, und sie ließ die Jungen auf einer Decke neben sich einschlafen und guckte zu, wie sie noch ein Weilchen wühlten und dann ganz still lagen, das Hinterteil hochgereckt.

Wenn es kalt war, blieben sie drinnen. Calvin war fasziniert von ihren Fingernägeln, ihren Ohrringen und vor allem von ihren Stiefeln. Er klaubte Lehm von dem Leder. Er versuchte, darin zu laufen. Er ließ seine Fingernägel gegen ihre klicken, hielt ihre Hände ganz fest. Er berührte ihre Zähne. Nate brach Splitter vom Anfeuerholz los und versuchte, sie in die Stiefelspitzen zu bohren. Er wollte nicht auf ihrem Schoß sitzen, aber Calvin schlief an ihrem Körper ein, wenn sie auf dem Schaukelstuhl saß, an ihren Bauch geschmiegt, die Brust an ihren Rippen, und sein Mund machte eine feuchte Blume auf ihr Hemd. Sie nickte dann auch kurz ein und wachte wieder auf und schämte sich, weil sie keine Lust hatte, ihn hinzulegen und das Geschirr abzuwaschen. Es schien, als bräuchte sie die Berührung noch mehr als die beiden; sie rieb ganz unbewußt mit den Fingern über ihre Nacken, bis sie sich unmutig wegduckten.

Wenn Aint Sister sie dabei sah, wie sie mit ihnen schmuste, sagte sie stirnrunzelnd: »Du von der Sort – ich denk niemal, *du* wer Schmusemama. Du immer so wild, ich denk, du wer Schubs-weg-Mama.«

Mariettas Gesicht begann zu glühen. »Ich mag fe halt sie in Arm. Mein Mama halt mich niemal so«, sagte sie einfach so heraus, und sie erinnerte sich, wie sie als kleines Kind versucht hatte, auf den Schoß ihrer Mutter zu klettern, und wie ein Handballen sie zurückgeschoben hatte. »Du zu groß – du laß mich, ich brauch Ruh«, hatte ihre Mutter gesagt. Und wie sie dann später vor der heißen Haut ihrer Mutter auf den kühlen Holzboden geflohen war.

Aint Sister sagte: »Ah? Geb Mama, wo niemal mach. Grad so, wie wenn immer spring ein Tochter weiter – die, wo ihr Mama niemal halt, woll immer halt ihr Kind zuviel. Un Baby zappel un schubs sie weg, weil er krieg kein Luft an sein Mama Kleid«, sagte sie mit einem mißbilligenden Blick auf den schlafenden Calvin.

»Er mag gern, er kletter selber rauf. Nate mag nich so.«

»Du geb acht«, sagte Aint Sister. »Du verwöhn sie, halt sie klein Baby zu lang. Sie schon bald zwei Jahr alt.«

»Mein Mama niemal streichel mein Haar un nix«, flüsterte Marietta.

»Dein Mama kein Frau fe krieg Baby. Sie zu krank, zu alt. Aber sie hab dich lieb. Sie geb dir fe eß. Un du immer in Bäum. Sie immer hör Rosie un alle red, aber sie sag immer nur: ›Marietta hab Bäum gern.‹«

Jeden Abend schalt sie Marietta, weil sie den Jungen nicht beibrachte, allein im Bett einzuschlafen, aber Marietta brauchte es, sie zu spüren, zu fühlen, wie sie an ihren Beinen lehnten und an ihrem schmutzigen Kleid zupften. Danach saß sie auf der Veranda, wie die Alten, den Blick ins Schwarz hinaus gerichtet.

Sie ließ den lehmüberzogenen Reis in ein kleines Loch fallen, das sie mit der bloßen Ferse gebohrt hatte, und scharrte dann mit den Zehen die Erde darüber, so wie er gesagt hatte. »Das ist wirklich unglaublich rhythmisch«, sagte eine der Besucherinnen drüben an der Straße. Marietta folgte Marys weißblitzender Ferse und Pinkies wippendem Kopf, ohne sich nach der kleinen Gruppe umzuschauen, und sie dachte an die Pfirsichblüten, das gurgelnde Creekwasser, die Baumnadeln, die vom Dach rutschten. Stans Augen, die fragend zu ihr aufsahen. Sinbads Hand an ihrem Hals, seine Finger, die durch ihr Haar fuhren. Sie bohrte wie im Traum die Ferse in den Boden und trat die Erde über dem Reis fest und überließ sich ganz jener Nacht, den Lippen unter ihrem Ohr, den Händen auf ihrem Rücken, den Fingern tief in ihren Muskeln. Sie schwiegen alle, auch Pinkie und Mary, und sie dachte, daß sie alle von irgend etwas träumten, während sie mit wiegenden Bewegungen über das lange Feld glitten.

Später wiegte sie Calvin im Dunkeln, wenn er aus schlimmen Träumen erwachte; auf dem Stuhl draußen auf der Veranda, wo die Nacht und der Wald bis auf einen fallenden Zweig oder ein Rascheln in den Blättern ganz still waren, starrte sie hinaus auf die mondhelle Lichtung. Seine kleinen Ärmchen hingen über ihren Schultern, und sein Atem wurde schnell und unruhig, sobald sie sich aufrichten wollte. Es gefiel ihr fast ein bißchen, morgens so müde und benommen hinter Mr. Thomas zu stehen, wenn das Flutwasser im Creek anstieg und aus den Gräben quoll und in ihre Fußstapfen sickerte. Ihre Stiefel waren schwer und rieben tröstlich an ihren Fußgelenken, wenn sie und die anderen wieder zurück zum Hof gingen.

In den Pausen flochten sie im Schatten Körbe, obwohl Mr. Thomas sagte, er habe schon alte Schwenkkörbe gesammelt, die sie später, wenn der Reis geerntet war, benutzen konnten. Marietta und die anderen stapelten ihre Körbe daheim für den Sommer. Dann würde Aint Sister versuchen, sie zu verkaufen. Die Touristen blieben ein paarmal stehen, um zuzugucken, aber es kamen jetzt nicht so viele Leute zu Mr. Ray. Mr. Thomas blieb sonst immer am liebsten draußen auf den Reisfeldern, aber jetzt ging er dauernd zum Haus, und Mr. Ray marschierte neben ihm her und redete laut auf ihn ein.

»Schleppjagd – da hat mir neulich jemand erzählt, wie sie das in Aiken machen«, hörte Marietta ihn im Vorbeigehen sagen. »Das ist echt englisch, das würde den Leuten gefallen. Da hetzen die Hunde hinter so einem Sack her, der nach Fuchs riecht. Wir müßten natürlich bessere Wege durch den Wald schlagen und uns ein paar Pferde zulegen, aber denken Sie doch nur mal dran, was uns das einbringen könnte!«

In der heißen Nachmittagsstille sackte Mariettas Kopf über ihrem Korb immer tiefer. »Du schlaf, eh?« sagte Pinkie.

»Calvin halt mich wach die ganz Nacht.«

»Er krieg wieder Zähn?« fragte Mary.

»Er wach auf von Traum un schrei.« Sie drehte den Korb in den Händen.

»Hexgeist plag ihn, eh?« sagte Pinkie. »Du leg Besen vor dein Tür un streu Salz, da wo er schlaf.«

»Nate wach nich auf? Er merk nix von Hex?« fragte Mary.

»Nate schlaf, un wenn donner, stürm un heul«, sagte Marietta. »Aber Calvin Schlaf leicht wie mein.«

Er wachte immer wieder auf und schrie ins Dunkel, und sie mußte ihn im Bett ganz dicht an sich ziehen; wenn sie ihn von ihrer Brust auf das Laken zurückgleiten ließ, wachte er wieder auf. Sie hörte schließlich auf Aint Sister und Pinkie und streute Salz auf das Laken und Pfeffer vor den Eingang zum Schlafzimmer. Sie legte den Besen vor die Hausür. Und er schlief tatsächlich nachts durch, aber das lag wahrscheinlich daran, daß sie jetzt wachlag und ihren Arm an seinen preßte und ihre eigenen Geister sah.

Sie konnte den Staub des Reisschobers riechen, wenn sie im Hof saßen und Körbe flochten. Der Staub stieg auf und formte sich zu Gestalten, wenn sie an der Tür vorbeimußte, und der Schlamm des Reisfelds wurde unter ihren Stiefeln und ihrer Hacke zu Gesichtern. Sie fragte Aint Sister nach der Afrikafrau, ob ihr Geist umging, ob sie die Hexe war, die Calvin plagte, aber diesmal schüttelte Aint Sister nur den Kopf. »Geb nur Manngeist hier«, sagte sie.

Marietta fragte sich, wie es möglich war, daß sie den Mann mit der Zigarre am Bootssteg gesehen hatte. Aint Sister war mit einer Glückshaube zur Welt gekommen, sie konnte Hexen und Geister sehen, aber Marietta traute sich nicht, weiter zu fragen. Sie wollte ins Herrnhaus gehen und das Foto von Aint Sister suchen; bestimmt war ihre Großmutter Christmas auch dort, und vielleicht auch deren Mutter Oktober und vielleicht sogar die Afrikafrau.

Aber Laha trennte sich jeden Tag im Hof von ihnen, um zum Hintereingang zu gehen. Die Küche war ihr Reich; niemand sonst ging je dort hinein. Die breiten Veranden hatten überall Türen, und Marietta wußte nicht, wie sie ungesehen zum Haus kommen konnte. Es war jetzt Mai, der Reis schoß in die Höhe, und sie würden das junge Unkraut, das mit dem Reis gesprossen war, ausjäten müssen, ehe die Felder zum zweiten Mal geflutet wurden.

Sie hatte diese Woche nur zwei Gäste gesehen, beides Männer, und Mr. Ray lächelte wieder zuviel und sagte zu Mr. Thomas, wenn sie beide über das Gelände gingen: »Diesen Sommer muß die Bude verdammt noch mal voll werden. Ich hoffe nur, die Werbung rentiert sich. Meine Frau und mein Sohn kommen nächsten Monat, und ich habe verdammt noch mal keine Lust, hier allein mit ihnen zu hocken, ohne zahlende Gäste. Ich habe einen Haufen Geld da drin stecken, Thomas.«

Er und Mr. Thomas fuhren mit dem Auto weg, und Marietta stand rasch auf. »Ich geh hinter un frag Laha fe was fe trink«, sagte sie, und Mary sah auf.

»Wir soll bring unser Trinksach mit«, sagte sie.

»Mr. Thomas sag, nieman darf in Küch«, sagte Pinkie. »Nur Laha geh.«

»Ich weiß«, sagte Marietta, und sie lief schnell nach hinten, wo Fußwege von dem Rasenstück abgingen und Bänke standen, von denen man ferne Tupfen blauen Wassers durch die Bäume sehen konnte.

Sie schlich langsam weiter, als sie an die offene Hintertür kam, die Schwaden von Essensgeruch ins Freie herausließ. War das Laha, die Selbstgespräche führte, oder redete sie mit jemandem? Mr. Ray sag, sein Frau un sein Sohn komm ander Monat. Marietta drückte sich an die Wand. Laha begann leise zu singen. Laha sing, sie einsam. Sie hör nieman wie sich selber.

Marietta schlüpfte an der Küche vorbei. Der Flur hatte einen Holzboden, mit einem langen, schmalen Teppich in der Mitte. Sie hatte keine Ahnung, ob die Fotos hier oder im oberen Stock waren, aber sie blieb stehen, drückte sich an die Wand und überlegte. Wenn Leut komm, sie woll erst seh was von Geschicht. Sie woll seh Foto gleich. Sie versuchte, zu den vorderen Räumen zu gelangen, ohne daß der Holzboden knarrte.

Das Wohnzimmer – ein Kronleuchter mit baumelnden, birnenförmigen Glastropfen, dicke, dunkle Vorhänge neben den

Fensterscheiben. Sie sah Pinkie und Mary als kleine Gestalten drunten am Ende des abfallenden Rasenstücks. Laha erzählte immer, daß sie morgens putzte, gleich nach dem Frühstück, wenn die Gäste draußen waren. Aber wenn sie erst mal dabei war, das Mittagessen zu kochen, die Hauptmahlzeit hier im Haus, kam sie nicht mehr aus der Küche, weil sie so viele Töpfe auf dem Herd hatte. Marietta atmete den Geruch der dicken, leicht staubigen Vorhänge, aber sie sah keine Afrikafrau vor der Wand erscheinen. Sie bleib drauß auf Feld, Aint Sister sag. Auf Feld oder in ihr Haus. Warum sie jetz spuk hier rum? Warum sie komm zu mir? Marietta schlich wieder aus dem Wohnzimmer heraus und in Richtung Vordertür. Leut woll erst seh Geschicht.

Sie roch Pfeifenrauch durch die nächste Türöffnung, und da war es – lauter Bilder an den Wänden des kleinen Raums und ein paar Holztische mit offenen Büchern darauf. Sie starrte in die Gesichter, die sie anstarrten.

Die meisten waren geisterhaft weiß, Frauen mit pelzigweich aussehenden Augenbrauen und hohen Kragen bis unters Kinn. Ihr Haar wölbte sich wie Pilzhüte um ihre Köpfe, und die Schnurrbärte der Männer hingen mißmutig herunter und verdeckten die Lippen völlig. Sie ging hastig von Bild zu Bild und guckte aus dem Fenster, ob Mr. Rays Auto kam, horchte auf Schritte. Dunkle Gesichter, dunkle Hände – sie drehte sich suchend um und sah sie an der gegenüberliegenden Wand.

Die Bilder waren golden gerahmt und hingen alle beieinander, und darunter stand auf einem handbeschrifteten Schildchen: »Reisernte – 1854 bis 1894«, Marietta trat näher, um die Gesichter auf dem größten Foto erkennen zu können. Zehn oder fünfzehn Frauen, sie konnte sich nicht mit Zählen aufhalten, standen auf einem flachen Boot zwischen Haufen von Reisgarben. Selbst auf dem dunklen Foto wirkte der Reis golden. Die Gesichter guckten streng und unbewegt über verschränkten Armen.

Wo Aint Sister? Sie überflog die Reihe der Gesichter, auf der Suche nach einem kleinen Mädchen, und entdeckte ihre schmalen Wangen, fast im Reis verborgen. Zwei helle Frauen mit kleinen, geraden Nasen und dicht an der Kopfhaut anliegenden Zöpfchen standen jeweils an einem Ende des Boots und guckten mißtrauisch, und als sie noch genauer hinsah, den Bauch gegen den Holztisch gepreßt, entdeckte sie noch ein kleines Gesicht dort im Reis, etwas dunkler als die beiden. Die anderen Frauen waren alle dunkel, so dunkel, daß ihre Gesichtszüge kaum zu erkennen waren. Die Augen natürlich schon, aber keine Zähne.

Sie starrte mit zusammengekniffenen Augen auf das Bild, und Panik überkam sie. Wie soll ich sie find? Afrikafrau? Das hell Mädel da Aint Sister ... aber ich weiß nich, fe wen ich muß such. Dann sah sie die weiße, kraklige Schrift quer über den unteren Rand des Fotos. Zuerst dachte sie, es sei Schnur, die im Wasser schwamm, aber dann merkte sie, daß es alles Namen waren. Eva – ja, das helle Mädchen, und Christmas, das andere Kind. Sie zitterte vor Angst und drehte sich wieder zum Fenster, um zu gucken, ob auch kein Auto kam, und versuchte dann noch einmal, die Namen zu finden. September und Oktober, weit auseinander, aber haargenau gleich, ja, die gleichen schmalen Backen, wie sie auch Aint Sister hatte, die Gesichter wie zwei Neumonde vor den Reishalmen. Ihre Großmutter, Christmas, ein Baby mit offenem Mund. Und Bina – den Namen konnte sie nicht finden, und sie fing an zu zittern und suchte immer wieder von vorn.

Mary – er geb Afrikafrau Nam Mary. Sie nich Bina fe ihn. Mary. Sie guckte von dem Namen nach oben und sah eine Frau, deren Kopf über der Stirn abgeschnitten schien. Ihr Kopftuch war so weiß, daß es mit dem Himmel verschmolz, und das Licht fiel so hart von der Seite auf ihr Gesicht, daß die eine Hälfte silbern war und die andere nachtschwarz, keine Augen, kein Mund, als ob diese Seite mit einer Maske bedeckt wäre. Marietta starrte auf den geraden Mundwinkel in der Sonnenhälfte, die starr verschränkten Arme, und als sie Autotüren klappen hörte, huschte sie auf den Teppich zurück, um blitzschnell loszurennen.

Die Frauen auf dem Boot – ihre Fersen, die Löcher in die Bewässerungsgräben bohrten; ihre eigenen Fersen schubberten über den Teppich, als sie den Flur hinunterrannte und schlitternd vor der Küche zum Stehen kam. Sie konnte Laha nirgends sehen, also rannte sie zur Hintertür hinaus, so schnell, daß sie die Azaleen streifte. Sie wußte selbst nicht, warum sie einen Zweig von dem Busch neben ihrem Fuß packte, warum sie so fest an der zähen Rute zerrte, daß sie ihr die Hand aufriß, aber als sie dann in normalem Schritt um die Ecke bog, waren die Männer schon bei dem Baum, wo Pinkie und Mary saßen und mit gesenkten Köpfen auf ihre Arbeit guckten.

»Suchst du was?« fragte Mr. Ray mit ausdruckslosem Gesicht.

»Tschuldigung, Sir«, sagte sie. »Ich seh, daß Azaleeblätter bleib grün in Herbst, un ich möcht versuch un flecht paar in mein Korb, fe mach anders. Azalee un Kiefernadel fe ander Farb.«

»Fein«, sagte Mr. Ray. »Sie müssen sowieso gestutzt werden.« Er und Mr. Thomas gingen den Rasen hinauf, und sie setzte sich zitternd unter den Baum. Ihr Bauch schmerzte, und sie zog die Schultern nach hinten, um mehr Luft in ihre Brust zu lassen. »Du wer krieg Ärger«, sagte Pinkie mißbilligend. »Du bring dich selber in Schwierigkeit.«

»Schwierigkeit gehör zu Leben«, flüsterte Marietta in Aint Sisters Tonfall. Sie sah auf die dunkelgrünen Azaleenblätter mit den messerscharfen Spitzen. »Sie fall niemal auf Boden, fall immer auf jeman drauf. Ihr seh? Ich hör, wie sie immer sag. Ihr sag Aint, ich hör zu.« Ihre Hände zitterten, als sie ihren Korb aufnahm.

»Mama«, sagte Nate. »Da Hund.« Er zeigte die Straße hinunter. »Hund.« Er wollte schon seit Wochen einen Hund.

»Wir geh morgen guck Pinkie Hund«, sagte sie.

»Mama«, sagte Calvin, an ihren nackten Füßen zerrend. »Oma.«

Aint Sister saß neben Marietta und rauchte. Marietta betrachtete die Gesichter der Jungen, ihre Wangen, die so breit waren, daß sie sehen konnte, wie die Rundung nach oben rutschte, auch wenn sie ihr den Hinterkopf zukehrten, und dann wußte sie, daß sie lachten. Ihre Ellbogen waren geisterweiß von Asche, ihre Füße hell.

»Wo sie lieg begrab?« flüsterte sie.

»Wer?«

»Dein Mama. Mein Mama Leut. Afrikafrau.«

Aint Sisters Lippen blieben fest um den Pfeifenstiel geschlossen. Schließlich sagte sie: »Warum du frag?«

»Ich denk nur grad.«

»Erst heiß, sie soll lieg auf Friedhof, Stück weiter wie dein Mama. Auf alt Teil von Friedhof.« Die Jungen schrien. »Aber Maussa hol Bina Leichnam un begrab sie droben beim Haus. Weiß nieman, wo. Un wie mein Mama un ihr Schwester sterb, er hol sie auch weg.«

»Warum er hol sie weg?«

»Weil sie gehör ihm. Er woll sie behalt.«

Marietta sah die Füße Staub aufwirbeln, drüben am Rand des Hofs, wo sie immer alles zwischen die Bäume fegte. »Wie heiß?«

»Wer?«

»Mann.«

»Maussa.«

»Nix weiter?«

»Nix weiter. Du frag nimmer. Zeit, daß die zwei komm in Bett.«

»Was *du* denk, wo er sie begrab?«

Aint Sister schnalzte. »Ich denk gar nix. Du denk nimmer drüber nach, wenn du arbeit da auf Feld – na-ah. Schluß jetz. Du frag nimmer.«

Die Jungen kamen angerannt, um ihre Zehen zu berühren, und jagten dann schreiend wieder los; ihre kleinen Stimmchen hockten droben im Geäst wie Vögel. »Du immer erzähl all Leut all Sach, all die Jahr, wo ich sitz am Stand«, sagte Marietta. »Warum du woll nich erzähl mir?«

Aint Sister blies ihren Rauch aus. »Ich seh jetz, wie du hör zu. Du hör von schwarz Farb un von Haut un von Bäum, un du vergeß nimmer. Ander Leut hör von Anderzeit un weiß, das Anderzeit. Du hör un denk zuviel drüber nach. Mach dein Gesicht hart wie Holz. Du weiß nich, daß all die Sach nur Geschicht, du denk un denk. Du halt fest an dein Wut, un dein Leben nimmer gut.« Sie stand auf und rief: »Ihr komm her un geb euer Oma Kuß. Komm un geb euer Oma Schmatz.«

Marietta versuchte, das Bild ihres Vaters im Schein des Herdfeuers zu betrachten. Dann ging sie wieder nach draußen auf die Veranda, um sich in den Schaukelstuhl zu setzen und sein Gesicht im Mondschein zu studieren. Aber es war genauso dunkelschwarz wie das der Afrikafrau, Bina. Sie kannte die langen, scharf unter den Augen hervorstehenden Wangen nur zu gut. Ihr Gesicht. Vielleicht waren Binas Arme ja so schwarz gewesen wie ihre, aber auf dem Bild waren sie kurz, hoch über der Schürze verschränkt. Ich glaub, sie guck finster, dachte Marietta. Das Halbgesicht schwebte vor ihr. Das Tor war weg, die umgestürzte Eiche verschwunden – Geister spukten jetzt auf dem ganzen Waldweg, stiegen aus der Erde, dort, wo die Pfade sich kreuzten und die Azaleenwurzeln tief in den Boden reichten.

Je heißer die Luft wurde, desto schneller schaukelte sie, jeden Abend, und sie redete mit niemandem mehr, außer mit den Jungen und Aint Sister. Wenn Mr. Ray und die Gäste in ihre Nähe kamen, nickte sie, und sie spürte Luft an ihren Zähnen, aber sie saß wortlos unter dem Baum oder bearbeitete die Gräben mit der Hacke und harkte das schwimmende Unkraut und anderen Unrat von den Reisfeldern, und nur ihre Stiefel schmatzten in dem Schlamm. Wenn sie beim Herrnhaus war, sah sie Frauengebeine weiß unter den Bänken, den Hecken, dem Gras; auf dem Feld, im stehenden Wasser trieben Gesichter, und sie sprangen ihr in die Augen, wenn sie sie abends zumachen wollte. Dunkle Gesichter, Nate und Calvin, Halbgesichter und runde Köpfe, Augenbrauen wie kleine Fenstersimse – sie schwammen vor ihr, bis die Jungen am Morgen ängstlich »Mama! Mama!« riefen.

»Die Leute können nur ein bestimmtes Maß an Geschichte verkraften, Thomas. Dann wollen sie fernsehen.« Mr. Rays Stimme trug über das Feld bis zu ihr herüber.

»Man sollte doch meinen, wenn die Gäste all die Dinge gemacht haben, die Sie für sie geplant haben, und durch den Wald marschiert sind und jagen und Boot fahren waren, dann müßten sie früh ins Bett fallen und schlafen«, sagte Mr. Thomas, den Blick auf Pinkies Hacke geheftet.

»Das sind New Yorker, die Leute, die wir wollen. Die gehen nie früh schlafen. Sie wollen fernsehen und dann noch die ganze verdammte Nacht lang lesen«, sagte Mr. Ray. »Ich möchte, daß Sie Ihre Verbindungen in Charleston spielen lassen und dafür sorgen, daß diese Leute kommen und schauen, wie sie uns Strom hierher legen können. Der verdammte Generator frißt mir die Haare vom Kopf, und außerdem ist er die halbe Zeit kaputt.«

»Aber hier ist ringsherum Wasser, all diese Flüsse und Creeks, und Sie wissen genau, daß Sie ein ganzes Stück vom Highway abliegen. Und vergessen Sie nicht ...«

Mr. Ray fiel ihm ins Wort, noch lauter jetzt. »Ich weiß, es ist nicht authentisch, Thomas, aber Sie haben auch nicht fast Ihr gesamtes Geld hier drinnen stecken. Wenn die Leute Fernsehen wollen, sollen sie es kriegen. Selbst meine Frau sagt, sie will nicht über den Sommer hierbleiben, wenn sie nicht fernsehen kann. Reden Sie mit Ihren Freunden bei den Stadtwerken und setzen Sie ein paar Hebel in Bewegung, okay? Nennen Sie mir einfach den Preis.«

Pinkie erzählte am nächsten Abend Big Johnny und Pearl von Mr. Ray und dem elektrischen Strom. Big Johnny war in McClellanville gewesen, um zu fragen, ob sie ihnen Leitungen nach Pine Gardens legen könnten, aber er sagte, die Leute dort hätten nur gelacht. »Wir lieg zu weit von überall«, sagte er. »Aber wenn sie komm fe Mr. Ray, sie wer auch komm Stück weiter fe uns.«

Pearl hatte immer gelächelt und Mr. Ray Sachen erzählt, als er am Anfang zu ihr in den Laden gekommen war, und sie redete auch jetzt mit ihm. »Mr. Thomas von alt Charlestonleut, wenn er red mit Leut, sie mach, was er woll. Un Mr. Ray hab Geld – das alles, wo er brauch«, erklärte Pearl Aint Sister. »Ich wer krieg Eismaschin, Kühlschrank, ich weiß.«

Und einen Monat später kamen Leute, um Leitungen zum Herrnhaus zu legen und von da den Highway entlang. Pearl bekam Strom, und die Drähte liefen die Stichstraße hinunter und endeten bei Big Johnnys Haus. Als der Mann herumging, sagten die Leute an der Stichstraße, sie wollten auch Strom, und ein paar Wochen später, als Marietta zum Laden ging, hörte sie Fernsehstimmen aus den offenen Eingangstüren von Big Johnny und Pearl. Die Leitung über der Straße summte vor dem Nachthimmel, und es wurde erst wieder ganz still, wenn sie und die Jungen in den schmalen Waldweg eingebogen waren.

Aber das Fernsehen machte Mr. Ray auch nicht glücklich, denn schon ein paar Wochen später sahen sie und Pinkie und Mary, daß sein Gesicht so hart war wie eine Faust, wenn er mit seiner Frau redete oder mit Mr. Thomas oder auch mit dem kleinen Jungen, der Marietta drunten am Steg so großäugig angestarrt hatte. Er trug jetzt Jeans und fuhr auf seinem Fahrrad die Straße bei den Reisfeldern auf und ab.

»Wo stecken sie denn, Ihre verdammten geschichtsbegeisterten Urlauber?« brüllte Mr. Ray zu Mr. Thomas herüber, der Tag für Tag bei den Reisfeldern stand und seine Notizbücher zu Rate zog. »Ich will Ihnen sagen, wo sie stecken – sie sind woanders hingefahren, wegen der ganzen verdammten Unruhen hier unten.«

Auf dem Heimweg sagten Pinkie und Mary zu Laha: »Er red von Unruh, Unruh. Aber ich seh nix.«

Laha sagte: »Sie red von Unruh in Charleston. Ich weiß nich.«

Am nächsten Tag brüllte er auf der Veranda: »Diese verdammten Stadtnigger, diese gottverdammten, eingebildeten Stadtnigger.« Marietta hörte, wie seine Frau schrappend ihren Stuhl auf der Veranda zurechtrückte. Sie hatte Marietta aufgetragen, Zinnien zu pflanzen. Mr. Thomas hatte sie erklärt, sie habe im Sommer immer Zinnien im Garten. Marietta kniete um die Ecke an der seitlichen Hauswand und klopfte die Erde um die kleinen Pflänzchen fest.

»Das ist der Grund, warum ich nicht in Birmingham geblieben bin«, schrie er. »Weil diese verdammten Nigger verrückt geworden sind und überall Unruhe gestiftet haben, und jetzt fangen die Nigger hier in Charleston auch damit an. Thomas erzählt immer, wie zufrieden sie sind. Er sagt, sie sind ganz anders. Aber mir kommen sie gar nicht anders vor.« Er warf seine Zigarette auf den Rasen hinunter; Marietta hörte das leise Zischen der Glut. »Sie vergraulen uns die Touristen. Wer will schon den ganzen weiten Weg hierherkommen, nur um zu sehen, wie die Nigger durch die Straßen ziehen und einem mit Transparenten vor der Nase herumwedeln? Nur weil sie unbedingt mit den Weißen zusammen essen wollen.«

»Hier ist es nicht so heftig wie daheim«, sagte die Frau. »Es wird bald vorbei sein.«

»Nicht, wenn dieser feistgesichtige Nigger King alles tut, um sie aufzuwiegeln. Er wird dafür sorgen, daß es um sich greift.« Er schwieg, und Marietta kroch langsam auf den Knien zur Ecke, um die Zinnien fertigzupflanzen. Sie wartete, bis sie Türen zufallen hörte, ehe sie um den Rasen herum zu den Reisfeldern ging, wo Pinkie und Mary an der Straße saßen. »Zeit fe geh heim«, sagte Pinkie. »Jerry un Willie komm später.«

Als sie zum Haus gehen wollten, weil Samstag war und sie ihren Lohn bekamen, hielt Mr. Thomas sie am Rand des Parkplatzes auf. »Mr. Ray ist sehr aufgebracht«, sagte er. »Er möchte noch kurz zu euch allen sprechen, ehe ihr euer Geld kriegt.«

Sie standen vor ihm auf dem Rasen; er starrte von der Veranda auf sie herunter. Seine Frau war nicht mehr da. »Sind das alle?« fragte er, und seine Worte waren undeutlich. Sein Gesicht glänzte von Schweiß, und er hielt ein Glas mit Eis und etwas Goldenem in der Hand. Die Juniabendsonne brannte auf ihre Köpfe, und Marietta sah, wie er die Wangen einsog, ehe er sprach.

»Die Nigger von Charleston demonstrieren und toben, und sie werden uns alle ruinieren. Euch auch, denn wenn ich pleite gehe, habt ihr keine Arbeit mehr. Sie denken, sie sind was Besseres, und sie werden euch alles kaputtmachen. Das wißt ihr doch, he?«

Marietta sah Stans Grinsen vor sich, die spitzen Brillengläser des Mädchens, ihre ruhigen Hände auf dem Tresenrand. Pinkie ergriff jetzt neben ihr das Wort. »Stadtleut leb viel zu dicht auf eim Fleck, Sir«, sagte Pinkie nickend. »Drum sie schlecht Leut. Hier nich so – uns geh gut. Wir hab viel Platz.«

Er richtete seine Augen auf Pinkie, dann auf Marietta. »*Yeah*, jede Menge Platz, weil keine zahlenden Gäste da sind.« Er sah über sie hinweg auf Jerry. »Und du, Jerry? Was sagst du zu dieser Demonstriererei und den ganzen Umtrieben?«

»Ich weiß nix drüber, Sir«, sagte Jerry. »Charleston viel zu weit weg.«

»*Yeah*. Nun, ich will euch nur sagen, daß ihr die Leute, die hierherkommen, so behandeln sollt, wie es sich gehört. Das ist alles«, sagte Mr. Ray. Er stellte sein Glas auf dem Geländer ab, und seine Stimme war jetzt ruhiger. »Sorgt dafür, daß sie sich wohl fühlen. Sie sind sicher besorgt wegen diesem ganzen dummen Zeug im Fernsehen und in den Zeitungen, und ich will nicht, daß meine Gäste irgendeinen Grund zur Beunruhigung haben. Habt ihr verstanden?«

Marietta lief schnell zu Pearl, um fernzusehen. Alles drängte sich im Laden und guckte zu, wie die Leute in Charleston in langen Reihen an den Bordsteinen standen und Transparente hielten und sangen. Jeden Abend guckte sie, immer auf der Suche nach Stan und dem Mädchen, und einmal war sie ganz aufgeregt, weil sie sie sah: zuerst ganz kurz einen halbmondförmigen Mund und dann das Haar des Mädchens, von einem breiten Band zurückgehalten, ihre unbewegten Lippen. Ein paarmal konnte sie nicht anders, als auch nach Sinbads Gesicht zu suchen, aber sie wußte, er war weg – in Texas, in New York, vielleicht sogar in Kalifornien.

Der Zaun aus schwarzen Menschen zog sich um Gebäudevierecke und schlängelte sich die Straßen entlang. Münder verzogen sich zu Vierecken, um vom Straßenrand auf sie einzubrüllen, zu spucken und zu schimpfen, Hände warfen irgendwelche Gegenstände. Pearl sagte: »Die all verrückt, die jung Leut«, und Marietta wollte am liebsten laut rufen: Sie nich verrückt. Sie hab Bücher, sie lächel mich an damal. Aber sie hielt ihr Gesicht starr, beobachtete die Demonstranten und hörte die Fernsehstimmen fragen: »Was wollen diese Neger?«

»Sie wollen essen, wo sie möchten, und mit Anstand und Respekt bedient werden«, sagte einer von den älteren Männern, die immer redeten.

»Die da die Predigerleut«, sagte Rosie. »Sie wer steck sie all in Gefängnis, eh?«

»Sie bring die jung Leut da all in Schwierigkeit«, brummelte Aint Sister. »Sie stachel die Leut auf, un sie wer all krieg Ärger.« Sie schlug Nate auf die Hand, weil er sich im Laden nach einem Päckchen Bonbons reckte.

Gleich darauf zeigten sie die älteren Männer in den Anzügen in einem Gerichtsgebäude, und Willie sagte: »Sie sperr sie ein. Sie muß all geb auf.«

Aber die Demonstranten machten weiter, und Marietta und

die anderen gingen Mr. Ray zwar aus dem Weg, so gut sie konnten, aber es waren immer noch keine Gäste da, die dafür hätten sorgen können, daß er auf seinem Boot war oder am Morgen nach Charleston fuhr. Er wurde jeden Tag zorniger wegen des Geruchs, der von dem Wasser auf den Reisfeldern kam, und er fuhr Mr. Thomas an, daß er von Geld und Grund und Boden und Geschäften keine Ahnung habe. »Ihre gottverdammte Geschichte kümmert die Leute einen Dreck!« brüllte er. »Bei uns in Birmingham wäre der ganze Spuk längst vorbei. Da würde man es den Niggern zeigen, aber ihr Aristokraten hier unten in Charleston seid euch ja zu gut, um die Sache richtig anzupacken. Sie müssen Ihren Freunden sagen, sie sollen ein paar von den Kerlen die Schädel einschlagen.«

Mr. Thomas sagte nichts, und Mr. Ray verschwand türenknallend im Haus, wo seine Frau ihre ganze Zeit verbrachte. Der Junge trabte hinter Jerry und Willie her zur Scheune und zum Bootssteg, und seine Stimme fragte und fragte, und Marietta fiel wieder ein, wie sein Vater zu ihm gesagt hatte: »Ich kauf dir einen großen Nigger.«

Am 12. Juli stürmten die jungen Leute im Fernsehen ein öffentliches Schwimmbad, und dann wanden und krümmten sie sich in Polizistenarmen. Eine Polizistin wurde verletzt, und in der Menge schrien Menschen. »Mr. Ray wer tob Taglicht«, sagte Pinkie, und Pearl schüttelte den Kopf. Marietta umklammerte ihren Waschpulverkarton und sah Zigarettenglut in einem Nest von Haaren, sah Mr. Rays stumpfe rote Finger auf dem Verandageländer.

Am Morgen brachte sie die Jungen zu Aint Sister. Dann wartete sie auf Sisters Veranda auf Laha und die anderen. »*Bye*«, rief sie den Jungen zu, die winkten, ohne herüberzuschauen. Sie guckten ihr jetzt nicht mehr nach, wenn sie die Straße hinunterging, so wie sie es früher getan hatten. Sie hörte, wie Nate laute Schmatzgeräusche machte. Calvin lachte. Ging es um einen Kuß, den sie von Sister wollten, oder um den Zucker, den sie ihnen immer in die geöffneten Hände schüttete?

Sie mußten diesmal ganz behutsam hacken, um nur die Unkräuter zu erwischen, die das stehende Wasser ebenso liebten wie der Reis. Die Morgenhitze sog die Feuchtigkeit aus den Gräben und hüllte ihre Beine in einen Dunstschleier. Mr. Thomas kam vor der Mittagspause wieder. »Morgen oder übermorgen beginnen wir mit der Dauerbewässerung. Das Wasser wird die Reisähren bis zur Ernte oben halten. Es ist sehr wichtig, daß ihr heute gründlich jätet und morgen auch, falls ihr heute nicht fertig werdet. Was wohl der Fall sein dürfte.«

Es war zu heiß zum Essen, und Marietta schlief, an den Baum gelehnt, bis Mary sie am Ellbogen rüttelte. »Da! Da komm Rosie un Laha Mädel Janey.«

Sie kamen über den Rasen gelaufen. Rosie keuchte, und ihre Backen hüpften bei jedem Schritt. Nate und Calvin! Marietta rannte los, und Rosie sagte: »Die zwei heil un gesund, Marietta! Sie passier nix!«

»Was!?«

»Paar jung Weißenbursch fahr all unser Ständ kaputt!« sagte Janey. »Sie schrei was von Nigger un so un fahr von der Straß runter un mitten durch unser Ständ. Aber Nate spiel in Bäum, wie er immer mach, un Aint Sister geh mit Calvin fe hol ihn. Sie grad bei Büsch, wo Auto komm. Stück Holz flieg Sister in Rücken. Sie lieg in Bett.«

Sie rannte den ganzen Weg, so schnell, daß die Stiefel gegen ihre Beine schlugen, und sie fand die Jungen schreiend in Aint Sisters Haus und Pearls und Lahas Kinder und sogar Belle um Aint Sisters Bett versammelt. »Mama!« schrien Nate und Calvin, und sie drückte ihre Gesichter gegen ihre Beine. »Nate renn in Bäum grad wie du, versuch immer fe schleich weg«, sagte Aint Sister sanft. »Wir geh nich fe hol ihn, Auto erwisch uns auch.«

Die Stände waren ein wirrer Haufen aus Brettern und Palmwedeln, und Körbe waren bis auf die andere Straßenseite geschleudert oder von Autos plattgefahren worden. Marietta und Mary und die anderen stapelten das Holz im Schmetterlingskraut. Rosie flüsterte: »Ich hab Kopfweh, drum ich komm heut nich. Nix los all Woch, nieman komm, wir verkauf nix. Mach mir Kopfweh, un ich geh heut nich.«

Sie saßen in Aint Sisters Küchenecke, wo süßer Strohgeruch gegen den Qualm ankämpfte, und Marietta zwängte sich durch all die Leute, die um den viereckigen Holztisch saßen und auf Aint Sisters Bett guckten.

»Marietta, du mach mir Bohn un Knochenbrüh«, rief Aint Sister, und bald darauf gingen die anderen heim, um ebenfalls zu kochen.

Der Topf hatte nicht den ganzen Tag hinten auf dem Herd vor sich hin gekocht, darum war die Brühe dünn, aber Marietta brachte ihr einen Teller ans Bett. Die Jungen schliefen auf einer Strohunterlage neben ihr. »Du guck mein Rücken«, sagte Aint Sister, und Marietta half ihr, sich auf die Seite zu drehen. Sie knöpfte das Nachthemd auf. Ein großer, erhabener Wulst zog sich schräg über Aints Rücken. »Holz schlag auf mein Ripp un Lung. Du nehm den Weißessig da un reib was drauf.«

Marietta spürte, wie dünn die Haut über den gebogenen Knochen war. Sie rieb sie behutsam ein, und Aint Sister flüsterte: »Du bring mir Tee, eh?« Den roten Blutwurztee – Marietta schwenkte die Flüssigkeit in dem Einmachglas.

Am nächsten Morgen bestand Aint Sister darauf, daß sie zur Arbeit ging. »Ich will nich, daß Mr. Ray wer bös. Ich sag die zwei, sie bring mir Sach, sie wer mach«, sagte sie, und Calvin sah sie aufmerksam an. »Ich brauch dich heut abend fe mach Wasser heiß un hol Holz. Du komm fe schlaf da.«

Als Marietta später als sonst beim Herrnhaus ankam, wartete Mr. Ray schon auf sie. Sie senkte die Augen, aber er sagte: »Laha hat mir erzählt, was deiner Großmutter zugestoßen ist. Ich hab's ja gesagt, das bringt nichts Gutes, dieser ganze Aufruhr da drüben in Charleston.«

»Ja, Sir.«

»Ich war draußen auf dem Highway und habe gesehen, daß ihr da wohl besser nichts wieder aufbaut, bevor sich dieser Aufstand nicht gelegt hat. Und ich möchte, daß du deine Großmutter morgen mit hierherbringst. Ich will ihr einen Vorschlag machen, wie wir ihr helfen könnten. Frag, ob jemand sie herbringen kann, ja?«

Big Johnny fuhr Marietta und Aint Sister am nächsten Tag mit seinem Lastwagen hin. Er zwängte sich stückchenweise die schmale Straße entlang, die durch das Tor vorn am Highway zum Herrnhaus führte. Marietta nahm niemals diesen Weg. Er ließ sie vor dem Parkplatz aussteigen, und sie gingen das restliche Stück zu Fuß, jede einen Jungen an der Hand. Aint Sister sagte kopfschüttelnd zu Nate: »Gott im Himmel, das stink!«

Von dem stehenden Wasser auf den Reisfeldern stieg ein fauliger Gestank auf, der überall in den Bäumen hing. Marietta war daran gewöhnt. »Das Langwasserzeit, drüben auf Reisfeld«, sagte Aint Sister. »Ich hoff immer, ich muß nimmer riech.«

Sie gingen langsam bis an die Veranda, wo Mr. Ray und Mr. Thomas sie erwarteten. »Guten Morgen, Eva. Ich habe gehört, was passiert ist, und Mr. Thomas hier hat deine Körbe gesehen«, sagte Mr. Ray. »Ich denke, es wird sich etwas finden lassen. Kommt mal hier rüber.«

Sie gingen zum Reisschober, der gleich neben einer Eiche stand, und die kühle Schattenluft hielt den Geruch von Staub, Moder und altem Eisen. Marietta nahm Nate hoch, verschränkte die Arme unter seinem Hinterteil und roch den sauren Duft von Gras in seinem Haar.

»Du kannst dich hierher setzen. Die Mädchen werden den Reis – was war es doch gleich, Thomas?«

»Sie werden ihn dreschen, worfeln und stampfen«, sagte er.

»Sie werden da drüben im Hof mit dem Reis zu tun haben, und du kannst hier sitzen und deine Körbe machen«, sagte Mr. Ray. »Wir werden ein paar drinnen im Haus ausstellen, im Museumsraum, und den Rest kannst du hier anbieten. Verstehst du? Ich meine, ich habe im Moment eine Menge um die Ohren, und ich werde dich nicht bezahlen, aber ich gebe dir eine Möglichkeit, Geld zu verdienen. Wenn du nichts verkaufst, bin ich dir nichts schuldig. Verstehst du?«

Aint Sister nickte, die Lippen geschlossen und leicht gespitzt. Er sagte: »Aber ich stelle dir diesen Platz hier zur Verfügung, und wenn du etwas verkaufst, gibst du mir ein Drittel ab.« Er hob einen Korb auf. »Was nimmst du für den hier?«

»Der da zwölf, Sir.«

»Also, wenn du den hier verkaufst, gibst du mir vier. Für den Platz.« Er sah sie wieder an. »Hast du verstanden?«

»Ja, Sir.«

»Zeihung, Mr. Ray, Sir, aber sie hüt immer mein zwei Bub, wenn ich herkomm«, sagte Marietta.

»Ah, fein, fein. Sie sind hier gut aufgehoben und können spielen, solange sie die Gäste nicht belästigen. Vielleicht können sie ja sogar mithelfen. Sie sind ja schon so groß, die zwei! Paß nur auf, daß sie sich benehmen.«

Mr. Thomas sagte: »Das erscheint mir überaus passend, ein paar Kinder hier im Hof, in der Obhut einer alten Frau.«

»*Yeah*, ich kann nur hoffen, daß es uns Glück bringt«, sagte Mr. Ray.

Aint Sister saß an der Seite im Schatten, aber ihre Körbe waren neben dem Eingang zum Kornspeicher aufgebaut. Marietta brachte sie und die Jungen jeden Morgen an ihren Platz und half ihr, alles vorzubereiten, ehe sie zu den Reisfeldern ging, und sie ermahnte Nate und Calvin: »Ihr hör auf euer Oma. Un ihr geh nich da rein, oder ihr krieg mit Stock. Ihr bleib da drauß.«

Das Wasser auf den Feldern wurde häufig erneuert, aber nie ganz abgelassen, weil es immer noch die Reisähren aufrecht halten mußte. Jerry und Willie brachten die meiste Zeit damit zu, die Gräben und Bewässerungsklappen zu kontrollieren, während Marietta und die anderen leichtbeschuht um die Pflanzen herum hackten, wenn das Wasser niedrig stand, und mit dem flachen Hackenblatt den schwimmenden Unrat abfischten, wenn das neue Wasser hereinströmte. In der Mittagspause saßen sie im Gras beim Haus, und Aint Sister kam und setzte sich zu ihnen. Sie ging langsam und rieb sich den Rücken. Nate und Calvin wollten von allem, was sie aßen, etwas abhaben, und Marietta schnappte sie am Arm, um sie zur Ruhe zu bringen, wenn sie wild im Kreis herumrannten und quengelten und sich die Augen rieben. Sobald sie gegessen hatten, fielen ihnen die Augen zu. Aint Sister und Marietta legten sie auf eine Decke unter den Baum, wo Aint Sister sie sehen konnte, wenn sie aufwachten.

Als Marietta Nate eines Tages zu der Decke trug, roch sie kalten Staub, dumpf und modrig, in seinem Haar, und sie drehte sich jäh zu Aint Sister um. »Ich riech«, zischte sie. »Sie da drin.«

»Sie spiel mit Mr. Ray Sohn. Er woll spiel Versteck.«

»Ich sag, ich nich woll, daß sie geh da rein. Auf kein Fall«, sagte sie.

»Du glaub, ich woll, daß sie geh da rein? Ich hol sie raus, aber sie spiel. Mr. Ray Sohn woll spiel da drin, du kann nix mach.« Aint Sister legte Calvin neben Nate. »Ich wer nich sag Mr. Ray Sohn, was er soll mach. Mr. Ray so schon wütend genug. Da.« Sie zeigte auf ein kaputtes Fenster bei der Veranda. »Leut ruf an fe sag, daß sie nich komm. Ich hör, wie er brüll, un dann er geh hin un hau die Scheib ein. Sein Frau renn schnell rein.«

Das Loch in der Scheibe war vom Reisschober aus ein gezackter Stern, und Marietta sagte: »Ich froh, daß ich hab kein Mann, wo immer brüll rum un stampf mit Füß.«

»Ha. Un kein Mann fe bring Geld heim und hack Holz.«

»Ja. Kein Mann um mich rum, wo immer sag, du mach das, geb mir das.«

»Die zwei wer mach bald genug«, sagte Aint Sister. »Sie Dickschädel.«

»Sie geh noch mal da rein in das alt Gefängnis, un ich wer schlag sie grün un blau«, sagte Marietta. »Sie wer sag mir gar nix. Ich muß geh fe arbeit.«

Mr. Thomas schwitzte unter seinem Hut und seiner Jacke. »Jetzt kommt eine vergleichsweise ruhige Zeit«, erklärte er ihnen. »Die Reisvögel müßten demnächst ihren alljährlichen Zug beginnen. Sie kommen gewöhnlich im August. Das ist für uns in doppelter Weise von Vorteil. Zum einen werdet ihr in dieser Zeit weniger Arbeit haben, und zum anderen sind zwei Familien aus New York gekommen. Die Reisvogeljagd wird ihnen Zerstreuung bieten.«

Marietta und die Frauen jäteten im Garten Unkraut und flochten dann mit Aint Sister Körbe; sie siedelten alle in den Schatten einer großen Eiche am Ende der Rasenfläche um. Mr. Ray und die beiden männlichen Gäste und ihre halbwüchsigen Söhne gingen früh am Morgen hinaus zu den Reisfeldern, und Jerry und Willie scheuchten die Vögel auf. Fast den ganzen Tag knallten Schüsse, und die beiden Frauen saßen mit Zeitschriften auf der Veranda. Abends fuhren sie alle hinter Mr. Thomas her nach Charleston, und es war still auf dem Hof, wenn Laha zu ihnen herauskam.

Marietta konnte jetzt sehen, wie schwer es für Aint Sister war, die Jungen in ihrer Nähe zu halten. Da Mr. Ray dauernd mit den Gästen beschäftigt war und nicht wollte, daß sein Sohn hinter ihm herzockelte, war der kleine Randy den ganzen Tag im Hof. Er war sechs. Immer wieder lockte er Nate und Calvin zum Rand des Rasenstücks und in den Wald oder zur Scheune; sie liebten ihn und rannten kreischend hinter ihm her und nahmen die Stöckchen und Steine, die er ihnen gab, mit feierlichem Ernst entgegen. Manchmal verschwanden sie alle miteinander um die Hausecke, und Marietta sprang auf, um nachzusehen, ob sie auch nicht die Böschung zum Wasser hinunterliefen, wo Randy mit Vorliebe am Bootssteg spielte.

Daheim blieben sie auf dem sauber gefegten Fleck vorm Haus, bis sie sie rief und mit zum Acker oder zum Pfirsichbaum nahm. Sie trugen jeder einen Eimer und mühten sich, ihn zurückzuschleppen, wenn er halb voll mit Pfirsichen war. Auf der Veranda hielten sie die Pfirsiche mit beiden Händen, um reinzubeißen. Marietta lachte und wartete mit angehaltenem Atem, daß sie den süßen Geschmack entdeckten. Sie lachte, wenn ihre Zungenspitzen zufällig in das Salz titschten, das der Schweiß unter ihren Mündern zurückgelassen hatte, wenn Calvin mit der herausgestreckten Zunge hin und her fuhr und Nate es ihm nachtat und sie wieder und wieder über den süßsauren Ring leckten. Sie mußte daran denken, wie sie selbst als Kind hier auf diesen Stufen gesessen hatte, neben ihrer Mutter, einen brennenden Spuckering um den Mund.

Aber Randy rief – »Los, kommt!« und »He, ihr Affen!« –, und sie wieselten hinter ihm her. Er hatte Kekse in den Taschen, Spielzeugpistolen und Lastautos. Und Aint Sister war jetzt langsam in der Früh und den ganzen Tag, und sie sagte, der Rücken und die Knochen und das Atmen täten ihr weh, dort, wo sie das Holzstück getroffen hatte. »Alt Leut brauch lang fe heil«, sagte sie, während sie versuchte, die schmerzende Stelle zwischen ihren Schulterblättern mit der Hand zu erreichen. »Hab Müh fe krieg Luft.«

Es kam vor, daß Marietta vom Feld zurückkam, wo sie auf Mr. Thomas' Anweisung nach den reifenden Reisrispen geschaut hatten, und die Jungen nirgends zu sehen waren. Ihre Stimmen wurden vom Klirren des Geschirrs und der Gläser droben auf der Veranda und den Schüssen der jagenden Männer übertönt. »Ich glaube, deine Jungen sind da drüben«, sagte eine der Ladies. Sie zeigte auf die Stelle am Waldrand, wo der Weg abging, und Marietta fand sie dabei, wie sie Löcher buddelten und kleine Soldaten hin und her bewegten, die Randy in Pappschachteln aufbewahrte. »Es ist so heiß. Ich habe ihnen gesagt, sie sollen im Schatten bleiben, am Waldrand oder drüben beim Reisschober«, sagte Mrs. Ray. »Unser kleiner Randy ist so hellhäutig, und ich möchte lieber nicht, daß er in die Sonne geht.«

Als sie wieder den Staub an ihnen roch, wußte sie, daß Aint Sister es ihr verschwieg. Ehe sie sie in den Badezuber steckte, atmete sie statt des Dufts von zerdrücktem Gras auf ihren Köpfen und der Pfirsichsüße überall an ihren Körpern den Geruch von Eisen, der an ihren Lippen und Stirnen klebte, eingebacken in den Schweiß und den Pfirsichsaft. »Ihr geh wieder da rein«, sagte sie, und sie schüttelten so heftig den Kopf, daß ihre Ohrläppchen wackelten. »Ich find euch da drin, ich hol auf der Stell die Rut.«

Aber sie hörten nicht mehr so auf sie wie früher. Sie waren ganz aufeinander ausgerichtet. Ihre Lippen waren immer feuchtglänzend und gelöst, die Zunge lag gleich hinter den Zähnen, und sie waren stets bereit zum Lachen oder Spucken. Nach dem Mittag- oder Abendessen, wenn ihre Bäuche sich unter dem feinen, zarten Gitter der Rippen rund hervorwölbten, suchte jeder sofort den anderen, oder sie rannten lachend los, um zu gucken, wo Randy war. Sie wurden sofort wütend, wenn jemand ihnen etwas wegnahm, und ihre offenen Münder schalteten im Nu von Lachen auf Schreien um. Sie hörte, wie sie auf Randy einschrien und auf Aint Sister. Ihre Lieblingswörter waren »Nein!« und »Laß!«. Wenn sie sie abends in die Arme nehmen wollte, schrien sie »Laß!« gegen ihre Brust, und am Morgen vermischte sich ihr »Nein!« und »Laß!« mit dem von Aint Sister, bis Marietta nichts anderes mehr hörte als Geplärr und Gezanke.

Laha mußte sie vom Feld holen, als es passierte. Marietta dachte zuerst, Aint Sister sei krank, und sie rannte rasch den Feldrand entlang. »Sister geh schlecht?« rief sie.

»Na-ah«, sagte Laha. »Nate un Calvin mach schlimm Sach mit Mr. Ray Bub. Miz Ray sag, du soll komm und bring sie heim. Sie stör die Leut.«

Jemand hatte die schwere Eichenholztür zugemacht; den Schlüssel hatte Mr. Thomas, und der war mit den Männern im Wald. Marietta stand vor dem kleinen Schuppen und hörte Nate und Calvin schreien. Randy war auch dort drinnen; er lachte und rief, sie sollten aufhören. Mariettas Rücken wurde ganz kalt, und sie fuhr Aint Sister an: »Warum du laß sie da rein?«

Aint Sisters Gesicht war glatt und ausdruckslos. »Ich kann nich sag Mr. Ray Bub, was er soll mach«, sagte sie kopfschüttelnd. »Er mach, was er will. Spiel da drin, was er will.«

Marietta rannte auf die Rückseite des Reisschobers, wo die massive Steinmauer fast nichts von ihren Stimmen durchließ. Sie lief wieder nach vorn, stapfte vor der Tür hin und her und stieß Aint Sisters Hände von sich. Sie zog das Messer aus ihrem Stiefel und hörte die Ladies droben auf der Veranda. »O mein Gott! Sehen Sie, was sie da hat! In ihrem Schuh!« Die Messerklinge glitt in die Ritze, gleich oberhalb der Türklinke, genau wie damals in Charleston, als sich die Schritte ihrem Zimmer genähert hatten, aber es passierte nichts. Sie schrie durch den dunklen Spalt, der sich um die Tür zog: »Nate! Calvin! Ihr still jetz, Mama da.« Sie schrien lauter, als glaubten sie, daß sie sie auf der Stelle befreien könnte, und Hitze stieg in ihrer Kehle auf und erstickte sie fast.

Die Frauen liefen an der Verandabrüstung zusammen, und Aint Sister sagte: »Du ruhig jetz, sie woll sag was.« Aber Marietta drehte den Frauen den Rücken zu und horchte an der Tür, und so stand sie immer noch, als Mr. Ray und die Männer angelaufen kamen.

»Was zum Teufel ist denn passiert, daß du mich extra holen läßt und ich den ganzen Weg zurückkommen muß?« brüllte er zu seiner Frau hinauf, und sie beugte sich über das Geländer.

»Diese kleinen Nigger sind splitternackt, und ihre Mutter hat ein Messer, und wer weiß, was sie da drinnen anstellen! Sie sind ohne Kleider hinter Randy hergerannt, und er ist da reingelaufen. Einer hat die Tür zugemacht!«

Randys Stimme wurde schrill, als er seinen Vater hörte. »Daddy! Ich hab die Tür zugemacht, und jetzt kann ich nicht mehr raus! Die Nigger schreien mir die Ohren voll!«

Mr. Ray sah Marietta streng an. Sie sagte: »Ich versuch fe

mach Tür auf mit mein Messer, wo ich für die Arbeit nehm, Sir«, und er schob sich an ihr vorbei, um den Schlüssel ins Schlüsselloch zu stecken.

Nate und Calvin kamen zuerst herausgestürzt und warfen sich gegen sie. Sie zitterten, als sie ihre Gesichter von ihren Beinen zu lösen versuchte. Sie waren voller Staub und, wo ihre Haut naß vom Weinen war, klebrigem Dreck, eine zuckrige Schmiere überall auf den Armen – sie spürte sie auf ihrer eigenen Haut. Als sie sich hinunterbeugte, konnte sie den Pfirsichsaft auf ihren Körpern beinahe schmecken.

»Sie haben sich geleckt wie Hunde!« krähte Randy. »Die Nigger lecken sich wie Bo bei uns daheim!«

Pfirsiche lagen verstreut und zerquetscht auf dem kühlen Lehmboden hinter der Tür – die Pfirsiche, die sie für die Mittagspause mitgebracht hatte. Sie wußte, was er gesehen hatte – Nates und Calvins Zungen, die sich nach dem süßen Saft auf ihrem Kinn und ihren Armen reckten.

»Die lachen sogar, wenn sie hinfallen!« berichtete Randy seinem Vater. »Die ziehen sich aus – die machen alles, was ich sag! Ich hab sie mit Saft eingeschmiert, damit sie sich lecken wie Hunde!«

Marietta fühlte, wie die Jungen die Gesichter an ihren Oberschenkeln rieben, und sie sah Randy über den Rasen rennen und die Ladies mit offenem Mund auf die nackten Jungen starren, die hinter ihm herliefen. Sie wußte, als Nate und Calvin begriffen hatten, daß sie wieder in dem Reisschober waren, hatten sie wahrscheinlich versucht, nach draußen zu rennen; manchmal nahmen sie ihre Drohungen ernst. Aber er hatte die Tür zugezogen und noch mehr Pfirsichsaft auf ihre Körper geschmiert. Er kam jetzt näher und guckte auf ihre Hinterköpfe.

»Spritz sie mit dem Schlauch da ab«, sagte Mr. Ray. »Das ist ja wohl die dümmste Geschichte, die ich je gehört habe. So eine Sauerei – sie sind so schwarz, daß sogar der Dreck noch heller ist als ihre Haut.«

»Aber sie haben mich gehauen, Daddy«, sagte Randy, und jetzt, wo sein Vater sich abgewandt hatte und nicht mehr zuhörte, kippte seine Stimme um. »Der da hat mich gehauen, weil ich ihn nicht rauslassen wollte. Da.«

Auf der hellen, glatten Haut seiner Arme waren feuerrote Kratzer, die schon anzuschwellen begannen. »Er hat mich gekratzt wie Bo«, sagte Randy, während er seinem Vater die Arme entgegenstreckte.

Mr. Ray wandte sich Marietta zu. »Wasch sie ab. Sie sehen fürchterlich aus. Und dann lehr sie, keine weißen Jungen zu schlagen. Los jetzt – ich will mich nicht länger mit diesem Unfug aufhalten. Ich habe zu tun.«

Marietta erstarrte, fühlte die Gesichter der Jungen durch das Kleid naß an ihren Beinen. »Sir?«

»Gib ihnen eine Tracht Prügel und schick sie mit eurer Oma da nach Hause. Sie verkauft heute sowieso nichts mehr. Ich will sie heute nicht mehr in der Nähe meines Sohnes sehen.«

»Sie zu verschreck fe schlag sie jetz, Sir«, sagte sie leise. »Ich mach, wenn ich heimkomm.«

Mr. Thomas sagte: »Da draußen auf den Feldern wartet eine Menge Unkraut auf sie, Ray. Vielleicht sollten wir jetzt alle wieder an die Arbeit gehen.«

Marietta sah die Frauen von der Veranda herüberstarren, und einer der Gäste, der dünne Mann mit dem Bart und der seltsamen Stimme, sagte: »Sie brauchen wirklich nicht die ganze alte Plantagenmoral wiederaufleben zu lassen, Ray. Sie sehen doch, diese farbigen Bürschchen haben eine Mordsangst.«

»Habt ihr alle Wachs in den Ohren? Man muß ihnen eine Lektion erteilen. Sie sind groß genug – fünf oder sechs, sie müssen es lernen.« Er sah Marietta an. »Sie weiß das auch. Wenn sie es nicht tun will, kann die Oma hier eine Rute holen.«

Marietta sah Aint Sister nicken. Sie ging und holte die Pfirsichrute, die sie neben ihren Körben liegen hatte, und als sie sie Marietta in die Hand drückte, flüsterte sie: »Du geb drei Schläg. Du lehr sie, sonst später komm schlimmer Sach, sonst Plag von *buckra* schlag sie tot.«

»Ich verstehe nicht die Hälfte von diesem Gerede«, sagte Mrs. Ray laut, und Marietta rührte sich langsam. Lehr sie? Lehr sie was?

Sie schob sie von sich und zog ihnen die biegsame Rute über die nackten Beine. Urin schoß aus Calvins Blase und spritzte in den Staub. Nate lief weg, und sie schlug ihn einmal auf die

Wade. »Ihr schlag niemal jeman!« schrie sie, hinter ihm herjagend. »Ihr schlag gar nieman!«

Sie rannte hinter ihm her, damit niemand sah, daß sie weinte; er kam bis zum Wald. Dort fing sie ihn mühelos ein. Sie zog ihn an sich, und ihre Tränen rannen auf sein Gesicht, und sie kauerte sich einen Augenblick hin, bis der Dreck von seinen Backen heruntergespült war. Alle würden denken, es wären seine Tränen.

»Ich geh nächst Woch gleich nach Zahltag«, sagte Marietta in der Küche. »Ich frag Johnny, ob er mich fahr in sein Laster.«

»Du geh nirngswo hin«, sagte Aint Sister. Sie saß am Tisch, das kalte Essen vor sich. Das Zittern, das nach dem Schluchzen gekommen war, hatte aufgehört; die Jungen schliefen fest und ruhig.

»Doch, ich geh«, sagte Marietta. »Du seh sein Aug, wie er guck sie an. ›Sie fünf.‹ Sie zwei Jahr alt.«

»Sie beinah so groß wie sein Bub. Ihr Bein länger wie Randy Bein.«

»Un? Du helf mit. Du mach mein Bub zu Tier, wo krieg Schläg«, sagte Marietta. »Du mach sie zu Hund.«

»Ich mach, daß sie kann überleb. Du hab dein Daddy Blut, un die zwei genauso. Un die Sort Blut bring jung Bursch um. Frau bring nich um. Bursch un Mann bring um.«

»Ich geh. Ich nich woll, daß sie hab Angst un mach, was Weißenbub sag. Mr. Ray un die all lach über klein Nigger, wie klein Hund fe spiel. Du seh selber!«

»Kind, du muß seh, wie Mr. Ray seh dich. Er seh, du mach nich, was er sag. Der Mann jetz dein Maussa. Er bezahl dich. Was du woll geb die zwei fe eß, wenn du renn weg? Wo du woll wohn?«

»Damal ich schaff auch.« Sie sah Aint Sister über den Tisch hinweg zornig an.

»Ha, damal du komm wieder her und verkriech dich. Du will geh un krieg noch mehr Kind? Du schaff! Ha!« Marietta war, als müßte sie den Tisch umschmeißen und das Einmachglas mit Tee zerschlagen, aber sie erstarrte, als Aint Sister scharf die Luft durch die Zähne zog. »Du lehr sie mach, was *buckra* sag. Daß sie nich sterb wie ihr Opa.«

»Na-ah.«

»Ich wer sag dir. Auf der Stell ich wer erzähl. Dein Mama trag dich in Bauch, und wir sitz all zwei hier. Hier an dem Tisch, Marietta. Da klopf an die Tür, un dein Daddy sag: ›Wer da?‹ Un Weißenmann draußen brüll: ›Du komm raus un hol dein Boot.‹ Dein Daddy sag: ›Ihr bleib da‹ un geh raus.

Buckra will geh fe fisch in Dunkel, wie dein Daddy mach, un er befehl dein Daddy, sag: ›Du hol dein Boot, wir geh fe fisch an dein Platz.‹ Freeman mag nich geh, sag: ›Ich müd un geh fe schlaf.‹ *Buckra* sag: ›Ich sag, du komm, und du komm, Nigger. Ich sag die Woch schon dreimal, un du immer sag, du hab kein Zeit.‹«

Marietta sah auf das Holz, nicht auf Aint Sisters gespannte Lippen. »Dein Daddy sag: ›Ich müd, un du nich ander Leut Maussa.‹ Wir hör, wie *buckra* lach un sag: ›Da ich hab dein Maussa. Er sag, du komm un hol dein Boot, Nigger.‹ Wir hör, wie Freeman Füß geh Trepp runter, un wir geh fe guck an Tür. Er hab Gewehr, *buckra* – wir seh dran, wie er halt sein Ellbogen.«

Marietta sah das Gesicht ihres Vaters, so ruhig und reglos wie ihres.

»Nieman kenn dein Daddy Platz fe fisch, drauß in Sumpf. Sie find ihn droben in Creek, dick von Wasser, un denk, er ertrink. Aber ich richt ihn her – ich find Loch in sein Brust. Er nich tot von Wasser. Un *buckra* auch tot, *yeah*, er tot, aber sie niemal find sein Leichnam. Sein Geist lauer mir paarmal auf. Er klein un hab grau Hut auf un rauch dick Zigarr. Er lauer mir auf an Weg, un ich hab immer rot Pfeffer un Salz dabei fe schmeiß an sein Kopf. Ich sing fe scheuch ihn weg.«

Hut, Zigarre – Marietta guckte auf Aint Sister, die in die Kaminhöhlung starrte. Sie hatte ihn gesehen – der Mann am Steg, der, von dem sie gedacht hatte, er sei ein Landstreicher, der zuguckte, wie sie den Wasserweg hinuntertrieb. Der Geist hatte dort gestanden, auf dem verrotteten Steg, der so morsch war, daß Jerry und Willie ihn hatten abreißen und einen neuen bauen müssen.

»Das Land kauf nur Weißenleut mit Jähzorn in Leib«, flüsterte Aint Sister. »Nur die Sort. Sie krieg, was sie woll, weil all Leut hab Angst un duck. Sie froh, wenn Leut duck.«

»Mr. Ray scher sich nich drum, ob ich geh oder bleib. Er wer nich komm mit Gewehr«, sagte Marietta. Der Geist auf dem Steg hatte sich nicht gerührt, nur geguckt. »Ich nur ein von sein Leut, wo für ihn arbeit, er find genug Leut fe arbeit auf sein Feld.«

»Was du heut mach, kein groß Sach, Marietta. Kein schlimm Sach un kein neu Sach. Du geb die zwei fe eß, das zähl. Sie brenn sich ihr Finger, un sie lern.«

»Lern was?« Sie stand in der Tür und horchte zu den Jungen hinüber. »Lern fe bell wie Hund nächstmal?«

»Sie lern fe mach ihr Arbeit. Spiel mit Mr. Ray Bub, das ihr Arbeit.«

»Weißenmann wer brenn in Höll.« Marietta spuckte in die Feuerstelle.

Aber Aint Sister lachte, und Marietta drehte sich verblüfft um. »Du denk, Höll groß Feuerloch, un all Leut, wo tu Unrecht, fall rein un brenn?« Sie lachte. »Mein Mama sag mir, sag: ›Höll kein Feuerloch. Loch sonst lang voll!‹ Du muß wer still, Marietta, du muß schaff Ruh in dein Kopf.«

Sie ging, und Marietta legte den Kopf auf die Unterarme und atmete den Holzgeruch des Tischs.

Die Jungen saßen ängstlich und brav bei Aint Sister. Randy hüpfte um sie herum und versuchte, sie mit Soldaten zu locken, bis es ihm langweilig wurde und er im Haus verschwand. Eines Tages kam er heraus, um Aint Sister zu verkünden, er gehe jetzt weg, an eine Schule, wo er auch wohnen werde. »Ich werd Soldat«, sagte er, als er in der Mittagspause neben Nate hockte. »Meiner Mama gefällt's hier nicht. Aber nächsten Sommer komm ich wieder. Vielleicht auch schon vorher.«

Sie fuhren alle ab, nach Birmingham, und Mr. Ray sagte zu Mr. Thomas, er werde in ein paar Wochen zurück sein. Danach war Mr. Thomas jeden Tag auf den Reisfeldern, weil Erntezeit war.

Marietta stand im Schlamm mit Mary und Pinkie, und sogar die Männer waren da. Der Reis zitterte rings um sie herum. Er reichte ihr bis zur Taille und Mary und Pinkie bis fast an die Schultern. Sie schwangen alle runde Reissicheln, um die Halme zu schneiden, und wenn die schweren Reisrispen aneinanderrieben, klang es, als sprühten Funken. Wie das Flimmern der kleinen glitzrigen Körnchen auf Franks altem Fernseher, wenn er ihn morgens eingeschaltet hatte. Sie dachte an die glitzernden Fischschuppen auf ihren Händen, die klingenden Münzen in der Registrierkasse, an Franks Goldzahn. An Sinbads glitzernde Stirn über ihr. Sie schwang die Sichel, wie Mr. Thomas es ihnen gezeigt hatte, und versuchte, nicht immer Charleston zu hören, wenn er etwas sagte.

»Wenn Mr. Ray die gesamte Anbaufläche bewirtschaften ließe, würden wir den Reis von den südlichsten Feldern mit dem Flachboot über den Creek zum Hof transportieren. Da wir jedoch nur diese drei Felder abzuernten haben, werden wir den Ochsenkarren nehmen.«

Das Schneiden war anstrengend, und als eine Hitzewelle kam, mußten sie noch schneller machen, weil Mr. Thomas meinte, die Garben müßten rasch auf dem Hof zum Trocknen aufgestellt werden. Er war nervös und redete unablässig und wies sie an, wie sie den Reis auf dem stoppligen Boden aufstellen sollten. Die Hitze fing sich den ganzen Tag über im Haus, und abends saß Aint Sister im Schaukelstuhl, während Marietta auf dem Fußboden lag, das Gesicht zur Seite, die Hände mit den Handflächen nach oben, und spürte, wie die Muskeln in ihrem Rücken schmerzten – die kleinen Fleischpolster unten im Kreuz, die Aint Sister beim Brathuhn am liebsten mochte, weil sie so fest und so schön zu kauen waren.

Aber Aint Sister war sehr still, und beim Schaukeln war ihr Rücken seltsam verdreht. Sie blieb die ganze nächste Woche daheim, als es ans Dreschen ging, und sagte: »Kält sitz in mein Lung. Ich krieg nich los, wenn ich nich bleib am Feuer.«

Die Jungen zockelten den Waldweg entlang, bis Marietta und Laha sie hochnahmen. Mr. Thomas war aufgeregt, als sie auf dem Hof ankamen. Er ging unruhig auf und ab und redete mit sich selbst. »Ein Regenguß, und alles ist ruiniert, nur ein einziger Guß!« sagte er, als er sie sah. »Das Dreschen ist eine langwierige und mühselige Prozedur, und wir müssen sofort anfangen, bevor alles in Gefahr gerät.«

Das einzig Gute am Dreschen war, daß sie den Hof nicht verließen, so daß sie die Jungen im Auge behalten konnte, wenn sie drüben am Wald mit Stöckchen und Steinchen spielten. Sie und die anderen schlugen tagelang mit Dreschflegeln auf den Reis ein, und Mr. Thomas brachte Gruppen von Tagesausflüglern an, damit sie ihnen zuguckten. Sie kamen in Autos und standen geduldig da, während er redete und ihnen alles genau erklärte, vom Pflanzen bis zum Ernten. Wenn ihre Schatten genau unter ihnen waren, gingen Marietta und die anderen hinüber zu dem Baum, und die Stadtleute gingen ins Haus zum Essen. Die Nachmittage waren ruhig und lustig, weil Jerry und Willie auf dem Rasen mit den Jungen rangelten, wenn Mr. Thomas nach Charleston zurückgefahren war.

Die Tage glitten vorbei wie Staub auf dem Creekwasser. Mr. Thomas brachte drei Schwenkkörbe aus dem Haus; sie waren nicht neu, aber sie waren nicht von Aint Sister. Die Muster waren anders. »Er kauf sicher in Charleston«, sagte Mary.

»Aint Sister Körb historisch korrekt«, sagte Marietta. »*Yeah*?« Aber er denk, er krieg besser Körb, dachte sie. Er will nich geb ihr Geld.

»Nun bleiben uns noch das Schwingen oder Worfeln und das Stampfen«, sagte Mr. Thomas. »Mr. Ray wird erst kurz vor Weihnachten zurückkommen, wenn ich von hier aus eine historische Low-Country-Tour veranstalten werde. Wir müssen die Ernte und die weitere Arbeit mit dem Reis bis November abgeschlossen haben, damit euch noch Zeit bleibt, für Weihnachten alles auf Hochglanz zu bringen.« Er hielt inne. »Marietta, könnte ich dich einen Moment sprechen, während die anderen die Vorbereitungen für das Worfeln treffen?«

Er stand vor dem Reisschober. Aint Sisters Körbe waren jetzt dort drinnen aufgestapelt, weil es kalt geworden war und keine Gäste da waren, die sie hätten sehen wollen. »Ich habe gehört, deine Tante ist krank. Ist es etwas Ernstes?« fragte er.

»Sie glaub, ihr Lung voll mit Wasser. Sie heil nimmer recht seit Sommer«, sagte Marietta. Er hatte den Kopf eingezogen, und sie guckte auf seine Hutkrempe hinunter.

»Wie alt ist sie?«

»Sie komm auf Welt in Jahr achtzehnhundertachtzig.«

»Dann ist sie also jetzt dreiundachtzig. Und nicht gut bei Kräften. Nun, ich wollte dich bitten, ihr etwas von mir zu bestellen. Ich möchte dir das hier geben und dir auftragen, ihr folgendes auszurichten.« Er drückte ihr zwanzig Dollar in die

Hand. »Bitte sag ihr, es täte mir sehr leid, daß wir für das Worfeln nicht ihre Schwenkkörbe benutzen. Ich habe mich entschlossen, die Körbe zu verwenden, die meine alte Amme vor vielen Jahren hergestellt hat. Sie sind zwar in einem anderen Stil gehalten, aber sie wecken so viele Erinnerungen in mir.« Seine Stimme klang jetzt fern, und seine grauen Augen guckten in den Hof hinter ihr. »Ich denke, es sind ihre Geschichten gewesen, die meine Geschichtspassion begründet haben, und es ist mir eine große Genugtuung, ihre Körbe so benutzt zu sehen, wie sie es immer so wehmütig beschrieben hat.« Seine Worte verloren sich langsam, und Marietta staunte wieder über die glatten Kullerkiesel seiner Stimme. Sie steckte das Geld in ihren Stiefel und nickte.

»Ich sag ihr heut abend«, sagte sie. »Ich dank.«

»Es wäre mir recht, wenn du das mit dem Geld als vertrauliche Angelegenheit behandeln würdest.«

»Sir?«

»Sag den anderen möglichst nichts von dem Geld. Mr. Ray wünscht keine Vorschußzahlungen.«

»Ja, Sir.«

»Nun gut, dann laß uns an die Arbeit gehen.«

Der Wind blies herbstlich kalt vom Meer her, als sie im Hof standen und mit den Schwenkkörben den Reis für einen kurzen Augenblick in die Luft warfen, um ihn dann mit der breitrandigen, flachen Korbschale wieder aufzufangen. Die Spreu wurde davongeweht, und die Körner kullerten durcheinander, immer wieder. Als Mr. Thomas zufrieden war, ging er nach drinnen, und sie blieben zurück, mit den Reishaufen und dem fröhlichen Geschrei der Jungen, die vor einem Krebs hockten, den Jerry für sie gefangen hatte.

Pinkie sagte: »So sie krieg Reis fe eß in Sklavenzeit. Mein Mama un Aint Sister erzähl mir.«

»Wie?« sagte Mary.

»Sie bind ihr Röck hoch, so wie Mr. Thomas sag, daß wir soll mach fe geh auf Feld, und wenn sie schwenk Reis, sie laß immer fall bißchen in ihr Kleid. Daheim sie schüttel aus, und das dann Reis fe uns. Sie immer flüster all Zeit, wenn sie schwenk Reis, Mama sag, sie flüster: ›Was fe euch, was fe uns.‹ Sister erzähl von Anderzeit.«

Den ganzen Tag hörte Marietta, während sie behutsam den Reis in die Luft warf, Aint Sisters Stimme: »He! Du feg nich in Dunkel!« Jetzt fiel ihr der Rest wieder ein: »Du feg in Dunkel, un Maussa wer seh Reis, wo fall auf Boden, wenn du laß dein Kleid runter. Taglicht er wer seh Reis vor dein Tür un schlag dich fe stehl.«

Abends gingen Marietta und die Jungen zu Aint Sister. Sie aßen bei ihr und sorgten dafür, daß das Feuer bei ihrem Schaukelstuhl loderte. »Ich immer noch Kält da drin. Wer nich mehr un geh nich weg«, sagte Aint Sister, als die Jungen auf ihrem Lager beim Feuer schliefen. »Ich wer geh bald, noch vor Weihnacht.«

»Nieman weiß, wann wer geh«, sagte Marietta. Das hatte sie nicht sagen wollen, aber sie wußte nicht, wie sie jemand anderen als die Jungen trösten sollte. »Du komm wieder auf die Bein«, sagte sie.

»Geb alt Frau, wo wer dürr Hex, wenn komm ihr Zeit fe geh. Ich wer kein Hex, aber ich weiß. Wenn du alt, du weiß. Ich woll, daß du sag Big Johnny, er soll leg mich neben dein Mama.«

»Du brauch nich sag so Sach«, sagte Marietta. Sie wollte aufstehen und noch mehr Holz suchen, aber Aints Hand krallte sich in ihren Arm wie früher, als sie noch klein gewesen war.

»Du sag ihm, wo. Herr im Himmel, ich woll lieg bei mein Mama. Aber sie lieg droben beim Herrnhaus. Ihr leg mich bei dein Mama un mein Kusine Christmas. Wir immer zusamm, grad wie die zwei, ich un Christmas, wo wir klein-klein«, sagte sie, den Blick auf die Jungen gerichtet, deren Füße im Schlaf zuckten. »Wir red, daß keiner kann hör. Wir lach, grad wie die zwei.«

»Ich guck fe Grab von Afrikafrau«, sagte Marietta ins Feuer. »Ich guck all Zeit, seit wo du mir sag. Aber du sag mir nix fe helf mir.«

Aint Sister fuhr auf. »Du guck nich fe Anderzeit, ich sag dir. Mach dein Seel hart, grad wie dein Gesicht. Seh? Dein Gesicht hart wie Holz – so du krieg die zwei niemal groß.«

»Woher du weiß, daß sie lieg nich hier?«

»Das Haus fe Afrikafrau. Wie sie krieg ihr Zwillingkind, er

laß bau dein Mama Haus. Er laß bau, wo die zwei klein-klein Baby. Wo sie vierzehn Jahr, er sag, wen muß heirat.«

»Aber da Sklavenzeit schon rum«, sagte Marietta. »Das nachher.«

»Jaja, Sklavenzeit rum, aber Maussa hab überall Eisentor, vier, fünf Tor, un nieman komm all Weg daher un sag ihm, daß Sklavenzeit rum. Nieman sag ihm, bis die zwei krieg Baby un Fieber pack sie. Wo sie tot, er komm un hol sie. Mein Haus, dein Mama Haus weit weg von all ander Leut, weit weg von Straß. All ander Haus weg – nur unser zwei steh noch. All ander Haus brenn ab.«

»Wo Straß damal?«

»Er hab paar Haus an Stichstraß un paar unten an Feld. Hier nur das Haus un dein Mama Haus, un Afrikafrau ganz allein.«

Marietta starrte in die Glut vor ihren Füßen. Die Afrikafrau, Bina, ihr Gesicht silbrig vor dem Himmel, ihr Tuch und ihre Ohrringe nur auf einer Seite sichtbar als weiße Formen vor den Reisgarben. Die Afrikafrau, die nie den Mund aufmachte, geradeso wie Marietta, und die nur arbeitete und guckte und nachts den seltsamen Worten des Weißenmannes lauschte, der zu ihr ins Haus kam. Die später dann ihre Kinder genauso reden hörte wie er. »Marietta«, sagte Aint Sister. »Du guck nich fe Anderzeit, du guck fe Heutzeit un fe die zwei. Du mach nich so Gesicht. Du gib mir den Tee da, eh?«

Als Aint Sister ihre Finger um das heiße Glas gelegt und den Tee getrunken hatte, half ihr Marietta ins Bett. Sie leerte den Kübel ins Aborthäuschen und lief rasch wieder zu der rötlich schimmernden Türöffnung zurück, richtete sich dann ihr Lager neben den Jungen und guckte noch lange in die atmende Glut.

»Stampfen bedeutet nicht Stampfen im üblichen Sinn des Wortes.« Mr. Thomas sah sie stirnrunzelnd an. »Ihr dürft nicht zu fest stoßen, weil ihr sonst den Reis zerdrückt, aber ihr müßt die Körner kräftig genug durchwalken, daß sich die äußeren Spelzen und das innere Häutchen lösen.«

Sie starrten ihn an, guckten dann wie immer auf den Boden, warteten, daß Pinkie es versuchte, und hörten ihn sagen: »Nein, nein. So.«

Der geworfelte Reis wurde in kleinen Portionen in dicke, hohle Holzstümpfe geschüttet, und Pinkie bearbeitete die Körner mit einem langen hölzernen Stößel. Das glatte, runde Holz rieb über die Körner, bis sich die Spelzen lösten.

Es dauerte zwei Tage, bis er soweit zufrieden war, daß er sie allein ließ, und noch einmal zwei Tage, bis sie es schafften, ohne sich darauf zu konzentrieren, so daß sie nebenbei reden konnten. Die Jungen rammten ihr in der Mittagspause die Hände in den Bauch und stolperten über ihre Beine; ihre großen Grillenköpfe schlugen auf die Baumwurzeln, wenn sie mit Jerry wilde Spiele spielten. Sie lehnte sich gegen den Baumstamm und horchte auf das Stimmengesumm um sie herum, auf die brummelnden Stimmen in ihrem Kopf. Schwierigkeit gehör zu Leben – fall niemal auf Boden, fall immer auf jeman drauf. Dein Daddy Blut – in dir, in die zwei. Du mach dein Gesicht niemal so, wie sich vor Leut gehör – das dein Arbeit. Du leb nich in Anderzeit – das mein Sach, alt Geschicht. Was du will mach fe die zwei?

Sie sah zu, wie Nate sich hinter einem Azaleenbusch vor Jerry zu verstecken versuchte, aber selbst vom Baum aus konnte sie sein Gekicher hören. Die beiden konnten sich vor niemandem verstecken, mit ihrem Geschrei und Gelächter, das aus ihnen herausquoll wie Seifenschaum. Nate kam über das Gras angerannt, um sich hinter ihrem Rücken zu verstecken. Schon jetzt wanden sie sich aus ihren Armen, wenn sie sie ein bißchen auf den Schoß nehmen wollte, vor dem Schlafengehen oder nach dem Aufwachen. Sie vermißte die Ärmchen um ihren Hals und die warmen Bäuche an ihrem Bauch, aber sie dachte an das, was alle sagten, über das Schmusen und Hätscheln, und sie wollte sie nicht verzärteln. Nate sprang hinter ihr hervor und rannte wieder los, als Jerry auf ihn zustürzte und rief: »Plattaug komm un fang dich!«

»Du sorg fe mein Grab, wenn ich sterb«, sagte Aint Sister jeden Abend. »Du denk an unser Gräber, du denk dran fe geb die zwei hin un her über mein Grab. Sie mein Blut.«

»Du bleib am Feuer, un du wer wieder gesund«, sagte Marietta dann. »Da, dein Tee.« Aber Aint Sister hatte es bald satt, am Feuer zu sitzen, und sie wanderte langsam herum, von der Tur auf die Veranda und von dort zum Bett, starrsinnig und rastlos. Sie wollte keine Knochenbrühe mit Bohnen, keinen Reis, keine Maisgrütze. Marietta starrte auf die Reiskörner auf ihrem Teller, die Spelzen an ihren Armen, die zertretenen Reiskörner, die aus ihren Stiefeln fielen, wenn sie sie ausschüttelte.

»Ich so voll«, sagte Aint Sister. »Mein Herz voll – all die Leut, wo vor mir geh, komm fe Besuch und sitz da drin un mach mein Magen auch voll. Du geb die zwei mein Teller. Sie hab noch Hunger. Ich voll.«

Rosie und Laha und Pinkie kamen. Pearl kam. All die Wochen saßen sie tagsüber bei Aint Sister, während Marietta den Reis stampfte und horchte. Laha brauchte nicht zu kochen, bis die Reisegesellschaft kam, und Rosie blieb im kalten Winter drinnen und nähte, und wenn Marietta abends heimkam, waren die beiden Zimmer voll mit Frauen und Stoffschnipseln und Fäden. Calvin sammelte die Fäden auf und flocht sie sich um die Finger.

»Ich wer geh bald«, sagte sie immer wieder, aber sie wollte sich nicht ins Bett legen. Aint Sister begann jetzt wieder, nach draußen zu gehen, wenn es dunkel wurde, und mit ihrer Taschenlampe nach ihren Heilwurzeln zu sehen. »Mein Muskel un Ader rost ein, wenn ich bleib in Bett«, sagte sie, wenn Marietta mit ihr schimpfte. »Ich komm gleich wieder rein.« Eines Abends saß Marietta am Feuer. Sie sah den Jungen zu, müde von der verhaßten Flickarbeit – Risse in ihren Hosen, Löcher an den Ellbogen ihrer Hemden. Sie hatten Wasser aus ihren Marmeladengläsern verschüttet, aufeinander eingehauen und sie den ganzen Abend gestoßen und geschubst. Sie sah nach, ob Aint Sister alles hatte, leerte den Kübel aus und legte sich vor dem Feuer zum Schlafen hin.

Der Fußboden war jetzt warm, aber wenn das Feuer zu einem leisen Glimmen herunterbrannte und der Wind über die Fensterscheiben leckte, wurde es hier drinnen so kalt, daß sie davon aufwachte, und dann legte sie Holz nach wie im Traum.

Aber als Nate schrie und sie aufstand, um sich durch das schwarze Dunkel zu tasten, hörte sie draußen Zweige knacken. Sie öffnete die Tür und sah das kleine Licht zwischen den Bäumen tanzen. Dann fiel es zu Boden. Sie rannte hinaus zu ihrer Tante, die dort lag, mit dem Gesicht nach unten – der Geist, von dem Aint Sister immer geredet hatte? War er über sie hergefallen? Sie sagte: »*Aintie?*« Nichts hauchte ihr gegen die Wange, als sie ihr Gesicht an den stillen Mund hielt; nichts schlug ihr gegen die Arme, als sie ihre Tante hochhob und ins Haus zurücktrug.

»Geist stehl ihr Atem«, sagte Pinkie, die neben Aint Sisters Bett saß und schaukelte. »Geist lauer ihr auf un bring sie um.«

»Die Weißenleut bring sie um, wo sie fahr euer Ständ um«, sagte Big Johnny und spuckte von der Veranda.

»Alt Leut heil nimmer, wenn sie verletz«, sagte Pearl. »Sie sag mir, tu ihr weh fe hol Luft all Zeit.«

»Aber Geist such sie, seit wo sie klein-klein Kind«, sagte Pinkie. »Sie komm mit Glückshaub auf die Welt, sie immer seh so viel Geist. Aint Sister immer seh so viel Sach.«

Nate und Calvin waren still und starrten interessiert, aber nicht ängstlich auf Aint Sisters schweigendes Gesicht, auf ihre Hände, die sich nicht mehr regten, um Klapse zu verteilen, auf ihre Pfeife, die kalt auf dem Tisch lag, und auf die Menschen, die den ganzen Tag und die ganze Nacht in den beiden Räumen standen und sie mit ihren an- und abschwellenden Stimmen füllten. Marietta saß in der Ecke und sah zu, wie Laha und Rosie das machten, was sie auch bei ihrer Mutter gemacht hatten. Sie nickte, wenn jemand sie etwas fragte, wegen der Feuerstelle oder der Töpfe oder Aint Sisters Kleidern, die an Haken an der Wand ihres Zimmers hingen. Sie hatte Big Johnny schon gesagt, was Aint Sister ihr aufgetragen hatte, und er hatte sie angeguckt, als sei sie dumm. »Wo ich soll sie sonst begrab?« sagte er. »Ich geh schon hin un zeichen ihr Platz an.«

Die Feuerstelle, auf der sie immer gekocht hatte, war ausgeräumt und sauber. Die Kleider an der Wand waren gewaschen und wieder so aufgehängt, wie sie vorher gehangen hatten. Die Töpfe standen in der Feuerstelle, mit Deckeln verschlossen. Sie saß mit den Jungen in der Kirche und hörte das Singen und Schreien, und ihre Lippen blieben geschlossen, und ihre Gedanken waren dort im Haus, wo jetzt wohl alles so war, wie es sein mußte. Sister Geist zufrieden? dachte sie. Aint sag mir, was ich muß mach. Nates Ellbogen ruhte auf der Tasche neben ihr. Der Gesang und die Stimmen wurden lauter und wieder leiser, und niemand sah zu ihr herüber, auf ihre halbgeschlossenen Augen und ihre reglosen Lippen. Sie all kenn mich jetz. Ich jetz groß. Ich wer nimmer anders. Sie betrachtete die Gesichter, Rosie und Laha und Pearl und Jerry, als sich der Zug langsam zum Friedhof bewegte. Sie guckten geradeaus und sangen.

Calvin und Nate wurden über den Sarg gehalten, schwebten hin und her, immer noch still, den Blick fest auf ihre Augen geheftet, und sie nickte ihnen die ganze Zeit zu. Sie wanderten ohne einen Laut aus Jerrys Händen in Big Johnnys Hände und zurück, jeder dreimal, die Arme starr an den Seiten, und nur ihre Köpfe drehten sich, um sie im Blick zu behalten. Sie standen neben ihr, an ihre Beine gelehnt, als das Grab zugeschüttet wurde und die Leute Plastikblumen darauflegten und die große runde Uhr, die auf die Zeit gestellt war, die Marietta angegeben hatte, und Schalen mit Löchern in der Mitte. Die Leute gingen nach und nach, und als nur noch ein paar Frauen da waren, beugte sich Marietta hinunter, und zusammen mit den Jungen legte sie Muscheln auf das Grab und die glänzenden Löffel, die Aint Sister benutzt hatte, um ihre Wurzelaufgüsse umzurühren. Und eine Samttasche, die sie an ihrem Bett aufbewahrt und manchmal gestreichelt hatte.

Marietta ging nach nebenan zum Grab ihrer Mutter und sammelte die leuchtendblauen Glasscherben auf, die der letzte Regenguß ein Stück fortgeschwemmt hatte. Sie fand sie alle und legte sie wieder auf das muschelgesäumte Rechteck, rückte die Muscheln zurecht und drückte die kleinen Füßchen der Uhr fest in die Erde. Calvin fand noch mehr Scherben bei einem Baum, und sie sagte nicht, er solle sie ihr geben; sie ließ ihn die Glasstückchen behutsam in die Erde stecken, so wie sie es getan hatte.

Sie ordnete ein paar Gegenstände auf dem Grab mit der Inschrift CHRISTMAS TURNER. Aint Sister Kusine – Christmas. Un ihr Bruder Hurriah Turner. Onkel Hurriah. Er jetz sicher auch tot. All Turner-Leut tot. Nur ich un mein Söhn noch da – wir Cook-Leut. Cook-Familie. Die Jungen waren wieder drüben bei Aint Sisters Grab, mit Rosie und Pinkie. Marietta nahm sie an den Armen und zog sie sanft zur Straße. Rosie und Pinkie waren immer die letzten, die den Friedhof verließen, und sie wollte nichts daran ändern.

»Ich bedaure sehr, daß sie von uns gegangen ist«, sagte Mr. Thomas. Er hielt einen Moment inne. »Wenn ein alter Mensch stirbt, nimmt er ein Stück Geschichte mit ins Grab. Es tut mir sehr leid.«

Der Reis war fertig. Mr. Thomas sagte, sie würden ihn nach Weihnachten abpacken, wenn die Reisegruppe wieder weg war. Old Carolina Gold – er sagte, sie würden ihn in Tüten füllen, auf denen der Name stand, er würde ihnen nach Neujahr zeigen, wie. Aber jetzt würden erst einmal Mr. Ray und seine Familie kommen, in ein paar Tagen, und die Frauen müßten Laha helfen, das Haus gründlich zu putzen, während die Männer den Reis in den Schober schaffen und das Gelände säubern sollten. »Und außerdem erfordert die Weihnachtszeit einige festliche Extras«, sagte Mr. Thomas. »Wir werden Weihnachtsschmuck anbringen, Bäume, Girlanden und dergleichen. Wir haben viel zu tun.«

Marietta und die anderen folgten Laha durch den Hintereingang. »Ihr seh niemal von drin, eh?« sagte Laha, als sie sie in die Küche führte. Ihre Stimme klang stolz, als sie ihnen den Herd, die Backöfen und die Spülbecken zeigte. »Ich mach hier drin, aber Mr. Thomas sag, ihr soll reib all Holz mit Zitronöl ab, wisch all Fußböden un klopf all Vorhäng aus. Ich zeig euch.«

»Ihr seh niemal den Leuchter da, eh?« sagte sie, als sie voranging, den Flur hinunter, und Marietta folgte als letzte und biß sich auf die Lippe, als sie den Geruch atmete, der auch damals dagewesen war, als sie die Fotos gesucht hatte. Der staubige Samt, die Teppiche, die stehende Luft in den Zimmern. »Pinkie, ihr muß putz Staub un wisch Böden«, sagte Laha, indem sie sich umdrehte. »Wir mach all schnell-schnell, un wir schaff in zwei Tag. Un Wäsch, ihr muß wasch all Bettsach.«

Marietta blieb eine Sekunde zurück, gerade lange genug für einen raschen Blick auf die Afrikafrau und Aint Sister und die beiden Frauen mit den hellen Gesichtern – sie hatte sich ihre Gesichter gemerkt und nickte ihnen nur kurz zu, ehe sie hinter den anderen herlief und sie bei der Treppe wieder einholte.

»Du seh die Foto da?« fragte sie Pinkie, als sie mit den Böden angefangen hatten.

»Wo?« fragte Pinkie.

»In dem ein klein Raum da drunten, Arbeitzimmer.«

»Ich seh nur all die Vorhäng, wo wir muß klopf un bürst«, sagte Pinkie. »Ich seh kein Foto.«

»Du guck an die Wand, wenn du komm rein«, sagte Marietta. »Du seh Aint Sister, wo sie klein-klein Kind, seh all sein Mama un Kusine un Oma.«

»Ich woll nich bleib hier drin lang«, sagte Pinkie. »Geb zu viel Geist in Vorhäng un überall versteck. Mein Daddy sag immer, das Haus voll mit Spukgeist. Ich möcht nur mach schnell-schnell un geh.«

Als laute Stimmen die Treppe heraufdrangen, wußte Marietta, die gerade auf allen vieren die Scheuerleisten schrubbte, zuerst nicht, wer da war, bis eine hohe Stimme rief: »Wo stecken die Affen?«

Sie lief rasch nach unten. Randy war mit seiner Mutter in der Küche, und Mr. Ray stand draußen auf der Veranda und redete mit Mr. Thomas. Laha sagte zu Randy: »Nate un Calvin bleib heut in mein Haus, weil ihr Mama arbeit hier drin. In paar Tag sie wer komm fe spiel mit dir.«

Marietta sagte: »Du schon Soldat?«, weil Mrs. Ray und Randy sie erwartungsvoll ansahen.

»Nein. Ich geh nur zur Schule«, sagte Randy. »Aber ich will jetzt mit den Affen spielen. Kannst du sie holen?«

Sie nickte und ging wieder nach oben, und Mrs. Ray folgte ihr. Sie sagte nichts, guckte sich nur um und trat dann auf die obere Veranda hinaus. »Randall?« sagte sie. »Randall senior. Wir müssen wieder ins Hotel zurück.«

Mr. Ray kam mit Mr. Thomas heran. »Was?«

»Wir müssen zurück nach Charleston, ins Hotel, bis hier alles fertig ist. Da, schau nur – das Bettzeug ist noch nicht mal gewaschen, das rieche ich. Und die Frauen sind mit den Vorhängen noch nicht durch. Es ist dreckig hier drinnen.«

»Euer Hochwohlgeboren kann nicht in einem dreckigen Zimmer schlafen, was?« sagte Mr. Ray. »Ich erinnere mich, daß du in viel schlimmeren Löchern gehaust hast, bevor ich dich da rausgeholt habe.«

»Erinnere dich, woran du magst, Schatz«, sagte sie, während sie wieder auf den Flur hinausrauschte. »Ich warte im Hotel, während du den guten alten Zeiten nachhängst.«

Mr. Thomas sagte zu Marietta: »Ihr solltet die Sache ein wenig beschleunigen. Ich denke, ihr tut gut daran, euch um besondere Gründlichkeit zu bemühen, du und die anderen, da ihr es nicht gewöhnt seid, im Haus zu arbeiten. Ich werde veranlassen, daß Laha heute nachmittag kontrolliert, wie ihr vorankommt.«

Am Abend ging sie zu Fuß den ganzen Weg zu Lahas Haus, und das Lachen und Schreien der Kinder schallte die Straße entlang. Tagsüber war nur Lahas Jüngster daheim, zusammen mit Marys Sohn. Sie waren beide fünf. Nate und Calvin spielten mit ihnen, während Lahas Mama aufpaßte. Aber abends kamen die anderen alle aus der Schule, und Haus und Hof waren erfüllt von Kichern und Quietschen und Singen, voller Stöcke und Hunde. Nate und Calvin heulten, als sie sie zur Straße zog.

Es war schon dunkel, und Jerry sagte: »Du hab zu weit fe lauf in Dunkel. Wir wer frag Johnny, ob er kann bring euch.«

Nate und Calvin thronten entzückt in der riesigen Kabine von Big Johnnys Lastwagen und purzelten auf dem Sitz herum, als er in den Waldweg einbog. »Seh komisch aus, Sister Haus so dunkel«, sagte er, als sie sich langsam unter dem Moos und den Zweigen durchgezwängt hatten.

Er blieb noch stehen und ließ die Jungen am Armaturenbrett spielen, während sie nach drinnen lief und das fertig aufgeschichtete Feuer anzündete. »Ich dank«, sagte sie, indem sie den Kopf in die Kabine streckte, die nach Pfeifenrauch und Fisch roch.

Sie versuchten immer wieder, sie zu kitzeln, und als sie sie fragte, ob Lahas Kinder ihnen das beigebracht hatten, sagte Nate: »Kille, kille, kille.« Calvin schlug sich mit der flachen Hand auf den geöffneten Mund, so wie Marys Sohn es immer machte, und stieß ein Indianergeheul aus.

»Bring morgen die Jungen mit her«, hatte Mr. Ray gesagt, bevor er aus dem Haus gegangen war. »Sie können Randy seiner Mutter vom Hals halten.«

Sie rannten auf dem Waldweg vor den Erwachsenen her, die Jacken steif und stramm um die Oberkörper gezurrt. Ihre Schuhsohlen flogen, und sie drehten sich nicht ein einziges Mal um, bis sie die bröckelige Mauer erreicht hatten. »Wir spiel Versteck«, sagte Calvin.

Randy wartete in der Küche. »Miz Ray sag, er zu pfindlich fe geh raus bei der Kält«, sagte Laha zu Marietta.

Aber Randy sagte: »He, ihr Affen! Ich hab eine Jacke an, ich kann in den Hof gehen!«, und er lief nach draußen, und sie rannten hinter ihm her.

Laha schüttelte den Kopf. »Er mach grad, was er will.«

»Er so dünn«, sagte Marietta. »Warum er krieg nix auf sein Knochen?« Seine Arme waren von der Schulter bis zum Ellbogen so gerade wie Besenstiele, keine Spur von Muskeln oder Fett. Seine Knie stachen spitz durch die Kordhosen, als er mit Calvin am Boden hockte.

»Miz Ray sag, er komm früh auf die Welt, muß bleib ein Monat in Krankenhaus, vor er darf heim. Er immer mager«, sagte Laha, jetzt wieder ihren Töpfen zugewandt. »Du halt besser Aug auf sie. Miz Ray da oben.«

Mr. Thomas sagte: »Die Azaleen müssen gedüngt werden, die Rasenkanten an den Wegen gehören geschnitten, und der Reisschober muß so umgeräumt werden, daß die Gäste sämtliche Gerätschaften für die Reisernte besichtigen können. Sie kommen in einer Woche.«

»Ich mach die Azalee«, sagte Marietta rasch, und die anderen guckten erstaunt. »Ich pflanz, ich weiß, wie muß mach.« Ich guck in Boden fe Grab, dachte sie.

Sie rauhte die Erde um die Azaleen auf, streute Dünger und stocherte immer wieder mit ihrem Grabstock und der Hacke tief im Boden. Was ich such? Holz? Holz lang verfaul. Eisen? Er begrab sie, fe was soll er setz Eisentafel? Er weiß, wo sie lieg. Sie sah die Jungen mit Randy auf Decken drüben bei der Veranda sitzen und mit Soldaten und Plastikpanzern spielen. Sie hörte Randys Stimme wie ein quietschendes Rad und das unablässige Geplapper der Jungen.

Kann nieman grab groß Loch hier. Un ich grab Loch fe die Pflanz da, ich un Pinkie un die ander. Jeman seh, wenn Grab da. Sie streute einen Düngerkringel um jeden Busch und guckte immer wieder hinüber zu den Jungen und zu den Bäumen und dachte an den Wald und an all die Plätze, wo die Frauen begraben liegen konnten. Aber wo er bring sie hin, wo er woll sie hab? Er hab soviel Land, Land, wo ich niemal seh – vielleich sie lieg ganz an ander End, an eim geheim Platz. Sie kratzte die Erde auf, grimmig und hastig, immer weiter die Wege entlang und um den Rasen herum, wo die Büsche kleine Hecken bildeten und den Garten zum Wald hin abschirmten.

Die Jungen spielten vergnügt bis nach dem Mittagessen. Dann wollten Nate und Calvin mit Jerry einen Ringkampf machen. »Na-ah«, sagte er barsch. »Ich muß arbeit. Ihr geh un spiel mit dem Bub da. Nix.« Er schob ihre Kitzelhände weg und ging, und sie wandten sich wieder Randy zu.

»Ihr könnt mit mir Ringkampf machen!« rief er. »Ich lern Ringen in der Schule. Los, kommt her, ihr kleinen Affen.«

Marietta packte Calvin am Ellbogen. »Ihr wer nich grob mit ihm«, sagte sie. »Er nich wie ander Freund. Ihr schlag ihn nich, ihr erinner euch? Ihr schlag gar nieman, niemal.« Sie sah, daß sie alles vergessen hatten, den Reisschober und den Pfirsichsaft, die Rute.

Pinkie sagte: »Sie spiel, wie sie woll. Sie erinner sich nimmer – sie noch klein Baby damal. Du hab kein Angst – wir paß auf.«

»Mr. Thomas sag, wir soll geh in Reisschober«, sagte Mary, die jetzt ums Haus kam. »Er sag, wir soll erst leg all Sach hin, daß er kann komm un guck.«

Sie holten alle Gegenstände heraus, die sie benutzt hatten, und Marietta stand in dem kalten Gemäuer und schnupperte. Der Staub hatte sich gesetzt, festgestampft von all den Füßen, die inzwischen hier aus und ein gegangen waren, und der Reisschober roch mehr nach Süßgras als nach irgend etwas anderem. Sie fuhr mit den Händen über das Eisengitter, fühlte den rauhen Rost auf den Metallsträngen.

»Wir soll leg sie der Reih nach, wie wir sie benutz«, sagte Mary. »So er woll hab.« Marietta legte die Hacken, die Reissicheln und die Dreschflegel ins Gras.

»Ha, wir benutz die verdammt Hack all Tag«, sagte sie. »Wo komm die hin?« Pinkie und Mary lachten, und Pinkie sagte: »Still jetz. Er komm.«

Mr. Thomas schob die Sachen mit dem Fuß hin und her, musterte sie und zog eine Plastiktüte aus der Tasche. »Ich habe auch etwas von dem lehmüberzogenen Reis für die Ausstellung aufgehoben«, sagte er. »Hmmm – laßt mich einen Moment über die Reihenfolge nachdenken.«

Die Frauen standen da und guckten. Pinkie sah auf die hohlen Baumstümpfe, in denen sie den Reis gestampft hatten. »Aint Sister Palmstumpf geh besser fe stampf. Sie nehm immer, wo ich klein-klein.«

Mr. Thomas sagte: »Tatsächlich?«

Pinkie guckte erschrocken. »Zeihung, Sir«, sagte sie schnell. Marietta dachte, sie sag lieber nich, daß sie weiß, was geh besser. Er der, wo immer weiß all Sach.

»Es ist mir nie gelungen, ein solches Stück aufzutreiben«, sagte er, und er ging rasch zu seinem Wagen, um seine Notizbücher zu holen.

»Warum du sag so was?« sagte Mary zu Pinkie.

»Der Mann verrückt«, sagte Pinkie.

»Marietta?« sagte Mr. Thomas, der jetzt langsam wieder zurückkam. »Du wohnst doch in der Nähe ihrer Hütte, nicht wahr? Sind ihre Sachen schon alle verkauft oder verschenkt?«

»Nix verschenk oder verkauf, Sir«, sagte Marietta. »Das ihr Sach.«

»Komm mit und zeig mir den Mörser«, sagte er. »Pinkie und Mary können solange eine kleine Pause machen. Wir nehmen meinen Wagen.«

»Sir?«

»Ich gehe nicht gern auf Sand, weil es mir entsetzlich auf die Wadenmuskeln schlägt. Und mit Rücksicht auf den Rasen nehmen wir besser den Weg über den Highway. Ich weiß, daß ihr immer durch den Wald hierherkommt, aber wir fahren außen herum.«

Nate und Calvin sahen sie gehen und sprangen von ihren Decken auf und riefen: »Mama! Wir fahr Auto!«

Randy sagte: »Ich komm auch mit!« Marietta sah Mr. Thomas an, aber der schien nichts zu sehen als sein Buch.

»Du sitz vorn mit Mr. Thomas«, sagte sie zu Randy. »Sie sitz hinten bei mir.«

Es war seltsam, an dem kahlen Straßenrand vorbeizufahren, wo nur noch Holzsplitter und verstreute Palmwedel an die Stände erinnerten. Der Wald war so dunkel, der sandige Randstreifen so hell und das Stück, wo die Frauen immer hin und her gegangen waren, noch heller. Pearls Laden, wo Rosie ihre Körbe draußen an der Wand aufgebaut hatte. Sie saß jetzt fast jeden Tag bei Pearl im Laden. Die Häuser an der breiten, unbefestigten Straße, und gleich darauf das Rumpeln der Brückenbohlen. Im Nu waren sie in den Waldweg eingebogen, und Mr. Thomas sagte: »Mein Gott, ist das eng hier. Ich hoffe nur, der Wagen wird mir nicht verkratzt.«

Aint Sisters Haus sah vom Auto aus noch kleiner aus. »Da ihr Haus«, sagte Marietta. Als sie aus dem Auto gestiegen war und im Hof stand, war die Tür wieder am richtigen Platz, da, wo sie hingehörte. Die Fenster waren verrammelt wie für einen Hurrikan, aber die Tür war nicht verschlossen. Niemand würde Aint Sisters Sachen anrühren.

Er starrte auf die Gläser mit den Tees, die in einer Reihe auf dem Bord standen, die Farben trüb und dunkel in dem schwachen Licht, das durch die Tür hereinfiel. Im Schein des Feuers hatten sie immer geleuchtet und gestrahlt. Das Bett war noch gemacht, und der saubere Blechteller und der Löffel waren an ihrem Platz auf dem Tisch. Mr. Thomas sah den Palmstamm-Mörser neben der Feuerstelle und stürzte darauf zu.

Die Jungen waren gleich zum Bett gelaufen, weil sie sich erinnerten, wie sie kichernd dort gelegen hatten, während Aint Sister gedroht hatte: »Ihr geh aus mein Bett! Ich komm fe hol euch!« Randy sprang auf die niedrige Matratze und sagte: »Das hopst gar nicht richtig.«

Mr. Thomas schleppte den Mörser zur Tür. Die Außenseite des Baumstumpfs war so rauh und grau und faltig wie die Elefantenbeine, die sie vor langer Zeit in einem Schulbuch gesehen hatte; der Stößel war dick und rund. Innen war das poröse Holz von dem stampfenden Stößel so glatt wie ein nasser Babyrücken. Aber Mr. Thomas ließ jetzt den Mörser stehen und sah sich in dem Raum um. Er stocherte in der Feuerstelle.

»Wie alt ist diese Hütte?« fragte er.

»Ich weiß nich, Sir.« Sie zuckte die Achseln und wollte den Jungen sagen, daß sie aufhören sollten, das Bett zu zerwühlen. »Sie bau fe Aint Sister Oma.«

»Wen?«

»Aint Sister – Eva – das Haus fe Eva Mama Mama. Sie komm von Afrika.« Sie biß sich auf die Lippen und sagte: »Zeihung« und ging ins Schlafzimmer. »Ksch!« fuhr sie die Jungen an, und ihre Kehle war ganz eng. »Ihr geh da runter jetz.«

Randy lief wieder zurück in das andere Zimmer und schlug mit dem Löffel auf den Teller. »Wer ißt denn von einem Blechteller?« sagte er. »Hier drin stinkt's.«

»Laß uns den Mörser in den Kofferraum packen«, sagte Mr. Thomas, der jetzt von der Feuerstelle abließ und sich aufrichtete. »Ich bin froh, daß Pinkie mir davon erzählt hat.«

Pinkie erzähl dir nix. Pinkie red nur – red fe Zeitvertreib, dachte Marietta, von Panik gepackt. Aint Sister Stimm komm sogar jetz. »Leut sag, nieman darf nehm tot Leut Sach«, sagte sie laut, und sie blieb widerstrebend stehen, als er auf den Mörser zuging.

»Aber warum ist das Haus dann nicht verschlossen?« sagte Mr. Thomas.

»Weil vielleich ihr Geist komm und möcht benutz Sach«, flüsterte Marietta, ohne ihn anzusehen.

»Meinst du nicht, sie würde wollen, daß die Leute etwas von den Dingen sehen können, die sie all die Jahre aufbewahrt hat? Das hier ist ein Stück Geschichte, und es schreit danach, im richtigen Kontext ausgestellt zu werden. Die Geschichte gehört allen«, sagte er, während er sich auf der Veranda den Staub von den Händen rieb. Die Jungen rannten an ihm vorbei, und er sah ihnen mit dem gleichen gleichgültig-neugierigen Blick nach, mit dem er sie immer betrachtete.

Jerry und Willie wälzten den Mörser aus dem Kofferraum und guckten Marietta stirnrunzelnd an. Pinkie und Mary rissen die Augen weit auf, als sie ihn vor den anderen Mörsern beim Reisschober stehen sahen. Als Mr. Thomas ins Haus gegangen war, um mit Mr. Ray zu reden, sagte Marietta: »Er hör nix. Er red immer nur von Geschicht. Ich kann sag nix.«

»Im nächsten Frühjahr wird alles viel besser«, verkündete Mr. Ray auf der Veranda und streckte sich. »Jetzt läuft die Sache endlich an.«

Mrs. Ray blies auf ihren Kaffee. »Ach?« Marietta wartete; Mr. Thomas hatte sie auf die Veranda geschickt, weil Mr. Ray etwas wollte.

»Wenn ich im Schlafzimmer kein Geißblatt riechen kann, bleibe ich nicht hier, den ganzen verdammten Sommer lang«, sagte Mrs. Ray.

»Ja, ich weiß. Schau, da ist sie schon. Erklär ihr, was du willst. Wo hat Thomas die Pflanze hingebracht?« sagte Mr. Ray.

»Erklär du es ihr«, sagte Mrs. Ray. »Die Pflanze ist hinten, nehme ich an. Ich muß mich jetzt mit Laha an die Weihnachtsdekoration machen.« Sie ging nach drinnen, und Marietta folgte Mr. Ray auf die Rückseite des Hauses.

»Sie will Geißblatt im Schlafzimmer, ich meine, sie mag den Geruch«, sagte er. »Am besten, du pflanzt es hierher und sagst Jerry Bescheid, daß er ein Spalier für die Hauswand da beschafft. Das da oben ist das Schlafzimmerfenster.« Er sah auf den Boden. »Ach, laß das erst mal mit dem Spalier. Das Zeug kann ja vorerst da dran hochranken.« Er zeigte auf das hölzerne Gitterwerk unten an der Hauswand.

»Nate, Calvin«, rief sie, als sie die Schaufel und den Dünger holen ging. »Ihr bleib schön da.« In dem Moment kam Mr. Ray um die Ecke.

»Sie sind alle drei bei mir«, sagte er. Sie kamen hinter ihm hergelaufen. »Ich muß runter zum Steg und dort nach dem Rechten sehen.«

»Ihr zwei bleib da«, sagte sie zu den Jungen, und sie fingen an zu zetern. »Nein – ihr geh un hol euer Lastauto un sitz da her«, sagte sie. »Ab jetz.«

Randy sagte: »Ich will, daß sie mitkommen, mein Daddy paßt auf uns auf. Los, kommt«, rief er ihnen zu, und sie rannten hinter ihm her.

»He, ihr zwei«, schrie sie, aber sie rannten nur noch schneller und versuchten, ihn zu fangen. Sie lief hinterher, zum Steg, wo alle drei Kinder stehenblieben und zusahen, wie Mr. Ray ans Ende hinausging und ins Wasser guckte. Ein Motorboot schoß vorbei, und er winkte – und Nate und Calvin winkten auch.

»Die zwei muß komm wieder hoch mit mir«, sagte sie. »Ich woll nich, daß sie spiel hier am Wasser, weil sie nich kann schwimm.«

»Nein, Daddy, sie sollen dableiben«, sagte Randy, indem er Marietta direkt ins Gesicht sah. »Ich will, daß sie bei mir bleiben. Du hast gesagt, an Weihnachten dürfen sie nicht rüberkommen.«

»Mr. Ray«, setzte sie an, aber er fiel ihr ins Wort.

»Du denkst doch wohl hoffentlich nicht, daß ich nicht auf Kinder aufpassen kann«, sagte er scherzhaft. »Laß sie da und geh wieder zu deinem Geißblatt. Wir bringen sie bald wieder zurück. Da, schau, sie sind ganz fasziniert vom Wasser.« Er starrte ihr in die Augen, bis sie den Blick abwandte und aufs Wasser hinausguckte. »Sind doch schon große Jungen.«

Sie stampfte grimmig auf das Schaufelblatt und trieb es tief in die Erde an der Hauswand. Die Geißblattpflanze saß in einem großen Topf, und sie kippte sie wütend aufs Gras. Sie nich sein Bub. Sie mein Baby. Sie nich groß. Sie gehör nich ihm. Ich muß schlag sie fe ihn, lehr sie Lektion fe ihn. Affen. Sie lern fe wer brav klein Nigger. Er kauf zwei statt ein. Zwei klein Nigger fe Randy.

Die Schaufel stieß gegen einen Stein, und sie warf sie ins Gras. Jetzt mußte sie auch noch den Stein ausgraben, sonst würden die Geißblattwurzeln nicht froh werden. Ich muß auch noch mach Geißblatt froh. Daß wachs groß un kräftig bis ans Fenster. Am liebsten hätte sie Löcher in das hölzerne Gitterwerk getreten, das die Hauswand säumte; statt dessen griff sie wieder zu der Schaufel, um sie neben dem Stein in die Erde zu rammen. Gottverdammich Stein. Un wahrscheins noch groß.

Als sie die Erde ringsherum wegscharrte, sah sie, daß es ein flacher, runder Stein war, ein bißchen größer als das Schaufelblatt. Sie hebelte mit der Schaufel von allen Seiten, und schließlich hob er sich so weit, daß sie mit beiden Händen darunter fassen und ihn heraushieven konnte. Die Erde bröselte von der Oberseite herunter, und sie sah den Namen MARY, in die glatte Fläche gemeißelt.

Mary. Afrikafrau. Sie heiß Bina, aber er ruf sie Mary. Marietta starrte auf das weiße Holz der Hauswand, das nirgends ein besonderes Zeichen trug. Sie sah hinauf zu dem Fenster, wo das Geißblatt hinwachsen sollte. Das Schlafzimmer. Er begrab sie unter sein Schlafzimmer, daß er immer kann guck un seh. Er will hab sie fe sich. Hab sie nah. Marietta fuhr mit der Hand über die gemeißelten Buchstaben. Wer mach? Er laß jeman meißel ihr Nam, aber begrab sie so, daß nieman kann seh. Nieman weiß, wo sie lieg.

Plötzlich wurde ihr bewußt, daß die Jungen immer noch weg waren, irgendwo drunten am Wasser. Mr. Ray will hab sie fe sich, so wie der ander Mann hab Afrikafrau. Er will hab Sach, un er krieg. Er krieg mein Söhn. Sie rannte über das Gras hinüber zu den Bäumen, zwängte sich durch die Azaleen und lief, so schnell sie konnte, durch das dichte Gestrüpp zum Wasser. Gleich darauf konnte sie sie hören. Die Stimmen der Jungen. Mr. Ray sagte nichts. Sie schlich langsam weiter und beobachtete von den Bäumen aus, wie sie am Wasser entlanggingen. Mr. Ray guckte die ganze Zeit auf die vorbeifahrenden Boote. Randy und Nate und Calvin trotteten hinter ihm her und warfen Steine und Stöckchen ins Wasser. »Mein soo groß«, sagte Nate. »Mach batsch.«

Calvin sagte: »Mach batsch-batsch-batsch« und warf noch einen Stein.

Sie folgte ihren Stimmen, und sie erreichten den Steg und gingen wieder den Rasenhang hinauf. Sie lief rasch zurück zu der Stelle, wo sie in den Wald geschlüpft war, kratzte sich die Arme an den Zweigen auf, zwängte sich durchs Unterholz und trat gerade in dem Moment wieder ins Freie, als sie an das frisch ausgehobene Loch kamen.

»Du schleichst im Wald herum?« sagte Mr. Ray mit prüfendem Blick und schiefgelegtem Kopf. »Suchst du was? Traust du mir etwa nicht?«

Sie schüttelte den Kopf. »Nein, Sir. Ich find Stein in Loch, nich gut fe pflanz Blum, un ich werf da in Wald. Da noch ein.« Sie ging zu dem Stein und hob ihn wieder mit beiden Händen hoch. »Ich bring weg, wie Mr. Thomas sag. Laß kein Dreck lieg in Hof. Zeihung.« Sie zwängte sich vorsichtig wieder durch die Azaleen, den Stein schwer und kalt in beiden

Händen, und als sie zwischen den Bäumen war, kniete sie sich in das Laub. Afrikafrau. Du lieg in Bäum. Ich komm wieder un hol dich. Du lieg in mein Bäum. Wir hab Bäum in Blut. Hier besser, besser wie da, wo Fenster guck auf dich runter. Jetz Bäum guck auf dich runter.

Mr. Ray stand bei dem Loch, als sie zurückkam und sich die Hände sauberrieb. »Gräbst du auch tief genug?« fragte er. »Ich hoffe, das verdammte Zeug wächst bis ins Schlafzimmer.«

Sie sah ihn an und nickte. »Ja, Sir. Ich grab ganz tief.« Als er ums Haus verschwunden war und Nate und Calvin anfingen, die Erdklumpen zu ihren Füßen zu zerdrücken, sagte Randy: »Ich geh zur Scheune, da sind Jerry und Willie. Los, kommt, ihr Affen.« Sie guckten nicht, und er sagte: »Dann bleibt eben da, ihr blöden Affen.«

Sie grub, schnell-schnell, bevor Mr. Ray wieder kam oder Mr. Thomas, immer weiter und weiter, und suchte die beiden anderen Steine. September und Oktober. Aber sie spürte nur weiche Erde unter ihrer Schaufel, in ihren Fingern, und sie begriff, daß die Töchter woanders lagen. Er brauch nich seh sie, wann er will. Er hol sie un versteck sie, weil er denk, sie sein Blut. Aber Afrikafrau Geist renn weg. Sie sah noch ein letztes Mal zu den Bäumen, nachdem sie das Geißblatt in das Loch gesetzt und die Erde wieder darumgehäuft hatte. Ich komm wieder. Sie nahm die Jungen an den Händen und führte sie nach vorn.

Als sie am nächsten Morgen in ihrer Tür stand und wartete, daß Laha und die anderen vorbeikamen, hörte sie ein Auto über den Sand knirschen, immer näher. Nate und Calvin vergaßen, auf den Brotstücken herumzukauen, die sie ihnen gegeben hatte, und starrten in die Bäume. Es war das große, schwarze Auto – Mr. Rays Wagen, der langsam durch den Wald herangeglitten kam wie ein Fisch durch dichtes Schilf, schlingernd und brummend.

Er und Mr. Thomas stiegen aus und guckten über die Lichtung und den Hof zu ihrem Haus herüber. »Morgen«, sagte Mr. Ray zu den Jungen, die zu den Stufen hinausgelaufen waren. »Lauft und holt eure Mama. Wir möchten, daß ihr mitkommt, zum Haus von eurer Oma. Los, geht sie holen.«

Der Wagen schob sich langsam rückwärts, während sie und die Jungen zu Fuß folgten, vor sich die Windschutzscheibe und Mr. Thomas' Augen. Mr. Rays Kopf und sein Ellbogen hingen aus dem Fenster, und er sagte: »Verdammt, ist das eng hier! Der reinste Tunnel! Sie haben recht – wir müssen das verdammte Ding versetzen.«

Sie stellten den Wagen hinter Aint Sisters Haus auf dem Waldweg ab und warteten auf der Veranda auf Marietta. »Ich möchte, daß ihr die Gläser und das ganze Zeug hier rausholt und zu euch rüberbringt«, sagte Mr. Ray. »Wir werden diese Hütte versetzen, nach drüben zum Haupthaus, aber danach werden wir einen Teil der Sachen wieder reinstellen, zum Angucken. Lauter authentisches Zeug, aber nichts, was jemand stehlen würde.«

»Sie versetz Haus, Sir?« sagte Marietta, noch außer Atem.

»Ja«, sagte Mr. Thomas. »Wir haben hier eine Originalsklavenhütte, eine der wenigen noch existierenden Sklavenbehausungen hier in der Gegend, und hier draußen sieht sie kein Mensch. Jetzt, wo deine Tante nicht mehr lebt, wäre es eine Schande, dieses kostbare Stück Geschichte einfach irgendwelchen herumstreunenden Tieren zu überlassen.«

Tiere? Aint Sisters Geist würde vielleicht herkommen wollen, um zu essen oder um sich auszuruhen. Deshalb hatten sie alles so gelassen, wie sie es brauchte. Marietta hatte manchmal gehorcht, ob da irgendein Atemhauch war, aber sie hatte keine Angst, weil die Jungen ja über dem Sarg hin und her gewandert waren. Ihr Geist war bestimmt zufrieden, weil ihre Sachen alle noch da waren oder bei ihrer Familie. Und obwohl jetzt niemand mehr den Weg entlangkam, um Marietta zu besuchen, sagten sie immer noch: »Aint Sister Haus da drüben in Wald.«

»Nun mach schon«, sagte Mr. Ray ungeduldig. »Such dir was, um die Sachen zu tragen, oder laß die Jungen helfen.«

»Zeihung, Sir, aber Aint Sister laß ihr Haus jeman«, sagte Marietta. »Haus geh von Leut zu Leut in Familie. Sie mein Familie.«

Er lächelte. »Und das hier ist mein Land. Das ganze Stück

bis dort hinten zur Wegbiegung, wo das dritte Tor war. *Yeah*, dein Haus gehört ebenfalls mir. Ich möchte, daß die Hütte hier nach drüben auf das Grundstück kommt, und ich hätte diesen Teil meines Eigentumstitels wahrscheinlich gar nicht weiter beachtet, wenn Mr. Thomas mich nicht auf die Gebäude aufmerksam gemacht hätte. Aber das Ding hier ist in der Tat eine große Bereicherung – ich sage ja, das wird ein prächtiges Frühjahr.«

»Bring Unglück fe versetz Haus, Sir«, versuchte es Marietta noch einmal, aber er reckte langsam das Kinn vor.

»Wo wir schon dabei sind – ich werde in Zukunft Miete von dir verlangen müssen, für das Haus, wo ihr wohnt, du und die zwei da. Aber du kannst dir das Geld natürlich vom Lohn abziehen lassen. Also, los jetzt. Such dir einen Karton oder so was. Thomas, was zum Teufel ist das?« Er starrte auf einen Hühnerschnabel neben seinem Fuß.

Sie ging nicht mehr zum Herrnhaus, nachdem sie die Sachen in ihr vorderes Zimmer gebracht hatte. Die Männer kamen nicht wieder. Sie ging unruhig auf und ab, vor der Feuerstelle, auf der Veranda, und Nate und Calvin spielten mit Aint Sisters Tellern und Löffeln und Töpfen und mit dem alten eisernen Dreifuß, den sie immer ins Feuer gestellt hatte, wenn etwas direkt über der Glut langsam vor sich hin kochen sollte. Die Grauholzdielen waren schlüpfrig unter ihren Fußsohlen, ihr Kopf dick von Zorn.

Bina Haus. Christmas Haus. Aint Sister Haus. Mama Haus. Mein Haus. All zwei Haus weg – nieman Land, nieman Wald.

Sie sah auf die Jungen unter dem Tisch. Mein Bub – nieman Bub. Ich schlag sie fe mach sie schwach, fe mach, daß sie lächel? Sie seh mein Gesicht, sie wer nich lern. Sie seh ihr Opa Gesicht. Ich soll mach mein Gesicht weich? Sie hab sein Blut, ob ich mach oder nich mach. Sister sag, ich hart wie Holz. Krieg kein grad Holz von krumm Baum?

Die Dunkelheit kroch auf die Lichtung und dann ins Haus, und sie schichtete das Feuer höher und steckte die Jungen in den Zuber vor dem Feuer. Sie schnippten Wassertropfen in die Glut, um zu hören, wie es zischte. Sinbads dicke Augenbrauen, ihr Blut und Mark und Fleisch – sie war keine Bedrohung, weil eine harte Frau nur häßlich und dickschädlig war. Aber zwei große Burschen – konnte sie etwas tun, um ihre Gesichter zu verändern, oder wuchsen ihre Knochen jetzt schon zu dem geraden, unbeugsamen Starren zusammen? Afrikafrau – ihr Stein dort in Bäum, wart auf mich.

Blauschwarz – Blaublut. Das tiefste Blau der heißesten Flammen; das Saphirblau der Glasscherben auf dem Grab ihrer Mutter; das trübe Graublau der Austernschalen. Das Blauschwarz zwischen den Bäumen, wenn es dunkel wurde.

Das Bild ihres Vaters – ihr Spiegelbild in Sinbads Augen – Nates und Calvins noch weiche Gesichter, ihre Babyhaut, ihre Babybäckchen über seinen harten Zügen, die auch ihre waren. Harte Stirn- und Wangenknochen und scharfrandige Lippen.

Blauschwarz – bring Ärger. Mr. Ray wollte, daß sie von ihr lernten, wie ihre Gesichter auszusehen hatten, wie sie ihm oder Randy Sachen bringen sollten. Daß sie lernten, die Zähne zu entblößen. Er wollte, daß ihre Augen sich weiter öffneten, wenn er etwas sagte, daß ihr Gesicht irgendwie aussah, als hinge es niedriger, auf einer Höhe mit seinem, nicht so schräg über ihm, daß ihre Lippen und Lider auf ihn herunterguckten. Die Münder der Jungen, immer feucht und lachend, Mariettas eigene Zähne immer feucht und glatt hinter ihren geschlossenen Lippen, ihre Augen geschützt hinter den Lidern.

Sie hatte die Dollars in dem Kästchen ihrer Mutter unter dem Bett wohl hundertmal gezählt, aber als sie eingeschlafen waren, zählte sie sie, am Feuer sitzend, noch einmal. Wieviel für ein Zimmer mit Küche und Bad in Charleston? Sie starrte auf die Deckelgläser auf dem Tisch – die blanken, klaren Gläser voll mit goldener und silberner und rubinroter Flüssigkeit. Sie öffnete eins und roch den Whiskey – Schlangenwurz mußte in Whiskey liegen. Sie seufzte und fuhr mit der Hand über das Rund des Reistopfs. Wieviel konnte sie diesmal mitnehmen? Dann fiel es ihr wieder ein – der Stein. Sie konnte nicht zurückgehen und ihn holen. Sie konnte die Jungen nicht allein hier liegen lassen.

Aber der Stein, Mary – Bina Stein. Sie ging ins Schlafzimmer und sah auf die schlafenden Jungen. Aint Sister, flehte sie, du komm un hüt sie, nur fe ein klein Augenblick. Du guck, daß Geist nich komm rein. Bitte.

Sie rannte so schnell durch das Dunkel, daß das Licht der Taschenlampe wild in den Bäumen tanzte, und weil sie nicht wußte, was sie singen mußte, um die bösen Geister fernzuhalten, sang sie das, was Sinbad immer den Frauen leise ins Ohr gesungen hatte, das einzige, was ihr einfiel. *Please, please, don't go*, sang sie. Nein, ich geh, dachte sie. Ich schon weg.

Am Tor knipste sie die Lampe aus, und sie ließ das Lied nicht einmal in ihrem Kopf weiterklingen. Es war noch nicht spät – im oberen Stock brannte noch Licht. Wachs bis in ihr Schlafzimmer. Sein Schlafzimmer. Sie schlich langsam den Rand des Grundstücks entlang und duckte sich in die Azaleen, sobald sie ein Geräusch hörte. Als sie jenseits des Fußwegs zum Steg war, lief sie schnell in den Wald und zu der Stelle, wo sie den Stein hingelegt hatte. Mary – ihre Finger ertasteten die Buchstaben. Bina – ich kann nimmer änder, aber ich bring dich heim. Sie hob den Stein auf und ging los, wieder zurück zu den Azaleen, aber plötzlich hörte sie etwas, und sie sah einen glühenden Punkt durch das Dunkel schweben.

Maussa komm fe hol sie! Geist steh auf Steg, seh mich. Er rauch Zigarr, kenn mich von Boot. Sie kauerte sich in die Azaleen, roch die Erde, die sie umgegraben hatte, und dann den scharfen Rauch von dem kleinen Feuerpunkt, der immer dichter zu ihr herschwebte. Du komm. Ich renn nich weg, ich hab Stein fe hau dir auf Kopf. Das da Geiststein, hau sogar Geist Kopf ein. Sie hockte zitternd zwischen den Blättern.

Plötzlich flog die rötliche Glut auf sie zu. Sie sah die Schattengestalt eines Mannes in dem Licht, das aus dem Schlafzimmerfenster fiel – Mr. Ray. Er hatte seine Zigarette in die Azaleen geschnippt, und sie lag glimmend neben ihrem Fuß. Er verschwand ums Haus, und sie hörte die Vordertür zuklappen.

Sie rannte los, wieder ganz außen um den Grundstücksrand, schnell-schnell, bevor er aus einem der Fenster schauen konnte. Der Stein war schwer und klackte gegen die Taschenlampe, und sie preßte ihn mit beiden Armen an ihren Oberkörper, wo er jetzt gegen ihr Brustbein bummerte.

Als sie bei ihrem Haus ankam, legte sie den Stein auf der

Veranda ab. Sie stürzte ins Schlafzimmer, um nach den Jungen zu sehen. Sie schnauften friedlich vor sich hin. Noch ein klein Augenblick, flehte sie Aint Sister an. Du mach fe mich, bitte. Du mach fe Afrikafrau.

Sie lief den Waldweg hinunter, vorbei an Aint Sisters dunklem Haus und Rosies rauchendem Abzugsrohr, und kam an die große Engeleiche, die still und stumm im Dunkel stand. Kein Feuer in dem gemauerten Rund, jetzt im Winter, kein Zigarettenrauch und kein munteres Gemurmel, keine Leute rings um die Glut. Sie lief weiter bis zum Friedhof.

Totengeist, Spukgeist, ihr bleib ganz ruhig, ich bitt euch. Ich bring euch jeman. Sie holte tief Luft und ging über den Friedhof, unter den moosbehangenen Bäumen hindurch, die über die Seelen wachten. Sie legte den Stein zwischen Aint Sisters Grab und das Grab ihrer Mutter und ließ ihre Hand einen kurzen Augenblick auf ihm ruhen. Dein Blut hier. Mein Blut jetz all weg.

Sie wußte, daß Little Johnny im vorderen Zimmer sitzen und fernsehen würde, aber sie horchte zuerst, um sich zu vergewissern, daß er allein war. Big Johnny un Rosie geh fe mach Besuch, dachte sie. Das Licht des Fernsehers flackerte silbrigblau im Fenster. Marietta klopfte an die Tür.

»Johnny«, flüsterte sie. »Ich, Marietta.«

»Was du woll?« sagte er, als sie drinnen stand. Er war erstaunt, und seine Zähne schimmerten ebenfalls silbrig, als er sie im Fernseherlicht mit zusammengekniffenen Augen musterte.

»Dein Daddy Laster da?«

»Er un Mama geh zu Laha. Sie lauf. Warum?«

»Du muß fahr mich wohin. Du mach schnell un laß den Laster an, ich geb dir drei Dollar.«

Johnny sah auf den Fernseher. »Du verrückt, Marietta. Ich fahr nirngswo hin mitten in der Nacht.«

»Dein Daddy krieg sein Laster wieder Taglicht«, sagte sie, indem sie sich vor den Fernseher stellte. »Ich geb dir fünf Dollar.«

»Fünf Dollar reich nich fe laß mich schlag tot. Daddy wer tob wie was.«

»Ich muß hol was in McClellanville«, sagte Marietta scharf.

»Ich geh un mach mein Bub fertig. Du komm in halb Stund un hol uns. Du ganz schnell wieder da. Bitte.« Sie trat an ihn heran und legte ihm die Hand auf die Schulter, und sie merkte, daß er Angst vor ihr hatte. »Du komm in Stund.«

Er nickte und sagte: »Ich komm, okay?« Als sie ihn losließ, starrten seine Augen wieder in das silbrigblaue Licht.

Charleston

»Du hab kein Arbeit, du weiß nich mal, wo geh hin«, sagte Johnny immer wieder vor sich hin, wie einen Vers, während sie ihm den Weg wies. Der Fischladen war zu, die Fenster mit Spanplatten vernagelt, und sie fühlte einen Stich in der Brust – vielleich Frank tot, nein, er wahrscheins nur zieh auf sein Bruder Farm. Eß Meeräsch all Tag.

Das alte Haus, in dem sie gewohnt hatte, war dunkel, niemand draußen auf der Veranda in der Winterkälte. Hurriah? Er zieh rum, er tot, er komm wieder? Nein – er immer noch weg. Sie sagte zu Johnny: »Du fahr da rechts.«

»Du verrückt, Marietta. Plattaug pack dich«, brummte er. »Du sag, du woll geh fe McClellanville, un du lüg. Spukgeist wechsel dich um.«

Sie war seine Stimme leid, und sie wollte den Schlafatem der Jungen in der großen Fahrerkabine hören, damit sie nachdenken konnte, sich wieder an die Straßen erinnern; sie drehte den Kopf zu ihm und sagte: »Plattaug hol mich, wechsel mich um fe Hex! Geist von Herrnhaus wechsel mich um, mach mich verrückt. Du mach jetz dein Mund zu, ich mag nich seh dein Zähn. Du fahr, wo ich dir sag!«

Er umklammerte das Steuerrad und preßte die Lippen aufeinander. Sie guckte zurück auf die Straßen. In Franks Laden war einmal ein Mann gewesen, der ein Zimmer gesucht hatte, und Frank hatte zu ihm gesagt: »Geh da rauf, über die King Street raus, immer da lang. Die Gegend da is billig, aber nich so unsicher wie hier. Da gibt's haufenweis Zimmer.« Sie war ein paarmal zu Fuß in die Richtung gegangen, und sie versuchte sich zu erinnern, wo die Straße mit den ganzen Zimmer-zu-vermieten-Schildern an den Veranden gewesen war.

Die engen Straßen endeten in Sackgassen und Fußwegen, aber schließlich sah sie die etwas breitere Straße, die sie meinte, mit lauter großen Apartmenthäusern in einer Reihe und dem großen, unbebauten Stück, das hinten an Zäune und Fabriken stieß. »Du mach langsam«, sagte sie zu Johnny, und sie suchte die Veranden und die schmiedeeisernen Geländer nach Schildern ab.

»Ich seh nix«, sagte er. »Du verrückt. Du kenn nieman in Charleston – kein Stadtleut find dich in deim Haus da drauß in Bäum.«

»Ich Geist – mein Freund flieg all raus in Bäum fe seh mich«, sagte sie. »Wir bleib da bis Taglicht, dann sie häng die Schild raus. Du lehn dich an un schlaf – ich paß auf.«

Er schnaubte und brummte, aber nach einer langen Stunde sank sein Kopf zur Seite, und Marietta zog die Decken über die Jungen, die zwischen ihren Beinen eingekeilt schliefen. Sie sog den Geruch der Kabine ein und mußte daran denken, wie wütend Big Johnny am Morgen sein würde. Aber ich geh nich zurück. Pine Garden Zeit rum. Mein Haus weg, mein Leut weg. Ich jetz hier. Lil Johnny wer sag, ich verrückt, ich Geist. Geist verschwind Taglicht, grad wie ich.

Als sich der Himmel rot färbte, stieg sie aus dem Laster, nachdem sie die Jungen warm aneinandergeschmiegt auf den Sitz gebettet hatte. Sie holte den Topf mit Grützmais und Reis und Gläsern herunter, die Körbe mit Bettzeug und Kleidern, die Kartons mit Tee und Tellern. Sie angelte jedes Stück einzeln von der Pritsche, ganz vorsichtig, wie beim Obstpflücken, damit Johnny nicht aufwachte. Sie stapelte alles auf dem Lehmboden des unbebauten Grundstücks, wo sie geparkt hatten, und noch ehe die Sonne aufging, wartete sie, daß die Frauen, die zur Tagarbeit gingen, ihre Türen aufmachten.

Schummriggoldenes Licht leuchtete in den Fenstern auf, und ein paar Männer stapften in schweren Stiefeln die Straße hinunter, zu der Hauptverkehrsstraße am anderen Ende. Niemand guckte zu dem freien Grundstück herüber. Kurz darauf kamen die Frauen in ihren Mänteln heraus, und endlich dann die ältere Frau, auf die sie gewartet hatte, mit dem Schild für das Geländer.

Sie lief schnell zu dem Apartmenthaus und klopfte an die

Tür. Es war immer noch grau-düster, und die kalte Luft biß ihr in die Ohren. »Ma'am?« sagte sie, als das Gesicht der Frau um die Türkante lugte. »Ich such fe Zimmer, ein mit Toilette un Herd.«

»Für Sie allein?« fragte die Frau.

»Nein, ich un mein zwei Bub. Klein-klein Bub, noch kein drei Jahr.«

»Hm. Sie sin früh dran.«

»Ja, Ma'am.«

»Ich hab was mit Küche un Bad. Ein Zimmer.«

»Ich dank, Ma'am. Hier?«

»Nein, da runter. Ich zieh mich bloß an, komm gleich.« Sie schloß die Tür.

Marietta lief zurück zu dem Laster und weckte die Jungen. »Ihr wach auf, wir mach Spaziergang«, sagte sie, als sie knurrten und blinzelten. »Wir geh fe besuch Lady, wo hab Bonbon.«

»Bonbon?« murmelten sie, indem sie sich die Augen rieben. »Bonbon?«

»Johnny, du fahr jetz«, sagte sie, an ihm rüttelnd. »Ich hab mein Sach. Da, die fünf Dollar. Ich lüg nich mit dem Geld.«

»Ha?« Sein Kopf schwankte hin und her, während er auf das freie Grundstück hinausstarrte. »Was du sag?«

»Ich sag, du fahr heim un mach schnell, daß dein Daddy schlag dich nich tot. Da – du nehm dein Geld un fahr!«

»Du verrückt – du steh auf Straß mit all dein Sach un sag, ich soll fahr?«

»Ich brauch dich nimmer. Ich mach allein jetz, du fahr.« Sie funkelte ihn an, mit dem Blick, den sie schon die ganze Nacht gehabt hatte, und er schüttelte den Kopf.

»Mama schlag mich tot, wenn ich sag, wie ich laß dich steh«, sagte er. »Einfach auf der Straß.«

»Du sag, mir geh gut. Du sag, ich geh weg«, sagte Marietta barsch, während sie die Jungen von dem Laster wegzog. Sie funkelte ihn wieder an, bis er den Motor anließ. »Du fahr da runter, dann links. Wenn du seh King Street, du fahr rechts. Du seh Schild fe Brück oder frag jeman fe Brück, wo geh auf Highway. Du fahr jetz.«

Als der Lastwagen um die Ecke verschwunden war, sah sie

noch mehr Leute auf die Straße herauskommen, mit Papiertüten und Handtaschen und Essensbehältern. Frauen in ihren Kleidern für die Tagarbeit, Männer in dunkler Arbeitskleidung und Mänteln. Kinder kamen heraus auf die Veranden und liefen wieder nach drinnen. Marietta nahm die Jungen an den Händen und führte sie zu dem Haus, wo das Schild hing.

»Ich hab was mit zwei Zimmer, näher an der großen Straße«, sagte die Frau in ihrer Wohnung. »Größer für euch alle drei.«

Als Marietta hörte, was es kosten sollte, schüttelte sie den Kopf. »Wir such fe ein Zimmer«, sagte sie. »Mein Sach da drauß – wir kann geh un guck?«

Die Frau ging vor ihnen her, zurück zu dem freien Grundstück, und zog die Augenbrauen hoch, als sie das kleine Häufchen Kartons und Töpfe sah. »Is das alles, was Sie haben?« sagte sie. »In dem Zimmer da sin keine Möbel. Nur der eine Tisch, wo sie dagelassen haben. Aber ich könnt Ihnen ein Bett aus meiner andern Wohnung lassen, wenn Sie Intresse haben.«

Marietta zählte im stillen noch einmal ihr Geld, zog die Jungen die Stufen zu der Veranda des alten Hauses am Ende der Straße hinauf und sagte: »Ich überleg mir, Ma'am.«

Das Licht, das durch die schmuddligen Rollos fiel, war das gleiche honigbraune Helldunkel, das sie aus dem Zimmer ihres Onkels kannte. Das Linoleum war an manchen Stellen bis auf den Holzboden durchgewetzt, und die Wände waren verräuchert und speckig. Das ganze Apartment wirkte so trüb wie Creekwasser, in dem aufgewirbelter Sand schwamm. Als die Frau das Geld genommen und die Tür hinter sich zugemacht hatte, sah Marietta den Jungen zu. Sie rannten hin und her und patschten auf die Wände.

Die Vormieter hatten auch noch ein Sofa dagelassen. Die Hauswirtin war erstaunt, als sie es sah, aber sie sagte, die Leute seien hastig ausgezogen. Marietta legte das Wachstuch, das sie mitgebracht hatte, auf das zu weiche Sofa und stopfte es hinten in die Ritze. Dann sah sie zu, wie die Jungen herumrannten und alles untersuchten und gähnten, bis sie nach der kurzen

Nacht müde genug waren, um sich von ihr Kopf an Fuß auf das rissige Wachstuch betten zu lassen.

Sie ordnete ihre Sachen, die mitten auf dem Fußboden standen und lagen, von den Jungen auseinandergepflückt und verstreut. Aint Sisters Teegläser drängten sich in einer Pfirsichkiste. Marietta wußte, sie würde nichts davon trinken, und sie waren schwer, aber sie hatte die blanken Gläser mit den goldenen Deckeln bei sich behalten wollen, damit niemand sie anguckte und den Kopf schüttelte, damit niemand lachte und sagte: »Alte Niggermedizin, eh?«

Ihre Töpfe – sie stellte sie auf den klebrigen runden Tisch mit den weißen Farbklecksen, die sich nicht abkratzen ließen. Sie nahm die Muscheln heraus, die sie Calvin in den Reistopf hatte packen lassen, und die kleinen Blechlaster, für die Nate sich entschieden hatte, und baute die Schätze der Jungen auf der Fensterbank auf, damit sie leicht an sie herankamen. Ihr Zimmer lag wieder ganz am Ende des Stockwerks, und die beiden Fenster gingen hinaus auf das freie Grundstück.

Sie hörte Geräusche in der Wand, Gluckern und Rumpeln, und ging in die Küche. Das Wasser, das hatte sie ganz vergessen! Das weiße Emailbecken mit den abgeschlagenen schwarzen Stellen und der Hahn, der es sekundenschnell füllte. Sie lauschte dem Pfeifen des Wassers, das aus der Leitung kam, und lief dann schnell ins Bad.

Die Kinnlade klappte ihr herunter – eine lange, weiße Badewanne! Na ja, nicht weiß, der Rand hatte ringsherum braune Schlieren, aber als sie sich bückte und die Hähne aufdrehte, kam heißes und kaltes Wasser heraus. Sie kniete sich hin und fuhr mit der Hand die Rundungen nach. Un ich noch so traurig, daß ich muß laß den Wäschtopf fe Laha, so traurig, daß ich muß sag Johnny, er soll geb ihr all mein Sach. Hier nieman brauch Wäschtopf! Die zwei wer schwimm da drin, schwimm in warm Wasser. Sie drehte sich um und betrachtete die Toilette und schloß dann die Badezimmertür. Nieman komm un bummer an mein Tür, nieman komm fe treib mich in Eck. Ich sitz hier, solang wie die zwei laß mich. Die Klobrille war feuchtkalt unter ihr, und eine Rolle dünnes, feuchtes Papier stand neben ihren Füßen auf dem Boden. Sie stand auf, und das rostige Wasser wirbelte in der Schüssel herum, als sie den glänzenden Griff herunterdrückte. Herr im Himmel. Überall Wasser. Die zischende Toilette, das strömende Wasser an der Badewanne, der Strahl in der Küche – sie stand ganz still da und lauschte mit geschlossenen Augen.

Aber du muß zahl Mietgeld. Du hab ein Monat fe find Arbeit. Dann du muß zahl Mietgeld. *Yeah*, wenn du bleib in Pine Garden, du muß auch zahl Mietgeld. Aber in Pine Garden du hab Sach fe eß. Hier du muß kauf all Sach – kein Huhn, kein Feld. Sie stellte die Wasserhähne wieder ab, ging langsam in die Küche zurück und drehte die Knöpfe an dem kleinen Elektroherd. Zwei Kochspiralen, geringelt wie Schneckenhäuser; sie wurden glühend orangerot unter ihrem Reistopf und den Dosentomaten, die sie in die kleine Kasserolle geschüttet hatte. Sie spielte an den Knöpfen, bis die Spiralen aschrot wurden, und ließ das Essen langsam vor sich hin kochen. Die Brustkörbe der Jungen raschelten gleichmäßig auf dem Wachstuch.

Sie ging nach draußen, um die Straße bei Tageslicht zu betrachten, und beugte sich über das Geländer. Unter ihr war der Gehweg. Kann nich feg Wasser da runter, wenn putz. Muß feg Veranda lang. Sie drehte sich wieder zur Tür. Eine zittrige Altfrauenstimme, dünn wie Vogelpiepsen, sagte: »Schlafen sie, deine zwei?«

Die Frau war ganz klein und dünn, ihr Gesicht hellbraun mit Sommersprossen unter den Augen, und sie saß auf der obersten Stufe der Treppe, die zur Straße hinunterführte. Ihr grauschwarzer Zopf war zu einem Kranz um ihren Kopf geschlungen, und sie hatte den Mantel in der Morgensonne gelockert.

Marietta nickte. Wie sie seh die zwei? Sie muß guck aus ihr Fenster all Tag.

»Feine Buben, die zwei«, sagte die Frau. »Wie alt – fünf, sechs?«

»Sie wer bald drei.«

»Hmm. Sin aber groß. Geben dir was zu tun. Sin sie brave Buben?«

Marietta nickte wieder und ging zu ihrer Tür. Sie wollte nicht gefragt werden, wo sie herkam und warum sie nur die paar Sachen besaß, die auf der Straße gestanden hatten; sie wollte nicht auf das »Wo dein Mann?« warten. »Ich muß geh fe putz«, sagte sie.

Die Frau lächelte. »So is recht – du gehst gleich ans Putzen. Vorher haben da zwei junge Leut drin gewohnt, wo keine Kinder hatten un nix gemacht haben. Sin immer nur rein un raus un haben alles auf die Veranda geschmissen.«

»Ja, Ma'am. Ich muß geh.«

»Bist du von einer von den Inseln? Du redst so wie die Inselleut.«

»Nein, Ma'am. Pine Garden«, sagte Marietta, an ihre Tur gelehnt.

»Kenn ich nich, Pine Garden. Nah Savannah?«

»Stück droben«, sagte Marietta. »Lieg bei Highway fe McClellanville. Die zwei wer wach, Ma'am.«

Die Frau nickte und wandte sich wieder zur Straße.

Marietta stellte den Reis vom Herd. Sie nahm den mittleren Topf und füllte ihn mit heißem Wasser vom Becken und bestaunte wieder den grauen, dampfenden Strahl. Sie ging daran, das Wasser in dem leeren kleinen Zimmer vorsichtig auf den Boden zu schütten, daß es Pfützen bildete, und dann zu schrubben, bis Lappen und Schaum dunkelgrau wurden. Sie kippte das schmutzige Wasser in die Badewanne und begann von neuem. Während sie zusah, wie das Wasser strudelnd im Abfluß verschwand, dachte sie: Ich muß nich feg raus. Nimmer wie vorher. Ich muß nich geh raus, außer fe such Arbeit. Die alt Frau da wahrscheins wie die daheim, immer guck un frag all Augenblick. Sie preßte die Fäuste mit dem Putzlappen fest auf den Boden und schrubbte mit aller Kraft. Vorher niemal mein Dreck, niemal mein Boden. *Yeah*, das mein Boden – solang wie ich zahl.

Sie kniete gerade vor der Badewanne, als sie vom Sofa kletterten, und sie sprang auf, weil sie dachte, sie würden in der fremden Umgebung sicher weinen, aber Nate plapperte munter auf Calvin ein, und ehe sie etwas sagen konnte, waren sie schon zur Tür hinaus. Sie hörte sie auf der Veranda und trat hinaus, während sie das Tuch tiefer in die Stirn zog und ein unauffälliges Gesicht aufzusetzen versuchte. Sie hörte eine Männerstimme. Mein Tuch so weit drunten, nieman seh mein Haar. Leut weiß nich, ob vielleich schon grau. Sie mußte plötzlich an Mr. Thomas denken und an die Art, wie er manchmal auf ihr Gesicht und ihre Hände geguckt hatte.

Ein kleiner Mann, dessen Augen nicht höher waren als ihre Schultern, stand lächelnd vor den Jungen. Sein rotbraunes Gesicht hatte Sichelfalten um die Mundwinkel, und sein Haar fing erst weit hinten auf seinem Kopf an. »Meine Herren«, sagte er, den Jungen zunickend. »Es freut mich sehr, eure Bekanntschaft zu machen.« Sie erstarrten und wichen zurück wie scheuende Pferde, und sie wußten, daß sie hinter ihnen stand, denn sie streckten die Arme nach ihren Beinen aus.

»Oder vielleicht sollte ich besser bei eurer majestätischen Mutter beginnen«, sagte er, immer noch lächelnd. Sie ließ ihren Kopf leicht nach vorn kippen und musterte ihn unter fast geschlossenen Lidern hervor – diesen kleinen Mann, der so redete, als ob hundert Leute auf der Veranda stünden, und dessen lange Worte durch die Luft hüpften wie flache Kiesel übers Wasser. Sie sog ihre Wangen ein und starrte ihn an; sie war wieder in Charleston. »Nun denn, wenn ihr euch akklimatisiert habt, würde ich mich freuen, euch hier in unsrer Straße willkommen heißen zu dürfen«, sagte er. »Meine Frau und ich wohnen drei Türen weiter. Mein Name ist Larkin. Aber alle hier nennen mich Poppa.« Er drehte sich um und ging zu der offenen Tür bei der Treppe zurück.

»Ihr komm da rein«, zischte Marietta die Jungen an. »Un ihr geh nich zur Tür raus, ohn daß ihr frag. Auf kein Fall.« Sie bugsierte ihre Hinterteile in das dunkle Zimmer hinein.

Am meisten fesselte sie die winzige Küche. Der kleine Kühlschrank – sie öffnete ihn immer wieder und atmete die Kälte der Metallroste und der Plastikkanten, die mit Kondenswasser beschlagen waren. Der Herd und das Spülbecken – sie schrubbte die klebrige Schicht von altem Fett weg, bis das Email weiß leuchtete.

Aber mit dem Dunkel der zweiten Nacht senkte sich das Bewußtsein ihrer Leichtfertigkeit auf sie herab. Die Jungen aßen ihren Reis mit Tomaten und flitschten dann im Schlafzimmer und im vorderen Raum herum wie Meeräschen in den Wasserpfützen, die bei Ebbe zurückblieben; sie schossen in die dunklen Nischen von Küche und Bad, als wären es kleine

Höhlen im Creekufer. Marietta schaltete das Licht aus, weil sie an die Stromrechnung dachte. »Wir geh raus, Mama? Du komm, wir geh. Wir geh jetz. Zeit fe geh, Mama?« quengelten sie an ihren Knien, als sie auf dem Sofa saß.

Sie ließ zu, daß in ihrem Kopf die Frage auftauchte, ob Sinbad wohl immer noch mit seinem Flossenauto durch die Straßen von Charleston fuhr. Nein. Sie wußte, er hatte eine andere Stadt gefunden, von der er enttäuscht sein konnte, während er lachte und flüsterte und seine Augenbrauen tanzten. Sie zog sachte an ihren goldenen Ohrringen, während die Jungen sich von ihren Beinen lösten und herumrannten. Sie nahm ihr Kopftuch ab und berührte ihren Nacken und die Wölbung ihres Hinterkopfs und band dann das Tuch fester um ihr Haar. Die Ohrringe hingen schwer in ihren Ohrläppchen. Achtzehn. Jetz ich zwanzig. Trag schwarz Sach wie Frau, wo verlier ihr Mann, un bind Tuch um. Leut muß denk, ich alt.

Miss Pat hatte gesagt, daß Frauen von den Inseln hierher auf den Markt kamen, um Gemüse und Körbe zu verkaufen. Aber was sollten die Jungen auf dem Gehweg machen? Die Straße war kein Feld, auf dem sie herumrennen konnten. Sie suchte sie und fand sie im Bad, scheuchte sie hinaus und fischte Wäscheklammern aus der Toilette.

Sie hatte vergessen, wie anders der Wind in der Stadt klang. Die Wandheizung schepperte, und die Luft strich über die Fenster. Jetzt, wo es dunkel war, ließ sie die Jungen auf das Sofa unter dem vorderen Fenster klettern und kurz durch das Fliegengitter lugen. Sie horchte auf die Luft, die an den Gebäuden vorbeiwehte, ohne daß irgend etwas sie aufhielt – keine Äste, kein Moos, keine Rinde, nichts, was Geräusche schlukken konnte. Aber über die Veranda fegte der kalte Wind und nahm die Gerüche nach Essen und Rasierwasser mit, und sie hörte Töpfe klappern und ferne Stimmen, und von nebenan, durch die Wand, kam Radiomusik.

Sie lag, nachdem sie die Jungen neben dem Sofa auf das Deckenlager gebettet hatte, die ganze Nacht dort unter dem Fenster und hörte die spitzen Singstimmen und Gitarren und ständig die schnellen Rhythmusschläge. Es war ein kleines Radio, das hörte sie an der dünnen Musik. Und die Stimmen waren ganz anders als die von Laha oder Rosie, wenn sie auf dem Feld oder auf dem Lastwagen sangen, oder den Leuten in der Kirche. Diese Stimmen klangen eher nach Kindern, so wie Lahas Horde und die anderen, wenn sie sich an den Händen faßten und einander einzufangen versuchten und ihren Singsang trällerten.

All die anderen Geräusche – die seltenen Autos, die die Sackgasse heraufkamen, die Stiefel und Absätze auf dem Holzboden der Veranda, das Klicken der Türschlösser und die Fernseher – hörten irgendwann auf, während sie dalag und der rostige Fliegengittergeruch durch den Fensterspalt über ihr drang, aber aus dem Radio hinter der Wand sickerten bis zum frühen Morgen Schlagzeugrhythmen und Trompetenklänge und Stimmen. Kein einziges Mal schrappten dort drüben Stuhlbeine über den Boden, niemand hustete, aber bevor die Sonne aufging, fiel die Tür neben ihrer ins Schloß, und leise Füße tappten die Treppe hinunter.

Als sie sich aufrichtete und zum Fenster hinausguckte, sah sie draußen keine Bewegung, nur die dunklen Apartmentfronten, die einen schattigen Tunnel bildeten, so wie die Eichen am Waldweg. Die Wange auf den Arm gelegt, guckte sie hinaus, bis ein paar gelbe Vierecke an der Straße aufleuchteten und die Umrisse der Häuser erkennbar wurden. Sie ließ Grützmais wie Sand ins kochende Wasser rieseln und stellte die Körbe ineinander. Nur zwei. Der große rundbäuchige, den sie mit Aint Sisters Hilfe gemacht hatte, als die Jungen gerade sechs Monate alt gewesen waren. Er hatte die gleiche Form wie der, den die winzige, gelbhaarige Frau damals befingert hatte, an dem Tag, als Mariettas Mutter reglos atmend im Bett gelegen hatte. Aint Sisters Finger hatten diesen Korb hier überall berührt, die eingeflochtenen Kiefernnadeln straffgezogen, das Süßgras glattgestrichen. In dem großen Korb stand der hohe, der wie ein Deckelglas geformt war und in den sie beim Packen die Gabeln und Löffel und Socken und Hemden gestopft hatte.

Wieviel nahmen sie hier in Charleston für Körbe? Sie hatte nur noch zwei. Sie schloß die Augen und sah die Körbe an den Wänden des Stands, wie sie im Wind schwangen und den ganzen Tag den Duft von trockenem Süßgras verbreiteten. Sie roch an dem bauchigen, runden Korb und ging dann die Jungen wecken.

Es war gerade hell geworden, als sie sie die Straße entlangschleppte. Ihre Augen waren noch schlafschmal und ihre Münder warm von der Maisgrütze. Sie klemmte das Wachstuch fest unter ihren Arm und beeilte sich. Der Himmel war graukalt, und die Leute gingen mit gesenkten Köpfen, bis sie in Läden und Hauseingängen verschwanden; sie sah nur die Hutkreise der Männer. Frauen waren noch keine unterwegs. Marietta fand die alte Markthalle und verlangsamte ihren Schritt, setzte ein unbewegtes Gesicht auf. Die anderen Frauen saßen hinter Gemüse und Körben. Es waren nur wenige, und Miss Pat konnte sie nicht entdecken. Wen sollte sie fragen? Die Frauen saßen reglos da oder flochten und murmelten vor sich hin, zogen Sußgras aus Papiertüten zu ihren Füßen oder wölbten die Hände über Rüben und Kohlköpfen. Marietta sahen sie nicht an.

Wo soll ich stell mein Sach? Wieviel sie nehm fe Körb hier? Sie zerrte die Jungen weiter, weg von den bunten Farben, nach denen sie greifen wollten, und ging noch einmal durch die ganze Halle und suchte nach Miss Pats Gesicht. Jetzt kamen ein paar ältere schwarze Frauen, die weiße Kinder von Nates und Calvins Größe an den Händen hielten. Sie betasteten das Gemüse. Marietta beobachtete sie und dachte, ich sitz da mit mein zwei Körb un hab kein Süßgras, nix fe mach mit mein Händ. Seh komisch aus, wenn ich sitz da mit nix. Seh aus, wie wenn ich stehl die zwei Körb.

Sie ließ sich von Nate und Calvin zur Tür hinaus ziehen. Sie hatten einen Laden mit Weihnachtsflitter in den Fenstern entdeckt – Spielsachen und Päckchen und sogar ein geschmückter Baum. Sie rannten vorneweg und versuchten schon, die Tür mit der Glasscheibe aufzudrücken, als es ihr wieder einfiel.

»Ihr komm da her! Ihr kann nich da rein«, zischte sie sie an, während sie sie an den Armen packte und von dem Messingknauf wegriß. »Ihr komm da her!« Sie zerrte sie den Gehweg entlang, und Nate brach in empörtes Geschrei aus.

Charleston – sie hatte ganz vergessen, daß sie die Läden unterhalb bestimmter Straßen nicht betreten durften, daß die

Jungen lernen mußten, nicht vorneweg zu laufen und alles anzufassen, solange sie nicht in der richtigen Gegend waren. In Pine Gardens gab es nichts, wo sie nicht hindurften – Pearls Laden war der einzige, den sie je gesehen hatten. Kling schön, Pine Garden, eh? *Yeah*, aber sie darf nich geh in Herrnhaus, wenn sie wer größer. Darf geh in Reisschober, soviel sie möcht. »Ihr lauf jetz!« fuhr sie sie ärgerlich an, als sie sich schwer an sie hängten und sie zurückzuzerren versuchten. »Ab jetz!«

Sie wartete, bis sie schwarze Gesichter sah und die richtigen Gerüche roch. Dann ließ sie sie in einen kleinen Laden stürmen. Kräcker und Milch. Sie ließ sie Sardinen aussuchen. »Mama, der da hab Keks!« rief Nate, einen älteren Jungen anstarrend. »Wir woll hol Keks!« Sie dachte an die paar Male, die sie sie bei Pearl einen großen Keks aus der Blechdose hatte fischen lassen. Die süßen Krümel, die so schnell auf ihren Zungen zergangen waren und sich für immer in ihren Köpfen festgesetzt hatten.

»Wir hol Keks, Mama?« flüsterte Calvin, den Kopf weit in den Nacken gelegt, um ihr in die Augen sehen zu können. Sie zählte wie betäubt die Münzen auf den Kassentisch. Das Gesicht der Kassiererin verschwamm vor ihren blicklosen Augen.

»Lastauto!« sagte Nate draußen, den Keks mit beiden Händen umklammernd. »Da! Soo groß Lastauto!« Calvin starrte alles an, und ein spitzer Zahn bohrte sich immer wieder dicht am Mundwinkel in seine Unterlippe. Sie ging zurück zu ihrem Apartment, und die Kekse waren nur noch helle Krümel, die um ihre Münder und auf ihren Backen klebten, bis sie sie abwischte. Calvin hockte sich, als sie wieder in ihrer Straße waren, in den Rinnstein und forschte mit gesenktem Kopf, ob es dort irgend etwas Interessantes zu finden gab. Marietta guckte über das freie Stück auf den Rauch, der dort hinten von den Fabriken aufstieg. Die ander Frau all verkauf heut vielleich nix am Markt, aber sie hab Hühner, sie hab Bach daheim. Sie hab Grüngemüs. Sie tastete nach dem Schlüssel in ihrer Tasche und sagte zu den Jungen: »Ihr komm jetz. Wir geh rauf un eß Fisch.« Die Sardinenbüchse schlitterte in dem Korbgeflecht herum.

Sie vermißte den Schaukelstuhl. Als sie sich auf das Sofa

gelegt hatte, verkrampften sich ihre Beine, als seien ihre Muskeln schon so schlaff wie die zusammengesessenen Polster. Sie ließ die Jungen herumrennen, und sie tobten wie angekettete Hunde, stopften Kleider in den leeren Kühlschrank, ließen dröhnend Wasser in die Wanne laufen. Das Radio war jetzt wieder da, leise und beharrlich, wie junge Vögel in einem Nest unter den Dachsparren. Hinter dem Rollo war das Fenster einen Spalt geöffnet, und das Fliegengitter ließ kühle Nachtluft und Stimmen herein. Nachdem sie die Jungen hingelegt hatte, horchte sie auf die zittrige Stimme der alten Fau und die tiefen Antworten der Männerstimmen. Der kleine rote Mann mußte ihr Mann sein. Marietta lauerte auf das »He! Du laß das!« aus der Kehle der alten Frau, aber obwohl sie ganz still lag und die Ohren spitzte und am Morgen hilflos wie ein Kind zusah, wie die Jungen auf die Veranda hinaustorkelten, hörte sie kein ärgerliches Zischen.

Nate und Calvin kamen wieder an die Tür, in den Händen geringelte Zuckerspazierstöcke. »Mama! Bonbon! Weihnacht!« riefen sie.

»Wer geb euch Bonbon?« sagte sie, aus der Tür guckend. Sie drehten sich um und zeigten mit den Fingern auf die kleine Frau, die jetzt lächelnd die Veranda entlangkam.

»Die zwei haben gar nix zu Weihnachten?« sagte sie, und ihre hohe Stimme schwang sich noch höher hinauf. »Schick sie zu mir rüber, ich back ihn Kuchen.«

»Kuchen! Mama!« sagte Nate. Aber Marietta sah auf die Fältchenfächer um die Augenwinkel der Frau, ihre kleinen, ebenmäßigen Zähne, ihre zwei Röcke. Das »He! Du laß das!« lauerte dort in den Runzeln und Falten. Wer war die Frau? Sie nich von mein Leut. Sie will was.

»Ich dank, Ma'am«, sagte sie, während sie die Finger fest in die weichen Schultern der Jungen grub und sie wieder hineinzog. »Wir hab Sach fe mach heut.« Sie schloß die Tür und sah einen Streifen Rock zusammenschnurren und verschwinden.

Sie zog ihre schwarze Hose und ihr weißes Hemd an, wischte den Jungen die Zuckerschmiere von den Gesichtern und wartete, bis die Veranda still war. Sie marschierten die Stufen hinunter und die Straße entlang.

Auf dem Weg zu Franks Laden ging sie in jedes der kleinen Cafés und Imbißrestaurants. Sie hielt die Jungen an den Händen und fragte: »Zeihung, ich such Arbeit. Ich arbeit vor zwei Jahr bei Frank, in Fischladen Stück da runter. Sie brauch jeman fe helf?« Sie versuchte, sanft in die Augen der Frauen hinter den Theken zu gucken. Junge Frauen mit roten Lippen und Fingernägeln – waren es welche von denen, die immer zu Frank gekommen waren, um sich anzumalen und Sinbad anzugucken? Sie schüttelten den Kopf und starrten auf die Jungen und auf Mariettas Gestalt und auf ihr Lächeln. Immer wieder sah Marietta ihre glänzenden Locken über der Kopfhaut, wenn sie auf den Tresen herunterguckten.

»Is Weihnachtszeit«, sagte ein Mann. »Wir sin voll.« »Da mußt du Erfahrung haben – Restaurant, kein Laden«, sagte ein anderer. »Das is ganz was andres.«

Sie führte die Jungen an den Händen und ging von Laden zu Laden, und überall waren Schaufenster mit aufgemalten Buchstaben und Weihnachtsflitter, und drinnen spielte Weihnachtsmusik. Nach ein paar Stunden fingen sie an, sich Sachen zu schnappen und zu quengeln und zu schreien, weil sie Süßigkeiten wollten und Kekse und süße Brötchen, und die Leute lächelten über ihre mauligen Münder und finsteren Augen. »Guckt euch die zwei an«, sagten sie. »Zwilling – wie die bös gucken. Ziehn Schnuten, wie wenn sie's zusammen üben täten.«

Sie kaufte jedem einen Zuckerspazierstock und führte sie wieder zurück zur Wohnung. Ihre Augen fühlten sich an, als wären die Höhlen mit heißem, trockenem Stoff ausgeschlagen. Der Reis im Reissäckchen war ein kleines Kissen. Der Beutel mit dem Grützmais war noch voll, und sie legte eine Stange Butter in den Kühlschrank, wo sie auf dem Gitterrost hockte wie eine fette Made. Sie schob sie an die Seite und schloß die Tür.

Kinder riefen und trällerten draußen in der Nachmittagssonne, aber obwohl Calvin und Nate auf ihren Beinen herumtrampelten, um vom Sofa aus durchs Fenster gucken zu können, ließ sie sie nicht nach draußen. Sie rannten zu den Fenstern, die auf das freie Gelände hinausgingen, und brüllten und zeigten auf die spielenden Kinder, aber sie schüttelte den

Kopf. Bis es dunkel wurde, tobten sie wütend zwischen den Fenstern und der Tür hin und her, und sie saß da und starrte vor sich hin und horchte und dachte an den Rauch der Fabrikschornsteine. Es war zu weit zum Laufen, wenn sie die Jungen mitnahm.

Ein Duft wehte herein, etwas Süßes, Rauchiges, was sie noch nie gerochen hatte – gebrannter Zucker und Butter? Sie zählte ihr Geld und lag da, als hätten sich ihre Beine in tote Eichenäste verwandelt, und döste vor sich hin. Sardinen. Milch. Kekse – sie hörte schon beinah das Knirschen der Kekse zwischen den Zähnen der Jungen, so laut wie das Knirschen ihrer Schuhe auf den feinen Steinchen, die auf den Gehwegen lagen. Ich wer halt sie hier drin, dann sie kann nich seh Sach in Laden, kann nicht bettel fe Keks.

Wie soll geh? Du kann nich find Arbeit hier, außer du geh un frag. Das hier nich Winter in Pine Garden – das hier Charleston. Muß geb Arbeit irngswo. Du muß frag die Leut auf der Veranda. Aint Sister sag, du groß, wenn du geb dein Baby fe eß. Du kann nich halt sie hier drin, ohn Reis und Maisbrei.

Am nächsten Tag ging sie mit den mißmutigen Jungen, die sich von ihrer Hand loszureißen und über die Veranda davonzusausen versuchten, zu der Tür der Frau. Sie hörte Fernsehstimmen und Lachen und Schimpfen aus den anderen Apartments, sah Kinder drunten auf den Gehwegen herumrennen. Als sie angeklopft hatte, lugte der Kopf der Frau um den Türpfosten. »Zeihung«, sagte Marietta.

»Kann dich leider grad nich reinlassen, Kind«, sagte die alte Frau, hinter sich guckend. »Ich komm gleich rüber zu euch.«

Sie schloß abrupt die Tür. Marietta ging langsam zurück zu ihrer Tür, und das Wasser lief ihr im Mund zusammen. Der rauchige Zuckergeruch hatte sich über das Fliegengitter gelegt, und sie bekam auch Hunger auf Süßes. Sie mußte daran denken, wie sie kurz nach der Geburt der Jungen solchen Heißhunger gehabt hatte, auf einen Schokoriegel, einen Keks, irgend etwas Zuckriges. Aber sie hatte kein Geld gehabt. Sie hatte daheim bleiben und Zucker und Mehl zu einem süßlichen Pulver vermischen und mit der Zunge am Gaumen verreiben müssen.

Sie blieb einen Moment vor der stillen, immer geschlossenen Tür neben ihrer stehen. Kein Radio dudelte, niemand lachte oder redete. Als sie wieder in ihrem Apartment waren, sagte sie zu den Jungen: »Die Frau wer komm un erzähl Mama was. Ihr geh un spiel in Badwann.«

Zitronenduft stieg ihr jetzt in die Nase, und sie setzte sich auf die Couch. In ihrem Kopf summte es. Sie würde die Frau fragen, nach den Fabriken und ob sie jemanden kannte, der wußte, wo es Arbeit gab. Aber sie konnte sich nicht konzentrieren, weil der Zitronenduft immer stärker wurde, auch dann noch, als sie in die Küche ging und den Hahn aufdrehte, um sich abzulenken. Sie sah zu, wie das Wasser in einem geraden Strahl herausschoß, stand da, die Hand im heißen Wasser, bis sie merkte, daß der Geruch überall war und jemand an die Tür klopfte.

»Ich riech gar nie was von hier«, sagte die Frau. Ihr dicker Haarkranz schwebte tief unter Mariettas Kinn. »Un da is nix, wo's überdecken könnt, zwischen deiner Tür un meiner – der Alte da, der ißt ja nix. Der ißt nix.« Ihr »nix« war schärfer als das von Aint Sister, und ihre Finger zappelten ungeduldig auf dem Verandageländer. Aber der Zitronenkuchen in ihren Händen war mit glänzendem Guß überzogen. »Den hab ich gemacht, für euch zum Willkommen, aber ich konnt euch nich reinbitten, drüben bei mir, weil mein Mann da grad am Schlafen is. Er is nachts auf Arbeit un braucht sein Schlaf. Hier, Kleiner, der is für euch.« Sie mußte sich nur leicht hinunterbeugen, um Nate den Teller in die Hände zu geben.

Marietta sah, wie sich die Nasenlöcher der Jungen weiteten, und sie wußte, sie würde diese winzige Frau nicht von ihnen fernhalten können. Die Jungen reckten ihr die Gesichter entgegen, so begierig, daß ihre Münder aufklappten, und sie sagte zu ihnen: »Ihr geb mir, ich wer schneid Stück fe uns all.« Sie wandte sich der Frau zu. »Ich dank, Ma'am. Sie möcht sitz da her?«

»Ich hab gern Kinder um mich.« Die Frau lächelte. »Ich freu mich, daß ihr da seid, du un die zwei. Bringt Unglück, wenn einer sein neuen Nachbarn nix zu essen bringt, aber ich seh euch nie, un is immer dunkel hier, un keiner kocht was.«

Sie saßen an dem wackligen Tisch, dessen dünne Metallbeine

auf den Dielen klickten, sobald jemand den Ellbogen bewegte. Der Kuchen war schwer und fest, das Gelb so buttrig und der klare Zitronenguß sauer-süß auf der Zunge. »Sie dürfen ruhig Momma zu mir sagen, wie alle Leut hier«, sagte die Frau, während sie zusah, wie immer mehr gelbe Krümel an den Backen der Jungen hängenblieben.

»Das Ihr Mann, wo sag, wir soll ruf ihn Poppa?« fragte Marietta.

»Mm-hmmm. Aber die Leut sagen alle Baby Poppa zu ihm. Weil er so klein is un weil sie immer noch an mein Baby denken.« Sie hatte ein paar Bissen Kuchen gegessen, saß aber jetzt ruhig da, die Hände im Schoß ineinandergelegt und so gerade wie ein Schulmädchen. »Wie wir von Bamberg daher sin, haben wir grad unser kleins Mädchen gehabt, ganz klein, ein Monat erst. Un wir sin daher, weil Poppa sein Kuseng ihm Arbeit gehabt hat, im Hotel, un weil er gesagt hat, die Stell da tät auf ihn warten. Aber dann is mein Baby heim ins Gelobte Land, am Fieber, wo rumgegangen is. So viel Kinder sin dran gestorben, an dem Fieber.«

»Tu mir leid«, sagte Marietta. »Wenn Baby sterb, schlimmer wie all ander Sach. Leut sag immer, aber ich glaub nich, weil mein Mama grad tot. Aber jetz ich hab die zwei, un ich weiß, Leut hab recht.« Sie verstummte, verlegen, weil sie soviel geredet hatte, und wischte Krümel vom Wachstuch.

»Kinder bringen eim ein Haufen Sach bei, eh?« Die Frau lächelte, und ihre Vorderzähne waren so klein und viereckig wie die Karos auf ihrem Kleid. »Aber sie haben ihn Baby Poppa gerufen, in der Zeit, wo sie krank war, un nachher sin sie grad dabeigeblieben. Weil er's so schwer genommen hat, damals, so schwer, wie ich's noch bei keim Mann gesehn hab. Un wir haben danach keins mehr kriegen können, haben gewartet un gewartet, aber war keins mehr in mir drin. Guck dir die zwei an – die möchten noch Kuchen. Tun, wie wenn sie noch nie Kuchen gekriegt hätten.«

Marietta merkte jetzt, wie sie es machte – nicht so wie Aint Sister, die geradeheraus sagte, was ihr nicht paßte –, diese Frau hier guckte sie nicht an, sagte nur etwas ganz obenhin, mit einer sanften Vielleicht-Stimme, aber sie gab ihnen noch ein Stück Kuchen. Sie krieg, was sie will, dachte Marietta. Sie sah auf die Wangen, den lockeren Zopf, die Augen, die soviel runder und langsamer waren als die von Aint Sister. Aber die Hände waren genauso dünn. Nix, nix, du laß – sie sah, wie die Frau die Jungen anlächelte. Marietta faßte ihren Entschluß, während sie die Wangen der Frau musterte, die glatt und voll waren, zu rund für den winzigen Körper.

»Sie krieg nich viel Kuchen. Wir komm von Stück droben, Pine Garden, wie ich schon sag. Wir hab hart Zeit da. Mein Mann tot.« Sie wartete.

»Un du hast gar nix in Aussicht gehabt, wo du gekommen bist?« fragte die Frau. Marietta schüttelte den Kopf. »Wo willst du denn Arbeit suchen?«

»Ich schon mal arbeit in Fischladen. Ich frag in Laden und Restaurant, aber nieman brauch jeman. Ich komm an Ihr Tür vorher fe frag wegen Fabrik da drüben.«

Die Frau schüttelte jetzt den Kopf. »Das is nix, wenn du kein kennst, wo da arbeitet, Kind. Un sie nehmen keine Leut, wo nich schon in der Fabrik waren. Is schwer was zu kriegen da. Hast du schon im Krankenhaus gefragt? Hast du schon mal in nem Krankenhaus gearbeitet?«

»Nein. Wo Ihr Mann arbeit?«

»Er is Nachtportier im Hotel, in dem großen da hinten, mit der schönen Tür un dem vielen Glas. Hast du noch nich gesehn? *Yeah*, er is schon zwanzig Jahr da. Aber da gibt's auch nix.«

»Un Sie bleib daheim?« fragte Marietta.

»Na-ah, ich mach Tagarbeit bei ner Lady. Bin nur jetzt grad daheim, weil sie über Weihnachten zu ihrer Kusine is. Sie kommt nach Neujahr wieder.«

»Vielleich geb ander Lady, wo such jeman fe Tagarbeit?« sagte Marietta.

»Ach, sie sin alle schrecklich eigen, die Ladies hier in Charleston. Wollen alle Zeugnis un so was. Hast du schon mal in nem Haushalt gearbeitet?«

»Ich arbeit auf Feld, aber ich denk, Tagarbeit nich schwerer wie Arbeit da.« Marietta fiel wieder ein, wie sie das Haus geputzt hatten, als Mrs. Ray zurückgekommen war. »Ich mach schon bißchen Arbeit im Haus. Aber Hauptsach Arbeit auf Feld.«

»Hm. Na ja, du wirst's ja vielleicht erleben, wie schwer daß es is.« Sie sah auf Mariettas Hände. »Un wer hüt dir die zwei?« Marietta sagte nichts. Sie sah sie mit Randy im Hof herumtollen. »Du meinst doch nich, du kannst sie mitnehmen, oder? He? Na, ich muß jetzt gehn. Ich frag mal rum, vielleicht kann dir ja wer helfen. Ich muß jetzt an mein Abwasch. Der Kuchen is für euch.«

Sie vermieden es, sie irgendwie zu nennen. Marietta hielt die Jungen immer wieder an, »Momma« zu ihr zu sagen, aber sobald sie außer Hörweite waren, sagte Nate: »Du Mama. Sie klein.«

Calvin kniff vor lauter Konzentration die Augen zusammen und sagte: »Sie klitze-klitzeklein. So klitzeklein wie Vogel.«

»Sie wie Oma«, sagte Nate herausfordernd zu Calvin.

Calvin schüttelte den Kopf. »Na-ah. Oma klein. Sie klitzeklein.«

Wenn die Frau wartete, daß die Jungen von dem freien Gelände heraufkamen, wo Marietta sie jetzt spielen ließ, während sie vom Fenster aus zuguckte, nannten sie sie »du«. »Du mach wieder Kuchen? Du will zu mein Mama?«

Die Frau rief sie zu sich herüber, und Marietta ging hin. »Kommt rein. Ich möcht die zwei sehn.« Drinnen lagen überall gehäkelte Wolldecken und kleine Zierdeckchen, und in der Luft hing der Duft von gedämpftem Grüngemüse.

»Kommt her, ihr zwei, und guckt, was Momma für euch hat«, sagte sie, indem sie an den Tisch trat. Sie zog zwei Hosen aus einer Einkaufstüte. »Da, guckt, was ich im Haus von meiner Lady gefunden hab. Schön dick un warm für den Rest vom Winter. War ja Neujahr gestern, drum is sie heut wieder da. Un habt ihr schon mein Hoppin John gegessen, wo ich euch rübergebracht hab? Wenn ihr nich aufeßt, wert ihr kein Glück haben. Neunzehnhundertvierunsechzig. Das neue Jahr. Mmm-hmm.«

Nate und Calvin nahmen die Hosen und schlichen um den Tisch, den Cordstoff brav hinter sich herschleppend. Sie wollten Kuchen. »Ich dank, Ma'am. Sie muß nich mach«, sagte Marietta.

»Ich hab nix gemacht. Hab sie nur im Schrank gefunden«, sagte sie, wobei sie nicht Marietta, sondern die Jungen ansah. »Ich hab überlegt, ob ich jemand für dich weiß. Aber ich muß dir ehrlich sagen, ich bin mir nich sicher, weil ihr scheins all so viel Müh habt, euch an mich zu gewöhnen. Weil nie einer ›Momma‹ zu mir sagt. Immer nur ›Ma'am‹.«

»Sie mein, Sie weiß jeman fe Tagarbeit fe mich, Ma'am?« sagte Marietta, die nicht wußte, was tun mit dem Problem, wer hier die Mama war.

»Hör zu. Meine Lady is so alt un schwach, daß ich nich viel zu tun hab bei ihr, außer es kommen Gäste oder Touristen. Is ja auch gut so, bin ja auch nich mehr die Jüngste. Ich hab einglich nur die drei Zimmer da, in dem ganzen Riesenhaus. Ich geh in die Küche un koch ihr Essen, geh ins Bad un wasch ihre Handtücher un mach ihr Bett im Schlafzimmer. Un die Wäsche. Die andern Zimmer sin alle zu, bis zum Frühjahr, wenn die Touristen kommen. Sie kommen un gucken das Haus an. Is nämlich noch grad wie von früher, das Haus. Historisch.«

Marietta wartete ungeduldig, zwang sich dann aber, ruhig zu atmen und sich zu entspannen. Du drängel nich – hör zu. Sie red gern, un sie red nich so wie Aint Sister. Sie sag mir nich, was ich soll mach, sie red einfach nur gern. Sie sah auf die Hände der Frau, horchte auf ihre Stimme, die sich mit ihrem Häkelgarn wand und schlängelte und mit der Nadel hinunterstieß und wieder emportauchte.

»Sitz da her un guck Fernseh, Schatz«, sagte sie zu Calvin. »Zieh an dem Knopf da. Ja, da. Siehst du? Da geht der Fernseh an. Sitz schön da her un guck. Ich komm so um zwei wieder heim, wenn sie ihr Mittag gehabt hat. Sie ißt nämlich früher wie andre. So Leut essen meist erst um zwei rum groß Mittag, aber meine Lady will ihrs schon früher. Un Baby Poppa kommt so um drei in der Früh vom Hotel. Hast du's gesehn, das Hotel mit der schönen Tür da unten? Nein? Na, jenfalls, er schläft, bis ich geh, so um sieben, un is dann erst mal auf. Vielleicht kann er ja die zwei am Morgen nehmen, un ich nehm sie dann, wenn ich komm, daß er noch bißchen Schlaf kriegt.«

Marietta blinzelte, als die Stimme verstummte. Die Stille ließ sich nieder wie eine Fliege nach einem langen Rundflug über die Veranda. Baby Poppa?

»Das isses, was ich mir überlegt hab. Bist nich grad begeistert, eh? Aber weißt, die Leut hier in der Straße sin alle froh, wenn Baby Poppa ihre Kinder hütet. Er geht mit ihnen raus un spielt mit ihnen aufm Feld un so. Un er paßt gut auf sie auf. Is dir nich recht geheuer, eh?«

»Ich seh noch kein Mann, wo Kinder hüt«, sagte Marietta, aber dann biß sie sich auf die Zunge. Die Wörter kamen einfach nicht richtig heraus. »Ich hab nur Sorg, er komm vielleich nimmer mit.«

»Ha – Baby Poppa is schneller, wie du denkst.«

»Un ich hab Sorg wegen Geld.« Marietta sah auf die Köpfe der Jungen vor dem leuchtenden Fernsehschirm.

»Wegen Geld?«

»Wieviel soll kost?«

Die Frau senkte beleidigt den Kopf. »Wir sin sowieso da.«

»Aber ich möcht zahl.«

»Hm. Gib mir den großen Korb da, den runden, für mein Garn. Die zwei da können mir beim Aufwickeln helfen, ich werd ihnen zeigen, wie. Das reicht erst mal, eh? Un sie wern Momma zu mir sagen.«

Die Gesichter der Jungen leuchteten verzückt im Fernseherlicht. »Un Sie weiß kein Tagarbeit fe mich?« fragte Marietta.

»Hm, Samstag kannst du mit Loretha gehn. Sie wohnt da unten. Sie is bei ner reichen Lady an der Battery, un die hat am Samstag Gäste, da braucht sie noch Leut extra. So kriegst du ne Empfehlung, später dann feste Arbeit.« Ehe Marietta im Geist ein weiteres Mal überschlagen konnte, wieviel Geld sie noch hatte und wie viele Tage noch blieben, bis die Miete fällig war, fuhr Momma fort: »Un jetz guck mal in den Topf da. Hab bißchen Huhn mitgebracht – meine Lady is ja so schwach, daß sie nix mehr ißt wie die Brüstchen.«

Calvin nannte sie Tiny Momma. Nate versteckte sein Kichern hinter der vorgehaltenen Hand und wartete darauf, daß Calvin eins übergezogen bekam, aber Tiny Momma lächelte nur. Und Calvin sagte: »Mein Mama groß.« Baby Poppa sagte: »Groß ist eine sehr unzureichende Beschreibung für deine Mutter.«

Marietta saß in der Nachmittagssonne auf der Veranda, verlegen vorgebeugt unter den Blicken der Nachbarn, und als sie Nate und Calvin mit den anderen Kindern drunten auf der Straße spielen ließ, hörte sie sie schon bald sagen: »Na-ah. Das Tiny Momma. Meine Mama groß.«

Sie wanderte in den beiden Zimmern herum, überlegte, wie sie ein Bett kaufen könnte, und wartete, daß es Samstag wurde. Als es soweit war, wachte sie, noch ehe es hell wurde, mit flattrigem Magen auf. Sie zog ihr bestes Kleid und ihre flachen schwarzen Schuhe an, trug die Jungen in Mommas warmes Apartment hinüber und begrüßte Baby Poppa mit einem Nicken. »Deine Augen sind voller Angst«, sagte er. »Bis jetzt sind noch keine Beschwerden gekommen.« Er saß in Morgenrock und Pantoffeln da, und auf seinem roten Gesicht waren rechts und links von seinem Mund noch zwei kleine Grinsebögen.

Tiny Momma steckte ihr ein frisches Maisbrötchen zu, und sie stiegen die Treppe hinunter, um mit Loretha zum Bus zu gehen. Er war voll mit Frauen, die zur Tagarbeit fuhren, und alle murmelten gegen die beschlagenen Scheiben. »Sie hat keine Arbeitsuniform«, sagte Loretha zu Tiny Momma.

»Deine Lady hat noch irgendwo paar im Schrank«, sagte Tiny Momma.

Loretha zog die Augenbrauen hoch und guckte weg, und Marietta starrte durch die dunkle Scheibe und wußte, was sie dachte. Nich die Größ – nieman hab Sach, wo der paß.

Die anderen Frauen stiegen nach und nach aus, aber Loretha rührte sich nicht. Tiny Momma stieg auch aus, und es war jetzt fast still im Bus. »Wir sin an der Battery drunten, kurz vor der Endstation« war alles, was Loretha sagte.

Die Häuser hier guckten über die Straße direkt auf das Meer, das grau und unruhig im ersten Tageslicht lag. Schattendunkle Veranden zogen sich über die dreistöckigen Fronten; einige Dächer trugen kreisrunde Türmchen, und manche Veranden waren mit Rundbögen eingefaßt. Marietta konnte kaum schlucken, und Loretha sagte immer noch nichts, bis sie den Garten eines grauweißen Hauses betraten und zur Hintertür gingen.

»Ich wer den ganzen Tag kochen, und du sollst die Putzarbeit machen. Momma sagt, du gehst das erste Mal putzen. Du hast gar kein Schimmer?«

»Ich putz paarmal. Du muß nur zeig mir.«

Loretha lächelte, sobald sie in der Küche waren. »Guck zu, daß du's schnell lernst. Wenn Miz Simmons Gäste hat, sin ihre Nerven dünn.«

Die Frau, die jetzt in die Küche kam, hatte einen glatten Haarhelm und blaßrosa Lippen mit einem silbrigen Frostschimmer wie ein Wintermorgen. Sie sagte zu Loretha: »Wir haben irrsinnig viel zu tun.« Sie sah Marietta und lächelte. »Ach, und du bist zum Helfen da?« Marietta nickte. »Ähm, und du bist wohl eine Freundin von Loretha?«

»Ja, Ma'am. Sie wohnt bei mir im Haus. Sie is gut im Putzen.«

»Sorg dafür, daß sie anfangen kann, und dann müssen wir besprechen, wie das mit dem Servieren gehen soll, Loretha. Das hast du offenbar nicht bedacht.« Marietta sah, wie Lorethas Gesicht hart wurde, als sie sich zum Herd wandte.

Loretha sagte, sie solle mit der Holztäfelung im Wohnzimmer und im Eßzimmer anfangen. Die ganzen Vierecke und Vertiefungen mußten sorgfältig gereinigt werden, und Marietta fuhr behutsam mit den Borsten der Zahnbürste in die Ecken und Winkel und in die Rillen der Rosette auf der Kamineinfassung. Die Kerben und Ritzen und die Scheuerleisten – sie streckte sich und kniete sich hin, um den Dreck wegzubürsten, und rieb dann das ganze Holz mit Zitronenöl ab. Sie wischte die Böden und polierte Messingbeschläge. Nach der Mittagspause putzte sie die Fenster, und nur das Quietschen des Lappens und das Geräusch des Fernsehers im Arbeitszimmer nebenan verrieten, daß überhaupt Leben im Haus war.

Lorethas Küchentür war zu, so daß kein Geklapper herausdrang, und Mrs. Simmons blieb die ganze Zeit oben. Marietta hörte das Telefon klingeln, so leise, als ließe jemand draußen auf der Straße eine Flasche fallen, aber sie hörte keine Stimmen. Sie horchte auf den Lärm, der in Wellen aus dem Arbeitszimmer kam. Als sie sich vorsichtig an die halboffene Tür heranarbeitete, sah sie, daß Mr. Simmons Football guckte. Das Gejohle klang wie Sturm, der zwischendurch Atem holte und dann wieder aufheulte.

Sie wurde am frühen Nachmittag mit den Fenstern fertig und ging wieder ins Eßzimmer, um den Messingkaminschirm mit den schnörkeligen Flammen zu polieren. Zum ersten Mal, seit sie am Morgen in der Küche gewesen war, hörte sie Mrs. Simmons' Stimme, und sie sah ihr federweiches Haar und ihren Mund vor sich.

»Du hast noch nichts weiter getan, als in diesen verdammten Fernseher zu glotzen. Football! Ich habe dich gebeten, den Schnapsschrank zu inspizieren, Eis zu holen, ich habe dich gebeten, deine Sachen herauszulegen.« Sie schrie fast, aber ihre Stimme blieb tief drunten in ihrer Brust.

»Ich habe den Schnapsschrank inspiziert.«

»Du hast den ganzen Gin getrunken. *Der* ist jedenfalls fast alle.«

»Das ist doch deine Party. Ich sitze doch nur da und nicke und gieße die Gläser voll und sehe zu, daß ich mir den Mund stopfe. Ich übe nur schon mal.«

»Das stimmt. Macht ja sowieso keinen Unterschied. Ich habe nur *ein* Mädchen zum Servieren, vielleicht kannst du das ja auch gleich noch machen.« Marietta bewegte den Lappen ganz langsam und spitzte die Ohren.

»Sind doch zwei da.«

»Ach? Du hast wieder mal nichts von dem mitgekriegt, was ich dir den ganzen Tag sage. Du bist zweimal oben im Schlafzimmer gewesen und hast mir überhaupt nicht zugehört. Die andere kann ich nicht zum Servieren nehmen. Ich weiß nicht, wozu Loretha sie überhaupt mitgebracht hat, aber der ist das ja auch völlig egal. Hast du gesehen, was sie da angeschleppt hat? Diese Frau ist so groß und schwarz – sie sieht aus wie ein Mann. Und so mürrisch. Sie würde die Gäste verschrecken, wenn ich sie die Tür öffnen lasse. So schlau müßte Loretha doch auch sein.«

»Sie dürfte allemal einsachtzig sein. Nicht sehr schwer allerdings. Fünfundsiebzig Kilo, würde ich schätzen.«

»Das hilft uns wirklich sehr viel weiter, Carl.«

»Defensive Back, von der Statur her. Ja, Defensive Back würde ich sagen.« Er lachte.

Marietta hörte seine Füße über den Boden schurren, als ob er sich aus seinem Sessel stemmte; sie stand hinter der offenen

Eßzimmertür, Messerstiche im Herzen, die Schultern nach vorn gekrümmt, und versuchte, sich hinter der getäfelten Türfüllung so klein wie möglich zu machen. Der Schnapsschrank – würde er aus dem Zimmer herauskommen? Sie hörte ihn die Treppe hinaufstapfen, und die Absätze der Frau entfernten sich klackernd in Richtung Küche.

Sie schlich sich vorsichtig aus dem Eßzimmer ins Wohnzimmer zurück und blieb dort, bis sie die Absätze zurückklackern hörte. Als sie in die Küche kam, sagte Loretha: »Sie will, daß ich jemand zum Servieren hol. Du kannst hier drin bleiben un mit dem Geschirr helfen.«

Sie hielt sich während des ganzen Essens hinter Loretha, verließ die Küche kein einziges Mal, schrubbte die Silberplatten und spülte behutsam seifenblasendünne Gläser. Mrs. Simmons gab Loretha das Geld für sie beide, und Marietta sah den glänzenden Haarhelm nicht wieder, bis alle Gäste gegangen waren. Mrs. Simmons musterte die Platten und Töpfe, und ihre Absätze klackerten über den Fußboden, aber sie ging wieder hinaus, ohne ein Wort zu sagen. Loretha zuckte die Achseln und gab Marietta fünf Dollar, und sie wischten noch den Herd und die Arbeitsflächen.

Als Marietta in der Nacht auf der Couch lag, fühlte sie ein feines Gekrabbel auf ihrem Arm und dann auf ihrer Brust, so wie sich nur Spinnenbeine anfühlen konnten. Sie lag einen Augenblick zitternd da. Aber dann fiel ihr wieder ein, wo sie war, und sie hoffte, daß die Spinne dableiben und ein Netz oben in der Zimmerecke spinnen würde, so eins wie die, die sie den ganzen Tag in Mrs. Simmons' Haus mit dem Besen heruntergeangelt hatte. Wenn die Jungen sich verletzten, würde sie die Spinnweben brauchen können. Sie lag noch lange wach, sah die ineinander versponnenen Strähnen von silberblondem Haar und hörte den Lärmschwall aus dem Fernseher und das Schweigen des Mannes, der davorsaß. Defensive Back – sie hatte keine Ahnung, was das sein konnte, das so aussah wie sie.

Und ein paar Wochen später passierte es auch schon. Sie hörte das Geschrei drunten auf dem freien Gelände, wo sie kurz vor dem Abendessen noch mit den anderen Kindern spielten, und sie stürzte hinaus auf die Veranda. »Mama!« schrie Nate. »Calvin fall hin!«

»Da is Momma!« sagte einer der anderen Jungen. Er zeigte mit dem Finger auf Tiny Momma, die schon mit Baby Poppa drunten auf dem Gehweg war.

»Nein!« stöhnte Calvin, der, auf Nates Schulter gestützt, angehumpelt kam. »Mein Mama groß.«

»Da is Big Ma«, sagte der Junge, als Marietta an Tiny Momma vorbeihastete.

Sie streute Zucker auf die aufgeschürften Stellen, preßte Spinnweben in die klaffenden Schnitte. »Leut trink Bier auf dem Feld da unten«, erklärte sie den Jungen. »Ihr geb acht auf Glasscherb. Baby Poppa kann nich seh all Sach.« Nate rannte trotzdem wild drauflos, aber Calvin bückte sich, um die gewölbten braunen und grünen Scherben aufzusammeln; er brachte sie in den vorderen Hof und versteckte sie an der Hauswand.

Sie hatte nur noch zweimal woanders gearbeitet, als sie für eine Frau aus der Straße eingesprungen war, die ein paar Tage krank im Bett gelegen hatte. Die Miete war bezahlt, aber zu essen gab es meistens nur das, was Tiny Momma mitbrachte. Die Jobs, von denen sie in der Zeitung las oder von Tiny Momma hörte, bekam sie nicht. Die Frauen in den Küchen guckten in ihr Gesicht, auf ihre Schultern und Füße und sagten: »Ich möchte lieber jemanden mit mehr Erfahrung. Wissen Sie, wir nehmen lieber ältere Frauen. Ich verlange Referenzen. Nein, die Stelle ist schon vergeben.« Marietta ging wieder heim, vorbei an den Eisentoren, den Säulen, den Läden und Schaufenstern, und wenn sie Tiny Momma aus ihrer hell erleuchteten Tür gucken oder mit den Jungen auf der Treppe warten sah, schüttelte sie den Kopf.

Baby Poppa ging um sieben Uhr abends zur Arbeit, und Tiny Momma kam kurz darauf, wenn die Jungen gegessen hatten, leise in ihren Pantoffeln über die Veranda zu Mariettas Tür gehuscht. Manchmal saß Marietta auf der Couch und guckte den beiden zu, so wie sie es daheim in Pine Gardens von ihrer Veranda aus getan hatte, und machte sich Gedanken über ihre Schuhe, darüber, daß ihre Unterarme so weit aus den Ärmeln herausragten, über die Kekse, die sie sich so sehr wünschten.

Manchmal schloß sie die Augen, wenn Tiny Momma auf einem Stuhl am Tisch saß, und dann hörte sie Aint Sister und all die anderen, diese Stimmen, die sie offenbar für den Rest ihres Lebens begleiten würden: die Jungen, die sangen und stritten und Sachen über den Fußboden schleiften, Tiny Mommas Singsang-Fragen. »Noch nich fertig fürs Bett, die zwei?« Sie schlaf, wenn ich sag, dachte Marietta dann ärgerlich. »Hast du ihnen was von dem Schinken gegeben, wo ich dir neulich gebracht hab? Was haben sie heut gegessen?« Sie eß besser wie in Winter; sie schrumpf nich zusamm, eh? »Oh – Nate hat ein Loch in der Hose? Gib mal her.« Ich wer flick, wenn er schlaf.

Marietta saß schweigend da und sah ihre runden Gesichter im Schummerlicht auf und ab hüpfen, hörte den Kühlschrank brummen und klicken, wenn Tiny Momma schließlich gegangen war und die Jungen schliefen, und wartete, daß das ewige Radiogedudel durch die Wand drang. Ich wer immer hab alt Frau um mich rum. Frag Sach, erzähl Sach. Ich zieh Nate un Calvin groß, bis sie schwer wie Elefant, un ich wer immer noch mach nix recht. Aber so sie red halt, all die alt Frau. Wenn du wer alt, dein Haar wer hell, un dein Stimm kling immer, wie wenn frag. Sie hab die zwei gern, Tiny Momma – sie mocht streichel sie, fütter sie. Solang, wie sie bleib bei mir – sie mein Söhn.

Als der Frühling kam und die Luft wärmer und lieblicher wurde, fing es an, daß Weißenfrauen über Loretha und Tiny Momma und andere Frauen aus der Nachbarschaft ausrichten ließen, sie bräuchten jemanden für grobe Arbeit und hätten gehört, Marietta verstünde sich darauf. Sie galt bald als die, die man holte, wenn Gäste oder Touristen kamen und für den Dreck am Tag danach.

Sie hatte das ganze Frühjahr drei oder vier Tage in der Woche Arbeit. Holzvertäfelungen mit der Zahnbürste putzen, Böden bohnern, den Staub aus den Schnörkeln der Bilderrahmen bürsten. Sie bügelte die Weißwäsche, schrubbte Badewannen und Spülen und Arbeitsplatten mit körnigem Scheuerpulver. Wenn sie Fenster putzte, waren sie so blank, daß die Gäste sich darin sehen konnten, und sie starrte, wenn es dunkel wurde, in die Scheibe und sah ihr eigenes Gesicht, kaum erkennbar, und stellte sich die hellen Spiegelgesichter vor, die in die Nacht gucken würden.

Manchmal ging sie noch im Dunkeln mit Tiny Momma los, und wenn an dem Tag erst eine Besichtigungstour stattfand und dann noch ein Empfang und sie die ganze Zeit dortblieb, immer in der Küche, sah sie die Jungen gar nicht. Sie schliefen dann schon auf dem Fußboden vor Tiny Mommas Fernseher, und sie trug sie hinüber ins Schlafzimmer, wo sie jetzt ein Doppelbett stehen hatte. Sie kuschelten sich auf den kalten Laken zuerst eng aneinander, und sie blieb bei ihnen und dachte daran, wie sie alle drei im Bett ihrer Mutter geschlafen hatten. Dann lag sie lauschend auf der Couch unter dem Fenster.

Einmal schrubbte sie abends eine weiße Emailspüle. Die beiden Ablaufborde mit den langen Rillen waren voller goldener Hühnerfettkleckse, gepfeffert mit dem Dreck von erdigen Kartoffeln. Sie titschte den Schwamm ins Scheuerpulver und fuhr eine Rille nach der anderen entlang, preßte ihn zuerst fest in die runde Höhlung am Anfang und wischten dann Furche um Furche aus – wie beim Hacken auf dem Feld, eine schnurgerade Reihe hinunter, dann wieder eine und noch eine und noch eine.

Der kleine Randy und seine Mutter waren jetzt sicher den Sommer über in Pine Gardens. Sie hielt Ausschau nach ihnen und nach Mr. Thomas, an den seltenen Abenden, an denen sie blieb, wenn die Gäste kamen, aber als sie sah, wie unruhig die Leute wurden, wenn ihr Blick auf sie fiel, wie schnell die Erwachsenen wegguckten, da wurde ihr klar, daß Mrs. Ray oder Mr. Thomas sie niemals sehen würden. Und Kinder waren in diesen Häusern immer oben.

Pine Gardens – die Felder mit Reis, Mais, Tomaten, Bohnen. Pinkie und Mary, die sich immer noch die Reihen entlangbewegten – wer jetzt wohl mit ihnen arbeitete? Lahas Kinder waren langsam alt genug. Aint Sisters Haus – wie sah es wohl aus, dort neben dem Reisschober? Oder bei der Scheune? Der alte Kamin war sicher zusammengefallen, als sie das Haus versetzt hatten. Und das Haus ihrer Mutter, ihr Haus – vielleicht wuchsen ja die Ranken schon durch die Ritzen der Fensterläden, oder vielleicht hatte Mr. Ray es auch geholt, um sich seine eigene kleine Sklavenstraße aufzubauen.

Einmal, als die Gäste gegangen waren, lief Mrs. Despres, Tiny Mommas gebrechliche Lady, aufgeregt zu einem Tisch, um Marietta zwei Feuchtigkeitsringe zu zeigen. »Wie kann nur jemand so unvorsichtig sein!« jammerte sie. »Sie wissen doch alle, wie kostbar meine Möbel sind! Dieser Tisch hat schon meinem Ururgroßvater gehört.« Sie nahm ein Tuch aus Mariettas Fingern und rieb mit ihrer kleinen Hand in schnellen Kreisen, während sie mit schiefgelegtem Kopf zu Marietta emporsah. »Verstehst du, was ich meine? Diese Tische haben Generationen überdauert. Sie sind ein Stück Geschichte. Zwei britische Generäle haben hier gesessen und an diesen Tischen Briefe geschrieben!«

Marietta half ihr, die schwachen Ringe wegzureiben, bis das Holz wieder sirupklar glänzte. Mrs. Despres streifte ihren Arm, als sie ihr das Tuch zurückgab, und Marietta bemerkte erschrocken, wie kalt ihre Haut war und wie sie zitterte, vor lauter Angst, ihre Tische könnten beschädigt sein. »Soll ich helf Ihn Trepp hoch, Ma'am?« fragte sie, weil sie fürchtete, Mrs. Despres könnte fallen. Sie stützte sie, und sie tasteten sich beide die polierten Handläufe entlang bis in das Schlafzimmer mit der strammen Tagesdecke und der schummrigen kleinen Lampe.

Als Marietta an dem Abend heimkam, wanderte sie langsam in den beiden Räumen umher. Geschicht. Mr. Thomas, Mrs. Despres leb in Geschicht. Aint Sister Sach all weg, außer was ich hab. Ich hoff, Aint Sister Wäschtopf bei Laha. Wäschtopf von Anderzeit.

Sie dachte an das rauhe, pockige Eisen des Wäschetopfs, und sie ging zum Küchenschrank. Da war der Dreifuß, der kleine, dreibeinige Untersatz für den Kochtopf, den sie ganz unten in eine Pfirsichkiste gepackt hatte, damals in der Nacht, als sie auf Lil Johnny gewartet hatte. Warum hatte sie ihn mitgenommen? Ich denk, ich muß vielleich koch drauß, wenn ich nich gleich find Zimmer. Ich denk, vielleich muß koch auf Feld wie da unten. Sie fuhr mit dem Zeigefinger über das rauhe Schwarz und versuchte, sich zu erinnern, wo sie schon einmal solches Eisen gesehen hatte. Die Eisentore – sie hatte das Messingnamensschild an einer Gartenmauer geputzt, und als sie dicht bei dem Tor gestanden hatte, das ihr von weitem immer so glatt und fein erschienen war, hatte sie gesehen, daß es voller kleiner Pocken und Rostflecken war.

Der Palmstamm-Mörser war im Reisschober oder in Aint Sisters Haus, das jetzt woanders stand. Geschicht. Sie nahm die Weckgläser herunter und wischte über die Deckel. Die Farben waren ungetrübt: Klarsilber, Tiefrot, Gold, ein ganz helles Grün. Tiny Momma hatte sie ein paarmal bemerkt und gefragt: »Wofür hast du die Gläser da? Wir können sie ja im Sommer zum Einmachen nehmen.«

Marietta hatte gesagt: »Ich heb den Tee auf, weil ich vielleich mal brauch fe trink. Nieman weiß, ob nich wer krank.«

»Du hast die schon ewig da stehn. Ich hab dich schon paarmal krank gesehn, aber du machst nix damit, wischst sie nur blank.« Sie zuckte die Achseln und fuhr fort, Okra zu schneiden.

Wem konnte sie von Aint Sister erzählen? Nur die Jungen hatten sie gekannt – und die Erinnerung an sie war schon verblaßt. Mein Geschicht. Sie wanderte weiter in ihren Zimmern herum, strich über den hohen, vasenförmigen Korb und landete wieder in der Küche, wo sie den Reistopf betastete. Korb, Topf, Dreifuß – all Sach fe Arbeit. Kein Tisch, kein alt Babysach in Karton un auf klein Bett fe guck. Kein Babystiefel, wo jeman hab wie klein-klein. Kein Foto von mein Leut. Sie öffnete das Holzkästchen, saß am Tisch und starrte auf das Bild ihres Vaters. Ein Foto.

Sie redete nur, wenn sie mußte, auch mit Tiny Momma, der das nicht weiter aufzufallen schien, wenn sie abends herüberkam. Sie sang den Jungen ab und zu ein paar Worte vor, aber die beiden redeten miteinander und waren offenbar ganz zufrieden, solange Mariettas Beine in Reichweite waren, auf Tiny Mommas Couch oder auf ihrer, während sie sich auf dem Boden mit den Spielsachen vergnügten, die Baby Poppa irgendwo auftrieb. Baby Poppa beobachtete sie manchmal, wenn er am Wochenende daheim war und sie auf Stühlen draußen auf der Veranda saßen und auf die Straße und das Wiesenstück hinunterguckten, wo die Kinder in der spätherbstlichen Wärme spielten. »Ich spekuliere darauf, daß die andre Nachtdienststelle frei wird«, erklärte er ihr. »Ruhiger Posten, leichte Arbeit, und man ist allein. Ich weiß, daß dir das lieber ist. Der Mann redet davon, daß er gern bessere Arbeitszeiten hätte. Ich warte.«

Sie war müde, müder denn je. Sie wußte nie, ob das Geld für die Miete reichen würde, und auch wenn sie genügend Tage und Abende arbeitete, um sich nicht vor der Hausbesitzerin verstecken zu müssen, wenn sie von Tür zu Tür ging und überall anklopfte, so hatte sie doch jedesmal Angst vor dem Monatsersten. Sie lebten von dem, was Tiny Momma gelegentlich mitbrachte. Sie dachte an den Job in dem Hotel, den Baby Poppa ihr beschrieben hatte. Die Halle und die Bar putzen, in den frühen Morgenstunden, ohne daß jemand sie sehen würde, ohne daß Frauen hinter ihr lauerten und alles beobachteten, was sie machte, und zusammenfuhren, wenn sie um die Ecke kam, und nach Luft schnappten, wenn sie überraschend in einem Zimmer auf sie stießen.

Aber als sie überlegte, warum sie so müde war – vielleicht lag es ja daran, daß sie immer nur am Tisch saß oder auf der Couch lag, wenn sie mit Waschen und Putzen fertig war, weil sie kein Feld und keinen Garten zu bestellen hatte, und daß ihre Adern und Muskeln einrosteten, wie Pinkie immer sagte –, als sie überlegte, warum die Stunden länger schienen, wenn sie in den großen Häusern treppauf und treppab lief, dachte sie überrascht, daß es von der Stille kam. Nein, es war nicht, daß ihr die Handgelenke weh taten, weil sie hundertmal den Wischlappen ausgewrungen hatte, oder daß ihr die Augen von dem Salmiak brannten, daran war sie inzwischen gewöhnt. Die Putzarbeit an dem Tag, an dem die Gäste kamen, und am Tag danach die Wein- und Kaffeeflecken in den Tischtüchern – sie löste die Farbkleckse mit einer Paste, wusch sie aus und bügelte die schweren Leinentücher. Sie polierte die Tische, fegte Asche von den Böden, die sie gewachst hatte, lüftete die Räume durch. Daheim wusch sie den Dreck aus den Sachen der Jungen. Sie schrubbte den braunen Rand von der Badewanne und spülte die Hemden noch einmal. Wenn sie sie dann ans Licht hielt und die T-Shirts weiß strahlten und in die Wanne tropften, fühlte sie eine große Befriedigung.

Aber eines Tages, als sie in einem der Badezimmer im Obergeschoß eines der großen Häuser stand, wußte sie plötzlich ganz sicher, daß es die Stille war. Wer hätte das gedacht? Nichts als das Quietschen des Lappens auf den Arbeitsflächen in der Küche, die Spiegel, ihr eigenes unbewegtes Gesicht, das überall auftauchte, vor den rosa Vorhängen und Wänden. Es traf sie wie ein Schlag – die Stille? Niemand sang oder redete. Gott im Himmel – sie vermißte die murmelnden Stimmen? Rosie und Laha und Aint Sister? Das Lachen über den Pflanzreihen auf dem Feld, Rosie, die sang: »Irngswann komm der Mann, wo ich lieb«, und Pinkie, die rief: »Du mit Big Johnny, seit wo du fünfzehn! Was du red?« Und Rosie, die lachte und antwortete: »Was ich sag, irngswann komm der Mann, wo ich *lieb.*« Das laute »Pschsch!«. Mary, die den anderen kichernd erzählte: »Un Laha sag, Miz Briggs mach Diät. Eß nix wie Obst all Tag.« – »Gott im Himmel, ich froh, ich muß nich mach Laha Arbeit un wasch ihr Schlüpfer die Woch!« – »Pschsch, du wer nich garstig!« – »*Ich* nich garstig – ich wasch mein Schlüpfer selber!«

Der Fischladen – Sinbads wirbelnde Wortbänder, wenn er mit den Mädchen redete, und seine Lachsturzbäche, wenn er mit den Männern herumfrotzelte. Das Schwatzen der Kunden und das Klingeln der Kasse. Das vermißte sie? Sie scheuerte jetzt das Waschbecken, bis es so perlmuttweiß wie eine Muschel glänzte, und begann dann, den Spiegel darüber zu polieren. Sinbad – er war niemals still gewesen. Und wenn gerade nichts los gewesen war, hatte er aus der Zeitung vorgelesen, ob Frank es hatte hören wollen oder nicht.

Sie griff um den Rand des Spiegels und zog ihn zu sich, um besser in die Ecke zu kommen, und plötzlich fielen wohl hundert Murmeln herunter, die hinter dem Spiegelglas versteckt waren, und sie klackten und schepperten in das Porzellanbecken und sprangen von da auf den Boden und bis hinaus in den Flur. Das Geräusch ließ sie erstarren, jede einzelne Murmel schien gegen ihre Zähne zu schlagen, Glas an ihrem Kiefer, knirschend hart wie Zahnbein und Knochen. Sie hüpften und kullerten endlos weiter. Warum hatte die Weißenfrau ihr diese Falle gestellt? dache sie in Panik. War Geld in dem Medizinschrank, und hatte es schon mal jemand gestohlen? Manche Frauen ließen absichtlich Vierteldollars auf dem Teppich liegen oder Dollarscheine in den Polsterritzen. Hatte jemand der Frau gesagt, daß Marietta stahl? Sie konnte sich nicht rühren, aus Angst vor dem schweren, runden Glas, das sie womöglich zu Boden ziehen würde, und aus Angst vor der

Frau, deren hastige Schritte sie jetzt, wo das Klackern verstummt war, den Flur entlangkommen hörte.

Margaret, das Hausmädchen, erklärte es ihr am Abend im Bus. Mrs. James' Schwiegermuter war zu dem Essen eingeladen gewesen. Sie verschwand immer oben im Bad, angeblich um ihre Strümpfe hochzuziehen oder ihre Frisur zu richten, und schnüffelte dann herum.

»Woher du weiß?« fragte Marietta ungläubig.

»Miz James hat's mir erzählt. Sie kommt andauernd in die Küch un beklagt sich, daß ihr Schwiegermutter denkt, sie versteckt Sachen und sagt ihr nix. Miz James jammert mir die Ohren voll über die Frau, un ich nick immer nur un sag mm-hmm un komm zu nix.«

»Warum sie sag nich ihr Schwiegermutter, sie soll laß?« fragte Marietta, aber dann dachte sie, nein, ich sag niemal Aint Sister un Tiny Momma, sie soll laß Sach. Aber wer hab Zeit fe so Fummelsach mit Murmel? Wie sie krieg die Murmel da rein? Das wollte sie Margaret lieber nicht fragen.

Marietta hörte immer noch die hallende Stille der Häuser, wenn sie ihre Straße hinunterging. Sie sah nach den schlafenden Jungen und setzte sich an den Tisch zu Tiny Momma, die Grüngemüse und Schweinshaxe gekocht hatte. Tiny Mommas Stimme spann sie ein, während sie aß, erzählte von Nates neuestem Liedchen – er sang so gern – und von Calvins Loch – er buddelte stundenlang, seit ihm jemand gesagt hatte, er könne sich bis nach China durchgraben. Sie waren jetzt schon groß – über vier, in ein paar Monaten fünf. Die Radiomusik von nebenan sickerte dünn durch die Wand, wenn Tiny Momma Luft holte für ihre nächste Geschichte.

Sie guckte jetzt zum ersten Mal genauer auf die Haare, von hinten, wenn sie mit dem Gärtner oder mit den anderen Mädchen sprachen. Die steifen Locken und die schimmernden Haarwolken der älteren Frauen, die glatten Vorhänge, die die Gesichter der jungen Mädchen einrahmten. Der kurze, borstige Pelz auf den Köpfen der jungen Burschen. Sie waren die Ferien über aus der Militärakademie gekommen.

Die Männer hatten Kammfurchen auf den Hinterköpfen und Stoppeln im Nacken, wenn sie dasaßen und wieder einmal dem

Gejohle aus dem Fernseher lauschten oder am Wochenende manchmal zu mehreren in einem Herrenzimmer über Football debattierten. Sie saugte den Boden im Nachbarzimmer, mit den gleichen Bewegungen, mit denen sie daheim den Feldboden aufgehackt hatte, fuhr um die Sesselbeine und in die Ecken und dachte nebenher: Defensive Back? Und wenn das leise Tuch den lauten Staubsauger ablöste, konnte sie die jähen Johl- und Jubelsalven hören.

Und die Frauen, die sie bezahlten und ihr sagten, wo sie besonders sorgfältig polieren mußte – sie trugen das Haar oben auf dem Kopf zu einem Turm gewunden oder als glatten Helm mit Locken vor den Ohren oder über den Schultern. Ihre Haartrockner waren riesige Pilze, die auf ihren Köpfen saßen, während sie lasen; Lockenwicklerreihen, die aussahen wie Würstchenketten, bedeckten ihre Kopfhaut, während sie am Telefon darüber redeten, zu welchen Einladungen sie an Weihnachten gehen würden.

Einmal wollte das Wasser nicht aus der Badewanne ablaufen, die sie geputzt hatte, und sie zog schließlich den Stöpsel heraus. An dem langen Stiel, der in den Abfluß hinunterreichte, hing ein Gewirr aus langen Haaren, naß und verfilzt, grün und schlammig wie Gräser im Marschland. Dreck! Also kam auch von ihren Körpern beim Waschen Dreck. Als die Frau sie an dem Abend bezahlte, versuchte sie, ihre Arme und Beine zu betrachten, aber die Haut war unter Nylonstrümpfen und Ärmeln versteckt. Das lange braune Haar war hinten im Nacken fest zusammengekringelt.

Defensive Back. Als die Jungen im Bett aufgehört hatten zu flüstern und zu zappeln und Tiny Momma gegangen war, schloß Marietta die Badezimmertür, damit das Licht die beiden nicht aufweckte. Dann nahm sie ihr Kopftuch ab. Sie wusch sich das Haar, rubbelte ihre Kopfhaut, lag mit geschlossenen Augen in der Wanne und dachte an das warme Wasser der Marsch, die langen, verhedderten Gräser und Schilfhalme. Sie schüttelte sich das Wasser aus den Ohren und stand auf; in dem beschlagenen Spiegel war ihr Gesicht glatt und einfarbig wie immer. Ihr Haar war jetzt weicher als früher, aber nicht länger. Sie hob es über den Schläfen mit dem Kamm an und ordnete die kleinen Spiralen gleichmäßig um ihr Gesicht. Sie sah sehr jung aus, wenn ihre sanft gewölbte Stirn so frei und offen dalag. Sie wollte nicht einmal, daß Nate und Calvin sie so sahen, ohne Tuch und beherrschten Mund. Niemand sollte ihre einundzwanzig Jahre sehen.

Sie brauchte sie kaum zu schlagen. Sie hatte ihnen oft genug damit gedroht, aber das war nicht der Grund. Sie schienen mitzukriegen, daß alle anderen Leute ihr gegenüber respektvoll, ja, sogar ein bißchen ängstlich und zurückhaltend waren. Neben Tiny Momma und Baby Poppa wirkten ihre Größe und ihr Gesicht noch einschüchternder, das war ihr klar. Nach und nach war sie das geworden, was die Kinder sich ausgedacht hatten, um sie von Tiny Momma und den anderen Müttern zu unterscheiden: Big Ma. »Big Ma streng«, hörte sie die Nachbarskinder wispern, wenn sie Nate und Calvin in das Apartment zerrte. »Sie lacht nie.«

»Big Ma könnt jeden verhaun. Big Ma größer wie dein Daddy. Sie läßt Nate un Calvin nimmer raus, wenn's dunkel is. Big Ma streng.«

Die Leute nickten ihr zu, wenn sie von der Arbeit heimkam oder mit den Jungen zum Laden ging oder mit Tiny Momma Bettücher abholte. Die Männer aus dem Haus, Joe und Hector und Richard, die an den Sommertagen, wenn sich die Hitze gar nicht aus den Zimmern vertreiben ließ, mit Baby Poppa draußen auf der Veranda saßen und fernsahen, begrüßten sie mit einer Kinnbewegung oder erzählten ihr, daß die Jungen wieder einmal etwas gemacht hatten, was sie nicht sollten. Unten waren zwei Schwestern eingezogen, Carmen und Jean, die in einem Schönheitssalon arbeiteten, und sie lächelten ihr zu, sagten aber nichts.

Sie hatte kaum die Zeit, die Jungen in den Arm zu nehmen, aber das war nicht alles. Sie mußte immer daran denken, was Aint Sister gesagt hatte – daß sie sie zu Weichlingen machen, sie verzärteln würde, und wenn ihre Arme voller Wäsche waren oder noch aschig-rauh vom Schrubben, war es leicht, ihre zarte Armbeugenhaut von den beiden fernzuhalten. Sie umarmte sie nur, wenn sie sich weh getan hatten, und sie schlug sie nur, wenn sie auf der Wiese mit Steinen warfen oder auf die Straße rannten, ohne zu gucken.

Aber dieses Jahr hatte sie ihnen von den vielen Extradollars, die sie durch die Partyvorbereitungen verdient hatte, zu Weihnachten mehr kaufen können als nur Anziehsachen. Sie hatte kleine Fahrräder mit Stützrädern gefunden. Zwei Stück. Sie wollte nicht, daß sie alles teilen mußten.

Sie bat Baby Poppa, mit ihr zu dem Geschäft zu gehen, da sie einen Teil des Geldes anzahlen und dann den Rest in Monatsraten abtragen wollte. Sie gingen in den Laden, wo die Räder klein und glänzend von der Decke hingen, und Baby Poppa schüttelte lächelnd den Kopf.

»Deine Söhne sind so groß und kräftig. Wenn die Leute sie auf diesen Rädern sehen, wird niemand glauben, daß sie im Sommer erst fünf werden«, sagte er.

»Ihr Daddy groß«, sagte Marietta. »Größer wie ich.«

»Das glaube ich wohl. Tja, nun müssen wir diese Weihnachtsgeschenke ja wohl irgendwie nach Hause befördern.«

»Wir schieb sie, eh? Wir kann laß in euer Wohnung bis nächste Woch?«

Baby Poppa sagte: »Ich habe eine bessere Idee. Du kennst doch Jesse, der kürzlich ins Nebenhaus eingezogen ist? Der nette Mann mit der Frau und dem kleinen Baby?« Marietta kannte ihn: Jesse war etwa so alt wie sie, ein kräftiger, freundlicher Bursche. Er und ein anderer Mann, beide in dunkelgrünen Arbeitsuniformen, hatten lauter Möbel und Kartons von einem Pritschenwagen abgeladen, während eine Frau mit einem Baby im Arm vorn im Führerhaus gesessen hatte.

»Ihm gehört der Transporter, der immer dort im Hof steht«, sagte Baby Poppa. »Wir können ihn ja mal ansprechen und fragen, ob er uns die Räder holt. Dann können wir sie bei uns ins Schlafzimmer stellen.«

Auf dem Heimweg sagte er: »Ich bin froh, daß du mich gebeten hast, mit dir zu kommen. Ich habe da eine Idee, die ich gern mit dir erörtern möchte.« Marietta drosselte ihren Schritt und mußte in Schlangenlinien gehen, um den Leuten auf dem schmalen Gehweg auszuweichen. »Ich habe den Jungen Bücher zu Weihnachten gekauft, Kinderbücher, in dem Laden, wo wir eben waren. Die Frau hat mich natürlich angeguckt, als hätte ich sie nicht alle beisammen, aber das bin ich inzwischen gewöhnt. Wenn ich den Mund aufmache, muß ich mir immer überlegen, wie ich mit ihnen reden soll.«

Marietta verdeckte ihr Lächeln mit der freien Hand. Sie mochte Baby Poppas gelehrte Stimme, mit der er die meiste Zeit sprach. Manchmal schaltete er auf eine gewöhnliche Stimme um, vor allem, wenn er mit den Männern auf der Veranda saß und Sport guckte.

»Wahrscheinlich wirst du genauso skeptisch sein wie damals, als es darum ging, deine Söhne bei mir zu lassen, während du arbeiten gehst«, sagte er jetzt. »Ende Mai werden sie fünf, die zwei. Aber ich nehme an, du hast keine Geburtsurkunde für sie, oder?«

»Was?« sagte Marietta. »Ich komm nimmer mit.«

»Sie sind doch daheim geboren, oder? Und niemand hat die Geburt registriert?«

»Mein Tant. Sie jetz nimmer da.«

»Das dachte ich mir«, sagte Baby Poppa nickend. »Du weißt ja, sie sehen älter aus, als sie sind. Und sie sind weit für ihr Alter, Marietta. Sie gucken so gern die Zeitschriften an, die ich aus der Hotelhalle mitbringe. Und wenn ich Zeitung lese, tun sie immer so, als könnten sie auch lesen.«

»Was du red von Geburturkund?« sagte sie stirnrunzelnd. Was er will? Er krieg sie nich. Auf kein Fall.

»Ich denke, wir sollten sie im Herbst für die Schule anmelden.« Er marschierte einen Moment mit gesenktem Kopf, und sie sah die kleine Furche in seinem Nacken, unter dem grauen Haar.

»Schul?« Sie sah Blicke über sich hinwegblitzen, und sie vermischten sich mit dem funkelnden Rot der Fahrräder, das noch immer in ihrem Kopf leuchtete. Die stumpfe Tafel ganz vorn ... der Stock auf ihren Handflächen ... die Stimme der Lehrerin wie ferne Eulenschreie, während sie in der letzten Reihe saß und sich weigerte, aufzuschauen oder zu antworten ... der lange Fußmarsch, ihr Bemühen, sich von den anderen fernzuhalten, während sie auf Big Johnnys Laster wartete ... »Warum soll ich schick sie in Schul früher wie nötig?« fragte sie.

»Ich weiß, was du von der Schule hältst. Ich weiß, wo du herkommst«, sagte Baby Poppa. Sie bogen in die schmale Straße ein, und sie horchte automatisch auf Nates Geschrei und Calvins Lachen, aber es war kalt, und sie waren drinnen bei Tiny Momma und wohl gerade beim Essen. »Marietta«, sagte er jetzt dicht an ihrer Schulter. »Ich habe auch meine Erinnerungen an die Schule. Aber hier ist das anders – das hier ist eine Stadt, und wenn die Lehrerin nicht tausend Negerkinder in einem Klassenzimmer sitzen hat, können deine Söhne dort vielleicht etwas lernen. Sie fangen frühzeitig an, und sie lernen schnell. Das weißt du besser als ich. Sie sind wie du in Klein.«

Sie sah sie vor sich, wie sie auf dem Fußboden saßen und sich Kekskrümel vom Gesicht leckten – was er will? »Du hab kein Zeit fe hüt sie, ich find jeman fe sie«, sagte sie schroff.

Baby Poppa sagte: »Du unterstellst mir etwas, was nicht zutrifft. Verstehst du – die Schule wird ihre Kräfte bändigen, das ist unsere Hoffnung. Dort drunten auf der Straße sind eine Menge Kinder, die nur Ärger suchen.«

»Du woll, sie lern fe red wie du«, fuhr sie fort, während sie jetzt schneller ging. »Du denk, ich lehr sie nix.«

Er lachte und schnaufte, weil er sich bemühte, mit ihr Schritt zu halten. »Jeder Neger spricht zwei Sprachen! Du bist im Moment gerade ärgerlich, da redest du auch anders. Ich spreche genauso viele Sprachen wie du – vielleicht werden Nate und Calvin einmal drei sprechen.«

»Sie kann erst mit sechs in Schul«, sagte sie, während sie vor ihm die Treppe hinaufstapfte.

»Du hast noch viel Zeit, um es dir zu überlegen«, sagte er.

Sie konnte sie durchs Fenster hören. »Mama komm Trepp rauf«, sagte Calvin. »Mama komm.«

Jesse und sein Freund Milton waren Gärtner am Charleston College, sagte Tiny Momma. Baby Poppa fragte sie, ob sie ihnen mit den Fahrrädern helfen könnten, und Jesses Augen verschwanden fast in seinem runden Gesicht. »Ach nee!« sagte er lachend. »Die zwei großen Kerle, wo ich immer da draußen spielen seh, die sollen Räder kriegen? Da wer ich mich besser nimmer auf den Gehweg traun.«

Seine Frau hieß Colleen, und ihr kleiner Sohn hieß Jesse junior. Marietta setzte sich für einen Moment auf das Wohnzimmersofa, um auf Jesses Freund Milton zu warten, der gleich kommen sollte. Das Apartment von Jesse und Colleen war größer als ihres. Es zog sich über das ganze oberste Stockwerk des Hauses, und das Baby hatte ein eigenes Zimmer mit einem Gitterbettchen und eigenen kleinen Kissen. Colleen legte es behutsam hin, und es führte wacklig die Hände zum Mund. Marietta beugte sich über das Bettgitter, um seinen Geruch zu kosten. Als sie noch ein letztes Mal den milchig-sauberen Duft einsog, der aus dem Bettchen aufstieg, bemerkte es Colleen. »Ich hab gedacht, ich bin die einzige, wo das gern riecht«, sagte Colleen.

»Ich vergeß, wie sie riech«, sagte Marietta verlegen. »So lang her.« Als sie und Colleen wieder ins Wohnzimmer kamen, war der Mann, der Milton hieß, schon da. Er redete mit Baby Poppa. »Los jetzt«, sagte Jesse. »Weihnachtspoppa un seine Helfer müssen sich jetzt in die Hände spucken.«

»He, wart mal«, sagte Milton. »Du hast uns noch gar nich bekannt gemacht.«

»*Yeah, yeah*«, sagte Jesse. »Das is Marietta von nebenan. Wir gehn die Räder für ihre Buben holen. Un das is Baby Poppa, du kennst ihn ja schon vom Umzug.«

Milton nickte Marietta zu. »Freut mich«, sagte er. Sie nickte zurück und wandte sich ab, um seinem Blick auszuweichen. Was du denk? Sie so groß ... so lang ... so schwarz ... ich weiß. Geb nix mehr, wo mich überrasch.

Sie saß verlegen bei Jesse vorn in der Kabine, während Baby Poppa und Milton hinten auf der Pritsche hockten. »Wie alt sin deine Buben?« fragte Jesse.

»Vier. Sie wer fünf Ende Mai.«

»Zwei kleine Linebacker, eh? Hab sie drunten auf der Wiese gesehn. Wart nur, bis meiner auch da rauskommt. Der lauft ihn bald davon, schnell wie der Teufel.«

»Brauch aber noch bißchen.« Sie lächelte, gewöhnte sich allmählich an seine laute Stimme und seine hohe, gerunzelte Stirn. »Wer erst mal krabbel wie Teufel, eh?« Jesse warf den Kopf in den Nacken und lachte.

»Da isser bestimmt auch n Champion drin«, sagte er. »Ich will n richtigen Lausbub.«

Die beiden Männer luden die Fahrräder auf, und Baby Poppa sah nickend zu. Als sie wieder in der Kabine saßen, sagte Jesse: »Den zwei ihr Daddy is sicher stolz auf sie, eh?«

Marietta sagte: »Ihr Daddy tot, sterb da, wo wir vorher wohn. Sterb schon, vor sie komm auf die Welt.«

Jesse nickte. »Tut mir leid. Aber er kann ja von da droben runtergucken un halt sicher ein Aug auf sie.« Marietta starrte auf das Armaturenbrett. Der Geruch von Zigaretten und Leder, so sauber und gut, kein Fischgestank wie in Big Johnnys Laster. Sinbad halt ein Aug auf die zwei? Sie sah Sinbad am Steuer sitzen, sah sein Gesicht über sich, sah einen Schweißtropfen von seiner Stirn auf ihre Brust fallen, sein Kinn an ihr Ohr sinken – von dem Gehopse der Kabine wurde das Ziehen in ihrem Bauch noch heftiger.

»Sollen wir sie zu Baby Poppa schaffen, die Räder?« fragte Jesse. Sie nickte. Als sie vor dem Haus hielten, sah sie, daß Tiny Momma die Rollos heruntergelassen hatte, falls die Jungen aufwachten. Milton und Jesse trugen die Räder die Treppe hoch und in Baby Poppas Wohnung. Als Milton wieder herauskam, sagte er: »Bringt die der Weihnachtsmann?«

»Ich bring«, sagte Marietta.

Er lächelte. »Nich schlecht. Von meiner Mama gab's immer nur Socken un Schlafanzüg.«

»Mm-hmm«, sagte sie.

»Ich muß wohl mal kommen un gucken, wie sie damit rumfahren.« Er wandte sich ab, als Jesse auf die Veranda heraustrat. »Hey, Mann, bist du fertig?«

»*Yeah*, wir beeilen uns lieber, vor Colleen noch sauer wird.«

Milton streckte die Hand aus und sagte: »Ich freu mich, daß Jesse so nette Nachbarn hat. Ich wer mir die Burschen mal angucken kommen.« Marietta berührte seine Handfläche kurz mit ihrer und nickte, schon auf dem Weg zu ihrer Tür.

Am Weihnachtsmorgen, nachdem die Jungen die Bücher und die Kleider gekriegt hatten, schickte Marietta sie auf die Veranda: »Ihr geh un hol mir bißchen Zucker von Tiny Momma. Ihr mach schnell-schnell.« Sie schlich hinter ihnen her und reckte den Kopf, als sie die Tür aufmachten.

»Fahrräder! Fahrräder! Da, Poppa, guck! Räder!« schrien sie, und als sie genug um die Speichen und Reifen herumgetanzt waren, trug Marietta die Räder die Treppe hinunter. Baby Poppa umfaßte Nates Lenker, sie hielt Calvins Rad. Tiny

Momma schüttelte den Kopf und sagte: »Ich sag, sie is verrückt – es hat Autos da auf der Straß, un sie gucken doch nich, wo sie hinfahrn. Sie wern sich die Köpf einhaun, un wir müssen sie ins Krankenhaus schaffen. Sie sin doch noch so klein.« Marietta versuchte, sich das Lachen zu verbeißen, aber sie konnte nicht mehr dagegen an, als die kleinen Hände auf den Lenkergriffen zitterten und Nates Mund ausnahmsweise einmal stumm aufklappte. Nate kippte fast auf den Gehweg und schrie, bevor ihn all die Hände auffingen und wieder aufrichteten.

Wenn sie keine Arbeit hatte, verbrachten sie und Baby Poppa die Tage damit, neben den Fahrrädern herzurennen, den kalten Wind an den Wangen, bis sie außer Puste kamen. Marietta sah, wie Nates Hinterteil auf dem Sattel hin und her rutschte, wenn er versuchte, das Gleichgewicht zu finden, und sie spürte, wie Calvins Hände an dem Lenker zogen, wenn er sich bemühte, das Rad allein wieder geradezuhalten. Sie schnauften vor Entschlossenheit und schienen nichts von all dem zu hören, was sie und Baby Poppa sagten; sie würden selbst herausfinden, wie es ging. Sie setzte sich auf die unterste Treppenstufe, um sich auszuruhen, und Nate heulte wütend, als Baby Poppa Calvin ein paarmal die Straße auf und ab begleitete, während er warten mußte. »Komm«, sagte er, und er versuchte, sie hochzuziehen, aber sie schüttelte den Kopf. Er stieg allein wieder auf, und sie zwang sich sitzenzubleiben. Die Altfrauenstimmen in ihrem Kopf sagten: »Er wer fall un hau sich den Kopf ein! Er wer krieg Hirnschaden – was du fe Mama?« Aber sie sah, wie er langsam auf den Lehmboden des Hofs kippte und mit der Schulter aufkam. Er weinte nicht. Er stand wieder auf und zerrte an den Lenkergriffen, wie er an ihren Händen gezerrt hatte.

Sie waren in vielem genau wie sie – ihre Gesichter, wenn sie sich konzentrierten, ihr Unwille, sich belehren zu lassen, ihre langen geraden Unterschenkel, ihr Haar, das nicht vom Kopf wegwachsen wollte, sondern fest und dicht anlag.

Aber Calvin liebte das Wasser mehr als Nate. Als es Frühling wurde, ließ er manchmal sein Rad stehen, um sich in den Rinnstein zu hocken und Dämme zu bauen und zuzugucken, wie das Regenwasser an ihm vorbeiströmte, wenn er einen Spalt in die Staumauer aus Müll und Dreck grub. Er stapfte durch die großen Pfützen auf dem Wiesenstück und machte sich seine Schuhe dabei kaputt – er verlor sogar mehrere Paar in dem Matsch, und Marietta konnte keine billigen Stoffturnschuhe finden, bevor die Sonne so kräftig war, daß die Pfützen austrockneten und die schlammverkrusteten Schuhe wieder zu sehen waren.

Mittwochs und donnerstags arbeitete sie fast nie, und manchmal setzte sie sich zu Calvin auf den Bordstein. Sie saß in der Sonne und guckte auf den kleinen See, dort, wo er das Rinnsal gestaut hatte. Er warf Steine und Kiesel hinein, und das Wasser über dem braunen Grund war so klar wie der Creek daheim. Das da sein Creek, dachte sie, während sie das Wasser mit der Hand erschütterte, damit es in der Sonne glitzerte. Sie ging mit ihm auf die Wiese, wo in einem Graben grünliches Wasser stand, umsummt von Insekten. »Die Krabbeltier leb hier, wenn Wasser komm, und geh wieder weg, wenn alls trocken«, erklärte er ihr. »Baby Poppa hab Buch, wo steh all die Namen drin – Grashüpfer, Käfer un lauter Ameisen.«

»Baby Poppa hab viel Bücher«, sagte sie.

»Er les immer«, sagte Calvin. »Tiny Momma guck Fernseh.«

Marietta nickte. Sie ging mit Calvin wieder zurück in den Hof, wo Nate auf dem Bauch im Dreck lag und mit Plastikpistolen auf Robert schoß, den Sohn von Carmen, der schon zehn war. Zwei andere Jungen aus der Straße versteckten sich hinter der Treppe, und Robert schlich sich an sie heran und stürzte sich mit Peng-Peng-Geschrei auf sie. »Das is viel zu leicht«, sagte er abfällig. »Ihr Babys.«

Nate sagte: »Du treff mich nich! Du hab Glatzkopf wie Jesse junior. *Du* seh aus wie Baby.« Marietta lachte. Robert trug den Sommerhaarschnitt, den ihm seine Mutter verpaßt hatte.

Nate war so schnellzüngig wie Sinbad. Er hatte die Gabe, Dinge rasch zu erfassen und das Richtige zu sagen, manchmal sogar zu Erwachsenen. Marietta mußte ihn immer wieder bremsen: »Dein Zähn brauch frisch Luft all Augenblick? Du halt dein Mund jetz.« Er und Calvin waren dunkler und größer als alle anderen Jungen ihres Alters. Nate stolzierte mit straff durchgedrückten Schultern durch die Gegend, kommandierte die jüngeren Kinder herum und belehrte sogar die älteren, wenn er damit durchkam. Calvin schwirrte um ihn herum, ganz Auge und Ohr und jederzeit bereit, ihm beizuspringen, wenn er geärgert wurde. Aber es war Calvin, der eines Nachmittags, als Marietta gerade auf der Veranda am Wäscheaufhängen war, zu Boden geschubst wurde. Nate stürmte auf den älteren Jungen los, zwar nicht mit gesenktem Kopf, aber mit vorgereckter Brust, und sie wälzten sich am Boden, bis Marietta eingriff und die verknäulten Gegner trennte.

Zuerst hatte sie bei dem Wort »Schule« an Jungen wie Randy mit seinem schrillen »Hey, ihr Affen!« gedacht. Aber Baby Poppa sagte: »Das werden sie auch mit ihrer ganzen Integration nicht schaffen, daß die Kinder zusammen zur Schule gehen. Die ganze Streiterei um die Trinkbrunnen – es wird nie so weit kommen, daß weiße Charlestoner Kinder auf dem Schulkorridor aus demselben Hahn trinken wie unsre Kinder. Das kannst du mir glauben.« Und sie merkte, daß er recht hatte; all die Frauen, für die sie putzte, schickten ihre Kinder jetzt auf Privatschulen.

Sie fragte Carmens Robert, wo seine Schule war, und folgte ihm die drei Blocks geradeaus und die kleine Seitenstraße hinunter. Von da an nahm sie jedesmal den Weg an dem Gebäude vorbei, wenn sie allein zum Laden ging oder vom Bus heimkam. Aber woher sollte man wissen, was dort drinnen war? Auf dem Pausenhof rannten die Kinder kreischend durcheinander, mal wild, mal in geplantem Spiel – so viele Gesichter, pfirsichgelb und braun und dunkelbraun. Und ein paar kleine Gesichter, so schwarz wie ihres, wie Nate und Calvin. Sie sah Robert und Eric und Shirley und Angie aus der Straße. Aber dann rasselte die Klingel, und die Kinder verschwanden nach drinnen, und sie hatte keine Ahnung, wie die Lehrer aussahen oder die Klassenzimmer. Sie waren bestimmt warm, dachte sie, kein Holzofen und kein goldenes Licht, das durch Wandritzen fiel, aber sie hatten bestimmt immer noch Wandtafeln, und hinten, wo die Kinder sitzen mußten, die zu groß waren, würde es immer noch duster sein.

Sie wußte, Baby Poppa wartete ab, ließ ihr Zeit zum Nachdenken, und ihr wurde klar, daß von ihnen allen – Aint Sister, ihrer Mutter und Rosie und jetzt Tiny Momma – er der einzige war, der sah, wie sie die Dinge beobachtete und abwagte, ohne zu sagen: »Immer schleich rum un horch all Zeit? Das nich recht, was sie mach.« Tiny Momma häkelte weiter ihre Worte, und Marietta hörte zu, wie es sich gehörte, aber sie wußte, Tiny Momma wünschte sich manchmal andere Worte dazu, die sich mit ihren in der Luft verwoben wie verschiedenfarbiges Garn zu einem Muster.

An einem Sonntag im Spätsommer brachte Jesse Kisten mit Pfirsichen für alle, die ihm ein paar Dollar gaben. Sie und Tiny Momma machten Kompott ein, kochten die neuen Weckgläser aus und trockneten sie ab, rührten das blubbernde Obst in den Töpfen, bis der Dampf von den Küchenwänden und von ihren Stirnen rann. Dann ließen sie die leuchtendgolden gefüllten Gläser auf Geschirrtüchern abkühlen. »Du stellst sie da hoch, neben den Tee?« fragte Tiny Momma, am Tisch sitzend.

»*Yeah*«, sagte Marietta. »Aber wir eß sie. Kein Sorg.«

Sie ging hinunter auf die untere Terrasse, wo sich eine kleine, abschließbare Kammer befand, die jahrelang leergestanden hatte. Jesse und Baby Poppa hatten irgendwo eine gebrauchte Waschmaschine aufgetrieben, und Marietta, Colleen, Tiny Momma und Carmen hatten je ein paar Dollar gegeben, um sie gemeinsam zu kaufen. Sie wusch die Sachen der Jungen und hängte sie auf eine Leine, die sie um ihre Ecke der Veranda gespannt hatte. Tiny Momma hielt ein Nickerchen auf der Couch, während Tür und Fenster offenstanden, damit der pfirsichsüße Dampf abziehen konnte, und Marietta setzte sich auf die uralte Couch am Ende des Geländers.

Baby Poppa hatte eine Verlängerungsschnur in die andere Ecke gelegt und den Fernseher auf einen Küchenstuhl gestellt. Die Veranda war am Nachmittag so schattig, daß der viereckige Bildschirm leuchtete. Schläger klackten gegen Bälle, und Baby Poppa sagte verächtlich zu Hector und Jesse: »Das ist alles – die ganze Action bei diesem Sport. So ein lahmes und simples Spiel, was kannst du nur da dran finden, Jesse?«

Jesse sagte: »Stimmt nich, da gehört auch Grips dazu. Geht da drum, wo er den Schlag hinsetzt oder ob er ihn vielleicht bloß anticken soll. Football is nich der einzige Sport auf der Welt.«

Aber Baby Poppa sagte: »Für mich ist er aber der einzige.

Da braucht man Grips und Muskeln gleichzeitig. Ich sitz hier nur die Zeit ab, bis die richtige Spielzeit anfängt.«

Die Kinder hatten sich Schaufeln und Rechen und Hacken aus Jesses Laster ausgeborgt und waren damit beschäftigt, auf der Wiese Gräben zu buddeln und nasse Erde zu Wällen aufzutürmen. Marietta horchte auf das Wasser, das aus den Jeans der Jungen auf die Holzbohlen tropfte und bis hinunter auf den grasigen Lehmboden des Hofs rann. Sie mußte daran denken, wie sie in ihrem ersten Sommer hier einen Haufen nasser Wäsche zu den Leinen in den kleinen Hinterhof getragen hatte. Eine Handvoll grauer, ausgeblichener Klammern hatten an einem Ende der weißen Plastikschnur gesteckt. Sie hatte dort im Staub gestanden und die Wäsche festgeklammert und auf einmal lauter Schmutzstreifen an ihren Händen und auf den weißen T-Shirts gesehen. Verblüfft hatte sie die Wäsche leine genauer angeguckt und entdeckt, daß alle Schnüre mit Staub überzogen waren. Seit Monaten hatte sie niemand mehr benutzt.

Sie hatte an den Dreckflecken herumgerieben. Da war Baby Poppa um die Hausecke gekommen, in der Hand ein Glas mit trüb schwappendem Speckfett. »Guten Morgen«, sagte er. »Ich weiß nie, wohin mit diesem überschüssigen Zeug.« Er guckte auf ihre Wäsche und sagte stirnrunzelnd: »Du willst das doch nicht hier aufhängen, oder? Ich frage nur, weil ich die Dreckflecken sehe. Niemand hängt hier Wäsche auf. Du mußt damit rechnen, daß jemand dort hinten über den Zaun steigt und deine Kleider entwendet. Oder die deiner Söhne. Kleider lassen sich manchmal zu Geld machen.«

»Sie stehl Kleider?« wiederholte sie. Er ging zu dem windschiefen Zaun und kippte das Fett sorgsam in ein kleines Loch am Fuß der Holzlatten. Er scharrte das Loch mit dem Schuh zu und kam wieder zu ihr zurück.

»Die Leute stehlen alles, wovon sie meinen, daß sie es brauchen können«, hatte er gesagt. »Häng deine Sachen besser auf die Veranda, wo du sie im Auge behalten kannst.«

Sie stupste jetzt mit dem Finger gegen die nassen Kleider. In der Hitze wurden sie schnell steif beim Trocknen. Baby Poppa lehr mich immer noch, un ich schon groß. Tiny Momma lehr mich. Loretha muß lehr mich damal, wie ich soll putz. Nate un Calvin weiß mehr wie ich, weil sie klein un leb hier. Sie lern all Sach über Stadt und Schwimmbad un Auto. Un nächst Monat sie wer geh in Schul.

Nates Gesicht war jetzt manchmal so hart wie ihres, und auch Calvin lächelte fast nie. Was sollte aus den beiden werden? Sie wer geh in Schul, wer lern un wer klug un gescheit un weiß viel mehr Sach wie ich. Sie wer so groß un breit un schwarz – wie ich. Wie ihr Opa. Was sie wer mach? Sie geb all Leut Widerwort – sie niemal seh Weißenleut. Vielleich sie wer hab groß Mundwerk, breit Schulter, Dickschädel, un sie wer krieg Ärger. Vielleich sie wer arbeit wie Jesse un Baby Poppa, sie wer all Zeit seh Weißenleut, wo sag, was sie soll mach; sie mach kein Lächelgesicht, sie wer verlier ihr Job. Sie hörte die Männer wieder vor dem Fernseher johlen; die Jungen bekamen von den älteren Kindern genaue und ausführliche Anweisungen, wie sie die Gräben ziehen sollten.

Milton kam in seinem zerbeulten Auto angefahren, und sie sah ihn heraufgucken und lächeln.

»Er hat ein Aug auf dich geworfen«, sagte Tiny Momma unmittelbar hinter ihr, und Marietta fuhr zusammen. »Is kein schlechter Kerl, der Milton. Schafft drüben am College, auf dem Gelände, is feste Arbeit, das. Is scheins ein netter Bursch.«

»Du erschreck mich«, sagte Marietta, und Tiny Momma lächelte.

»Ich erschreck dich, oder Milton erschreckt dich?« Sie verschwand in ihrer Tür, um noch einen Eistee zu holen, und Milton kam die Treppe herauf.

»He, du bist nich eingeladen, Nigger!« rief Jesse. »Das is hier ne private Party – außer, du bringst Bier mit!« Sie lachten alle, und Milton hielt die Papiertüte in die Höhe wie einen Siegespreis.

»Ich bin ja nich irngswer«, sagte er, die Augen auf Marietta gerichtet. »Stimmt's?«

Sie lehnte am Geländer und zuckte mit den Achseln und sah zu, wie er sich auf einem der Klappstühle niederließ. »He, steht auch der richtige Name auf deim Schild drauf?« sagte Jesse.

»Reg dich ab, Nigger – ich bring dir dein Pabst«, sagte Milton, der jetzt die Flaschen aus der Tüte zog und auf die Holzbohlen stellte. »Sie wern aber da nich lang kalt sein.«

»Sie werden *überhaupt* nicht lang dasein, wenn Jesse in der Nähe ist«, sagte Baby Poppa, und alle lachten.

»Marietta, magst ein Bier?« sagte Milton, der sie immer noch ansah. Sie war gerade dabei, den Kopf zu schütteln, als eins der Kinder vom Hof heraufgerannt kam.

»Big Ma, Nate sagt, er darf ein Messer ham. Er find eins aufm Feld«, sagte der Junge singend. »Calvin sagt, er darf nich.«

»Calvin hab recht«, sagte sie. Sie sah auf das verschmierte Gesicht und die entblößten Zähne hinunter. »Du sag ihm, er bring das Messer her.«

»Er sagt doch, Nate hat das Messer«, sagte Jesse.

»Aber Calvin der einzig, wo kann Nate nehm was weg«, sagte Marietta. »Er weiß, wie er anpack, wo Nate kitzlig.« Sie stand auf und ging die Treppe hinunter.

»Big Ma?« sagte Milton zu Jesse. »Sie rufen sie Big Ma?« Sie lief rasch hinüber zur Wiese, wo Nate und Calvin immer noch aufeinander einbrüllten, und sie hörte nicht, was Baby Poppa und Jesse sagten, aber wieder lachten alle. Sie wartete darauf, daß ihr Gesicht vor Zorn zu glühen begann – aber sie spürte nur die Sonne auf ihren Schultern. Sie soll sag, was sie woll – vielleich sie lach über Jesse, vielleich jeman laß den Baseball fall. Stör mich nimmer. Sie ging über den harten Lehmboden und sagte: »Du nutz dein Kopf fe denk, Nathaniel, vor ich dir eins draufgeb.«

Das dreckverkrustete Messer in der Tasche, drehte sie sich um. Die Männer hatten sich alle wieder dem Fernseher zugewandt. Sie sah Tiny Mommas Gesicht als hellen Fleck in ihrer Türöffnung, die T-Shirts der Jungen wie Briefmarken vor der dunklen Veranda, der breiten Front des Apartmenthauses.

Den ganzen Nachmittag lächelte Milton sie an. Er stellte ihr Fragen, während Baby Poppa, Jesse, Hector und die anderen über Baseball redeten. Als er sie fragte: »Wann is denn dein Geburtstag?«, sagte sie mechanisch »Der elft August«, weil sie gerade einen Pitch verfolgte. »Das war ja letzte Woche!« sagte er. »Warum hast du keinem was gesagt?«

Baby Poppa sah sie an. »Vielleicht mag sie keine Geburtstage.«

Marietta guckte weiter auf den Fernseher. »Ich hab die zwei

ihr Geburtstag – das Umständ genug. Ich zu alt für Geburtstag.«

»Das glaub ich nich – wie alt denn?« sagte Milton schelmisch und rückte mit dem Stuhl näher an sie heran. »Zu alt für Geschenke?«

Sie sah auf ihre Gesichter, Baby Poppas hellbraune Augen, Miltons Augen, die leicht rötlich schimmerten, Jesses schmale Guckschlitze über den hohen Lächelwangen. »Alt genug«, sagte sie.

»Zu alt, um mal ohne die zwei zu essen?« fragte Milton. »Zu alt, um mit mir irngswo hinzugehn?«

Sie kapierte erst gar nicht, was er da fragte, bis Jesse und die anderen bemüht wegguckten, die Lippen zu einem daumennagelkleinen Lächeln verzogen. Da fiel ihr wieder ein, wie steif und förmlich die Männer im Fischladen immer geworden waren, wenn einer von ihnen ein Mädchen gefragt hatte, ob es mit ihm ausgehen wolle. Er wollte sie in ein Restaurant ausführen. Milton lächelte. Sein Schnauzbart hing dick wie ein Malerquast über seinen Lippen, und die Zähne waren viereckig und klein für sein breites Gesicht und seinen kräftigen Körper. »Grad alt genug«, sagte sie, und die Männer entspannten sich wieder und ließen die Schultern locker und griffen nach einem neuen Bier.

Sie lag auf der Couch und horchte auf das Radio von nebenan. Freitag – am Freitag würden sie und Milton zusammen ausgehen, und Tiny Momma war natürlich bereit, die Jungen zu hüten. Die Musik klimperte rhythmisch, aber die Stimme des Ansagers war tiefer und drang nur verschwommen durch den Verputz. Sie hatte noch nie etwas anderes von dort drüben gehört als Musik – kein Geschirrklappern, keine Stimmen, die nicht aus dem kleinen Gitternetz des Radios kamen, nicht einmal Schritte. Nie stellte jemand einen anderen Sender ein. Aber sie war nachts oft lange genug wach gewesen, um den Mann weggehen zu sehen – ein gebeugter Rücken und ein dunkler Hut vor dem Türschloß, wenn sie den Kopf aus ihrer Tür streckte. Er zog die Tür leise zu und wandte sich dann zur Treppe, so daß sie nie mehr sah als seinen Rücken, der die dunkle Straße hinuntergeisterte.

Als sie nach Charleston zurückgekommen war, hatte sie sich zuerst eine Zeitlang vorgestellt, der alte Mann sei ihr Onkel Hurriah und das Radio, das sie die ganze Nacht hörte, bis er um Mitternacht ging und auch noch danach, sei seine Musik. Schließlich hatte sie Tiny Momma gefragt, wer er war, und Tiny Momma hatte gesagt: »Der is ein Einsiedler – er redt mit keinem, nich mal mit der Besitzerin, all die Jahr, wo er hier wohnt. Er packt das Mietgeld in ein Umschlag un schiebt's ihr unter der Tür durch.«

»Er laß das Radio sogar an, wenn er geh auf Arbeit«, hatte Marietta gesagt. »Wer da drin, wo hör?«

Tiny Momma hatte den Kopf geschüttelt: »Da is sonst keiner drin. Er läßt's wohl für die Kakerlaken laufen.«

Sie vermied es absichtlich, jemand anders nach dem Mann zu fragen, und nannte ihn still für sich weiter Onkel. Sie wußte, daß er nicht ihr Onkel war, aber manchmal dachte sie an all die alten Männer, die sie in den Straßen von Charleston sah, Männer, die betrunken waren oder im Sitzen dösten oder zur Arbeit gingen und den Jungen zulächelten. Sie drehte sich auf die andere Seite, weg von dem Fenster, durch das das Licht der Straßenlaternen hereinfiel, und dachte an ihr altes Zimmer, das Zimmer ihres Onkels. Sinbad. Wenn sie bei Baby Poppa in den Reiseteil von *Ebony* guckte oder ihn bat, ihr alte Reisemagazine aus dem Hotel mitzubringen, sah sie Sinbads Gesicht in die Fotos hinein, aber sie wußte, er würde sich immer eine von den Straßen suchen, die man nie auf den Bildern sah – eine Straße mit einem Fischladen oder einem Hamburgerstand oder einem Café, mit dunklen Gesichtern, die auf und ab hüpften und durcheinander tanzten, mit großen Füßen auf Verandageländern und in Toreingängen. Es konnte durchaus sein, daß er in San Francisco mit dem Cable-Car gefahren war oder sein Glück in Las Vegas versucht hatte, wo sich Neonlichter um die Straßen wanden wie Schlangen oder Glühwürmchenspuren, daß er unter den hohen Wolkenkratzertürmen in Chicago oder New York herumspazierte, aber sie wußte, er schlief in Häusern an Straßen, die sie in den Heften nicht finden würde.

Er immer dein Ausred. Er immer Lippen, wo du kann seh in dein Kopf, mit du nich muß scher dich um ander Leut. Du seh ihn nimmer wieder – nieman frag mehr nach ihm, all Leut weiß, er tot. Du sag all Leut, er tot. Du laß ihn ruh.

Er noch ein von dein Geistleut, dachte sie, als sie in Miltons Auto saß. Er spuk auch noch rum – Aint Sister, Mama, sie all guck zu, wie ich geh aus fe eß. Milton stellte das Autoradio an und ließ den Ellbogen aus dem offenen Seitenfenster hängen.

»Was möchtst du gern essen?« fragte er. »Brauchst bloß sagen.«

Aber in dem Restaurant, das sie ausgesucht hatte, weil es nicht weit war und sie schon einmal dort gewesen war und nach Arbeit gefragt hatte, saß sie ihm verlegen gegenüber. Miltons Gesicht war immer genau vor ihr, wenn sie standen, und auch jetzt, wo sie saßen, die Augen die ganze Zeit geradewegs auf ihr Gesicht gerichtet. Sie war es nicht gewöhnt, daß jemand sie so aus der Nähe ansah, auf ihre Lippen guckte, wenn sie kaute, ihren Mund beobachtete, wenn sie etwas sagte, ihre Augen verfolgte, wohin sie auch guckten. Die Jungen, Baby Poppa und Tiny Momma waren alle immer ein ganzes Stück unter ihr; die Leute in den großen Häusern vermieden es, ihr ins Gesicht zu gucken, kehrten ihr, sobald es ging, die Ohren zu. Milton – was er woll? Er lach? Er starr mich an, weil ich so dunkel, so ... so ... er wer geh fe arbeit un sag Jesse, was ich mach?

Er redete davon, was er und Jesse bei der Arbeit machten. »Mann, das mußt du sehen, die wilden Katzen, die da in den Büschen hocken – fressen sich dick un fett, die Viecher, von dem Zeug, wo sie den Studenten abbetteln. Un wie die schreien, in der Nacht, wenn sie sich streiten. Jesse sagt, grad so schreit sein kleiner Jesse auch, wenn er wütend is – grad wie ein wilder Kater.«

Sie lächelte. »Ich hör manchmal, er schrei in Nacht. Colleen hab all Händ voll fe tu.« Warum du red so? Du muß red wie Baby Poppa – du hör oft genug. Warum du red wie Pine Garden? Du mach immer schwer fe Leut.

Milton sagte: »Haben deine zwei nie so gebrüllt? Wo die so kräftige Lungen haben – ich wett, sie brüllen wie Bullen, wenn sie mal richtig loslegen.«

Sie sagte: »Ich weiß nimmer.« Aber dann sah sie sie über

das lehmige Feld hinter ihr herkrabbeln, murren, wenn sie aus dem Zimmer ging, brüllen, sobald sie aufwachten. »Mehr wie Löw«, flüsterte sie.

»Was?« sagte er.

Sie schüttelte den Kopf und aß einen kleinen Happen von ihrem Fleisch. Als sie wieder in seinem Auto saßen und durch die Straßen am Wasser fuhren, wo der Mond den Fluß und den Hafen perlmuttsilbern schimmern ließ, sog sie schweigend den Geruch des Armaturenbretts ein. Autokabinen – da würde sie immer an Männer denken müssen. Selbst das Metall verströmte den Geruch von Rauch und Alkohol und Rasierwasser und Männerhänden. Es schien ihm nichts auszumachen, daß sie nichts sagte; er fuhr noch ein Weilchen herum und hörte dem Radio zu, und als sie wieder in ihre Straße eingebogen waren, sagte er: »Magst du das noch mal machen?«

Jesse und Colleen ermunterten sie, und Marietta wußte genau, sie wollten gern, daß sie und Milton ein Paar würden. Jesse kam und klopfte an ihre Tür und sagte: »Milt kommt nachher vorbei – hast du Lust auf paar Runden Karten? Spielst du gern Tonk?« Und Colleen sah sie und Milton lächelnd an, und wenn die beiden Männer Bier holen gingen, fragte sie, ob er ihr schon ein Geschenk gekauft oder sie geküßt habe.

Tiny Momma war erst recht begeistert. »Was meinst du, was er zum Essen möcht?« fragte sie. »Ich werd was für euch kochen, weil du heut bei Mrs. King bist un da immer so spät wegkommst. Ich werd zeitig gehn un noch bißchen Schweinshaxe kaufen, falls er Bohnen möcht.«

Einmal oder zweimal die Woche saß er abends auf ihrer Couch, einen Teller mit Kuchen oder Fruchtpastete auf dem Schoß, nachdem sie den kleinen Tisch abgeräumt hatten. Marietta sagte zu Tiny Momma: »Du muß noch nich geh. Du kann helf mir bügel Sach für die zwei für Schul. Baby Poppa sag, Schul fang Montag an.«

Milton saß höflich da, während Tiny Momma die steifen Kleider einsprengte und zusammenrollte und Marietta sie mit dem schweren Eisen bügelte. Er und Tiny Momma redeten über das College; sie fragte immer wieder nach den schönen Gebäuden und den Studenten. Und Marietta hörte ihre Stimmen und das Geflüster der Jungen im anderen Zimmer, das leise Wummern des Radios nebenan, die Kinder, die noch drunten auf der Straße spielten, und die Leute, die draußen auf der Veranda saßen und redeten.

Sie ging an dem Tag nicht zur Arbeit – sie hatte Mrs. Hendricks gesagt, daß sie nicht vor Mittwoch kommen konnte, um die große Wäsche zu machen und die Fenster zu putzen. Sie und Baby Poppa marschierten mit der ganzen Kinderschar und den kleinen Müttergrüppchen die paar Querstraßen weiter bis zur Schule, und überall zischten Frauenstimmen: Daß du mir nich in Schulsachen spielen gehst! Und: Wo is dein Geld, Kind? Du kriegst sonst nix zum Essen Mittag *un* Abend.

Frauen saßen an langen Tischen, um Formulare auszufüllen, und Baby Poppa blieb dicht an Mariettas Seite, als eine ältere Frau mit hochtoupiertem Haar Namen, Alter, Adresse, Geburtsdatum und Geburtsort der Jungen wissen wollte. »Sind Sie die Mutter?« fragte sie herrisch, und Marietta nickte, während der Füllhalter der Frau über das Papier kratzte.

Sie brachten Papierbögen heim mit ihren Namen in großen, runden Buchstaben, dem Alphabet und Zahlen in verschiedenen Farben. Baby Poppa brachte die Bücher, an die sich Marietta noch erinnerte – das Haus und die gelbhaarigen Kinder, die dicken Kartonblätter, die spitzen Dächer und die braunen Hunde. Sie bemühte sich, ihnen jeden Abend daraus vorzulesen, während sie alle Schenkel an Schenkel auf dem Sofa saßen, und sie führte ihre Hände mit den Farbstiften, damit sie die Buchstaben übten.

Aber in der nächsten Woche fiel ihr auf, daß Calvin fast jeden Tag Kratzer und Schnitte hatte, wenn er vom Spielen heraufkam, während draußen noch das sommerliche Abendlicht über dem Wiesenstück hing. Er drängte sich an sie und stupste sie wie ein Kälbchen, wenn sie am Herd oder an der Spüle stand, und sie hörte zuerst gar nicht hin, wenn er jammerte, weil sie darüber nachdachte, wie sie es schaffen konnte, die ganzen Kleider zu waschen, die sich so schnell angehäuft hatten, und sie über Nacht trocken zu kriegen.

Calvin strich um ihre Beine, bis sie sich schließlich auf die Couch setzte und die Arme um ihn legte, um den fadendünnen Kratzer an seinem Handgelenk zu untersuchen. »Wie das passier?« fragte sie dann, und er sagte: »Weiß nich.« Er preßte seinen Kopf gegen ihren Bauch, und sie strich über die harten Haarknötchen in seinem Nacken, die sie beim Waschen mit den Fingern glattzog. Jeden Tag, so schien es, hatte Calvin einen dieser feinen, geraden Kratzer am Daumen oder am Arm, und abends wollte er immer auf ihrem Schoß sitzen. Wenn Milt vorbeikam, mußten er und Tiny Momma am Tisch sitzen, weil Calvin nicht von ihren Knien herunterwollte. Dann sagte Nate: »Du klein Baby, Calvin. Schmusebaby.« Marietta sagte zu ihm: »Pscht! Du geh in Badwann.«

»Er muß nich in die Badwann?«

»Er komm gleich.« Sie fragte Calvin. »Wer kratz dich da? Du spiel mit Katz?«

»Weiß nich. Aua, tu weh, Mama! Komm Blut raus.« Sie wusch die Schnitte aus und schrubbte ihm stirnrunzelnd den Rücken, wenn er in der Wanne saß.

Die Lehrerin schickte Marietta einen Brief und bat sie zu sich, und sie dachte, es sei wegen Calvin. Prügelte er sich? Kamen die Kratzer von Fingernägeln oder sogar von einem Messer? Sie machte an dem Tag früher bei Mrs. Despres Schluß, zusammen mit Tiny Momma, und bat sie, mit den Jungen am Zaun vor der Schule auf sie zu warten.

Die Lehrerin war noch jung, etwa dreißig, schätzte Marietta. Sie saß hinter ihrem Schreibtisch in einem Raum mit Betonsteinwänden, der voller kleiner Holztische war. Überall hingen Poster und Zettel herum. Sie hatte eine helle Haut und ein rundes Gesicht, und ihre Arme wabbelten wie die von Rosie. Sie sagte: »Mrs. Cook, Ihre Jungen sind ja offensichtlich Zwillinge und beide kräftige Burschen.« Marietta nickte. »Wissen Sie, sie sind soviel größer als die anderen Kinder, daß ich fürchte, sie sind deswegen verschüchtert. Ich meine, Nate kommt ja ganz gut zurecht, aber wenn alle Kinder hier im Klassenzimmer versammelt sind und wir mit dem Unterricht beginnen, dann sagt Calvin überhaupt nichts mehr, und Nate nimmt ihn dann immer heftig in Schutz. Ich habe das Gefühl, daß Calvin irgendein Problem hat.«

»Ich glaub, er prügel sich mit jeman«, sagte Marietta. Sie atmete ruhig durch und roch Klebstoff und Holz. Sie sah Calvin ganz hinten in der letzten Reihe sitzen und auf die vielen

Köpfe vor sich starren, und sie dachte, vielleicht war er ja wütend auf die anderen Kinder. Aber dann sah sie, daß auf allen Tischen Namensschildchen standen. Aaron, Aubert, Burns, Carvin, Cook, Cook. In der ersten Reihe.

»Haben Sie gesehen, daß sie sich prügeln?« fragte die Lehrerin. »Mir ist nichts aufgefallen. Meinen Sie, Calvin hat vielleicht Probleme mit seinen Schularbeiten? Ist der Stoff zu leicht oder zu schwer für ihn? Eine von den anderen Lehrerinnen wollte mir einreden, die Jungen seien doch bestimmt schon acht oder neun und sicher aus einer anderen Schule geflogen, zumal Sie ja keine Geburtsurkunde vorlegen konnten. Aber für mein Gefühl verhalten sie sich wie Sechsjährige. Ich habe ihr gesagt, sie sind bestimmt erst sechs, weil ich *Sie* gesehen habe, damals bei der Einschulung.« Sie lächelte, und Marietta wurde es eng um die Brust. Aber die Frau fuhr fort: »Ich habe eine Tochter, und die ist leider genauso rund wie ich. Ich konnte zugucken, wie sie immer dicker wurde.«

Marietta mußte lächeln. Sie hörte zu, wie Mrs. Williams ihr erklärte, Calvin müsse im Unterricht den Mund aufmachen, oder sie würde mit dem Direktor reden müssen, ob man die Jungen nicht besser trennen solle. Marietta ging durch den dunklen Flur zurück und wieder nach draußen zum Schulhofzaun, sagte aber nichts, bis sie daheim waren und die Tür hinter sich geschlossen hatten.

»Warum du will nich red mit dein Lehrerin?« fragte sie Calvin. Er zuckte die Achseln.

Nate sagte: »Weil er klein Baby, Mama.«

»Keiner frag dich«, sagte sie.

»Aber er weiß selber nich.« Nate verzog verächtlich den Mund, und Calvin sagte gar nichts und starrte nur reglos auf den Kühlschrank.

»*Du* halt dein Mund fe Ausnahm, vielleich er wer dann geb Antwort«, sagte sie zu Nate. Aber sie sah, wenn sie heimkam, wie sie sich stießen und schubsten und am Boden wälzten. Und morgens, vor der Schule, sah sie, wie Nate redete und fuchtelte und Calvin stumm die Nachbarskinder musterte. Abends, wenn sie die Schnitte verarztete, die Calvin fast täglich mitbrachte, hielt sie ihn ein Weilchen allein auf dem Schoß, und sie erzählte ihm von den Fischen, die den

Fluß hinaufzogen und unter der Brücke durchschwammen und unter den Booten Fangen spielten.

Tiny Momma sagte: »Er spielt mit ner Katz, gibt nix anders, wo solche Kratzer macht.« Marietta schob das rötliche Fleisch der Schweinshaxe zwischen das Grüngemüse und sagte nichts.

Sie blieb drei Tage daheim, sagte der Frau, die sie bestellt hatte, sie sei krank, erklärte Milt, sie habe Grippe, und guckte nach der Schule durchs Fenster nach draußen. Am zweiten Tag war Calvin nicht auf der Wiese; sie sah Nate, wie er einen Stein mit einem Stock wegzuschlagen versuchte, und sie sah einen anderen Jungen und ein kleines Mädchen. Sie öffnete leise die Tür und ging die Treppe hinunter.

Er war hinterm Haus, durch ein Gewirr aus rostigen Sprungfedern und einen Haufen Kartons von der Straße abgeschirmt. Sie schlich sich so leise an, wie sie daheim bei den Ständen herumgeschlichen war, lugte über das orangerot verkrustete Metall und sah ihn auf einer Pfirsichkiste sitzen, eine Rasierklinge zwischen den Fingerspitzen. Er musterte seine Unterarme. Sie zog sich leise zurück und ging, die Füße behutsam in den Staub setzend, wieder in die Wohnung, um dort auf ihn zu warten.

Draußen auf den Stufen hielt sie ihn im Arm, während die ungeteerten Höfe überall an der Straße nachtkühl und feucht wurden. Tiny Momma rief sie zum Fernsehen nach drinnen, und während Nate vor dem Apparat auf dem Boden lag, hielt sie Calvin auf ihrem Schoß, hörte mit einem Ohr zu, wie Tiny Momma erzählte, daß Mrs. Despres heute den ganzen Tag gehustet hatte, aber sie dachte dabei an den Schnitt auf ihrem Handteller und an das Blut, das sie für ihre kickenden, rumorenden Babys geschluckt hatte. Sie strich mit der Fingerspitze über die Haut hinter seinem Ohr und dachte daran, wie tröstlich es gewesen war, am Hals ihrer Mutter zu liegen, wenn sie sich verletzt hatte, und wie sie dann groß geworden war und niemand sie mehr sanft berührt hatte.

Am Morgen ging sie zu Baby Poppa. »Ich find ein, zwei Schnitt all ander Tag«, sagte sie, nachdem sie ihm von der Rasierklinge erzählt hatte.

Baby Poppa strich sich immer wieder mit Daumen und Zeigefinger über die Halbkreisfalten um seinen Mund. »Es kommen Jungen hierher in die Straße, um sie zu verhauen«, sagte er schließlich. »Ich habe gesehen, wie sie extra den ganzen Weg bis hier zur Wiese kommen, um die beiden zu suchen. Ich kann mir vorstellen, daß sie in der Schule auffallen. Sie sind anders, sie sind groß und kräftig, und sie haben einander. Das macht sie zu Prügelknaben.«

»Aber ich seh sie niemal mit blau Fleck oder Schnitt wie die«, sagte sie.

»Nein. Das stimmt. Nate redet immer auf die anderen Jungen ein und versucht, sie einzuschüchtern, aber mir scheint, sie haben es auf Calvin abgesehen. Die Kinder wollen ihn schlagen, weil er so stumm ist – um ihn dazu zu kriegen, daß er etwas sagt oder weint. Und sie werden beide gehänselt, weil sie anders reden. Ich weiß nicht, ich nehme an, sie werden sich ein paar Jahre schlagen müssen. Ich war immer so klein, daß ich mich nie beweisen mußte.«

»Warum Bub will immer prügel? Mädel ärger ander Mädel un schrei, aber Bub ...«

»Überschüssige Kräfte«, sagte Baby Poppa. »Sie sehen, wie alle sich prügeln, und dann wollen sie es auch tun. Aber das ist nicht der einzige Grund, weshalb Calvin sich das antut.«

»Ich weiß«, sagte sie. Wenn die Klinge seine Haut ritzte, dachte er dann, daß ihm kein anderer weh tun konnte, solange er sich selbst weh tat? Sie wußte, er wollte immer noch ihre Hände und Augen, aber sie achtete sorgsam darauf, ihn nicht so viel zu berühren, daß Nate und die anderen sich über ihn lustig machten. Sie beobachtete genau, wann er ihre Finger und ihre Aufmerksamkeit wollte, und sie preßte Zuckerkörnchen und feine Spinnweben in die Schnitte.

Als Milton an dem Abend kam, schliefen die Jungen schon. Er sagte: »Komm kurz mit raus. Ich weiß, sie schlafen – nur für nen kleinen Moment.«

Er stand neben ihr, und sie guckten über das Geländer. Drunten über dem Wiesenstück stieg Nebel auf. »Magst du morgen noch mal ins Kino?« sagte er.

»Ich muß arbeit, fe Party, all Nachmittag un Abend. Halloween-Party«, sagte sie.

»Und wann seh ich dich? Du hast jetzt scheins immer zu tun«, sagte er, während er hinter sie trat und seine Hände auf ihre Schultern legte. »Ich dacht, du hättst jetzt mehr Zeit, wo die zwei in der Schule sind.«

»Herbst immer viel Arbeit, un dann komm Feiertag«, sagte Marietta. »Kind immer viel Arbeit, all Zeit.« Er zog sie herum und in die Ecke.

»Und wann is Milton-Zeit?« flüsterte er, und seine Lippen unter dem Schnauzbart waren nicht weich wie die von Sinbad. Sie preßten sich fest auf ihre, und die Barthaare piekten. Sein Kopf war nicht geneigt, sein Mund gerade und hart. »Kannst du nich paar Abende in der Woche Marietta sein un mal nich Big Ma?« fragte er, als er sich von ihr löste.

Sie antwortete nicht. Er preßte die Hände auf ihre Schulterblätter und zog sie an sich, und diesmal störte sie sein Bart nicht mehr so. Er spreizte die Finger auf ihrem Rücken und küßte sie fester, bis ihre Lippen von den pieksigen Haaren und dem Druck brannten. »Ich muß früh raus«, sagte sie. »Ich hab ein lang Tag morgen.«

»Ich komm am Wochenende her«, sagte er. »Dann wirst du doch paar Stunden für mich haben, eh?«

Das Haus, in dem sie am nächsten Tag arbeitete, war riesengroß, mit einer Wendeltreppe, deren Geländer poliert werden mußte, und Marmorfliesen in einem großen Raum und einem Kronleuchter, auf dessen birnenförmigen Glastropfen sich der Staub abgesetzt hatte. Und dazu wie immer die Fenster – sie putzte sie zuletzt, als der Nachmittagswind die Äste der Bäume in dem mauerumfriedeten Garten schüttelte. Es war seltsam, nichts zu hören, nicht den Wind, nicht das Rascheln der Blätter. Sie wischte die Scheibe und leckte sich über die Lippen, biß mit den Vorderzähnen darauf. Milt preßte einfach nur seinen Mund auf ihren und bewegte ihn; Sinbad hatte irgendwie ihre Lippen sachte auseinandergeschoben und die Innenseiten gekostet, und selbst seine Zähne waren sanft gewesen. Sie schüttelte den Kopf. Sinbad Lippen tot. Er Geistmund, küss Frau überall in der Welt. Ich noch hier. Sie machte sich an das nächste Fenster, beobachtete den stummen Wind und dachte an das Haus ihrer Mutter und den Wind, der dort mit ihnen gewohnt hatte – er hatte ihren Kragen gehoben, wenn sie im Sommer neben der offenen Tür im Reistopf gerührt hatte, war durch die Ritzen gedrungen und hatte das Haar ihrer Mutter hochgeweht, wenn sie im Winter nachts im Bett gesessen hatten.

Der Wind hatte Nate und Calvin angst gemacht, als sie noch ganz klein gewesen waren, und sie hatten sich im Bett an sie geklammert, während er draußen in den Bäumen geheult hatte, der starke Wind vom Wasser her. Er hatte sie immer an den Hurrikan erinnert, an die erste Nacht mit Sinbad, und sie hatte sich dann sehr anstrengen müssen, um ihn zu vergessen. Monate waren vergangen, und alles war gut gewesen, bis sie im Sommer in dem Beet hinterm Haus gekniet und Tomaten gepflückt hatte und plötzlich kleine Hände über ihren Rücken gefahren waren, hinten zwischen den Schulterblättern, genau an der Stelle, wo Miltons Finger gestern abend gelegen hatten.

Nate und Calvin hatten ihre Bluse untersucht und die Hände darauf gepreßt, um den Stoff zu fühlen, und sobald sie sich bückte, hatte gleich einer von ihnen seine Backe und seinen ganzen Oberkörper auf ihren Rücken gelegt, während kleine Hände sie sanft getätschelt hatten. Sie hatten sie entzückt bestaunt und dauernd auf ihr gehangen, in jenem Sommer, als sie ein gutes Jahr alt gewesen waren und gerade laufen lernten. Und dann hatte eine streichelnde Hand Staub in ihrem Nacken verrieben, um auszuprobieren, wieviel davon hängenblieb, und sie hatten alle zwei gelacht.

Aber wenn sie eingeschlafen waren, hatte sie von anderen Händen geträumt, die über ihren Rücken fuhren, von harten Fingerkuppen, die ihre Brust erforschten und die Kuhle unten an der Wirbelsäule. Von Fingern, die tasteten und streichelten und zupften – sie hatte Wochen gebraucht, um diese wenigen Nächte mit Sinbad zu vergessen.

Miltons Hände auf ihren Schulterblättern – sie paß dahin? Schon lange hatte sie an gar nichts mehr denken müssen, wenn Calvin sich auf der Couch an sie schmiegte und warm gegen ihren Hals atmete. Aber Milt? Sie war sich nicht sicher – vielleicht war er auch ein Grund dafür, daß Calvin sich schnitt. Sie dachte an die Rasierklinge, sah rostiges Metall, sah die Wunden anschwellen, trotz des Zuckers und der Salbe, die Tiny Momma noch zusätzlich draufschmierte.

Am Wochenende, als Milt am Nachmittag gekommen war

und mit Jesse und Baby Poppa Football geguckt hatte, erklärte sie den Jungen: »Ich wer geh in Kino mit Milton. Ihr find ihn nett?«

Calvin sagte achselzuckend: »Er nich so lustig wie Jesse.«

»Was du mein?« fragte sie.

»Er sag nie lustig Sach«, sagte Nate. »Jesse mach immer Witz. Milton sitz nur da un guck. Starr dich an.«

Calvin lachte. »Er Jesse best Freund, eh, Mama? Best Freund nich gleich – sie verschieden.«

»Nich so wie du un Nate«, sagte sie. »Freund manchmal grad Gegensätz, drum sie komm gut aus. Ich komm mit Milt gut aus.«

»Er langweilig«, sagte Nate, und sie sah ihn tadelnd an.

»Ich frag dich fe dein Meinung, nich fe frech Red«, sagte sie. »Er groß un erwachsen, un du Kind. Ich will nich hör ungezogen Sach.«

Sie beobachtete Calvins Gesicht, als Milton sie abholen kam und Tiny Momma mit den Jungen in ihr Apartment hinüberging, aber er lächelte und winkte. Als sie ihn umarmte und ihm gute Nacht sagte, fühlte sie den letzten flachen Schnitt, nur noch ein Schorfstrich, trocken und hubbelig auf seinem Arm.

Thanksgiving brachte gleich mehrere Anfragen, und sie arbeitete drei Tage bei Mrs. Despres, rückte behutsam die Möbel hin und her und rieb die Stuhlbeine und Tischplatten mit Zitronenöl ab. Mrs. Despres sagte: »Ich vertraue dir meine Erbstücke an, Marietta, weil du begreifst, was so etwas bedeutet. Mozelle hat mir mehrmals gesagt, wie gern du hier arbeitest.«

Marietta polierte weiter, aber als Mrs. Despres hinausgegangen war, runzelte sie die Stirn. Mozelle? Oh – Tiny Mommas Name. Sie mußte daran denken, wie Mr. Ray Aint Sister »Eva« genannt hatte. Sie verteilte das Öl mit kreisenden Handbewegungen auf der langen Platte des Eßzimmertischs, an dem Mrs. Despres am Abend zwanzig Leute bewirten würde. Sie würde mit Falkenaugen über den Gläsern wachen und es sofort bemerken, wenn jemand einen Tropfen verschüttete, und wenn die Gäste gegangen waren, würde sie in den leeren Räumen herumflattern und über die blanken Flächen und die feine Spitze streichen.

Marietta brauchte mehr Geld. Baby Poppa sprach immer wieder davon, daß der andere Mann bald gehen würde, weil ihm die Arbeitszeit nicht paßte. Aber das war alles nicht sicher, und die Jungen putzten tellerweise Essen weg, wuchsen von einem Monat auf den anderen aus ihren Jeans und Hemden heraus und brauchten Stifte und Papier und Bälle und Schuhe. Die Miete würde am Ersten des Jahres steigen, hatte Tiny Momma gehört.

Und Milton lud sie zum Essen und ins Kino ein und hatte sie sogar schon ein paarmal gefragt, ob sie noch kurz beim Laden halten und Essen oder Waschpulver kaufen sollten. »Ich helf dir gern bißchen aus«, sagte er, aber Marietta wollte nicht zu viel von ihm annehmen. Sie mochte den Geruch seines Autos, und sie mochte es, wenn er sie küßte und sie seine Armbeuge um ihren Nacken spürte, wenn sie in irgendeiner Straße in dem Lederduft seines Wagens saßen. Sie mochte es nicht, mit ihm auf der Couch zu sitzen, wo er sie in die Polster hinunterdrückte; die Vinylsitze seines Autos waren weniger beängstigend als ihr Wohnzimmer, wo der Kühlschrank brummte und immer wieder einer der Jungen nach ihr rief.

Sie wollte nicht, daß Milton glaubte, sie gehöre ihm. Jesse und Colleen und Tiny Momma sagten: »Is wohl ernst mit euch zwei, eh? Ich seh das Auto spät in der Nacht. Wann wert ihr Nägel mit Köpf machen? Er war immer n einsamer Junggesell, vor er dir begegnet is.« Sie schüttelte nur den Kopf.

»Hier kein Platz für noch jeman«, sagte sie.

»Dann könnt ihr zwei ja woanders hinziehen«, sagte Jesse, aber da fuhr Tiny Momma dazwischen.

»Nein, kommt nich in Frag, daß sie mir meine Kinder wegnehmen. Da dran dürft ihr nich mal denken.«

»All Leut mach Plän für mich«, sagte sie scharf, und sie zogen die Köpfe ein. »Ich kann selber plan mein Sach.«

Sie wußte nicht recht, ob es ihr gefiel, auf ihn zu warten, nach ihm Ausschau zu halten, sich zu fragen, was er den ganzen Tag und die ganze Nacht lang machte. Er wohnte bei seinen Großeltern, sagte Jesse. Er redete nie davon, daß er sie mit dorthin nehmen wollte, und er erzählte ihr auch nie etwas von seinen Eltern. Sie wahrscheins so hell wie er, sie wer krieg Anfall, wenn er bring mich mit. Un sie wer krieg noch ein Anfall, wenn sie seh Nate un Calvin.

Sie glaubte nicht, daß er nur kam, um mit ihr herumzumachen, weil sie ihn gar nicht viel machen ließ, aus Angst, wieder schwanger zu werden. Er mußte entweder viel Geduld haben oder noch eine andere Freundin, dachte sie, aber Jesse sagte, er würde nur von ihr reden. Dennoch paßte ihr die Vertrautheit nicht, die sich zwischen ihnen einstellte, und sie wußte nicht genau, was ihr daran gegen den Strich ging. Manchmal ließ sie nur deshalb zu, daß er sie küßte und sich an ihren Hemdknöpfen zu schaffen machte, weil sie nicht reden wollte.

Am Tag vor Weihnachten, als die Jungen mit Carmens Robert zum Laden um die Ecke gegangen waren, saß Marietta draußen, weil die Sonne unvermutet herausgekommen war und den ganzen Tag über die Holzbohlen gewärmt hatte. Sie breitete Zeitungspapier neben ihren Füßen aus für die Walnußschalen. Tiny Momma hatte sie gebeten, ihr ein Pfund Walnußkerne zum Kuchenbacken zu bringen. Es war Dienstag, und sie wußte, daß Milton kommen würde, aber sie hatte sich gerade an die Schüssel Nüsse gemacht, als sein Auto die Straße entlangrollte.

»Hey«, rief er zu ihr hinauf. »Jesse schon da?«

»Er wohn nich hier«, sagte sie, aber dann gab sie sich Mühe, freundlicher zu sein. »Er droben. Ich seh ihn vor paar Minuten.«

Er wollte in einer halben Stunde oder so herüberkommen. Sie sah ihn in Jesses Haus gehen und dachte, ich wer mach Kaffee un geb ihm ein von den Teekuchen, wo Tiny Momma bring fe die zwei. Noch zu früh fe eß richtig. Du richt dich drauf ein, daß er jetzt immer komm, eh? Sie knackte die Walnüsse und pulte die Kerne heraus und fragte sich gerade, wo die Jungen blieben, als ein Polizeiauto heranfuhr und hinter Miltons Auto stehenblieb. Sie schrak zusammen und dachte, was Milton wohl ausgefressen haben mochte, als plötzlich Robert und Calvin hinten aus dem Wagen kletterten. Sie ließ die Schüssel fallen und hörte die Nüsse auf den Boden prasseln.

»Mama! Nate verletz!« schrie Calvin, während er jetzt die Stufen heraufrannte. Sie fing ihn ab und drehte ihn mit dem

Gesicht zum Hof, und der Polizist sagte: »Mrs. Cook? Ist das Ihr Sohn?«

Sie sagte: »Wo Nate, Nate Cook?«

»Er ist auf die Straße gerannt und in ein Auto gelaufen, und wir haben ihn ins Krankenhaus gebracht«, sagte der Polizist. »Dieser kleine Kerl hier hat wie verrückt getobt und versucht, uns dran zu hindern, weil er wollte, daß wir ihn hierher bringen. Aber ich kann Sie beruhigen, dem andern ist nichts Schlimmes passiert. Kinder sind ja wie Gummibälle.«

Marietta packte Roberts Arm. »Warum du geb nich acht auf sie?«

»Hab ich ja!« sagte er, indem er seinen Arm wegriß. »Nate hat zehn Cent auf der Straße gesehn un gar nich geguckt. Er is einfach schneller wie ich.«

Die Knatterstimmen aus dem Funkgerät blafften durch die Wagenfenster, und Jesse, Milton und Colleen kamen die Treppe herunter. Baby Poppa, der aus seinem Nachmittagsschlaf gerissen worden war, guckte aus der Tür. Marietta nahm niemanden wahr und schob Calvin zu dem Polizeiauto. »Sie fahr mich ins Krankenhaus, bitte«, sagte sie zu dem Polizisten.

Milton und Jesse riefen: »Wo willst du hin? Sollen wir dich wohin bringen, Marietta?« Sie knallte die schwere Wagentür zu, und Calvin fing wieder an zu weinen.

Nate wartete noch in der Ersten Hilfe, zusammen mit dem zweiten Polizisten. Seine Nase war geschwollen, sein Arm steif. Er schluchzte in ihr Hemd, bis der Polizist wegging. Schließlich wurde er in einen Raum zu einem Arzt gebracht. »Es ist vor allem der Sturz auf den Asphalt«, sagte der Doktor. »Verbrennungen und Schürfwunden – hier haben Sie eine Salbe. Sein Arm ist wohl heil geblieben – starke Prellungen, aber er ist geschickt gefallen, auf die richtige Seite.«

Sie verstand nicht die Hälfte von dem, was der Arzt sagte, aber Nate hatte sich inzwischen so weit erholt, daß er sich zu verteidigen begann. Sie rief ein Taxi, und während er sagte: »Ich guck ja, Mama, aber das Auto komm um die Eck. Da lieg Geld, Mama, da auf der Straß«, sah sie stumm auf die Rotlichter der Krankenwagen. Sie wollte nicht daran denken, was hätte passieren können, was passiert war, wie das Auto ihn auf den Gehweg geschleudert hatte. Sie wollte nicht an die Rechnung denken.

Auf der Heimfahrt begann sein Arm zu schmerzen, und er fing wieder an zu weinen. Calvin weinte auch, und sie schliefen beide für ein paar Minuten auf ihrem Schoß ein. Sie spürte, wie sie hochfuhren, als der Wagen anhielt, und sie gingen wie Zombies zur Treppe.

Türen öffneten sich, und überall fiel Licht heraus; Tiny Momma und Jesse und alle kamen angelaufen, um Nate zu sehen. Milton kam und wollte sie in den Arm nehmen, aber sie schob ihn sachte weg. »Die zwei brauch Ruh«, erklärte sie ihm. »Wir geh jetz rein bis morgen.« Tiny Momma folgte ihr durch ihre Tür, als selbstverständlicher Teil des »Wir«, und Marietta war froh, daß sie da war, um Kaffee zu machen und einen der Jungen auf dem Schoß zu halten.

Erst als das vordere Zimmer still und leer war und sie auf der Couch saß, fing sie an zu zittern. Nates Haut, rosa-roh an all den vielen abgeschürften Stellen, glänzend von der Salbe – seine Augen, geschwollen vom Weinen, seine Nase mit den Blutkrusten, die sich nicht ganz hatten abspülen lassen – überall Rosa und erschreckend blankes Fleisch. In dem Moment, als der Polizist aus dem Auto gestiegen war, hatte sie ihn vor sich gesehen, mit geschlossenen Augen und stummem Mund. Sie hatte Wasser aus seinen Ohren rinnen sehen und Blut aus seinem Mund, und alles in ihr bebte jetzt – ihr Herz unter den Rippen, ihre Hände auf dem Rand der Kaffeetasse.

Miltons Stimme kam durch die Tür. »Marietta? Möchtest du bißchen Gesellschaft?« rief er. Sie öffnete die Tür, und er sagte: »Bist du okay?«

»Ich nich verletz, Nate verletz«, sagte sie schroff, und er drängte sich nicht an ihr vorbei.

»Kann ich was für dich tun, bißchen reden vielleicht?« fragte er. »Dich bißchen ablenken?«

Sie starrte auf seinen Mund, seine Augen, sein Gesicht, das jetzt nie mehr lächelte und sie immer nur anguckte, als wartete er auf irgend etwas, und sie dachte: Ich woll nich noch jeman fe hab Sorg. Sorg um die zwei reich mir grad – un Tiny Momma, Baby Poppa alt – sie wer sterb. Ich seh schon zu viel Begräbnis. Nein – jetzt ich wer nieman mehr begrab.

Der Gedanke an den Tod machte sie zornig. Wieder stand Nates Gesicht vor ihr, so, wie sie gefürchtet hatte, daß es aussehen würde, und sie konnte nichts dagegen tun, daß ihre Stimme krächzte, so wie in Franks Laden, wenn jemand etwas zu ihr gesagt hatte. »Ich brauch nich Hilf – ich brauch nur, daß du komm nich all Augenblick. Ich hab zu viel Sach fe mach. Wir red später.«

Nachdem sie die Tür zugemacht hatte, hörte sie seinen Wagen eine ganze Zeit lang nicht anspringen, und sie dachte, du geh zu Jesse un die andern – sie brauch Gesellschaft all Augenblick. Sie kann nich leb, ohn daß sie red all Zeit. Sie sah immer wieder das Polizeiauto hinter Miltons Wagen halten, und sie mußte daran denken, daß sie zuerst um ihn Angst gehabt hatte.

Danach regnete es mehrere Tage, und sie war froh, die Jungen in der Wohnung halten zu können und mit niemandem reden zu müssen, außer mit Baby Poppa und Tiny Momma, wenn sie zum Bus und wieder heim rannte. Kein Geld für Weihnachten, nicht bei der Krankenhausrechnung, die sie bekommen würde, und den Mengen, die die Jungen verputzten; gerade genug für Kleider und vielleicht noch für ein paar Spielsachen. Sie hoffte, daß Baby Poppa wieder Bücher besorgen und Tiny Momma reichlich Kuchen backen würde. Sie wich Milton wochenlang aus, erzählte ihm, sie habe eine Erkältung, die Jungen seien krank, sie müsse nachts arbeiten. Und dann kam eines Morgens Baby Poppa herüber, um ihr zu sagen, sie hätte jetzt wirklich einen Nachtjob.

»Das heißt, wenn Mr. Powell dich nimmt. Er ist der Manager, und ihm war der Gedanke gar nicht geheuer, eine Frau einzustellen«, sagte Baby Poppa, indem er sich auf der Couch vorbeugte. »Ich warte auf diesen Moment, seit ich angefangen habe, deine Jungen zu hüten. Die ganze Zeit habe ich Mr. Powell gesagt, falls Lee je gehen würde, hätte ich den idealen Ersatz für ihn. Ich wußte ja, daß Lee gehen würde – er ist so alt wie du, und er geht um die Nachtzeit lieber aus, zum Trinken oder zum Tanzen.«

Marietta sagte: »Mr. Powell wer frag mich Sach? Er verlang Zeugnis?«

»Ich habe ihm gesagt, du hättest einen ausgezeichneten Ruf

und würdest schon länger hier in Charleston arbeiten. Wenn du nichts dagegen hast, was ich allerdings unterstelle, wird Mr. Powell wohl nur einen kurzen Blick auf deine äußere Erscheinung werfen, weil er Bedenken hat, eine Frau für den Posten zu nehmen. Aber ich schätze, das dürfte kein Problem sein.«

Diesmal zog sie sich nicht in sich zusammen – sie dachte an ihre Erscheinung und an die Augen dieses Mr. Powell und zuckte die Achseln. »Für mich kein Problem«, sagte sie lächelnd.

»Wir gehen morgen hin, dann ist der achtundzwanzigste, und wenn er dich nimmt, kannst du am ersten anfangen, mit Beginn des Jahres 1967. Ein gutes Omen«, sagte Baby Poppa.

An diesem Nachmittag war ihre Wohnung frisch geputzt und von Kaffeeduft erfüllt. Sie trank eine Tasse heißen Kaffee und beobachtete, wie Jesse drunten auf der Straße mit Jesse junior und den Jungen spielte; er ließ einen Football zu seinem Sohn rollen, und Nate und Calvin mußten versuchen, ihn abzufangen. Das Wiesenstück war wieder matschig vom Regen. Sie hatte riesige Häuser geputzt, überall den Duft von Zedern und Tannen gerochen und zugeguckt, wie Frauen rote Bänder um Bäume drapierten und Eierflips probierten und Geschenke einpackten. Hotel regelmäßig Arbeit – regelmäßig Geld. Nächst Weihnacht ich wer kauf Nate un Calvin schön Sach. Vielleich schon fe ihr Geburtstag.

»Ich geh zu Fuß«, sagte Baby Poppa.

»Ich weiß«, sagte sie, während sie neben ihm die Straße hinuntermarschierte. Die Jungen waren bei Tiny Momma. Sie kamen an den Geschäften in der King Street vorbei und gingen immer weiter, dorthin, wo das historische Viertel lag.

»Warum gehst du Milton aus dem Weg?« fragte Baby Poppa. »Hat er dir was getan?«

Sie sagte sich, das sein Recht. Er kann frag – du muß nich wer wütend, weil er frag. »Er tu mir nix. Geb nur zuviel Sach, wo ich muß mach.« Baby Poppa wartete ab. »Ich brauch nich noch jeman, wo geb mir Sorg. Mir reich Nate un Calvin – mir reich du un dein Frau. Vier Leut grad, was ich verkraft.«

»Aber mit einem Mann, der deine Sorgen teilt, würde deine Bürde auch leichter«, sagte Baby Poppa ernst, die Augen geradeaus gerichtet.

»Vielleich«, sagte sie. Sie dachte einen Augenblick nach. »Aber ich glaub nich, daß Milton von der Sort. Er will mich – ich weiß nich, ob er will auch Sorg.« Sie versuchte, das Thema zu wechseln. »Wie du red in Hotel?«

Sie dachte erst, er würde nicht verstehen, was sie meinte, aber er hatte sie sehr wohl verstanden. »Nun ja, man muß ihnen ins Gesicht sehen, um herauszufinden, welche Sorte Neger sie wollen«, sagte er. »Meine Schullehrerstimme – manchen macht sie nichts aus. Ach, weißt du, ich wollte aufs College gehen, als mein Verstand damals immer weiter wuchs und nur mein Körper nicht. Ich wollte an der Schule unterrichten wie meine Großtante Helen, die mir immer Briefe und Bücher schickte. Die Schwester meiner Großmutter. Aber sie haben damals nur Lehrerinnen genommen, und Farbige durften nur an Schulen für Farbige unterrichten, und davon gab es nur wenige. Auf der Farm haben sich alle über mich lustig gemacht, aber hier, nun ja, man muß sich ihre Gesichter genau angucken, aber sie dürfen natürlich nicht *merken*, daß man sie genau anguckt. Das weißt du ja alles.«

»Vielleich ich kenn nich so Leut wie die Hotelleut da, wie die Gäst«, sagte sie. Aber dann fiel ihr ein, wie Mrs. Ray damals davon geredet hatte, daß sie wieder ins Hotel zurückmüßten, weil das Haus nicht fix und fertig geputzt war. Das Hotel? Ander Hotel? »In Pine Garden«, sagte sie, »wir red, was sie nenn ›Damalzeit-Sprach‹. Nieman versteh, wenn Leut nich möcht, daß jeman hör.«

»Du tust das immer noch«, sagte Baby Poppa. »Ich höre manchmal, wie du deine andere Sprache sprichst. Und Nate und Calvin tun es auch. Aber ich glaube, daß du im Hotel mit niemandem reden mußt, außer mit mir. Und so hast du's ja auch am liebsten, oder?«

»Ich un Calvin«, sagte sie. »Aber Nate komm nach sein Daddy. Er red gern, hör gern die Wort fließ raus.«

»Ich habe ein Weilchen gebraucht, bis ich sie auseinanderhalten konnte, aber jetzt weiß ich, wer wer ist, und nicht nur deshalb, weil Nates Mund immer in Bewegung ist«, sagte Baby Poppa. »Jeder, der sie kennt, kann es sehen.«

»Calvin Aug größer. Nate Mund größer.« Marietta lächelte.

In der Hotelhalle hing ein großer Kronleuchter, der tanzende

Lichtflecke an eine Wand warf. Der Marmorboden hinter der Tür glänzte, und der Holzboden war dick gewachst. Die Sofas mit den tiefen Polstern waren weinrot, und schwere Vorhänge hingen bis auf den Boden. Bevor sie den Fußboden überquerten, berührte Marietta Baby Poppas Arm. »In Sommer ich kann bleib über Tag bei die zwei. Un jetz, wenn sie aus der Schul komm. Ich dank dir, Poppa. Ich brauch was, wo ich kann zähl drauf, un ich wer mach so viel Huhn für dein Frau, für all das Sach, wo sie mir geb, daß sie möcht nix mehr seh von mein Huhn.«

Baby Poppa hieß hier Larkin. Er war nachts Portier, Page, Liftboy und Hausdiener. Sie waren heute schon ein bißchen früher gekommen, um mit Mr. Powell zu reden, und Marietta sah sich nervös um, während Baby Poppa auf eine Tür hinter der großen Empfangstheke zusteuerte. Der Weißenmann hinter der Theke war dünn und blaß. Er steckte Sachen in die Post- und Schlüsselfächer hinter sich und beugte sich dann über sein Anmeldebuch, um zwei Männer einzutragen, die Marietta gar nicht sahen.

Er wählte seine Schullehrerstimme. »Mr. Powell, das ist Marietta Cook, von der ich Ihnen ja schon gesagt habe, daß sie der perfekte Ersatz für Lee ist. Sie ist solide und zuverlässig und absolut vertrauenswürdig.«

Mr. Powell hatte gerötete Backen – das war alles, was sie sah, weil sie sich nicht traute, ihm direkt ins Gesicht zu sehen. Sie wollte nicht noch so ein Gesicht sehen wie das von Mr. Ray. Aber Mr. Powell schlüpfte bereits in seinen dicken Mantel, nachdem er einen kurzen Blick auf sie geworfen hatte. »Auf Ihre Verantwortung, Larkin«, sagte er. »Bringen Sie sie Freitag tagsüber her, damit wir die Papiere unterschreiben können. Und sagen Sie ihr, sie soll die Bar gründlich machen – Lee war immer schlampig.« Er blieb einen Augenblick bei dem Mann am Empfang stehen, um ein paar Worte mit ihm zu reden, und verschwand dann durch die große Vordertür, wobei er einen Schwall kalter Luft hereinließ.

Baby Poppa sah sie an und zog die Augenbrauen hoch. »Ich hab dir ja gesagt, nachts ist das hier mein Reich«, sagte er. »Du fängst nicht vor Freitag an. Ich werde dir heute nacht zeigen, was du zu tun hast, und wir schlagen diese Stunden dann irgendwo dazu. An Silvester geht es hier immer hoch her, und ich möchte, daß du erst einmal eine ruhige Nacht hast, um alles kennenzulernen.«

Von sieben Uhr bis Mitternacht kamen immer noch neue Gäste an, und Baby Poppa kümmerte sich um ihr Gepäck, zeigte ihnen ihre Zimmer und bediente den Lift. Mariettas Aufgabe in dieser Zeit war es, Mr. Powells Büro zu putzen und dann, gegen Mitternacht, wenn sich die Halle geleert hatte, den Teppich zu saugen, die Möbel zu säubern und die großen Frontfenster zu putzen. Sie wischte den Marmor und die Holzböden mit dem feuchten Mop, und Baby Poppa zeigte ihr die Kammer, wo sich die Putzmittel und das Handwerkszeug befanden. Er hatte dort drinnen einen alten Lehnsessel stehen, in dem er sich ab und zu bei geschlossener Tür ein bißchen ausruhte. Aber die meiste Zeit war er im ganzen Hotel unterwegs. Er fuhr mit dem Aufzug nach oben, um Leuten, die unten beim Empfang angerufen hatten, noch spät in der Nacht Getränke zu bringen. Oder er verschwand in der Bar, aus der immer wieder Gelächter schallte. Die Bar würde sie erst putzen, wenn sie um ein Uhr schloß.

Tiny Momma hatte gesagt: »Für den ersten Tag werd ich genug für zwei einpacken«, und um halb zwölf saßen sie in der Kammer, wo Baby Poppa für sie einen Klappstuhl aufgestellt hatte. Sie aßen gebratenes Huhn und Brötchen und kalte Süßkartoffel-Pie. Die Putzmittel und die feuchten Wischmops rochen stark, und Baby Poppa sah, wie sie die Nase rümpfte. »Ich sag dir, was wir machen werden«, erklärte er. »Ich esse um diese Zeit immer ganz schnell, weil wir nachher noch eine Pause haben, um viertel nach eins, wenn die Bar zu ist. Ich denke, da wird es dir besser gefallen. Heb dir noch was von deiner Pie auf.«

Nachdem sich die letzten Gäste verzogen hatten und der große Barmann mit dem kantigen Gesicht, der Paul hieß, gegangen war, betraten Marietta und Baby Poppa die Bar. Sie machten die Tür hinter sich zu. »Ich muß aufpassen, was in der Halle los ist«, sagte er. »Aber das wird uns nicht allzusehr stören. Nach all den Jahren habe ich einen sechsten Sinn dafür, wann jemand etwas will. Hier – setz dich.«

Sie setzten sich an einen der Tische vorn an der langen,

schimmernden Holztheke, die mit Papierservietten, vollen Aschenbechern und Essensresten übersät war. Der Fußboden klebte unter ihren Füßen. Baby Poppa lächelte und ging hinter die Bar, um ihr ein Glas Eiswasser und eine Papierserviette zu holen. »Auf diese Pause freue ich mich immer«, sagte er. »Lee hatte immer nur Augen für den Alkohol. Uns habe ich etwas anderes mitgebracht.« Er ging noch mal nach draußen und kam mit zwei Eimern wieder. Der eine dampfte. Er stellte die heiße Seifenlauge neben der Bar ab und brachte ihr den anderen Eimer. Darin steckten zusammengerollte Illustrierte, Zeitungen und sogar ein Taschenbuch.

Sie breiteten die Zeitschriften auf dem Tisch aus. »Das lauter neu Heft«, sagte sie. »Wo du krieg die all her?«

»*Time, Newsweek, Sports Illustrated, Harper's, Ladies' Home Journal* und die Charlestoner Tageszeitung«, sagte er. »Die Leute lesen unterwegs und werfen die Sachen dann weg, wenn sie abreisen. Ich finde sie überall, und eines von den Zimmermädchen hebt mir auf, was in den Zimmern herumliegt, die sie putzt. Such dir was aus.«

Sie blätterte das *Ladies' Home Journal* durch, aber die ganzen Putzmittelanzeigen erinnerten sie nur daran, daß die Bar wartete, und sie wurde unruhig. »Wir muß nich fang an?« fragte sie.

»Dein erster Tag«, sagte er kopfschüttelnd. »Kannst es gar nicht erwarten. Wir haben nach unserem regulären Plan fünfundvierzig Minuten, um uns ein bißchen zu erholen. Verlaß dich auf mich – du kannst das hier alles gemütlich putzen und um viertel vor drei fertig sein. Wir gehen um drei. Aber wir können auch jetzt schon anfangen, dann wirst du sehen, wie schnell es geht.«

Am Neujahrstag drängten sich wie immer alle bei Tiny Momma: Jesse, Colleen, Milton, Carmen, sämtliche Kinder – alle hielten Teller mit Hoppin John und Grüngemüse, Kutteln und Schweinshaxen in den Händen. Der Dampf von den Kutteln stieg aus dem riesigen Topf auf und machte die Luft schwer und saftig.

Milton saß kurz neben Marietta, aber sie lächelte ihn nur an und stand dann auf, um zu gucken, ob Nate und Calvin auch nicht zuviel auf ihren Tellern hatten. Die Schüsseln standen zugedeckt auf dem Tisch, und sie zupfte die Geschirrtücher über dem warmen Essen zurecht. Den ganzen Tag kamen und gingen Leute. Sie blieb stehen, probierte das pfeffrige Gemüse und gab Calvin noch einen Löffel Hoppin John. Joe kam zur Tür herein mit seinem halbwüchsigen Sohn Christian. Baby Poppa sagte: »Nein, ich will heut nichts davon hören, daß die Green Bay Packers gewinnen. Fangt nur nicht wieder mit der Leier an – zum Super Bowl sind's noch zwei Wochen hin. Und ich bin für Kansas City – ich setze auf die Chiefs. Die Packers sind eine Footballmaschine ohne jede Eleganz und ohne Seele.«

»Aber sie haben die Punkte«, sagte Christian lachend. »Da brauchen sie keine Seele.«

»Milt!« sagte Joe und schlug Milton auf den Rücken. »Hab dich nich mehr gesehn, seit wo wir drunten in Mount Pleasant waren.«

»Wie geht's dir?« sagte Milton. Marietta sah ihn mit Jesse und Joe reden und ging in die Küche, um Teller abzuwaschen und nach den Töpfen zu gucken. Tiny Momma stand von ihrem Platz neben Carmen auf und kam hinter ihr her.

»Geh rüber un setz dich zu ihm«, zischte sie Marietta an. »Alle ham gesehn, daß du kein Wort mit ihm redst. Was machst du?«

Marietta ließ Wasser in die Spüle laufen. »Ich wasch ab«, sagte sie.

»Er is ein guter Mann«, sagte Tiny Momma und zerrte an Mariettas Arm. »Geh jetzt rüber un setz dich hin.«

Marietta hielt ihren Ellbogen steif, bis Tiny Momma von ihr abließ. »Du machst ein Getu wie ein kleines Kind«, sagte Tiny Momma. »Gibt kein Grund, daß du den Mann sausenläßt.«

Milton blieb noch eine halbe Stunde, und sie wich ihm sorgsam aus, nahm Jesse junior hoch und brachte ihn ins Schlafzimmer, um ihn zu wickeln, blieb in der Küche, achtete darauf, daß immer andere Körper zwischen ihr und Milton waren. Er sagte: »Ich dank, Momma« zu Tiny Momma und beugte sich dann herunter und sagte noch etwas zu Baby Poppa, der mit den anderen Männern bei der Tür saß. Als er weg war und Joe und Hector und Christian gegessen hatten und auch gegangen waren, sagte Jesse: »Warum brichst du meim Freund das Herz?«

Marietta saß neben Colleen auf der Couch. »Sein Herz brech nich.«

Jesse war ärgerlich. »Er hat dir doch nix getan, un du behandelst ihn wie ein Stiefkind. Er wer nich ewig ankommen un sich um dich bemühn.«

»Gut«, sagte sie. »Er muß geh un bemüh sich woanders.«

Und selbst Colleen sagte: »Was hast du gegen Milton?«

Marietta sagte: »Ich hab nix für ihn.« Tiny Momma saugte Luft durch ihre Zähne, und Mariettas Gesicht begann zu glühen.

Jesse schnaubte. »Du hast Probleme, das hast du«, sagte er, und Baby Poppa bremste ihn.

»Ihr macht sie bloß defensiv. Laßt sie in Ruh.«

Sie saß da, und das Blut stieg ihr den Hals hinauf und ins Gesicht, und sie dachte: Keiner von euch kenn mich. Keiner kenn mein Problem. Was ich brauch? Ich brauch nich noch mehr Sorg. Ich brauch Geld, das alles, wo ich brauch. Ich brauch Nate un Calvin schwarz – ohn rosa Stell auf ihr Haut, ohn Blut. Das alles, wo ich brauch. Ich brauch, daß ihr all halt euer Mund. *De-fen-siv.* Sie stand auf und sagte zu Baby Poppa: »Wir seh uns heut abend.«

Die ganze Nacht, während sie die Fußböden putzte und Mr. Powells großen Schreibtisch mit den Papierstapeln polierte, hallte das Wort in ihren Ohren – *defensiv.* Es schwang in dem Lachen mit, das aus der Bar kam, und endlich fiel es ihr wieder ein.

Ein Defensive Back läuft rückwärts und wirft die Arme nach hinten, um den Receiver anzurempeln, oder er rennt mit fliegenden Beinen neben dem Receiver her, um den Ball wegzuschlagen. Sie guckte aus Baby Poppas Fenster und hörte Gejohle aus Jesses Wohnung. Tiny Momma hielt ein Nickerchen in ihrem Schlafzimmer, während die Jungen mit Baby Poppa oben bei Jesse waren, um den Super Bowl zu gucken. Marietta studierte die verschlungenen Muster auf Baby Poppas Fernsehschirm, die Wellen von rennenden und rempelnden Spielern, und ihr fiel wieder ein, wie die Männer den ganzen

Spätsommer über immer wieder geschimpft hatten: »Mann, is der lahm, der Kerl! *Shit*, den hätt ja ich noch gekriegt. Un dem Quarterback da lassen sie alle Zeit von der Welt.«

Ein Defensive Back ist so groß wie sie, nicht so dick mit Muskeln gepolstert wie die Männer, die sich an der Linie gegenüberkauern; die Defensive Backs sind dunkel, lauern vorgebeugt auf den Zehenspitzen, lassen die Arme locker baumeln und warten auf den Ball.

Am Morgen aßen die Jungen frischgebackene Brötchen und Maisgrütze, und wenn sie dann in der Schule waren, konnte sie ein bißchen schlafen, kochen, mit Tiny Momma dasitzen und flicken oder lesen, während Tiny Momma sie mit ihren Worten umspann. »Du hast ihn sausenlassen, diesen Milton, un ich seh nich, wie du jemals jemand anders finden willst, mit dein verrückten Arbeitszeiten un wo du die Zähn nie auseinanderkriegst. Ich weiß nich, was du dir denkst. Kein Mann im Haus, wo dir hilft.« Ihr Zungenschnalzen klickte, wie wenn eine Häkelnadel gegen einen Fingernagel stieß, so leise, daß Marietta nur nickte und lächelte.

Aber vor Jesse und Colleen machte sie ihr Gesicht hart wie Holz. »Ein Haufen Leut arbeiten nachts un reden trotzdem«, sagte Jesse. »Aber mein Kumpel Milton kommt nich mal mehr in *mein* Haus, nur daß er nich jemand sehn muß, wo den Mund nich aufkriegt.« Marietta schwieg und stellte sich vor, daß ihre Wangen aus Eiche waren und ihre Stirn aus Kiefernholz.

Sie packte um sechs ihre Vesper ein, küßte die Jungen, die vor dem Fernseher lagen, und ging mit Baby Poppa los. Sie begegneten sich in der Halle, aßen, wenn die erste Pause kam, rasch in der Kammer und trafen sich dann später in der Bar.

»Daheim ich versteck Zeitschrift in ein Autokotflügel«, erzählte sie ihm, und er lachte. Sie klappten die Seiten auf und lasen schweigend, oder sie fragte ihn Sachen. Am liebsten mochte sie *Sports Illustrated*. Er ließ sie über den Footballartikeln brüten und erklärte ihr alles, was sie ihn fragte, Angriff und Verteidigung und die Fotos, die nur ein wirres Knäuel aus Armen und Beinen zeigten, und er half ihr, die Spieler, die Positionen und die Spielzüge auseinanderhalten zu lernen. Die

Saison war schon vorbei, aber er hatte einen ganzen Stapel Sportmagazine in seinem Zimmer liegen, und sie war ganz seiner Meinung. Basketball war schnell und aufregend, Baseball fein und langweilig, und Football war das Spiel, das ihr gefiel.

Er neckte sie: »Das sagst du nur mir zuliebe.«

»Nein.« Sie hielt inne. Warum gefiel es ihr? »Ich erklär dir irngswann«, sagte sie, weil sie darüber nachdenken wollte. Er ging wieder hinaus in die Halle, und sie wischte die Tischplatten und moppte die schmutzigen Böden.

Mrs. Despres ließ ihr durch Tiny Momma eine Botschaft übermitteln. »Sie sagt, du bist die einzige, wo sie ohne Sorg an ihre Möbel läßt, außer mir, un ich bin zu alt un kann nich mehr die ganzen Sachen machen, wo sie will. Sie kriegt ne Besichtigungstour, un sie braucht dich«, sagte Tiny Momma. »Ich hab ihr gesagt, du brauchst deine Ruh.«

Aber Marietta konnte bei Tag nicht mehr als ein paar Stunden schlafen. Sie machte alles, was zu tun war, und wenn sie fertig war, behagte es ihr gar nicht, nur dazusitzen und sich Sorgen um die Jungen zu machen und an Pine Gardens zu denken und in den kleinen Zimmern herumzuwandern. Mehr Geld – sie würde sparen können, für Geburtstagsgeschenke, für Schuhe. Die Jungen wurden immer größer und breiter, und sie aßen drei Portionen Huhn und ganze Teller voll Gemüse und dicke Scheiben Maisbrot zum Abendessen. Eine Süßkartoffel-Pie hielt jetzt nicht mal mehr einen Tag. Sie sagte zu Tiny Momma, sie würde weiter für Mrs. Despres arbeiten, und sie ließ den anderen Ladies bestellen, für Festvorbereitungen würde sie kommen, aber nur bis drei Uhr nachmittags. Sie hatten sie sowieso nie zum Servieren haben wollen, außer im Notfall, und so putzte sie jetzt nur noch still vor sich hin, den ganzen Vormittag und dann die Nacht hindurch.

Sie war gern in Bewegung, und jeder Tag war ein Wirbel aus Fußmärschen und Busfahrten und Hin und Her zwischen Spüle und Herd und Aufräum-Runden um das Bett der Jungen. Sie sah Colleen ein paarmal in Tiny Mommas Wohnzimmer, und Colleens Bauch wurde immer dicker. »Jetzt kommt meine Tochter«, sagte Jesse, und er schien Marietta verziehen zu haben. Sie begriff, warum, als er eines Tages sagte: »Milton hat ein Mädel drüben in Mount Pleasant, Tiny Momma. Er sagt, sie wern vielleicht nächstes Jahr heiraten.« Er sah Marietta nachdrücklich an, und sie grinste und zuckte die Achseln.

»Wir wern endlich ein kleines Mädel hier haben«, sagte Tiny Momma.

»Woher willst du das wissen?« fragte Colleen, die Hand auf dem Bauch. »Tritt grad so wie Jesse junior.«

»Hängt nich an Füß, ob's Bub oder Mädel wird«, sagte Tiny Momma. »Guck, wie dein Bauch aussieht. Un dir is nich so schlecht. Das wird ein Mädel.«

»Wir ham genug Jungen hier«, sagte Jesse. »Sogar für mein Geschmack.«

Marietta war froh, daß die Sommerhitze kam und die Touristen ausblieben und niemand mehr Besichtigungen oder Partys veranstaltete, weil sie gern daheim bei den Jungen bleiben wollte. Auch wenn sie nicht mehr mit ihr spazierengehen oder sie zum Laden begleiten wollten wie früher, konnte sie doch auf der Veranda sitzen und ihnen zugucken.

Sie war da, als Nate sich ein Stück vom Zahn abbrach. Er stand mit zugekniffenen Augen unten im Hof, und die anderen Kinder schlichen sich an ihn heran. Blinde Kuh. Calvin stand direkt hinter ihm, und Nate war so beschäftigt mit Lachen und Reden, daß er gar nichts hörte. Er hatte die Arme vorgestreckt und fing an herumzufuchteln, aber dann warf er plötzlich im Herumdrehen den Kopf nach vorn, und sein offener Mund krachte genau in Calvins Grinsen.

»Auuuu, Mama«, schrie er, während er auf die Veranda heraufgerannt kam.

Die Wucht des Zusammenpralls war so groß gewesen, daß eine Ecke von seinem linken Schneidezahn fehlte. Calvin starrte erschrocken auf das Loch in der weißen Zahnreihe, und Nate heulte und wollte ihn hauen. Die anderen Kinder beobachteten sie ängstlich. »Big Ma bestimmt bös«, flüsterte eins. »Sie haut sie grün un blau.« Aber zu ihrem Erstaunen lachte Marietta.

»Das komm, weil du muß reiß dein Mund auf all Augenblick«, sagte sie zu Nate. »Un jetzt wer nieman mehr denk, du Calvin un Calvin du.« Nate lief nach drinnen, um in den

Spiegel zu gucken, und am nächsten Morgen bohrte er lachend seine rosa Zungenspitze durch die Lücke.

Er rannte hinter Calvin her zur Schule, und Marietta rollte sich, so gut es ging, auf der Couch zusammen. Sie dachte an die Lücke zwischen Sinbads Zähnen, seinen sanften Mund. Sie stellte überrascht fest, daß sie jetzt an ihn denken konnte, ohne etwas anderes zu fühlen als Wärme zwischen den Hüftknochen, und sie konnte an Milton denken und spürte nur einen warmen Arm um ihren Nacken oder um ihre Taille. Sie empfand keine Sehnsucht und keine Wut, fühlte sich nicht bedrängt; sie empfand nichts weiter als einen angenehmen Geschmack, so wie Barbecuesauce immer noch um die Lippen prickelt, wenn die Rippchen längst gegessen sind. Kein Hunger mehr, nur noch Erinnerung. Sie schlief den ganzen Vormittag.

Das Radio hörte nicht auf zu spielen, aber sein Besitzer war gestorben, und Marietta und die anderen merkten es nur, weil aus dem Krankenhaus, wo er Nachtpförtner gewesen war, jemand kam, um nachzuforschen, warum er seit Tagen nicht zur Arbeit erschienen war. Auf seinem Ausweis stand der Name Hosea Williams. Marietta sah die Stoppeln auf seinen Wangen, ein kleiner Wald aus grauen Haaren auf der braunen Haut, sein Backenbart, der noch weitergewachsen war, als er schon längst aufgehört hatte zu atmen.

Nate und Calvin waren jetzt acht, und sie sahen fasziniert zu, wie Hosea Williams' Leichnam zugedeckt und weggeschafft wurde. Als sie an dem Nachmittag aus der Schule kamen, fragte Nate: »Wie alt Baby Poppa?«

Marietta wußte es nicht. Sie wußte, daß Tiny Momma sechzig war, weil sie in diesem Jahr ihren Geburtstag gefeiert hatten. Neunzehnhundertneunundsechzig – Tiny Momma war im September 1909 geboren, das erzählte sie jedem gern: 9/1909. Aber Baby Poppa erwähnte seinen Geburtstag nie. Tiny Momma sagte: »Er haßt die Kinderei, darum feier ich für ihn mit. Gebt mir seine Geschenke!«

Als Marietta an dem Abend sein Gesicht betrachtete, konnte sie nicht entscheiden, ob er böse werden würde, wenn sie ihn fragte, wie alt er war. Sie saßen zusammen in der Bar, und sie musterte die rötliche Haut, die tiefen Halbkreise um seine Mundwinkel und die Halbmonde unter seinen Augen. Ein Gesicht aus lauter Kurven – sie dachte an Franks Streifengesicht. Baby Poppa hielt eine Illustrierte mit ausgestreckten Armen, studierte die Seite mit zusammengekniffenen Augen und sagte: »Schau dir das an – sie haben demonstriert bei den Gewerkschaften und auf Baustellen in mehreren Städten.«

»Wer?« fragte Marietta geistesabwesend.

»Neger droben im Norden.« Er schüttelte den Kopf. »Alle denken, droben im Norden wäre es besser, versuchen immer, mir das weiszumachen. Aber die Wahrheit ist, daß wir bestimmte Jobs nirgends kriegen. Sie setzen auch da droben weißen Arbeitern keinen schwarzen Polier vor die Nase. Putzen, ja – so wie wir hier –, das kannst du im ganzen Land.«

Seine Hände waren so klein neben ihren, als sie ihm die Zeitschrift abnahm. Während sie den Artikel las, machte er sich über den Sportteil der Tageszeitung her, und als sie aufschaute, sagte er: »Ja, das hier ist der einzige Ort, wo ein Neger einen Weißen schlagen darf, ohne daß er umgebracht wird. Wo er noch dafür bezahlt wird und sogar bejubelt. Football. Da braucht keiner für Integration zu demonstrieren – die Besten können sie nicht einfach aussperren.«

Seine Worte gingen ihr die ganze Woche im Kopf herum, weil sie sah, daß Calvin und Nate inzwischen Baby Poppa eingeholt hatten und die anderen Jungen weit überragten. Plötzlich ging das Geprügel wieder los. Kaum waren sie aus der Schule zurück, versuchten alle Jungen aus der Nachbarschaft, sie zu ärgern. Calvin bemühte sich, sie zu beschwichtigen, aber Nate ging sofort in Kampfstellung, und an einem Donnerstag kam er keuchend und mit blutiger Unterlippe heim und verschwand sofort im Schlafzimmer, um sich umzuziehen, ohne auch nur ein Wort mit ihr zu reden. Sie ließ ihn gehen und beschloß, ihn sich zu schnappen, wenn er in die Küche kam, aber da schrie schon ein älterer Junge drunten im Hof: »Nate Cook, ich komm, um dir dein Arsch zu versohlen! Komm raus!«

Als sie nach draußen ging, um mit dem Schreihals zu schimpfen, blieb ihr vor Schreck der Mund offen stehen. Ein Junge, etwas kleiner als Nate, stand hinter dem größeren, und sein Gesicht war geschwollen und blutverkrustet. »Nate mach das?« fragte sie.

»Er hat mein klein Bruder Timmy gehaun. Sie können ihn da drin verstecken, aber ich wer ihn totschlagen«, sagte der ältere Junge.

Marietta stand da, genauso schockiert und gelähmt wie damals, als sie ihre Jungen mit der Schmiere aus altem Staub und Pfirsichsaft am ganzen Leib gesehen hatte. Calvin kam ums Haus, und der Junge rannte auf ihn los. »Ich nich Nate!« rief Calvin.

»Aber du warst auch dabei!« schrie der kleinere Junge, und Marietta rannte nach unten, wo Calvin sich mit dem großen Jungen am Boden wälzte. Sie und Baby Poppa zerrten die beiden auseinander, und der ältere Junge schrie: »Ich wart auf dich, Cook.« Er rannte die Straße hinunter, und Marietta rief Nate nach draußen.

»Er fang an, Mama«, sagte Nate. »Die andern immer fang an, ich mach nix. Sie wolln uns immer haun.«

Das Gesicht des kleinen Jungen war schlimm zugerichtet, allemal Grund genug für die Eltern oder den Schulrektor, zu ihr zu kommen. Das eine Auge war nur noch ein Schlitz. Sie schleppte Nate am Arm in den kleinen Hinterhof. »Du komm auch mit, Calvin.«

»Ich hab Vorteil«, zischte sie, als sie dastanden und sie ansahen, und ihre Hand schoß in Nates Gesicht. Sie schlug ihn mit der durchgedrückten Handfläche, auf den Rücken, den Hintern, die Schultern, und er duckte sich und heulte. »Ich hab kein Stock – nur mein Hand. Aber ihr hab kein Lust fe schlag mich, he? Ich hab Vorteil – ich größer un stärker wie ihr. Grad so ihr hab Vorteil gegen all ander Bub, ihr so groß un stark, un mir egal, ob sie geh auf euch los oder was, ihr muß nur einmal schlag un sag, sie soll geb Ruh, und ihr zwing sie fe hör auf, du un Calvin. Ihr wehr euch so, daß sie geb Ruh, un nich, daß sie gleich sterb. Ich will nie wieder seh so Sach wie da grad.«

Nates Mund stand offen, naß von Spucke und Tränen, und Calvin schluchzte auch. Sie ließ sie nach oben in die Wohnung rennen und ging zu Baby Poppa.

»Was soll ich mach, daß sie hör auf mit Prügel?« sagte sie,

an Tiny Mommas Tisch sitzend, den Kopf in den Armen vergraben. Wie sollte sie Baby Poppa erklären, wie das war mit ihren Gesichtern? Wie sollte sie es den Jungen erklären? Die Gesichter ihrer Söhne würden nie richtig sein, nie so, wie es die meisten Lehrer, die Weißen, die anderen Kinder erwarteten. Wie konnten sie lernen, die Prügelei zu vermeiden, indem sie richtig guckten, sich richtig verhielten? Sie wußte nicht, wie sie mit ihnen darüber reden sollte – sie hätten es lernen sollen, indem sie einen Mann beobachteten, nachmachten, was er machte. Aber Baby Poppa, der ihr da am Tisch gegenübersaß, war ein kleiner, rötlicher Mann mit einer angenehmen Stimme – kein Cook mit Blaublut und ihren Augen.

Baby Poppa sagte ausnahmsweise einmal gar nichts. Den ganzen Weg zur Arbeit war sie sich nicht sicher, ob er böse auf sie war, weil sie Nate geschlagen hatte, oder enttäuscht, weil sie nicht zugelassen hatte, daß der ältere Bruder die Sache selbst mit Nate regelte.

Am Samstag versammelte Baby Poppa alle Jungen aus der Nachbarschaft auf dem Wiesenstück. Sie sah, wie sie sich plötzlich alle bückten und das hohe Frühlingsgras durchkämmten. Sie sammelten Stöcke, Flaschen, Steine, Dosen. Glasscherben wurden in die Luft gestreckt wie Siegespreise, und der Haufen vorn an der Straße wuchs. Dann schob Mr. Simmons, der ein paar Häuser weiter wohnte, seinen Rasenmäher die Straße entlang. Er fing an mit Mähen. Er brauchte eine Stunde, um es ihnen zu zeigen, und dann schoben die Jungen den Mäher die Wiese auf und ab, bis das Gras kurz und dicht war. Eben war es nicht, aber sie versammelten sich alle, und Baby Poppa rief: »Für Baseball braucht man Handschuhe und Bälle und Male. Für Basketball braucht man ein Spielfeld. Aber ihr seid alle groß und gescheit genug für den einzig wahren Sport – Football. Also los.«

Sie saß auf der Treppe und beobachtete sie, und von diesem erhöhten Aussichtspunkt sah sie sie den ganzen Sommer in trägen Schlangenlinien herumrennen und sich gegenseitig planlos anrempeln. Aber dann lernten sie ein paar Spielzüge, und sie begannen zu streiten, wer Quarterback sein sollte. Baby Poppa ließ es jeden mal probieren, und Jesse kam auch nach draußen, Jesse junior im Schlepptau. Nate versuchte, Baby

Poppa klarzumachen, daß er den Ball einfach über jeden Verteidiger hinwegwerfen könne, weil er so groß sei, aber Baby Poppa lächelte nur. »Wir werden sehen«, sagte er.

Als sie und Baby Poppa an einem Spätsommerabend zur Arbeit gingen, rochen sie, obwohl kein Feiertag war, dicken Barbecuerauch in den Straßen. Sie stießen auf ein dichtes Menschengewimmel, Frauen, die neben rauchenden Grillbecken saßen, und sogar Kinder, die im Dunkeln herumliefen. »Der Krankenhausstreik«, sagte Baby Poppa. »Diese Frauen denken, sie kriegen einsfünfunddreißig Anfangslohn.«

Marietta blieb an einem Laternenpfahl stehen, um zu gucken. Die Leute lachten, redeten leise miteinander, lagerten vor den Häusern. Sie wartete ängstlich darauf, daß Weißenleute in Autos angerast kamen und irgend etwas kaputtfuhren, aber sie sah nur dunkle Gesichter.

Als sie in der Bar saßen, schüttelte Baby Poppa den Kopf. »Die Leute von der Krankenhausverwaltung werden ihnen nie einsfünfunddreißig geben«, sagte er. »Warum sollten sie? Singen und Marschieren – das ist jetzt fast zehn Jahre her, und die Weißenleut sind noch genauso hart wie damals.«

Marietta schloß einen Moment die Augen und sah Stan und Loretta und die schmalen Lippen der Weißenmänner, so gespannt, daß sie fast verschwanden. Baby Poppa sagte: »Die ganzen Kämpfe, nur damit wir essen und trinken und schwimmen …«

Sie fiel ihm ins Wort: »Du mach auch mit damal?«

Er schichtete die Zeitschriften zu einem ordentlichen Stapel. »Hm-mmm. Ich wollte ja gern, aber meine Frau hatte Angst. Sie wollte nicht hin, und sie wollte mich auch nicht gehen lassen. Sie hat gesagt, das sei was für die jungen Leute, weil die noch nicht genug mitgemacht hätten, um Angst zu haben. So wie wir.« Er schwieg, und sie dachte, ich hoff, er frag mich nich. Ich jung damal, un ich hab trotzdem soviel Angst. Hab Angst vor all Sach.

Beim Putzen dachte sie an Hosea Williams, den Mann, der die ganzen Jahre neben ihr gewohnt hatte, den geisterhaften Schatten, der jede Nacht zum Krankenhaus gegangen war. Sie sah ihn mehr Lohn von einem Mann fordern, der aussah wie Mr. Ray, aber als sie dann die Fensterscheiben abwusch und auf die dunklen Straßen hinausguckte, fiel ihr wieder ein, daß Baby Poppa »diese Frauen« gesagt hatte. Sie las die Zeitungsberichte und sah, daß sie genauso unbewegte Gesichter und das gleiche leise Lächeln hatten wie Loretta damals.

Am Morgen sagte sie zu Baby Poppa: »Du komm mit, wir geh un guck jeman an. Du les über sie, sie komm heut.« Sie legte ihm die Hand auf die Schulter und war froh, daß Tiny Momma bei der Arbeit war, und sie gingen mit den Jungen zu den singenden, auf und ab ziehenden Frauen, um sie zu sehen – Coretta Scott King, die Witwe von Dr. King, die die Demonstration anführte. Die feingemeißelten Gesichtszüge, der beherrschte Mund, das Haar, das sich aus der Stirn zurückwellte – sie erinnerte Marietta an ihre Mutter. Baby Poppa schüttelte den Kopf. »Beeindruckend«, sagte er. »Aber die Weißen werden sich nicht aus der Ruhe bringen lassen.«

Die Jungen genossen die Karnevalsstimmung, die Essensdüfte, die vielen Kinder. Aber gegen Abend wurde die Menge wütender, und Steine flogen. Marietta und Baby Poppa brachten die Jungen rasch nach Hause und machten dann auf dem Weg zur Arbeit einen großen Bogen um den Streik, weil Sirenen durch die Straßen heulten. »Junge Burschen kommen mit Steinen«, sagte Baby Poppa.

Aber die Frauen siegten. Marietta klatschte mit der zusammengerollten Zeitung neben seiner Hand auf den glänzenden Bartresen. »Verdammich«, sagte Baby Poppa. »Sie haben ihre Lohnerhöhung gekriegt. Ein Haufen Frauen.«

Marietta lächelte. »Sie hab mehr Geduld wie Männer. Sie stärker, wie du denk.« Sie setzte sich. »Un sie krieg, was sie woll, ohn Geschrei un Gebrüll, wenn sie fang klug an. Ich hör dich immer schrei un brüll mit den Buben drunten aufm Feld. Du woll, daß sie lern all Sach auf einmal. Ich woll, daß sie seh die Frauen, wie sie marschier geduldig auf der Straß.«

Baby Poppa grummelte: »Sie sind alle gleich, deine zwei und die andern. Suchen nur einen Vorwand, um sich gegenseitig die Köpfe einzuschlagen. Keine Spur von spielerischer Finesse.«

Die Jungen waren noch längst kein Team – im Spätsommer waren sie immer noch nicht mehr als eine Horde Kinder, die brüllend auf der Wiese herumrannten. Baby Poppa und Jesse schickten sie ans andere Ende des Felds, damit sie Pässe fangen lernten. Marietta hörte Baby Poppa sagen: »Geduld, Geduld.« Er guckte zu ihr herüber und verdrehte die Augen. »Geduldig marschieren – also gut, machen wir noch ein paar Übungen.« Als er ihnen das Blocken beibrachte, war Calvin der einzige, der Nates Anprall standhalten konnte, und die beiden tanzten den ganzen Tag umeinander herum und rammten und umklammerten einander. Nate versuchte, um Calvin herumzuschlüpfen, aber Calvin ließ sich nicht abdrängen. Er drehte sich immer so mit, daß er Nate abschirmte, wohin der sich auch wandte. Auch nach Schulbeginn holte Baby Poppa sie auf die Wiese, solange es nicht regnete, und manchmal waren sie ganz allein dort unten, und sie sah sie immer wieder aneinander vorbeischlüpfen und nach dem Ball springen, den Baby Poppa warf.

Sie ging mit Baby Poppa und Tiny Momma nach nebenan zu Jesse, aber wenn Tiny Momma und Colleen mit der kleinen Letricia spielten, die jetzt schon lachend herumkrabbelte, saß Marietta mit Jesse, Joe, Hector und den anderen Männern vor dem Fernseher, um Football zu gucken. Nate und Calvin kamen hereingestürmt und rochen nach Laub und Herbstboden, und Nate sagte: »Hey, Mann! Ich wer Quarterback un sag allen, was sie soll mach. Ich ruf die Spielzüg, so wie der da.«

»Un was spielst du, Calvin?« fragte Jesse. »Willst du Nates Wide Receiver machen, wenn er die Päß wirft wie ein Dreimetermann? Du bist eh der einzige, wo seine Bälle kriegt.«

Calvin sagte: »Vielleich.« Er lag vor dem Fernseher auf dem Bauch, und Marietta lächelte ihm zu.

»Du wirst nie Quarterback«, brummelte Hector. »Da mußt du erst die Hautfarb wechseln. Die Leut wollen keine schwarzen Quarterbacks.«

»Sie ham den einen Burschen dort an der Uni, in Kalifornien«, sagte Jesse. »Der is aus nem harten Holz geschnitzt.«

Marietta gefielen die Quarterbacks, die Wide Receivers und die Runners, aber je öfter sie Football guckte, desto klarer wurde ihr, daß das Herzstück des Spiels nicht das Werfen und Rennen war, sondern das Gerempel der Spieler in der Mitte, die immer wieder aufeinanderprallten. Am Anfang, als sie an den Wochenenden mit den Männern Football geguckt hatte, war ihr Blick natürlich immer dem Ball gefolgt, aber inzwischen beschäftigten sie diese Männer, die noch größer waren als die anderen und die einander attackierten und immer wieder Lücken versperrten. Joe begeisterte sich auch für die Defensivlinien, und er stritt immer mit Hector, wer die beste Verteidigung hatte.

»L. A. hat die Fürchterlichen Vier«, sagte er.

»Aber Minnesota hat die Lila Leutfresser«, sagte Victor.

»Ein blöder Name«, sagte Baby Poppa.

»Vier Schwarzenbrüder un einer von Schweden – hast du die schon mal gesehn? Marshall, Eller, Page un Larsen. Guck sie dir an – das sin Kerle.«

Sie beobachtete die Defensivlinie, verfolgte, wie sich die Spieler um andere herummanövrierten, die sie blockten. Wenn Marshall und Page einen Quarterback in die Mangel nahmen, fuhr ein kalter Angstfinger ihr Rückgrat hinunter, weil diese mächtigen schwarzen Burschen einen Weißenmann einfach so niederwalzten, ihn auf den Boden schmissen wie ein Bündel Maisstengel und dann davonstapften, ohne sich auch nur umzugucken.

»O Mann, das lieb ich, wenn Marshall so richtig hinlangt«, sagte Joe. »Bart Starr hat nix zu melden. Johnny Unitas is auch nich Jesus. Marshall un Eller nehmen sie fest in ihre Niggerarme. Los, laßt mir nen Schwarzenbruder an den Ball!«

Nach Weihnachten bestellte Mrs. Simmons Marietta für Januar zum Aushelfen, für eine Super-Bowl-Party, sagte sie. Loretha war immer noch fest bei Mrs. Simmons als Hausmädchen und Köchin, und Marietta berichtete ihr in der Küche, wie es den Jungen und Tiny Momma und Baby Poppa ging. Loretha war in die St. Philip Street gezogen, wo sie und ihre Schwester ein Haus gekauft hatten.

»Du guck Football?« fragte Marietta.

Loretha schüttelte den Kopf. »Ich hab keine Zeit für so Zeug. In meim Haus interessiert sich niemand für Sport. Sin alles nur Frauen!«

»Ich seh niemal, daß Miz Simmons interessier für Football«, sagte Marietta. »Das Mr. Simmons' Party?«

Loretha, die gerade dabei war, Käse auf einer Platte zu arrangieren, hielt inne und zog die Augenbrauen hoch. »Pah«, sagte sie. »Das glaubst du doch selber nich.« Sie lachten beide.

Daheim waren jetzt natürlich alle bei Jesse, um das Spiel zu gucken. Marietta stellte Schalen mit Kräckern, Käse und Oliven auf den langen Tisch, Warmhalteplatten mit kleinen Würstchen und Fleischklößen und ein Fondue. Mrs. Simmons' Schwägerin und ihr Mann kamen schon früher, und Marietta hörte sie in der Küche diskutieren. Dann ging Mrs. Simmons an Marietta vorbei, um mit ihrem Mann zu reden, der wie immer im Arbeitszimmer saß. Er brüllte: »Wir haben ein Dutzend Sportsfreunde hier, um ein Footballspiel zu gucken – was brauchen wir da schon wieder eine Putzfrau und eine Köchin, was müssen wir uns damit verrückt machen, welche gottverdammten Servietten wir hinlegen und ob dein Bruder daran gedacht hat, eine Karaffe mitzubringen?«

»Weil deine Sportsfreunde auch ihre Frauen mitbringen!« schrie sie.

»Verdammt noch mal, alles, was wir brauchen, sind zwei Fernsehapparate und genügend Alkohol für einen Super-Bowl-Sonntag. Wir brauchen keine Frauen – warum verzieht ihr euch nicht alle irgendwohin zu einem Dauerteekränzchen oder einem Ewigkeitseinkaufsbummel?«

Marietta sah Loretha in der Küche lachend an. »Muß ihre Finger in allem drinham«, murmelte Loretha.

»Zwölf Ehepaar mach ein Party«, sagte Marietta. »Mr. Simmons lern immer noch nich? Ich lern, un ich wohn nich mal hier.«

Die Frauen saßen alle im Salon und im Eßzimmer, die Männer verteilten sich auf das Wohnzimmer, wo ein Fernseher lief, und das Arbeitszimmer, wo die Anhänger der anderen Mannschaft vor dem zweiten Apparat saßen. Marietta erhaschte Fetzen von dem Spiel, wenn sie an den offenen Türen vorüberging, um Teller einzusammeln. Sie hörte einen Mann sagen: »Seht euch das an – was für ein Wurf!«

»Und der kleine Nigger kann fangen!«

»Der Wurf hat genau gesessen. Da kann jeder fangen, wenn ein Wurf so perfekt ist wie der da. Teufel noch mal, den könnte sogar ich fangen.«

»Du fang lieber deine Ladendiebe, Norm«, sagte jemand, und alle lachten.

Marietta stand lächelnd über die Spüle gebeugt. Alle guckten sie nur auf die Quarterbacks und die Running Backs – aber das Spiel lauf an der Linie, dachte sie. Defensivlinie stopp den Runner, blitz Quarterback Arm und sein ganz Körper. Offensivlinie reiß Loch, geb dem Weißenbursch Zeit fe guck, wo er brech durch. Das die Arbeit, da an der Linie, immer Feld rauf un runter.

Während der Regenwochen im Winter konnten sie nicht spielen. Sie zappelten in der engen Wohnung herum, verschlangen Teller voller Essen und ganze Kuchen und kippten krügeweise Limonade hinunter, als es wieder wärmer wurde. Sie nahm im Frühjahr alle Jobs an, die sie kriegen konnte, kam vom Hotel nach Hause, aß mit Baby Poppa und den Jungen Tiny Mommas Maisbrötchen, begleitete die beiden ein Stück zur Schule und nahm dann den Bus zu den großen Häusern, um bei den Vorbereitungen für Partys und Besichtigungen zu helfen. Genau wie Tiny Momma und Baby Poppa schlief sie nie richtig, und die Zeit verflog nur zu schnell, während sie ihre Nickerchen auf der Couch hielt oder Langbohnen enthülste und Pfirsiche schälte. Noch immer hörte sie Pinkie klagen: »Ich brauch fe lauf rum. Ich sitz, ich wer ganz verstopf un mein Ader rost ein. Ich brauch fe arbeit.«

Sie verstand jetzt, warum Laha und Rosie sich immer beschwert hatten, daß die Monate nur so vorbeisausten, wenn man Kinder hatte, denn über all dem Kochen und Putzen und Waschen und den nächtlichen Pausen mit Baby Poppa an dem Tisch in der Bar und den Nachmittagen mit Tiny Momma an einem anderen Tisch verging die Zeit, ohne daß sie es mitbekam. Die Jungen waren jetzt zehn und reichten ihr fast bis an die Schultern. Sie bemaß die Jahreszeiten nach dem Sprießen des Grases und dem Beginn des Footballtrainings drunten auf dem Wiesenstück, den Footballnachmittagen mit den Männern vor dem Fernseher, den Winterfeiertagen, den ersten Azaleenblüten im Februar und dem beginnenden Touristengewimmel in der Stadt, der neuerlichen Sommerhitze und dem Schuljahrsende, das den Jungen die Freiheit brachte, ganz dort unten auf dem Wiesenstück zu leben.

Tiny Momma sah nachts nach ihnen, ein Flattergeist in ihrem weißen Nachthemd draußen auf der Veranda, und wenn Calvin schlecht träumte oder Nate hungrig aufwachte, tappten sie zu ihr hinüber.

Marietta saß auf der Couch, müde von einem langen Samstag in einem Haus an der Battery. Sie hatte Töpfe und Herdringe geschrubbt, Bilderrahmen und Porzellanvitrinen abgestaubt und sämtliche Möbel weggerückt, um dahinter zu saugen. Ihre Füße waren nur noch Knochenenden auf dem Linoleum – Schmerzpunkte unter den Fersen und Ballen und jedem einzelnen Zeh, als sie aufstand, um nach der Wäsche in der Maschine zu sehen.

Als sie wiederkam, hatte Tiny Momma sich auf die Couch gelegt. Marietta kratzte sich am Kopf. Selbst ihre Fingernägel schmerzten. Es pochte unter dem Horn und durch die Fingerkuppen, als wären die Nägel im Begriff, sich von ihrem Bett loszureißen. Sie hielt inne, schob dann die Fingerspitzen wieder unter ihr Kopftuch und hörte Aint Sister sagen: »Gott im Himmel, ich so müd, mein Fingernägel tu weh.«

Sie hatte immer gedacht, Aint Sister übertrieb – wie konnten harte, hornige Nägel weh tun? Was hatten sie gemacht, daß sie schmerzten? Gewischt, gekratzt, gewrungen – Aints Nägel waren dick und entenschnabelförmig gewesen, stumpf und geschwollen, und die ihrer Mutter so hart, daß sie sie mit einem Fischmesser gestutzt hatte.

Marietta saß da wie in Trance. Ihre früheste Erinnerung an ihre Mutter, ihre früheste Erinnerung überhaupt, war der warme Mund um ihre Finger, der ihr die Nägel abbiß. Da mußten sie noch papierdünn gewesen sein, so wie ganz am Anfang bei Nate und Calvin. Als sie jetzt ihre Fingerspitzen einzeln in den Mund steckte, war schon der warme Druck ihrer Zunge schmerzhaft, und sie fühlte ihre Nägel heftig pulsen. Sie zog sie wieder heraus und pustete sachte darauf, um sie zu kühlen.

Aber sie hatte genug Geld beiseite gelegt, um den Jungen Footballausrüstungen kaufen zu können.

In der Nacht betrat sie die Bar, wo Baby Poppa in der

Schummerhöhle aus dunklem Holz, Bierdunst, Zigarettenkippen und Parfüm saß. »Du weiß noch, wie du mich frag, warum mir gefall?« sagte sie.

Er brauchte ein Weilchen. »Football«, sagte er schließlich.

»Mm-hmm.« Sie zog eine Nummer von *Sports Illustrated* heraus und zeigte ihm ein Foto. »Mean Joe Greene. Du seh – er lächel nich. Du guck sein Gesicht. Ich seh die Footballspieler, so schwarz wie ich un größer wie all ander Leut, grad wie paar Leut, wo du auch kenn. Sie renn Leut um, hau sie in Boden, un Weißenleut find toll, all Leut find toll. All Leut schrei un brüll. Du guck mein Gesicht. Mein Daddy grad wie ich, mein Söhn grad wie er.«

Baby Poppa sagte nichts, betrachtete nur die Fotos, drehte die abgegriffenen, schlaffen Seiten um, die sie daheim so oft durchgeblättert hatte. »Du meinst, spielerische Finesse spielt gar keine Rolle?« sagte er schließlich lächelnd.

»Du geh mir weg«, sagte sie. »Du sag mir, sie lern all Sach, wo sie kann lern da aufm Feld. Sie gut genug für Junior League, wo du immer sag, sie muß hin.« Sie hielt einen Moment inne. »Un vielleich du muß dann nimmer soviel renn aufm Feld. Du wer langsam müd, he?«

Er runzelte die Stirn. »Sehe ich müde aus?«

Sie sah, wie er das Kinn vorreckte. »Ich frag dich niemal nach dein Alter. Ich mach mir Sorg, wenn ich seh dich renn un werf all Tag mit die zwei.«

Baby Poppa ging wieder hinter die Bar und nahm sich ein Glas. Er goß ein kleines Schlückchen von einer goldenen Flüssigkeit hinein und sagte: »Du bringst mich noch soweit, daß ich anfange zu trinken.« Sie wartete. »Was glaubst du denn, wie alt ich bin?« fragte er, als er wieder an den Tisch zurückkam.

»Ich weiß nich«, sagte sie. Sie wollte nicht raten.

»Ich bin Jahrgang 1900«, sagte er sanft. »Mein Kind ist in der Woche gestorben, als ich dreißig wurde. Du bist noch nicht mal dreißig und hast Söhne, die Football spielen. Wie alt bist du?« fragte er, indem er sie scharf ansah.

»Alt genug«, versuchte sie zu scherzen, aber dann sagte sie: »Das Jahr ich wer sechsunzwanzig.«

Baby Poppa nickte. »Hm, nach allem, was ich weiß, könntest du graue Haare haben, da unter diesen Kopftüchern, die du immer trägst. Bitte beurteile meine Fähigkeiten als Coach nicht nach meiner äußeren Erscheinung.« Er lächelte und legte seine harte, kleine Hand auf ihre.

Es war überhaupt nicht so wie das erstarrte Gewirr aus Körpern auf den Illustriertenfotos oder die Vogelschaubilder auf dem Fernsehschirm. Im Fernsehen hatte man alle Spieler im Blick, und sie konnte das Spiel leicht verfolgen und die Manöver der Linie und der Receiver gleichzeitig im Auge behalten.

Aber jetzt, an diesem Samstag, für den sie keine Arbeit angenommen hatte, stand sie hier neben Baby Poppa am Spielfeldrand. Sie guckte auf die Helme und versuchte, Calvin zu verfolgen, als er sich an der Linie hinkauerte. Bei diesem Spiel der Junior League hörte man von der Seitenlinie aus das Schleifen der Stollen auf dem Gras und das Zusammenprallen der Helme: zuerst ein Klacken, so wie damals, als die Murmeln auf die Badezimmerfliesen gefallen waren, und dann ein dumpfes, schmerzhaft klingendes Bummern, wenn die Köpfe innen gegen das Plastik krachten. Die Körper schlugen hart auf dem Boden auf. »Calvin krieg sein Mann?« mußte sie Baby Poppa fragen. Sie konnte von hier unten nicht richtig sehen; sie wäre gern höher gesessen, so wie auf der Treppe oder der Veranda, wenn sie ihnen daheim auf der Wiese zuguckte.

»Ja«, sagte Baby Poppa zerstreut. »Möchte wissen, was sie mit Nate vorhaben. Ich habe so ein Gefühl, daß sie ihn wirklich als Wide Receiver einsetzen werden.«

Man konnte Calvins Grinsen zwischen dem Gesichtsschutz und dem Kinnriemen sehen. Diesmal konzentrierte sie sich auf die Linie. Da war er, größer und breiter als der Defensivspieler, und er senkte die Schulter, um den Jungen aus dem Weg zu stoßen, damit er hinter dem Quarterback hersetzen konnte. »Er mach genau, wie du ihm zeig all Zeit!« sagte sie, und Baby Poppa nickte.

Nate kam beim nächsten Spielzug herein, und Baby Poppa sagte: »Hab ich mir's doch gedacht. Er will da sein, wo er an den Ball kommt, und er hat den Coach beschwatzt, daß er ihn Wide Receiver spielen läßt. Guck ihn dir an – groß genug ist er ja, aber ich glaube nicht, daß er die Patterns im Kopf hat.«

Nate stand nur leicht gebeugt, und nach dem Anspiel lief er ein Pattern, aber der Ball flog zu dem anderen Receiver. Nate ruckte ärgerlich mit den Schultern, sie sah die Polster wackeln. Er stapfte langsam zum Huddle zurück. »Er is so ungeduldig«, flüsterte sie. Erst nach drei Spielzügen warf der Quarterback einen Paß zu Nate, und der Ball glitt ihm durch die Hände und krachte gegen seine Brust.

Als die Jungen mit grünen Knien und aschigen Ellbogen wieder daheim saßen, war Nate immer noch wütend, obwohl die Cougars 14:0 gewonnen hatten. »Ich wär besser Quarterback. Baby Poppa red immer, Coach hat recht, ich soll Verteidiger machen. Aber ich könnt werfen, Mama.«

Calvin sagte: »Na-ah. Du viel zu aufgeregt, springst rum wie n Hampelmann, wenn du schmeißen sollst.«

»Halt's Maul.«

»Mama«, sagte Calvin scharf. »Baby Poppa hat gesagt, er is unser Dad, wo er uns angemeldet hat.«

Sie sah ihn an. »Das schon gut.«

»Aber er is nich unser Dad.«

»Nein. Er euer Poppa, er *immer* euer Poppa. Nich euer Daddy. Euer Daddy tot. Ihr weiß ja.«

»Wo isser begraben?« Nate starrte sie jetzt auch an. Wie so oft nahmen sie plötzlich die gleiche Haltung an, wie zwei Löffel in der Schublade.

»Ich weiß nich. Un ich weiß auch nich, wie er sterb«, sagte sie unbehaglich. »Das nich wichtig. Baby Poppa wie euer Opa.«

»Aber er hört nich, wenn ich sag, er soll dem Coach sagen, daß er mich Wide Receiver spielen läßt. Er will, daß ich Verteidigung mach.«

»Ich sag dir was«, sagte sie. »Du guck besser hin, wenn sie spiel in Fernseh, so wie ich mach. Du wer seh, wer immer in Action all Spielzüg. Un ich sag dir, du verrückt, Nate. Du hab die Gab fe seh, wo geh Loch auf, un du weiß, wie du komm rum um jemand. Ich seh dich all Zeit drunten aufm Feld, un ich seh dich, wo Coach probier dich aus als Verteidiger. All Leut immer denk, Verteidigung langweilig, aber das der best Platz von ganz Spiel.«

»Mamas verstehn nix von Football«, brummelte er leise vor sich hin, während er sich dem Kühlschrank zuwandte.

Sie ließ es durchgehen. »Du wer seh, Verteidigung gut Sach, wenn du nur probier. Du probier un guck, Bub, wie ich dir sag.«

»Mama, was weißt du schon?« sagte Calvin. »Du hast nie gespielt.«

»Aber wenn, dann ich könnt versohl euch all zwei«, sagte sie lachend, während sie die leichten Trikots vom Boden aufhob. Als die Jungen frisch geduscht ins Wohnzimmer zurückkamen, sagte Calvin: »Aber unser Daddy groß un breit, eh? Größer un breiter wie du?«

Sie war überrascht. »*Yeah*, größer wie ich, aber er is nich dick.«

»Ich denk, er is tot«, sagte Nate hinter Calvin, und sie verbesserte sich rasch.

»Er niemal dick, bis er sterb«, sagte sie vorsichtig.

»Wir wern aber größer wie du«, sagte Calvin.

»Un wir wern auch breiter wie du, weil wir Männer sin un weil du nich dick bist.« Nate nickte triumphierend und goß sich ein Glas Milch ein. Seine Füße waren lang und federten auf dem Boden, als er sich vor den Kühlschrank hockte und die Reste inspizierte.

»Unser Dad mager?« fragte Calvin, in der Tür stehend.

»Nein. Er nich dick un nich mager. Grad recht.« Sie verschränkte die Arme.

»Was war sein Lieblingsessen?« bohrte Calvin weiter.

»Hamburger«, sagte sie, ohne nachzudenken.

»Wo hat er die hergekriegt, daheim? Ich weiß nix von Hamburger«, sagte Nate. »Ich denk, daheim gab's immer nur Fisch?«

Sie sog die Luft ein. »Er krieg nich viel Hamburger. Wir all immer eß Fisch daheim, in Pine Garden. Ihr da daheim – ich da daheim vor lang Zeit.«

»Er fang Fisch, unser Daddy?« fragte Nate.

»Er in Fischgewerb«, sagte sie, weil ihr einfiel, wie eine der Ladies, deren Küchen sie putzte, am Telefon zu jemandem gesagt hatte: »Dan ist im Kunstdüngergewerbe.« Sie sah auf die Uhr. »Los, ihr geh in Bett. Zeit jetz.«

Sie hatte nie daran gedacht, mit ihnen nach Pine Gardens zu fahren, all die Jahre, seit sie beschlossen hatte, ein Geist zu sein. Aber sie hatten auch nie nach ihrem Vater gefragt – wenn sie je hinfuhren und auf den Friedhof gingen, würden sie Sinbad dort nicht finden. Sie dachte an den Stein mit der Inschrift MARY und fragte sich, ob sie ihn wohl weggeschafft hatten oder ob sie Muschelschalen und Glasscherben drum herum gesteckt hatten. Geist bring ihn dahin, das, was sie denk. Ich nur Geist für Pine Garden.

Nate und Calvin fragten nicht weiter, aber sie hörte manchmal das Wort »Daddy«, wenn sie miteinander redeten, und sie wußte, sie verglichen ihre Arme und Beine mit denen ihrer Mutter und mit denen anderer Leute. Sie wußte, sie guckten in den Spiegel über dem Badwaschbecken und musterten ihre Gesichter.

Die Junior-League-Saison war kurz, und Nate war bis zum Schluß unzufrieden, aber er wollte sich nichts von Calvin sagen lassen und kämpfte gegen ihn an, auf der Straße und auf dem Spielfeld. Erst als sie auf der Junior High School waren, konnte Calvin ihn endlich überreden, es mit der Verteidigung zu probieren, und Nate fügte sich in das, was Baby Poppa und der Coach sagten. Von da an guckte sie von der Seitenlinie aus zu, wenn er im grauen Nachmittagsdunst und der immer noch beträchtlichen Spätsommerhitze gegen eine andere Schule der Stadt spielte.

Nate ging den Gegner an wie ein Alligator, der aus dem Wasser steigt. Er biß sich an den Runnern fest und schnellte von der Linie weg, um durch die Angriffsformation zu brechen, als wären die anderen Jungen Schilfhalme. Er nahm den Quarterback in seinen Zangengriff und warf sich auf ihn. Wenn er aufstand, klatschte Calvin mit der Hand auf die Seitenlinie, und Marietta wußte, Nate liebte es, zuzuschlagen und in Bewegung zu sein.

Und Calvin spielte den Gegenpart, wie schon auf der Wiese. Er war ein rammender, rempelnder Baum, ein Wald aus hundert Bäumen, wenn jemand durchbrechen wollte. Er stoppte Spieler wie Nate, die immer wieder auf ihn losstürmten, indem er sich unerschütterlich vor seinem Quarterback aufbaute oder sich zuoberst auf ein Tackle warf, gerade in dem Moment, wenn der Running Back vorbeiflitzte.

Sie waren so viel größer als die anderen Spieler, daß Jungen, die gegen Nate und Calvin gespielt hatten, oft weinend vom Feld gingen. Die Münder blieben zwar reglos, aber sie und Baby Poppa sahen die roten Augen und die feuchten Wangen.

»Ein Teil des Verdiensts gebührt meiner Frau«, sagte Baby Poppa stolz. »Sie füttert sie schließlich mit.«

Marietta sagte: »Sie mach mir selber angst.« Als sie in die achte Klasse kamen, wurden sie in der Schule gemessen und gewogen – sie waren beide einsfünfundachtzig groß und fünfundachtzig Kilo schwer.

Plötzlich roch sie Sinbad, wenn sie nachts heimkam, und sie trat dicht hinter sie, wenn sie ihre Teller in die Spüle stellten. Bevor sie zur Arbeit ging, schnupperte sie. Wo war der saure Laub-und-Gras-Schwitzgeruch, der all die Jahre von ihren Köpfen aufgestiegen war? Schwebte er jetzt über ihren Kopf hinweg, weil sie sie längst überragten? Sie saßen auf der Couch – nein, sie beugte sich leicht über sie und roch Männerschweiß, einen Film aus Salz und Anstrengung, über den Tag eingetrocknet und schärfer geworden – Sinbad, wenn er sich reckte, um nach etwas über ihrem Kopf zu greifen. Sie sah Calvins mächtige Knie, so groß wie Teller, und dachte an die winzigen Knie, die durch den Lehm gerutscht waren, als sie angefangen hatten zu krabbeln. Sie hatte sie um die Bäuche gefaßt und dorthin zurückgetragen, wo sie sie hatte haben wollen, während sie gesabbert und geblinzelt und mit den Armen gerudert hatten.

Sie steckte die Nase in die Waschmaschinenluke und roch die Wäschebleiche in dem Knäuel aus langen, weißen Socken. Sie sah in die Badewanne, und da war kein Grauschleier mehr. Sie saß im Wasser, guckte zu, wie ihre Knie trockneten, und sah sie vor sich. Zuerst hatten sie zusammen in der Wanne gespielt, dann waren sie so groß geworden, daß sie nacheinander baden mußten. Sie sah ihre Knie, weit aus dem Wasser ragend und immer kalt. Jetzt duschten sie jeden Tag nach dem Training in der High School.

»Ist dir schon aufgefallen, daß sie sich körperlich unterschiedlich entwickeln?« fragte Baby Poppa eines Abends vor der Arbeit, als sie alle am Küchentisch saßen.

»Was redst du da?« sagte Tiny Momma. »Sie essen genau gleich – zehnmal soviel wie alle andern Leut.«

Marietta sagte: »Ich seh Calvin wer breiter un breiter, *wenn* ich ihn seh. Sie geh in der Früh zur Schul, dann sie hab Training, un ich seh sie nur noch am Wochenend.« Sie trank ihren Kaffee aus. »Aber Calvin sag, Nate hab kein Geduld für geh auf Kraftbank, wie Coach sag. Er mag nich lieg unter die Stang un pump.«

»Pump?« sagte Tiny Momma.

»Calvin sag, Nate mag nich mal stopp sein Redfluß lang genug für hol Luft«, sagte Marietta. »Er sag immer: ›Ich brauch nich soviel Muskel wie Calvin, Mama. Ich hab schnelle Füß, un ich *weiß*, wo sie hinlaufen.‹« Baby Poppa lachte über ihre Imitation.

»Wie wenn er nie etwas anderes gewollt hätte, als Verteidigung zu spielen«, sagte Baby Poppa.

»Ich weiß nich, wie ihr immer lachen könnt über Football«, sagte Tiny Momma knurrig. »Wartet nur, bis eim von die zwei was passiert, dann wert ihr schon sehn, was ich euch all die Jahr sag. Is doch viel zu gefährlich, die ganze Sach, un wenn sie noch so groß wern.«

Sie wollte nicht mit Marietta und Baby Poppa zu den Spielen gehen. »Ich wer nich noch zugucken, wie sie Schläg kriegen. Ich bleib daheim«, sagte sie.

Als Nate und Calvin im zweiten High-School-Jahr waren, wurden sie beide in das Schulteam aufgenommen, und Marietta und Baby Poppa gingen zu ihrem ersten Spiel – im September 1976. Ihre Schule spielte gegen eine Schule am anderen Ende der Stadt, und sämtliche Arme und Beine, die aus den Spielertrikots guckten, waren schwarz. Die öffentlichen Schulen in Charleston waren fast alle rein schwarz, da nach der Integration die meisten weißen Eltern ihre Kinder auf Privatschulen geschickt hatten oder weggezogen waren. Sie mußte immer an die Jungen denken, die sie während der Weihnachtsferien sah und die von Militärakademien oder Internatsschulen kamen.

Wenn sie komm in Playoffs, sie wer spiel außerhalb Charleston, dachte sie. Was wer passier, wenn sie geh los auf Weißenbursch? Wenn sie geh los auf jeman wie Mr. Ray Sohn? Un all mein Schuld. Ich sag, sie soll geh los auf die ander, ich sag, sie soll schlag, so fest sie kann. Sie sah, wie der Quarterback den Kopf hin und her pendeln ließ wie eine Schildkröte, und Calvin beugte sich vor. Nein. Nich mein Schuld.

Der Running Back stand leicht zum Center versetzt, und der Tight End stand frei. Beide Receiver waren ungedeckt, aber sie blufften nur. Marietta hätte nicht sagen können, woher sie das wußte, wieso sie meistens spüren konnte, wie das Spiel weitergehen würde, aber irgend etwas an der Art, wie der Tight End und die Receiver den Kopf und die Schultern hielten, sagte ihr, daß sie nur die Aufmerksamkeit von dem eigentlichen Zentrum des Geschehens ablenken sollten. Genau wie Calvin, wenn er sie von etwas ablenken wollte, was Nate gemacht hatte – es war etwas in den Augen und dem kontrollierten Mund, der kalkulierten Schulterhaltung.

»Jetzt komm Laufzug«, sagte sie. »Calvin wer mach auf.« Der Wide Receiver stürmte los und zog die Verteidiger nach hinten mit, und der Quarterback gab ab. Der Fullback, klein und dickbeinig, sauste innen vorbei und machte sieben Yards.

»Lauf, Junge!« schrie Baby Poppa. Marietta klatschte und dachte, daß Calvin nie so bejubelt wurde wie Nate, daß niemand je aufstand und schrie »Gut geblockt!«, außer ihr und Baby Poppa. Bei Nate johlten alle: »Das war ein Tackle!« Sie sah, wie Calvins Brustkorb und seine Arme sich auseinanderspannten wie der Schild der Kobra, die sie im Fernsehen gesehen hatte. Er blähte sich auf, um den Quarterback zu schützen, stemmte dann die Füße fest in den Boden und drückte mit dem Körper. Die Hand des Quarterback bewegte sich wunderbar locker aus dem Gelenk, die Socken rutschten seine Spindelwaden hinunter, und dann segelte der Ball durch die Luft.

Als der gegnerische Quarterback gegen Ende des Spiels eine Verzweiflungsbombe warf, reckte Nate, der losgerannt war, um den Raum zu decken, die Hand in die Luft, und der Ball titschte wie ein Zauberfisch gegen seine Brust. Alles johlte.

Daheim studierte sie ihre Spielbücher, fasziniert von all den Pfeilen und Kreuzchen, und sie lächelte über die maschinengeschriebenen Regeln und Anweisungen von ihrem Coach, der rund und hellhäutig und schon leicht ergraut war und immer eine raschelnde Jacke aus einer Art Plastikstoff trug. »Hände weg von Mädchen. Denkt dran: Mädchen sind eine ABLENKUNG, unter der eure LEISTUNG leidet. Sex entzieht euch die KRAFT und STÄRKE, die ihr für jedes Spiel benötigt.«

Nate sagte zu Baby Poppa: »Aber *mir* tun Mädels gut. Ich hab's gern, wenn sie mir da draußen zugucken. Ich streng mich dann mehr an. Ehrlich.«

»Hat ja keiner gesagt, sie dürften euch nicht von der Tribüne aus zugucken, mein Junge«, sagte Baby Poppa. »Ich glaube nicht, daß Coach Terrell dagegen etwas einzuwenden hat.«

»Ach, Mann, Mädels tun doch keinem schaden.«

»Aber Babys. Du hast's ja gesehen, Carmens Robert mußte auch heiraten.« Baby Poppa sah Nate stirnrunzelnd an. »Du bist sechzehn – noch lang nicht alt genug für ein Baby. Frag deine Mutter.«

Sie sog die Luft durch die Zähne. »Ich mit sechzehn alt genug. Aber du nich«, sagte sie, indem sie Baby Poppa scharf ansah. »Du hab genug Problem in Schul, Nate. Calvin in all Sach viel besser wie du.«

»Außer mit Weiber«, murmelte er. Dann sah er auf. »Außer in Mathe. Calvin mag einfach nur gern lesen – drum schafft er auch all das andre Zeug. Aber er kann nich zwei un zwei zusammenrechnen.«

»Na gut. Dann müßt ihr eben für den Rest eures Lebens zusammenbleiben – wenn ihr darauf besteht, zwei Seiten einer Medaille zu sein«, sagte Baby Poppa. »Dann braucht ihr euch auch keine Gedanken wegen irgendwelcher Mädchen zu machen.«

Aber sie kamen: Mädchen mit bauschigen Haarwolken und gebogenen Wimpern und Keilabsätzen, doch nicht einmal damit reichten sie den Jungen bis an die Schultern. Marietta sah sie abends auf den Treppenstufen sitzen – wie Wesen aus einem anderen Land mit ihrem vollen Haar und den weiten Schlaghosen, die ihnen um die Knöchel schlabberten. Sie lächelten Nate und Calvin an und klimperten mit den Augen, und Calvin hörte stumm zu, wie Nate sagte: »O Baby, hab dich heut gar nich gesehn auf dem Flur.« Marietta hörte sie durch das Fliegengitter und lächelte ebenfalls.

Sie und Baby Poppa guckten sich noch zwei weitere Spiele an, aber dann schied ihre Schule aus den Meisterschaftsrunden aus, und Nate und Calvin waren sauer. »Mann! Der Coach muß nen neuen Fullback einsetzen«, sagten sie. »Brian bringt's nich. Er muß Ronnie ranlassen. Mann! Nur weil er erst im zweiten Jahr is, so wie wir! Nächstes Jahr wern wir Meister.«

Sie war immer noch unruhig, vor allem in den Frühjahrsmonaten, als ihnen ein Freund des Trainers Arbeit im Eishaus gab. Sie jobbten das ganze Wochenende und wochentags nach der Schule und begannen dann, als die feuchte Sommerhitze einsetzte, wieder mit dem Vormittagstraining. Nate trank krügeweise Kool-Aid, aber Calvin hatte eine merkwürdige Vorliebe für Eistee mit einer gewissen Anzahl Eiswürfel darin. Sie und Tiny Momma saßen stundenlang am Tisch und machten sich Sorgen, weil Tiny Momma meinte, wenn sie die ganze Zeit Eisblöcke schleppten und dazu noch die Spielzeit wieder anfing, könne es gar nicht ausbleiben, daß sie sich die Knochen brachen. »Un dann? Du und Baby Poppa, ihr erzieht sie doch nur für das verflixte Spiel, aber wenn sie sich die Bein brechen, was dann? Was soll dann mit ihnen wern? Nein – sag ihnen lieber, daß sie sich im Eishaus anstrengen sollen, dann wern sie vielleicht feste Arbeit kriegen, wenn sie die Schul fertig haben. Das Eishaus is gute Arbeit für so große, kräftige Kerle.«

Die Schnittwunden auf Nates Fingerknöcheln infizierten sich durch den Dreck, und sie schüttete wie immer Zucker darauf und preßte Spinnweben hinein. »Mama, was willst du machen, wenn ich aufs College geh – mir paar Spinnen in ein Glas packen?« Nate lachte.

College. Sie drückte die Spinnweben mit den Fingern zu einem klebrigen Klümpchen zusammen. Gebrochene Knochen – Aint Sister hatte das verletzte Bein oder den Arm in Essigwasser gebadet und dann für ein, zwei Wochen in Creekschlamm gepackt. Keuchhusten – der Sud aus Winkerkrabben, die man lebend ins kochende Wasser werfen mußte. Fieber, Zahnweh, Würmer. All die verschiedenen Arzneien, die sie ihnen eingeflößt oder auf die Haut gerieben hatte. Aber ihre Knie, und wenn sie noch so breit waren – sie sah Metallstollen gegen die empfindlichen Innenseiten fliegen und die Kniescheiben zertrümmern.

Was sollte aus ihnen werden, falls sie nicht mehr Football spielen konnten? Sie hatte die letzten zwei Jahre alles getan, um nicht darüber nachzudenken, daß sie zwei große, furchtlose Männer herangezogen hatte, die Weißenmännern in Autos zugrinsten und zuwinkten und Weißenburschen über den Haufen rannten und die Fäuste reckten.

Ich schon so groß un so schwarz – un die zwei noch riesiger un ihre Arm noch schwärzer vom Football. Im Eishaus hatte sie einen älteren Mann gesehen, fast so groß wie die Jungen, mit einem Hängebauch und einem Schlabberkinn. Er hatte im Schatten der hölzernen Laderampe gehockt. Baby Poppa hatte ihr erzählt, daß der Mann zehn Jahre im Gefängnis gesessen hatte, wegen Vergewaltigung. Er war nicht sehr helle, und irgendwie kam es, damals im Jahr 1938, daß eine weiße Frau allein mit ihm im Eishaus war. Danach erzählte sie ihrem Vater, er sei über sie hergefallen. Er hatte Glück, daß sie ihn nur einsperrten und nicht töteten. Als er wieder herauskam, war er noch begriffsstutziger und langsamer, und jetzt schlurfte er an der Laderampe herum wie ein Schatten, und neben Calvins geraden, breiten Schultern hingen seine so schlaff herunter, daß sie sich auf die Lippe hatte beißen müssen.

College. Sie brütete bereits über dem Street & Smith, wo die Footballteams sämtlicher Colleges und Universitäten bewertet wurden. Und sie und Baby Poppa sichteten die Collegenummern von *Sports Illustrated*, in denen die verschiedenen Trainer und Spielstrategien und die Talentförderung diskutiert wurden. Sie sagten Tiny Momma nichts davon, daß sie auch Colleges außerhalb von South Carolina in Betracht zogen.

»Aber das gründet sich alles auf die Hoffnung, daß sie die letzten beiden Jahre ihre Sache gut machen«, sagte Baby Poppa im Frühherbst, ehe die Saison anfing. »Wir haben kein Geld – wir haben keinen Einfluß. Ich denke, wir sollten das Ganze noch eine Weile für uns behalten und auch den Jungen nichts davon sagen.«

Marietta nickte. Vielleicht würden sie ja irgendwann genug vom Football haben, genug von der ganzen Plackerei und dem vielen Training, und vielleicht würde ihre Körpergröße allein nicht mehr ausreichen, wenn ihr Team erst einmal gegen bessere Mannschaften antreten mußte.

Aber sie kamen schon in diesem Jahr – Trainer vom Clemson und von der South Carolina State University und vom Auburn, den Hochschulen in der Nähe. »Nathaniel und Calvin stehen unter sorgfältiger Beobachtung«, sagte der Coach von der South Carolina State, ein hellhäutiger Schwarzer, der irgendwie genauso aussah wie die weißen Trainer. »Sie sind ausgezeichnete Spieler, und ich möchte mein Interesse frühzeitig bekunden. Die South Carolina State hat eine lange Tradition ...«

Sie hörte nicht zu. Sie nickte höflich, sah sie draußen auf der Veranda mit den Jungen reden, sah sie zu den Spielen kommen; aber sie hörte nicht wirklich zu. Die Mädchen und die Trainer scharten sich drunten im Hof um den Fuß der Treppe, wo die Jungen oft saßen. Nate redete, und Calvin guckte zu. Sie hörte nicht mehr hin, weil sie sich schon entschieden hatte, auf welches College sie sie schicken wollte. Jetzt galt es zu warten.

Sie spielten das ganze Jahr über sehr gut. Nate brach den Stadtrekord für abgefangene Pässe und einen weiteren Rekord für Tackles. Calvin hielt James, den dünnen Quarterback, frei für Touchdown-Würfe, aber dafür gab es keinen Rekord. Marietta beruhigte ihn: »Ich seh dich spiel. Baby Poppa seh dich spiel. Un die Späher auch. Du hab kein Sorg.«

Er sagte nichts dazu, daß Nates Name und sein Foto überall erschienen, und sie fragte ihn immer wieder: »Tu dir leid, daß du entscheid dich für Offensivlinie?«

»Na-ah«, sagte er. »Ich krieg meine Party schon noch.«

Sein Party? Sie redeten inzwischen sogar verschiedene Sprachen: eine Sprache mit ihr und untereinander, eine zweite mit den Mädchen und Teamkameraden – und noch eine dritte mit Jesse und Joe und den Männern, die sie immer abfingen, um mit ihnen über die Spiele zu debattieren.

Im Kampf um die Bundesstaatsmeisterschaft mußten sie gegen eine weiße Schule spielen. Sie und Baby Poppa fuhren mit Jesse und Joe in Jesses langem Buick. Columbia – so weit weg war sie noch nie gewesen. Hinter den Scheiben verwischte die Landschaft, und Joe sagte: »Mann, hab ich die Strecke gehaßt, wo ich mit dem Laster hier lang bin. Nix wie Blödmänner auf dem Stück.«

Baby Poppa sagte: »Ich merke erst jetzt, wie selten ich aus Charleston herauskomme. Ich sehe wieder, wie abwechslungsreich die Landschaft hier draußen ist – aber ich bemühe mich immer, Bamberg zu vergessen.«

»Is das die Stadt, wo ihr hergekommen seid, du un deine Frau?« fragte Joe.

»Und wohin wir nie wieder zurückgekehrt sind«, sagte Baby Poppa.

»Un du, Big Ma?« sagte Joe. »Wo bist du her? Jesse hat mal gesagt, du wärst von den Inseln.«

»Na-ah«, sagte sie. »Von Pine Garden – das kein Insel, nur paar Häuser Stück neben der Straß. Aber nah am Wasser.«

»Oh, *yeah*, bin da mal durchgekommen«, sagte Joe. »Nur so n kleiner Laden, mit lauter Fisch. Hab mir paar Shrimps gekauft.«

»Du kaufst überall Shrimps, Mann«, sagte Jesse.

»Bist du mal wieder dahin zurück?« fragte Joe weiter.

Marietta schüttelte den Kopf, und er drehte sich um, um sie anzugucken. »Nix, wo ich nich schon kenn«, sagte sie, damit er aufhörte zu fragen. Er und Jesse und Baby Poppa fingen jetzt an, über Highways zu reden, und sie drehte sich zum Fenster, um auf die vorbeiflitzenden Bäume zu gucken. Pine Garden. Sie ließ die Bäume zu einer Wand verschwimmen und dachte lieber an Kalifornien. Universität von Südkalifornien. So weit weg. Aber das war die beste. Wie konnte sie sie dorthin schicken – was würde Tiny Momma sagen? Baby Poppa würde einverstanden sein – sie hatten die beste Offensivlinie in den ganzen Staaten. Der beste Platz für Calvin. Dort konnte er glänzen. Nate würde überall glänzen. Sie mußte abwarten.

Während die Spieler sich lockerten und aufwärmten und in dem gleißenden Licht auf dem Platz verteilten, war sie sich nicht sicher, ob sie die größten auf dem Feld waren, aber als sie sich dann bei der Bank drängten und in den Huddles standen, überragten Nate und Calvin alle anderen. Nate war jetzt einsfünfundneunzig, Calvin einssiebenundneunzig. Calvin war breiter in der Taille, und seine Beine wölbten sich unter den Schenkelpolstern. Nate hatte muskulösere Arme. Ihr war ein bißchen schwindelig, und sie konnte kaum atmen und sich noch nicht einmal richtig auf das Spiel konzentrieren, weil ihr die Männer in die Ohren brüllten. Sie konnte Nate nicht zuflüstern, daß er aufpassen sollte, weil ein Laufzug kam, und sie konnte Calvin nicht daran erinnern, daß er in der Halbzeitpause genügend trank.

Einer der Weißenburschen sagte es kurz nach der Halbzeitpause, als es immer noch 0:0 stand. Sie hörten es alle, sie und die Männer, dort unten an der Seitenlinie, wo sie sitzen mußten, weil sie zu spät gekommen waren, um sich noch höhergelegene Plätze zu suchen. Sie saßen in der Nähe der Endzone. »Nigger«, sagte einer der Weißenburschen zu dem Quarterback. Sie konnte Calvins Gesicht nicht sehen. Der Weiße, ein Defensivlinienspieler, sagte es noch einmal, als das Spiel vorbei war. »Fast wie n richtiger Footballspieler, Nigger«, sagte er zu Calvin.

James, der Quarterback, verzog sein schmales Gesicht zu einem Lächeln. Calvin lächelte auch, als er sich umdrehte, um wieder zur Anspiellinie zurückzugehen, und Natty, der Wide Receiver, der am nächsten bei Marietta und den Männern stand, grinste ebenfalls. Baby Poppa und die anderen waren ganz still. Nattys Haar quoll unter seinem Helmrand heraus wie ein Schwamm – zusammengequetschte Afrokrause. Sie sah Calvins Zähne. Im nächsten Down um sieben Yards warf James einen Paß zu Natty, und Calvin warf sich grinsend und mit voller Wucht gegen den weißen Defensivspieler. Der war kleiner als Calvin, aber genauso breit; im nächsten Spiel senkte Calvin die Schulter; er schoß vorwärts und dem Verteidiger genau vor den Brustkorb, und Natty fing den kurzen Paß in der Endzone. Lächelnd – sie lächelten alle. »Nigger sin größer un dicker, un Weißenjung ham kein Mumm«, sang Natty leise vor sich hin, als er und Calvin zur Seitenlinie herüberkamen.

»Großer Gott«, flüsterte Baby Poppa. »Hab Erbarmen.«

Einundzwanzig zu sieben. Nates Knöchel bluteten, und er hatte den Quarterback dreimal gerammt; Calvins Polster wa ren schwarz von Dreck, aber sie fiel ihnen noch auf dem Feld um den Hals, und überall dröhnten Plastikschilde unter begeistertem Schulterklopfen. »Mann!« jubelte Nate. »Denen haben wir's gegeben.«

»Meine Hand brennt«, sagte Calvin.

Nachdem die beiden in den Bus gestiegen waren, machten Marietta und die Männer sich wieder auf die lange Heimfahrt, aber sie roch sie noch immer an ihrer Bluse und ihrem Mantel. Meine Buben. Footballdreck – kein Fischdreck. Sie hörte Baby

Poppa und Jesse und Joe reden. »Die Weißenkerle warn nimmer so weiß, he? Wo sie sich erst mal im Dreck gewälzt ham wie Schweine«, sagte Jesse.

Baby Poppa war immer noch bei der Spielstrategie. »Ihr Quarterback hätte ja ganz ordentlich sein können, wenn sie ihn ein bißchen besser geschützt hätten.«

»Wer soll ihn vor Nate schützen?« brüllte Joe. »Höchstens Calvin!«

»Trotzdem. Er hatte einen ziemlich sicheren Arm.«

»Aber viel zuviel Schiß um sein Arsch!«

»Reißen das Maul auf, die Weißenkerle. Nigger dies un Nigger das. Sollen doch die Klappe halten un heimgehn!«

»Ich weiß, daß die Späher da waren und Nate beobachtet haben.«

Marietta sagte nichts und sah nur zu, wie das Dunkel vorbeiflog. Nate und Calvin, ihre Buben, die all die Jahre dort unten auf der Wiese miteinander gerangelt und getanzt hatten, jeder der einzige, der den anderen zum Loslassen oder zum Lachen bringen konnte. Sie würden jetzt weggehen.

Die Trainer kamen wie Verehrer, saßen verlegen in ihren Autos, warteten auf der Veranda, die gefalteten Hände zwischen den Knien, Mineralwasserdosen oder Styroporbecher mit Kaffee neben den Füßen. Sie brachten Mützen und Broschüren, T-Shirts und Videofilme von Spielen mit. Sie riefen die ganze Zeit an, bis sie den Hörer danebenlegte. Die Briefe stapelten sich in der Ecke, bis Nate und Calvin sie gar nicht mehr öffneten.

Manche redeten nur mit Nate. Sie waren bemüht-höflich zu Calvin und zu ihr, aber mit Nate wurden sie locker, und ihre Worte flossen glatter heraus, und ihre Hände fuchtelten durchs Zimmer. Sie führten beide Jungen in Restaurants aus, und oft brachten sie noch Essen mit heim; sie fand Einwickelpapier mit durchsichtigen Fettflecken überall in der Küche. Dann saßen sie alle wieder stundenlang vorn im Wohnzimmer.

Sie musterte die Gesichter der Trainer. Die meisten hatten knubblige Nasenspitzen, tiefe Sonnenfalten auf der Stirn und pomadisiertes Haar mit schwachen Kammfurchen darin. Sie sahen ein bißchen so aus, wie Mr. Ray jetzt wohl aussehen mußte, aber das machte ihr nicht soviel Angst, wie sie gedacht hatte. Sie waren sehr vorsichtig in allem, was sie zu ihr sagten, und sie lächelte im stillen. Sie wußte, sie kannten sich mit Mamas aus.

Nate und Calvin lächelten. Manchmal verzogen sie nur aus Höflichkeit den Mund, während sie sich eigentlich langweilten, manchmal grinsten sie aber auch wirklich über eine Geschichte, die ihnen einer der Trainer erzählte. Sie aßen Hamburger oder Huhn und kauten, während sie dem Coach ins Gesicht guckten. Sie sah an ihren Schultern und Mündern, daß sie überhaupt nicht eingeschüchtert waren. Nate plusterte sich ein bißchen auf, wenn sie verzückt seine Statistik herunterbeteten, und er verbesserte sie, wenn sie ein Punktergebnis oder die Zahl der Sacks falsch wiedergaben, aber er hielt sein Mundwerk im Zaum. Marietta war stolz. Die meiste Zeit hörten er und Calvin ebenso still zu wie sie, und Nate sagte immer: »Wir gehn auf jeden Fall nur zusammen, ich und mein Bruder, das muß Ihn klar sein. Wir sin nur als Paket zu kriegen.«

Und während der Coach heftig nickte und sagte: »Er wär auch ne große Bereicherung für uns«, warf Calvin einen fragenden Blick zu Marietta hinüber. Und sie hob den Kopf, um ihm zu bedeuten, daß er sich keine Sorgen zu machen brauchte und es nicht nötig hatte, seine eigene Statistik herzusagen.

Oft fuhren die Trainer mit den Jungen zur High School, um dort auf dem Projektor Filmaufzeichnungen von Spielen anzugucken, und wenn sie wiederkamen, priesen sie Coach Terrell, weil er mit so geringen Mitteln so viel zustande gebracht hatte. Coach Terrell selbst kam nur zweimal – er hatte nie groß mit ihr geredet. Er hielt offenbar nicht viel von Frauen, von Mamas, genausowenig wie von verstauchten Knöcheln oder Löchern im Spielfeld oder Sommerfliegen. »Sie haben offiziell nur drei Besichtigungen frei«, sagte er, unbehaglich auf ihrer Couch hin und her rutschend.

»Wir kennen die Bestimmungen«, sagte Baby Poppa. »Aber die Jungen haben ihre engere Wahl noch nicht getroffen.«

»Wie seh die Sach aus?« fragte sie.

»Sie sagen, die Cheftrainer von Georgia, Penn State und Michigan waren da. Nate gefällt der Mann von Penn State, aber ich weiß ja, was du im Sinn hast.«

»Der Mann von USC komm nächst Woch«, sagte sie. »Wir muß wart.«

»Wo ihr woll geh für Besuch?« fragte sie die Jungen, als sie am Abend heimkamen.

Nate sagte: »Wir gehn nach L.A., an die USC.«

Sie sagte: »Ich weiß. Aber ihr kann geh für Besuch an zwei ander Schul. Ihr fahr, wenn sie zahl. Sonst ihr denk vielleich noch, ich treff die falsch Wahl für euch.«

Nate zuckte die Achseln. »Mir is egal, wo ich hingeh.«

»Du such ein Schul aus, un Calvin such ein aus.« Sie drehte sich wieder zur Spüle.

Baby Poppa sagte: »Meint ihr, daß eure Mutter und ich zu sehr auf die Southern California festgelegt sind?«

Calvin sagte: »Die wollen mich. Die wollen das, was ich kann, un paar von den andern wollen eigentlich bloß Nate.«

»Da hast du recht«, sagte Baby Poppa vorsichtig. »Die USC hat immer schon hervorragende Offensivlinien herangezogen, und sie hegen und pflegen ihre Linienspieler und schenken ihnen sehr viel Beachtung. Sie wissen, daß ihr entscheidend für ihre Spielführung seid. Aber die USC ist auch eine Universität voller reicher weißer kalifornischer Kids. Ich rede von den Ablenkungen, denen ihr dort vermutlich ausgesetzt seid. Wenn ihr dorthin geht, seid ihr weit weg von hier und vielleicht sehr einsam und nicht so motiviert, hart zu arbeiten. Was sagst du, Marietta?« fragte er.

»Was du frag mich?« sagte sie.

»Sie werden weit von dir weg sein. Wie wirst du damit fertig werden?«

»Ich hab genug Arbeit«, sagte sie barsch. »Wann ich hab nich genug Arbeit?«

Er starrte sie einen Moment an.

Nate sagte: »Wir wissen, was wir zu tun ham, Poppa. Und ich glaub nich, daß die Mädels n Problem sin. Damit komm ich allein klar, vor allem mit denen in Kalifornien, wo immer im Bikini am Strand rumlaufen.«

»*Yeah*, aber wir wern nich am Strand *sein*, Nate, wir sin

auf dem Platz. Den ganzen Sommer, Mann, zweimal Training jeden Tag«, sagte Calvin.

»Das ist ein professionelles Unternehmen«, hob Baby Poppa an.

Nate fiel ihm ins Wort: »Aber ich hab gehört, die Mädchen stehn drauf, beim Training zuzugucken. Damit komm ich klar.«

Baby Poppa verdrehte die Augen: »Du erfüllst mich mit Optimismus, Nate«, sagte er.

An einem Wochenende lauerte gleich eine ganze Schar drunten auf der Straße. Sie versuchten mühsam, sich aus dem Weg zu gehen, warteten draußen, solange einer von ihnen drinnen auf der Couch saß, und hielten sich, wenn er wieder gegangen war, noch ein paar Augenblicke zurück, ehe der nächste klingelte.

Marietta und Tiny Momma und die Jungen lachten über diese Parade von eilfertig ausgestreckten Händen, lächelnden Gesichtern und Angeboten wie: »Kann ich schnell losflitzen und Ihnen was zu Essen holen?« Tiny Momma hatte endlich gelernt, ihnen nichts mehr von ihrem Kuchen, ihren Makkaroni und ihrem Reis mit Huhn anzubieten, weil es so viele waren, daß sie ihr sonst alles wegaßen.

Aber zwei von ihnen waren wichtig: der Chefcoach von der USC, John Garland, und der Linebacker-Coach von Penn State, ein blonder Mann namens Jim Hart.

Hart saß stundenlang mit Nate zusammen, aber im Lauf des Tages redete er immer mehr mit Marietta. Sie dachte sich weiter nichts dabei, als sie Baby Poppa in dieser Montagnacht in der Bar erzählte, Hart wolle am nächsten Wochenende wiederkommen. »Ich glaube, er mag dich«, sagte Baby Poppa. »Er guckt dich so an wie Milton damals.«

Marietta runzelte die Stirn und sagte: »Ach. Du bild dir das nur ein.« Sie hatte keine Zeitschriften dabei und rieb mit den Handflächen über die Tischplatte. »Coach Garland red viel mit Calvin, und Calvin mag ihn. Ich hatt schon Angst, daß uns gefall die Schul, aber die zwei mag den Coach nich.«

»Ich hab eher Angst, daß dir der Coach gefällt, aber nicht die Schule«, sagte Baby Poppa, und sie wußte, es war ein Scherz.

»Ich weiß nich, von was du red«, sagte sie.

Aber er hatte recht, und als Jim Hart am Wochenende darauf wiederkam, sah sie, daß er in ihr Gesicht guckte und nicht nur auf ihr Kopftuch. Er sah auf ihre Hände und lächelte sie nicht nur an, um sich dann für die eigentliche Unterhaltung den Jungen zuzuwenden.

»Penn State könnte Ihren Söhnen eine völlig andere Umgebung bieten«, sagte er. Er war etwa vierzig, rundgesichtig und groß. »Ich war Linebacker an der Universität von Wyoming, meinem Geburtsstaat«, fuhr er fort, »und was mir am meisten gefallen hat, als ich Coach wurde, war die Möglichkeit, andere Teile des Landes zu sehen und mitzukriegen, wie andere Leute leben.«

Marietta zögerte. Meistens sprach sie mit den Trainern mit ihrer Pine-Gardens-Stimme, einmal, damit sie dachten, sie sei zu unwissend, um ihnen groß dazwischenzufunken, und zum anderen, damit sie mit Nate und Calvin reden konnte, ohne daß sie alles mitbekamen. Aber mit Jim Hart wurde ihre Stimme immer mehr wie die von Baby Poppa, so, wie sie es oft im stillen geübt, aber kaum laut praktiziert hatte.

»Wo sin Sie noch Coach gewesen?« fragte sie.

»Oh, ich war ein Weilchen an der San Jose State in Kalifornien und dann an der New Mexico State. An die Penn State bin ich vor vier Jahren gekommen. Ich denke, wir haben dort das beste Programm, und ich werde wohl da bleiben. Ich glaube wirklich, daß wir Nate und Calvin eine große Chance geben könnten.«

Sie mußte lächeln, weil er immer wieder auf die Sachen zurückkam, die er sagen mußte. »Sie geh gern auf Reisen, eh?«

»Na ja, ich bin alleinstehend, und ich muß neue Spieler rekrutieren, aber ich gestehe, ich mag es, in eine neue Stadt zu kommen und dahinterzusteigen, wie dort die Sachen laufen, was die Leute machen und wie sie reden.« Er hielt einen Moment inne. »Aber das hier ist einer der besten Trips, die ich je unternommen habe, und das nicht nur, weil Charleston so faszinierend ist. Ich habe es sehr genossen, mit Ihnen zu reden.«

»Ich red nich grad viel«, sagte sie.

»Der Süden hat mich sonst immer irgendwie unsicher gemacht«, fuhr er rasch fort, »aber hier, bei Ihnen und Ihren Nachbarn, habe ich mich gleich richtig heimisch gefühlt. Ich möchte Ihnen sagen, daß, äh, Pennsylvania vielleicht auch Ihnen bessere Möglichkeiten bieten könnte. Ich meine, Nate hat mir gesagt, daß Ihr Mann verstorben ist und Sie nachts arbeiten müssen. Vielleicht könnten Sie ja mit den Jungen dort rauf ziehen und einen Job mit günstigeren Arbeitszeiten finden.«

Sie musterte seine grauen Augen, so grau wie Austernschalen, und seinen runden Kopf mit dem glatten Haar über den Ohren. Entweder wollte er Nate unbedingt haben, oder er war wirklich besonders nett zu ihr. Sie sagte: »Ich nich unzufrieden hier. Ich woll, daß die zwei geh hin, wo sie woll hingeh.«

»Aber ich weiß, daß die Möglichkeiten hier im Süden für Sie so viel eingeschränkter sind, sozial und überhaupt«, sagte er hastig.

»Einschränkung geb überall«, sagte sie.

»Aber in Pennsylvania ist alles viel weniger formell und viel freier«, sagte er.

Marietta lächelte wieder.

Er sagte: »Ich glaube, die Jungen würden von dem Klima wirklich profitieren.« Sie dachte, er jetzt wieder auf sicherm Boden.

In der Nacht, als sie auf der Couch lag, mußte sie immer wieder an ihn denken, an sein Gesicht, seinen langen Händedruck in der Tür, während die Jungen mit Coach Garland unterwegs gewesen waren. Wollte Hart nur über sie an die Jungen kommen? Aber seine stolprigen Worte und die Art, wie er vorgebeugt auf den Couchpolstern gesessen hatte – all das hatte auf sie eher so gewirkt, als ob er wirklich glaubte, daß Pennsylvania besser für sie sei. Er hatte ihr sogar seine Telefonnummer daheim gegeben und gesagt: »Sie können mich jederzeit anrufen, damit ich mich nach Arbeitsmöglichkeiten umtue. Ich sähe Sie wirklich gern in, äh, nun ja, weniger beschränkten Verhältnissen.«

Aber als sie versuchte, es sich vorzustellen, die Jungen am College und sie dort im Schnee, ganz allein in einer Wohnung, wo er oder jemand anders sie vielleicht besuchen kam, da sah sie seine Wangen vor sich, blaß nach dem Rasieren, die Poren so gleichmäßig und winzig wie die Körnchen in der Maisgrütze. Und sie sah Maussa, den Geist, klein und rund, mit der Zigarre zwischen den Lippen. Hatte er sie *geliebt*, die Afrikafrau? Aber Liebe hieß auch besitzen wollen, hieß Körper und Seelen verpflanzen, dahin, wo die Männer sie haben wollten. Der Coach kein Maussa, aber er woll versetz Leut woandershin. Er kein schlecht Mann, aber er weiß auch nich mehr wie ich. Sie sah die kleinen dunklen Härchen zwischen seinen Fingerknöcheln, wenn die Hände nervös auf seinen Knien lagen.

Die Jungen sagten, Coach Garland heiße mit Spitznamen »der Silberfuchs« wegen seines Haars und seiner glatten Zunge, und sie fand, das paßte zu ihm. Er traf sich nur für eine Stunde mit ihr, führte sie alle drei in einen Coffee-Shop. Er trank schwarzen Kaffee, während die Jungen Eier aßen und Marietta vor ihrem kalten Tee saß und zuhörte. Und das Seltsame war, daß sie hinterher nicht mehr die Hälfte von dem wußte, was er geredet hatte, über Kalifornien und die Hochschule und die Defensivlinie. Denn während sie auf seine Zähne guckte, die zwischen den selbstbewußten Lippen zum Vorschein kamen, auf das glatte, seidige Haar hoch über der Adlernase, tat ihr die ganze Zeit nur Jim Hart leid. Er rief jeden Tag an und fragte, ob die Jungen sich schon entschieden hätten, ob sie über sein Angebot nachgedacht habe. Sie sah, wie Calvin sich vor Lachen über Coach Garlands Worte bog, und sie hörte Nate sagen: »Ich hab gehört, da drüben gibt's ein Haufen Ferienjobs.« Und plötzlich wollte sie, daß sie die Absichtserklärung unterschrieben, damit endlich Schluß war mit diesem Strom von nervösen, schwitzenden, blaßhäutigen Männern, die auf ihrer Couch saßen und ihre Jungen flehend anguckten. Obwohl es zuerst ein aufregendes Gefühl gewesen war, daß Männer, die aussahen wie Mr. Ray, ihr keine Angst machten, wünschte sie sich jetzt doch, daß wieder Ruhe in ihrer Küche einkehrte.

Sie fragte mehrmals nach. »Ihr bleib bei euer Meinung?« sagte sie zu Nate. »Du weiß ganz sicher?«

Er war jetzt ganz ernst. »Mama, solang wie Calvin un ich zusammen gehn, is alles klar.«

»Nate wer glänz überall«, sagte sie, mehr zu sich selbst und wohl zum hundertsten Mal. »Aber da sie hab, was Calvin brauch. Un der Mann will euch all zwei. Ich weiß, er mein ernst. Un Baby Poppa sag, er hab gut Leut.«

»Kalifornien. Komm doch mit, Mama. Da gibt's Jobs genug«, sagte Calvin.

»*Yeah*, Coach Hart hat auch gesagt, du sollst mit nach Pennsylvania gehn«, sagte Nate. »Er hat gemeint, er findt dir ein Job.«

»Ich mach mein Job all die Jahr«, sagte sie. »Jetz ich wer mal hab Ruh. Die Trainer soll fütter euch, wenn sie euch woll so unbedingt.«

Es machte ihr großen Spaß, die anderen Trainer abzuweisen, zu beobachten, wie sie zuerst freundlich-belehrend und arglos guckten, wenn sie sie sahen, draußen auf der Veranda oder auf der Couch, das Haar unter dem Kopftuch verborgen. Sie redeten so langsam mit ihr wie mit einem Kind, und sie sprachen vom Klima und von akademischer Bildung und vom gesunden Campusleben, von Tradition und vom Mensa-Essen. Und wenn sie ihnen kurz und höflich mitgeteilt hatte, daß Nate und Calvin gerade in Los Angeles zu Besuch waren und die Hochschulen, die sie ihr schilderten, gar nicht in Betracht kamen, und die Männer lächelten und geduldig wieder von vorn anfingen, dann erklärte sie ihnen, die USC habe nun einmal eine großartige Offensivlinie, und machte den Mund wieder zu. Die Augen der Männer wurden erst kleiner und dann groß vor Ungläubigkeit, und die Münder waren schief und verzerrt, wenn das höfliche Lächeln verschwand.

»Er hat Sie eingewickelt«, sagte einer von ihnen entrüstet. »Garland hat Sie mit seinen Sprüchen geködert.«

Sie brauchte nicht zu lächeln. »Ich entscheid vor drei Jahr, vor ich jemal seh ein Coach«, erklärte sie, und dann sagte sie, während sie sich erhob und über ihre Köpfe oder Schultern auf die Straße hinausguckte: »Tag.« Oder, wenn es schon dunkel wurde, auch: »N Abend.«

Aufbruch

1983

»He, Big Ma, wann kommen die zwei denn wieder? Sin sie nich nur schnell Eis holen?« fragte jemand.

»Mmm-hmm. Sin wahrscheins noch bißchen angeben mit ihrem neuen Auto. Ich schätz, sie reden noch mit den Leuten im Eishaus. Haben doch mal da gearbeitet, weißt noch?« antwortete Jesse.

»Sin wohl noch paar Krebs kaufen. Sin immer scharf auf Krebs gewesen, wo sie noch klein warn.«

»Die warn *nie* klein!«

Alle lachten über Jesses Scherz – die Leute, die von dem ganzen Gedrängel an diesem Tag noch übrig waren. Die Männer und Jungen, die das Verandageländer gesäumt hatten, waren zum größten Teil wieder verschwunden, und die letzten fünf oder sechs umrahmten die Eingangstür und ließen von dem Spätnachmittagslicht nur noch ein paar tanzende Strahlen hindurch. Carmen und Jean von unten saßen noch auf geborgten Stühlen, aber die meisten Sitzmöbel waren bereits mit ihren Besitzern in den Wohnungen verschwunden, und Marietta wartete ungeduldig, daß auch die restlichen Leute gingen.

»*Yeah*«, sagte sie. »Sie arbeit mal da, un wenn sie nich bald wieder komm, sie kann all zwei schlaf da. Das wer kühl ab ihr Großmannsgetu.«

Sie wußte, sobald sie es gesagt hatte, daß die Gesichter sich kaum merklich drehen würden. Die Augen würden andere Augen suchen und lächeln. Big Ma kann nie Ruh geben, würden sie denken. Na-ah, sie kann sich nie einfach nur zurücklehnen un freun. Sie wußte, sie hätte nichts anderes sagen können. Sie wußte nicht, was. Die Leute waren alle wegen Nate und Calvin gekommen, und sonst redete sie den ganzen Tag höchstens mit einem Menschen. Sie war sich jedes einzelnen Wortes bewußt, das sie in diese vorübergehende Stille sagte.

Jesse fischte in der Eisbox nach einem neuen Bier, und sie hörte Wasser um die Dosen schwappen. Das Soda und das Bier in all den Zubern und Kühltaschen dümpelte jetzt vor sich hin, so wie die Stimmen in dem kleinen Wohnzimmer durcheinandergeschwappt waren. Den ganzen Tag waren sie gekommen und gegangen, und es war ein Gedrängel gewesen wie bei Beerdigungen, Hochzeiten, Barbecues und Geburtsfeiern. Aber sonst hatten die Stimmen und die Gerüche von Essen und Haarspray und Bier immer andere Wohnungen in ihrer Straße erfüllt. Ein paarmal war sie mit Tiny Momma zu solchen Feiern gegangen, aber noch nie hatten die Leute einen Grund gehabt, sich bei ihr zu versammeln. Noch nie hatte sie irgend jemanden ermuntert, sich ein bißchen hinzusetzen und zu reden, außer Tiny Momma und Miss Alberta, die im letzten Jahr in das Nachbarapartment gezogen war. Die beiden saßen jetzt mit ihr am Küchentisch, schlitzten mit den Fingernägeln Garnelen auf und brummelten gegen alle anderen an.

»Gibt kein sichern Weg dahin«, sagte Tiny Momma. Miss Alberta nickte.

»Ich versteh nich, warum sie nich fliegen will«, sagte Mr. Taylor, ein anderer Nachbar. »In der Zeitung steht immer, daß Fliegen sicherer is, als wie mit dem Auto auf dem Freeway fahrn. Weißt du das nich, Big Ma?« Sie guckte in seine drahtumrandeten Brillengläser. Er war vielleicht ein Jahr jünger als sie, und es kam ihr immer merkwürdig vor, wenn er sie Big Ma nannte – aber sein Sohn sagte es, alle nannten sie so, so lange schon, daß sie manchmal selbst ihren Namen vergaß.

»Aber die zwei ham schon ein Auto gekauft, um sie hinzufahrn – ihr habt den Lincoln ja gesehn«, sagte jemand hinter ihr, und sie hörte die hochgezogenen Augenbrauen in der anerkennenden Stimme. »Schwarz un innendrin weinrot – mmm, mmm, mmm.«

»Ihr braucht ja tagelang bis da rüber, un wer weiß, wer euch da in Weg kommt, un ihr alle drei in dem nagelneun Lincoln – die Bullen wern sich nur so auf euch stürzen«, sagte Jesse.

»Sie braucht im Leben nich tagelang bis Kalifornien, nich mit Nate un Calvin!« sagte Joe. »Die Cook-Zwillinge! Ich kann's noch gar nich glauben, daß Nate in der ersten Runde ausgewählt worden is. Ich wett, er hat mehr dafür gekriegt, daß er sein Namen da drunter gesetzt hat, als wie die ganze Straß hier in eim Menschenleben verdient. Zweihunderttausend – nur dafür, daß er einmal sein Füllhalter rausholt.«

»Aber die Cooks sin jetzt mehr wie nur Köch. Sie sin große Chefköch, glaub's mir, Mann. Calvin macht sie alle zu Hackfleisch. Un Nate haut sie in die Pfann. Da kriegt jeder sein Fett!«

So war es schon den ganzen Tag gegangen. Marietta sah wieder auf die Uhr. »Und wie geht die ganze Sach?« fragte Miss Alberta.

»Calvin is an der Offensivlinie, Miss Alberta«, sagte einer der Jungen. »Er blockt die Kerle, wo dem Quarterback ans Leder wollen. Oder dem Running Back.«

»Ah.«

»Un Nate is so wie Lawrence Taylor für die Giants. Er jagt die Kerle un nagelt sie um. Er macht jeden Quarterback fertig, egal, wie er heißt.«

»Nate spielt gegen sein eignen Bruder?« Ihre Stimme hob sich.

»Nee, Miss Alberta, er ... ach, ich zeig's dir, wenn die Spielzeit losgeht. Ich zeig's dir im Fernsehn.«

»Sie versteht nix von Football. Baby Poppa hätt's ihr könn erklären«, sagte Jesse. Einen Augenblick schwiegen alle respektvoll, und Tiny Momma summte vor sich hin, während sie die Garnelenköpfe abzwackte.

Er gehör daher, auf sein Klappstuhl neben Joe. Er sollt sitz da un red auf die Leut ein, daß sie muß guck mehr auf Calvin. Er sollt strahl un pluster sich, nich ich – er mach sie zu dem, was sie sin, da aufm Feld. Er ihr Poppa.

Sie hatte ihn gefunden, vor zwei Jahren. Nichts war passiert an dem Tag, gar nichts! Sie hatte immer wieder darüber nachgedacht. Er hatte nicht schwitzend und brüllend mit Jesse ein Spiel verfolgt, er hatte sich nicht auf die Schenkel gehauen, weil Nate sich verschätzt oder Calvin jemanden durchgelassen hatte. Er hatte nicht den Hals steif in die Höhe gereckt wie einen trockenen Sonnenblumenstengel und gesagt: »Das ist kein Kinderspiel, jetzt geht es um die Wurst. In Charleston haben sie nie gegen richtige Gegner gespielt – sie werden es niemals schaffen, wenn sie jetzt nicht aufs Ganze gehen.« Kein Rose Bowl, der seine geschlängelten Schläfenadern zum Zukken gebracht hatte. Es war nach der Sophomore-Spielzeit gewesen – Frühling.

Kein Schnupfen, kein Kopfweh und kein Schmerz im Bein. Nichts bei der Arbeit – keine verärgerten Gäste, keine Frau, die in einer Stunde zehnmal Eis haben wollte, kein steckengebliebener Lift und keine umgekippten Gläser in der Halle.

Er war einfach nicht in die Bar gekommen. Und als sie die Kammertür geöffnet hatte, da hatte er zusammengekrümmt auf dem Boden gelegen, zwischen seinem Sessel und dem großen Wischeimer, das schlierige Blech so dicht an seiner Wange, daß sie aufgeschrien hatte. So klein, mit seinem zusammengekrampften Körper und den Händen, die sich in seine Brust krallten, dort, wo ihn der Schmerz getroffen hatte.

Sie hatte ihn hochgehoben und in Mr. Powells Büro getragen und auf die Couch gebettet, damit er auf den Lederpolstern lag statt auf dem harten Boden.

Nate und Calvin waren zur Beerdigung mit dem Flugzeug aus Kalifornien gekommen. Baby Poppa hatte immer gesagt, er brauche kein teures Begräbnis und keinen Grabstein – »Gönnt mir lieber etwas Gutes, solange ich lebe.« Aber Tiny Momma hatte heimlich über vierzig Jahre lang eine Versicherung für ihn bezahlt, und er hatte eine aufwendige Trauerfeier bekommen und einen Marmorstein, so groß wie er selber.

Sein Bild sah ihnen jetzt von der Wand aus zu, das Foto der Junior-League-Mannschaft, wo er neben dem Coach stand und sein Lächeln auf einer Höhe mit Nates und Calvins Zähnen war. Sein Jackett war cremefarben und frisch gebügelt, sein Hut keck in den Nacken geschoben und sein Gesicht lauter Sichelmonde in der strahlenden Sonne.

Marietta wusch die Shrimps über der Spüle und horchte auf das Auto. Sie sah zu dem Foto hinauf und sagte noch einmal zu Baby Poppa: Sie sin noch nich am Ziel; sie muß immer noch geh aufs Ganz. Profi kann flieg raus von eim Augenblick auf den andern. Doch nach dem ganzen Gefeixe und Gejohle, das die Männer veranstaltet hatten, wußte sie, daß sie es niemand anderem sagen konnte als ihm.

Sie war die ganze Zeit schon nervös gewesen, und nicht nur wegen der Draft, wo die Nationalligateams sich ihren Nachwuchs aus den besten Collegespielern wählten. Morgen sollten sie alle drei abreisen, und sie konnte immer noch nicht glauben, daß sie wirklich fahren würden, aber was ihr wirklich im Kopf herumspukte, war Nates Frau, das wußte sie.

Seine Frau: Er hatte letztes Jahr geheiratet, in den Weihnachtsferien, bevor die USC um den Rose Bowl gespielt hatte. »Wo ihr hab das Geld her fe komm in Flugzeug?« hatte Marietta Nate gefragt, aber er hatte nur gelacht. »Keine Sorge, Mama.«

Carolanne – so hieß sie. Sie hatte die ganzen anderthalb Tage, die sie dagewesen waren, nur an Nate gehangen. Als sie vom Standesamt wiedergekommen waren, hatte Marietta auf ihre roten Fingernägel geguckt. Carolanne hatte sich mit gereckten Armen an Nates Brust geklammert wie ein Kätzchen an einen Baumstamm. Sie war sehr hell, und ihre Augen waren so grün wie ein Erpelkopf. Das war alles, woran Marietta sich erinnern konnte. Das und ihr kleiner Bauch – Carolanne war im sechsten Monat schwanger gewesen.

Die Leute waren jetzt fast alle wieder weg. Manche waren sowieso nur aus Höflichkeit gekommen, weil sie Jesse oder Tiny Momma kannten, oder um ein paar Bier zu trinken. Die paar, die jetzt noch da waren, warteten auf die Jungen. Sie war die Stimmen leid. Sie wollte, daß nur noch sie und die beiden Frauen da wären und daß sie sich hinsetzten und Shrimps äßen, auf den gleichen strohgeflochtenen Tischmatten, auf denen sie im Winter Leber mit Zwiebeln, Pfirsichpastete und Ochsenschwanzragout gegessen hatten. Die beiden wollten nichts von Football wissen; sie wollten über Mariettas Enkelsohn reden. Freeman. Nates Sohn.

»Ich wollt ihn so gern sehn«, sagte Tiny Momma noch einmal.

»Er is aber erst – wie alt jetzt? – fünfzehn Monat? Flugzeug is nich gut für Babys, macht ihnen Ohrenweh«, sagte Miss Alberta. »Flugzeug is für niemand gut.«

Marietta sah wieder aus dem Fenster. Sogar die beiden Frauen – sie wollte, daß auch sie bald gingen, damit die Jungen Schlaf tanken konnten und sie noch ein bißchen Zeit hatte, um in die Zeitschriften zu gucken und nachzudenken und zu planen, was sie sich anschauen würde. Sie wollte die Fotos von Kalifornien ausbreiten, die sie aus Baby Poppas Zeitschriften ausgeschnitten hatte, die Bilder, die sie all die Jahre immer wieder in die Hand genommen hatte.

»Ich schlaf eh nich gut«, sagte Nate am nächsten Morgen und knetete seinen Rücken. Diese Nacht hatte er auf dem Fußboden zugebracht; heute abend war Calvin dran.

»Du brauch trotzdem nich komm so spät«, flüsterte sie. Sie wollte nicht, daß sie wieder einer der Männer tadelte, weil sie berühmte Sporthelden zurechtwies.

Sie waren wieder da, weil heute Sonntag war, und die Jungen hatten noch mehr Kästen mit Bier und Cola, noch mehr Fisch und Shrimps geholt. Die Männer saßen draußen an der Wand auf ihren Klappstühlen, hockten auf dem wackligen Holzgeländer, die Füße auf Kisten und Kartons. Sie waren unermüdlich, und jetzt ging es gerade um die Giants und die 49er und die Dolphins.

»Hast du's *gesehn*, Big Ma?« rief einer der jungen Burschen, als sie in der Tür stand. »Hast du die *Draft* im Fernsehn geguckt?«

»Mann, sie sin schon hundertmal im Fernsehn gewesen, die zwei«, sagte Andre, einer von den älteren Jungen. Er kniff kennerisch ein Auge zusammen und sah Nate an. »Du hast zwei Pässe abgefangen, gegen Oklahoma, eh, Nate? Un ich hab gesehn, wie sie euch hinterher interviewt haben.«

Marietta erinnerte sich – jahrelang hatte sie im Fernsehen miterlebt, wie Collegespieler und Profis vor den Kameras herumgefeixt und »Hi, Mom!« gerufen und sich wie die Clowns aufgeführt hatten. Als die Jungen auf der High School gewesen waren, hatte sie ihnen erklärt, sie wolle niemals sehen, daß sie grinsten und herumkasperten wie früher die Neger im Kino. »Ihr mach nur euer Job«, hatte sie gesagt. Nach dem Spiel gegen Oklahoma hatten sie Schulter an Schulter dagestanden, und sie hatte es an der Stimme des Interviewers hören können – er wollte etwas Lustiges und Ausgefallenes von den beiden Zwillingsbrüdern, ein Tänzchen oder einen neuen Handschlag. Steif wie Soldaten hatten sie sich das Lachen verbissen und in die Kamera gelächelt und sich gegenseitig mit den Schultern gestupst. »Wir haben nur gemacht, was wir machen müssen. Wir haben unsern *Job* gemacht, eh, Calvin?«

Jesse antwortete stolz für sie. »Sie hat bei uns die Ausschnitte geguckt. Ich dacht schon, Big Ma würd losheulen, wie sie Nate in der ersten Runde ausgewählt haben.«

Sie spürte, wie ihr Lächeln weit auf die linke Seite hinüberrutschte, damit kein Wort aus ihrem Mund kam. Jesse redete immer über Leute, als ob er sie besser kennen würde, als sie sich selbst kannten. Seit ihre Mutter gestorben war, hatte sie nie mehr vor anderen Leuten geweint. Inzwischen passierte es ihr nicht einmal mehr, daß ihre Augen feucht wurden und Flüssigkeit in ihre Lidfalten lief und ihre Lippen zitterten, so wie bei anderen Frauen. Sie waren trainiert, ihre Augen, und vor Leuten ließen sie sie niemals im Stich.

Aber als sie Nates Namen gehört hatte, vor drei Tagen, am 23. April, in der ersten Auswahlrunde, hatte sie einen Moment lang wieder mit der Möglichkeit kämpfen müssen, daß ihr das Wasser in die Augen und in die Nase schoß. Dann hatte sie um Calvin gebangt. Er wurde in der vierten Runde ausgewählt, und vor lauter Erleichterung war ihr, als hätte ihr jemand ein Seil aus dem Rückgrat gezogen.

»Ej, Mann, ihr zwei wart in jeder Zeitung im ganzen Land – ich wett, als nächstes kommt ihr in *Sports Illustrated*«, sagte Andre zu Nate. Sie hörte, wie Nate hinter der Schlafzimmertür seine Schuhe abstreifte.

»Wir warn schon drin, ganz klein hinten am Schluß, wo wir an die USC gegangen sin«, sagte Nate.

»Die Cook-Zwillinge! High School un College un jetzt alle zwei bei den Rams! Das is n Ding, Mann«, sagte Joe.

»Wer hätt das gedacht, Mann!«

»Zum Glück brauchen die Rams grad so ein As wie Nate, Mann. Ihre Defensivlinie war ja total eingerostet, Mann. Die alten Säcke müssen alle raus, Nate, sie wern zu lahm. Du mußt ihnen Feuer unterm Arsch machen.«

Der aromatische Duft des Zitronenkuchens, den Tiny Momma jetzt aus dem Ofen nahm, erfüllte den Raum. »Du mach schnell, Calvin!« rief Marietta durch die Tür. »Ihr komm gestern viel zu spät heim. Wir sollt schon zwei Stund weg sein.«

»He, Big Ma, Nate un Calvin sin jetzt Stars, un du redst immer noch wie mit zwei Schulbuben.« Jesse lachte. »Du hast's jetzt mit Berühmtheiten zu tun.«

»Du setz ihn nich noch mehr Flöh ins Ohr«, sagte sie. »Sie muß immer noch mach ihr Sach. Un sie hab noch kein Abschluß – ich un Baby Poppa immer sag. Sie wer geh in Sommerschul nächst Jahr un wer mach ihr Abschluß.« Nate lachte und nickte.

»Big Ma läßt aber auch *keinen* in Ruh«, sagte Joe.

»Laßt ihr *sie* in Ruh«, sagte Tiny Momma. »Die zwei sin nur darum so weit gekommen, weil sie sie richtig erzieht. Sie macht ihren Job recht.«

Miss Alberta fächelte sich mit einer Zeitung Luft zu. »Mama-Job nie zu End«, flüsterte sie, und nur Marietta hörte sie.

Calvin streckte die Beine aus dem Auto, um seine riesigen weißen Tennisschuhe anzuziehen. Sie ließ die Frauen sitzen und ging hinaus und fuhr, als sie die Stufen hinunterstieg, mit der Hand über die abgeblätterte Farbe des Geländers. Noch immer standen Leute bewundernd um den Lincoln herum. Wollte sie wirklich heute den Highway hinauffahren, um zu gucken, wer noch da war? Um sich zu verabschieden? Sie steckte ihre Ohrringe an und strich ihr Hemd glatt. Das war jetzt das einzige, was sie trug – gerade geschnittene Männerhemden, mittelgroß, Hosen und flache Schuhe.

»Un wann willst *du* heiraten?« fragte Jesse Calvin.

»Nate is verheiratet genug für uns zwei, Mann. Eh, Nate?« sagte Calvin lachend.

»Halt's Maul«, sagte Nate.

»*Yeah*, und du hast Carolanne gestern nich angerufen, wie sie gesagt hat. Sie is bestimmt stinksauer.«

»Un? Wir sin bei Lee gewesen. Sie wird's überleben.«

»*Shit*, Mann, du hast ihr noch nich mal von dem Auto erzählt. Ihr wert Stunk ham, wenn wir da sin.«

Nate grinste Marietta breit an. »Un? Mein Geld. Mein Auto. Meine Mama. Carolanne is nich die einzige Frau in meim Leben.« Marietta schlüpfte auf den Rücksitz, auf das kühle Leder, und es war, als hätte Sinbad diese Worte gesagt.

»Wo wollt ihr hin?« fragte Jesse.

»Mama will noch ein paar Sachen besorgen, eh wir morgen fahrn«, sagte Nate. »Wohin, Mama?«

»Wir nehm den Highway«, sagte sie. »Du fahr ans Wasser un dann nach Norden.« Der Wagen glitt leise durch die Straßen, und sie überlegte einen Moment, ob sie noch an dem Fischladen vorbeifahren sollten. Aber als sie das letzte Mal an dem Haus vorbeigegangen war, hatte sie dort nur einen neuen Schönheitssalon gefunden, und Sinbads Fenster war immer noch vernagelt.

Es war Sonntag morgen, und die Leute starrten sie von Verandageländern und Hausecken aus an. Nate und Calvin wurden plötzlich still, und Nate stellte das Radio an. Ihr wurde bewußt, daß sie schon lange nicht mehr mit ihnen allein gewesen war. »Ihr mach die Musik nich so laut, daß ich kann nimmer denk«, sagte sie.

Nate fuhr auf den Highway 17.

»Ihr weiß, wo wir fahr hin?« fragte sie.

»*Yeah*«, sagte Calvin.

»Wir wer kauf ein Geschenk für dein Frau, Nate«, sagte sie, während sie auf die Bäume und das Wasser hinausschaute. »Sie richt das Haus für uns her, un ich hab nix für sie, kein Frücht un kein Kuchen, nix, wo ich kann mitnehm quer durchs ganz Land. Nix von dem Sach, wo die Leut bring in ein neu Haus.«

»Mach dir nichts draus, Mama. Sie hat Geld genug, um alles zu kaufen, was sie möcht«, sagte Nate.

»Ich weiß – du sag immerzu. Aber so was sie kann nich kauf. Das sie brauch für das Spielsach von mein Enkelsohn. Wenn er hab Spielsach.«

Calvin drehte sich um, um sie anzusehen. »Du redst, wie wenn du denkst, Kalifornien is die Hölle. Willst du nich hin?«

»Klar ich woll hin. Vier Jahr lang Zeit, un ihr zwei komm nur im Sommer. Ich seh euch nur im Fernsehn.«

Carolanne mach, daß ich kling, wie wenn ich nich woll geh. Carolanne. Der Nam so duftig un süß wie Zitronschaum – grad wie sie sag von meim Nam. Sie mag mich nich, wo sie mich seh, un wahrscheins auch jetz nich. Die zwei hab nich mal Schuljahr zu End und komm an mit mir, kauf Haus für uns all. Und ich schuld, daß Nate nich stell Härtefallantrag letzt Jahr und krieg schnell Geld. Aber er un Calvin immer zusamm, vor sie tauch auf. Un ihr wer nich gefall, daß sie saus auf der Stell zu mir, kaum daß sie hab ihr Scheck in der Tasch.

»In Kalifornien geb auch Wasser«, sagte sie zu Calvin. »Un Palm auch. Nur Straß größer, überall Freeway, aber sonst grad wie hier, eh?« Sie beugte sich ans Fenster. »Du mach langsam jetz, Nate.«

Das Tor mit der Aufschrift PINE GARDENS war zu, verschlossen. Sie fragte sich, wer wohl dort hinten am Ende der Straße sein mochte. Nate fuhr ganz an den Rand, halb auf den Sand, und Staub wirbelte auf. »Ej, Mann, auf mein schwarzes Auto«, sagte er.

Drei Stände waren wieder aufgebaut, aber die Dächer hingen immer noch durch, und sie sah zum ersten Mal die Blätter, den Dreck und die Nadeln dort oben auf dem Blech. Aber es war noch zu früh im Jahr – das mußte es wohl sein, denn es saß niemand zwischen den Lattenwänden. Die Buden neigten sich hungrig zur Straße hin, als gäbe der Sand unter dem Holz allmählich nach.

Nate hielt auf Pearls Parkplatz. Marietta starrte auf den großen Marlboro-Mann neben der offenen Tür und stieg dann aus. Sie wußte, wer immer dort drin im Laden war – das Knirschen der Reifen auf dem Split mußte jeder gehört haben.

Rosie saß hinter dem Ladentisch, neben einer anderen Frau. Ihre Lider waren halb gesenkt, ihr Blick einen Augenblick gleichgültig-kühl, aber dann sah sie Marietta. »Wa-a-a?« sagte sie, und das Wort verlor sich in der Luft, und Marietta konnte all die alten Geschichten über Männer und Kinder und Pfirsichbäume darin hören.

»Rosie?« sagte sie. »Du kenn sie noch? Nate un Calvin?«

»Marietta! Nah – na-ah. Un die zwei noch größer wie du. Seh grad aus wie du. Ich glaub nich!« Rosie umarmte Marietta, und ihre Arme reichten kaum aus.

»Was du mach hier?« fragte sie. »Du komm wieder zurück?« Sie trat an die Tür. »Nah – guck fe das Auto! Wo du hab her?«

»Nate un Calvin spiel Football, sie unterschreib Vertrag mit den Los Angeles Rams. Wir fahr morgen nach Kalifornien. Sie kauf das Auto für die Reis«, sagte sie, und es kam ihr ganz seltsam vor, daß all diese Worte aus ihr herauspurzelten.

»Wir sin schon vier Jahr in Los Angeles«, sagte Nate, der jetzt drei tropfende Sodawasserdosen über den pockennarbigen Ladentisch hielt. Calvin klopfte gegen das große Glas mit den Schweinshaxen.

»Wa-a-a? Los Angeles? Wir denk viel an dich, Marietta. Wir frag uns immer, was du mach. Lil Johnny sag, du hab kein Wohnung, du steh auf Straß, aber du komm nimmer wieder.« Rosies Haar war grau geworden und stand wie aufgeribbelte Schnur unter dem Kopftuch hervor.

»Du sag Johnny, sie spiel fe die Rams«, sagte Marietta. »Er weiß schon.« Sie drehte sich zur Wand, damit keiner sehen konnte, daß all ihr Augentraining nichts nützte und Hitze hinter ihren Wangenknochen emporstieg. Auf einem Bord an der Wand standen lauter Körbe, und sie berührte sie einen nach dem anderen. Roch das Süßgras, fühlte die trockenen Halme durch ihre Finger gleiten – »Das was wir woll für dein Frau, Nate. Das ich wer bring ihr.« Sie nahm die kleineren Körbe mit den biegsamen Henkeln herunter und zeigte dann auf die großen bauchigen. »In die zwei Freeman kann mach sein Sach.«

»Freeman?« sagte Rosie, und ihre Stimme klang jetzt anders.

»Mein Enkelsohn«, sagte Marietta, indem sie sich wieder umdrehte. »Heiß nach mein Daddy – Nate denk dran.«

»Du komm daher, Kind«, rief Rosie aus der Tür, und ein kleines Mädchen kam hereingerannt und blieb stehen, als es die großen Männer sah. Es war rotbraun, und in seinen Zöpfen hing ein wenig feiner Staub, und Marietta dachte an die Hände, die ihr immer den Staub vom Kopf gewischt und gewedelt hatten, wenn sie an den Stand zurückgekommen war.

»Das mein Enkeltochter. Un das mein Schwiegertochter Tonette«, sagte Rosie. Die jüngere Frau nickte, und das Mädchen verbarg sein Gesicht zwischen den Knien ihrer Mutter.

»Ich hab jetz vier Enkelkind. Lil Johnny arbeit mit sein Daddy auf dem Boot. Er bau sein Haus bei Laha Haus.«

»Laha geh gut?« sagte Marietta, während sie die Körbe auf den Ladentisch stellte.

»Laha geh gut un Jerry un all ihr Kind auch.«

»Sie arbeit immer noch fe Mr. Ray?«

Rosie lachte. »Mr. Ray *lang* weg, Kind – Herrnhaus wieder all zu un verrammel. Geh nieman mehr hin. Nieman mehr da in Bäum, seit wo du weggeh.« Rosie sah sie an und lächelte. »Marietta immer in Bäum.«

Marietta preßte die Zunge gegen die Zähne. »Ich geh jetz noch weiter weg – nach Kalifornien.«

»Kalifornien«, sagte Rosie kopfschüttelnd. »Was du wer mach fe Arbeit?«

Marietta spürte, wie ihr die Verteidigungswörter in den Mund flutschten, und fühlte sich wieder wie ein Kind. Sie sah auf das kleine Mädchen, das an den Beinen seiner Mutter lehnte. »Ich muß nix mach fe arbeit. Die zwei verdien so viel Geld mit Football ...«

»Wa-a-a? Ich tät nie könn mach gar nix. Un ich wer bestimm auch nimmer lern!« sagte Rosie lachend zu Tonette, und Marietta wußte nicht, wie es zuging, aber jedesmal, wenn Rosie etwas sagte, hatte sie das Gefühl, daß sie einfach verschwand. Es klang seltsam, wenn Rosie »Marietta« sagte. Niemand in Charleston nannte sie so. Sie war Big Ma.

»Du seh wahrscheins, Pearl leb nimmer«, sagte Rosie jetzt. »Sie lieg bei dein Mama.«

»Wir geh jetz fe guck nach ihn«, sagte Marietta. »Wir nehm die da.«

Rosie guckte auf die ganzen Körbe. »Du will *kauf* die Körb? Du mach dein Körb nich selber? Aber du immer schon viel zu ruhlos fe mach Körb.«

»Wir wer verschenk.«

»Du nehm sie so, eh? Du brauch nich zahl«, sagte Rosie schroff, während sie die kleineren Körbe ineinanderstapelte.

Calvin zog einen Hunderter heraus, und Nate drängte ihn beiseite. Er legte fünf Zwanziger auf den Ladentisch und nahm die Körbe an sich. »Wir müssen los, Mama«, sagte er.

Sie spürte Wärme in sich hochsteigen, als sie aus dem Laden

traten; zwischen all den Männern, die immer in der Wohnung saßen und die Jungen umlagerten, hatte sie sich gar nicht mehr getraut, mit ihnen zu reden, hatte gefürchtet, sie hätten sie vergessen. Sie hatte gedacht, es wäre vorbei – daß sie neben ihr standen und genau wußten, was sie fühlte, ihre Angst spürten, so wie früher, als sie noch klein gewesen waren. Der Wagen glitt an den Häusern vorbei, an der großen Engeleiche, und sie sagte: »Da.«

Sie beugte sich über die Gräber, zuerst über das ihrer Mutter, wo sie die blauen Schalen hinstellte, die sie gekauft hatte. Aint Sister legte sie neue goldene Ohrringe hin. Dann öffnete sie das Einmachglas mit den Münzen und dem blauen Glas, all den saphir- und aquamarinblauen und türkisen Splittern und Scherben, die sie gesammelt hatte, seit sie nach Charleston gegangen war, all den scharfkantigen Bruchstücken, die die Jungen auf dem Wiesenstück aufgelesen hatten. Sie verstreute sie auf dem Laub und den staubigen Plastikblumen.

Der Stein war noch da – halb von Zweigen und Blättern verdeckt. Sie wußte, daß niemand daran gerührt hatte. Sie denk, Geist bring ihn her, un Geist wer bös, wenn sie faß an. Mm-hmm – ich Geist, ich wer bös. Sie hob den Stein der Afrikafrau an und legte neue goldene Ohrringe in die feuchte, schwarze Erde darunter.

Der Wagen kam auf dem Waldweg nicht weiter als bis zu Pinkies Haus, und dort lief niemand heraus auf die Eingangsveranda. »Ihr komm mit«, sagte sie zu den Jungen, und sie tauchten mit eingezogenen Köpfen in den moosverhangenen Tunnel.

»He, bist du verrückt, Mama?« sagte Nate, aber sie führte sie zu der freien Stelle, wo Aint Sisters Haus gestanden hatte. Steinschutt und dreieckige Brocken von hellbraunem Lehm lagen auf einem Haufen; sie hatten den Kamin zerstört, als sie das Haus weggebracht hatten.

Das Haus ihrer Mutter war vor lauter Ranken und Gestrüpp kaum zu sehen. Die Pumpe war verschwunden, aber sie fand eine kleine unbewachsene Stelle, wo sie nach dem Wäschewaschen immer das Wasser ausgekippt hatte. »All die Wäschbleich un das Pipi von eure Windel«, sagte sie. »Da wachs nix.« Sie wußte, sie würden auf keinem ihrer alten Pfade bis zum Wasser durchkommen, und so schloß sie, als sie die Straße wieder zurückfuhren, die Augen, um es zu sehen, das Blitzen und Lecken des Wassers zu ihren Füßen.

Sie wollten sie nicht packen lassen. »Du brauchst nix von dem Zeug da, Mama, wir kaufen alles neu. Nein, du kannst den Stuhl nich mitnehmen. Ich sag dir doch, Carolanne fährt dich überallhin zum Einkaufen.« Nate stellte alles wieder an seinen Platz zurück.

»Laß es da, für die Leut, die hier einziehn«, sagte Calvin.

»Wer wer da einziehn?« brummelte Tiny Momma. »Jemand, wo ich nich kenn. Kann mir nich mal mehr ein Ei borgen, wenn ich eins brauch.«

»Geh doch nur ich, nich all Leut in der Straß, wo hab Ei«, sagte Marietta sanft. »Miss Alberta wer borg dir Ei.«

»Ach, die is auch die halbe Zeit nich besser zu Fuß wie ich. Ißt nix, pickt nur rum wie ein Spatz. Wie soll ich ein ganzen Kuchen backen? Wer wer ihn essen?« Tiny Mommas Hände waren klein wie Maisbrötchen, ihre Finger so kurz auf den leeren Kartons. »Ihr zwei laßt eure Mama nich mal ihre Töpf mitnehmen?«

Tiny Mommas langer Zopf war fast aufgelöst. Dieses spinnwebfeine Haar hatte Marietta geflochten, als Tiny Momma Lungenentzündung hatte und einen Monat lang nicht aufstehen konnte. Sie hatte die verfilzten Seidenhaare gekämmt, bis Tiny Mommas Kopf hin und her wackelte, weil sie eingeschlafen war.

Marietta ging zur Wand, um die Fotos abzunehmen, und Tiny Momma sagte: »Baby Poppa hat sie erst drauf gebracht.« Sie sah zu, wie Marietta das Bild von Freeman, auf dem er lachend einen Teddy in den Armen hielt, in die Hand nahm, die Fotos von Nate und Calvin in ihren High-School- und Collegeuniformen, und wartete darauf, daß sie das Teamfoto mit Baby Poppa noch einmal halten durfte. Marietta mußte daran denken, wie er bei der Anmeldung gesagt hatte, er sei ihr Vater, und wie der Trainer geguckt hatte – dieser kleine, rötliche Mann mit dem arbeitsgebeugten Rücken. »Sie haben nichts gesagt«, hatte Baby Poppa immer wieder triumphierend erzählt. »Was sollten sie auch sagen? Sie sind doch viel zu alt für so junge Buben?« Sie berührte sein kleines glänzendes Gesicht.

»Warum soll sie Töpf mitnehmen?« Nate kam wieder herein, um sich ein bißchen mit Tiny Momma anzulegen. »Sie sollt doch froh sein, daß sie sie dalassen kann.«

»Weil sie die Töpf *kennt*. Sie weiß, wie sie ihr Sach kochen. Bei den neuen Töpf, wo sie jetzt im Laden haben, die billigen, schnuckligen Dinger, da weißt du nie, ob sie dir dein Sach nich anbrennen, un du merkst es erst, wenn alles verdorben is.«

Marietta sagte: »Er brauch nich versteh was von Töpf. Jeman bring ihm sein Essen, un er eß.« Sie wischte die gußeiserne Bratpfanne und den Reistopf aus. Maiskolben, die auf dem Wasser tanzten wie kleine Flöße; Berge von Grüngemüse, die zu einem dichten, weichen Faserbrei verkochten, mit Schinkenstückchen dran; Ochsenschwänze, von Tiny Momma mit Rüben und Kartoffeln versetzt, für hustende Jungen gerührt.

»Sie nimmt ihre Töpf mit«, sagte Tiny Momma, das Kinn vorreckend. Marietta sah, wie sie mit der Hand über das Wachstuch rieb, weil es nichts zu schälen, keine Bohnen zu enthülsen gab. Wer würde sie je wieder so gut kennen wie Tiny Momma? Wer würde über alles Bescheid wissen, über Töpfe, über den Dampf in den Lungen, der einem sagte, daß man seine Jungen ganz allein ernährte? Wer würde in Kalifornien an ihrem Tisch sitzen, auch wenn es nichts zu tun gab und kaum etwas zu reden? Sie dachte an Rosie und ihre Schwiegertochter. Würden sie und das grünäugige Mädchen mit den roten Fingernägeln irgendwo sitzen und reden, so ruhig und gleichmäßig, daß Freeman davon einschlief, als wären ihre Stimmen tickende Uhren? Sie fühlte einen Stich in der Brust – Aint Sister war tot, und sie begriff erst jetzt, daß die alte Frau eine Tiny Momma für alle gewesen war, auch für Mariettas Mutter.

Sie griff in einen Hängeschrank, nahm die Teegläser und den Dreifuß heraus und stellte sie zusammen mit Rosies Körben in einen Karton. »Du denkst wohl, du wer krank in Kalifornien?« Tiny Momma lächelte. »Könnt sein, du brauchst was von dem Tee da, eh?«

Marietta nickte. Warum ich nehm Pine Garden mit? Das all

Sach, wo ich hab fe nehm mit, nach zwanzig Jahr in Charleston? Schlepp alt Pine Garden Sach nach Kalifornien? Sie zögerte und ging dann zum Wandschrank, um das Holzkästchen herauszuholen. Es enthielt jetzt Staub, ein Foto, Muscheln und die Geburtsurkunden, die Coach Terrell an der High School für die Jungen beschafft hatte. Er war auf die Behörde gegangen und hatte gesagt, die Originale seien verlorengegangen. Sie packte das Holzkästchen in den Karton und dazu noch einen Stoß Zeitschriften, die sie sorgsam ausgesucht hatte. Sie sagte: »Ich hab mein Sach jetz fertig.«

Als die Sonne aufging und Frühnebelschwaden an den Veranden vorbeitrieben, packten Nate und Calvin die Kartons in den Kofferraum, und Marietta brachte eine große Plastiktüte mit Maisbrötchen, Früchtekuchen und Huhn nach draußen. »Ich weiß nich, ob ich möcht, daß alle gucken, wenn wir fahren«, sagte Calvin unbehaglich. »Wird Zeit, daß wir fortkommen.«

»Woher du weiß, daß sie nich *mir* möcht Wiedersehn sagen?« fragte Marietta, die Hand auf seine Schulter legend.

Aber als Jesse und Joe und die anderen dann an den Geländern standen und sich die Haare und die Haut über der Brust rubbelten, riefen sie zu Nate und Calvin hinunter. Miss Alberta stand in ihrer Tür, und Tiny Momma saß auf der obersten Treppenstufe, in eine Decke gewickelt wie ein Kind. »Un nehmt immer nur die Interstates«, sagte Joe. »Fahrt ja auf kein Highway.«

»Passiert schon nix, Mann«, sagte Nate. »Wenn uns ein Bulle ranwinkt, sagen wir einfach, wir spielen für die Rams, so wie wir's in L.A. immer machen.«

»*Shit*, Mann, du bist aber nich in L.A.«, sagte Joe. »Bleibt nur auf dem Interstate. Da seht ihr zwar nix, aber euch sieht auch keiner.«

Tiny Momma rief: »Ihre Mama paßt schon auf sie auf. Ab jetz. Wer mit jeder Minut schwerer für mich.«

Marietta schlug die Tür zu. Um ihre Taille kribbelte es noch, dort, wo Tiny Mommas Ellbogen gelegen hatten, in ihren Handflächen spürte sie noch den Druck der Fingerspitzen, als hätte sie kleine Dellen im Fleisch. Sie erschrak, als die Fensterscheiben sich geräuschlos senkten, und Nate rief: »Los geht's!«

Als sie kurz vor dem Highway waren, drückte er auf die Knöpfe, mit denen die Fenster wieder geschlossen wurden. »Wenn's heiß wird, haben wir Air conditioning, un mit der Antenne kriegen wir jeden Sender. Lehn dich einfach locker zurück, Mama, un reg dich ab.«

Seine Stimme hatte sich schon verändert. Zwei Sprachen.

»Ihr geb Tiny Momma bißchen Geld?« sagte sie schroff.

»Wir haben ihr zwei Riesen dagelassen, Mama«, sagte Calvin.

»Wieviel?«

»Zweitausend. Ich hab ihr gesagt, wir schicken ihr tausend im Monat.«

Marietta sagte: »Ihr weiß ganz sicher, daß ihr nich woll, daß sie auch komm un helf Carolanne mit dem Baby?«

»Mama, wir haben sie hundertmal gefragt. Sie möcht Baby Poppa nich allein lassen«, sagte Nate.

Tiny Momma besuchte sein Grab jeden Nachmittag, ehe die Sonne verschwand. Sie setzte sich hin, um ein Weilchen mit ihm zu reden, und wand ihre Worte um die Eisengitter und die Bäume auf dem Friedhof. Marietta hatte eine Trillerpfeife im Gras neben seinem Grabstein versteckt und das Foto von Mean Joe Greene dazugelegt, das sie aus *Sports Illustrated* herausgerissen hatte. Sie wußte, Tiny Momma würde die Sachen bald finden, aber Tiny Momma glaubte nicht daran, daß man den Totenseelen Sachen hinlegen mußte.

»Wir können den 26er nehmen un dann den 20er nach Atlanta«, sagte Calvin, der jetzt die Karte studierte. »Wie Joe gesagt hat, immer die Interstates.«

»Wir müssen gucken, was am schnellsten geht, Mann. Ich mach kein Umweg, nur damit ich auf irgendnem Interstate bleib. Da verlieren wir Stunden«, sagte Nate.

»Warum hast du das ganze Essen mitgenommen, Mama?« fragte Calvin. »Wie wenn wir nich das Geld hätten, um anzuhalten un was zu essen.«

»Wenn ich so früh am Tag was eß, möcht ich Maisbrötchen. Tiny Momma Brötchen«, sagte sie.

»O Mann, un die Frau sollen wir nach L.A. bringen?« sagte

Nate lachend, und der Wagen scherte auf die Überholspur aus.

»Sie denkt, sie bringt *uns* hin«, gab Calvin lachend zurück.

Sie aßen im Fahren und wechselten die Plätze. Marietta schlief ein, und als sie wieder aufwachte, hörte sie sie die fremde Sprache sprechen. Minicamp, Wohnkomplex, Nordstrom's.

»Willst du die ganze Nacht durchfahren, Mann?« fragte Nate.

»Wir sin immer noch drei Nigger in eim nagelneuen Lincoln, Mann«, erklärte Calvin.

»Heißt das anhalten oder weiterfahren, Bruder?« Nate schlug mit den Händen aufs Steuerrad. Draußen wurde es schon dunkel, und sie hielten vor einem kleinen Laden. »Texas sieht ganz schön lang aus«, sagte Calvin. »Auf dem Schild da hat gestanden: zehn Meilen bis Birmingham – wir müssen uns entscheiden.«

»Der 20er hier geht zu lang durch Mississippi für mein Geschmack. *Shit*, Mann, laß uns den kleinen da nehmen, rauf nach Memphis, un dann auf den 40er.« Sie gingen in den Laden und kamen wieder mit Sechserpacks Cola und Schokoriegeln, die in ihren Riesenhänden wie Streichhölzer aussahen. Nate lugte zu ihr nach hinten. »He, Mama, schläfst du?«

Sie nickte, schloß die Augen wieder und horchte auf die vorbeisausenden Autos. Birmingham – wo Mr. Ray ein Haus hatte.

Der kleinere Highway war welliger und kurviger. Sie blieb in ihrer Schlafhaltung sitzen und sah, wie der Mond aufging. Warum sah er so anders aus, dort am oberen Rand der Windschutzscheibe, zwischen den Jungen? Sie konnten doch noch nicht so weit weg sein, daß der Mond auf einmal dieses seltsame glühende Gelb annahm – ganz golden, wie Katzenaugen in der Nacht. Und er hatte einen leuchtenden Hof ... wie weit waren sie schon gefahren?

Sie bekam es zum ersten Mal mit der Angst und versuchte, die vorbeihuschenden Schilder zu entziffern. Ohne sich zu rühren, sah sie zu, wie der Mond zum Seitenfenster herüberschwenkte, als Nate einer Kurve um einen Hügel folgte – jetzt war er wieder weiß und rund. Sie fürchtete sich vor sich selbst.

Was war das, was sie da sah? Aint Sister oder ihre Mutter, die ihr etwas zu sagen versuchten? Ein Katzenaugenmond, der plötzlich aussah wie ein blanker Knochen.

Nate drehte das Steuerrad leicht in die andere Richtung, und der Mond schwenkte vor die Windschutzscheibe zurück. Diesmal *sah* sie, wie er sich veränderte, weil da irgend etwas in dem Glas war, ein farbiger Streifen in der oberen Hälfte. Aber sie sagte nichts und schloß nur wieder die Augen, damit ihr Herz sich beruhigte.

»Komisches Gefühl, Mama beim Schlafen zu sehn, he?« sagte Nate nach einer ganzen Weile. Sie hörte seine Schulter an dem Leder, als er sich umdrehte, um sie anzugucken.

»*Yeah*«, sagte Calvin. »Was sagst zu du Mason? Meinst du, er packt's?«

Ihre Stimmen klangen nervös. »Sie haben ihn von den Seehawks gekauft, stimmt's? Kein Schimmer – der Typ hat schon Mumm, wie Rock sagt, aber ich weiß nich, ob er auch den Drive hat.«

»Hast du Schiß, Nate?«

»Vor was?«

»Vorm Camp, Blödmann.«

»Kann's nich erwarten, Calvin. *Shit*, Mann, wir brauchen uns nicht ins Hemd zu machen, nur wegen nem blöden Minicamp. Im Juli wird's noch viel schlimmer.«

»Was heißt das?«

»Ja, ich hab Schiß, okay?« Nate zog die Luft durch die Zähne. »Der Coach wird uns unter die Lupe nehmen.«

»Hast du gesehn, Johnson kommt auch. Weißt du noch, das Spiel gegen Notre Dame?«

»*Yeah*.« Sie hörte, wie Nate sich wieder zu ihr umdrehte. »Die Wohnung müßt jetzt fertig sein. Carolanne hat gesagt, der Notar will das jetzt perfekt machen mit der Eigentumsübertragung, oder wie das heißt.«

Marietta atmete langsam aus und dachte an Carolanne und das Baby. Freeman. Sein Kopf so groß für sein Körper auf all die Foto.

»Du bist ein Schißhas, Mann«, sagte Nate. »Bist *immer* schon einer gewesen. Weißt du noch, damals? Wie du im Bad nach mir gebrüllt hast, wo wir grad nach Charleston gekommen sind? Du hast gesagt: ›Nate, Mann, ich mach das Klo kaputt.‹ Gleich am ersten Abend!«

»Halt's Maul, da war ich drei oder so.«

»›Du guck, Nate, ich mach ein Riesenhaufen‹«, äffte Nate eine Kinderstimme nach. »›Er wer mach Klo kaputt...‹«

»Ach, Mann, du hast auch Schiß«, flüsterte Calvin. »Mann, warum will Mama nich fliegen?« Er raschelte mit der Karte. »Oklahoma sieht auch ewig lang aus. Is was andres, wie mit dem Team im Flieger zu hocken.«

»Okay«, sagte Nate schroff. »Laß uns noch mal die Spielzüg durchgehn. Weißt du noch, den ein großen Laufzug, wo sie immer machen? Den, wo wir auf dem Video gesehn ham? Wen muß ich nehmen? Los, Mann, denk nach...«

Die Reifen sangen unter ihr.

Kalifornien

Anaheim Hills

Entlang dieser Mauer sah sie lauter Grünflecken. Irgendwo zwischen den braunen Hohlziegeln mußten kleine Lücken sein, denn als sie näher kam, sah sie, daß etwa alle drei Meter eine Kletterpflanze, wilder Efeu oder vielleicht auch Wein, aus einer Ritze quoll. Aber die Abstände waren so regelmäßig – wie hatte jemand in den Beton etwas säen können?

Die gewundenen Ranken, die sich über die Mauer ergossen wie kleine Sturzbäche, waren das erste Grün, das Marietta sah, seit sie aus dem Tor ihres Wohnkomplexes gegangen war. Sie ließ den Blick von der schattigen Mauer auf die umliegenden Hügel gleiten. So weit war sie noch nie gegangen, und sie befand sich am Rand des erschlossenen Baulands. Rote Ziegeldächer und weiß verputzte Fassaden, wie sie all die Häuser und Wohnkomplexe hier hatten, spannten sich in weiten Halbmondbögen über die Hänge.

»Reihenhausanlag«, sagte sie laut. So hatte Carolanne sie genannt, diese übereinander angeordneten Bögen aus Häusern hinter Steinmauern. Sie zogen sich die Hänge entlang wie riesige Lachmünder, dachte sie, rote Lippen und grellweiße Zähne, die ewig grinsten. Sie mußte daran denken, wie Baby Poppa gesagt hatte: »Guck dir nur die Mädchen an, wenn deine Söhne zu Besuch da sind – da fängt meilenweit jeder Mund zu grinsen an.«

Das Land war golden, dort, wo es nicht bebaut war, das Gras strohbleich oder untergepflügt, dort, wo der Boden für neue Häuser planiert worden war. Und der Himmel war hier in Kalifornien weiß, jetzt schon farblos von der Hitze, und dabei war es erst Ende Mai. Es war blendend hell, von der ersten Minute des Tages an, schon vor sechs Uhr, nicht wie in Pine Gardens, wo auch an den längsten und heißesten Tagen die Eichen und ihre langen Moosbehänge dafür sorgten, daß das Licht scheckig und satt war. Sie fuhr mit der Hand über die rauhe Mauer, berührte das Grün. Diese Reihenhausanlage hier mußte schon älter sein, denn die Straße war angegraut, so, als würde sie schon eine ganze Weile von der Sonne bearbeitet. Nicht so wie der tiefschwarze Asphalt bei ihrem nagelneuen Wohnkomplex. Ranken streiften ihre Finger; wo nahmen die Pflanzen in den Mauern Wasser her?

Sonst gab es hier jedenfalls kein Wasser, außer dem feinen Nebel, der aus den Rasensprengern kam. An der Art, wie der Hang sachte abfiel, sah sie, daß die Senke dort vorn kein Fluß war, wie sie es von daheim her kannte, sondern nur wieder der Freeway. Da war sie auch das letzte Mal gelandet, als sie eine andere Straße bei einer anderen Häuserreihe hinuntergegangen war. Sie konnte das Rauschen des Verkehrs hören, und gleich darauf war sie am Ende der Mauer, und neben dem Gehweg war nur noch hartgebrannter Lehm. Durch den Maschendrahtzaun, der sich neben dem Freeway entlangzog, sah sie die Autos langsam vorbeischwimmen. Halb sieben – Berufsverkehr, sagte Carolanne. Das trockene Unkraut zu ihren Füßen wand sich durch den Maschendraht und raschelte wie Maisstroh, wenn sie dagegenstieß.

»Glaub nich, wenn du so früh rausgehst, sieht dich keiner«, hatte Carolanne spitz gesagt, als Marietta eines Morgens von ihrem Spaziergang zurückgekommen war. Sie hatte auf Mariettas staubige schwarze Schuhe geguckt, auf ihr Hemd. »Der Berufsverkehr fängt schon vor sechs an.«

Sie folgte der Zaunkurve, bis sie eins von den grünen Straßenschildern sah, riesig aus der Nähe. ZU DEN STRÄNDEN – ein Pfeil zeigte auf die linken Fahrstreifen herunter. LOS ANGELES – ein zweiter zeigte auf die rechten Spuren.

Nate und Calvin hatten sie einen Tag nach Los Angeles mitgenommen und am nächsten an den Strand. Los Angeles war für sie nur ein vorbeihuschendes Häusergewimmel, weil sie nach der langen Fahrt noch gar nicht richtig dagewesen war, aber sie hatten ihr unbedingt die Universität zeigen wollen und die Studentenheime, wo sie gewohnt hatten.

Aber Newport Beach – das Blau und der sandige Strand dieses Ozeans, die riesigen Wellen – das war eine Überraschung gewesen. Nate hatte sein Trainingstrikot getragen und über beide Backen gegrinst, als ein blonder Junge, der am Wasser entlanggelaufen war, laut gerufen hatte: »Daddy, da sind Nate und Calvin Cook! Die Rams haben sie bei der Draft ausgewählt, und ich hab sie im Fernsehen gesehen!«

Marietta hatte sich vorzustellen versucht, wie es wohl sein mochte, hier zu fischen, aber der breite Sandstreifen war voller Handtücher und Leute und Sonnenschirme; kein Schilf und keine Binsen, wo sich Fische hätten verstecken können, keine Felsnasen, die ins Wasser hinausragten, nirgends ein Fleckchen Grün, bis sie dann weitergefahren waren, nach Balboa, ein Name, den Nate im Mund hin und her drehte. »Is alles privat, siehst du die Häuser da, Mama? Ich werd dir eins kaufen. Nächstes Jahr kauf ich dir eins«, hatte er gesagt.

»Denk erst mal an *das* Jahr, du Spinner«, hatte Calvin gesagt.

»Stell nich mit dem Mund Schecks aus, die dein Hintern nich einlösen kann«, hatte Carolanne hinter ihnen scharf gesagt. Der kleine Freeman hatte geschlafen, den Kopf auf Carolannes Schulter.

Dem Verkehrsstrom nachzugucken, den Autodächern, die so dicht aufgereiht waren wie die Wagen von Freemans Spielzeugeisenbahn, machte ihr nur Kopfschmerzen. Die Abgase hingen als zittrige Schleier in der Luft. Sie nahm die andere Straße, die den Hügel wieder hinaufführte.

Sie war erst einen Monat da und fand schon keine neuen Spazierwege mehr. Sie war immer in der Zeit nach draußen gegangen, wenn die Jungen zum Training gefahren waren und Carolanne und Freeman noch schliefen. Die Jungen mußten ihr Lauf- und Konditionstraining früh hinter sich bringen, bevor die Hitze und der Smog die Luft erfüllten. Calvin schlüpfte jeden Morgen um halb sechs in seinen Trainingsanzug, und wenn sie ihn über den Teppichboden tappen hörte, stand sie auf, um ihm Maisbrötchen und Grütze zu machen. »Mama, ich eß erst, wenn wir wieder da sin«, sagte er. »Laß gut sein.«

»Ihr gewöhn euch wieder an richtigs Essen statt dem

McDonald-Sach. Wie soll euer Muskel arbeit von nix wie Luft un Fett?« Sie reichte ihm einen in Folie gewickelten Teller für Nate. »Du nehm mit, un wir seh uns, wenn ihr wiederkomm.«

Er ging nach nebenan und klopfte ein paarmal, und wenn sie dann in das schummrige Grau hinausguckte, konnte sie sehen, wie Nate sich im Schein der Armaturenbrettbeleuchtung das Frühstück in den Mund stopfte.

Sie hops wie die Heuhüpfer in ihr neu Wohnkomplexzimmer rum und renn und heb Gewicht in all Herrgottsfrüh un hab dann all Rest vom Tag nix fe tu. Red immer nur, daß ihr Minicamp für die Neuling vorbei un Trainingscamp fang erst im Juli an – aber das noch zwei Monat hin.

Sie hörte das Mahlen anfahrender Reifen, kurz wie ein Rülpser, wieder und wieder. Die Autos warteten in einer Schlange darauf, aus den Mauern herauszukommen. Es gab nur eine Straße, die in dieses Häuserviereck führte, und die Wagen tasteten sich einzeln an dem Stoppschild vorbei. Die Fahrer bremsten gerade lange genug, um zu ihr hinüber- und an ihr vorbeigucken zu können, bogen dann ab und reihten sich in die Schlange ein, die sich den Hügel hinauf zur Hauptverkehrsstraße und zum Freeway wand.

Sie drehten die Köpfe schnell wieder weg. Marietta straffte sich, zwang sich zu atmen. Sie hatte das alles eine Zeitlang vergessen gehabt. Ihre Kleider, ihr Rücken. Verdammich, is die Frau groß. Verdammich, is die Frau schwarz. Is das eine *Frau*? Das Klopfen an der Wohnungstür – Oh, Verzeihung, ich wollte die Dame des Hauses sprechen. Oh, die Eigentümerin? Sie spannte die Schultern an, atmete, bis sie zwischen zwei Autos hinübergehen konnte. Ihr erster Spaziergang – Ej, soll ich dich mitnehmen, Kumpel? hatte jemand hinter ihr gesagt. Als sie sich umgedreht hatte, hatte ein Wachmann den Kopf aus dem Wagenfenster gestreckt. Glühendes Rot hatte sich über seine Wangen ergossen. »Oh, äh, Verzeihung, tut mir leid, Ma'am. Haben Sie sich verlaufen?«

Ihre Kleider waren falsch. Einmal hatte sie durch die offenen Balkontüren gehört, wie Carolanne nebenan am Telefon sagte: »Wir sind so schon schwarz genug, verstehst du? Gibt nich so viele von uns hier in diesem Komplex – man muß es nicht übertreiben. Und was soll sie anziehen? In die Klamotten von Spiegel paßt sie nich rein. Ja, ich *hab* ihr den Katalog gegeben.«

In der ersten Woche – als Carolanne noch versucht hatte, zu lächeln und sie nicht so prüfend anzugucken, und als sie noch nicht gewußt hatte, ob sie einfach zu ihnen hineingehen konnte oder ob sie anklopfen mußte –, da hatte sie, nachdem die Jungen morgens losgefahren waren, von draußen Freeman schreien hören und einfach die Tür aufgedrückt. Sie hatte gemerkt, wie Carolanne sie ansah, ihre Kleider, ihr Kopftuch, aber sie hatte nicht gewußt, was sie ihr sagen wollte.

»Wo willst du denn hin?«

»Ich mach nur Spaziergang. Warum schrei der Kleine so?«

»Er hat Durchfall.«

»Ich wer geh bei Laden vorbei un hol bißchen Reis. Du kann geb ihm Reiswasser.«

»Hier gibt's keinen Laden, wo du zu Fuß hinkannst – das hier ist Anaheim Hills.« Carolanne hatte sie merkwürdig angeguckt. »Kannst du echt nicht Auto fahren? Machst du Gehen als Fitneßtraining?«

Marietta spürte die Luft an ihren Handflächen. Sie trug nichts bei sich, hatte sie schließlich gemerkt, keine Gewichte, kein winziges Radio mit Kopfhörer, kein kleines weißes Handtuch. Wenn sie morgens um neun oder zehn aus dem Fenster guckte, konnte sie die anderen Frauen aus dem Wohnkomplex draußen herumlaufen sehen, meistens zu zweit, in rosafarbenen, gelben oder zartlila Trainingsanzügen und weißen Schuhen, mit weißen Stirnbändern oder Sonnenschilden. Sie schwangen die Arme und ihre Gewichte, und ihre Füße bewegten sich rund und hart über den Asphalt. Diese Frauen waren richtig angezogen; sie dagegen sah aus, als wollte sie zu einem Laden oder auf den Friedhof oder zu einem Haus, das geputzt werden mußte. »Das hält fit!« hatte ihr eine der Frauen zugerufen, und sie hatte gedacht: Ihr trag euer Einkäuf, zwei Baby un ein Korb mit Pfirsich fe Fitneßtraining. Ihr geh zum Laden – zwei Meil.

Aber hier gab es keinen Laden. Nur Asphaltvierecke und Asphaltkreise zwischen den Mauern, und in der ersten Woche hatte sie sich verlaufen, in einem Irrgarten aus weißverputzten

Häuserfronten und viereckigen Garagentoren, die alle gleich aussahen und sie anstarrten wie die Kästchen bei den Gameshows, die Carolanne manchmal guckte. Winzig kleine Bäumchen vor den Mauern, wie Staubwedel in Kübeln. Sie war jetzt fast daheim, schon wieder bei dem großen Schild, auf dem stand: EDGEWILD OAKS – LUXUS-EIGENTUMSWOHNUNGEN IN DEN HÜGELN VON ANAHEIM.

Sie hatte gar nicht mehr an die beiden Bäume gedacht. Zwei riesige, knorrige Eichen, deren Äste weit über die eingezäunten Baumscheiben herausragten – eine auf jeder Seite des bewachten Tors, wo sie jedesmal den Augen zunicken mußte. Eine Frau kam aus dem Pflastersteinstück zwischen den Bäumen. »Sind sie nicht wunderschön?« sagte sie lächelnd, als sie Marietta sah. Sie trug einen lila Trainingsanzug und große, runde, lila Ohrringe. »Ich bin jedesmal froh, wenn ich seh, daß sie noch dastehen.«

»Ich wußt nich, daß Eichbäum wachs in Kalifornien«, murmelte Marietta.

»Die berühmten kalifornischen Eichen«, sagte die Frau. »Arbeiten Sie hier in der Gegend?« Sie lächelte wieder und dehnte die Arme hinter ihrem Rücken.

»Nein. Ich wohn hier mit mein Söhn.«

»Ach! Wo kommen Sie denn her?« Die Stimme der Frau war südstaatenweich.

»South Carolina.«

»Ich bin aus Georgia!« sagte sie. »Ich hab auch nicht gedacht, daß es hier Eichen gibt.« Sie lächelte wieder und ging schnell weiter, pumpte mit den Armen, als wollte sie mit der Luft boxen.

»Sie is zu mies drauf, ich halt's drüben nich aus«, sagte Nate, der neben Calvin auf dem schwarzen Ledersofa saß. Er hatte sich Kirsch-Kool-Aid in einer Plastikflasche mitgebracht und kippte es in sich hinein. »Sie will das Zeug nich im Haus haben. Sie meckert die ganze Zeit: ›Warum kannst du nich was andres trinken wie Zuckerwasser? Arme Leut trinken Kool-Aid. Du hast Geld – kauf doch Perrier oder so was.‹« Sein Gesicht glättete sich wieder. »Schmeckt wie Spucke mit Bläschen drin, das Perrier-Zeug. Sie geht mir auf den Geist.«

»Von dem Kool-Aid wird deine Zunge ganz rot, wie bei nem Höllenhund«, sagte Calvin, und Nate versuchte, das Kinn mit der Zungenspitze zu berühren.

»G-g-g-aaah«, gurgelte er. »Na und?«

»Sie vielleich nur müd, weil sie renn rum in der Hitz«, sagte Marietta. »Sie bring den Klein in sein Kindergarten un geh zu ihr Tanzkurs.«

»Hat ja keiner gesagt, sie soll Freeman dahinbringen. Kost nur ein Haufen Geld, un du hast ihr doch gesagt, du würdst auf ihn aufpassen. Aber sie hat ja ihre hochwissenschaftlichen Gründe, daß er da hinmuß. Frag mich nich, was das für welche sin, weil ich gar nich erst drüber nachdenken mag. Un jetzt will sie einkaufen gehn, un ich soll mit. Na-ah.«

Calvin drückte auf der Fernbedienung des riesigen Fernsehers herum, sprang von einem Kanal zum andern, was sie verrückt machte. Achtundsechzig Programme, und er und Nate würden wieder stundenlang dasitzen und herumknipsen, zap, zap, zap, Sportkanäle und Musikvideos und Schießereien, lautes Gejohle und schrilles Gelächter, bis sie schließlich etwas finden würden, was ihnen gefiel.

»He, bring mir ein Handtuch, Mann«, sagte Nate. »Dein Sofa klebt wie der Teufel, außer ich zieh lange Hosen un lange Ärmel an.«

Calvin zog die Augenbrauen hoch, ohne den Blick von dem Gitarrenspieler und den Mädchen in der schwarzen Unterwäsche abzuwenden. Marietta sah, wie ein Sturmwind die Haare der Mädchen flattern ließ. »Was heißt ›*bring* mir‹? Bin ich dein Laufbursch? Die Hitze is dir wohl aufs Hirn geschlagen? Du hast nich geduscht, Mann. Das is echt Leder.«

»Un echt klebrig. Jetzt redst du auch schon wie Carolanne. ›Geh duschen – wasch dich. Du stinkst.‹ Teufel noch mal, sie weiß doch genau, wir gehn nachher wieder raus un machen Krafttraining un schwitzen wieder wie die Sau. Ich dusch keine zwei Mal am Tag – ihr spinnt alle zwei.« Sie konnte hören, wie sich sein Arm von der Polsterung löste.

»Leder is nich grad praktisch«, sagte Marietta, die jetzt aufstand, um nach dem Huhn zu gucken, das in der Küche vor sich hin briet. Calvin hatte gern Flügel und Schenkel für zwischendurch.

»Aber es sieht *toll* aus, oder?« rief Calvin ihr nach, und sie lächelte.

Sie drehte das fettspritzende Huhn um und stellte die Papiertüte mit dem Mehl und den Gewürzen ein Stück beiseite. Ich wer koch Okra, wenn ich krieg Carolanne dazu, daß sie mir bring bißchen mit. Sie geh scheins all Tag in Laden. Das Gemüse aus den großen Geschäften war wachsig und hart, aber Marietta hatte an all den Straßen und Freeways, die sie entlanggefahren waren, nirgends einen Stand mit Frischgemüse und Obst gesehen.

Sie ging nach nebenan und klopfte. Carolanne kam nach ein paar Minuten an die Tür, öffnete sie aber nur einen Spalt. »Ich bin nich angezogen«, sagte sie. Ihre Augen waren klein und nackt und blinzelig, als hätte sie gerade geschlafen.

»Ich wollt nur frag, ob du noch geh in Laden«, sagte Marietta. »Ich brauch bißchen Okra.«

»Ich komm nachher rüber«, sagte Carolanne, die jetzt die Tür schon wieder zuschob. »Sag Nate, er soll kommen, weil wir noch nach Möbeln für dich gucken wollen.«

Marietta sagte Nate gar nichts, als sie wieder drüben in der Küche war. Er und Calvin lümmelten auf dem Sofa und guckten auf den Fernseher und lachten über die Musikvideos. Nate beklagte sich schon seit Tagen über Carolanne; sie hatte die beiden herumschreien hören, durch die Fliegenfenster, durch die Wände. Vielleicht machte es Carolanne ja wütend, daß Nate immer hier bei ihnen war und sogar Freeman zum Essen herüberbrachte, weil Carolanne nicht groß kochen mochte. Zu heiß, sagte sie, und die Hitze schien ihr tatsächlich zuzusetzen, denn ihr Gesicht war verquollen, ihre Bewegungen langsam. Marietta dachte, Carolanne müßte doch an die Hitze gewöhnt sein, weil sie ja in Los Angeles geboren war und immer hier gelebt hatte, aber sogar Calvin sagte, daß Carolanne irgendwie komisch aussah. »Sie spinnt rum« war alles, was Nate sagte.

Die Stimmen der Jungen hallten von den fast kahlen Wänden wider, dröhnten noch lauter als der Fernseher, und sie schüttelte den Kopf. Wie wollten sie das bis Juli aushalten? Nach der Draft war alles so schnell gegangen, und jetzt schien die Zeit stillzustehen, und Nate und Calvin kamen ihr vor wie zwei Fische, die jemand in ein viel zu großes Glas gesetzt hatte.

Und sie war auch ruhelos, kochte, soviel sie konnte, weil die Jungen alles sofort wegputzten. Nate sagte die ganze Zeit, er müsse bis zum Camp noch zulegen. Sie telefonierten fast jeden Tag mit ihrem Agenten, der sich um das Geld und um die Verträge kümmerte, und wenn sie die Wörter hörte, die Calvin in den Hörer sagte, wußte sie, daß sich alles gewaltig verändert hatte. Es würde nie wieder so sein wie früher – sie konnte zwar sämtliche Sportmagazine studieren und ihre Spielbücher, aber sie konnte nichts mehr für sie planen. Carolanne hatte die Eigentumswohnungen ausgesucht und die kleinen Topfpflanzen auf den Balkonen. Einrichten machte ihr Spaß, sagte sie. Und Freeman, ihr Enkelsohn, wollte sich von seiner Big Ma noch immer nicht hochnehmen oder umarmen lassen, weil er sie nicht richtig kannte. Er schien Angst zu haben, vor ihrer Größe und vor ihrem Kopftuch, das er immer anstarrte, und er vergrub sein Gesicht an den Beinen seiner Mutter, sobald Marietta ihn dazu zu bringen versuchte, daß er »Big Ma« sagte oder ein Spielzeug aufhob und es ihr gab.

Sie hörte den durchdringenden Ton von Nates und Carolannes Telefon durch die Wände. Hier gab es keine *klingelnden* Telefone, wie sie sie gewöhnt war. Carolannes Apparat jaulte wie Jesses quietschende Bremsen daheim in Charleston und verstummte dann jäh und wütend. Keine Spur von einem metallischen Klingeln. Nate und Calvin hörten auf zu reden, und das Telefon jaulte wieder. »Der Anrufbeantworter is an«, sagte Nate. »Wenn das D.J. und die andern sind und Carolanne geht nich ran, wern sie's hier probieren.«

Das Jaulen hörte auf, und jetzt gurgelte Calvins Telefon los. Bei seinem war es ein elektrisches Geblubber, ein Geräusch, zu dem sie sich gar nichts vorstellen konnte, und beim zweiten Mal nahm Calvin ab. Sie würden weggehen und draußen herumfahren, durch die Stadt oder über die Freeways, mit ein paar anderen Neulingen, die sich genauso langweilten, oder mit Rock Jones, dem Defensive Back, der schon im zweiten Jahr dabei war. Wie streunende Haushunde wollten sie gucken, was ihnen alles entging.

Nate steckte den Kopf zur Tür herein. »Sie schläft wieder, Mama«, sagte er. »Sie hat irgendwas. Wie wenn ihr schlecht wär, aber nich richtig. Guckst du nach ihr?«

Sie stand auf dem noch schattigen Fleck zwischen ihren Türen. Auf der anderen Seite der Gebäude knallte die Sonne herunter. Nate und Calvin schlugen ihre Wagentüren zu, und sie hörte die laute Stereomusik gegen das Metall und das Glas wummern, als sie drunten aus der Garage fuhren. Sie horchte an Carolannes Küchenfenster, das auf das Tal zwischen den Gebäuden hinausging, aber sie hörte niemanden reden, kein Fernsehen.

Das Huhn stand zum Abkühlen auf der Arbeitsplatte. Sie wischte das Fett vom Herd, wusch das Geschirr ab und stand dann wieder in der Tür, weil sie nicht recht wußte, was sie tun sollte. Draußen war es still, bis auf das leise, tiefe Summen der großen Kästen, die die Klimaanlagen steuerten, metallene Dinger, die bei jedem Haus standen, hinter Mäuerchen und Büschen versteckt. Keine Gartenarbeit, die sie hätte tun können; die Grünanlagen, wie Carolanne es nannte, wurden von der Wohnungsfirma gepflegt.

Marietta ging wieder hinein in das schattige Dunkel des Wohnzimmers, wo die Jalousien vor der gläsernen Schiebetür heruntergelassen waren. Plötzlich fand sie die Luft hier drinnen zu kühl und zu muffig; es hatte ihr schon manchmal gefallen, hier im Zimmer zu sein und es *kalt* zu haben, weil man die Klimaanlage so weit aufdrehen konnte, aber jetzt hatte sie das Gefühl, keine Luft zu kriegen. Es gab hier auch keine Fliegentüren, und man war entweder drinnen oder draußen oder im Auto, wo einem auch klimatisierte Luft vom Armaturenbrett her ins Gesicht schlug. Nichts zwischen diesen Türpfosten, was es einem ermöglicht hätte zu horchen, nichts, was Schritte hindurchließ, die Besuch ankündigten.

Das Wohnzimmer war kahl, bis auf das große schwarze Sofa, einen schwarzen Liegesessel, ein Regal aus schwarzgebeiztem Holz mit der Stereoanlage an der einen Wand und einen wunderschönen Holzkasten, den Carolanne für Calvins Musikkassetten und Videos gekauft hatte. Ebenholz schimmerte unter der glänzenden Lackschicht, die Kanten waren abgerundet und wie von Zauberhand gebogen, und Marietta liebte es, die Schubladen zu berühren, die so leicht auf- und zuglitten wie Öl in Wasser.

»Er hätt sie sonst einfach herumliegen lassen oder in einen Schuhkarton gepackt«, hatte Carolanne ihr erklärt. »Männer sind ja so schlampig. Deswegen muß man sich beim Einrichten jedes Stück genau überlegen – damit es nicht schludrig aussieht und alles zusammenpaßt.«

Marietta sog den Brathuhnduft ein und zog die cremefarbenen Jalousien hoch, um an die Glastür zu kommen. Die Wände waren auch cremefarben, aber Carolanne war schon am Planen – »Für Calvin ist schwarz okay, aber für dich brauchen wir etwas Feminines«, hatte sie gesagt. »Ich hab da ein paar Sachen in ner Zeitschrift gesehen – ich kann sie dir ja mal zeigen.«

Auf diesen Balkonen ringsherum, die jeden Wohnkomplex in zwei Teile zerschnitten, hatte Marietta sonst noch nie jemanden gesehen. Vielleicht kam sie ja immer zu den falschen Zeiten heraus. Ein paar Leute hatten Pflanzen und Korbmöbel oder weiße Metallstühle hinter den hölzernen Geländern, aber die meisten Balkone waren nackt und kahl. Anders als in Charleston, wo die Leute die Balkone in einen Dschungel aus grünen Blättern und Hängeranken verwandelten, wo Kleider im Wind baumelten und Menschen draußen saßen und Erdnüsse knackten und Eistee tranken.

Sie zog einen der Stühle aus der Eßecke nach draußen und setzte sich in das segelförmige Schatteneck, das jetzt die Hauswand hinaufzukriechen begann. Der Verputz war sandfarben, wie der Randstreifen neben dem Highway – sie schubberte mit den Füßen über die körnig-harte Oberfläche. Die ganze Zeit hatte sie gewußt, daß sie weggehen würden, hatte sie darauf gewartet und sich vorzustellen versucht, wo sie wohl landen würden, sie und die Jungen. Und jetzt tauchte dauernd Charleston in ihrem Kopf auf, nicht nur Tiny Momma und die anderen, sondern auch die Geländer und der Fluß und sogar Pine Gardens; kurz aufblitzende Bilder, so wie wenn Freunde einem Fotos zeigen.

Sie stützte die Füße am Geländer ab und guckte hinaus auf den Grünstreifen in der Mitte des Komplexes und auf die Balkone gegenüber. Zu heiß für die meisten Leute, um mitten am Tag nach draußen zu gehen. Aber auch abends kam niemand heraus, keine Kinder, keine Hunde. Die Leute kamen von der Arbeit, sie hörte ihre Autos unten in den Garagen brummen, aber dann schienen sie aus den Garagen direkt nach drinnen zu verschwinden und bis morgens dort zu bleiben.

Sie wußte, daß sie eigentlich hier herausgekommen war, um den Bach zu sehen. Sie wollte am liebsten über den Rasenstreifen laufen und sich dorthin setzen und die Füße ins Wasser hängen und über die weißen Steine gehen, die das Bachbett einfaßten. Das Wasser war allerdings zu blau, und sie hatte es ein Weilchen mustern müssen, um dahinterzukommen, daß das Bachbett mit Farbe ausgemalt war, in einem hellen Himmelston. Aber rings um das Wasser, gleich bei den Steinen, wuchsen Blumen, und die abgestorbenen wurden herausgezupft und ersetzt, kaum daß sie gesehen hatte, wie sie welkten. Wenn sie noch klein gewesen wäre, hätte sie geglaubt, es sei Zauberei: das Geplätscher und die perfekten weißen Steine, wie riesige Eier. Sie stellte sich vor, dort zu liegen, Blumen an den Armen, und sich nicht um die Körbe und Pfirsiche zu scheren, die auf sie warteten.

Aber sie hatte noch nie jemanden eine Hand oder einen Fuß in das Wasser strecken oder auch nur daran entlanglaufen sehen. Sie fragte sich, ob Freeman wohl gern dort drinnen herumwaten würde. Bei Carolanne waren die Jalousien vor der Schiebetür immer heruntergelassen. Sie fuhr mit den Fingern über den huppeligen Verputz neben sich, schloß die Augen und horchte, wann Carolanne sich hinter dem Glas nebenan regen würde.

Zuerst schob sich die Hand mit den roten Fingernägeln um die Ecke, dann kam Carolanne. »Was machst du denn hier draußen in der Hitze? Du hast die Klimaanlage an.«

Marietta schüttelte den Kopf. »Ich versteh bis heut nich, wie du komm mit so Nägel zurecht.«

»Ich hab dir ja schon gesagt, das Schlimmste ist die Wählerei beim Telefonieren. Man braucht ein Tastentelefon.«

»Das brauch man wohl«, sagte Marietta. Sie lächelte der pfirsichfarbenen Stirn zu und mußte an all die Bleichcremes denken, als sie sah, wie hell die goldene Haut unter dem Haar schimmerte, das sich schwarz und federzart über der Stirn bauschte. Carolannes Augen waren heute golden, und der Puder unter ihren Brauen glitzerte lila.

»Von der Klimaanlag verstopf mir die Nas.«

»Wir können im Supermarkt Mentholatum holen«, sagte Carolanne. »Freeman hat auch eine verstopfte Nase. Schon wieder.«

Drinnen aß Carolanne zwei Hühnerflügel, obwohl sie sagte, sie sollte es nicht tun. Marietta schälte Kartoffeln und stach die Augen mit dem Daumennagel aus. Carolanne nahm ihre Hand und musterte die harten, dicken Nägel. »Sieh dir das an – ich muß meine immer mit diesem Härterzeug bestreichen oder sie versiegeln lassen, und deine sind einfach so.«

»Sie nütz mir manchmal.«

»In der Feinkostabteilung von Pavillions haben sie sehr guten Kartoffelsalat. Hol dir doch einfach was, wenn wir dort sind«, sagte Carolanne.

»Ich brauch nich spar Zeit«, sagte Marietta. »Du geh un mach dich fertig.«

Die Kartoffeln waren weich, bis Carolanne wieder erschien, jetzt in anderen Kleidern und mit röteren Lippen. Sie musterte wieder einmal den cremefarbenen Teppichboden und die schwarzen Möbel, während Marietta ihre Schuhe anzog.

»Ich hab mir gedacht, Lila und Grün wär nicht schlecht. Was hältst du davon? Wir müssen zu Pier 1 und ein paar Farbtupfer besorgen.«

Sie schoß mit ihrem kleinen Wagen durch das bewachte Tor, ohne den Wächter anzugucken. »Willst du nicht fahren lernen?«

Marietta sagte: »Vielleich. Aber ich lern lieber in dem Lincoln, falls jeman in mich reinfahr.«

»Dir passiert schon nichts. Calvin ist ein guter Autofahrer.« Carolanne preschte die Auffahrt entlang und auf den Freeway. »Ich hab mir gedacht, wir gehen erst zu Pier 1, kaufen dann die Lebensmittel und das Zeug und holen Freeman. Meine Freundin hat angerufen und gesagt, heut kommt was Tolles bei *Phil Donahue*. Transvestiten – Männer, die Damenwäsche tragen.«

»Ihr guck komische Sach in der Show«, sagte Marietta.

Sie wollte wirklich Auto fahren lernen, das hatte sie auf der langen Fahrt mit den Jungen beschlossen. Aber von Carolannes Fahrerei wurde ihr ganz schwindlig im Kopf. Carolanne kurvte angespannt und gereizt auf den Parkplätzen vor den Einkaufszentren und Supermärkten herum und suchte eine Lücke, und sie wurde wütend, wenn jemand seine Einkäufe verstaute und nicht gleich den Wagen anließ. »Warum müssen die Leute immer so trödeln?« sagte sie, und in dem Autogedränge auf den großen Straßen in der Nähe der Einkaufszentren ruckelte sie ungeduldig auf ihrem Sitz. »Ich hasse dieses Center«, sagte sie.

Die Geschäfte waren immer voll, egal, wann sie kamen. Marietta tauchte neben Carolanne in die Dschungelkühle des Einkaufszentrums ein. Ihre Haut prickelte von dem ewigen Kühl-heiß-kühl – Auto, Parkplatz, Geschäft. In den Geschäftsräumen von Pier 1 verlangsamte Carolanne ihren Schritt, musterte ein paar leuchtendlila Kissen und hielt sie Marietta hin.

»Fürs Sofa?« fragte sie. »Sie werden sie einfach auf den Boden schmeißen, aber das macht nichts. Und wie wär's mit der grünen Vase da? Guck mal.«

Marietta stand vor der Wand mit Körben – alle Größen, von streichholzschachtelkleinen Kästchen bis hin zu mächtigen Wäschekörben. Und alle Farben, Macharten und Materialien, aber wenn sie genauer hinguckte, war das Geflecht fast immer locker und simpel. Die Muster waren aufgemalt, das Stroh grün, rot und gelb gefärbt. Sie fuhr mit der Hand über die rauhe Außenseite eines Papierkorbs und dachte, daß Aint Sister die Nase rümpfen würde. Made in China – Made in Taiwan – Made in Philippines. Marietta drehte sich um, als sie Carolanne rufen hörte.

»Wie wär's mit Messing?« fragte Carolanne, die jetzt verschiedene Kerzenständer und Schälchen ans Licht hielt. Sie hatten feine eingravierte Rillen und Muster.

»Das Sach viel zu schön«, sagte Marietta verblüfft.

Sie kauften die Messinggegenstände, mehrere Kissen und eine Korbtruhe mit Messingbeschlägen. »Ich brauch was für mein Schlafzimmer, für Foto un Sach«, sagte Marietta.

»Willst du nicht ein paar Körbe nehmen?«

»Nein – wir geb schon soviel Geld aus.«

»Aber du hast mir die ganzen Körbe gegeben, die du aus South Carolina mitgebracht hast.«

»Die war für dich«, sagte Marietta. »Wir muß jetz geh un kauf Eßsach.«

Nach dem Farbengetümmel und dem ganzen Betasten und Anfassen bei Pier 1 hatte sie schon genug vom Einkaufen, und der riesige Supermarkt war kalt und verwirrend wie immer. Sie haßte den Geruch hier, wie ein Kühlschrank, den jemand mit schmutzigem Wischwasser ausgewaschen hatte.

Einkaufswagen krachten gegeneinander, Frauen starrten herüber, und all die Sachen waren so schwer auseinanderzuhalten – es gab ganze Wände mit Shampoo, Borde um Borde mit Frühstücksflocken und Konservendosen. Das Backpulver war bei der Schokolade, der Grützmais bei den Getreideflocken und der Reis bei den Spaghetti. Sie stand ratlos vor der Medikamentenabteilung, wo lauter winzige Fläschchen und Schächtelchen so dicht aufgereiht waren, daß die kleinen Aufschriften alle ineinanderliefen. Carolanne griff sich das leuchtend grüne Gläschen mit Mentholatum heraus und sagte: »Hast du gesehn – diese neuen Karten, die es jetzt gibt – für Kinder! ›Ich bin stolz auf dich‹ und ›Küßchen‹ und so was. Sobald Freeman lesen kann, werd ich ihm welche kaufen.«

Er kam in dem hellen Raum der Kinderkrippe auf sie zugetappt, noch unsicher auf den Beinen, so wie Nate und Calvin damals in dem Sommer, als sie immer wieder Staubwolken mit ihren Hinterteilen aufgewirbelt hatten. »Wauwau«, sagte er zu Marietta, indem er auf die Wand zeigte, wo lauter Poster von Katzen und Hunden und Löwen hingen. Dann trottete er zurück zu der Gruppe von Kindern, die auf dem Teppichboden spielten; sein braunes Gesicht tauchte sofort wieder in das Gewoge von Köpfen ein. Die anderen Kinder waren alle weiß oder asiatisch, und sein Kopf war der einzige mit krausem Haar. Er guckte eine Sekunde lang hoch, und Carolanne sagte: »Scheint ihn gar nicht zu interessieren, daß wir da sind.«

»Doch«, sagte Marietta. Sie erinnerte sich gut daran – die Kontrollblicke und dann die scheinbare Gleichgültigkeit. »Du geh raus, un er heul los. Er weiß, wo wir sin.«

»Wo ist das Lastauto?« sagte Carolanne im Wagen, und er zeigte durch die Scheibe nach draußen. »Braver Junge! Du bist ja so gescheit.«

»Wo Baum?« fragte Marietta, und der kleine Finger zeigte auf eine Palme.

Sie brachten zuerst die Korbtruhe und die Plastiktüten zu Marietta hinein, und Freeman rannte zu dem schwarzen Sofa, auf dem er sich so gern aalte. Er rieb seine Wange an dem kühlen Leder, bis Marietta die Korbtruhe ins Wohnzimmer brachte. Er kam und spähte hinein, während sie das Holzkästchen aus dem Küchenschrank holte, um ihm einen Ehrenplatz in der Truhe zu geben.

Sie hatte all ihre Sachen in den Küchenschrank gestellt, weil ihr kein besserer Platz eingefallen war. Carolanne sah den Dreifuß und die Gläser mit Tee und drehte sie neugierig in dem harten Neonlicht hin und her. Sie sagte: »Bin gleich wieder da«, und nach einem kurzen Moment kam sie wieder, mit einem kleinen Tischchen aus ihrer Wohnung. Sie stellte es in die Ecke bei der Schiebetür, arrangierte die Gläser darauf und trat einen Schritt zurück. »Siehst du – das kann hier drauf.« Sie nahm den Dreifuß und stellte ihn auf die marmorne Kamineinfassung. »Die Farben sind einfach toll.«

Marietta guckte kurz und ging dann hinüber, um die Sachen wieder in den Küchenschrank zurückzubringen. »Das Tee – ich brauch, wenn ich mal krank wer«, sagte sie. »Un Dreifuß für Kochfeuer draußen. Wer mach da drin Feuer?«

Carolanne sagte: »Das Zeug ist super – solche Antiquitäten muß man sichtbar aufstellen.«

»Das nur Medizin«, sagte Marietta, die Gläser im Arm. »Du stell auch nich dein Mentholatum un Aspirin so hin, daß Leut kann guck.« Sie hörte, wie hart ihre Stimme herauskam, und sah Carolannes Mundwinkel zucken. Sie war gekränkt.

»Nate sagt, du hast das Zeug schon, so lang er lebt, und er hat noch nie gesehn, daß du was davon trinkst«, sagte Carolanne.

Marietta konnte nicht lockerlassen. »Vielleich er seh mich nich jede Minut von meim Leben.«

»Wie du meinst«, sagte Carolanne ärgerlich, und sie zog Freeman von der Korbtruhe weg, in der er inzwischen halb verschwunden war. »Laß die Sachen in Ruh. Wir müssen jetzt rüber.«

Marietta saß, als sie gegangen waren, auf dem Sofa und guckte durch die große Glasscheibe hinaus. Keine Zurechtweisungen von Aint Sister mehr, keine gebrummelten Vorhaltungen von Rosie oder Pinkie oder Tiny Momma – keine Fragen, warum sie dies nicht machte und das nicht kochte und dort nicht aufpaßte. Sie trat an die Korbtruhe, öffnete das Holzkästchen und nahm das Foto ihres Vaters heraus. Freeman. Ein anderer Freeman dort nebenan. Sie nahm die Muschel in die Hand, die Calvin vor so vielen Jahren aus Pine Gardens mit nach Charleston genommen hatte. Du geh rüber un klopf, dachte sie. Du bring ihr was. Aber du sag ihr nich, was sie muß mach. Du helf ihr nur. Sie versuch auf ihr Weis.

In Carolannes Wohnzimmer sagte sie: »Ich mein nich bös, was ich sag«, und Carolanne nickte. Freeman ließ sich von Marietta gerade so lange auf den Schoß nehmen, daß sie sein Haar und seinen Nacken riechen konnte, bevor er wieder hinunterkletterte, die Muschel in der Hand. Sie sah sein dunkles Gesicht, nicht so dunkel wie das von Nate, viel dunkler als das von Carolanne. Er hatte Nates schwarzglänzende Augen und Augenbrauen und Carolannes feinen Mund. Seine Ellbogen waren weich gepolstert, wenn er sie in ihre Schenkel rammte, während er die Autos und Teddys und Laster aus seiner Spielzeugkiste zerrte, um sie ihr zu bringen und dann wieder zurückzulegen. In Rosies großem Korb lagen Plastikbausteine, und die kleineren Körbe standen auf der Anrichte, die die Küche von der Eßecke trennte; sie waren mit den Pfefferminzbonbons gefüllt, die Nate so gern mochte.

Carolanne holte sich eine Flasche Sprudelwasser aus der Küche und setzte sich auf das Sofa. »Ich bin gespannt, wann er das Meer rauschen hört«, sagte sie, während sie zuguckte, wie Freeman die Muschel hinten auf ein Lastauto packte und zu einem Plastikförmchen transportierte. Marietta lächelte. »Ich muß diese Schuhe ausziehen«, sagte Carolanne. Sie ging in ihr Schlafzimmer.

Marietta lauschte dem Fernseher und Freeman, der mit seinen Teddys und Lastautos plapperte. Carolannes Wohnzimmer war pfirsichfarben, mit Bildern von Wüstenlandschaften und riesigen Blumen; sie hatte große Vasen mit flaumigen Graswedeln und nackten Zweigen in den Ecken stehen. In der Mitte des Eßzimmertischs stand eine hellgrüne Vase mit weißen Blumen.

»Nimm das mit in dein Zimmer und spiel dort«, sagte Carolanne, die jetzt wieder hereinkam und sich in einen Sessel fallen ließ. Freeman hatte sich das Xylophon vorgenommen. »Geh rüber, das macht zuviel Krach.« Er packte es und zockelte gehorsam in sein Zimmer.

Marietta wartete auf das Klingeln des Telefons, als *General Hospital* losging. Calvins Freundin Tiana, die noch auf dem College war, klingelte jeden Tag einmal kurz bei ihr an, damit Carolanne zurückrief, weil es ein Ferngespräch war. Dann guckten sie die Sendung gemeinsam. Lange Pausen und dann ein »Hej, hast du das gehört?«.

Marietta ging ins Bad und schloß die Tür. Freemans Geklimper drang trotzdem herein. Als sie auf dem Klo saß, stach ihr etwas ins Auge – ein kleiner Splitter Dunkelblau, wie eine Glasscherbe, nach der sie schon immer gesucht hatte. Im Abfallkorb lag ein weißer Plastikstab, der an der Spitze blau verfärbt war. Sie beugte sich hinunter, um ihn herauszufischen, und fand ein kleines Schächtelchen. Sofort-Schwangerschaftstest. Resultat in wenigen Minuten. Blaufärbung bei positivem Testergebnis.

Ein paar Tage später erschienen Carolanne und Nate in ihrer Tür. Sie war beladen mit einem Stapel großer, kübelförmiger Körbe, Nate trug zwei Bäume, die Carolanne in die Körbe stellte und neben das Sofa rückte. »Da sind noch mehr«, sagte sie, und sie holte ein paar von den dunkelgrünen und lila Körben herein, die Marietta in dem Geschäft betastet hatte. »Ich hab gesehen, wie du so lange davorgestanden hast«, sagte Carolanne lächelnd. »Du sollst alles kriegen, was du möchtest.«

Sie konnte Nate nicht fragen, ob er es wußte. Natürlich wußte er es nicht. Sie konnte sich auch nicht überwinden, Carolanne auf das anzusprechen, was sie im Bad entdeckt hatte. Die Jungen hielten sich tagsüber meist in Calvins Wohnzimmer auf, und Carolanne schlief viel und wurde böse, wenn Freeman in seinem Autositz oder beim Einkaufen in seinem Kinderwagen quengelte und zappelte und weinte. Aber sie ging jeden Tag zu ihrem Aerobic-Kurs, und ihr Bauch war straff unter dem glänzenden Trikot.

Vielleicht hatte ja das Gebrüll, das durch die Wände und Fliegenfenster herüberdrang, gar nichts mit Carolanne zu tun, und auch nicht die Tatsache, daß Nate so viele Stunden mit den anderen Spielern verbrachte. Es kam wahrscheinlich alles nur daher, daß die Jungen beide so nervös waren – sie hatten nur noch Konditionstraining und Sprintübungen und Blocktechniken im Kopf und studierten die ganze Zeit Videos, und Nate schien über nichts anderes mehr reden zu wollen. »Vorsaison«, sagte er immer wieder. Vielleich Carolanne fühl vernachlässig, vielleich sie sag ihm, un er freu sich nich. Aber wie soll ich frag Nate?

Fast jeden Nachmittag, vor dem Krafttraining, kamen ihre Freunde, lauter riesige Männer, die sich durch die Eingangstür duckten, um Nate und Calvin mit großem Hallo zu begrüßen. Und sie stand da und kochte für vier oder fünf Männer, deren Hälse so dick waren, daß die Fische wahrscheinlich auch ganz durchgepaßt hätten! Warum schnitt sie sie überhaupt in Stücke, bevor sie sie briet?

»Wo wohn Sie?« fragte sie den kleinsten, der Rock hieß.

»Ich und Marcus, wir wohnen in Santa Ana, Miz Cook«, sagte er. »Wir haben da ein Apartment.«

»Nur ihr zwei?«

»*Yeah.*«

»Rat, wie ich da drauf komm – rat, wieso ich weiß, daß ihr nieman hab, wo für euch koch!« sagte sie, indem sie die Augen verdrehte. Sie konnte ihn gut leiden. »Un Sie?« wandte sie sich an den, den sie ihr als Incredible Bulk vorgestellt hatten. Sein richtiger Name war Jeffrey, und das gefiel ihr besser. Er war hellhäutig, hatte einen runden Kopf und ein frisches Gesicht. Er sah aus wie ein Jeffrey, also nannte sie ihn so. »Wo wohn Sie, Jeffrey?«

»Ich wohn bei meinem Dad, in L.A. Ich hab nen Bruder in San Francisco, und meine Schwester lebt in San Diego.« Er war so höflich und beflissen, daß sie lächeln mußte.

»Un ihr komm un besuch Calvin«, sagte sie, »wenn ihr Hunger hab.«

»Ich eß so gern Fisch, Ma'am.«

»Miz Cook«, sagte Rock. »Mein Onkel wohnt in Rio Seco, und er geht immer angeln. Vielleicht können Sie und Calvin ja mal mit rausfahren, wenn Sie was fangen möchten.«

»Da muß ich schon ein Haifisch fang, wenn ich euch all zusamm fütter.«

»Haifisch kann man doch nich essen, Mann«, sagte Jeffrey.

»Daheim haben wir jeden Tag zugeguckt, wie die Männer Haifisch angebracht haben, Mann«, sagte Nate. »Da kannst du alles mit machen.«

»Hab ganz vergessen, daß ihr zwei waschechte Sumpfnigger seid«, sagte Rock. »Wo ihr doch immer diese Geheimsprache redet, wenn ihr nicht wollt, daß ich mitkrieg, was ihr sagt. Hm-mmm.«

Sie aßen auf dem Sofa oder auf dem Teppichboden und guckten dabei Kung-Fu-Videos oder Aufzeichnungen von Spielen oder Sportnachrichten. Marietta brachte ihnen ihre Teller und setzte sich dann allein an den Eßtisch und hörte zu. In Wirklichkeit machte ihr die Kocherei nichts aus, weil sie sie so gern reden hörte. Sie versuchte, diese Sprache zu entschlüsseln, sorgsam aus dem Zusammenhang heraus, so wie damals, als sie auf die Fotos und die Wörter in dem Heft aus ihrem Baumstammversteck gestarrt hatte. Zuerst verstand sie nicht die Hälfte von dem, was sie redeten, vor allem bei Rock und Jeffrey, die eine Art Kalifornisch sprachen.

»O Mann, wir ham echt das geile Leben. Haun voll auf den Sack, brauchen nur zulangen. Weiber noch un noch für mich und Calvin und Augen-auf-Pfoten-weg für unsern Kumpel Nate hier. Armer Kerl, hockt an Händ und Füß gefesselt in der Wüste, und überall krabbeln die Ameisen.« Rock tätschelte Nates Schulter, und Nate boxte ihn vor die Brust, aber er sagte nichts von einem neuen Baby. Und Marietta wußte, daß er nichts wußte.

»Halt's Maul, Mann, bei uns is noch gar nix geil. Wir haben's noch nich im Sack. Neunundzwanzigster August – Endauswahl. Dann spuck ich die großen Töne, okay?« Nate starrte auf den Bildschirm.

Wo hatte er gelernt, so zu reden? Seine Stimme blieb sanft, aber die Worte kamen herausgeschossen. Marietta sah nicht hin; sie suchte ihren Fisch auf Gräten ab und kaute leise, damit sie alles mitbekam.

»Du nimmst das Maul zu voll, Nate, Mann. Ich hab gehört, Wilson hat dich gestern eingemacht«, sagte Rock.

»*Shit*, der is auch n alter Hase, Mann«, sagte Jeffrey.

»*Yeah*, un er hat gesagt: ›Nate *Cook* denkt, er is am *Zug*, aber für mich isser nich fix *genug*, da kriegt er mächtig eins vorn *Bug*.« Rock lachte.

»Wieso quakt der Typ immer so Zeug, wo sich reimt?« fragte Nate.

»Is seine persönliche Note, verstehst du, bringt ihm jede Menge Publicity. Kommt dauernd in der Zeitung – da lecken sich die Fans die Finger nach.«

Nate stand auf und stapfte hin und her. »He, verdammt, das is das, was ich will. Mich rausheben, mit ich dem Coach auffall. Ich wer der Linebacker sein, wo ihnen allen die Hölle heiß macht. Trouble Man. *Yeah*, so sollt ihr mich nennen. Das gefällt mir. Ja, ich bin echt n harter Typ, Mann.«

»Hört euch das an!« rief Rock lachend.

»He, Mann, wir sind die absoluten Fighter«, sagte Nate.

»*Shit*, Mann«, sagte Jeffrey stirnrunzelnd. »*Du* bist nich im Dschungel groß geworden.«

»Red nich, Bulk, du hast doch gesagt, du kommst aus L.A.«, sagte Calvin.

»*Yeah*, und mein Viertel hat der Dschungel geheißen. So was habt ihr zwei nie gesehn.«

Nate sagte: »*Yeah*, aber wir sin aus den Wäldern, Mann. So was hast du nie …«

Calvin fuhr dazwischen. »Is doch alles scheißegal, Mann, wenn wir's auf dem Platz nich bringen. Spuckt nich so große Töne, vor wir nich die Spielzüg draufham.«

»Ej, Bruderherz, du bist schon immer ein Schißhas gewesen«, sagte Nate. »Weißt du noch …« Marietta stellte ihr Glas mit einem harten Klicken auf den Tisch. Sie stand auf, verlegen jetzt, und sie verstummten.

»Ich bin nich nach Kalifornien gekomm, mit ich hier Tagarbeit mach«, sagte sie.

»Pardon, Miz Cook?« sagte Rock, und sie guckte ihn kopfschüttelnd an. Er verstand ihre Sprache nicht.

»›Tagarbeit‹ heiß ›Dienstmädchen‹. Ihr räum euer Geschirr weg, weil ihr mich nich dafür bezahl. Un ihr vergeß nich euer Gläser auf dem Boden.«

Aber manchmal hörte sie Nate und Calvin die Damalzeit-Sprache sprechen, so wie in Pine Gardens. Sie redeten wie Kinder, wenn sie etwas sagen wollten, was die anderen Spieler nicht mitbekommen sollten, und die Vergangenheit war ihr Geheimcode. »Er Langaug aufm Platz«, sagte Calvin. »Wilson.«

»Was?« sagte Nate leise.

»Jeman blas heut Zucker in dein Ohr. Dein Ohr groß-groß. Du wer weiß, wer auf dein Seit, schnell-schnell. Zucker in Ohr nich gut fe dein Kopf.«

»Un?«

»Coach seh. Er heiß in Kampf, Wilson – gut fe sein Sach, schlecht fe dein, weil du krieg bloß groß Kopf. Du nutz dein Zornhitz, Mann – Zornhitz helf dir fe schlag ihn in August.«

»Was zum Teufel brabbelst du da, Calvin?« fragte Rock dann stirnrunzelnd. »Red englisch, Mann, wir sind in Amerika.«

»*Yeah*, Rock«, sagte Calvin grinsend. »Wir sin in Amerika un ham ein geiles Leben. Noch ham wir ein echt *geiles* Leben.«

Freeman sprach auch seine eigene Sprache. Wenn Nate und Calvin abends vom Krafttraining zurückkamen, ging Marietta nach nebenan, um ihren Enkelsohn zu baden. Das war das einzige, was Carolanne sie machen ließ, weil sie sagte, daß Freeman sich immer sträubte und ihre Kleider ganz voll Wasser spritzte.

Vor dem Baden durfte er im Wohnzimmer herumtollen, so wie die Jungen daheim im Hof herumgetobt hatten, wenn es dunkel geworden war, weil sie gewußt hatten, daß ihr Tag zu Ende ging. »Ah-in«, sagte Freeman, wenn er Calvin betatschte. Besser konnte er seinen Namen nicht sagen. Die einzigen Wörter, die er klar und deutlich aussprechen konnte, waren »Daddy«, »Wau-wau«, »Quak-Quak« und »eiß-

eiß« für Essen, das er nicht anrühren durfte, weil es noch dampfte.

Marietta durfte ihn jetzt halten, aber sie hatte immer noch keinen Namen. Nate sagte Carolanne immer wieder, sie solle ihn doch seiner Oma überlassen, weil die am besten auf ihn aufpassen würde, sicher besser als die Leute im Kindergarten, wo so viele Kinder waren, aber Carolanne schüttelte den Kopf.

»Er ist siebzehn Monate alt. Er braucht das strukturierte Spiel, das steht in allen Büchern. Er braucht organisierte Aktivitäten in der Gruppe, damit er soziale Fähigkeiten entwickeln kann. Er sieht seine Oma ja jeden Abend.« Carolanne hatte auch keinen Namen für sie. Wenn Freeman dabei war, nannte sie sie Big Ma, aber wenn sie und Marietta einkaufen waren, sagte sie: »Brauchst du noch Milch? Halt, *äh*, du bist an der Zahnpasta vorbeigelaufen.«

Strukturiert Spiel, dachte Marietta. Ich schick ihn raus in Hof mit paar Töpf und Pfann un Löffel, un er find selber raus, was er woll spiel. Aber hier geb kein Hof, und dein Töpf un Pfann er kann nich nehm un spiel damit am Boden. All Blum un Gold überall rum – die Sach viel zu fein.

Sie hatte Freeman einen Nachmittag gehütet, als er Schnupfen gehabt hatte und Carolanne in ihren Aerobic-Kurs gegangen war. Marietta hatte auf die Bluse geguckt, die sie über ihr Gymnastiktrikot gezogen hatte. »Es ist zu kalt dort im Studio«, hatte Carolanne gesagt. Und als sie unerwartet wieder zur Tür hereingekommen war, saß Freeman vergnügt kreischend da, während Marietta ein kopfloses Huhn auf ihn zuhüpfen ließ. »Huhn wer pack dich!« sagte Marietta, und mit der anderen Hand ließ sie die Forelle durch die Luft auf ihn zuwackeln. »Fisch pack dich auch!«

»Großer Gott«, sagte Carolanne. »Er wird Alpträume kriegen, wenn er Tiere sieht, die er später essen soll.« Als Marietta ihre hochgezogene Oberlippe gesehen hatte, war ihr Gesicht glühend heiß geworden, und sie hatte sich so gefühlt, wie sie sich all die Jahre gefühlt hatte, wenn die Frauen verstummt waren, während sie um sie herum geputzt hatte.

Nix fe mach Spaziergang hin, nix fe hol Eiskrem. Kein Fisch in dem Creek, ich mein, in der Anlag. Sie sagte nichts, guckte nur, als Carolanne sagte: »Lies ihm was vor, Nate, das Bilderbuch, das er so gern mag. Das mit dem Hund.«

»Mr. Thomas ging jeden Tag mit seinem Hund Walter im Park spazieren«, las Nate, und Marietta sah über seine Schulter auf den großen, struppigen Hund mit der heraushängenden Zunge.

»Wo ist der Wau-wau, Freeman?« sagte Carolanne. »Zeig mir den Wau-wau.«

»Da-da«, sagte Freeman, aus dem Fenster zeigend. Er hatte auf der Straße Hunde gesehen, die von Leuten ausgeführt wurden.

»Nein, Schätzchen, da in dem Buch. Wo ist der Wau-wau?«

Er starrte auf das Buch, zeigte aber nicht. »Er is müde«, sagte Nate. »Un ich auch.«

»Nein, er zeigt nie auf die Hunde in seinen Bilderbüchern«, sagte Carolanne. »Aber die an der Wand im Kindergarten zeigt er einem immer. Das hier ist für ihn einfach keine Lernsituation, verstehst du, das ist nur Spiel. Deswegen will ich, daß er in den Kindergarten geht.«

Marietta guckte wieder auf den struppigen Hund, aber sie sagte nur: »Komm in die Badwann, Freeman. Du laß dein Mama bißchen Ruh, vor du geh in dein Bett.« In der Wanne goß er Wasser in ihre Hände, um dann zuzugucken, wie es verschwand. Sie seifte ihn kniend ab, und wenn sie mit den Händen über seinen Körper fuhr, um den Schaum abzustreifen, dachte sie, daß es auf der Welt nichts Glatteres gab als einen Babyrücken. Keine huppelige Wirbelsäule, keine Muskeln, nichts als eine glatte, ebene Hautbahn.

Calvins und Nates Rücken konnte sie sehen, wenn die beiden mit Rock und Jeffrey vor dem Fernseher saßen, mit bloßem Oberkörper oder in Muskel-Shirts, und ihre Muskeln faszinierten sie und machten ihr fast schon angst. Die Haut spannte sich straff über lauter kleine Kissen, an den Schultern, an den Oberarmen, sogar auf dem Rücken, wenn sie sich über den Couchtisch beugten. Rock hab nich so viel Muskel – er ein Defensive Back, dachte sie. Wie ich. Aber all die ander Bursch. Stemm Gewicht all Tag, bis ihr Haut krieg Streif wie von Schwangerschaft. Die hellen Rißlinien ästelten sich unter ihren Achselhöhlen hervor. Sie sah im Geist pralle Tüten mit Maisschrot und Reis unter ihrer Haut wachsen. Lahas Jerry und Big Johnny hatten flache Arme, außer sie spannten sie an, um eine Schaufel zu heben oder eine Axt zu schwingen, und dann traten ihre Muskeln wie Stricke hervor. Aber Nates Arme wölbten sich auch dann, wenn er nur dasaß und vom Krafttraining redete.

»Ich muß heut vierhundert schaffen, Mann. Ich muß vierhundert stemmen. Ich muß mehr Masse draufkriegen. Ich eß un eß un stemm un stemm – aber das dauert ewig, Mann.«

»Du bist eben nicht Incredible Bulk, Mann«, sagte Rock.

»*Yeah*, hat mich auch *Opfer* gekostet, so zu werden, Mann. Ich könnt dir helfen, aber du willst ja nich ...«, sagte Jeffrey.

»Ich brauch nich *du* werden, Mann«, sagte Nate. »Ich muß nur im August zweifünfundsechzig auf die Waage bringen. Coach sagt, das will er haben. Er redt die ganze Zeit, daß wir am College nur zwölf Spiele in der Saison gehabt haben, un jetzt haben wir zwanzig.« Nate stopfte Fleisch und Reis in sich hinein, drei-, viermal am Tag ganze Teller voll von allem, was Marietta ihm vorsetzte, und er brummte: »Carolanne will ja nix machen, wie paar Häppchen aus der Feinkostabteilung holen oder eins von den Diätdingern innen Ofen schieben. Ich hab ihr gesagt, ich muß zulegen.«

»Du renn immer hin un her und wer nur dünner vor lauter Sorg un Unruh«, sagte Marietta.

»Das hat mit meim Gewicht nix zu tun, Mama«, sagte er. »Es *is* hart.«

Rock kam fast jeden Tag vor dem Mittagessen und erzählte Schauergeschichten über das Trainingscamp im August. Es war jetzt Ende Juli, und sie hörten ihm zu, während sie ihre Berge von Huhn verdrückten und Bataillone von Gläsern leerten.

»Ich sag dir, Mann, zwei Trainingseinheiten am Tag, das is die reine Schinderei – un das soll's ja auch sein. Und abends nehmen dich die *veteranos* in die Mangel. Die machen dich aufm Platz ein, un die machen dich im Quartier ein. Letztes Jahr haben sie Leroy schikaniert, Mann. Haben ihm kalte Spaghetti ins Bett gelegt, daß er dachte, es sin Würmer, un dann haben sie ihn bei uns im Zimmer eingeschlossen, und er is zu spät zum Training gekommen. Der Coach hat getobt, Mann.«

Nach dem Essen tigerten sie wieder ruhelos auf und ab, und Nate sagte: »Ich kann nich soviel denken, Mann. Schlag vor, wir haun ab un ziehn uns nen Film rein.« Und sie gingen alle ins Kino und ließen sie mit dem Fernseher allein.

Beim unablässigen Geschwätz der Seifenopern spülte sie das Geschirr. In Charleston hatte sie an ihren freien Tagen an Tiny Mommas Tisch mit einem Ohr diesen Serien zugehört, aber die Augen hatte sie nicht von der Bohnenschüssel oder dem Loch in der Hose abgewandt. In den Häusern, wo sie geputzt hatte, war oft ein Fernseher bei dem Mädchen in der Küche gelaufen und noch einer irgendwo anders für die Frau des Hauses, aber Marietta hatte bei der Arbeit nur Fetzen von Gebrüll und Geschluchze mitgekriegt.

Sie setzte sich auf das schwarze Leder, wobei sie nicht vergaß, ein Hemd hinter sich zu ziehen, und starrte auf die glitzernden Lippen und Augen der Frauen und das Haar, das sich steif um ihre Gesichter bauschte. Das Haar der Männer war ebenfalls voll und sorgsam frisiert, und ihre Kinnspitzen zeigten nach vorn. Sie konzentrierte sich. Es kam ihr alles langsamer und lauter vor, als sie es von den paar flüchtigen Blicken in Erinnerung hatte, und die Münder bewegten sich viel heftiger als bei allen Leuten, die sie kannte, aber sie legte die Füße hoch und verschränkte die Hände über dem Bauch. Der Mann und die Frau auf dem Bildschirm begannen sich zu küssen, die weitgeöffneten Münder aufeinandergepreßt; sie schoben sich durchs Zimmer und fielen aufs Bett, und die rosa Satinträgerchen der Frau rutschten von ihren Schultern, während sie den Kopf zurückbog und ihm die Lippen entgegenreckte. Marietta guckte durch die Schiebetür nach draußen. Tiny Momma und Miss Alberta hatten diesen Teil immer geliebt.

Vielleicht sollte sie Tiny Momma anrufen. Das Telefon läutete und läutete – dort war es jetzt schon fünf Uhr. Tiny Momma war wahrscheinlich zum Laden gegangen, jetzt, wo die Hitze ein bißchen nachgelassen hatte.

Carolanne machte sich die Nägel, bevor sie Freeman abholen ging.

Marietta versuchte sich zu zwingen, die Hände still zu halten und sich zu entspannen. Sie sah wieder auf ihre eigenen Nägel.

Die Frauen im Fernsehen hatten farbig lackierte, spitz zugefeilte Nägel wie Carolanne. Sie sah Carolannes Nägel auf Nates Arm, bei ihrer ersten Begegnung damals in Charleston. Sie sah die glänzenden Schweißperlen auf dem nackten Rücken des Mannes auf dem Bildschirm. Als sie mit der Fernbedienung die Sender durchschaltete, sah sie überall Seifenopern, Lippen, und dann, auf MTV, statt Farben plötzlich nur noch Blaugrau und Weiß – schemenhafte Gestalten, aber auch hier waren es ein Mann und eine Frau zwischen zerwühlten Laken, dann in einem Hintergäßchen, und dann wanden sich ihre Körper auf dem Rücksitz eines Autos.

Sie schmeckte den Geruch von Sinbads Rasierwasser hinten in ihrem Rachen. Milts Hände, Holz und Schmieröl und Bergamotte-Haaröl, seine Handflächen, die an ihrem Gesicht vorbeiglitten, um ihren Hinterkopf zu umfassen, während er sie küßte. Das Auto – die eingeschlossene Luft – Zähne an ihrem Ohr und auf ihren Lippen, in Sinbads Bett.

Sie starrte auf das Paar, die helle Haut im Licht des Monds, vertauschte die beiden gegen andere Schauspieler mit üppigem Haar, gegen die Sportnachrichten. Ein Fußballspiel.

Carolannes Nägel in Nates kurzem Haar, wenn er auf dem Sofa saß und sie sich über ihn beugte – Marietta schüttelte den Kopf und trat hinaus auf den kleinen Vorplatz zwischen den Eingangstüren und horchte auf Carolannes Wagen.

Sie wanderte ruhelos herum und die Jungen ebenfalls. Sie hatte ihnen Fisch zu essen gegeben, immerzu Fisch, aber dieser Fisch hier, den sie in Styroporschalen und Plastikfolie im Geschäft kaufte, schien sie nicht zu besänftigen. Sie hörten nicht auf, sich im Zimmer herumzuwerfen, so wie sie sich in ihrem Bauch herumgeworfen hatten. Sie ging zu der Fischtheke in dem großen Supermarkt und kaufte Roten Schnappbarsch, auf Eis ausgelegt, und Berge von nicht mehr frischen Shrimps, aber Nate wurde immer unberechenbarer. Er schnauzte Calvin an und fuhr auf Carolanne los, und Marietta dachte: Sie erzähl ihm von dem Baby.

Wenn überhaupt ein Baby dort drinnen war. Carolannes Bauch war nur ganz, ganz leicht gewölbt, und Marietta dachte, das konnte doch auch Freemans Sitz sein, das kleine Polster um die Hüften, das junge Mütter behielten, bis ihre

Kinder richtig laufen konnten. Aerobic, Tanzunterricht, ihre Augen, die manchmal grün und manchmal golden leuchteten, auf alle Fälle aber hell waren hinter den Kontaktlinsen, die sie Marietta endlich einmal gezeigt hatte. Vielleicht war da ja gar kein Baby.

Dann warf Nate eines Nachts einen Stuhl an die Wand. Calvin war irgendwo mit Rock unterwegs, und Marietta döste auf dem Sofa, als sie plötzlich drüben etwas gegen den Verputz krachen hörte. Sie rannte hinüber, weil sie dachte, es sei etwas umgestürzt – war Freeman etwas passiert? –, aber Nate machte ihr auf.

»Tut mir leid, Mama. Ich hab gleich gewußt, daß ich dir einen Schreck einjag.« Er versuchte, die weinende Carolanne in die Arme zu nehmen, und sagte: »Mir geht einfach zuviel im Kopf rum.«

Carolanne entzog sich ihm und fauchte: »Es wird dir aus deim Kopf rausquellen, wenn du das noch mal machst. Weil ich dir dann nämlich den Schädel einschlag, wenn du schläfst. Ohne mich, Nigger, das Scheißspiel mach ich nich mit. Wehe, du ziehst diesen Scheiß ein einziges Mal vor meim Sohn ab.«

Marietta hatte Carolanne noch nie so reden hören, in diesem Ton, mit solchen Wörtern, und sie ging hinaus auf ihren Balkon und blieb auch dort, als Calvin wieder zurückkam. Sie konnte nachts sowieso nicht richtig schlafen, nicht in diesem großen Bett. Sie war die warmen, lauen Dämmernächte auf der Couch gewöhnt, mit den Stimmen, die durchs Fenster kamen.

Sie sah die ganzen Lichter auf den Hügeln hinter dem Freeway. Goldene Straßenlaternen, silberne Lichter um die Häuser – sie flimmerten in der Hitze, und wenn ein Auto die Straßen hinauffuhr, waren die roten Heckleuchten funkelnde Rubine. Sie konnte nichts für Nate tun. Was konnte sie Carolanne geben? Den ganzen Tag suchte sie sich Arbeit, indem sie behauptete, sie könne den harten, kalkigen Spülmaschinengeruch auf dem Geschirr nicht leiden, und es selbst spülte und abtrocknete und wegräumte. Sie häkelte, wie Tiny Momma es ihr schließlich beigebracht hatte, und sie versuchte, Carolannes Zeitschriften zu lesen – Mode, Wohnen und Kochen. Aber als sie eine Decke für das Sofa gemacht hatte, damit Nate nicht mehr an dem Leder klebenblieb, merkte sie, daß zu der Art von

Einrichtung, von der Carolanne gesagt hatte, sie sei genau das richtige für ihre Wohnung, nichts Gehäkeltes gehörte. Nichts, was so selbstgemacht aussah, nichts, was so gelb war.

Sie saß da, die Füße auf dem Balkongeländer, und lauschte dem künstlichen Bach. Ich wer neununddreißig in August, wenn Vorsaisonspiel anfang. Beinah vierzig Jahr.

Sie versuchte, mit Carolanne *Phil Donahue* im Fernsehen zu gucken und sich mit ihr zu unterhalten. Das Baby mit Wasser im Kopf, die Frauen, die vergewaltigt worden waren, die Männer, die ihre Frauen und ihre Geliebten betrogen – jedesmal, wenn jemand etwas gesagt hatte, prasselte der Applaus los wie klackernde Murmeln, vor jeder Werbung, nach jeder Werbung klatschten die Leute wie Maschinen. Nie kamen andere junge Frauen vorbei, um mit Carolanne zu schwatzen. Sie redete durch den Hörer mit Tiana, und sie telefonierte oft mit ihrer Tante und ihrer Schwester in L.A.

Nate sagte, ihre Mutter sei gestorben, als Carolanne noch klein gewesen war. Carolanne lackierte sich die Fingernägel, schnitt Kochrezepte aus und drückte Telefontasten. Sie erzählte Marietta, daß Nate mit jedem Tag jähzorniger wurde und nichts mehr tun wollte, worum sie ihn bat. »Er ist nicht bereit, sich zu ändern. Er will seinen Lebensstil beibehalten, mit seinen Freunden irgendwo rumhängen, in schlampigen Sachen rumlaufen, drei Minuten mit Freeman spielen und dann Sportnachrichten gucken. Das ist doch kein Lebensstil.«

Wenn Carolanne Freeman leicht auf die Hand patschte, damit er aufhörte, Blätter von den Wohnzimmerpflanzen abzureißen, dann lachte er, während sie ihn belehrte. Nate gab ihm einen groben Knuff, und er rannte heulend im Zimmer herum. »*Yeah*, mach's nur so wie früher, Nate«, zischte Carolanne. »Erklär ihm nich, was er falsch macht – schlag ihn einfach nur und sag ›Darum‹.«

Marietta konnte es nicht mehr mit ansehen. Eines Abends sagte sie: »Ihr komm heut all rüber zu mir zum Essen. Die zwei wer bald geh in ihr Trainingcamp. Ich mach euch was Besonders.«

Als sie an dem Rauchglastisch in ihrem Eßzimmer saßen, stellte sie vier große Schüsseln auf den Tisch. Dann sah sie

Carolanne an. Sie guckten alle auf die Schüsseln – Maisgrütze, Reis, Tomaten, Wassermelone.

»Okay. Das unser Eßsach – du weiß noch, Nate? Carolanne kenn nich. Das unser ganz Eßsach. Im Winter weiß, im Sommer rot. Manchmal wir eß nix anders wie das, ein Woch oder zwei. Du weiß noch, Calvin?«

»Un?« sagte Nate. »Gib mal den Reis her.«

»Un ihr denk immer nur drüber nach, ob ihr soll kauf das noch, ob ihr brauch das noch. Ihr all drei denk immer nur da dran, all Augenblick. Ihr muß geh un kauf Sach, kauf neu Video, kauf neu Hemd. Carolanne weiß nich, was sie soll mach mit ihr Zeit, denk immer nur drüber nach, wie sie kann geb Geld aus. Du mach dich selber verrückt, Carolanne. Mit deim Gered von Lebensstil.« Carolanne öffnete den Mund, Zornfalten auf der Stirn, aber Marietta sagte: »Ich schon am End. Ich woll euch nur dran erinner, wo wir herkomm.«

Sie ging hinaus, erleichtert und beschämt zugleich, und wanderte um die Autos herum, die unten auf den Garagenplätzen standen. Sie hatte immer noch nicht fahren gelernt. Vielleicht konnte Calvin es ihr irgendwann beibringen. Eine Frau fuhr an ihr vorbei und sah sie mit großen Augen an, und sie zog sich wieder in die Garage zurück, um sich auf den kühlen Vordersitz des Lincoln zu setzen.

Sie ging ein paar Tage nicht nach nebenan, weil sie nicht wußte, wie sie mit Carolanne reden sollte. Sie wartete, daß Nate etwas sagte, aber er wollte nur Huhn essen. Calvin ließ Rock zur Tür herein, und Marietta sagte: »Ah, Mr. Rock, ich denk, wir brauch Sie jetz, daß Sie uns mitnehm.«

»Pardon, Miz Cook?«

»Das all Wort, wo Sie kann sag zu mir«, sagte Marietta. »Ich red klar un deutlich jetz. Die zwei sitz immer nur rum all Tag un grübel un bang. Un ihr jag ihn noch mehr Angst ein. Ich denk, wir all mach morgen mal ein Tag frei un fahr zusamm dahin, wo Sie sag, daß Ihr Onkel wohn, un wo geb die Fisch. Wie heiß noch mal?«

»Rio Seco. Ich weiß nich, morgen is Samstag. Meint ihr, ihr schafft's überhaupt, in der Stadt zu angeln anstatt in euerm Sumpf?« sagte Rock lachend.

Nate zuckte die Achseln, aber Calvin sagte: »Ich muß auf jeden Fall mal hier raus.«

»Okay«, sagte Rock. »Ihr könnt ja im Lincoln hinter mir herfahren.«

»Wir nehm Freeman mit, Nate«, sagte Marietta. Aber als sie früh am nächsten Morgen nach drüben ging und Carolanne vorsichtig zunickte, merkte sie, daß Nate ihr nichts gesagt hatte.

»Wo wollt ihr hin?« fragte Carolanne, ihre Kleidung musternd.

»Wir laß dir ein Tag Ruh. Wir fahr mit Rock zum Angeln«, sagte Marietta. Nate nahm Freeman hoch und steuerte auf die offene Wohnungstür zu.

»Na-ah, kommt gar nicht in Frage«, sagte Carolanne. »Er geht mir an kein Wasser bei der Hitze. Da wird er ja völlig versengt, und außerdem kann er nicht schwimmen.«

»Er kann bißchen Farbe brauchen«, sagte Nate. »Du verziehst ihn zu nem richtigen Muttersöhnchen, läßt mich nix mit ihm machen. Er geht mit fischen.«

Als Freemans Füße um den Türpfosten geschwenkt waren, fuhr Carolanne Marietta an: »Ich möcht wissen, warum du das machst. Erst hast du nicht gewollt, daß Nate mich heiratet, und jetzt willst du uns auseinanderbringen.«

Marietta holte tief Luft. »Ich mach gar nix. Ihr zwei mach. Ich weiß nich mal von euer Heiratsplän, wo ihr damal nach Charleston komm.«

»Du hast ihn nicht vorzeitig abgehen lassen, wie wir das Geld gebraucht haben. Du hast gesagt, er soll das College fertig machen. Haut doch ab – ich will euch eh nich mehr sehn.« Carolanne knallte die Schlafzimmertür zu.

»Laß uns losfahren, Mann«, sagte Rock.

»Ich wart noch auf Bulk«, sagte Nate.

»Bulk kommt nich mit, der hat sein Lebtag noch keinen See gesehn«, sagte Rock.

»Nein, er kommt her, weil ich ihm noch was geben muß«, sagte Nate, und sie setzten sich beide noch kurz aufs Sofa, während Marietta Freemans Windel wechselte.

Als Jeffrey kam, grinste Nate, und sie frotzelten alle ein bißchen herum. Dann sagte Nate: »He, komm mit rüber ins

Schlafzimmer, Mann, ich muß dir Calvins neuen Anzug zeigen«, und Jeffrey folgte ihm und sagte: »*Yeah*, Calvin, ich hab schon gehört, du bist jetzt total *in* mit deinem Zweireiher.« Aber irgend etwas in Nates Augen war zu gezwungen. Seine Worte klangen einstudiert, und Marietta wußte, er verbarg etwas vor ihnen.

Calvin wippte nervös mit dem Knie und sagte dann: »Ich werd ihm sagen, daß wir losmüssen.«

Sie und Calvin warteten schon draußen im Lincoln, als Jeffrey wegfuhr. »Setz dich da rein, un ich fahr«, sagte Nate zu Rock.

»Nee, Mann«, protestierte Rock, aber Calvin sagte: »Ich geh nach hinten, Mann, laß uns jetz endlich fahren.«

Sie fuhren von Los Angeles weg, eine gewundene Strecke durch steile Berge, und Marietta dachte wieder einmal, daß das nicht das Kalifornien war, das sie immer in den Zeitschriften gesehen hatte. Die Berghänge waren braun und golden, und jetzt kamen sie über ein Flußbett. Sie guckte hinunter und sah einen breiten, sandigen Streifen mit einem dünnen, silbernen Wasserfaden in der Mitte.

»Das ist der Santa Ana River«, sagte Rock stolz.

»Das is doch kein Fluß!« sagte Nate. »Das is grad bißchen Regenwasser in nem Rinnstein.«

»Klappe, Mann, das ist der einzige Fluß hier in der Gegend. Der L.A. River ist doch nur Beton und Zeug – das hier ist ein richtiger Fluß«, sagte Rock. Calvin und Marietta lachten jetzt ebenfalls.

»Wir müssen erst hin und meinen Onkel holen«, sagte Rock. »Er wird dich den ganzen Tag wegen unserer Verteidigung löchern, Nate. Fahr da ab und dann links.«

Sie fuhren zwischen Lagerhäusern und Eisenbahnschienen entlang und waren dann plötzlich in einem Viertel mit schwarzen Gesichtern, kleinen Holzhäusern, Palmen rechts und links der Straße und Geranien, die durch die Zäune wuchsen. Marietta fühlte ihr Herz schneller schlagen, als sie einen alten Laster sah, der dem von Big Johnny glich, und eine Wäscheleine mit Hemden in einem Hinterhof.

»Jetzt sind wir im Ghetto«, sagte Rock.

»*Shit*, das hier nennt ihr Ghetto?« sagte Nate. »O Mann.«

»Die Palmbäum sin hier größer«, flüsterte Marietta Calvin zu, und vor einem Haus, wo lauter Autos auf dem ungeteerten Hof standen und überall Motorteile herumlagen, ließ Rock Nate anhalten. Ein Mann mit einer langen Nase und Sommersprossen auf der rötlichen Haut saß mit ein paar anderen Männern auf Klappstühlen im Hof.

»Rat mal, welcher mein Onkel ist«, sagte Rock. »Ich hab dir ja gesagt, wie er heißt.«

»Red Man«, sagte Calvin. »*Yeah*, ich seh ihn.«

Der Onkel fing an, Nate auszufragen, nach den Verteidigungsformationen, den Blitzangriffen auf den Quarterback, den Paßspielzügen, die man bei ihrem ersten Schaukampf in Cincinnati zu sehen kriegen würde, aber Nate und Calvin wollten sich den alten stumpfnasigen Laster angucken, der auf dem schmalen Hofstück neben dem Haus stand.

»Mama, hast du nich gesagt, daß Big Johnny so einen gehabt hat?« sagte Nate. »Ich hab ihn gesehn, wie wir noch mal da waren, eh wir hierhergefahren sind. Ich glaub, ich erinner mich an die komische alte Haube. Was is das für einer?«

»Das is ein 47er Chevy«, sagte einer der Männer. »Der steht schon seit 48 hier in Red Mans Hof.« Alle lachten.

»Halt's Maul, Nigger. Da war ich noch gar nich hier«, rief Red Man. Dann fingen alle an zu reden, und es dauerte eine Stunde, bis überhaupt jemand vorschlug, zum See zu fahren. Marietta wanderte hinter Freeman her, um ihn von den rostigen Kühlern fernzuhalten, und beobachtete, wie die Männer Nate und Calvin zuhörten.

Schließlich stieg Rock in den Wagen seines Onkels, aber Red Man wollte mit Nate und Calvin fahren, um noch mehr über die kommende Spielzeit zu erfahren. Sie glitten in dem Lincoln die Straße hinunter, und als sie an dem Stoppschild an der Ecke hielten, sahen sie ein altes weißes Haus auf der gegenüberliegenden Straßenseite, hinter einem großen unbefestigten Hof mit einer ausgetrockneten Schlammkuhle. Die Fenster waren mit Spanplatten vernagelt, wie bei dem Herrnhaus in Pine Gardens, aber dieses Haus hier hatte eine normale Größe.

»Da drin haben sie dieses Crack-Zeug verkauft«, sagte Red Man. »Die Polizei is letzte Woche gekommen und hat sie hopsgenommen und das Haus verrammelt. Wie ich nach Rio

Seco gekommen bin, hat da ne alte Frau drin gewohnt, aber ich weiß nich, wem es jetzt gehört. War mal ein hübsches Häuschen. Sie hatte den besten Pflaumenbaum auf der ganzen Westside.«

Marietta hatte in den Fernsehnachrichten von solchen »Crack-Häusern« gehört, und sie sagte: »Wer verkauf das Kokain?«

»Junge Kerle, nur so paar dumme Jungen hier aus der Gegend«, sagte Red Man. »Drei Stück. Einer is der Sohn von meim Partner. Hat früher mal Basketball gespielt. Jetzt sin sie alle drunten in der Stadt.«

Nate fuhr weiter durch die Wohnstraßen und dann über eine tiefe ausgetrocknete Schlucht. Sie konnte gar nicht glauben, daß es hier genug Wasser für einen See geben sollte, aber sie sagte immer wieder zu Freeman: »Wir wer seh Fisch un Enten.« Dann bogen sie um eine Kurve, und sie sah den ersten Zipfel Blau.

Aus der Nähe war das Wasser grünlichbraun, so schlammig wie die Creeks bei den Reisfeldern. Es war ein künstlicher See, mit nacktem, hartem Lehmboden ringsherum und einer scharfen Uferkante, wo es abrupt ins Wasser ging. Die Enten waren so faul und vollgefressen, daß sie einfach an dem Brot vorbeipaddelten, das Kinder neben Marietta ins Wasser warfen, und Freeman rannte ihnen nach und rief mit ausgestrecktem Zeigefinger: »Quak-Quak! Quak-Quak!«

Die Katzenfische würden von der Kreisverwaltung ausgesetzt, sagte Red Man, aber sie seien trotzdem gerissen. Er zeigte auf die Männer, die in regelmäßigen Abständen rings um das Wasser saßen oder standen. Die meisten waren braun oder schwarz, aber Marietta sah auch ein paar ältere Weiße darunter. Autos fuhren mit donnernder Stereoanlage um den See, aber die kleinen Fische sprangen nach den Mücken über der Wasseroberfläche, als es dämmrig wurde und Marietta, Calvin und Red Man immer noch ihre Leinen auswarfen. Nate und Rock saßen ein Stück weiter in Liegestühlen und redeten, und Freeman klebte von dem Eis, das Nate ihm gekauft hatte, als das klingelnde Eisauto vorbeigekommen war.

Calvin sagte: »Wir ham nix gefangen wie paar mickrige

Klumpfisch. Ich hab niemand auch nur ein Katzenfisch rausziehn sehn.«

Marietta lächelte. Sie saß in dem Klappstuhl, den Red Man mitgebracht hatte, guckte hinaus auf das silberne Blitzen der springenden Fische und hörte die Männer lachen. Den ganzen Tag schon hatte sie Nate beiseite nehmen wollen, um mit ihm zu reden und herauszufinden, warum er sich nicht entspannen und auf den nächsten Monat konzentrieren konnte, ihn zu fragen, was zwischen ihm und Carolanne war. Sie fühlte sich wohl hier, weit weg von dieser Wohnung, zu der sie nicht gehörte, und sie beobachtete ihn und wartete auf den richtigen Moment, aber er schien ihren Blick zu spüren und hielt sich die ganze Zeit dicht bei Rock und Red Man. Sie sog immer wieder den Geruch des Wassers ein und versuchte, ihn mit ihrer Willenskraft dazu zu bringen, daß er sich wieder erinnerte, an das Geräusch, wenn kleine Körper ins Wasser schlugen, und an die langsamen Blasen, die dicht am Ufer von versteckten Flußkrebsen aufstiegen, und daß er aufhörte zu reden und horchte.

Soul Gardens

JULI

Ihre Beine kribbelten vom vielen Sitzen auf dem Ledersofa. Sie guckte die Seifenopern an, die Leute, die ihre Münder bei jedem Wort so viel heftiger bewegten als nötig. Sie versuchte, bei *Phil Donahue* zuzuhören, aber das Geklatsche prickelte ihr in den Ohren, bis sie schließlich den Fernseher ausschaltete. Sie hörte Carolannes Tür auf- und zugehen. Nate und Calvin kamen nur etwa alle zwei Tage, für ein Stündchen am Abend, wenn sie keine Besprechung hatten. Sie waren jetzt schon zehn Tage im Camp und wohnten mit den anderen Spielern im Trainingsquartier der Rams, mit dem Auto zwanzig Minuten entfernt.

Sie schlief auf dem Sofa, unter der Decke, die sie gehäkelt hatte, als das Telefon sie aufschreckte. Auf ihr »Hallo?« sagte eine tiefe, fremde Männerstimme: »Hallo. Ich habe eine wichtige Nachricht für Sie. Es geht um Ihre finanzielle Sicherheit.«

»Ich bin heut nich intressier«, setzte sie an, aber der Mann redete weiter, während sie sprach. Sie hielt inne und versuchte es noch einmal, aber die Stimme redete weiter, bis sie verärgert einhängte.

Sie dachte, sie sollte es besser Carolanne sagen, weil der Mann, der bei Calvin angerufen hatte, vermutlich auch bei Nate anrufen würde und weil Carolanne dann Calvin sagen konnte, was er gewollt hatte. Vielleicht war das Telefon ja kaputt, und er hatte sie nicht gehört – es konnte ja etwas Wichtiges sein.

Sie war seit Tagen nicht mehr drüben gewesen, seit ihrem Angelausflug, als sie so spät zurückgekommen waren und

Carolanne sich nicht mehr aus dem Schlafzimmer gerührt hatte. Jetzt klopfte sie, und Carolanne machte ihr auf, in Shorts und einem großen, weiten T-Shirt. »Entschuldig mich, Carolanne«, sagte Marietta. »Aber ein Mann ruf an für Calvin und red von irngswelche finanzielle Sach, un wie ich sag nein, er red einfach immer weiter. Vielleich komm du mal rüber un hör am Telefon.«

Carolanne sah sie einen Moment verdutzt an und sagte dann: »Er hat nicht aufgehört zu reden?«

»Na-ah. Er hör mich scheins gar nich.«

Carolanne schnaubte. »*Yeah*, weil er ein Tonband war. Hat er nicht komisch geklungen? Wie wenn er nicht echt wär?«

Marietta kaute verlegen auf der Innenseite ihrer Backe. »Was?«

»Sie haben solche Maschinen, und wenn man etwas sagt, gehen sie an. Ein Computer. Weißt du das nicht?« Es klang spöttisch, als redete sie mit einem Kind.

»Woher soll ich kenn? Calvin geh immer ans Telefon.«

»Wenn du nicht rangehen willst, stell deinen Anrufbeantworter an.« Als Carolanne ihre Tür schon wieder zuschieben wollte, sagte Marietta rasch: »Wie geh Freeman?«

»Ihm geht's gut. Er zeigt immer auf deine Tür, wenn er die Treppe raufkommt. Aber wir wollen dich nicht belästigen und nicht wieder die falschen Sachen essen oder so was.« Sie schloß die Tür.

Jedesmal, wenn das Telefon läutete, erfüllte der Anrufbeantworter die Wohnung zuerst mit Klicken und Surren, und dann kam Calvins körperlose Stimme von dem Telefontischchen, zu hoch und zu metallisch. Leute riefen an, um ihnen Minijalousien, Teppichbodenreinigungssysteme und Diebstahlssicherungsvorrichtungen zu verkaufen. Sie stellte den Anrufbeantworter ab und zog den Telefonstecker heraus. Zitronenkuchen – sie roch den Backduft aus dem Ofen, wusch die klebrige Teigschüssel aus und dachte, daß sie es fast geschafft hatte, sich ein paar Tränen abzuquetschen. Ich kein Tiny Momma. Ich muß geh. Geb nix, wo ich kann mach recht jetz.

Aber ein paar Stunden später klopfte Carolanne an ihre Tür, Freeman an ihrem Bein. »Ich möchte, daß du heute abend zum Essen rüberkommst«, sagte sie schroff. »Ich hab auch was

Besonderes gemacht, so wie du neulich für mich. Um fünf, okay?« Sie wandte sich Freeman zu. »Willst du ein bißchen dableiben?«

»Dig Ma«, sagte er, mit dem Finger zeigend.

Marietta saß mit angespannten Schulterblättern an Carolannes hellem Holztisch. »Bei mir gibt's nur zwei Sachen«, sagte Carolanne, und sie stellte einen Krug neben Freeman auf den Tisch. Dickes geschliffenes Glas mit einer rosa Flüssigkeit darin. Und eine Platte mit Rosen und Gold um den Rand. In der Mitte lag ein Floß aus heißen Würstchen.

»Bei dir gab's Rot und Weiß. Bei mir gibt's Rosa. *Yeah*, du hast mir eine Lehre erteilen wollen, mit deinem netten kleinen Essen. Na gut, bei uns daheim gab's jede Menge Rosa. Das da ist Erdbeer-Kool-Aid. Aber probier mal – ich hab es so gemacht wie meine Tante. Das bißchen Zucker bis zum Gehtnichmehr verdünnt. Und ich mußte immer die Würstchen machen – wenn sie aufplatzen, sind sie fertig. Ich war vielleicht sieben, deswegen konnt ich's nur daran sehen.« Marietta schwieg und beobachtete, wie der Saft eine Pfütze um die Würstchen bildete.

»Hier, ich bin sogar losgegangen und hab den Krug und die Platte *gekauft*, extra für diesen Anlaß«, sagte Carolanne, jetzt lauter. »Und ich hab mich passend angezogen, extra für dich. Rosa von oben bis unten.« Ihr Kleid war blaßrosa, ihr Mund rosarot angemalt.

Marietta sagte: »Wann du will sag Nate, daß ihr krieg ein Baby?«

Carolanne schien weder erschrocken noch überrascht. Sie sagte nur: »Komm mit, ich möchte mit dir wohin fahren. Komm, Kleiner.« Sie nahm Freeman hoch und drückte ihn an ihren Bauch. »Wir müssen schnell los, weil es in ein paar Stunden dunkel wird.«

»Ich hab kein Lust für Einkäuf«, sagte Marietta. »Wann du wer sag ihm?«

»Wir müssen fahren«, sagte Carolanne. »Ich erzähl's dir unterwegs.«

Sie redete in einem unablässigen Strom, sobald sie unter dem Schild mit dem Pfeil nach Los Angeles durch waren. »Ich werd dir alles erzählen. Ich war zwanzig, als ich Freeman gekriegt hab, okay? All meine Freundinnen aus den Gardens hatten *längst* Babys. Ich war spät dran.«

»Gardens?« fragte Marietta dazwischen.

»Ich komm aus den Gardens. Da fahren wir jetzt hin, wir machen einen kleinen Besuch bei mir daheim. Also – ich war zwanzig, und die ganzen weißen Mädchen an der USC haben mich angeguckt, als hätt ich die Krätze oder so was. Ich konnt's nicht aushalten in dem Wohnheim, mit diesen Schicksen, die so auf mich runtergeguckt haben. Dummes Niggergör aus dem Ghetto – diese verdammten Tucken, die nie auch nur n Knutschfleck am Hals hatten, immer hübsch ordentlich zugeknöpft in ihren Polohemden, und die mich angeguckt haben, als würd *ich* ihnen ein Kind machen. Und die Mädchen in den Gardens haben immer geredet, daß es doch langsam Zeit wär – und ich wär ein eingebildetes Luder und würd mich für was Besseres halten, weil ich auf dem College war.«

Sie hielt einen Moment inne. Freeman war hinten in seinem Kindersitz am Einnicken. »Okay. Ich hab gewußt, was ich mach – ich hab's drauf angelegt, schwanger zu werden. Ich wollte Nate unbedingt kriegen. Er konnte mich einfach hochheben, wie wenn ich ein Kind wär. Einmal, nach einer Tanzfete am College, hat er mich über den ganzen Rasen getragen, weil es naß war und ich Lederschuhe anhatte. Er hat immer gelacht, und ich wußte, er *würde* es zu was bringen.«

»Carolanne«, sagte Marietta. »Du kann nich versteck ein Baby. Du muß sag Nate.«

»Jetzt hör mal zu«, sagte sie. »Du siehst doch, wie er ist. Total nervös und gereizt, schmeißt mit Sachen und führt sich auf, wie ich's noch nie gesehen hab. Ich bin erst im dritten Monat oder höchstens im vierten. Sie haben fünf Vorsaison-Spiele und dann die Endauswahl, alles im August. Es wär totaler Wahnsinn, wenn ich es ihm jetzt sagen würde – er würd ausrasten und nur noch nervöser werden. Ich warte bis nach der Endauswahl.«

»Und du glaub, Nate wer merk nix von dein Schwangerschaft?« sagte Marietta ungläubig.

Carolanne lächelte. »Guck mich doch an. Meine Aerobic-Lehrerin hat bei ihrem ersten Kind nur fünfzehn Pfund zugenommen. Wenn man sich in Form hält ... und außerdem will

Nate sowieso schon länger nichts mehr von mir. Wie wenn er sogar zum Ficken zu nervös wär – entschuldige. Aber er hat mich nicht mehr angerührt. Wir haben uns sowieso nur noch gestritten, und er ist froh, daß er im Camp ist.«

Marietta guckte aus dem Seitenfenster. Einen Moment lang blitzten in ihrem Kopf Bilder auf – Nate auf Carolanne, seine Finger in das Laken gekrallt, ihre Nägel auf seinem Rücken. Sie schüttelte abwehrend den Kopf. Nate denk, stimm was nich mit Carolanne, sie sag mir, stimm was nich mit Nate. Sie schleich all zwei rum wie Kind, wo versteck Zigarett unter der Jack. Sie fühlte Carolannes Atem zu sich herüberwehen, und sie konzentrierte sich ganz auf das, was sie draußen sah. Sie hatten den Freeway verlassen und fuhren jetzt über breite, lange Boulevards. Überall schwarze Gesichter, wie in der Gegend, wo Red Man wohnte, aber hier gab es nur Ladenfronten mit Eisengittern, die dichter und schmuckloser waren als die Tore in Charleston. Hitze stieg flimmernd von den Bahngeleisen und dem Asphalt auf, und da und dort sah sie auch Wohnhäuser, kleine Steinkästen, die ebenfalls schwarze Gitterstäbe vor den Fenstern und Türen hatten. Keine Büsche, kein Gras, keine Bäume – nur der Widerschein der Abendsonne in Fensterscheiben, auf Metall und Straßenschildern. »Wo sin denn die Gärten?« fragte Marietta verwirrt.

»Wir sind erst in Watts – die Gardens kommen gleich«, sagte Carolanne. »Ha, *yeah*. Heißt alles Gardens, jede von diesen verdammten Siedlungen hier. Gibt Nickerson Gardens, Imperial Gardens. So, wir sind da – meine wunderschöne Heimat – Soul Gardens.«

Sie fuhren in eine umzäunte Ansammlung von Backsteingebäuden. Auf einem Schild stand SOLANO GARDENS, aber Carolanne zeigte auf das niedrige Mäuerchen um den riesigen Müllcontainer. Die aufgemalte Schrift war so verzerrt, daß Marietta mit zusammengekniffenen Augen darauf starrte. »Das heißt ›Soul Gardens‹«, sagte Carolanne. »Kannst du nich lesen, was?«

Rings um jedes Haus war so etwas wie ein Stück Rasen, aber das Gras war struppig und räudig wie das Fell eines kranken Hundes. Leute saßen auf Stühlen draußen auf dem Asphalt und starrten auf Carolannes Auto. Ein paar Männer lümmelten in einem Auto herum und streckten die Beine aus den geöffneten Türen, und als Marietta zu ihnen hinüberguckte, stiegen zwei von ihnen aus. Sie standen mit unbewegten Gesichtern da und starrten noch durchdringender her, bis Carolanne sich aus dem Wagenfenster beugte und »Hey« zu einer Frau mit einer Plastikduschhaube hinüberrief, die an der Schnauze des Autos stand.

»Carolanne, was machst du'n hier?« sagte die junge Frau lächelnd. Sie kam auf sie zu.

»Tantchen besuchen«, sagte Carolanne.

»Du besuchst sie doch sonst nie«, sagte die Frau vorwurfsvoll. Dann guckte sie in den Wagen. »He, ist der groß geworden! Ist der hübsch, un die Wimpern!«

»Ich weiß«, sagte Carolanne. »Die sind eindeutig von mir, eh? Das ist meine Schwiegermutter, Niecie. Marietta Cook.«

Marietta nickte verlegen, weil alle herstarrten.

»Tag«, sagte Niecie.

»Okay, ich fahr dann mal rüber«, sagte Carolanne. »Wir sehn uns nachher.«

»Okay«, sagte Niecie. Sie trat vom Wagenfenster zurück.

Carolannes Auto kurvte langsam zwischen den Häusern hindurch. »Du hatts recht«, sagte Marietta. »Ich seh nich viel von Gärten.«

»Die Leute von der Stadt wollen nicht herkommen, um den Rasen zu sprengen, wegen der vielen Schießereien. Und immer wenn sie jemand anstellen, der sich drum kümmern soll, kriegt er nen Tritt in den Arsch, sobald er versucht, die Graffiti abzuschrubben.«

Sie hob Freeman aus dem Auto, und er fing gerade an wach zu werden, als sie vor einer geschlossenen Wohnungstür standen. Carolanne klopfte an. »Ich bin's nur, Tantchen. Carolanne.«

Ein kleines Mädchen von etwa fünf Jahren machte ihnen auf. »Hi, Tante Carol«, sagte es, aber es starrte Marietta an.

»Was heißt hier ›Ich bin's nur‹«, kam eine Stimme aus dem schummrigen Zimmer. »Du bist schon wochenlang nich mehr dagewesen, wie soll ich wissen, wer ›ich‹ is?«

Eine ganz kleine, dicke Frau saß tief eingesunken auf dem braunen Sofa; der Teppich war braun, die Vorhänge waren zu, und es war so dunkel im Zimmer, daß sie Marietta noch blasser vorkam, und ihre Beine verschwanden fast in den Polstern. Ihr Haar war zu Kornreihen geflochten, die im Nacken endeten.

»Hi, Tantchen«, sagte Carolanne. Sie versuchte, Freeman abzusetzen, aber er zeterte und wollte auf ihrem Arm bleiben. »Das ist meine Schwiegermutter, Marietta Cook. Meine Tante Mary, die mich zu so einem braven Mädchen erzogen hat.« Sie lächelte.

Marietta sagte: »Freu mich«, und die Frau sagte: »Gleichfalls.« Marietta setzte sich auf den Klappstuhl neben der Tür und spürte das Metall warm durch ihre Hosen.

»Komm her, Kleiner«, sagte Mary zu Freeman, aber er vergrub sein Gesicht an Carolannes Hals, und sie sagte über seine Backe hinweg: »Er is müde. Wir können nich so lang bleiben.«

»Ach, nee, was du nich sagst«, sagte Mary. Ihre Stimme war tief und rauh, genauso heiser wie Mariettas eigene Stimme, wenn sie lange nichts geredet hatte. Aber auf dem Fußboden lagen noch drei Kinder, die weiter Fernsehen guckten, ohne den Kopf zu heben. Nur das kleine Mädchen stand neben Marietta und musterte sie. »Carolanne muß immer rumrennen un haufenweis Sach einkaufen«, sagte Mary zu Marietta. »Un hier gibt's nix zum Einkaufengehen.«

»Ich hab Niecie getroffen«, unterbrach sie Carolanne.

»Sie hat grad ihr Baby gekriegt. Ein Bub, letzte Woch.«

»Ich wußte nich mal, daß sie schwanger war«, sagte Carolanne obenhin.

»Hat nur vier Pfund gehabt, aber Freitag kriegt sie ihn heim.«

»Ich hab eben gesehen, wie sie dieses Bacardizeug getrunken hat, mit Darrell und den andern. Sie spinnt doch, einem Kind so was anzutun.«

»Sie hat keinem gesagt, daß sie schwanger is«, sagte Mary. »Wir ham gedacht, sie is nur so fett von dem ganzen Bier. Sie hat's genauso versteckt wie du. Haargenau so.«

»Dann hat sie jetzt zwei Jungen und ein Mädchen?«

»Mm hmm.«

»Wie hat sie ihn genannt?«

»Hat ihm noch gar kein Namen gegeben. Sie suchen erst noch seinen Daddy, weil sie wissen muß, wie er sich schreibt. Ein Nigger, Doshio oder so was. Seine Mama is japanisch.«

»*Yeah*, ich weiß, wer das ist.«

»Un zu Ihnen geht er, der Kleine?« sagte Mary plötzlich zu Marietta.

»Sie mein, er komm auf mein Schoß?« fragte Marietta vorsichtig.

»Äh-häh. Is ja so heiklig, der Bub, hat sich erst paarmal von mir hochnehmen lassen. Er geht bestimmt nur darum zu Ihnen, weil er Sie immer *sieht*. Er is an Sie gewöhnt.«

»Ach, Tantchen, fang nich wieder an. Meine Schwiegermutter wohnt nebenan, okay? Ich kann nich dauernd hier rausfahren, das weißt du genau. Ich hab zu tun, mit meinen Sachen und meiner Wohnung.« Es klang, als hätte Carolanne das schon oft gesagt. Ihre Stimme verlor sich matt im Zimmer, während sie auf den Fernseher guckte und Freeman mechanisch auf dem Schoß wiegte.

»He, Quita hat mich angerufen und mir gesagt, ihr braucht neue Anziehsachen für die Schule«, sagte sie in Richtung Fußboden, und die Kinder hoben die Köpfe.

»*Yeah*, ich brauch Schuh«, sagte eins der beiden Mädchen.

»Ich will Nikes«, sagte der Junge.

»Du weißt ja, ich schenk ihnen gern Kleider. Ich hab was mitgebracht«, sagte Carolanne, jetzt wieder zum Sofa gewandt. Sie griff in ihre Handtasche und zog einen Umschlag heraus. Ihre Tante stopfte ihn unter ihren Schenkel, ohne hineinzugucken.

»Das is nett«, sagte sie. »Is Wahnsinn, was die Sachen kosten. Grad soviel wie für große Leut.«

»Ich weiß. Tja, wir haben noch nich gegessen, und ich denk, ich guck jetzt besser, daß ich den Quengelfritzen hier heimbring.«

Mary sagte: »*Yeah*, wenn du vorher angerufen hättst, hätt ich euch ja was machen können. Aber wahrscheins wär's wieso nich nobel genug.« Sie lehnte den Kopf zurück und reckte Carolanne das Kinn entgegen.

»Schon gut«, sagte Carolanne. »Ich komm am ersten September wieder und schau mir an, was ihr gekauft habt. Wenn ihr sonst noch was braucht oder die Schuh zu teuer sind, ruf mich an und sag mir Bescheid.« Sie sah Marietta an. »Äh, hm, können wir los, damit wir was zu essen kriegen?«

Im Auto sagte sie: »Wenn's auch nur *anfängt*, dunkel zu werden, und wir sind noch hier und Nate kriegt es raus, kannst du Gift drauf nehmen, daß er den Autoschlüssel runterschluckt oder so was.« Sie fuhr wieder durch den Irrgarten aus Häusern und winkte ein paarmal, hielt aber nicht mehr an. An der Ampel hörte Marietta den Autostrom an der Siedlung vorbeirauschen.

»Nich grad leis, die Straß«, sagte sie, um etwas zu sagen. Sie sah die Frau auf dem Sofa sitzen, so tief eingesunken, als käme sie nie mehr aus dem Schlund dieser dunklen Polster heraus, sah ihre Augen hart und zornig auf sie und Carolanne gerichtet. Der Asphalt, die Eisengitter, die großen, schwarzen Müllcontainer und die schwarze Schrift – es schien, als bräche hier schon die Nacht herein. Marietta dachte an die Sozialsiedlungen in Charleston, die lange nach ihrer Ankunft gebaut worden waren – überall Frauen und Kinder in Hauseingängen. Keine Veranden. Gärten?

»*Yeah*«, sagte Carolanne. »Am Anfang, als ich mit Freeman schwanger war, hab ich immer da auf dem Sofa gesessen, früh um halb vier, vier, und die Autos vorbeifahren hören. Ich hab schachtelweise süßes Frühstückszeug gegessen – Crunchies, Schoko-Pops, alles, was knusprig war. Hab es einfach reingestopft, trocken, ohne Milch, eine Handvoll nach der anderen, und rausgeguckt auf die Autos und gesehen, wie die Leute hielten, um Stoff zu kaufen, oder von der Arbeit kamen oder weiß ich was. Wir haben noch im ersten Stock gewohnt, damals, bevor Tantchen umgezogen ist. Ich hab immer gewartet, bis ein Auto kam, damit sie nicht hört, wie ich den Kindern ihr Zeug wegfreß, und anfängt rumzubrüllen. Sind alles die Kinder von meiner Schwester, ich mein, von meiner Kusine. Sie haben alle auf dem Fußboden gelegen und tief und fest geschlafen, und ich wußte, daß mich garantiert keiner hört, außer Tantchen.«

»Du weiß doch damal, du wer krieg Baby«, sagte Marietta. »Warum du mach trotzdem? Du geh in Schul un lern all die gescheit Sach, warum du wart nich?«

»Du hast auch nicht gewartet. Tantchen hat auch nicht gewartet.«

»Nein. Ich weiß nix von dein Tant, aber ich weiß, für uns damal anders wie für dich«, sagte Marietta. »Na-ah. Du hab dein Schul.«

»*Yeah*, und was sollt ich machen? Englisch studieren und Lehrerin werden? Super.« Carolannes Stimme veränderte sich. »Wirtschaftslehre und mich drauf verlassen, daß ich der eine Nigger bin, den sie brauchen? Chemie – pack ich nicht, das ganze Mathezeug. Mir den Arsch abschuften, damit ich nen Job find? Na-ah. Ich wollt nen reichen Mann. Ich weiß nich, wie ich an Nate gekommen bin. *Shit*, ich wollt nen reichen Burschen aus dem Osten drüben, der nichts von Watts wußte. Verstehst du, jeder, der von hier ist – *Shit*, für den ist alles gelaufen, wenn er rauskriegt, wo du wohnst, scheißegal, was du gelernt hast. Und Nate war da auf dieser Party und hat mich gefragt, ob ich mit ihm tanzen möcht, und ich hab seine Stimme gehört und gemerkt, der ist nich von hier. Ich weiß auch nich. Er ist einfach in mein Leben reingebrettert.«

»Bretter?«

»Is einfach stur drauflos, hat sein Ding durchgezogen. Er hat mich dauernd angerufen, mich bearbeitet. Wart, ich zeig's dir.« Sie schwieg, bis sie an der nächsten Ampelkreuzung halten mußten und Freeman zu weinen begann. »Gleich, du hungriges Kind«, sagte sie. Sie zeigte auf ein Auto, das allen davonfuhr, als die Ampel grün wurde. »Da, hast du gesehen?« sagte Carolanne. »Er is richtig losgebrettert.«

Als sie wieder in Anaheim waren, hielt Carolanne bei dem Taco Bell, um ein paar Burritos zu kaufen. Sie drückte Marietta die Tüte in die Hand und sagte: »Laß uns heimfahren und essen.«

Marietta guckte in die Tüte, wo die in Papier gewickelten Burritos dicht beieinanderlagen. Sie starrte darauf, bis ihr einfiel, woran es sie erinnerte – Nate und Calvin, kurz nach ihrer Geburt, eingewickelt wie die Burritos, damit sie nicht strampelten und mit den Armen fuchtelten. Aint Sister hatte sie fest in dünne Decken geschlagen, damit sie sie beim Stillen beide halten konnte.

Carolanne stellte die Burritos und ein paar Huhnreste in die Mikrowelle und starrte auf ihren sauberen Herd. »Ich weiß noch – Tantchens Mama, Oma Rose, hat immer gesagt: ›Ich war *zu* lang in Mutter Sorges Küche.‹ Ich hab immer gedacht, na-ah, nicht mit *mir*. Mich kriegt ihr in gar niemands Küche.« Marietta stand neben dem summenden, leuchtenden Kasten, der sie nervös machte, und hörte Sinbads Stimme. Mutter Sorges Küche. Die Mikrowelle piepte durchdringend, und Carolanne riß ihre Augen von dem Herd los.

Freeman saugte weiße Stränge Hühnerfleisch in seinen Mund. Marietta sah auf Carolannes müdes Gesicht. Die Farben wirkten alle so hart, die roten Wangen, die goldene Stirn, das Lila auf den Augenlidern, das zu dunklen Faltenstrichen zusammengeschmolzen war. »Ich denk, du sags ihm lieber«, sagte Marietta. »Vielleich er wer dann wieder friedlich.«

»Das glaub ich nicht. Ich wart lieber. Sie haben gesagt, sie kommen vielleicht heut abend. Und sag ihm bloß nicht, daß wir in den Gardens waren. Er will nicht, daß ich da hingeh.«

»Ich wer geb Freeman sein Bad«, sagte Marietta.

»Danke.«

Sie goß ihm Wasser über den Kopf, über die fest zusammengekniffenen Augen, und dachte, daß Carolanne vielleicht doch recht hatte. Das hier war anders als mit Nate und Calvin, anders, als dafür zu sorgen, daß sie zu essen hatten und Pfirsichkerne zum Spielen. Vielleich Freeman brauch mehr wie nur spiel un geh raus un fütter Hühner. Vielleich ich versteh nix davon, wie muß erzieh Kinder heutzutag.

Nate und Calvin kamen erst eine ganze Weile später, aber Freeman war noch auf, weil er im Auto zu lange geschlafen hatte und nicht müde war. Während Nate erschöpft auf dem Sofa saß und Marietta und Carolanne erzählte, wie schlimm der Smog heute auf dem Trainingsplatz gewesen war, rüttelte Freeman an seinen Knien. Dann wollte er auf seinen Schoß. Nate nahm ihn hoch, und Freeman lüpfte Nates T-Shirt, um an seinen Brustwarzen herumzuspielen, die noch schwärzer waren als die übrige Haut.

»Laß das«, sagte Nate. »Du machst das immer wieder. Ich hab dir doch gesagt, das kitzelt.«

Freeman fand das lustig und beugte sich vor und biß in

Nates linke Brustwarze. »*Shit*«, brüllte Nate. »Du hast doch gesagt, er macht das nich mehr!«

»Das tut weh, Mann«, erklärte Calvin jetzt Freeman, der ihn lächelnd anguckte.

»Nate«, sagte Carolanne, aber Nate beugte sich vor und biß Freeman in den Arm, so fest, daß schwache Zahnabdrücke zurückblieben.

Freeman schrie auf, holte tief Luft und heulte los. Carolanne stürzte hin und zog ihn von Nates Schoß. »*Himmelarsch*, was machst du da?« schrie sie.

»Ich bring ihm bei, daß er den Scheiß lassen soll.«

»Das glaubst du! Nein – du bringst ihm bei, daß der, der größer und stärker ist, ruhig beißen und schlagen darf. Wir haben oft genug darüber geredet, Nate!«

Marietta nahm ihr Freeman ab und ging mit ihm ins Schlafzimmer. »Muß du wein, klein Spatz«, sagte sie zu dem verzerrten Gesichtchen über den Gitterstäben. Sie war erschrokken. »Du muß schlaf jetz.«

Als sie ins Wohnzimmer zurückeilte, sah sie Calvin aufstehen und auf die Schiebetür zugehen. »Ich bin nich in Laune dafür«, brüllte Nate. »Ich hab nur eine gottverdammte Stunde, un ich will meine Ruh.«

»Das interessiert mich einen Dreck. Die zwei Sekunden reichen vielleicht, daß er einen Schaden fürs Leben weghat.«

»Ich zeig ihm nur, wie das is«, brüllte Nate noch lauter. »Er mag das auch nich.«

»Du zeigst ihm nur, daß der, der am größten und stärksten ist, machen kann, was er will.« Carolanne stellte sich vor den Fernseher, weil Nate sich jetzt wieder hinsetzte und auf den Bildschirm starrte.

Marietta sagte: »Carolanne«, aber sie ließ Nates Gesicht nicht aus den Augen. Die Lücke zwischen den Zähnen war sichtbar, weil sein Mund leicht offenstand.

»Das tut er auch«, sagte Nate. »Er macht haargenau das, was ihm verdammt noch mal paßt.«

»Aber nich hier. Hier nich. Glotz nich an mir vorbei auf den verdammten Fernseher.«

»Nate, Mann, laß uns gehn. Sie brummen uns hundert Dollar Strafe auf, wenn wir zu spät kommen«, sagte Calvin.

Carolanne ging zur Couch und rüttelte an Nates Schulter. »Ich sag, glotz nich auf den verdammten Fernseher, wenn ich mit dir rede.«

In der kurzen Stille konnten sie Freemans dünnes Weinen hören, und Marietta dachte an ihre pochenden Brüste, das endlose, schrille Geschrei der Jungen, das durch das Fenster hinausschallte. »Verdammich«, sagte Nate, vom Sofa aufspringend. »Das is meine gottverdammte Wohnung. Ich reiß mir meinen schwarzen Arsch auf, um die Rechnungen zu bezahlen, un du meckerst dauernd an mir rum! Paß auf, daß ich nich dich beiß, damit du endlich mal dein verdammtes Maul hältst!«

»Carolanne, laß ihn, er is nich richtig im Kopf«, sagte Calvin, der sich jetzt zwischen sie stellte.

Nate stapfte im Zimmer herum, so breit und massig, daß er den Ficus neben dem Sofa umwarf. »Was zum Teufel soll der verdammte Scheißbaum hier im Haus?« Er packte den Topf und schmiß ihn an die Wand. Die Blätter bürsteten weich über die Tapete, aber die schwarze Erde rieselte auf den Teppichboden.

»Hör auf, Nate – kapier doch, Mann, du drehst durch wegen dem Scheißzeug, das Bulk dir gibt!« rief Calvin, und er schlüpfte um Nate herum, um ihm die Arme festzuhalten.

»Das is nich deine Wohnung, Nigger, laß mich in Ruh«, brüllte Nate. »Laß mich los, verdammt.«

Carolannes Mund öffnete sich weit. »Was?« Sie krümmte ihre Finger zu Klauen, und Marietta legte ihr die Hände auf die Schultern, um sie zurückzuhalten. »Was zum Teufel – nimmst du was? Bist du auf irgendeinem Zeug? O nein, Nigger, zieh mir nich *mein* Leben in die Scheiße! *Shit! Shit!* All die Kerle, die mir mit Stoff vor der Nase rumgewedelt haben, die irgendein Scheißzeug geraucht haben – du ziehst mein ganzes *Leben* in die Scheiße!« Sie riß sich von Marietta los und schlug Nate.

»Du halt ihn, Calvin«, sagte Marietta, und sie staunte selbst, daß ihre Stimme so ruhig war. »Laß ihn nich los.«

Sie ließ zu, daß Carolanne auf seine Brust einschlug, bis einer ihrer Fingernägel an seiner Haut hängenblieb und wie ein Zauberstift eine Linie aus Blut seinen ganzen Hals hinunter zog, einen kerzengeraden, dicken Strich aus quellendem Rot, der nicht verlief. Sie erstarrten alle vier und hörten Freeman heulen, und Nate sah Marietta ins Gesicht und brüllte: »Wer is hier im Vorteil, Mama? Warum läßt du zu, daß sie mich verletzt?«

Marietta lief ins Schlafzimmer und schloß Freeman in ihre zitternden Arme. Sie knallte die Schlafzimmertür zu und setzte sich mit ihm in den Schaukelstuhl und wiegte ihn, während er stotternd in ihr Hemd atmete, bis die Wohnungstür zufiel.

Am nächsten Abend wartete sie auf Calvin. Er rührte einen Zuckerregen in seinen Eistee, und die Eiswürfel klickten. »Nate is heut bei Bulk un den andern geblieben«, sagte er. »Sie werten noch Spiele aus.«

»Okay.«

Er rührte und rührte und guckte auf das Glas, das er mit fast gestrecktem Arm von sich weghielt. »Weißt du noch, Mama, wie's mal gehagelt hat?«

»Nein.«

»Da war ich so vier vielleicht. Kennst du das, daß man nur noch ein Bild im Kopf hat? Nich mehr die ganze Sache, nur noch *ein* Bild, un das is alles, woran man sich erinnert?«

»Ich weiß nich, Calvin.«

»Wir waren draußen auf dem Feld. Wir haben gespielt, Nate un ich, un auf einmal sin lauter kleine weiße Dinger vom Himmel gefallen, wie Pünktchen, überall um mich rum. Durch den Baum sin sie runtergekommen. Immer, wenn ich Zucker in mein Eistee mach, denk ich, es sieht aus wie Hagel, der zwischen den Eiswürfeln runterfällt. Ich erinner mich an das Geräusch.«

Sie rieb mit den Fingern über das Rauchglas, die dicke Kante.

»Ich weiß, du erinnerst dich noch, wie ich mich immer geschnitten hab«, sagte er.

»Ja. Das schwer ze vergeß.«

Er ließ das Eis im Glas klappern. »Nate nimmt Steroide.«

»Was du mein?«

»Du hast doch davon gelesen, in den Zeitschriften.«

»Er nehm Pillen?«

»Er nimmt Pillen und läßt sich von Bulk Spritzen geben. Er denkt, er braucht mehr Masse, um gegen die andern anzukommen.«

»Un das mach ihn so wild?«

»*Yeah*, die Steroide schlagen ihm aufs Gehirn.«

Sie saß da und wußte nicht, was sie sagen sollte. Fisch – Blut – nichts hatte gewirkt. Sie sah Calvins Herz, so wie es immer gewesen war, ein Schwamm, und Nates Herz – in letzter Zeit sah sie es hart und gewölbt, in kleine Vierecke unterteilt: ein Schildkrötenpanzer.

Calvin sagte: »Ich hab Nate mal gefragt, und er hat gesagt, er weiß von keim Hagel mehr. Er weiß noch, wie du ihn geschlagen hast, wegen Timmy, und er weiß noch, wie Willie mal eine Schlange gefangen hat. Wie wenn wir in zwei verschiedenen Staaten groß geworden wärn oder so was. Gestern abend hat er die ganze Zeit bloß noch darüber geredet – wie du ihn wegen Timmy geschlagen hast, hinten im Hof, hinter dem Haus in Charleston. Er hat andauernd gesagt: ›Wer is im Vorteil, Mann?‹«

Marietta preßte die Hände an den Kopf. »Camp geh in einer Woch zu End, eh?« fragte sie. Calvin nickte. Sie drückte fest auf ihr Kopftuch. »Un ihr zwei geh dann nach Ohio, für das erst Spiel.« Sie sah auf Calvins zerschundene Finger und Arme.

»Ich möcht, daß du fahr mich wohin morgen abend«, sagte sie mit geschlossenen Augen. »Irngswo in der Nähe. Du zeig mir, wie geh fahr Auto. Du zeig mir schnell.«

Rio Seco

AUGUST

Ihr Fußballen auf dem Pedal, ihre Fingerknochen hart auf dem Steuerrad – klitzekleine Bewegungen, die Reaktionen fühlen, dann leichter oder fester auf die Bremse treten: Es ging nur darum, genau aufzupassen, was die kleinen Bewegungen bewirkten, genau wie beim Hacken oder Pfirsichschälen. Wenn man den Daumen auf der Messerklinge spielen ließ und die Haut abzog oder das Hackenblatt so dicht wie möglich bei den Reispflanzen einschlug – sie trat auf das Gaspedal und spürte die Bewegung des Autos.

Calvin war mit ihr auf den leeren Parkplatz einer Klinik gefahren, ein paar Meilen von ihrem Wohnkomplex, aber er hatte nur etwa eine Stunde, bis er wieder ins Camp zurückmußte. Marietta hatte Nate seit dem bösen Streit neulich abend nicht mehr gesehen. Sie konnte hören, daß Calvin nervös war, während er beobachtete, wie sie über den schwarzen Asphalt und die weißen Parklinien rollte. »Ich kann dir nix beibringen, wenn es so finster is, Mama«, sagte er. »Warum kannst du nich warten, bis die Vorsaisonspiele vorbei sin un wir wieder heimkommen?«

Sie schüttelte den Kopf und konzentrierte sich auf die Räder unter sich, stellte sich vor, was sie machten, wenn sie an dem Plastikreifen drehte. »Du sag Rock, daß er morgen mit sein Auto mitkomm un dich ins Camp zurückfahr. Du laß das Auto da. Freitag ihr geh all nach Ohio für das Spiel.«

»Na-ah, Mama, du hast erst dreimal geübt. Wo willst du denn hin, wo Carolanne dich nich hinbringen kann?«

»Ich erwachsene Frau, Bub. Du frag mich nich, wo ich

hinwill.« Sie hörte die Reifen über die Asphaltsteinchen knirschen und dachte an all die langen Autos, die auf den sandigen Randstreifen herübergeschert waren.

Wo wollte sie jetzt hin? Sie fuhr einfach nur Auto, machte das, was die Leute hier Tag und Nacht machten, glitt den Freeway entlang. Nicht so, wie sie und Carolanne tagsüber fuhren, mit geschlossenen Fenstern und der grau riechenden Klimaanlagenluft im Gesicht; nicht um die scharfen Ecken überfüllter Parkplätze, wo die Leute riefen: »Fahren Sie jetzt los, oder was?« und: »Dumme Kuh, paß doch auf, wo du hinfährst!« Nicht von einem Stopp zum nächsten, um sich durch dicke Glastüren zu zwängen oder an der Tankstelle zu warten, während jemand wortlos den Tank füllte und Marietta nicht mehr sitzen konnte und ihre Hände vom Nichtstun ganz kribblig wurden. Dort wurde eine Karte durchs Fenster hereingestreckt, Carolanne unterschrieb, und der Vermögensverwalter, den Marietta nie gesehen hatte, bezahlte jeden Monat die Rechnungen. Carolanne sammelte die Bons, die so dünn waren wie Zwiebelhaut, und Marietta starrte auf die Plastiktüten aus den Einkaufszentren. Sie erkannte die Styroporschälchen mit Fleisch und Fisch darin, das Gequetsche von Kleidern, Schuhen und Tüchern, die spitzen Schachtelecken unter dem dünnen Plastik, das so durchsichtig-weiß war wie das Häutchen unter der Schale eines hartgekochten Eis.

Nein. Sie glitt jetzt allein dahin, wie schon die letzten Abende, und die Fenster verschwanden geräuschlos in ihren langen Schlitzen, und die Luft, die den ganzen Tag über heiß und dunstig vom Smog war, wurde im Dunkeln plötzlich kühl und unsichtbar. Die Hügel waren schwarz, und sie sah weder die verbrannten Grasnarben noch die baumlose Ödnis. Sie konnte sich nicht vorstellen, diese Landschaft jemals zu mögen. Sie konnte sich nicht vorstellen, Nate jemals wieder sagen zu können, was er tun sollte. Sein Gesicht, so glatt wie ihres, aber der Mund breiter, grinsend und prahlend und verächtlich, wenn jemand von einem anderen Spieler gesprochen hatte; seine Arme, so dick wie Äste, seine Finger mit den schmutzigweißen Kleberesten des Tapes, das er beim Training und bei den Spielen gebraucht hatte. Keine Spinnweben, die sie in das zerschundene Fleisch pressen konnte.

Sein Gesicht auf der mit Spinnweben verarzteten Hand, wenn er während der High-School-Zeit an ihrem Küchentisch gesessen und geklagt hatte. »Mann, ich *haß* die blöde Leserei. Ich weiß nie, wann ich wer damit fertig. Ich seh nix. Ich muß immer *seh* was. Ich hack lieber Holz, da seh ich, wann ich fertig. Oder ich lad ein ganz Fuhre Eis auf. Un wenn ich lern das ganz Zeug, die Namen von den ganzen Kerlen, die Präsidenten un weiß ich was? Was soll ich damit?« Und Calvin hatte gelacht – weil Marietta versuchte, ihn zum Lesen zu bringen, während im Unterricht niemand von Nate wollte, daß er die Namen lernte. In der Schule kümmerte es keinen, ob er die Bücher las oder nicht.

Sie fuhr auf dem Freeway, acht Spuren, und um sie herum witschten die Autos hin und her. Sie fühlte Nates kleine Hände an ihrem Hemd, wie sie versuchten, sie in den Hof zu zerren, weil er ihr etwas zeigen wollte. Er konnte nicht glauben, daß sie zu groß und zu schwer für ihn war. Kein Fisch, kein Krebs- und kein Shrimpsfleisch mehr, damit er aufhörte, in ihrem Bauch zu strampeln und zu kicken. Sie brauchte ihn nicht mehr nachts im Schaukelstuhl zu wiegen oder ihm mit seinem Gürtel zu helfen. Sie konnte ihm nicht mehr sagen, daß der Offensive Guard ihn zu oft nach innen dirigierte.

Mama Job nie zu End – aber sie hörte das gräßliche Klirren und Klacken der Murmeln in dem muschelförmigen Waschbecken und neben ihren Füßen. Mama mach ihr Job zu lang. Konnte sie jetzt noch irgend jemandem helfen? Carolanne hatte ihre Illustrierte und *Phil Donahue*; Nate und Calvin hatten einander. Freeman? Das neue Baby? Drehte und wälzte es sich schon in Carolannes Fruchtwasser?

Sie konzentrierte sich auf den Strom von Autos, der sich um sie teilte und an ihr vorbeirauschte. Sie schien auf der mittleren Spur stillzustehen. Sie drückte fester aufs Gaspedal, und der Tacho zeigte 60. Die Fenster und die Gesichter, die an ihr vorbeizogen, schimmerten grün oder rot oder silbern, und sie begann zu weinen, und die Schluchzer ließen ihre Brüste und Schultern beben.

Nie hatte sie vor irgend jemandem geweint, all die Jahre, und jetzt weinte sie vor hundert Leuten, tausend Leuten, vor all diesen Fenstern und Gesichtern – aber niemand guckte herüber, niemand sah durch die dunklen Fenster herein. Die Straße verschwamm, als würde Regen über die Windschutzscheibe rinnen, und sie fuhr an den Rand, hielt an und legte die Stirn aufs Steuerrad, und es brach so heftig aus ihr heraus, daß es sich anfühlte, als würde alles aus ihrer Lunge, ihrer Brust herausgeschleudert. Sie war so einsam, wie sie es überall gewesen war – in Pine Gardens, Charleston, hier in dem Wohnkomplex, in dem breiten neuen Bett, in den stillen Zimmern, wenn Calvin im Camp war.

Sie hatte an jedem dieser Orte geweint, im dunklen Zimmer, aber niemals vor Aint Sister oder Tiny Momma. All die Samstage auf der Veranda oder in Baby Poppas Wohnzimmer, wo sie zugeschaut hatte, wie Calvin sich mit dem Brustkorb gegen andere Spieler geworfen hatte und Stollen gegen seine Waden geflogen waren, wie Nate mit gesenktem Kopf und weit ausgebreiteten Armen weiße Burschen drei Meter durch die Luft geschleudert hatte. Und Nates Gesicht, seine Faust, in Nahaufnahme, und seine riesigen Augen, die ihr angst machten, und all die Hände, die ihm auf den Helm und die Schultern schlugen. Aber dann hatte der Sprecher gesagt: »Das ist genau die Hochspannung, die Nate Cook braucht. Da wird er zum wilden Mann, dort draußen gegen Ohio State.«

Ihr Hemd war jetzt vorn auf der Brust ganz kalt von Tränen. Die Jungen – sie hatte so hart sein müssen, all die Jahre, so furchtlos und so tränenlos wie ein Mann, damit sie nicht an ihrer Stärke zweifelten und nicht gegen sie aufbegehrten oder sie bemitleideten. Und Tiny Momma, Baby Poppa – sie hatte es nie zugelassen, daß jemand sah, wie sie die Beherrschung verlor oder Tränen vergoß, damit niemand sie in die Hand bekam, indem er sie tröstete.

Eine Hand – weinte sie auch deshalb? Sie holte beschämt Luft; eine Männerhand auf ihrem Rücken, lange Finger in der kleinen Senke über ihren Hüften, Sinbads Brust, härter als ihr eigener Arm, unter ihrer Wange, seine Lippen, die sie unabsichtlich streiften, wenn er sich im Schlaf umdrehte. Carolanne, wie sie auf Nates Brust schlief, ihre Haut jung und golden, ohne hervortretende Adern auf den Handrücken und Gelenken. Nate, wie er sie mit der Armbeuge umfing, ihre Schultern, ihren Nacken. Im Fernsehen legten die Männer den Frauen den Daumen unters Kinn, um die blassen Gesichter zu sich emporzuziehen, legten ihnen im Restaurant den Daumen in das kleine Grübchen neben der Kniescheibe.

Warum machte die Luft, die vom Armaturenbrett aufstieg, daß sie das alles sah – Sinbads Hände, Milts Hände, Nates Arm, der Carolannes Haar fest auf das Kissen preßte? Er war erwachsen, ein verheirateter Mann.

Sie konnte nicht helfen. Sie verstand nichts von Geldanlagen oder Trainingscamps oder Publicity. Sie konnte weder die Mikrowelle bedienen noch beim Fingernägellackieren helfen, noch den Schauspielerinnen in den Seifenopern Anweisungen zurufen. Sie wußte nichts über strukturiertes Spiel oder Sozialisation oder Lernspielzeug. Ihre Wangen begannen jetzt zu trocknen und spannten. Sie hatte all die Wochen geglaubt, sie könnte Carolanne dazu bringen, mit ihr am Tisch zu sitzen und Pfirsiche zu schälen, Bohnen auszuhülsen, Shrimps aufzuschlitzen und die Blutadern herauszulösen. Seit sie damals den Stab mit der blauen Spitze im Müll gefunden hatte, hatte sie geglaubt, sie könnte Carolanne klarmachen, daß diese kleinen, immer wiederkehrenden Verrichtungen es einem ermöglichten, nachzudenken und Nate süß-salzigen Fisch und Pfirsichpastete in dickem Saft vorzusetzen und mit ihm zu reden. Carolanne hatte zuviel Zeit zum Denken, und deshalb stopfte sie ihre Tage voll – sie hatte keine Zeit, dazusitzen und langsam vor sich hin zu denken und den Pfirsichsaft kitzlig ihre Unterarme hinunterlaufen zu fühlen, genausowenig wie Marietta Zeit gehabt hatte, in dem summenden Staub zu sitzen und Süßgras zu flechten.

Autos schossen an ihr vorbei und sogen die Luft durch das geöffnete Fenster hinaus wie ein Staubsaugerschlauch. Saugten und ließen wieder los, und die Lichter verschwanden, und jetzt kam jemand langsam hinter ihr zum Stehen. Die Scheinwerfer waren blendend hell, blauweiß wie ein Blitz.

Marietta umklammerte das Steuerrad. Sollte sie den Motor anlassen und wegfahren? Sie hörte den Sprechfunk und die Schritte, die sich ihrer Tür näherten.

»Irgendwelche Probleme, eh?« sagte der Polizist vorsichtig von hinten. »Haben Sie eine Panne?«

»Nein, Sir«, sagte sie.

»Strecken Sie beide Hände aus dem Fenster, Sir«, sagte er barsch. »Zeigen Sie mir Ihre Hände!«

Sie streckte die Hände nach draußen. Sein Gesicht tauchte auf, und sie flüsterte: »Ich halt nur an, weil mir was ins Aug flieg, Sir.«

»Ah, Ma'am, tut mir leid, Ma'am. Haben Sie was getrunken?« Sein rötlicher Schnauzer krümmte sich um seine Mundwinkel.

»Nein, Sir. Ich hab was im Aug, eine Flieg komm durch mein Fenster, un ich mach sie grad raus.«

»Kann ich mal Ihren Führerschein sehen, Ma'am?« Er guckte in den Wagen.

»Mein Sohn bring mir erst die Woch Fahren bei.«

»Sie haben keinen Führerschein?«

»Nein, Sir. Mein Sohn hab keine Zeit, mir ein ze holen. Er hab ein Spiel.« Ihr fiel ein, wie Nate gesagt hatte: »Ich sag ihnen einfach, ich spiel für die *Rams*, Mann!« Sie sagte: »Morgen lauf das erste Vorsaisonspiel, un meine Söhn fahr nach Ohio. Nate un Calvin Cook, sie spiel für die Rams.«

»Was?« Er sah sie scharf an.

Sie sagte: »Das hier Calvins Auto. Ich zieh grad erst von Charleston hierher, un er bring mir die Woch erst Auto fahrn bei. Ich krieg mein Führerschein, sowie er zurückkomm von Canton, Ohio. Is Spiel für Hall of Fame.«

»Is das Ihr Ernst, oder wollen Sie mich veräppeln? Die Cook-Zwillinge? Was fährt denn Nate?«

Sie holte ein bißchen Luft. »Er fahr ein BMW, Sir. Nummer weiß ich nich. Seine Frau fahr ein Supra.«

»Und Calvin hat so eine Riesenkutsche? Ich kenn sie nur auseinander, wenn Nate lacht – wegen dem Zahn.«

»Ja, Sir.«

»Gegen wen spielen sie denn morgen – Cleveland?«

»Cincinnati, Sir.«

»*Yeah*. Ich hab's mir nicht gemerkt, weil ich morgen Dienst hab. Hören Sie, Miz Cook, Sie dürfen auf dem Highway nicht halten, außer im Notfall. Es ist verboten. Ihr Sohn sollte Ihnen ein Autofahrerhandbuch besorgen. Ich werde auf eine Vorladung verzichten, aber ich denke, Sie fahren jetzt besser ganz vorsichtig heim. Wo wohnen Sie denn?«

»Anaheim Hills.«

»Muß hübsch sein da. Sie sind jetzt kurz vor Rio Seco«, sagte er. »Schön dran denken, nicht am Highwayrand halten! Und Grüße an Nate und Calvin und alles Gute für die Spielzeit.«

Marietta ließ den Lincoln wieder an und wartete, aber er blieb hinter ihr stehen, bis sie anfuhr. Rio Seco. Sie fuhr vorsichtig weiter, nahm die nächste Abfahrt und hielt auf der Brücke, die über den Freeway führte. Sie mußte wieder zurück, auf die Fahrbahn nach Westen, um heimzukommen. Nicht auf der Straße stehenbleiben, nicht auf dem Freeway anhalten. Sie hatte sich in der ersten Woche in einer Reihenhaussiedlung verlaufen und auf den Bordstein gesetzt, um ein wenig zu verschnaufen, und die Leute hatten sie angestarrt; eine Sicherheitspatrouille war an ihr vorbeigerollt. An den knatschblauen Bach in der Anlage konnte sie sich auch nicht setzen. Dort schwammen keine Fische.

Sie steuerte die Auffahrtsrampe hinunter. Sie wußte, wo sie hinwollte, aber das würde noch warten müssen, bis wieder Tag war. Bis morgen, nach dem Spiel. Sie versuchte, sich an den Weg zu erinnern, an die Straße mit den Palmen auf beiden Seiten und den langen schleirig-gelben Wedeln, die von jedem dieser Bäume herunterhingen, fast so tief wie das graue Moos von den Eichen.

Das Wetter war nicht gut für Football. Sie wanderte unruhig hinaus auf Carolannes Balkon, wo die Sonne sengend-weiß auf den Verputz knallte, und dann wieder zurück ins Wohnzimmer, wo Carolanne mit einem Katalog auf dem Sofa saß und Freeman seinen Kinderwagen über den Teppichboden zu schieben versuchte. Marietta setzte sich ans andere Ende des Sofas und hörte der Auftakt-Show zu. Das Zimmer war zu hell, keine dunkle Höhle, wie sie Baby Poppa so gern zum Footballgucken gehabt hatte.

Wenn die Collegespiele im Fernsehen gekommen waren, hatte sie immer am liebsten dicht vor dem Bildschirm gesessen, um die Bewegungen und die Gesichter genau beobachten zu können. Sie wollte nicht reden, nichts hören als das Grunzen und Ächzen und die Yardansagen, und deshalb war sie manchmal nach drinnen zu Tiny Momma gegangen. Dort hatte sie auf die verletzlichen, glatten Nacken der Wide Receiver starren können, auf die Haut zwischen dem Helm und dem Namen. Bei Nate und Calvin sah man nichts – ihre Nacken waren jetzt so breit zwischen den mächtigen Schultern, daß kein bißchen Haut mehr über dem Schulterschutz hervorguckte.

Sie dachte, daß sie nach drüben gehen und sich das Spiel allein angucken wollte, aber Freeman zerrte an ihrer Hand, weil er ihr zeigen wollte, daß sich der Kinderwagen an einer Flurecke verfangen hatte.

»Muß irgendeine Vorschrift geben, daß man als Sportreporter ein scheußliches Polyesterjackett tragen muß«, sagte Carolanne, die Sprecher musternd. »Ej, Jungs, kann's jetzt vielleicht losgehen?«

Nate und Calvin standen an der Seitenlinie, Hände, Unterarme und Fingerknöchel mit weißem Tape bandagiert. Nur ihre Augen – die Fernsehkameras liebten es, Nates Gesicht zu zeigen. Sie sah nur seine Augen über der Gesichtsmaske. »Sehen Sie sich diesen furchterregenden Blick an«, sagte der Sprecher. »Werden wir Nate Cook heute in Aktion sehen?«

Durch den Zahnschutz traten seine Lippen hart hervor, und als er sich vorbeugte, war sein Gesicht eine Maske der Konzentration. Marietta sah Nate, sah die Afrikafrau, sah das Gesicht ihres Vaters. Ihr Gesicht. Chemiezeug da in sein Blut, unter sein Knochen.

Calvin wurde vorerst nicht eingesetzt; sie wußte, der Offensive Tackle Matt Frazier hatte im letzten Jahr eine seiner besten Spielzeiten gehabt. Aber sie würde ihn vielleicht doch noch sehen, dachte sie, weil die Schaukämpfe im Grund nur dazu dienten, die Neuerwerbungen auszuprobieren und zu gucken, was sie konnten, bevor die eigentliche Spielzeit begann und jeder Punkt zählte. Die Bengals spielten an, und Carolanne sagte: »Auf geht's. Haut rein und schnappt euch das Geld, Jungs.«

Freeman summte und sang vor sich hin und schob den Kinderwagen gegen Mariettas Knie, nachdem sie den Couchtisch ein Stück zu Carolanne hingerückt hatte. Carolanne guckte nur während der Spielzüge von ihrem Katalog auf und beachtete das Gerede und die eingeblendeten Statistiken gar nicht. »Die Cheerleader, die die Rams da haben, sind wirklich das Letzte«, sagte sie.

Marietta verfolgte die ersten Spielzüge genau. Der Quarterback der Rams war blond und flachnasig, und sein Bauch und seine Beine waren gerader als bei den Offensivlinienspielern. Er holte aus und warf, aber der Ball kam zwei Handlängen vor den flehend emporgereckten Fingerspitzen von Leroy Sims, dem Wide Receiver, herunter. Marietta hatte wochenlang jeden Footballartikel in der *Los Angeles Times* gelesen und die Namen und Nummern sämtlicher Spieler auswendig gelernt.

Sie machten einen Punkt, und sie sah Nate aufs Spielfeld laufen. »Nate Cook, Erstrundenwahl der Rams, spielt jetzt auf dem Außen-Linebacker-Posten, der durch das Ausscheiden von Corcoran frei geworden ist«, sagte der Reporter. »Es gibt noch andere Konkurrenten um diesen Platz, aber Cook gilt als wilder Paßjäger, und wir werden sehen, was er gegen die Offensivlinie der Bengals auszurichten vermag.«

»Da is Daddy«, sagte Carolanne zu Freeman. »Nur noch Muskeln und kein Hirn. *Shit.*«

»Freeman«, sagte Marietta, »da lauf Nate.« Nates Spieleruniform war saphirblau und karpfengolden. Er grub die Knöchel ins Gras und erstarrte. Der Mund des Bengals-Quarterback bewegte sich, und dann schnellten sie alle vorwärts. Nate prallte vom Brustkasten des Offensive Tackle ab und glitt um ihn herum, aber der Running Back war schon unter zwei anderen Spielern begraben.

»Sport, Spiel, Spannung«, sagte Carolanne. »Nur noch fünftausendundfünfundfünfzig Tackles vor ihm. Ein Glück, daß er nicht soviel zu denken braucht, wo sein Hirn jetzt am Arsch ist.«

»Carolanne.« Es war das erste Mal, daß Marietta sie beim Namen rief. »Sie muß hab all die Spielzüg im Kopf. Sie hab genug ze denk.«

Carolanne zog die Brauen hoch. »Nate macht das alles instinktiv. Riechen und abmurksen.«

»Du weiß genau, daß mehr dazugehör«, sagte Marietta, während sie verfolgte, wie er wieder in Stellung ging.

Das Spiel war konventionell wie die meisten Eröffnungsspiele. Nate machte zwei Tackles bis zur Halbzeit, und er ging nach jedem schnell wieder davon, ohne die Faust in die Luft zu recken. Sie sah Calvin einmal an der Seitenlinie, aber da war das dritte Viertel schon fast zu Ende, und es stand immer noch 3:0. Die Bengals hatten ein Field-Goal erzielt, und der Rams-Kicker war noch fast neunundvierzig Yards draußen.

Im ersten Spiel des vierten Viertels ließ sich der Bengals-Quarterback zurückfallen. Er sah sich um, und Nate schoß durch die Linie und schlang die Arme um den Quarterback, so wie Marietta nach dem Baden das große Handtuch um den nassen Freeman schlang. Seine Arme verdeckten den Helm des Quarterback, und der Ball flutschte nach hinten weg. Der andere Außen-Linebacker, Sharpe, fischte ihn auf und stolperte in Richtung Goal-Linie, aber zwei Bengals erwischten ihn an der 12-Yard-Linie. Nate und ein paar andere Spieler von den Rams klatschten sich so heftig auf die Schultern und Helme, daß der Reporter lachte. »Wow, nach diesem Jubel wird Safety Jones wohl kaum noch weiterspielen können! Haben Sie gesehen, was Cook ihm da für einen Hieb verpaßt hat? So schlägt er zu, wenn er sich freut.«

Wenn die Kamera über die Gesichter der Spieler auf der Rams-Bank fuhr, wartete sie. Auf das Zwinkern. Kein Gewinke und Gefuchtel, wenn Nate und Calvin die Kamera auf sich gerichtet sahen, keine wilden Grimassen, nur dieser scherzhafte kleine Gruß an sie – das Zwinkern. Die weißen, rosafarbenen, goldenen und hellbraunen Gesichter der Spieler hatten schwarze Schminkestreifen unter den Augen. Nate höhnte immer: »Mal dir doch das ganze Gesicht an, Mann, wenn du so wild aussehn willst wie *ich*. Ich bin ein waschechter schwarzer Mann, aber du kannst ja wenigstens so tun.«

Die Rams erzielten keinen Punkt; der Fullback, Lonnie Brigham, krachte zweimal voll in die Mauer der Bengals, und als Coach Roberts im dritten Spielzug des letzten Viertels das Signal gab, bei Vierter und drei aufs Ganze zu gehen, wurde der Paß zum Tight End in der Luft abgelenkt.

Aber es war ja erst Vorsaison. Nate hatte gezeigt, was er konnte. Calvin hatte auf der Bank gesessen, aber sie wußte, sie würden ihn auch noch testen, ehe die eigentliche Spielzeit begann.

Während die Sprecher redeten und Freeman auf ihrem Schoß döste, füllte Carolanne das Bestellformular aus dem Katalog aus. Marietta sagte: »Was du sag? Nate mach sein Sach gut.«

»*Yeah*«, sagte Carolanne. »Aber davon wird's ihm auch nicht bessergehen.«

»Das sein erstes Spiel.«

»Nate ist so besessen davon, allen zu zeigen, wie toll er ist, daß ein Spiel gar nichts hilft. Das weißt du doch besser als ich.«

Marietta dachte an die High-School-Zeit, als er und Calvin so viel größer und kräftiger gewesen waren als die anderen Jungen. Und dann auf dem College – nein, da hatte sie sie während der Spielzeit nie gesehen, nur die Artikel gelesen, die sie ihr schickten, und sie ab und zu im Fernsehen zu Gesicht gekriegt. Sie sagte: »Ich weiß nich, warum Nate mein, daß er die Steroid brauch. Vorher er halt sich immer für gut, weil er Football so sehr lieb.«

Carolanne schnaubte verächtlich. »Willkommen in L. A. – hier muß man ein bißchen mehr bringen.«

»Un die Steroid mach, daß er kein Zärtlichkeit mehr möcht – von dir?« fragte Marietta.

Carolanne zuckte die Achseln. Marietta hatte die Zeitschriftenartikel herausgesucht über das Doping mit Steroiden bei Leichtathleten, Gewichthebern und Footballspielern. Darin war alles so ausführlich beschrieben – die Akne, das Brustwachstum, der Jähzorn, der Verfolgungswahn –, daß sie schließlich die Hefte auf den Fußboden gelegt und das Gesicht in den Händen vergraben hatte. Kein Baby Poppa, den sie um Rat fragen konnte. Aus mit den Fotos von Mean Joe Greene, aus mit den Plänen für ihre Söhne. Nate war *erwachsen*.

»Was du will mach?« fragte sie Carolanne leise. »Du denk, er nehm sie immer noch?«

Carolanne zuckte die Achseln. »Was soll ich machen? Ihn einsperren? Ihn entmündigen lassen? Seiner Mama Bescheid sagen?« Sie nahm den Telefonhörer ab und drückte eine Nummer, und ihre Nägel klickten auf dem Plastik. »Hallo. Kann ich Bonnie sprechen? Hi. Hier ist Carolanne Cook. *Yeah*, ich hab das Spiel gesehen. Mr. Sharpe war wirklich scharf. Ich weiß. *Yeah*. Sie haben mich doch gefragt, ob ich Lust hätt, mit ein paar anderen Spielerfrauen essen zu gehen, und ich hab mit Tina Brigham gesprochen. Sie sind gerade erst hierhergezogen, von Michigan, da ist er her ...«

Marietta wußte, daß drüben gleich das Telefon läuten würde. Sie ging ins Kinderzimmer, um Freeman in sein Bettchen zu legen, aber er wachte wieder auf und weinte, als er die Gitterstäbe sah. So ging es jetzt immer, seit dem Streit zwischen Nate und Carolanne. Er wollte überhaupt nicht mehr in seinem Bett bleiben. Sie nahm ihn mit, und als sie gerade drüben war, blubberte das Telefon los, und sie sagte: »Hallo?«, falls es doch jemand anders war.

»Das lieb ich, Mama! Wenn ich so richtig zum Zug komm!« rief Nate ihr lachend ins Ohr. »Was sagst du?«

»Ich sag, du muß red mit dein Frau«, sagte sie. »Du geb mir Calvin.«

»Ach, Mama«, sagte er.

»Nate, ich red nimmer mit dir, vor du nich geh un bring die Sach in Ordnung«, sagte sie.

Sie würde ihm nicht sagen, wie er ausgesehen hatte, als er losgeschnellt war. Sie würde ihn nicht fragen, wie die Arme des Offensive Tackle ausgesehen hatten. Sie hörte, wie er den Hörer hinlegte.

Sie hatte es in einer Sportzeitschrift gelesen, als die Jungen noch auf der Junior High School gewesen waren. Wie ein Linebacker die Hände und Arme des Guards studierte, der ihm gegenüberkauerte. Wenn das ganze Gewicht auf den Muskeln ruhte und sie sich von der Anstrengung wölbten, wußte der Linebacker, daß er vorwärtsstürmen und blockieren würde. Wenn die Arme weniger angespannt waren und das Gewicht nach hinten stemmten, würde der Guard zurückbleiben, um den Quarterback zu schützen. Sie hatte es Nate erzählt, und manchmal funktionierte es.

All die Spiele in der Collegemannschaft, als sie hinterher angerufen hatten und ihre Stimmen fast im Lärm untergegangen waren und Nate in die Leitung geschrien hatte: »*Yeah*, die Arme verraten das große Geheimnis, Mama!« Und Calvin hatte gebrüllt: »Er war lang nich so schlimm wie Nate, Mama! War keine Sach, den Kerl zu blocken!«

»Mama«, sagte Calvin jetzt. »Gibt nix zu erzählen.«

»Sag mir, wie sich anfühl, dein erst Profispiel«, sagte sie. »Mach mich so stolz. Sag mir, was du denk.«

Wenn die Sonne unterging, gab es keine Wolken, die das Rosa oder Rot hätten halten, keine Bäume, die die letzten Farben hätten einfangen können – der riesige Himmel war eine leere Fläche hinter den Dächern, und dann wurde das Blau zu Schwarz.

Drinnen schlief Freeman auf dem Sofa. Sie wollte nicht wieder versuchen, ihn ins Bett zu legen. Carolanne war irgendwo hingegangen und hatte ihn in Mariettas Obhut zurückgelassen. Marietta saß auf dem Sofa und sah Carolannes Zeitschriften und Kataloge durch. Als sie zu dem Bestellformular kam, hielt sie inne, um zu gucken, was Carolanne während des Spiels eingetragen hatte. Bionaire 700. »Bringt Gebirgsfrische in Ihr Heim. Der Bionaire 700 reinigt und regeneriert verbrauchte Luft durch ein Filtersystem, das belastende Schmutzpartikel bis zu einem Minimaldurchmesser von 0,01 Mikron beseitigt. Und der einzigartige Ionisator sorgt nicht nur dafür, daß sich alle eventuell noch in der Raumluft verbliebenen Partikel niederschlagen, sondern generiert darüber hinaus Millionen negativer Ionen und erzeugt so den Effekt frischer, anregender Gebirgsluft. $ 149,95.«

Sie las es noch einmal von vorn, während Freeman kleine gurgelnde Schnarchlaute von sich gab und im Hintergrund die Spülmaschine klickte. Negative Ionen. Niederschlagen. Sie hatte immer gedacht, Niederschlag sei Regen – Baby Poppa hatte dieses Wort geliebt. Sie sah auf die Uhr. Erst halb acht. Sie drückte die Vorwahl von Charleston.

Einmal in der Woche rief sie Tiny Momma an, um ihr zu erzählen, was die Jungen aßen und was Freeman wieder Neues sagen und tun konnte. Sie hatte nur berichtet, daß Carolanne hübsch und klein war und so zierliche Hände hatte wie Tiny Momma. Aber Tiny Mommas Stimme kam als gedämpftes Flüstern durch das alte Telefon, das auf einem Häkeldeckchen in ihrem Wohnzimmer stand, und es war fast noch schmerzlicher, die weit entfernten Worte zu hören, als Tiny Momma nur im Geist vor sich zu sehen.

Tiny Momma und Miss Alberta guckten sich die Spiele nie richtig an, nicht so konzentriert wie die Seifenopern. Der Bildschirm flimmerte, und die Reporter wurden immer aufgeregter, aber sie saßen am Tisch, mit geschäftigen Händen, bis jemand sagte: »Da – er rennt los!« Das war der Moment, in dem sie auf den Fernseher guckten und dem ausgestreckten Finger von Jesses Sohn oder einem der anderen Jungen zu folgen versuchten.

»Hallo?«

»Ich da, Tiny Momma.«

»Kind, ich wußt, daß du anrufst. Ich hab schon drauf gewartet. Was macht das Baby?«

Marietta zuckte zusammen, weil sie dachte, daß sie Tiny Momma von Carolannes beinah unsichtbarem Bauch erzählt haben mußte, aber dann wurde ihr klar, daß Freeman gemeint war. »Er schlaf grad hier neben mir. Sein Mama geh bißchen aus, un sie wer krieg Anfall, wenn sie komm un er lieg nich in sein Bettchen.«

»Omas sin dafür da, daß sie Babys verwöhnen! Sie tät mich bestimmt hassen, wenn ich bei euch wär.«

»Ich wünsch, du wärs da. Warum du komm nich her? Wir kauf ein groß Haus, wo du kann mach voll mit dein Häkelsach.« Marietta schämte sich, weil ihre Stimme so einsam klang, aber dann fiel ihr wieder ein, daß Tiny Momma sie schon krank und schlafend und schweißgebadet gesehen hatte.

»Du weißt, ich tät so gern kommen un Kalifornien sehn, aber wer sollt dann für Baby Poppa un Alberta sorgen?« Marietta roch den Tee, die Essensdünste in dem geschlossenen Raum, den wolligen Geruch der Garnknäuel, die überall herumlagen. Nein – hier in der Nähe war nirgends ein Friedhof. Tiny Momma mußte seinen Grabstein abwaschen, ihm Blumen bringen, ihm alles erzählen. Und Miss Alberta wartete sicher auch jetzt, daß sie an den Tisch zurückkam.

Tiny Momma sagte: »Ich hab sie gesehn, die zwei – ich hab gewußt, Nate macht wieder sein Lieblingssach, wo ich Jesse un die über die ganze Veranda hab johlen hörn. Dann weiß ich immer, sie brüllen wegen Nate, un ich komm grad recht zum Fernsehn, wenn sie's noch mal bringen.«

»Heut du krieg gleich drei Wiederholung, eh?« sagte Marietta lächelnd.

»*Yeah.* Nate, wo er den Weißenbursch quetschen tut wie eine Wurst. Un Calvin sitz nur da un wart?«

»Er hab Geduld. Nate der, wo nich kann wart.« Marietta schwieg.

»Mmm-hmm.« Tiny Momma schwieg ebenfalls. Marietta hörte, wie sie ihren Tee schlürfte. »Miss Alberta is erkältet. Sie liegt grad.«

Sie konnte Tiny Momma nichts sagen, nicht das mit den Steroiden und auch nicht das mit Carolannes Baby. Sie schluckte ihre Spucke herunter und stellte sich vor, es wäre Zimttee, und sagte: »Calvin sag, Nate eß vier ganz Portion vor dem Spiel. Mit er sich die Kraft hol, daß er gegen die andern ankomm.«

Als sie eingehängt hatte, begann Freeman, sich zu regen und leise zu wimmern. Er wäre wahrscheinlich auch so gleich wieder eingeschlafen, aber sie bettete ihn auf ihren Schoß, den warmen, geraden Rücken unter ihrer Hand, die kleinen Lippen an ihr Hosenbein gequetscht. Sie würde horchen müssen, damit sie es mitbekam, wenn Carolannes Auto unten in der Garage brummte.

Daß sich die Partikel niederschlag. Sie nahm sich den Katalog noch einmal vor und fühlte sich hilfloser denn je. Tiny Momma konnte ihr nichts sagen. Nate hatte Carolanne nicht angerufen, und Marietta fragte sich, wo sie war. Vielleicht in Soul Gardens, vielleicht bei einer der anderen Spielerfrauen, mit denen sie telefoniert hatte. Carolanne hatte nur gesagt: »Ich zieh noch mal los, wie Nate und Calvin immer sagen. Ich komm nachher wieder.«

Zone des Friedens. Carolanne hatte noch ein Kreuzchen neben das Bild von einem kleinen Ding gemacht, das aussah wie ein Radio. »Der moderne Zivilisationslärm hindert uns am Ausspannen, Lesen oder Schlafen und beeinträchtigt unsere Konzentrations- und Leistungsfähigkeit. Der neue Marsona Sound Conditioner synthetisiert elektronisch eine Vielzahl angenehmer natürlicher Geräusche, die die störende Lärmbelastung überdecken und reduzieren. Sie regeln selbst Lautstärke, Rhythmus und Frequenz von Brandungsrauschen, Sommerregen und Gebirgswasserfällen sowie die scheinbare Entfernung der Geräuschquelle. $ 139,95.«

Carolanne hatte je ein Gerät bestellt und den Gesamtbetrag unten in das Kästchen eingesetzt. Sie hatte bei VISA ihre Nummer eingetragen und unterschrieben. Marietta ließ ihre Hand auf Freemans Popo ruhen und las die Beschreibung noch einmal durch. Brandungsrauschen. Sommerregen. Sie sah ihre Veranda vor sich, die Läden, die den Wind aussperrten, das Zeitungspapier, das in dem Luftzug flatterte.

Was war in diesem Atem, von dem alle sagten, daß er in einem leeren Haus niemals erlöschen durfte? Du laß das Feuer nich geh aus, hatte Aint Sister geknurrt. Bring Unglück, wenn du verlier dein Glut.

Sie starrte auf die beigen Jalousien und versuchte, sich das Fenster vorzustellen, aus dem Carolanne geguckt hatte, als sie mit Freeman schwanger gewesen war, die breite Straße und die Leute in den Hauseingängen. Lärmbelastung – du weiß nich, was sie brauch.

»Wann du wer geh zu Doktor?« fragte Marietta. Carolanne zuckte die Achseln. »Du les all die viel Zeitschrift«, fuhr Marietta fort. »Un überall steh, du muß geh zu ein Doktor, sobald du weiß, du krieg Baby.«

»Bei Freeman hatte ich gar nicht das Geld dafür«, sagte Carolanne. »Er war auch okay. Ich bin erst im vierten oder fünften Monat. Ich nehm ja Vitamine.« Sie sah Marietta an. »Ich hab gar nicht gewußt, daß du in die Zeitschriften guckst.«

»Ich guck in dein Katalog gestern abend. Das Sach teuer.«

»Ach, das Lifestyle-Magazin? *Yeah*, ich will die Dinger in Freemans Zimmer stellen. Ich dachte, es tut ihm gut und hilft ihm vielleicht, wieder in seinem Bett zu schlafen.«

»Du weiß, sie komm heut abend wieder«, sagte Marietta. »Ihr muß red, du un Nate.« Carolanne nickte nur. »Du wer sag ihm von dem Baby?«

Carolanne fauchte: »Er hat mir auch nichts von seinem Drogenzeug gesagt.« Sie seufzte. »Ich hab dir gesagt, ich wart noch bis nach der Endauswahl. Aber ich versprech dir, ich geh nächste Woche zum Arzt. Was willst du kochen? Was müssen wir einkaufen?«

Marietta spielte mit Freeman auf dem Xylophon, während Carolanne *Phil Donahue* guckte. Eine ganze Parade von Leuten, die alle abgenommen hatten – erst wurden ihre Vorher-Videos gezeigt, und dann spazierten sie auf die Bühne, dünner, mit mehr Make-up und anderen Haaren, die entweder dichter am Kopf anlagen oder bauschiger wegstanden. Unermüdlicher Applaus wie Regen auf einem Blechdach. Light-Scent-Trocknertüchlein – und Ihre Kleider duften wie sonnengetrocknet. Lysol-Frischespray – und niemand merkt, daß es heute bei Ihnen Fisch gegeben hat.

Sie sah auf Carolannes rosa-goldene Wangen und auf ihre Hände, die nach dem Ende der Show eifrig Spielsachen wegräumten, die Plastikflächen wischten, staubsaugten. »Sie möchten bestimmt was essen«, sagte Carolanne. »Bist du sicher, daß du nichts kochen willst? Bei dir schmeckt's ihnen viel besser als bei mir.«

Marietta schüttelte den Kopf. »Ihr zwei muß red, nich kau.«

»Ich hab's kapiert, okay?«

Freeman aß Makkaroni, und Marietta dachte daran, wie sie morgen dort hinausfahren würde, zu den Palmbäumen, die immer wieder in ihrem Kopf auftauchten. Aber sie würde den Jungen und Carolanne nichts von ihren Überlegungen sagen, bis sie sich sicher war.

Die Wummermusik tauchte in die Garage ein, aber Carolanne schien gar nicht nervös. Sie tupfte Nagellack auf die Spitzen ihrer Fingernägel, wo ein feiner Streifen Weiß unter dem abgeblätterten Rand hervorguckte.

Calvin kam zuerst herein. »He, ich riech ja gar nix! Habt ihr nich ein Happen für paar hungrige Reisende? Wir warten schon die ganze Zeit, daß es endlich wieder was Richtiges gibt, Mama.«

»Wir zu müd zum Kochen«, sagte Marietta, indem sie ihn umarmte. »Wir brauch schon all unser Kraft fe guck das Spiel im Fernseh.«

Nate zwängte sich an ihm vorbei, und Freeman schrie: »Daddy!« Er rannte mit ausgebreiteten Armen los, um Nates Knie zu umschlingen. Nate schwang ihn in die Luft und brummte: »Du warst wieder auf meim Sofa? Ich hab dich erwischt, Mann!« Freeman kreischte an seinem Hals und strampelte vor Freude. Nates Zungenspitze guckte rosa durch das kleine Dreieck zwischen seinen Schneidezähnen. »Okay«, sagte er. »Ich entschuldige mich, daß ich so war, aber du hast ja die Kerle gesehn, die ich da vor mir gehabt hab, Mama. Du hast doch gesehn, was das für Schränke sin.«

»Du muß nich *mir* sag Entschuldigung«, sagte Marietta, wütend über seine großen Ich-sag's-ja-Augen. »Du geh rüber in euer Schlafzimmer un red mit dein Frau. Ich nich die, wo leb mit dir – du bitt nich mich um Entschuldigung. Ab jetz.« Sie trat vor ihn hin und griff sich den quietschenden Freeman, dessen fröhliches Lachen sofort in zorniges Gebrüll umschlug. »Du komm un sag deim verrückten Onkel Tag«, sagte Marietta, und Calvin packte ihn um die Taille, um ihn durchs Zimmer fliegen zu lassen.

»Du wer ungeduldig?« sagte sie zu Calvin, als Nate mit Carolanne ins Schlafzimmer abgezogen war.

Er zuckte die Achseln. »*Yeah*. Hab so's Gefühl, daß sie mich nur für den Notfall wollen. Wenn einer verletzt is.«

»Nein. Aber du kann nich hoff, daß einer von seim Platz absteig, nur daß du kann aufsteig.«

»Doch, das kann ich. Ich weiß, ich sollt nich, aber ich tu's«, sagte er, wobei er Freeman kitzelte. »Frazier rührt sich nich von seim Platz. Der is ein Felsklotz.«

»Grad wie der Bruce, wo Nate in Denver gegen sich hab.« Sie reckte ihm das Kinn entgegen.

»*Yeah*, Bill Bruce. Drei Zentner Profi-Football.«

»Du wer auch mach?« sagte sie schroff. »Nehm das Chemiesach?«

»Ich hab immer gern Krafttraining gemacht, Mama. Da hab ich keine Sorg«, sagte Calvin abwehrend. »Meine Muskeln sin nich das Problem. Ich will nur meine Chance.«

»Sin nur noch fünf Tag bis Denver. Wie soll ihr erhol euch bis da?« sagte sie.

»Kein Schimmer. Sie sagen, die nächsten vier Wochen sin noch die Hölle, un dann wird's besser. Wir wern's schon schaffen. Ich denk, sie wern mich doch wenigstens einmal ausprobieren.«

Carolanne kam zuerst heraus. Ihre Lippen waren hart und

schmal. »Nein – ich bin noch nich fertig«, rief Nate ihr von der Tür aus hinterher.

»Doch, das bist du!« schrie Carolanne. »Wenn du mir nichts Neues zu sagen hast.« Freeman zitterte und klammerte sich an Mariettas Knie.

»Wie geh Jeffrey?« sagte Marietta, die Arme verschränkend, zu Nate.

»Er is okay, spuckt große Töne«, sagte Nate. »Er hat auch nich am Freitag Bill Bruce vor sich.«

»Aber wir hab *dich* vor uns, all Tag, lang Zeit«, sagte Marietta.

»Hey, okay, ich hab was gemacht, was euch nich paßt. Aber es hat doch genützt, oder?« sagte Nate, der jetzt seinerseits das Kinn vorreckte. »Komm, Mama. Laß uns rübergehn zu Calvin un die Sach zu Ende bringen.«

Sie gingen nach drüben. Als sie ihm an dem kühlen, glänzenden Glastisch gegenübersaß, zögerte Marietta. Sein Gesicht war hart. Nichts von diesen Möbeln gehörte ihr, nichts von diesen Wänden – er streckte seine Beine nicht unter ihren Tisch.

»Leg los, Mama«, sagte Nate. »Du warst doch die, wo immer wollt, daß wir alles für unsre Footballkarriere tun – du hast doch unsre Spielerbücher studiert un uns ins Krafttraining geschickt un alles. Was es auch kost – das hast du doch immer gesagt. Also beschwer dich nich.«

»Aber das fall nimmer in den Rahmen«, sagte sie, ohne nachzudenken. Baby Poppa – er immer sag in Hotel.

»Doch, tut es wohl. Guck dir doch die Kerle an, mit denen wir's zu tun haben, Mama.«

Sie überlegte, starrte auf seine Fingerknöchel. »Okay – vielleich fall in Rahmen, was Football angeh. Was Sport angeh. Aber nimmer, was dein Familie angeh. Ich les all die Zeitschriftartikel über die Spieler, wo muß immer schmeiß mit Stühl un schlag Sach kaputt ...«

Nate fiel ihr ins Wort. »Das braucht man, um sich aufzuputschen – um sich hochzubringen für das Spiel.«

»Nein – du hab Baby. Du kann nich.«

»Ich hab's nich drauf angelegt, eins zu kriegen«, sagte er. »*Ich* nich.«

»Ich leg nich drauf an, daß ich *euch* krieg«, sagte sie.

»Du warst doch schon verheiratet. Du hast ja nich gewußt, daß unser Daddy sterben würd.«

Der Schmerz in ihrem Herzen war so heftig, daß sie sich beinah über den Tisch krümmte. Sie konnte es ihnen nicht sagen. »Warum du heirat sie dann?« sagte sie, so hart sie konnte.

Nate umklammerte die Glaskante. »Sie war so klein un hat so groß dahergeredt, wie wenn's sie gar nicht kümmern tät, ob ich mich noch für sie intressier ...«, sagte er. Dann verstummte er.

Marietta sah Carolanne vor sich, wie sie ihn beobachtete, wie sie forschte, was er tun würde, was er wollte. Ihre Augen, ihr Lächeln – ihre Finger auf seinem Arm. Ihr Rücken, wenn sie sich umdrehte. »Was du wer mach, wenn sie jetz nimmer intressier für dich – wenn sie geh un nehm Freeman mit? Du jag sie noch aus dem Haus, mit dem Steroidzeug in deim Hirn.«

Nate ließ den Kopf gegen die hohe Lehne von Calvins Lieblingssessel sinken. Sein Hals war dick und fleischig, ohne Narben, ohne Falten. »Wie soll ich's denn anders bringen? Ich muß besser sein wie Bruce un die. Ich muß die Endauswahl schaffen.«

»Du wer fühl dich sehr einsam, wenn du schaff die Endauswahl un verlier dein Frau un dein Kind. Un mich. Das jetz mein Blut – du entscheid für mich, wo du sie heirat.«

»Un wenn ich's in Griff krieg, wenn ich mich besser?«

»Un wenn nich?« Sie sah, wie er abwägte.

»Ich kann nich sagen, was ich später in der Spielzeit mach«, sagte er schließlich langsam. »Für jetzt hör ich auf. Aber ich muß achtgeben, daß ich meine Kraft behalt.«

»Un ich muß geb acht, daß wir dich behalt«, sagte sie im Aufstehen. Er sagte nichts, als er hinter ihr wieder in seine Wohnung trat.

»Eh«, sagte sie zu Calvin. »Du sag Rock, ich wart, daß er komm, mit wir kann fahr un seh sein Onkel un geh fisch.«

»Wovon redst du?« sagte Calvin, während er ihre Gesichter musterte. »Von dem Wasserloch?«

»Die Fisch in dem See sin wahrscheins eh so voll Gift, daß sie keiner essen sollt«, sagte Nate lachend, aber seine Augen ruhten auf Carolanne. »Guck doch, was sie mit Rock gemacht haben.«

»He«, sagte Calvin. »Wir haben grad noch eine Stund, Nate un ich. Ich find, wir sollten uns Eis holen.«

Marietta sah Carolanne eindringlich an, aber sie schüttelte nur leise den Kopf und nahm Freeman hoch. »Komm, Baby, dein Daddy will dich verwöhnen«, sagte sie, indem sie Nate aus schmalen Augen ansah. »Er kauft dir, was du willst.«

Das Spiel gegen Denver wurde nicht übertragen, deshalb wartete Marietta in Calvins stillem Wohnzimmer auf die Durchsage des Spielstands und die Einblendung der wichtigsten Szenen in den Pausen der Begegnung New Orleans–San Francisco. Die Rams lagen 0:7 zurück, aber dann gelang Brigham ein 17-Yard-Lauf zum Touchdown, und Rock konnte einen Paß abfangen und einen weiteren Touchdown einleiten. Das war alles. Mehr kam erst im Sportüberblick am späten Abend.

Die Vorsaisonspiel all ruhig, dachte sie. Nich so viel Punkt. Sie fragte sich, ob Calvin wohl gespielt hatte, und wartete, daß das Telefon läutete.

Sie riefen erst kurz vor den Sportnachrichten an, und Nate sagte: »Bruce hat mich in den Sack gesteckt. Ich hab nix gemacht, nich ein gottverdammten Mucks.«

»Hüt dein Zung«, sagte sie. »Calvin spiel auch?«

»Er war bei den letzten sieben Downs im letzten Viertel drin. Er war okay. Mich haben sie fertiggemacht.«

Sie guckte den Zusammenschnitt an. Der Sprecher sagte nur: »Nate Cook, Erstrundenwahl bei der diesjährigen Draft und der Mann, der letzte Woche in Cincinnati ein Fumble erzwang, ist heute nicht in Erscheinung getreten. Wir haben seinen Namen kein einziges Mal gehört, John.«

»Nein, Phil, Bill Bruce hat ihn heute mehr oder minder lahmgelegt. Aber Jeff Foster, der starke Neuzugang des letzten Jahres auf der Position des Nose Tackle, hat Bronco-Running-Back Mark Roberts das Leben schwergemacht. Sehen Sie sich an, wie dieser Bursche sich am Center vorbeischiebt. Wow.«

»Der Knüller war natürlich der abgefangene Paß ...«

Carolanne war an dem Tag zur Blutabnahme gewesen, und

sie sagte, sie müßte nächste Woche noch mal hin, am Tag vor dem ersten Heimspiel gegen die Chargers. »Dann muß ich noch zu dem Arzt selber, um die Laborergebnisse zu besprechen. Und ein, zwei Wochen später sag ich es Nate dann, okay? Dann weiß ich den Geburtstermin und alles.«

»Möchten Sie mit reinkommen und die Herztöne hören?« fragte die Sprechstundenhilfe. Sie war etwa so alt wie Marietta, blond und freundlich. »Als wir unsre Kinder gekriegt haben, gab es diese ganzen hochempfindlichen Überwachungsgeräte noch nicht. Ich wette, Ihr Arzt hatte nur ein Stethoskop.«

»Nein«, sagte Marietta, während sie Carolanne in den Raum folgte. Sie sah Aint Sisters kleine Hände tastend und fühlend auf ihrem Bauch. »Nich mal.«

Carolanne sah stumm zu, wie die Frau ein dickes Gel auf ihrem Bauch verschmierte; Marietta bemerkte verblüfft, wie klein der Hügel war. Vielleicht kam es ja daher, daß Carolanne auf dem Rücken lag. Die Haut war hell wie Limonade.

Ein asiatischer Mann kam mit raschem Schritt herein. Sein Haar schimmerte blauschwarz in dem harten Licht. Marietta dachte, wie schön dieses Haar war, so dick und glatt und glänzend, als er sich jetzt über ein Klemmbrett beugte.

»Carolanne Cook«, sagte er freundlich. »Ich bin Doktor Yee. Sie waren zweimal zur Blutabnahme, HCG und Blutzuckerwerte, richtig?«

»Ja«, sagte Carolanne. »Letzte Woche und diese Woche.«

»Im Abstand von zehn Tagen«, sagte Doktor Yee. »Und was schätzen Sie, wie weit Sie sind, wenn Sie den Zeitpunkt Ihrer letzten Periode zugrunde legen?«

»So etwa im fünften Monat«, antwortete sie.

»Ist das Ihre Mutter?« sagte er, indem er sich abrupt zu Marietta umwandte.

»Meine Schwiegermutter«, sagte Carolanne schnell.

»Na schön, dann wollen wir mal hören.« Dr. Yee begann jetzt, den Stab mit festem Druck über Carolannes Bauch zu schieben, wobei er das Gesicht zur Wand drehte. Seine Augen guckten ins Leere, während er konzentriert horchte. Das Ächzen und Scharren, das aus dem Lautsprecher kam, ließ Marietta erschauern.

»Ein ganz schwaches, kleines Pochen«, sagte er plötzlich, während er den Stab wieder weglegte. »Aber Sie haben es nicht gehört, Mrs. Cook, oder?« Er sah auf Carolanne herunter.

»Nein, ich hab nichts gehört«, sagte sie. »Ist das Gerät kaputt?«

»Wieviel haben Sie gegessen, Carolanne? Haben Sie während dieser Schwangerschaft zu strikt auf Ihr Gewicht geachtet?«

»Ich versteh nicht.« Carolannes Wangen färbten sich dunkler rot unter dem Make-up.

»Wieviel haben Sie bei Ihrem ersten Kind zugenommen?« Dr. Yee setzte sich auf den kleinen Hocker neben ihr.

»Über dreißig Pfund. Vierunddreißig. Meine Tante hat gesagt, das wär zuviel.«

»Hören Sie, Carolanne. Ihr HCG-Pegel sieht nicht gut aus. Er steigt nicht so, wie er sollte, und das heißt, daß Ihr Kind nicht richtig gedeiht. Der HCG-Pegel ist der Maßstab ...«

Carolanne sagte: »Ich weiß, was das ist. Ich hab genug Bücher gelesen.«

»Aber offenbar haben Sie nicht gelesen, daß es nicht unbedingt das Beste für das Kind ist, wenn man versucht, die Gewichtszunahme niedrig zu halten. Entgegen früheren Empfehlungen raten wir heute, daß Frauen während der Schwangerschaft bis zu dreiunddreißig Pfund zunehmen sollten.«

»Meine Aerobic-Lehrerin hat nur dreizehn Pfund zugenommen. Und Muriel Hemingway auch nur siebzehn!« Carolanne wollte sich aufrichten.

»Nein, nein, bleiben Sie liegen und entspannen Sie sich. Würden Sie auch von einer Klippe springen, nur weil *die* es tun?« Er lächelte leise. »Ich kann noch nichts Sicheres über die Entwicklung Ihres Kindes sagen. Aber ich bin doch sehr besorgt. Natürlich gibt es verschiedene Körpertypen, und Sie sind ausgesprochen schlank. Aber ich möchte, daß Sie während der nächsten Woche mehr essen und sich ausruhen. Kommen Sie in acht Tagen noch mal zum Blutabnehmen, und wir werden dieses Gerät überprüfen, weil es manchmal seine Mucken hat. Keine Panik – konzentrieren Sie sich einfach nur ganz auf Ihr Baby. Ich weiß, das ist nicht leicht. Bitten Sie Ihre Schwiegermutter, daß sie Ihnen den Kleinen eine Weile abnimmt.« Er lächelte Marietta an. »Ich will Ihnen keine Angst machen, Carolanne, aber wenn es nächste Woche nicht besser aussieht, könnte es sein, daß wir vor ernsthaften Schwierigkeiten stehen.«

Im Auto starrte Marietta Carolanne entsetzt an. »Was du mach mit dem Baby? Du versuch, daß du wer los?«

»Bitte, Mama«, entfuhr es Carolanne genau in Nates Tonfall, und sie verstummten beide für einen Moment, als sie das Wort hörten. »Nein. Ich muß nur ein bißchen kürzertreten, wie er sagt.« Sie preßte die Lippen fest aufeinander und bemühte sich, nicht zu weinen, aber ihre Augen waren rot und schwammen, und ihr Kinn zitterte. »Ich will nich, daß dem Baby was passiert.«

»Laß mich fahr«, sagte Marietta, und Carolanne ging auf die Beifahrerseite und hielt die Tränen zurück, bis sie saß und die Tür geschlossen hatte. Sie guckte über den Parkplatz und sagte: »Können wir so schnell wie möglich heim?«

Freeman würde noch drei Stunden im Kindergarten sein. Marietta machte Carolanne ein Glas Eistee, aber Carolanne sagte: »Na-ah. Ich darf kein Teein. Ich stell's in den Kühlschrank, für Calvin. Gib mir bißchen 7-Up, bitte.«

»Soll ich mach Fernseh an?«

»Ist noch zu früh für die Serien.« Carolanne trank von ihrer Limonade und blätterte in einem Wohnmagazin. »Guck mal, hast du den Schrank da gesehen? War eigentlich mal für Kleider, aber jetzt kann man den Fernseher und die Anlage reinstellen, damit man sie nicht immer sehen muß. Schau dir die Schnitzerei an.«

»Carolanne«, sagte Marietta, während sie sich in den Sessel setzte. »Was das Baby verlang?«

Carolanne ließ das Heft auf ihren Schoß sinken. »Was meinst du?«

»Was er verlang ze eß? Worauf du hab Hunger?« Marietta klickte nervös mit Daumen- und Fingernagel. »Du muß geb dem Baby, was er verlang.«

Sie hörte Aint Sister zu Rosie sagen: »Wenn er Ei verlang, du geb ihm Ei. Da.« Und sie hörte Tiny Momma: »Ich kann Wassermelon nich mal sehn. Die Leut sagen, meine Mama is im Sommer mit mir schwanger gegangen und hat immer nur

Wassermelon gegessen. Ich konnte die Dinger noch nie leiden.«

»Sie sag, wenn du nich geb dein Baby, was er verlang, er wer immer gier nach die Sach. Und die Sach, wo du ihm geb zuviel, er wer immer haß. Was er verlang?«

Carolanne sah auf ihre Fingernägel. »Was haben Nate und Calvin verlangt?«

»Fisch. Ich spür immer, daß sie will Fisch. Aber du seh sie ja heut.«

»*Yeah*, aber ihr habt am Wasser gewohnt. Da haben alle Fisch gegessen. Da war das nich so ausgefallen.«

Marietta schwieg einen Moment. Sie sah Nate in Charleston am Fluß herumstolzieren, sah ihn in Newport Beach vor den Leuten angeben. Er verblüffte immer alle, indem er in die Brandung hinauswatete. Und sie sah Calvin, wie er den ganzen Tag still am Fluß saß und mit den anderen Jungen fischte. Wie er mit Rock spöttisch über den Angelsee in Rio Seco redete. »Was Freeman verlang damal – Knuspersach?«

Carolanne lächelte. »Crunchies un Flakes.« Ihre Lippen zogen sich wieder gerade. »Aber bei dem hier merk ich nich, daß es was will.«

»Du hör nich hin.«

»Du denkst, ich mach gar nichts richtig, eh?« Carolanne begann zu schluchzen. »Was weißt du denn schon?« Sie vergrub das Gesicht in den Händen, und ihre Klauennägel schoben sich zwischen die feinen Strähnen über ihrer Stirn, und Marietta dachte: Baby woll Blut, du geb ihm kein Nagellack. Du hör hin.

Sie trat rasch an Carolanne heran und legte die Arme um sie, aber Carolanne hörte nicht auf zu zittern. »Du hör auf dein Baby, hör gut hin.«

Carolanne hob das Gesicht, und die einzelnen Farben waren dicht vor Mariettas Augen, lauter Flecken, dunkelrosa Wangenhaut, die Augen sehr grün, und die Hände mit den roten Fingerspitzen preßten sich in ihren Bauch. »Ich weiß nich«, flüsterte sie. »Ich hab Angst, wenn ich es nich richtig mach, mit Nate und dem Haus und allem, wenn ich's nich so mach, wie ich *soll*, land ich wieder da, wo ich herkomm.«

Mariettas Herz krampfte sich zusammen, als sie die Angst

in ihrer Stimme hörte, wilde, panische Angst – vor Stürmen, die Häuser und Boote wegrissen, vor Hunden, vor weißen Männern in Autos, die den Highway entlanggerast kamen. Wasser, das in Gräber sickerte, Füße, die lehmigen Reis stampften. Sie roch den wachsigen Lippenstift dicht unter ihrer Nase, als sie Carolanne wieder an sich zog, roch das Parfüm und das scharfe Haarspray und die salzigen Tränen.

Freeman klammerte sich den ganzen Abend an Carolanne und wollte sich nicht in sein Bettchen legen lassen. Er klebte an Carolannes Brust, während sie auf dem Sofa saß und eine Halbstunden-Serie guckte – eine von der Sorte, die Marietta haßte, mit holzgetäfelten Küchen, in denen sich lachende Familien drängten, die die ganze Zeit aßen. Dann versuchte Carolanne, ihn hinzulegen, weil er schon halb schlief, aber er schrie wieder los.

»Ich kann dich nich die ganze Nacht auf dem Schoß halten!« sagte sie. »Ich hab schon eins da drin – ich kann nich atmen, wenn ihr mir beide die Luft abquetscht!«

Marietta nahm ihn mit nach drüben und legte sich mit ihm aufs Bett. Er ruhte auf ihrem Herzen, umfaßte mit der einen Hand ihr Kinn und drückte dann und wann im Halbschlaf zu, um sich zu vergewissern, daß sie noch da war. Als er tiefer schlief, wurde sein Haar unter ihrem Kinn feucht und warm, und sie mußte an Calvin denken – an all die Abende, die sie ihn auf dem Schoß gehalten hatte, an die Rasierklingenschnitte. Das mein Blut. Sie starrte auf die dunklen Wände. Das Cook-Blut – sein Daddy verderb *sein* Blut mit dem Drogenzeug. Sein Mama versuch, daß sie *ihr* Blut ausdünn, un hunger. Was soll ich mach?

Nix. Nix, was ich kann mach. Sie sin jetz groß – aber der da nich.

Sie konnte nach Charleston zurückgehen und Freeman mitnehmen – aber was sollte sie arbeiten? Sie konnte sich von ihnen Geld schicken lassen – aber noch eine Wohnung, ein Haus? Sie konnte nicht wieder in dem Hotel arbeiten – das würden die Jungen nicht zulassen. Es gefiel ihr hier schon nicht, nichts zu tun. Nein – in Charleston würde es ihr nicht mehr möglich sein, alle Spiele der Rams zu sehen, die Spieler zu beobachten. Sie hatte Rock und Jeffrey gern, auch wenn sie ihr manchmal angst machten und Jeffrey Nate unter Druck setzte. Aber er hatte Nate zu nichts gezwungen. Nate hatte es selbst gewollt.

Fisch half nichts mehr. Sie schmiegte ihr Kinn in Freemans feuchte Nackenkuhle. Sie hatten so schnell angefangen, sich von ihr zu lösen; sie hatten das Kinn vorgereckt, mit den Schultern gezuckt, sich abgewandt. Sie vermißte die Baby-Schlafwärme, die patschenden, zerrenden Hände, die schiefgelegten Köpfchen. Mein Blut – mein Enkelkind. Ich wer jetz halt ein Aug auf ihn.

Am nächsten Morgen setzte sie ihn ins Auto. »Mama ruh sich heut aus«, erklärte sie ihm, und sie fuhren auf den Freeway nach Rio Seco. »Droßer Laster!« rief er dem langen Lastwagen neben ihnen nach.

Würde Carolanne das alles schaffen, Freeman, Nate und das neue Baby? Vielleicht sollte sie Freeman ein paar Monate nehmen, bis sich alles beruhigt hatte. Sie überquerte den Fluß, der so dünn war wie ein Regenbach auf dem Hof, und fuhr dann langsam durch die Straßen, bis sie wieder die dunklen Gesichter sah. Was du woll? dachte sie, während sie zuhörte, wie Freeman sagte: »Droßer Laster. Mann. Geh ada-ada.« Sie bremste ab und sah die Geranien, so ziegelrot wie die in den Tomatendosen auf den Veranden in Charleston. Graugrüne Kohlköpfe marschierten auf ihren dicken Stengeln in Reih und Glied auf Beeten, an Zäunen entlang. Und ein Garten war ganz mit Muscheln eingefaßt. Lauter dicke Sandmuscheln, rings um die Graskanten, mit den Spitzen nach unten in den Boden gesteckt.

Sie bog in die Picasso Street ein und sah Red Man, Rocks Onkel, mit zwei anderen Männern in seinem Hof sitzen. »Du mein, sie erinner sich noch?« fragte sie Freeman, während sie am Bordstein hielt und das Fenster herunterließ. »Hallo«, rief sie. »Sie erinner sich noch, Nate un Calvin Cook Mama?«

Red Mans Frau Mary brachte ein Pepsi, und Marietta setzte sich neben sie auf das lange Sofa vor der Eingangsveranda. »Sin noch Pflaumen da, Mary?« fragte der Mann mit der Baseballkappe, und sie stand auf und brachte eine Schüssel mit dunkellila Pflaumen, die so reif waren, daß sie sich gegenseitig eindellten. »Das sin die letzten«, sagte sie. »Die Jungen sin drüben bei dem verrammelten Haus gewesen un ham sie geholt. Ihr Baum war immer der beste, außer deinem, Lanier.«

»An meim is nix mehr dran«, sagte der ältere Mann mit den knorrigen Fingerknöcheln. »He«, rief er zu Freeman hinüber. »Wo willst du denn hin?« Freeman, der zu dem abgestellten Laster gewollt hatte, kam angerannt und vergrub sein Gesicht in Mariettas Schoß.

»Im Gesicht is er mehr seine Mama«, sagte Red Man. »Aber die Stirn is von Nate.«

Marietta nickte.

»Red Man hat seine gute Kinderstube nicht vergessen, weil er nie eine gehabt hat«, sagte der Mann mit der Mütze. »Ich bin Roscoe Wiley. Ich nehme an, Sie sind Mrs. Cook, die Mutter von den berühmten Rams?«

Er kam und schüttelte ihr die Hand. Er war ein bißchen älter als sie, dachte Marietta, mit glatter, dunkler Haut, die einen rötlich-braunen Schimmer hatte, und breiten Lippen von der deutlich umrandeten Sorte. »Roscoe is unser Dichter un Großmaul«, sagte Red Man. »Das is alles, was Sie über ihn wissen müssen.«

»Wenn sein Maul groß is, is deins ...«, hob Lanier an, aber Red Man rief: »Nee, Leute, wir reden jetzt nich über mich, wir reden über das Spiel!«

Als sie noch einmal durchhechelten, wie Nate den Quarterback in die Zange genommen hatte, hörte sie Jesse und Baby Poppa und alle Männer, die sich mit Bierflaschen in den Händen um einen Fernseher versammelten, um ihren Lieblingsspielern die Stange zu halten. »O Mann«, sagte Roscoe zu ihr, »Football ist für die Kerle hier eine Religion – Sie müssen wissen, für Red Mans Familie ist der Super-Bowl-Sonntag ein Feiertag, grad wie Weihnachten. Da hocken hier jeden Januar sechsundfünfzig Leute auf einem Haufen. Ich hör sie dann immer die ganze Straße runter bis zu meinem Haus, bis ich dann meistens das Handtuch werfe und auch herkomme.«

»Du kommst wegen den Kutteln, Nigger, weil du zu faul bist, dir selber welche zu kochen«, sagte Red Man, und wieder lachten alle. »*Yeah*, aber die Vorsaison wird jedes Jahr länger un länger«, fuhr er fort. »Mehr Geld für die Fernsehsender. Nee, ich wart auf den fünften September. Die reguläre Spielzeit, Football am Montagabend. Dann geht's richtig los. Entschuldigung«, wandte er sich an Marietta, »kriegen Sie's nich in den falschen Hals, ich mein nich, daß Nate dann nich mehr mithalten kann, ich mein nur ...«

»Er meint nur, er kann's nimmer abwarten«, sagte Mary.

»Wo wert ihr morgen im Angel-Stadion sitzen?« fragte er Marietta.

»Ich weiß nich«, sagte sie. »Hoch droben, mit ich was seh, hoff ich. Ich sitz nich gern gleich hinter der Seitenlinie, wo ich nix seh wie Nate un Calvin Rückseit.«

»Himmel noch mal!« rief Red Man. »Da hört ihr's, sie versteht was von Football! Sie sitzt nich drunten hinter der Bank un bibbert um ihre Buben, sie will was vom Spiel sehn. Wir werden uns gut verstehn, äh –« und als er verlegen verstummte, begriff Marietta, daß sie nicht wußten, wie sie sie nennen sollten. Sie war jünger als sie alle – nicht Mrs. Cook. Aber sie war Nates und Calvins Mutter. Und hier war sie nicht Big Ma.

»Marietta«, sagte sie. »Ich möcht, daß ihr sag Marietta zu mir.«

Als sie im Auto saß, nachdem sie versprochen hatte, wiederzukommen und die Jungen mitzubringen, suchte sie die Straße. Sie fuhr an dem Crack-Haus mit den vernagelten Fenstern vorbei und nahm die nächste Querstraße, Pablo Street, aber sie konnte die Palmen nirgends entdecken. Sie versuchte, sich zu erinnern, wie sie gefahren waren, und folgte der Avenue. Sie guckte in alle Seitenstraßen, und schließlich sah sie sie, kurz vor der Kreuzung, wo sie abgebogen waren, um wieder auf den Freeway zu kommen.

Kurze Palmbäume, beinah so rund wie Ananasfrüchte, aber die feinen Blütenwedel hingen immer noch herunter, und sie stieg mit Freeman aus, um sie anzufassen. Konnten es winzigkleine Datteln sein? Sie hatte gelesen, daß es in Kalifornien Dattelpalmen gab. Die ganze schmale Straße entlang wiegten sich die blaßgelben Blütengehänge in dem leichten Wind, und sie ließ Freeman auf dem Gehweg herumrennen, bis ihr einfiel, daß Carolanne womöglich dachte, sie hätten sich davongemacht.

Es war dunkel, als sie an das Wächterhäuschen kam, und Freeman hing mit abgeknicktem Kopf in seinem Kindersitz und schlief. Marietta trug ihn die Treppe hinauf zu Carolannes Tür und sah, daß kein Licht brannte. Sie bekam es mit der Angst; Carolanne hatte sie zwar gebeten, ihn zu nehmen, aber um diese Zeit mußte sie doch wach sein. Marietta fummelte mit dem Schlüssel an ihrem eigenen Türschloß herum, wobei Freemans Kopf von ihrer Schulter rutschte. Sie stand in dem dunklen Flur und lauschte. Es roch nach irgend etwas Ungewöhnlichem, und als sie ins Wohnzimmer trat, ging auf einmal das Licht an, und Carolanne stand da mit einem Kuchen. »Alles Gute zum Geburtstag, Mama. Komm, gib mir den Kleinen. Und hör dir das an.« Sie stellte den Anrufbeantworter an und brachte Freeman in Mariettas Schlafzimmer.

Nates tiefe Stimme sagte: »Glückwunsch zum Geburtstag, Mama. Du hast gedacht, wir vergessen es, was? Der Coach hat gesagt, es kommt nich in Frag, daß am Abend vor dem Spiel hier noch einer weggeht. Aber wir haben Carolanne unser Geschenk dagelassen. Ich möcht dir zum Geburtstag schenken, daß ich mich besser, Mama.« Sie lächelte, als Carolanne wieder hereinkam. Nate klang wie ein kleiner Junge, der versprach, nicht den Zuckerguß abzulecken, wenn man ihn mit dem Kuchen allein ließ.

»Jetzt bist du neununddreißig, Mama. *Yeah*, streit's nur ab, aber du bist jetzt eine alte Frau. Hey, knuff mich nich, autsch!« Calvin lachte ins Telefon. »Wir müssen hierbleiben, aber wir gratulieren dir zum Geburtstag. Heb uns was von dem Kuchen auf, eh?« Jetzt mußte Nate sich den Hörer wieder geschnappt haben – »Calvin rennt schon der Sabber raus, Mama. Eßt ja den Kuchen nich auf, oder ich ertrink noch!«

Das Band schaltete sich aus. Marietta saß lachend auf dem Sofa. »Ich glaub's nich. Kalifornien! Gott im Himmel«, sagte sie, als Carolanne ihr ein großes Päckchen überreichte.

Marietta wickelte es behutsam aus. Es enthielt drei weiche, fix und fertig genähte Hemden aus buntem afrikanischem

Stoff. Gelb und rot und schwarz und grün – keine Urwaldbäume und Papageien wie auf den Hemden, die die Männer manchmal bei den Footballspielen trugen, sondern feine, kleine geometrische Muster. Im Halsausschnitt steckte jeweils ein Kopftuch aus demselben Stoff. Carolanne hielt ihr eins der Hemden an.

»Die eine Frau draußen in der Siedlung hat sie für mich gemacht. Der letzte Schrei in Soul Gardens. Ich hab ihr von deinen Kopftüchern erzählt, und sie hat gesagt, die da würden bestimmt passen. Da, probier mal an.«

Marietta ging ins Schlafzimmer, wo nur Freemans leiser Atem durch die dunkle Stille drang, und kam in dem Hemd mit dem meisten Rot wieder heraus; sie band das Kopftuch straff im Nacken. Carolanne berührte ihre Ohrringe. »Du siehst aus wie eine Königin«, sagte sie. »Bis auf die Hosen.« Sie streckte Marietta ein kleineres Päckchen hin. »Das is von Nate und Calvin.«

In dem kleinen Kästchen lag ein goldenes Kettchen mit einem diamantbesetzten Football als Anhänger. Sie befestigte es um ihren Hals, und Carolanne sagte: »Hmm, sieht bißchen komisch aus mit dem afrikanischen Muster, aber was soll's. Ich hab ja Ohrringe vorgeschlagen, aber Nate hat gemeint, du würdst die Reifen da nie abnehmen.«

»Diamant. Sie sin übergeschnappt, die zwei.« Sie ließ den Anhänger schwer auf ihr Schlüsselbein fallen.

»Wem sagst du das. Ich hab ihn auch noch nicht gesehen – sie sind allein losgezogen. So, und das hier ist Freemans Geschenk. Das war am schwersten zu beschaffen, weil wir ewig beim Kraftfahrzeugamt anstehen mußten. Aber er hat es den ganzen Weg bis zum Auto selbst getragen.« Sie streckte Marietta ein Autofahrerhandbuch für den Staat Kalifornien und einen Führerscheinantrag hin. »Calvin hat gemeint, du könntest noch nich fahren, aber ich hab ihm gesagt, daß er keinen Schimmer hat.«

Die Sonne brannte auf sie herunter, als sie schließlich ihre Sitze fanden, bei den anderen Spielerfrauen und -freunden. Carolanne winkte und ging zu zwei Frauen mit schwarzer Sonnenbrille und langen, blonden Haaren hinüber. Sie trug ein rosa

Sonnendreß und rosa Sandalen und hatte ebenfalls eine schwarze Sonnenbrille auf. Marietta versuchte, Freeman auf seinem Sitz zu halten, und sah zu, wie sich die Spieler unten auf dem Feld aufwärmten.

»Da Daddy«, erklärte sie ihm. »Da unten.« Nate machte ein paar Dehnübungen und redete mit Rock und Bulk. Freeman winkte.

Marietta fühlte einen kleinen Schweißbach ihren Rücken hinunterrinnen, und zugleich überlief sie ein kleiner Schauer – immer hatte sie sich gewünscht, einmal hier zu sitzen, und jetzt sah sie die Jungen dort unten, mit ihren spiralengeschmückten Helmen, die Muschelknie unter den Knieschützern versteckt, und Tausende anderer Leute sahen sie auch. Sie flüsterte »Du halt ein Aug auf sie, Baby Poppa« in Freemans Haar.

Sie hatte Essen eingepackt und Carolanne erklärt: »Ich denk, du wer nich möcht Würstchen, auch wenn jemand anders sie koch un sie nich platz. Ich denk, das nich grad das Sach, wo dein Baby verlang, eh?« Sie hatte Fruchtsaft, Kekse, Brathuhn, Käse und Kräcker in eine Tragetasche gepackt und gesagt: »Du hab keine Sorg – ich trag, du wer nich ausseh wie Landnigger. Du muß nur eß.«

Die Spieler stellten sich jetzt für das Anspiel auf, und die Zuschauer ließen sich nieder, all die Hemden sanken in die Sitze. Marietta guckte über das Meer von Köpfen und schwarzen Schlitzen – Hunderte von Sonnenbrillen, die sich hin und her drehten und dann reglos verharrten, als der Ball in die Luft flog. Sie sah Nate auf die Knöchel gestützt lauern.

Die Rams versuchten mehrmals zu blitzen, aber die Chargers waren auf Nate vorbereitet, und der Right Tackle hatte Unterstützung genug, um ihn zu blocken. Nate versuchte, außen herumzukommen, aber der Quarterback konnte einen Paß nach dem anderen werfen. Die Chargers punkteten beim dritten Spielzug, und Nate stapfte die Seitenlinie entlang und feuerte wütend seinen Pappbecher auf den Boden. Calvin kam zu ihm herüber, und ihre Helme berührten sich, als sie miteinander redeten.

Der kleine Wide Receiver, Leroy Sims, war einer von Mariettas Lieblingsspielern. Sie liebte es, ihn in Bewegung zu sehen – wenn er diese scharfe Kehrtwendung machte und plötzlich lossprintete und Haken schlug und seine Füße dabei so hoch flogen, daß es aussah, als müßten sie bei jedem Schritt gegen seinen Hintern schlagen. Als ein 31-Yard-Paß im hohen Bogen in seinen schüsselförmig geöffneten Händen landete, stand sie nicht auf, um mit den anderen zu johlen. Sie blieb still sitzen und bestaunte die Schönheit dieses Spiels, weitab von den wuchtigen Bärenumarmungen ihrer Jungen. Dann war es wieder an Nate, sich zu drehen und zu wenden und einen neuen Durchbruch zu versuchen.

Er machte zwei von den Tackles, die sie am liebsten mochte – den Hechtsprung nach der Taille des Fullback. Nate waagrecht in der Luft und dann das beruhigende Geräusch, wenn der Fullback fiel, aber gut genug gepolstert war, um es zu verkraften. Sie hatte Angst vor den Scherengriffen nach fliegenden Füßen, vor den Tackles und Blocks, die wie harmlose Püffe aussahen und doch Spieler auf die Bank beförderten. Und Calvin kam für die letzten Downs des zweiten Viertels, als Letey, der Quarterback, Brigham hinten an der 40-Yard-Linie anspielte. Calvin warf sich gegen den Linebacker und glitt Brust an Brust mit ihm mit, und so tanzten sie, bis Brigham gestoppt war. Als er in der Halbzeit vom Feld trabte, sah sie, wie das Trikot sich stramm um seine mächtigen Arme spannte, weil der überschüssige Stoff unter seiner Achsel zusammengedreht und mit Klebeband befestigt war. Er hatte ihr erklärt, das solle verhindern, daß ihn jemand am Trikot packte. Die Jungen waren zu weit weg, um sie zu sehen.

Carolanne stand auf und brachte Freeman zu Brighams kleinem Sohn hinüber, damit er mit ihm spielen konnte. Sie sagte zu Marietta: »Ich geb mir Mühe aufzupassen, aber du entschuldigst, wenn ich nicht so besessen bin, okay?«

Marietta saß jetzt allein da und beobachtete die Leute, die sich durcheinanderdrängelten und lachten und Bier tranken. Zwei Männer fingen eine Schlägerei an, und andere guckten und liefen hin. Sie starrte auf den Müll zwischen den Bänken und dachte an Baby Poppa, als plötzlich jemand neben ihr sagte: »Verzeihung, Ma'am.«

Ein weißer Mann mittleren Alters beugte sich zu ihr herunter. »Ist das Ihr erstes Footballspiel?« sagte er, wobei er die Worte langsam und sorgfältig formte.

»Nein«, sagte sie automatisch, weil sie so überrascht war.

»Ach so. Ich habe Sie nur gerade gesehen und mich gefragt, was Sie wohl von American Football halten. Sie kommen doch aus Afrika, oder?« Sie versuchte, ihm in die Augen zu gucken, ohne hinzusehen; er schwankte und hielt einen Becher mit Bier, und seine Backen waren rot.

»Nein, ich komm nich aus Afrika«, sagte sie. Dann dachte sie, du sag ihm nix von Nate un Calvin, er wer nur frag dich hundert Sach. Afrika?

»Oh, ich habe Ihre Aufmachung gesehen und gedacht, Sie sind bestimmt aus dem Ausland hier zu Besuch oder so was. Na ja, entschuldigen Sie – he, Sie haben wirklich prima Plätze.« Er wandte sich ab und stolperte wieder die Tribünentreppe hinauf.

Sie fühlte den Footballanhänger klebrig auf ihrer Haut; er war unter ihr Hemd gerutscht. Sie betastete ihn und spürte Blicke hinten auf ihrem Kopftuch und reckte das Kinn vor. Afrikafrau. Ha. Ich nur ein Geist. Geist versetz Stein. Das Gold des kleinen Footballs war warm. Der elft August – sie hatte ihren Geburtstag tatsächlich ganz vergessen gehabt. Das einzige, woran sie gedacht hatte, war Carolannes Arzttermin. Die Tragetasche mit dem Essen stand unter ihrem Sitz, fleckig von dem Brathuhnfett.

Als Carolanne wieder zurückkam, sah Marietta auf das kleine Bäuchlein unter dem rosa Trikotkleid. Rosie. Ihr Baby – das nach Lil Johnny – war im sechsten Monat gestorben. Es hatte sich nicht mehr bewegt, und Aint Sister hatte gewußt, was passiert war, und es Rosie gesagt, aber sie hatte es weiter in sich tragen müssen, schwer und still, noch zwei Monate, bis Aint Sister dann in der Nacht zu ihr gegangen war, um ihr zu helfen, das leblose Etwas auszustoßen.

Marietta hielt Carolanne die Tüte hin und sagte: »Du sitz da her un eß was un flatter nich die ganz Zeit rum.«

Carolanne sagte: »Wer war dieser weiße Kerl? Hat er dich angemacht oder was?« Sie nahm ein Stück Huhn, und Freeman pickte sich einen Keks heraus.

»Er frag, ob ich von Afrika komm«, sagte Marietta.

»Was? Wieso?«

»Weil ich so ausseh.«

»Das ist mir klar – ich meine, was hätt er denn tun wollen, wenn es so wär? Kisuaheli reden?«

Marietta schüttelte den Kopf. »Du sei still un eß«, sagte sie lächelnd.

Die zweite Spielhälfte war lang, und sie vermißte Baby Poppa noch mehr, als ihr bewußt wurde, daß sie zum ersten Mal in vier Jahren bei einem Spiel auf der Tribüne saß, in einem Stadion. Die ganze Zeit hatte sie darauf gewartet, Nate und Calvin Profi-Football spielen zu sehen, aber sie vermißte Baby Poppa und die kühle Nachtluft. Sie sah sich ein paarmal vorsichtig um, und Leute starrten zurück. Die allermeisten waren Weiße, solche wie die in Charleston, weil die Plätze so teuer waren, das wußte sie.

Nate kämpfte sich frei und jagte mit ausgestreckten Zangenarmen auf den Quarterback zu, aber Marietta wußte, er würde das wieder und wieder tun, so, wie er es jetzt schon jahrelang tat, und der Quarterback würde den Paß noch werfen können oder nicht, aber er würde zu Boden gehen. Niemand rannte schnell genug, um Nate zu entkommen. Der Ball schoß in einer geraden Linie zum Fullback, nur drei Yards. Nate lag über dem Quarterback, und Marietta dachte: Er wer mach sein Job. Calvin auch. Endauswahl – das die Sach, wo sie all drauf wart, auch Carolanne. Leut sag, Spieler, wo komm aus erst Wahlrund, schaff auf jeden Fall. Wenn Calvin kein Fehler mach, wenn er nich fall oder ein Block falsch versteh, er wer auch schaff. Mama Job nie zu End. Ich sag Carolanne andauernd, was sie muß mach. Ich frag, Freeman eß nich mehr wie das klein bißchen? Er muß nich schlaf jetz? Du mach nich Knoblauchsalz auf das Huhn? Du vergeß nich, Nate mag Pfeffer auf sein Ei.

Rock ließ die Wide Receiver im Kreis tanzen, Nates Schulter schleuderte den Fullback gegen Jeffreys wartende Brust, und Letey gab den Ball zweimal an Brigham ab, bis der schließlich punktete. Bierpfützen breiteten sich unter ihren Füßen aus, Freeman schlief an ihrer Schulter ein, und Carolanne lachte mit den anderen Frauen, die Lippen fuchsienrot und apfelrot und üppig.

Wie hatte sie darauf verzichten können, das Spiel im Fernsehen zu sehen? Dort brauchte sie auf nichts weiter zu achten als auf das klar umrissene Rechteck des Spielfelds – das Gras, begrenzt durch die Reihen der Trainer und Spieler und den Bildschirmrand. Das Johlen und Brüllen der Zuschauer wurde zu Wind, der in hohen Kiefern rauschte. Sie brauchte sich nicht anstarren zu lassen und nicht über nackte, sonnengebräunte Beine zu steigen, um zu ihrem Platz zu kommen. Unter ihren Schuhen stand kein Bier, und niemand wollte wissen, wer sie war. Fernsehen. Zuhören, wie die Männer lachten und die Spieler anfeuerten, zugucken, wie Spielformationen sich bildeten und wieder auflösten, während ihr jemand einen Teller Reis oder ein Stück Kuchen reichte.

Sie brauchten nicht anzurufen. Marietta guckte mit Carolanne *Star Search* an und fragte sich, wie sie ihr von ihrem Plan erzählen sollte. Carolanne sagte: »Guck dir die an, das würd ich viel besser bringen. Die kann ja nich mal reden.«

»Martina Smith, Star-Sprechmodel«, hörte Marietta den Mann sagen, und sie runzelte die Stirn.

»Was sie soll mach? Lauf rum un red auf einmal?« fragte sie Carolanne.

»Guck sie dir an, so was von steif.« Carolanne machte *tsss* wie Rosie.

»Star Sprech Model. Die Wort hab nix mitnander zu tun«, sagte Marietta.

»Das heißt, man kann Produkte präsentieren, Ansagerin werden oder Werbespots machen oder Game-Shows oder so was«, sagte Carolanne. »Wenn sie Grips hätt, könnt sie ne Menge Sachen machen. Aber man sieht ja, daß sie keinen hat. Alles, was sie hat, sind Beine, die halb so lang sind wie meine. *Shit.*« Sie goß sich ein Glas Saft ein. »Weißt du, auf der Schule hatte ich vor, Public Relations zu machen. Ich hätte ... aber ich bin sowieso zu klein, um Model zu werden.« Das schimmernde Kleid drehte sich um und schwebte unter lautem Applaus wieder über den Laufsteg zurück.

Is die riesig – is das eine Frau? Blauschwarz. Sie sah auf Carolannes winzige Füße, ihre Schlüsselbeine, die aus dem weiten Halsausschnitt ihres T-Shirts guckten. Ich immer wild, immer in Bäum, groß wie Mann. »Was das Baby verlang?« fragte Marietta. »Was er sag dir?«

»Warum sagst du immer ›er‹?« fragte Carolanne.

»Nur so Gewohnheit.«

Carolanne seufzte. »Er hat Durst. Er will die ganze Zeit Saft.«

»Das nich genug.«

»Ich weiß.«

Marietta sagte vorsichtig: »Was dein Tant mein?«

»Wie kommst du drauf, daß sie's weiß?«

»Sie dein Tant.«

»Sie hat gesagt, wenigstens würd ich ihr nich mein Kind zum Hüten bringen, und ich bräucht gar nich zu fragen, weil sie die Babysachen alle schon Niecie gegeben hätt. Ich weiß nich, was sie denkt.« Carolanne rieb sich die Augen: »Sie hat gesagt: ›Carolanne kommt ja nie – bis wir sie wieder zu sehn kriegen, is das Baby erwachsen.‹ Sie war sauer, weil ich mehr Zeit mit der Frau geredet hab, die deine Hemden genäht hat, als ich ihr zuhören wollt.«

Marietta sagte nichts, und Carolanne fauchte: »Ich weiß, es ist nicht so weit da raus, okay?«

»Ich sag dir nich, was du soll mach, Carolanne. Du hör mir zu. Ich geh weg von daheim, von mein Tant, un ich geh nur halb so weit wie du. Un ich geh so lang nimmer zurück. Ich hab kein Auto damal, nieman, wo mich hinfahr, aber ich such auch kein Weg, weil ich gar nich wollt.«

Carolanne sagte: »Ich hab nichts zu reden mit Leuten, wo ich nichts andres in den Augen seh wie Dollarzeichen. Ich halt's da nich aus.«

»Egal, was du glaubs, wer du jetz bis, daheim du nie die gleich. Du immer noch Kind, mach immer noch die gleich Sach verkehrt, eh?« Carolanne nickte. »Du krieg immer noch die alt Sach ze hor. Du hab ein Sohn – viellcich zwei. Ich hab zwei. Wir mach genauso mit unser Söhn – sag immer die alt Sach, wo sie nich mag hör.«

»Nein«, sagte Carolanne.

»Wir muß mach.« Marietta lächelte. »Geh nich anders.« Sie zog ihre Schuhe aus und sagte: »Ich wer geh.«

»Du bist schon müde?«

»Nein, ich mein, ich wer geh weg von hier. Ich wer frag Calvin, wie steh mit Geld, un ich will guck um ein Haus. Ich denk, ich wer geh nach Rio Seco.«

»Was?«

»Du un Nate, ihr jetz Familie. Ihr komm und besuch mich. Aber ich denk, ich wer nehm dir Freeman ab, für paar Monat, weil dein Baby jetzt bald komm. Du muß verbring die Zeit mit Nate – un nieman anders. Un Calvin muß guck nach Mädel – er wer nie mach, solang wie ich da wohn. Er muß find jeman anders, wo für ihn koch.« Sie legte die Hand auf Carolannes Arm. »Du kann horch besser auf dein Baby, wenn ich dir nich immer im Ohr lieg.«

»Du hast doch erst vor einer Woche angefangen, mit mir zu reden – und jetzt denkst du, ich will's nicht mehr hören?« sagte Carolanne. »Das hab ich nie gesagt.«

»Nein, du sag nich. Aber hier in euer Eigentumwohnung – ich wer nie fühl daheim. Ich wer guck um ein Haus. Un wir wer behalt für uns bis nach der Endauswahl, grad wie die Sach mit deim Baby, wenn du immer noch denk, du möcht so.« Carolanne nickte.

»Hast du gar keine Angst, daß Calvin es vielleicht nicht schafft?« fragte Carolanne. »Nate sagt, Calvin ist total nervös.«

»Nate denk, er nich nervös? Aber ich denk, sie wer beide schaff. Sie wer trainier Calvin. Nate der, wo muß geb acht, daß er nich überschnapp. Du muß geb acht, daß er laß die Finger von dem Zeug.«

Carolanne rieb mit der weichen Kuppe ihres Daumens über ihre Fingernägel. »Wenn er kann.«

»Du halt ein Aug auf ihn«, sagte Marietta.

Sie hatte sich vorgenommen, am nächsten Tag nach Rio Seco zu fahren, und Carolanne hatte ihr den Teil der Zeitung aufgehoben, in dem für Neubauprojekte geworben wurde. »Ich versteh nich, was du in *Rio Seco* willst, mitten auf dem Land, wo nichts los ist«, sagte Carolanne. »Guck doch mal hier. Es gibt noch fünf Häuser in dieser Wohnanlage, Hampton Hills, und drei in Regency Estates. Der Grundriß ist toll.«

»Die seh riesig aus«, sagte Marietta. »Groß wie Scheun.«

»Weißt du, ich hab mir gedacht, ich komm mit dir gucken. Wenn das Kind da ist, brauchen wir auch mehr Platz, weil ich nicht will, daß Freeman sein Zimmer ewig teilen muß.«

»Ihr möcht bestimmt nich wohn in Rio Seco«, sagte Marietta, um sie ein bißchen zu necken. »Rock sag, für Leut aus L. A. das is ›am End der Welt‹.«

»Ich red nur vom Grundriß«, sagte Carolanne abwesend. »Nate war zu kleinlich, wie er gesagt hat, ich soll nur nach Dreizimmerwohnungen gucken.«

Aber ein paar Minuten später rief Nate aus dem Trainingscamp an. Er sagte etwas durchs Telefon, was dazu führte, daß Carolanne Marietta den Hörer in die Hand drückte und ins Bad lief.

»Mama, *Sports Illustrated* hat angerufen. Sie wollen paar Fotos machen, von dir un mir und Calvin. Und von Carolanne wahrscheins auch. So eine Sach über Zwillinge.«

Der Fotograf wollte sich am nächsten Tag in L. A. mit ihnen treffen, und Carolanne verschwand für Stunden hinter der verschlossenen Badezimmertür und kam nur heraus, um Tiana und Sandi Letey und Tina Brigham anzurufen. Marietta wollte sie zum Mittagessen holen und sah sie vor dem Spiegel stehen und voller Konzentration erpelgrünen Glanz über ihren Wimpern auftragen und dann Gold unter ihren Augenbrauen verstreichen. Sie bürstete ihre gebogenen Wimpern, bis sie voller dicker schwarzer Farbe hingen, und kämmte dann die Klümpchen heraus.

Marietta zwang sie, sich an den Tisch zu setzen und zu Mittag zu essen. »Du sorg dich lieber, was der Doktor am Freitag sag«, erklärte sie Carolanne. »Du seh gut aus.«

»Meine Haare sind eine Katastrophe. Was machst du denn mit deinen?« Carolanne legte den Kopf schief. »Weißt du, daß ich dein Haar noch nie gesehen habe?«

»Geb nich viel ze seh.« Marietta stand auf, um abzuwaschen. Sie saß eine Stunde allein auf dem schwarzen Ledersofa und sah fern und dachte, daß die einzigen schwarzen Frauen in den Zeitschriften und im Fernsehen, die normal aussahen, Mütter waren.

»Es soll ein Porträt werden«, sagte der Fotograf. »Im engeren Sinn, weil wir nicht so sehr den Sport in den Mittelpunkt stellen wollen als vielmehr die Familie, die Gesichter. Ich möchte, daß ihr Burschen eure Hemden ablegt, und die Damen können diese Schlauchtops anziehen.« Er fingerte an seinem

Bart herum und sah Carolanne an. »Wissen Sie, ich möchte erst mal ein paar Aufnahmen nur von den Jungs und Mrs. Cook. Ich meine Ihre Mutter, Nate.«

Haut, die noch nie jemand gesehen hatte. Ihre Mutter und Aint Sister, wenn sie sie in dem Zinkzuber mit Wasser übergossen hatten, und danach niemand mehr. Sinbad, im Dunkeln.

Der Stoffschlauch schmiegte sich eng um ihre Brust, und ihre Schlüsselbeine brannten von dem Licht, während sie vor einem schwarzen Stoffvorhang standen. Sie dachte an die Spiegel in den riesigen Badezimmern in Charleston – die Spiegel in Carolannes Bad, ihrem Schlafzimmer. Nate und Calvin frotzelten wegen ihrer Schultern, und sie sagte: »Ihr sei still jetz und guck in die Kamera.«

Der Fotograf lächelte und sagte: »Nein, das ist sehr natürlich so. Macht nur weiter.«

Wie mit dein Trän. Du wein' all die Jahr vor nieman, wo du kenn, und dann du heul vor all Leut, mitten auf Freeway. Du fühl kein Blick mehr auf dein Haut seit Sinbad, un jetzt du laß das ganz Land seh dein alt Person.

Carolanne saß wütend am Make-up-Tisch. Marietta sah, daß ihre Lippen zu einem kleinen Oval zusammengepreßt waren. Der Fotograf sagte, er wolle jetzt ein bißchen mit dem Licht experimentieren, und sie sollten solange zu dem Visagisten gehen.

Ein dünner Asiat, dessen Haar sich zu einer steifen Welle wölbte, legte den gebeugten kleinen Finger an ihre Wange und pinselte etwas auf ihre Augen. Der weiche Pinsel fühlte sich an wie ein Mund, winzige Lippen auf ihren Augen, dann auf ihrem Mund.

»Sie haben eine phantastische Haut«, sagte er. »Ich wette, Sie kriegen nie auch nur das kleinste Fältchen. Da werde ich gar nicht viel machen. Wie steht's mit Ihrem Haar?«

Er begann, ihr Kopftuch aufzuknoten, und sie erstarrte. Ihre Wangen waren dunkler denn je neben seinen hellen Ellbogen, als sie im Spiegel zusah, wie er jetzt das Tuch löste.

»Oh, Sie tragen es kurz. Das macht sich großartig neben Nate und Calvin. Ich dachte schon, Sie hätten es glätten lassen. Ich werde es nur rasch ein bißchen zurechtzupfen, und schon sind wir fertig.« Er kämmte und tätschelte. »Das riecht gut – was tun Sie da drauf?«

»Mandelöl«, sagte sie. Sie hatte sich vor vielen Jahren einmal Tiny Mommas kleines Fläschchen ausgeborgt, und sie liebte den Duft.

»Aha.« Er hielt sein Gesicht im Spiegel über ihren Kopf. »Okay?«

Sie starrte sich an. »Noch ein Sach – mein Augbrau. Augenbraun.«

Er zog seine in die Höhe. »Dicker, eine kleine Spur? Dunkler?« Und das küssende Pinselchen kitzelte sie dort wie Atem, und er lächelte, als er sie lächeln sah.

In dem anderen Raum stand der Fotograf unbehaglich neben seiner Kamera. »*Nee*, Mann«, sagte Nate mit verschränkten Armen. »Meine Frau muß auch drauf. Sie hat sich schon fix un fertig geschminkt.«

»Aber was wir wollen, sind Zwillinge und ihre Eltern, das heißt, eigentlich nur der Elternteil, der ihre Sportkarriere gefördert hat. Wir haben zwei Hockeyspieler und ihre Mom, zwei Tennisspielerinnen und ihren Dad.«

»Gucken Sie meine Frau an. Sie is die, wo's gewöhnt is, daß sie fotografiert wird«, sagte Nate.

»Ich war Model für die USC-Broschüre und andere Sachen«, sagte Carolanne. Ihr Haar wellte sich in einem perfekten, muschelförmigen Schwung über ihrer Stirn.

»Na gut, wir machen ein paar von jeder Sorte«, sagte der Fotograf lächelnd. »Erst alle zusammen, dann nur die Jungs und dann die Jungs und Mrs. Cook.«

»Wir all zwei Mrs. Cook«, sagte Marietta, während er sie auf einen Stuhl hinter den Jungen stellte und sachte ihre Schultern herunterdrückte.

Er sagte nicht »Bitte recht freundlich« und auch nicht »Cheese«, sondern nur »Das Kinn höher, Carolanne« und »Nicht so weit weg, Calvin«. Das silberne Licht der Lampen brannte heiß auf Mariettas Schultern, und sie senkte die Augen und sah genau auf Nates und Calvins mächtige Schultern, die gezeichnete schwarze Haut. Nate hatte eine sichelförmige Narbe von einer zerbrochenen Flasche außen auf dem Oberarmmuskel, und sie versuchte, noch weiter hinunterzugucken, auf Calvins

Unterarme, um zu sehen, ob die haarfeinen Narben an seinen Handgelenken und in den Ellbogenbeugen noch da waren.

»Mrs. Cook, Sie müssen *auf*schauen«, sagte der Fotograf, und das Licht blendete sie.

»Die müssen wir angucken – Hampton Hills, Fox Run und die hier, Palm Lakes«, sagte Carolanne. Sie saß auf dem Vordersitz des Lincoln, die Zeitungsanzeigen und die Fotos der Neubauhäuser vor sich, und dirigierte Marietta durch die Gegend, nachdem sie die Westside-Abfahrt hinter sich gelassen hatten. Ich laß sie guck, dachte Marietta. Sie immer noch bös wegen dem Fotograf, guck all Tag in der Post nach den Foto un sag: »Ich hoff, der Kerl sucht die *richtigen* aus.« Ich wer erst geh, wo sie will.

Aber diese Hügel südlich von Rio Seco, das flache, frisch planierte Gelände – es kam ihr alles sehr bekannt vor, und die Hohlziegelmauer, die dieses Fox Run umgab, war hoch und nackt. Die Mustersiedlung war hinter der Mauer, und Marietta sah leere, kaum fertig gebaute Häuser auf kahlen Grundstükken, wo Unkraut emporgeschossen war. »Da renn schon lang kein Fuchs nimmer«, sagte Marietta zu Carolanne. »Nein – da brauch ich gar nich erst guck.«

Carolanne raschelte mit der Zeitung. »Der Grundriß ist aber wirklich toll.«

Marietta sagte: »Wir fahr wieder. Du kann guck ander Tag. Ich weiß schon ein Haus. Ich zeig dir, wo.«

»Warte – du hast Palm Lakes noch nicht gesehen«, sagte Carolanne. »Ich hab mir gedacht, das ist genau das richtige für dich, wegen dem Wasser. Es ist gleich da über dem Hügel.«

Als sie über die Kuppe kamen und Marietta eine riesige Neubausiedlung sah, mit einem blauen, kreisrunden See in der Mitte und einem Golfplatz auf der einen Seite, lachte sie. Sie hielt am Straßenrand und sagte: »Das kein See. Das Anlag.« Sie sah die regelmäßig verstreuten Zahnbürstenbäumchen, die asphaltierten Wege zum Wasser und das Gras, auf dem nirgends jemand war. »O Carolanne.«

Sie fuhr Richtung Westside, nicht zu dem Haus, sondern erst um den See, und Carolanne sagte: »Na, toll. Eine städtische Parkanlage. Du willst Freeman hierherbringen, damit er sieht, wie Leute Dope verkaufen und es überall auf dem Rasen treiben.«

»Mir verkauf nieman was, un nieman belästig Rock Onkel. Wir fisch, un Freeman spiel. Du muß überleg dir, Carolanne.« Marietta umrundete den See. Sie sah die alten Männer Domino spielen und die Vietnamesen in dem flachen Wasser herumwaten und die winzigen Sandmuscheln suchen, um sie in ihre Jutetaschen zu stecken. Dann fuhr sie in Red Mans Viertel. Vor dem leerstehenden Haus hielt sie an.

»Nein – das guck ich gar nicht erst an«, sagte Carolanne. »Eine zwangsgepfändete Bruchbude. Da hast du all das viêle Geld, und du willst in eine Bruchbude mitten im Ghetto ziehen. Ich glaub's nich.«

Marietta lachte wieder. »Das kein Ghetto – die Leut hier hab Garten, kauf ihr Haus, hab Auto und Lastauto. Das nich Soul Garden. Das nich Pine Garden. Un du muß glaub.«

»Freeman wird zapplig. Laß uns fahren. Ich hab am Freeway ein Einkaufszentrum gesehen, und ich muß noch was besorgen.« Das war alles, was Carolanne sagte, und Marietta nickte. Sie weiß. Sie wer geb ihn mir für Zeitlang. Sie weiß. Aber ich bring sie zu ihr Einkäuf.

Im Kaufhaus marschierte Carolanne geradewegs in die Babyabteilung. Sie kaufte Fläschchen, die ihre Farbe änderten, wenn man sie erhitzte – »Ich hab die Dinger in einer Zeitschrift gesehen. Man weiß, wann die Milch heiß ist, ohne daß man probieren muß« –, und eine Korbwiege, die von allein schaukelte, wenn man auf einen Knopf drückte. »Freeman hat nie eine Wiege gehabt«, erklärte sie Marietta, als sie alles im Kofferraum verstaut hatten.

Der Arzt schüttelte den Kopf und entschuldigte sich. Das Labor habe ihm zweimal die Werte der ersten Blutuntersuchung gegeben, sagte er, und darum habe er gedacht, das Baby sei tot. Jetzt war der HCG-Wert gestiegen, und obwohl der Apparat immer noch gespenstisch flackerte und rauschte und spuckte, hörte Marietta die pochenden Herztöne.

Carolanne triumphierte, als sie wieder daheim waren. »Ich bin von Kool-Aid und Zigarettenrauch groß geworden«, sagte sie. »Ich weiß schon, was ich mach.«

»Ich hoff«, sagte Marietta. »Weil du versprech, du wer sag Nate nächst Woch.«

Gestern war der Umschlag gekommen – die Kontaktabzüge der Aufnahmen für *Sports Illustrated.* Es stand nicht dabei, welche sie nehmen wollten. Auf manchen Fotos lächelte keiner, und Marietta musterte ihre Gesichter genau. Sie und die dunklen Profile der Jungen in dem harten Licht, nichts als schwarze Schatten und der Schimmer ihrer geraden Münder. Carolanne war eine silbrige Blume vor Nates breiter Brust, alles an ihr rund und erstaunt, die Brauen, die Augen, der Mund. Carolanne beugte sich dicht über die Fotos und studierte sie stundenlang.

Das Spiel gegen Houston war der letzte Schaukampf, und wieder sah Marietta nur die Ausschnitte in den späten Sportnachrichten. Die Jungen riefen an und sagten, daß sie für die Woche bis zur Endauswahl heimkommen würden.

Aber sie blieb nicht in dem Wohnkomplex, um mit ihnen zu warten. Sie fuhr mit Freeman an den kleinen See in Rio Seco. Sie fischten nicht. Sie spazierten um das stille Wasser und pflückten lange Schilfgräser an der sumpfigen Stelle, wo Wasser aus einem Rohr in den See rann und der Schlamm feuchtschwarz war. »Quak-Quak«, rief Freeman den Gänsen nach, und er rannte hin und her, um die trockenen Halmbüschel abzureißen, die sie ihm zeigte.

Sie saß auf einer schartigen Bank und spielte mit den Gräsern. Du will wieder renn weg. Beinah vierzig Jahr, un du will immer noch renn, jetz daher. Du geh all Zeit weg. Sie sah die Gänse klatschend auf dem Wasser landen, und Freeman rannte dem Ball eines kleinen Jungen nach, der in einer anderen Sprache hinter ihm herrief. Sie zog die Halme glatt, bog sie zu einem Kringel und merkte dann erst, daß sie automatisch begonnen hatte, sie zu einem Rund zu formen und so zu verflechten, daß eine kleine Schnecke entstand – der Anfang. Ihre Finger waren ungeschickt, an Besen und Mops und Schwämme gewöhnt, und es machte ihr Mühe, das widerspenstige Grasbündel zu halten, aber sie bog die Halme so behutsam wie möglich, und Freeman steckte die Nase dazwischen, um zu gucken, was sie machte.

Die Westside

OKTOBER

Als die Wespen um Red Mans Dachtraufe zu summen begannen und niemanden mehr heranließen, schickte er seine Tochter zu Marietta, und eine Stunde später kam sie mit ihrem langen, dicken Aststock und einer Fackel aus zusammengerolltem Zeitungspapier. Die Jungen, die auf der Picasso Street spielten, sagten jedesmal, wenn sie sie sahen: »Da is Nate un Calvin Cook ihr Mama! Sie sin bei den Rams! Aber ich wett, sie schimpft sie immer noch – sie sieht so bös aus.«

Red Man sah ihren langen Schatten auf der Veranda und sagte: »He, Marietta, sie sin wieder drüben im Hof. Kann keiner mehr an den Cadillac ran, um ihn zu reparieren. Ich hab gehört, du nimmst die Wespenlarven gern zum Angeln. Was machen die Katzenfisch drunten im See?«

»Sie wart auf mich, hoff ich«, sagte sie.

Die Jungen hielten Abstand, als sie auf dem seitlichen Hofstück dicht an die Wespen heranging. »Warum hat sie keine Angst?« flüsterten sie, während sie um die Hausecke linsten, die Wangen am Verputz. »Weil sie so groß un so schwarz is. Ich wett, sie merkt's gar nich, wenn die Biester sie stechen.«

Sie hörte ihr leises Getuschel und lächelte vor sich hin, während sie die Zeitung anzündete, die Flammen kurz auflodern ließ und dann rasch wieder ausblies. Der Rauch stieg unter die Dachtraufe hinauf, und die Wespen hingen einen Moment lang betäubt an den Balken, ehe sie das Weite suchten. Sie flogen schnell, nicht so höhnisch-träge, wie sie es taten, wenn die Jungen sich ihnen näherten.

Marietta schlug das papierene Nest mit ihrem Stock herunter. Sie steckte es in eine Plastiktüte, streifte die Asche von ihrer Fackel und ging wieder in den vorderen Hof. Freeman wartete bei Roscoe und Red Man. Er war nach drinnen gelaufen, um sich von Mary einen Keks zu holen, weil er sich vor den Wespen fürchtete.

Roscoe sagte: »Feierabend für heut. Ich werd meine Enkeltochter von Mrs. Rollins holen. Mal schauen, wie die zwei miteinander auskommen. Sie wird nächsten Monat vier.«

Es war Freitag, und die kleinen Jungen waren gerade aus der Schule gekommen. Sie rannten auf der Straße herum und guckten auf die Autos, gingen aber kaum aus dem Weg. Red Mans großer Laster stand im Hof. Die Pritsche war bis zum Rand mit Ästen, Schnittgut und Müll beladen. Red Man und Roscoe machten Gartenarbeiten, stutzten Bäume, entrümpelten und fuhren Abfälle weg.

»Noch ganz schön heiß für Oktober, eh?« sagte Red Man. »Darum sin wohl auch die Wespen noch da.« Er hielt kurz inne und sagte dann: »Sie haben die Woche spielfrei und müssen erst nächsten Sonntag wieder ran, eh?«

Sie wußte, er mochte nicht direkt nach Nate und Calvin fragen, seit sie am Ende der Straße wohnte. Die Männer scheuten sich oft, von den Rams oder von den Jungen zu reden, ehe sie es nicht tat, und sie hatte eine Weile gebraucht, um zu begreifen, daß sie nicht den Eindruck erwecken wollten, als erwarteten sie Freikarten oder Gefälligkeiten oder Auskünfte von ihr. Nate und Calvin waren nicht hier im Viertel aufgewachsen, und deshalb hatten diese Männer kein Recht auf sie. Sie horchte genau auf ihre zögernden Fragen und versuchte, sie richtig zu beantworten.

»Sie brauch dringend bißchen Erholung«, sagte sie. »Aber die Woch erst zweite Oktoberwoch. Sie spiel in Chicago am Sonntag, un die nächste Woch sie hab spielfrei.«

»Tu doch nich, wie wenn du das nich selber weißt«, sagte Mary zu Red Man. Sie wandte sich an Marietta: »Wie ißt er heut?«

Freeman hatte den halben Keks auf Mariettas Bein liegenlassen. »Er immer heiklig«, sagte sie. »Un sein Mama mag nich, wenn er schlaf in mein Bett. Oma mach niemal recht, eh?«

Roscoe kam den Gehweg entlang mit Hollie, seiner Enkeltochter, und Mary sagte: »Bei ihm is anders, weil er der einzige is, wo sich um die Kleine kümmert. Ihr Daddy is ein Rumtreiber. Roscoe macht sein Sach gut mit ihr.«

Hollie zupfte ihre Zopfspangen zurecht und nahm Freeman an der Hand, um ihm die Kästen für die riesigen Reservereifen zu zeigen. Dann schlichen sie und Freeman ein Weilchen im seitlichen Hof umeinander herum, wobei Freeman jede ihrer Bewegungen genau verfolgte.

»Ich hab Pflaumwein«, sagte Red Man, an alle gewandt. »Kommt her und probiert ihn mal.«

»Wie kann Pflaumwein orange sein?« fragte Roscoe, und Marietta guckte mißtrauisch auf das Mayonnaiseglas in ihrer Hand.

»Weil er nich warten konnt un die grünen vom Sommer genommen hat. Warn noch kein bißchen reif, dic Dinger«, sagte Mary.

»Die leibhaftige Ungeduld«, sagte Roscoe. Er lächelte Marietta an. »Ich schätze, Sie haben schon gemerkt, daß der Mann auf gar nichts warten kann.«

»Ich möcht nix«, sagte Marietta, indem sie Mary das Glas wieder hinstreckte.

»Geben nicht auf, die Wespen«, sagte Roscoe. Er guckte auf Mariettas Plastiktüte.

»Ich wohn erst ein Monat hier, un das schon das zweit Mal, daß sie in sein Hof rumschwirren«, sagte Marietta.

»Und ich wette, er hat gesagt, daß keiner an den Cadillac kann.« Roscoe lachte.

»Wie wenn jemals einer dran denken tät, das Ding wieder heil zu machen«, sagte Mary.

»Dran denken tun ein Haufen Leut«, sagte Roscoe. »Aber das ist auch alles, was sie tun.« Er probierte von dem Wein und verzog das Gesicht. »Schmeckt wie zehn Jahre altes Kool-Aid, das Zeug.«

Red Man reckte sich, und ein Stück von seiner Brust guckte aus dem V-Ausschnitt seines T-Shirts, viel heller als die sonnenverbrannte Haut auf seinen Armen und an seinem Hals. »Dann bleibt wenigstens mehr für mich«, sagte er. »Das Spiel gegen Chicago – möchten Sie's hier gucken?« fragte er Marietta.

»Ich wer seh, was Carolanne plan. Sie sag, sie will probier die Wochenend-Schönheitkur, wo sie seh in ein von ihr Zeitschrift.«

Alle schwiegen und warteten, bis der kleine Lieferwagen mit der dröhnenden Musik am Haus vorbei war. Sie hatte schon öfter solche Autos gesehen, alle mit jungen Männern am Steuer. Das ganze Ding so flach und niedrig wie ein Hauspantoffel, die Ladefläche vollgepackt mit Lautsprechern. Roscoes Sohn hatte auch einen.

»Wofür soll gut sein, die Dinger?« hatte sie ihn gefragt.

»Zum Krachmachen«, hatte er gesagt. Sie sah das glänzendschwarze Gefährt an der Ecke halten. Hab kein Platz für Leut oder Fisch. Alberne Dinger.

»Wann is soweit mit dem Baby?« fragte Mary.

»Januar. Wer Super-Bowl-Baby«, sagte Marietta.

»Wir sind beide zu jung für Großeltern«, sagte Roscoe. Es machte Marietta verlegen. Er hatte gesagt, ihr Gesicht sei klassisch. Was immer das heißen sollte.

»Jeder is so jung, wie er sich benimmt«, sagte Mary.

Marietta stand auf.

»Ich muß heim un geb dem Kind ze eß«, sagte sie. »Freeman!«

Roscoe sagte: »Wir fahren am Montag auf die Kippe. Ich komm vorbei und hol noch das restliche Zeug.«

Sie nickte und packte Freemans Hand, um ihn von Hollie wegzuziehen. »Ich dank vielmal.«

Aber als er kam, brachte er Holz mit. »Wir haben einen Pfefferbaum gefällt«, sagte er. »Sie brauchen doch sicher Holz, wenn's erst kalt wird, und wir haben jede Menge. Der Wind hat dies Jahr einen Haufen Eukalyptus- und Pfefferbäume umgehauen, und wir haben mehr, als wir brauchen können.«

»Ich wer brauch Axt«, sagte sie, die dicken Holzkloben musternd.

»Machen Sie sich darum keine Sorgen«, sagte Roscoe. »Ich will nur erst das Zeug da wegbringen.«

Spanplatten, die Calvin von den Fenstern gerissen hatte, stapelten sich im Hof, und alles, was sie aus dem Haus gefegt hatte, der Müll, die Glasröhrchen und die alten Kleider, lag auf mehreren Haufen. Marietta hatte das ganze Zeug drüben neben die Garage geschoben, damit sie es nicht dauernd sehen mußte.

»Mein Sohn hat sich hier rumgetrieben«, sagte Roscoe, während er die Spanplatten auf die Ladefläche warf. »Er war mit dran, als der Laden hochgegangen ist. Crack-Haus. Aber die anderen haben der Polizei gesagt, Louis hätte nicht gedealt.« Er wischte sich über die Stirn. »Ich weiß nicht, was er gemacht hat.«

»Wo steck jetz?« fragte Marietta.

Roscoe schüttelte den Kopf und nahm einen Rechen aus den Halterungen an der hölzernen Ladeklappe. »Kommen Sie am Sonntag zu Red Man, das Spiel angucken?«

»Ich glaub schon«, sagte sie. »Freeman geb noch keine rechte Gesellschaft für Football ab. Er mag immer nur guck sein Daddy paarmal, un dann er langweil sich.«

»Ich freue mich darauf, Sie zu sehen«, sagte Roscoe. »Und daß Sie mir ja das Holz nicht anrühren.«

Drinnen glitt ihr Blick über den glänzenden Fußboden, und sie dachte an die dicke, bier- und urinverklebte Dreckschicht, die Glasröhrchen, die Zigarettenkippen. Die feuchten Kleider in den Ecken des großen vorderen Raums, den muffigen Geruch. Das letzt Mal, daß ich mach jemand anders sein Dreck weg, hatte sie gedacht, als sie in dem verrammelten Haus gestanden hatte. Das letzt Mal, daß ich renn weg. Ich mach jetz mein eigen Dreck.

Sie hatten sich zusammengesetzt, nur sie und die Jungen, und über das Geld geredet. Der Vermögensverwalter hatte einen Makler angerufen, der gesagt hatte, daß das Haus nur 42 000 Dollar kosten sollte. »Die Gegend ist nicht die beste«, hatte ihr der Makler am Telefon erklärt. »Deshalb ist das Objekt so günstig. Die Lage macht einfach viel aus. Haben Sie vor, nach dem Kauf zu vermieten?«

Die Jungen hatten die Sache mit dem Geld allein entschieden, ohne sie. Sie hatten ihr ein Konto eingerichtet, nachdem der Vermögensverwalter den Scheck für den Hauskauf unterzeichnet hatte, und genau wie Tiny Momma sollte auch sie jeden Monat Geld bekommen. Aber sie ließ sie nur 1200 Dollar eintragen und erklärte: »Das reich für Essen für uns zwei un Bücher un Spielsach. Un Strom un Wasser. Ihr spar den Rest.«

Calvin sagte: »Ich brauch auch ein neues Auto, wo du dir jetzt den Lincoln untern Nagel gerissen hast.« Er lachte. »Aber große Autos haben mir noch nie gefallen. Ich möcht ein klein Flitzer.«

Beim Ausfegen hatte sie gesehen, daß der Holzboden unter dem verkratzten und schartigen Lack in Ordnung war. Und drei Schlafzimmer – eins für sie, eins für Freeman und eins für Gäste. Calvin schlief auf dem Ausziehsofa.

Sie genoß es, die Wörter zu sagen, als sie Tiny Momma am Telefon erklärte: »Das mein neu Telefonnummer. Ich hab jetz ein Haus, mit eim großen Hof un eim Pflaumbaum. In Rio Seco. Nur halb Stund von wo die zwei wohn, un sie wer komm un besuch mich. Wann du wer komm?«

Sie fragte Red Man wegen der Fußböden, und er kam mit einem dünnen jungen Mann mit einer Schleifmaschine, die überall feinen Holzstaub verteilte und duftendes, rohes Eichenholz zum Vorschein brachte. Der Mann schmierte goldene Beize auf das Holz und strich dann durchsichtigen Lack darüber, und sogar Carolanne sagte: »Ist hübscher geworden, als ich dachte. Aber Holzböden sind so schwer sauberzuhalten, und im Winter wird es kalt sein.«

»Ich feg lieber aus, wie daß ich mit dem Ungetüm von eim Staubsauger rummach, wo du für dein Teppichboden brauch. Un wir wer zieh Wollstrümpf an, ich un Freeman, eh, Baby? Du bleib bei dein Oma, solang wie dein Mama krieg ein klein Baby.«

»Offenes Feuer ist so gefährlich«, sagte Carolanne. »Du brauchst einen Kaminschirm.« Marietta dachte an all die messingverzierten Kaminschirme, die sie in Charleston poliert hatte.

Der Fußbodenmann legte neues Linoleum in der Küche. Er sagte, das Haus sehe aus, als sei es in den Zwanzigern gebaut worden, und dann brachte er einen jungen weißen Burschen mit, der die Schränke in der Küche hellblau und die übrigen Wände weiß strich. Marietta schrubbte die Spüle, strahlend weißes Email, mit geriffelten Ablaufborden auf beiden Seiten. Sie liebte es, abzuwaschen oder Gemüse zu putzen und zuzugucken, wie kleine Wasserbäche durch die Rillen in das Doppelbecken liefen.

Nate und Calvin waren nach ihrem Einzug dreimal unter der Woche gekommen und hatten das Haus von außen abgespritzt. Dann hatte sie sie gebeten, die Fensterbretter dunkelblau zu streichen. Blau halt Geister von Tür un Fenster weg.

Carolanne paßte es nicht, daß sie hier am Haus arbeiteten, während sie sich eigentlich hätten ausruhen sollen, aber Marietta strich auch mit und hörte ihre Stimmen, sah, wie sie sich langsamer bewegten, wenn sie draußen im Hof waren. Nate brauch nich schmeiß mit Stühl, wenn er hack Holz. Nein – er brauch nimmer. Holz für Winter.

Roscoe fand immer neue Gründe vorbeizukommen. Red Man zog ihn auf, weil er ein Dichter war und auch wegen der Art, wie er zwischen seinen verschiedenen Sprachen hin und her wechselte. Wenn er redete, erinnerte er sie manchmal an Baby Poppa, aber er war anders. Er trat manchmal dicht an sie heran und redete leise mit ihr. Sie sah, daß Red Man und Mary guckten, aber es störte sie nicht. Und sobald er den Hof verlassen hatte, erzählten sie ihr, wie gut er sich um die Tochter seines Sohnes kümmerte und wie er seinen Sohn vor der Polizei beschützt hatte, damals in dem Sommer, als es hier im Viertel Ärger gegeben hatte. Sie spülte das Frühstücksgeschirr, zerteilte ein Huhn und dachte an den Umriß seiner Lippen.

Er kam früh am Morgen, um ihr zu sagen, daß er und Red Man heute einen Johannisbrotbaum fällen würden und daß die dicken Äste sicher noch besseres Feuerholz abgeben würden als die Pfefferbäume.

»Was kochen Sie da?«

»Maisgrütz.«

Er lachte. »Eine reiche Frau wie Sie ißt Maisgrütze zum Frühstück? Das ist ein Arme-Leute-Essen!«

Sie mußte auch lachen, weil es so offensichtlich war, daß er noch in ihrer Küche bleiben wollte. »Ich eß mein Lebtag vielmal Maisgrütz ohne was anders dazu.«

Dann sagte er: »Möchten Sie mal sehen, was arme Leute in Kalifornien essen, wenn sie aus der Wüste kommen wie ich? Ich bin nicht aus Georgia oder South Carolina wie ihr alle. Ich konnte nie einfach rausgehen und fischen, wie ihr immer erzählt. Ich bin teils Mexikaner und teils Indianer, ein Kind der Wüste. Ich werde Ihnen mal meine Spezialität machen.«

Er verschwand abrupt und kam wieder, als sie gerade den Kaffee fertig hatte. Freeman, der auf dem Küchenboden mit Lastautos spielte, guckte auf. Roscoe stellte eine braune Papiertüte auf den Tisch und sagte: »Ich mache Ihnen das mexikanische Gegenstück zur Maisgrütze. Jede Kultur versucht, das Beste aus dem Mais zu machen. Ich habe die Tortilla schon in Gedichten besungen.«

Er hielt die brutzelnde gußeiserne Bratpfanne und ließ etwas auf den Teller gleiten: knusprig gebratene Teigtaschen, gefüllt mit geschmolzenem Käse und einem Strang scharfer Soße in der Mitte. »Quesadillas«, sagte er, und dann: »Sonnenscheiben aus gelbem Korn, nähren unser Leben mit ihrer Wärme.« Ein Gedicht – sie hörte es am Rhythmus.

Während sie langsam aßen, blätterte er in dem *Sports Illustrated*, das sie auf dem Tisch hatte liegen lassen, dem Heft mit ihrem Foto. Sie sagte nichts, aber er erklärte: »Ich habe es schon gesehen. Alle hier haben es gesehen. Red Mans Sohn Darnell hat vier Stück gekauft. Ich wollte Sie nur noch mal anschauen.«

»Es liegt in der Familie« hieß die Überschrift der Fotoreportage; zuerst sah man eine weiße Frau mit Fältchen um die Augen und lockigem Haar und ihre beiden Söhne, die Hockey spielten. »Ein schlagfertiges Paar« stand darunter. Dann kamen zwei halbwüchsige Mädchen mit Zahnspangen und Sommersprossen, zusammen mit ihrem Vater: »Damendoppel«. Eine mexikanische Frau mit einem goldenen Eckzahn und einem scheuen Lächeln und ihre beiden Söhne, die Collegefußball spielten: »Doppelpaß«. Und dann das harte Foto mit Nates und Calvins bloßen Oberkörpern, Panzerplatten aus Knochen, scharf umrissen in dem grellen Licht, und darüber ihr Gesicht und ihre Schultern. »Kämpferblut« hieß die Unterschrift. Darunter stand noch: »Marietta Cook, derzeit wohnhaft in Kalifornien, und ihre Söhne Calvin und Nate, Neulinge und Teamgefährten bei den Los Angeles Rams.«

»Meine Frau ist gestorben, als Louis sechs war«, sagte Roscoe unvermittelt. »Bei einem Autounfall.«

Marietta nickte.

»Und Ihr Mann?«

Fast hätte sie es gesagt. Er auch tot. Es hätte perfekt gepaßt. Aber sie wartete einen Moment, und er stand auf, um eine weitere Tortilla in der Pfanne zu wenden.

»Nate un Calvin Daddy – er von Heut-hier-morgen-da-Leut.«

Roscoe nickte und briet die Quesadilla fertig. Sie sah die heiße Soße an einem Zipfel herauslaufen und mußte daran denken, wie Pinkie und Laha auf dem Feld zu ihrem Mittagessen immer »Essikfeffasoß« gewollt hatten. Dann sagte Roscoe plötzlich: »Das gefällt mir. Heut-hier-morgen-da-Leut.« Er setzte sich ihr gegenüber. »Aber jetzt ist er weg?«

Sie lächelte in seine Augen. »Schon lang – mehr wie zwanzig Jahr.«

»Okay«, sagte er. »Das gefällt mir auch.«

Er aß seine Quesadilla auf und wusch sich die Hände. »Ich wer nehm Hollie für heut«, sagte sie. »Weil Sie bring mir das ganz Holz.«

»Wen werden Sie denn im Winter an Ihr Feuer einladen, mit all dem vielen Holz?« sagte er. Sie guckte weg.

»Ich weiß noch nich. Sie geh jetz un bring mir Hollie. Sie spiel so schön mit Freeman.«

Hollie liebte es, Freeman herumzukommandieren. Sie befahl ihm: »Mach den Dreck in den Eimer«, und er liebte es, ihre Befehle auszuführen. Marietta saß in dem Liegestuhl, den sie im K-Markt gekauft hatte, und guckte auf den See. An das Angeln hier mußte man sich erst gewöhnen, es war so anders als an den schlappenden Wasserzungen des Schiffahrtswegs und den ruhig dahinströmenden Creeks.

Die Vietnamesen hockten vor ihr im Wasser und sammelten die winzigen Muscheln, die in dem schwarzen Schlamm am Rand des Sees atmeten. »Ich weiß nich, warum sie sich mit den Dingern abmühn«, hatte Red Man gesagt. »Ein Haufen Arbeit für einen hohlen Zahn voll Fleisch.« Marietta sah auf ihre ausgeworfene Angelschnur mit den dicken Wespenlarven, die unter der Wasseroberfläche schwebten, und sie lauschte den leisen, kurzen Silben der Vietnamesen. Sie kamen fast so schnell und hart aus ihren Kehlen wie Aint Sisters Damalzeit-

Stimme. Die Füße in den Gummischlappen waren viel kleiner als ihre.

Sie konnte die Rute einfach am Ufer aufstellen, wie es die anderen machten, vielleicht ein bißchen an einem Korb arbeiten. Sie drehte das Rund immer weiter und weiter und wünschte sich wieder einmal, sie könnte eine Korbwiege flechten, wie Aint Sister ihr eine gemacht hatte, einen länglichen, unten gerundeten Korb mit Kiefernnadelvierecken zwischen dem Süßgras. Sie hatte schon einen flachen, runden Korb gemacht, um ihn Carolanne zu schenken, für den Puder und die Babylotion und all die Sachen, die sie auf dem Wickeltisch brauchen würde. Das Gras und die Binsen, die sie und Freeman an der sumpfigen Stelle bei dem Rohr gesammelt hatten, dufteten zwar nicht süß, aber sie bogen sich leidlich unter ihren Fingerspitzen.

Nach einer Stunde hatte sie immer noch nichts als drei Klumpfische, die gegen den Eimerrand schnellten, und sie dachte, daß es Zeit war, die Kinder heimzubringen. Hollie wollte auch flechten, aber Freeman riß ihr das Gras weg und schrie: »Meine Dig Ma! Meine Ma!«

Sie hatte eigentlich ein paar Katzenfische fangen wollen, die sie braten und morgen mitnehmen konnte, wenn sie zu Red Man ging, um das Spiel zu gucken, weil sie wußte, daß er auch etwas zu essen auftischen würde. Aber das Angeln hier am See war anders. Sie mußte erst noch üben.

»Sie möchten Fisch?« sagte Roscoe, als er Hollie abholen kam. »Ich fahre Sie morgen zum Fischladen, bevor wir zu Red Man gehen. Da kriegen Sie alles, was Sie wollen – Schnapper, Austern, Katzenfisch. Ich eß nicht viel Fisch, aber Mary schwärmt dafür.«

Sie fuhren am Morgen in seinem Laster los, die Kinder zwischen sich in der breiten Kabine. Sie sah eine kleine Ladenfront, mit Gittern vor den Fenstern und der Aufschrift MEERES-SPEZIALITÄTEN auf dem weißen Verputz über der Tür. Als sie eintraten und Marietta die beiden kleinen Tischchen mit den roten Kunstlederstühlen sah und die fettigwarme Luft roch, verwandelte sich ihr Blut in Schaum. Eine dicke Frau stand hinter der Ladentheke, wo der Fisch auf Eis ausgelegt war, und sagte: »Tag zusamm. Was darf's sein?«

Während die Katzenfische und der Barsch im Öl brieten, mußte sie sich hinsetzen und tief durchatmen, und der Geruch kreiste durch ihren Körper. Freeman und Hollie drückten sich die Nasen an der Vitrine platt, und Roscoe saß ihr gegenüber. »Alles okay?« fragte er.

»Geh schon«, sagte sie.

Er war still, während das Spiel lief und Red Man, Lanier und Red Mans Söhne johlten und brüllten und Bier tranken und aßen. Marietta saß mit Mary am Tisch und aß einen Teller Fisch und Gemüse, aber als sie fertig war, setzte sie sich auf einen Stuhl neben Roscoe. »Ich dank, daß Sie fahr mich zu dem Laden«, sagte sie. »Wo Sie mag gar kein Fisch. Sie eß ja gar nix.«

Er verfolgte gerade Nate auf dem Bildschirm, und Marietta wartete, bis Nate wieder in das Gedränge an der Linie eingetaucht war. »Schön, Ihre Jungen spielen zu sehen«, sagte Roscoe mit merkwürdiger Stimme. »Sie sind Spitzenklasse. Muß einen doch stolz machen.«

»*Yeah*«, sagte sie. »Mach ein aber auch nervös.«

»Besser nervös als gar nichts«, sagte er. Er stand auf und ging nach draußen, wo Red Mans Töchter, die in die Grundschule gingen, mit Freeman und Hollie herumjohlten.

Red Man guckte Roscoe nach und setzte sich auf den freien Stuhl. »Er guckt nich gern Sport«, sagte Red Man. »Sein Sohn hat früher Basketball gespielt, un Roscoe wollt, daß er's in die Collegemannschaft schafft, und jetzt macht der Bursch gar nix mehr. Treibt sich nur mit dem Dealer-Gesindel rum. Roscoe mag nich mal mehr die Lakers gucken.«

Marietta blieb in ihrem Sessel sitzen, zählte Nates Tackles, sah Calvin für ein paar Downs hereinkommen und hörte den Männern zu, aber Roscoe erschien erst wieder, als das Spiel fast vorbei war. Die Rams gewannen 14:3, und Marietta spürte, wie Roscoe unruhig hinter ihnen herumwanderte, bis er sich wieder zu ihr durchzwängte.

»Möchten Sie ein bißchen Holz gehackt haben?« fragte er.

Es war später Nachmittag, und die Kinder bauten eine Rennstrecke auf dem Lehmboden unter dem Pflaumenbaum. Marietta trug das gespaltene Holz auf die Veranda und schichtete es auf und sah zu, wie er den Metallkeil mit dem Holzhammer in die mächtigen Kloben trieb. Die gleitenden Hände, der glatte Holzstiel – sie erinnerte sich an das Gefühl, die Bewegung, den Rhythmus, die heißen Handflächen. Die Sonne hing tief am Himmel, und er hielt plötzlich inne und zeigte nach oben. »Da fliegen die Krähen«, sagte er.

In immer neuen Schwärmen zogen die großen Vögel krächzend und zankend über den Hof hinweg, und er stand da und sah ihnen gebannt nach. »Sie wollen zu dem ausgetrockneten Flußbett – das ist ihr Schlafplatz«, sagte er. »Sie fliegen jeden Abend um diese Zeit heim.«

Die Kinder guckten jetzt ebenfalls hinauf, und die Krähen fluteten über den Himmel, schossen in pfeilschnellen Attacken aufeinander los, schwangen sich anmutig dahin. »Sie haben Gold unter den Flügeln«, sagte Roscoe. Sie sah genau hin: Für einen Moment spiegelte sich bei jedem Schlag die Sonne in goldenen Flecken auf der Unterseite der Flügel, dicht an der Brust. »Mein Sohn liebt Vögel«, sagte Roscoe. »Hat sie geliebt.«

»Meine lieb nur Fisch«, sagte Marietta, aber er hörte sie gar nicht.

»Man kann an vielen Stellen Gold finden, wenn man nur richtig guckt«, sagte er, den Kopf noch immer so weit zurückgelegt, daß sich die Haut an seinem Hals spannte.

»Muß guck scharf, eh?« sagte Marietta leise.

»Nein, nicht scharf. Nur *richtig.*«

Sie dachte an Roscoes Gesicht, an seine Worte – über seinen Sohn und das, was er verloren hatte. Sie las jeden Tag die Zeitungsartikel über die Rams, die Spielberichte, Analysen und Spielerporträts. Carolanne sagte, Nate sei nett zu ihr, und sie habe das Gefühl, daß er von den Steroiden weg sei, aber vor den Spielen würde er immer noch stampfen und schnauben wie ein Stier. Er erklärte Marietta: »Ich brauch zwei Tag, damit ich in Fahrt komm un richtig wild un geladen bin, und zwei Tag, damit ich wieder runterkomm. Mit dem Spieltag hab ich grad zwei Tag Ruh.«

Calvin wurde vor den Spielen einfach nur immer stiller und blieb auch hinterher noch in sich versunken. So war er schon immer gewesen. Er sagte, er brauche das, um die Spielzüge wieder und wieder in seinem Kopf ablaufen zu lassen und die Fehler herauszufinden.

Dieses Wochenende war spielfrei, und sie wollten alle für zwei Nächte kommen. Sie hatte sich genau überlegt, was sie sagen würde, was sie tun konnte, damit sie weiter zu ihr kamen, wie sie ihren Job von Rio Seco aus weitermachen konnte. Sie hatte Roscoe gebeten, die Sachen für Nate und Calvin zu besorgen, weil sie nicht wußte, wo sie sie bekommen konnte, und sie hatte ein Geburtstagsgeschenk für Carolanne gekauft und auch etwas für Freeman. Vielleicht würde es ja ganz und gar schiefgehen; vielleicht würde es genauso eine Katastrophe werden wie ihr Rot-Weiß-Essen. Aber sie wollte doch weiter ein Auge auf sie halten.

Als Nates BMW vor dem Haus hielt, wartete sie schon draußen auf der Veranda. Sie standen unten im Hof, und Nate zog die seltsamen Dinger ab, die auf den Scheibenwischern steckten – irgendein teurer Schnickschnack, den jetzt jeder haben wollte. Carolanne kam auf Freeman zugelaufen, und er rief: »Mama! Mama da!«

»Rock sagt, wir sollen die Wischerdinger mit reinnehmen, wenn wir in deiner Straße parken«, sagte Carolanne, die Wange an Freemans Bäckchen gepreßt. »Er kann's immer noch nicht begreifen, daß du das alte Ding da gekauft hast.«

»Ich schon«, sagte Calvin. »Unsere alte Sparmama.«

»Ihr spar euch das Gered. Ihr soll mir nich Vorträg halt, ihr soll nur wieder herkomm, weil ich Arbeit für euch hab«, sagte Marietta. Sie dachte, sie konnte es ebensogut gleich hinter sich bringen.

»Na toll – noch mehr Pinseln und Möbelrücken«, sagte Carolanne, während sie Freemans Beine um ihren dicker gewordenen Bauch arrangierte. »Grad das, was wir brauchen – bißchen Anstrengung für Nates kaputtes Knie und paar Farbdämpfe für mich und das Baby.«

»Nein, kein Farb«, sagte Marietta. »Schlimm mit Nates Knie?«

»Na-ah, hab nur letzte Nacht bißchen Eis drauftun müssen«, sagte Nate. »Is nix weiter.«

»Ich seh, du eß was«, sagte Marietta zu Carolanne, als sie

ums Haus gingen. »Freu mich ze seh, du krieg bißchen Ruh un Fett.« Als die Jungen hinter ihnen herkamen, deutete sie in den Hof. Sie sahen die Kloben des Johannisbrotbaums, den Hackklotz, den Red Man gebracht hatte, und die funkelnden Schneiden der neuen Äxte, die an dem Holz lehnten.

»O Mann. Du bist verrückt, Mama«, sagte Calvin.

»Siehst du das Ding, Mann?« sagte Nate. Er zeigte auf die Bodenfräse, die Roscoe ausgesucht hatte. »Sie's mehr wie verrückt. Brauchst gar nich zu grinsen, Mama. Was hat Lahas Mr. Jerry immer gesagt? ›Ich seh Haufen Arbeit, ich nehm die Bein in die Händ un renn.‹ *Du* warst doch die, wo uns das erzählt hat.«

»Ich find auch verrückt«, sagte Marietta. »Aber mein Nachbar sag, es wer kalt genug hier für Feuer. Un Pflanzzeit in Kalifornien komm Anfang Herbst. Ich hör nie so verrückt Sach mein Lebtag.«

»Euer Coach wird begeistert sein, Nate. Ich hoffe, du denkst nicht mal dran, eh die Saison vorbei ist«, sagte Carolanne.

Aber er und Calvin waren schon dabei, die Bodenfräse zu inspizieren. »Weißt du noch, was Baby Poppa immer erzählt hat? Von dem Maulesel, wo er mal hatt? Wo er immer schimpfen un fluchen hat müssen, bis er mal eine grade Furche gekriegt hat? Guck dir das Fräsblatt an. Mama, wie groß willst du dein Acker haben? Du weißt doch gar nich, wie das geht mit Gemüs, hier in Kalifornien. Is doch wahrscheins viel zu heiß.«

Aber sie machten sich an das Holz, und der Stahlkeil sang unter dem Vorschlaghammer, als Nate den größten Kloben zuerst in Angriff nahm. »Mann, der Coach würd toben, wenn er wüßt, daß wir Holz hacken«, sagte Calvin, die Axt in der Hand.

»Er weiß ja nix«, sagte Nate.

»Un wenn du dir ins Knie haust?«

»Mann, Muhammad Ali hat immer Holz gehackt vor seine Kämpf.«

»*Yeah*, aber der war allein. War sein Bier, wenn er Scheiß gebaut hat. Aber auf dich rechnet das ganze Team«, sagte Calvin.

»Schißhas von eim Nigger«, sagte Nate. »Ich mach das hier nich allein. Fang endlich an.«

Freeman hielt sich die Ohren zu, als Metall auf Metall dröhnte und die Axt dumpf in das Holz krachte. »Au-iiie«, sagte er beim Zugucken. Marietta hatte ihm einen alten Malerquast und einen Eimer mit Wasser gegeben, und er machte sich geschäftig daran, den Stamm des Pflaumenbaums, die Garagenwand und die ausgeblichenen Bretter des hinteren Zauns abzuwaschen. Carolanne stand unbehaglich herum und wollte sich nicht in den Liegestuhl setzen, den Marietta für sie herausgeholt hatte. Marietta rechte Splitter und Zweige von dem nackten Lehmboden. Sie hatte ihn gewässert, aber es wuchs noch nichts.

»Freeman macht sich ganz dreckig«, sagte Carolanne. »Ihr seht alle aus wie eine Horde Landnigger.«

»Sin wir auch«, sagte Marietta. Sie faßte Carolanne am Arm und führte sie nach drinnen. »Du sei nich bös«, sagte sie. »Du frag Nate, un er wer sag dir – er mag gern, wenn er seh, was er mach, un die Arbeit beruhig sein Nerven. Er hab immer noch zuviel Zeit, du sag mir doch selber. Du laß ihn ruhig bißchen schwitzen.« Und bevor Carolanne etwas erwidern konnte, sagte sie: »Ich halt dir kein Vorträg. Un wenn sie nimmer hab Lust, sie komm wieder rein. Sie sin groß. Das Sach kost so gut wie nix. Aber ich hab dir was, für dein Geburtstag nächst Woch.« Sie gab Carolanne einen kleinen Korb mit einem Kästchen darin.

»Ist der schön«, sagte Carolanne. »Hast du den auch da gekauft, wo die andern her sind, die du mir damals nach unserm Einzug geschenkt hast?« Sie strich mit den Fingern über das Geflecht. Es war auch dunkler als Süßgras, aber Marietta hatte sich Mühe gegeben, das Muster deutlich hervorzuheben.

»Ich mach den da. Die andern mach jeman daheim in South Carolina.«

Carolanne legte den Kopf schief und sah Marietta an. »Wirklich? Du hast ihn *selber* gemacht? Er ist toll. So afrikanisch, wie aus einem Buch. Weißt du, du könntest die Dinger für eine Menge Geld verkaufen, an eine Boutique oder so. Vielleicht sogar an ein Museum.«

Marietta lächelte. »Der da taug gar nix. Mein Mama tät nur lach da drüber. Aber er geh für dein Babykram, wie du sag. Du mach jetzt das ander da auf.«

Carolanne zog den Ring aus dem kleinen Kästchen. Marietta wartete auf ein gezwungenes Lächeln und ein falsches »Oh, wie hübsch!«. Der Stein war ein Smaragd, so groß und grün wie ein Junikäfer, und Marietta dachte, Carolanne würde ihn sicher auch ordinär finden, wie sie es oft von anderen Sachen sagte. Aber sie hatte dem Ring dort im Geschäft einfach nicht widerstehen können. Er hatte sie eine Menge von ihrem ersparten Geld gekostet, aber er erinnerte sie so an Carolannes Augen. Sie sagte rasch: »Ich seh in ein von dein Zeitschrift, daß sie trag so groß Dinger heutzutag. Sie sag Modeschmuck dafür un nehm falsche Stein. Aber der Stein echt. Er seh aus wie du, wo ich ihn seh.«

Der Ring war riesig auf ihrem dünnen Finger, aber Carolanne lachte nur. »Wenn ich den anzieh, wollen Tina Brigham und die andern auch so einen. Aber ich trag ihn nicht, wenn ich nach Soul Gardens fahr, okay? Ich möcht meine Finger gern dran behalten.«

Freeman kam aus dem Bad spaziert und zog eine Klopapierschlange hinter sich her, und sie sprangen beide auf.

Marietta sah, wie Carolanne an der Anrichte stehenblieb, wo immer noch das *Sports Illustrated* mit dem aufgeschlagenen Foto lag. Sie war gar nicht so wütend gewesen, wie sie alle befürchtet hatten. Jetzt sagte sie: »Ich bin froh, daß sie mich nicht genommen haben. Mein Gesicht ist so aufgedunsen von der Schwangerschaft, und ich komm sowieso in Farbe viel besser raus. Ich hasse Schwarzweißfotos.« Sie studierte das Bild eingehend und sagte zu Marietta: »Du hast wirklich ein tolles Dekolleté.«

»Ich hätt lieber Augbraun«, sagte Marietta zu ihrem eigenen Erstaunen.

»Augenbrauen?«

Im Bad war Carolanne sanft, aber bestimmt, als sie ihr zeigte, wie man den schwarzen Puder auftragen mußte, den Marietta schüchtern und verlegen im Drugstore erstanden hatte. Carolanne sagte sogar: »Hier, den Augenbrauenstift kannst du auch haben. Ich besorg mir einen neuen. Du mußt drauf achten, daß du's gut verwischst – dann sieht es natürlich aus.« Sie strich mit den Fingerspitzen an ihr herum, und Marietta sah die leichten Bögen. Sie berührte sie, fuhr die sanft auslaufenden Enden nach.

Carolanne runzelte die Stirn und sagte: »Du könntest dir natürlich auch eine Dauerwelle machen lassen«, und Marietta mußte lachen.

Die Jungen trugen das Holz zu dem Stoß auf der Seitenveranda, und Marietta und Carolanne guckten von den Stufen aus zu, wie Freeman mit dem trockenen Gartenschlauch Staub aufwirbelte, als Roscoe langsam am Haus vorbeifuhr. Er guckte Marietta an, schaute kurz zu den Jungen hinüber und fuhr weiter – ohne zu lächeln oder zu winken.

»Was glotzt der Typ so?« sagte Nate, der sich gerade die Holzsplitter von den Händen wischte.

»Er der, wo mir das Holz bring«, sagte Marietta. Sie starrte dem Laster nach – Roscoes Blick war leer und unbeteiligt gewesen.

»Oho!« sagte Calvin. »Er macht sich wohl an Mama ran? Bringt ihr Holz, un nächstens bringt er Gemüsesetzling!«

Carolanne sagte: »Er sieht gar nicht schlecht aus, für einen alten Mann. Mir gefallen seine Augen.«

»Ihr halt all euer Mund«, sagte Marietta. Sie stand auf, um ins Haus zu gehen und Essen zu machen. »Er nich *so* alt.«

Während sie die Fische briet, fragte sie sich, warum er nicht angehalten und mit ihnen geredet hatte. Warum hatte er die Jungen so angeguckt? Sie dachte an seinen Sohn. Aber trotzdem – er hatte sich doch gefreut, die Jungen kennenzulernen, als sie das erste Mal dagewesen waren. Sie drehte die vier kleinen Klumpfische um, die sie und Freeman am Vortag gefangen hatten, und Carolanne kam in die Küche, jetzt wieder ganz die alte.

»Hast du die in dem Stadtparksee gefangen? Du weißt doch gar nicht, was in diesen Fischen drin ist – die leben sicher von Abwasser und Giftmüll. Da kann Freeman auch gleich alte Autoreifen essen.«

Marietta ließ sie reden. Super-Bowl-Baby. Sie wußte, was

sie Carolanne fragen wollte, als sie sie ihren runden Bauch gegen die Kante der Arbeitsplatte drücken sah. Aber sie wußte auch, daß sie es nicht tun würde. Marietta hatte darüber nachgedacht, wann Freeman gekommen war und wann dieses Baby kommen würde, und ihr war aufgegangen, daß Carolanne beide Male schwanger geworden war, als Nate etwas Wichtiges vor sich gehabt hatte, was ihn weiterbringen und berühmt machen sollte. Vielleich mach ihn ruhlos, dachte Marietta. Carolanne hatte Freeman kurz vor dem Rose Bowl empfangen, und dieses Baby in dem Monat, als die Draft gewesen war. Marietta mußte daran denken, wie Calvin auf ihr vorsichtiges Bohren erklärt hatte: »Ich muß vorsichtig sein, Mama. Die Frauen sin doch alle nur *drauf aus*, schwanger zu werden. Das is wie ein Job. Schaff's, daß Patrick Ewing oder Tony Dorsett dir ein Kind macht, un du hast zwei Riesen im Monat, für *viele* Jahr. Je nachdem, was der Mann verdient. Ich weiß nich – ich bin noch am Gucken.«

Aber Carolanne hatte mehr in Nate gesehen, das wußte sie. Da war mehr in ihrer Stimme gewesen, als sie Marietta erzählt hatte, wie Nate sie getragen hatte. Marietta stellte den Fisch, das Gemüse und den Reis auf den Tisch. Ein paar Scheiben Schinken für Carolanne, weil sie sagte, daß es das war, was das Baby wollte. Schinken und Erdnußbutterkekse. Sie aßen an dem Tisch im Eßzimmer, und Freeman guckte Carolanne an, als ihm ein paar Fisch- und Schinkenbröckchen herunterfielen. »Un?« sagte Marietta zu ihm. »Du mach weg. Du weiß, wo der Besen steh.«

»Ich kapier das einfach nicht. Du kaufst dir das Haus hier am Ende der Welt, und alles, was du sagst, ist, dir gefallen die Bäume«, sagte Carolanne.

»*Yeah*, Mama. Daheim hattst du ein Pfirsichbaum, eh?«

»Sie hat gesagt, Nate hat immer Pfirsich gegessen, bis ihm schlecht geworden is«, sagte Calvin. »Er hat bis heut nix gelernt. Gestern hat er fünf Bananen an eim Stück gefressen. Sah aus wie ein Aff.«

»Halt's Maul, Mann, ich hab Beinkrämpf gehabt. Ich hab Kalium gebraucht. Warum gefallen dir die Bäum, Mama?« sagte Nate.

Sie kaute, wußte nicht, wie sie es erklären sollte. Sie zeigte auf ihren vollen Mund. Die klein Zahnbürstenbäum bei dem Wohnkomplex, all so krüpplig, daß du kann reiß aus in eim Augenblick un mach Anfeuerholz draus. Sie sagte: »Ich hab ein Pflaumbaum da draußen, ein mit Feigen, Aprikos. Ich mag gern Schatten bei der Hitz hier. Ihr kümmer euch nich, warum ich ein Baum mag.«

Sie beschwerten sich, daß es nichts gab, was man tun konnte, und sie wollten, daß sie mit ins Kino kam. Sie saß in dem dunklen Zuschauerraum, hielt Freeman, der auf ihrem Schoß einschlief, horchte auf das laute Krachen von Autozusammenstößen und Schüssen, das von allen Seiten auf sie eindrang, und hörte Nate auf Calvin und Carolanne einflüstern. Aber die Augen hatte sie vor dem Geflimmer auf der riesigen Leinwand geschlossen, und sie sah Roscoe vor sich, mit halb gesenkten Lidern. Was er wohl mach heut abend? Er fahr wohin und lach un red, wie er mach mit junge Dinger. Gefall ihm nich, wenn er guck direkt in mein Aug.

Sie sah mit den Jungen den Sportüberblick am späten Abend. Carolanne und Freeman schliefen, und sie genoß es, mit Nate und Calvin allein zu sein und darüber reden zu können, wie das Spiel in Atlanta ausgegangen war und wer bisher in der Liga die meisten Sacks geschafft hatte. Nate sprach vom Team und davon, was sie alle tun mußten, um die Spielzeit zu bestehen, und nicht nur von sich. Calvin sagte: »Letey ist besser als der da, Mann. Guck dir an, wie seine Päß hängenbleiben.«

»Grad das, was Rock mag«, sagte Nate. Marietta nickte. Ich weiß, Holz schaff auch kein Wunder, dachte sie. Aber ich versuch. Ich hoff, Carolanne lach nich über ihr Ring. Ich will, daß sie all herkomm, wenn ich nimmer dort wohn. Ich geb mir Müh.

Den ganzen Sonntag liefen ununterbrochen Footballspiele über den Bildschirm, und niemand ging nach draußen. Marietta ließ sie im Wohnzimmer essen, damit sie keinen Spielzug und keinen Punktgewinn verpaßten, und dann waren plötzlich die Fenster dunkel, und die Jungen sagten, sie müßten jetzt los. Carolanne hatte still auf der Couch gelegen und gedöst, und jetzt sagte sie: »Jetzt kommen zwei Auswärtsspiele – du weißt ja, Mama. Ich nehm Freeman mit, weil ich jetzt erst mal allein bin. Ich vermiß ihn so. Aber ich bring ihn wieder her, wenn Houston vorbei ist – in zwei Wochen.«

»*Yeah*, und dann pflügen wir mit dem Ding da den Boden um«, sagte Nate. »Ich hoff, du wässerst ihn solang. Er is nämlich hart wie Beton, un auf Regen brauchst du gar nich warten.« Er steckte die seltsamen Dinger, die aussahen wie Augenwimpern, wieder auf die Scheibenwischer.

»Du geb Big Ma ein Kuß«, flüsterte sie an Freemans Backe. Sie sog seinen Duft ein und drückte ihn fest an sich. »Du krieg dein Angelrut, wenn du komm wieder. Gib mir noch ein Schmatz.«

Nachdem sie gefahren waren, fegte sie die Veranda, und als sie wieder drinnen saß, guckte sie in den leeren Kamin. Er war rußgeschwärzt und sauber. Du muß sag ihm, nich nur sitz un wart. Vielleich du mach was falsch. Vielleich er hab die ganz Zeit schon jemand anders un red nur wie Sinbad. Nur daß er hör sein Stimm.

Sie wartete bis zum frühen Abend des nächsten Tages. Football am Montag würde um sechs anfangen, und draußen war noch schwachgraues Licht, als sie die Picasso Street hinunterging. Ihre Augenbrauen prickelten noch von dem Stift. Sie wußte, bei Red Man würden Leute sein – vielleicht auch Roscoe. Ich wer auf all Fäll sag Red Man Dank für das Holz. Pfefferbaum. Das groß Bäum. Ein paar Leute saßen unter den zittrig-zarten Zweigen des Pfefferbaums in Red Mans Hof, neben dem knorrigen Stamm.

»Hey«, rief Red Man. Er und Mary und die ältere Frau von gegenüber, die Miss Ralphine hieß, und Lanier und seine Frau Mozelle. Sie hätten gestern ein Barbecue gemacht, sagte Red Man, und es sei noch ein Haufen übrig.

»Sie haben wohl die ganzen Spiele mit Ihren Jungen geguckt?« fragte Red Man.

»Die zwei muß guck, was all ander Leut mach«, sagte Marietta. Sie hielt zögernd inne. Sie hatte sich überlegt, daß sie ihm die Karten geben wollte – Carolanne hatte ihr gestern gesagt, daß sie und Freeman nicht ins Stadion gehen würden. »Er langweilt sich nur«, hatte sie gesagt, »und ich paß nicht auf die kleinen Sitze.«

Red Man und Roscoe und sie konnten ja gehen, dachte

Marietta. Sie wollte gern neben Roscoe sitzen, aber sie stellte es sich auch schön vor, neben Red Man zu sitzen und ihn nach jedem Spielzug johlen und brüllen zu hören. Er verstand fast soviel davon wie Baby Poppa.

Bevor sie den Mund aufmachen konnte, sagte Mary: »Komm rein un hol dir einen Teller. Ich denk, es wer Regen geben, un wir haben ihn weiß Gott nötig. Ich werd mich nich beklagen.«

Sie saßen im Wohnzimmer, Teller auf den Knien, und ihre Stimmen woben sich ineinander. »Das Grüngemüs is fein, Mary.«

»Gott im Himmel, ich haß die Putzerei von dem Grünzeug.«

»Ich auch. Der ganze Dreck, un man muß alles zweimal durchgucken. Un man braucht so einen Haufen Grünzeug für ein Topf voll«, sagte Miss Ralphine.

»Un mein Daddy hat immer den Mund aufgerissen un gesagt: ›Beschwert euch nich – das Grüngemüs halt euch am Leben.‹« Mozelle lachte. »Ich un meine Schwester, wir ham zwei Stund am Tisch sitzen dürfen un putzen. Die Männer mögen das Grüngemüs, weil sie's nie putzen brauchen.«

Red Man kam herein und sagte: »Hey, das Spiel geht gleich los.«

Marietta hörte zu. Sie hörte Pinkie und Laha und Rosie, Big Johnny und all die andern, aber sie war nicht die wilde Marietta, die, wo sag hallo zu eim Baum, vor sie sag buh zu dir. So groß, un kein Verstand. Und sie war nicht Big Ma; sie wußte, sie konnte einfach still sein, und es würde keinen stören. Aber jedesmal, wenn die Tür aufging und ein Kind oder ein Nachbar hereinkam, tat ihr Herz einen Satz, als ob sie wieder sechzehn wäre.

Und als Roscoe schließlich wirklich kam, hatte er einen bärtigen jungen Mann dabei. »Das ist Lobo, ihr wißt doch, der immer Dichter werden wollte, wie er hier Schullehrer gemacht hat, mit Nacho und den andern«, sagte Roscoe. »Hat sich Bruder Lobo genannt, wie er gemeint hat, er wär militant.«

Marietta stellte er als letzte vor, nachdem alle anderen gesagt hatten: »Ej, Mann, lang nich gesehn, bist du nich der ...« – »Das ist Marietta Cook, die Mutter der berühmten Rams-Zwillinge«, sagte Roscoe, und der jüngere Mann nickte.

»Ich hab Sie schon paarmal gesehen«, sagte er. »Mir ist aufgefallen, daß Sie immer ein Kopftuch tragen.«

Marietta wich Roscoes Blick aus und sagte, ohne zu überlegen: »Wir halt unser Kopf bedeck, wo ich herkomm.« Sie wußte nicht, warum sie es so gesagt hatte wie Aint Sister.

Der jüngere Mann wurde ganz aufgeregt und sagte zu Roscoe: »Das Kopftuch, ihr Gesicht, die Art, wie sie redet. Das ist die afrikanische Tradition – zuerst kommt die Gemeinschaft, das Kollektiv. Du kennst ja meine Theorie ...«

»Hören Sie nich auf ihn«, schnitt ihm Red Man das Wort ab, indem er Mariettas Arm berührte. »Er sucht in allem Afrika.«

»Er findt noch da drin Afrika, wie Red Man Draht um ein Starter wickelt«, brummelte Lanier. »Ich find nur faul.«

»Du findst gleich zur Tür raus, Nigger. Wenn's dir nich paßt, was ich mach, schmeckt dir auch mein Essen nich«, blaffte Red Man, und alle lachten.

Lobo ging mit Mary in die Küche, um sich einen Teller mit Essen zu holen, und Red Man ließ sich in dem großen Ledersessel am Kamin nieder, wo er immer beim Fernsehen saß. Roscoe sagte: »War's ein nettes Wochenende mit den großen Sportstars?« Er blieb stehen.

Marietta dachte: Er will, daß ich sag. Ich seh. Er hab genausoviel Angst wie ich. »Mmm-hmm«, sagte sie. Sie holte Luft. »Aber ich hab genug Football«, sagte sie. »Wir guck gestern all Tag.«

Er hockte sich neben ihren Stuhl. »Heißt das, Sie möchten gehen, oder bleiben Sie hier in der Expertenrunde?«

»Es wer kalt«, sagte sie leise, in der Hoffnung, daß es niemand außer ihm hörte. »Ich denk, ich wer mach Feuer.«

»Das Holz ist von mir, das wissen Sie ja.« Er lächelte.

»Un Sie möcht auch guck, wie es brenn?« fragte sie. »Wo steck Hollie?«

»Ich war bei Mrs. Rollins, um sie zu holen, aber Rachelle wollte, daß sie über Nacht bei ihr bleibt. Rachelle ist Mrs. Rollins' Tochter, und sie liebt Hollie über alles. Und Hollie liebt Rachelles Nagellack- und Schminkzeugsammlung.« Er schüttelte den Kopf.

»Freeman geh mit sein Mama«, sagte Marietta. »Er kann

eh nich bleib auf für Feuer.« Ihr Gesicht brannte, aber Red Man und Lanier brüllten schon auf den Fernseher ein, und als sie aufstand, um ihren Teller in die Küche zu bringen, lachte weder Mozelle noch Miss Ralphine.

Draußen blies der Wind, und Roscoe sagte: »Sind Sie zu Fuß hergekommen?«

»Sie denk, ich kann nimmer lauf das weit Stück?« sagte sie, und sie mußte an sein Gesicht denken, als er vorbeigefahren war.

»Was?« Er blieb stehen und sagte: »Ich hab Lobo in der Stadt abgeholt, deshalb bin ich mit dem Laster da. Möchten Sie vielleicht ein bißchen Fisch?«

»Von dem Laden? Sie brat ihn mir zu scharf«, sagte Marietta.

Roscoe sagte: »Wir können ja welchen holen, und Sie braten ihn selbst.« Im Lastwagen sagte er: »Sie brät ihn wahrscheinlich so scharf, damit niemand eine Fischvergiftung kriegt. Sie muß doch wohl dieser Gefahr vorbeugen, oder?«

Marietta guckte aus dem Fenster. Er hörte alles, was sie sagte, die ganze Zeit: Er dachte darüber nach, wog es ab, behielt es. Er horch auf mein Wort, guck in mein Aug. Sie hatte Angst.

Während sie den Fisch kaufte, ging er in die mexikanische Bäckerei nebenan. Er kam mit einer Papiertüte wieder heraus. Dann hielt er noch kurz vor seinem dunklen Haus, um etwas zu holen, und als sie in ihrer Küche waren, zeigte er ihr das Päckchen Speck.

»Der ist von Laniers Schwein«, sagte er. »Er und Red Man und ich, wir teilen uns immer eins. Er füttert sie so gewissenhaft, wie man sich's nur vorstellen kann, und er schlachtet nur ganz selten eins. Aber da habe ich noch bißchen Schinken und Bratspeck. Richtigen Speck.«

Sie aßen Speck, Fisch, Reis und das süße mexikanische Brot. Es war schwer und oben mit Zucker bestreut und schmeckte nach Vanille. Sie machte sich daran, das Feuer aufzuschichten, während er das Holz hereinholte und dann in die Küche ging, um Kaffee zu kochen. »Ich kann nicht gemütlich dasitzen ohne Kaffee«, sagte er, und der Duft von frischem Holzrauch und Kaffee zog durchs Haus.

Als das Feuer zu einem steten Glosen heruntergebrannt war und sie auf dem Sofa saßen, hatte Marietta solche Angst, daß sie den Becher nicht ruhig halten konnte. Sie stellte ihn auf den Tisch, sah zu, wie die schwarze Flüssigkeit hin und her schwappte, bis sie wieder zur Ruhe kam, und konzentrierte sich dann, weil sie ihn nicht angucken konnte, auf die Glut im Kamin. Sie zwang ihre Finger, nicht über ihre Augenbrauen zu streichen. Vielleich ich kann red von den Footballkarten, dachte sie, aber Roscoe sagte: »Ich bin zu alt für blumige Worte und Süßholzgeraspel.«

Sie überlegte. »Ich zu alt, daß ich mir anhör.« Er nahm jedes Wort wichtig. Sie mußte vorsichtig sein.

»Sind Sie Heut-hier-morgen-da-Leut gewöhnt?«

»Was?«

Er sah jetzt ebenfalls ins Feuer. »Gibt Frauen, die sind's – sie mögen nichts andres, egal, was sie sagen. Sie möchten es aufregend. Sie möchten es schwierig.«

»Ich bin grad gar nix gewöhn«, sagte sie langsam. »Un Sie?«

»Ich bin Enttäuschungen gewöhnt. Sehr poetisch.« Er lächelte.

Sie wußte nicht, was sie sagen sollte. Er hatte sich seine Worte schon zurechtgelegt, die richtigen ausgesucht. »Warum Sie halt nich an, wo Sie fahr vorbei?«

»Weil ich Sie nicht stören wollte mit Ihren Söhnen.« Er biß sich auf die Lippe. »Und weil sie mich aus dem Lot bringen – weil sie mich an Sachen erinnern, an die ich manchmal nicht denken mag. Aber an dem, was war, kann ich jetzt wohl auch nichts mehr ändern.« Er beugte sich dichter an sie heran. »Sie haben es mir immer noch nicht gesagt – was Sie möchten.«

Als sie auch jetzt schwieg, fuhr er fort: »Ich koche gern – ich möchte, daß Sie meine Chilibohnen probieren und meine Enchiladas. Ich lese gern, und das ist langweilig. Was ich lese, mag sowieso keiner lesen, und ich fall den Leuten auch nicht mit meinen Gedichten auf die Nerven, keine Angst. Aber ich bin nicht gefährlich – manchen Frauen nicht aufregend genug.«

»Nate und Calvin reg mich genug auf, wenn ich sie guck«, sagte sie.

»Ich will dir nichts vormachen«, sagte er, und jetzt war er dicht an ihrer Wange. »Ich mag auch noch andere Sachen. Ich möchte dein Haar sehen und deine Schultern. Wie in dem Heft. Ich hab mir auch eins gekauft.« Er zog ihr Gesicht sachte an seins heran. »Ich hoffe, du wirst's mir zeigen«, flüsterte er. »Aber erst mal nehm ich das, was ich jetzt seh. Und gewöhn mich daran, wenn du mich läßt.«

Sie legte ihren Mund auf seine Lippen und schloß die Augen und stellte sich vor, die dunkle Umrißlinie spüren zu können, und selbst da noch hatte sie Angst vor seinen Händen, Angst, sie könnten sich in ihren Rücken krallen und zu fest ziehen. Aber alles, was sie fühlte, waren seine Daumen, die auf der zarten Haut hinter ihren Ohren lagen und sie still hielten.

Sie redeten tagelang alle von Regen, Red Man und Roscoe und Mary, aber es passierte erst die darauffolgende Woche, daß sie morgens nicht von der Sonne geweckt wurde. Sie guckte erstaunt aus dem Schlafzimmerfenster, und in den Ästen des Pflaumenbaums hingen Wolken. Der erste Regenhimmel, seit sie in Kalifornien war. Alle hatten gemeint, es sei ein ungewöhnlich trockenes und sonniges Jahr gewesen, aber sie hatte zu Roscoe gesagt, der Himmel hier könne gar nicht voll Wasser hängen, das glaube sie nicht. Der Himmel hier könne gar nicht anders sein als leer und hart-blau, von Taglicht bis Lichtaus.

Er neckte sie wegen ihrer Damalzeit-Sprache und wollte immer wieder, daß sie ihm etwas so übersetzte, wie Aint Sister es gesagt hätte, und er schüttelte den Kopf und lachte. »Sie haben wohl den ganzen Tag Poesie vor sich hin geredet, deine Leute, eh?« sagte er. »Und keiner hat sich groß was dabei gedacht.«

Sie zog sich an und trank eine Tasse Zimttee. Vielleicht würden sich die Fische heute freuen – oder mochten die Fische hier in Kalifornien gar nicht lieber grauen Himmel, so wie andere Fische? Dann fielen ihr die Karten wieder ein. Sie hatte ganz vergessen, Red Man und Roscoe zu fragen, ob sie mit ihr zu den Heimspielen gehen wollten. Am Samstag spielten die Jungen in New Orleans.

Sie ging rasch die Straße hinunter und dachte, daß sie nicht fischen gehen würde, sondern lieber in ihren Garten, für den Fall, daß es wirklich regnete. Sie konnte dort, wo das Gemüse hinsollte, den Boden lockern, damit das Wasser nicht einfach wieder weglief. Es würde glitzernd in die Erde sickern.

Aber nur Mary war da, blinzeläugig von ihrer Nachtschicht. Marietta sagte: »Ich wollt nur frag, ob dein Mann möcht Carolannes Saisonkarten für die Heimspiel. Du glaub, er un Roscoe woll geh mit mir?«

Mary sagte: »Ich weiß, daß James senior will.« Das war Red Mans richtiger Name. »Aber ich denk, ich sollt's dir sagen – ich glaub nich, daß Roscoe mitkommen tät.« Sie kreuzte die Arme vor der Brust und umfaßte ihre Schultern, als schämte sie sich. »Ich weiß, du kennst ihn langsam besser, aber er hat's nich so mit Sport, wegen seim Sohn, du weißt ja. Louis un er haben sich damals zerstritten wegen dem Basketball. Roscoe will nich mal zu den Junior-Collegespielen, wenn James senior und Lanier und alle gehn.«

Marietta überlegte kurz. Sie dachte an die heiße Sonne, das Bier, die Knie und sagte: »Du mein, deine Söhn tät gern mal geh? Ich geh nich zu alle Spiel, weil ich manchmal lieber Fernseh guck. Vielleich kann ja Darnell un James junior geh mit ihr Daddy das Wochenend.«

»Die fallen in Ohnmacht, wenn sie hören, sie dürfen auf euren Plätzen sitzen«, sagte Mary. »Bist du sicher, daß du sie ihnen lassen willst?«

Marietta lächelte und sagte: »Ich seh soviel Football. Sie soll ruhig sag all Leut, sie Nate und Calvin Kuseng.« Als sie die ersten Regentropfen aufs Dach pladdern hörte, sah sie nach oben.

»Ich wollt nich glauben, daß es wirklich Regen gibt«, sagte Mary. »Roscoe und James senior sin in San Bernardino, wegen eim großen Baumschnitt-Job – meinst du, da regnet's jetzt auch? Aber sie sin wohl eh drin, weil sie auch noch ein Haus leer räumen müssen.«

»Ich renn lieber schnell heim«, sagte Marietta. »Ich bring die Karten morgen.« Sie brach hastig auf und lief die Straße hinunter, und die Tropfen waren vorerst nur ein feuchter Nebel auf ihrem Gesicht. Sie wollte im Regen auf der Veranda sitzen.

Ich guck lieber im Fernseh, dachte sie. Allein, wo mich keiner was frag un wo mich keiner anstarr. Die Woch geh Red Man un die zwei, nächst Mal ich wer vielleich mit ihm geh. Roscoe brauch sich nich plag damit. Sie ging ins Haus, um alle Fenster zu schließen, falls sich das Geniesel doch noch zu einem richtigen Regen auswachsen würde, und als sie gerade im Schlafzimmer war, klopfte es an der Haustür. Sie schlich vorsichtig hin – ich weiß, Kalifornienleut geh nich raus in Regen. Un Roscoe arbeit. Sie öffnete die Tür einen kleinen Spalt und senkte den Blick, weil sie dachte, es wäre eine von Red Mans Töchtern, aber sie guckte auf einen flachen Bauch und einen Gürtel. Als sie den Blick über ihre eigene Augenhöhe hob, sah sie das eckige goldene Gesicht und die dicken Augenbrauen ihrer Jungen.

»Gott im Himmel«, sagte sie. »Sinbad.«

»Das is mein Korbname.«

Er trat herein, und sie machte ihm steif Platz. Er blieb hinter der Tür stehen. »Woher du weiß, wo ich wohn?« sagte sie.

»Dein Foto. Dieser eine Kerl bei mir auf der Arbeit hat die ganze Zeit so was an mich hingeredet, von zwei Footballspielern, und ich hab gar nich hingehört. Er is ein großer 49er-Fan, und er haßt die Rams. Und dann bringt er das Heft mit zur Arbeit und zeigt mir dein Gesicht. Und die Zwillinge.« Er sagte es irgendwie eigenartig – natürlich. Sie nich Buben für ihn un nich Männer – er weiß nich, wie er soll sag.

»Wo du arbeit?« fragte sie ihn.

»Im Hotel. San Francisco, wie du sicher schon erraten hast. Ich bin in der Küche, aber es ist eine große Küche, und sie zahlen einen Haufen Geld.« Auf seinem Haar glitzerte Wasser, aber er rührte sich nicht.

»Weiß dein Frau, daß du komm her?«

»Ich bin nich verheiratet. Geschieden.«

»Die zwei wohn nich hier.«

»Ich weiß. Mein Freund hat bei den Rams angerufen und gesagt, er wär dein Onkel oder was, um ihre Nummer zu kriegen.« Er hielt inne. »Ich bin nich gekommen, um sie zu sehen oder dich irgendwie zu belästigen.«

Sie sah durch das vordere Fenster in den Regen hinaus. »Du fahr das ganz Stück von San Francisco her?«

»Du weißt ja – ich fahr gern Auto.«

»Was du fahr jetz?« fragte sie, während sie mit zusammengekniffenen Augen zu seinem Wagen hinausspähte. »Ein neuen Ford – was für Modell?«

»He, du hast doch früher nichts von Autos verstanden«, sagte er.

»Jetzt ich versteh was. Ich hab ein Lincoln, von Nate un Calvin.«

»Wie heißen sie mit Korbnamen?«

Sie mußte lachen. »Sie hab kein Korbnam. Aber ich hab ein.«

»Ach?«

»Wo wir wohn in Charleston, ich heiß Big Ma.«

Er rieb sich nervös die Finger, als sie den Namen aussprach. »Du siehst nicht aus wie Big Ma.«

»Nich in dein Aug. Aber wie was seh ich jemal aus in dein Aug, eh?« Sie stand ganz still. Der Lehm draußen war so hartgebacken, daß sie jeden Wassertropfen vom Dach platschen hörte.

Er bewegte seine Schultern ein bißchen, um sie zu lockern. »Wie ich das Foto gesehen hab, hast du genauso ausgesehen wie immer. Wie jemand, vor dem ich irgendwie bißchen Angst hab.«

»Ich mach all Leut angst«, sagte sie schroff. »Blaublut. Sie hab Angst, das Schwarz könnt färb auf sie ab.«

»Nein«, sagte er, und sie sah ganz kurz eine Andeutung seines Zahnlückenlächelns aufblitzen. »Na-ah. Angst, weil du zuviel gewußt hast. Weil du immer grad durch mich durchgeguckt hast und gar nich auf meinen Schmus gehört.«

»Ich muß hör drauf«, sagte sie. »Ich krieg zwei Baby.«

Jetzt lächelte er breit. »Du weißt, was ich mein.«

»Wieviel Ladies du hab jetz grad?«

»Ich hab manchmal jemand. Nichts, was ernst wär.«

»*Yeah*«, sagte sie. »Ich hab jeman, wohn gleich in der Näh. Vielleich ernst.« Sie schwieg wieder, dachte an seinen Atem, seinen Rücken unter ihren Händen. »Du möcht nich sitz?«

»Ich weiß nicht – du stehst da, wie wenn du dir nicht sicher bist, ob du mich wirklich reinlassen willst. Was willst du, was ich tun soll?«

»Steh.« Sie trat dicht an ihn heran und hielt den Atem an, und seine Hände unter ihrem Rücken ließen sie immer noch ein bißchen zittern und machten, daß ihre Augen brannten. Sie spürte seine Lippen, dort, gleich unter ihrem Haaransatz, und trat einen Schritt zurück und faßte ihn am Arm. »Du komm raus un sitz dahin«, sagte sie, indem sie die Tür öffnete und ihn auf die Veranda führte.

»Hier draußen ist es kalt«, protestierte er, aber er setzte sich. »Ich bin wohl nicht gut genug, um drin sitzen zu dürfen, eh?«

»Nein«, sagte sie. »Aber ich weiß nich, wann nächstmal Regen geb, un ich möcht seh, wie er von mein Bäum tropf.« Sie sah zu, wie er seine großen Füße auf das Verandageländer legte. »Du sag mir, was du les, von welche Städt«, sagte sie. »Du sag mir, wo du hinfahr, was du seh.«

Als sein Auto zischend die Straße hinunter verschwunden war, saß sie im Schutz des Vordachs, und das silbergraue Wasser rann in Strömen von den Pfefferbäumen an der Straße und dem Pflaumenbaum im Hof. Der Himmel war jetzt ganz dunkel, wie der Wald daheim. Daheim – du nenn immer noch das dein Daheim? Du woll immer noch renn weg? Beinah vierzig – du renn besser nimmer weg. Du bleib besser da. Sie dachte, daß sie etwas von dem Speck braten würde, den Roscoe gebracht hatte. Richtiger Speck – ein Fettstreif, ein Magerstreif, dachte sie. Nich so gelbbraun Lumpenzeug, wo Carolanne nenn Speck, dünn wie Seidenband un ringsrum wellig. Ein Knusperhaps, un dann nur noch die Zähn voll Fettstaub.

Das Wasser stand jetzt schon in Pfützen auf dem hartgebrannten Lehm. Vorn an der Straße hatte der Regen eine große Schlammkuhle gefüllt, und Roscoe hatte ihr gesagt, daß dort jedes Jahr ein breiter Streifen von wilden Sonnenblumen wuchs, große Blumen, beinah so hoch wie kleine Bäume.

Anmerkung zur Übersetzung

Marietta Cook geht einen langen Weg – von einem abgelegenen Ort in der Küstenregion von South Carolina über Charleston schließlich an die gegenüberliegende Küste der USA, nach Los Angeles. Diese Erfahrung verändert sie, und sie verändert ihre Sprache.

Die Sprache, in der Marietta aufwächst, ist »Gullah«, eine in der Sklavenzeit entstandene Mischform aus grammatikalisch vereinfachtem Englisch und afrikanischen Elementen, die sich dank der relativen Isolation auf den Inseln und im Küstengebiet von South Carolina und Georgia bis in jüngste Zeit erhalten hat. Auf ihrem Weg begegnet Marietta verschiedenen anderen Formen von amerikanischem Englisch, die nach und nach ihre Sprache beeinflussen.

Die Unterschiede zwischen den einzelnen Sprachformen werden im Lauf des Buches immer wieder thematisiert, so daß ich als Übersetzerin keine Möglichkeit hatte, mich darum zu drücken, und insbesondere vor der Aufgabe stand, ein Äquivalent für das Gullah zu erfinden, da im Deutschen ein vergleichbares Phänomen nicht existiert. So habe ich, in Zusammenarbeit mit meiner geduldigen und kreativen Lektorin Christine Popp, versucht, eine Kunstsprache zu entwickeln, die sich durch starke grammatikalische Reduktion bei gleichzeitiger konsequenter Regelhaftigkeit sowie durch Nachahmung bestimmter rhythmischer Muster charakterisiert. Eine gewisse anfängliche »Befremdlichkeit« ist intendiert. Ein Tip: laut lesen.

Cornelia Holfelder-v.d.Tann

Barbara Gowdy

Seltsam wie die Liebe

Stories

Aus dem Englischen von Sigrid Ruschmeier,
Ulrike Becker und Claus Varrelmann

Band 12542

Der siamesische Zwilling Samuel, dem der Bruder Simon nur als Kopf aus der Schulter wächst. Marion, die erst am Tag ihrer Hochzeit erfährt, daß ihr Mann eine Transsexuelle ist. Matt, der sich vor den Augen der geliebten Frau erhängt, weil er einmal von ihr, der Nekrophilen, begehrt sein möchte. Ein bizarres Kabinett menschlicher Monstrositäten, wie es in früheren Zeiten auf Jahrmärkten zu besichtigen war. In den Geschichten Barbara Gowdys jedoch kommt das Normale, das Menschliche hinter dem Monströsen zum Vorschein. Es ist, als wolle sie all die Beschädigten mit sanfter Gewalt vom Rand des Abgrunds fortziehen, indem sie von ihnen erzählt. Die Grenzen zwischen Normalem und Anormalem verschwimmen. Dem Leser wird die Angst vor dem Unausprechlichen genommen. Nichts, was so scheinen könnte, ist also pervers.

»Was Barbara Gowdy gelungen ist, grenzt an literarische Hexerei.«
Lothar Baier (Süddeutsche Zeitung)

Fischer Taschenbuch Verlag

fi 2017 / 3

Barbara Gowdy

Fallende Engel

Roman

Aus dem Englischen von Sigrid Ruschmeier

Band 12541

Der Roman beginnt wie ein amerikanischer Film. Drei Schwestern fahren zur Beerdigung ihrer Mutter, auf dem Rücksitz liegt ihr betrunkener Vater und schläft. Eine Durchschnittsfamilie, irgendwo in einer namenlosen Provinz der Neuen Welt, zwischen Neon, Plastik, Atomkriegsangst und Roaring Sixties. Barbara Gowdys lakonisch erzählte Episode aus dem harten Alltagsleben der drei heranwachsenden Töchter entwerfen das scharf gezeichnete Portrait einer Familie im ›ganz normalen Unglück‹.

»Das Raffinierte an dieser Erzählerin ist ihr moralisches Understatement. Ein beachtliches Talent.«

Verena Auffermann (Frankfurter Rundschau)

Fischer Taschenbuch Verlag

fi 2014 / 3

Sue Miller

Das Ende des Sommers

Roman

Aus dem Amerikanischen von Heinrike Scharwey

Band 12738

War es nicht das Richtige, den langjährigen Geliebten Jack auch zu heiraten, nachdem seine Frau gestorben war? Als Lottie Gardner, selbständige und selbstbewußte freie Journalistin, das alte Haus ihrer Mutter für den Verkauf herrichten muß, nimmt sie nur zu gern die Gelegenheit wahr, für ein paar Wochen aus dem problematischen Eheallltag zu fliehen. An den Ort ihrer Kindheit zurückgekehrt, wird sie nicht nur mit ihrem jetzigen Leben, sondern auch mit ihrer Vergangenheit konfrontiert. Mit wachsender Einsicht registriert sie, wie sehr ihre Herkunft ihre Gefühle und ihr ganzes Leben bestimmt: die alkoholabhängige Mutter, der Vater, der wegen Unterschlagung im Gefängnis saß, das Gefühl, am falschen Ende der Straße zu wohnen... Sie begegnet ihrem egozentrischen, einsamen Bruder Cameron, trifft ihre Jugendfreundin Elizabeth, die vor ehelichen Schwierigkeiten ins mütterliche Nest am richtigen Ende der Straße flüchtet. Sie sind wieder alle zusammen, und für kurze Zeit scheint alles wie früher, ein trugerisches Sommeridyll. Erst ein tödlicher Unfall, der Besuch von Jack aus Chicago, Szenen, Tränen und Konfrontationen lassen Lottie endlich begreifen, daß sie ihr ganzes Leben lang immer nur auf der Flucht war, vor sich selbst, vor ihrer Vergangenheit und davor, wirkliche Bindungen einzugehen. Die Einsicht trifft sie wie ein Schock.

Fischer Taschenbuch Verlag

fi 184 / 5

Keri Hulme

Booker – Preis 1985

Unter dem Tagmond
Roman
Aus dem Englischen von Joachim A. Frank
Band 10173

Vor dem Hintergrund der urwüchsigen Küstenlandschaft Neuseelands spielt sich zwischen drei Menschen, die auf schicksalhafte und schmerzliche Weise zusammenfinden, ein verzweiflungsvolles Drama widerstreitender Gefühle ab. Keri Hulme hat ein ungewöhnliches, äußerst eindrucksvolles und aufrührendes Buch geschrieben über die Verlorenheit des einzelnen, der aus seinen traditionellen Bindungen herausgefallen ist.

»*Unter dem Tagmond* hat alles,
um das große neuseeländische Nationalepos zu werden.«
Frankfurter Allgemeine Zeitung

Der Windesser – Te Kaihau
Erzählungen
Aus dem Englischen von Christine Frick-Gerke
Band 11176

Der Windesser – Te Kaihau umfaßt 19 literarisch zum Teil äußerst ambitionierte, bis zur Kühnheit originelle Erzählungen über die Magie der Natur, die Intuition des Kreatürlichen, Verletzungen und Beschädigungen von Menschen – und immer wieder über die mythische Landschaft Neuseelands.

Fischer Taschenbuch Verlag

fi 1106 / 7